FVA

Julia Wolf

# WALTER NOWAK BLEIBT LIEGEN

Roman

6.12.2017

Für meinen
geliebten Mann
vom Nikolaus

:)

FRANKFURTER VERLAGSANSTALT

FSC
www.fsc.org
MIX
Papier aus verantwortungsvollen Quellen
FSC® C014496


Lektorat: © Frankfurter Verlagsanstalt GmbH
Herstellung: Laura J Gerlach
Umschlaggestaltung: Elvir Osmanković, advertisingwithamore.com
Satz: psb, Berlin
Druck und Bindung: GGP Media GmbH, Pößneck
Printed in Germany
ISBN 978-3-627-00233-6

Ach Walter, hat sie gesagt und war schon zur Tür hinaus. In aller Frühe, wie angekündigt. Sie will den Berufsverkehr umgehen, will zügig durchkommen. Yvonne will sich noch ausruhen, bevor die Tagung beginnt. Ach Walter, statt Kuss, statt Tschüss, ich komme doch wieder. Ein lächerliches, ein kleines Gefühl, da beruhigt das Versprechen. Doch, das war ein Versprechen. Yvonne kommt wieder. Seitdem ich Yvonne kenne, war ich noch nie länger, wir waren noch nie länger als zwei Tage getrennt. Das ist nun wirklich. Kein Beinbruch, das ist kein Weltuntergang. Das lässt sich alles erklären, Yvonne wird es verstehen. Ich erzähle es ihr. Wo fange ich an?

Die Wachspfropfen. Ich rolle sie zu Kugeln, schiebe mir den Pfropfen ins Ohr, in den Kopf, mit dem Zeigefinger, bis zum Anschlag. Auf der anderen Seite auch, und dann die Kappe über die Ohren, doppelt hält besser. Die Vögel verstummen, ich höre sie nicht mehr, sehe nur noch, wie sie mit den Köpfen wackeln, die Spatzen. Tut mir leid, ich kann keine Schnäbel. Yvonne würde lachen, Yvonne hätte gelacht. Bei Gelegenheit. Bei nächster Gelegenheit, wenn das alles vorbei ist, wenn ich ihr alles erklärt habe, wackele ich mit dem Kopf: Tut mir leid, ich kann keine Schnäbel lesen. Und Yvonne Piep piep, ha ha, wie sie, hell und klar, gar nicht spöttisch. Warum auch.

Siebzehn Schritte zum Becken. Mein Handtuch lege ich immer auf die erste Liege rechts, von dort sind es dann siebzehn, höchstens achtzehn, jeder Schritt hallt in meinem Kopf. Ich marschiere, eine kleine Armee in meinem Inneren. Ich steige aus den Badelatschen, ich halte den Fuß ins Wasser, was soll das, ich tauche gleich das ganze Bein hinein. Ich gleite ins Wasser, kein Zögern, kein Zaudern, bei neunzehn Grad. Erfrischend ist das, oder nicht, neunzehn Grad, das ist doch. Klar ist das kalt. Na und. Wer wird denn gleich. Mit den Zähnen klappern. Die heiße Dusche danach, der Gedanke an die heiße Dusche danach, eine Tasse Kaffee. Da muss man sich eben überwinden, diesem Zaudern darf man nicht nachgeben. Erst die Pflicht, dann das. Hin und zurück sind es fünfzig, zehn mal fünfzig, das sind fünfhundert, mal zwei, das ist doch, ordentlich. Da soll noch mal einer. Hören Sie mal, Frau Doktor, Frau wie auch immer Sie heißen, ich schwimme jeden Morgen tausend Meter, das ist ein Kilometer, für Sie, zum Mitschreiben. Jeden Morgen. Dieser Ausdruck in Yvonnes Gesicht. Sie muss zugeben, das ist ordentlich, das ist nicht von schlechten. Da können sie sagen, was sie wollen, komme wer wolle und sagt, wer wolle, sagt was, wolle komme, sage, was? Bei Regen und bei Sonnenschein, sagt Yvonne, am Telefon, zu ihrer Freundin. Der Walter schwimmt, komme, was wolle, sagt sie und seufzt. Aber eigentlich gefällt ihr das, ihr Mann, ich halte mich fit. Das Seufzen war natürlich gespielt, ich sehe ja die Blicke. Ich habe ja gesehen, wie Olga geguckt hat. Einen Moment zu lang stand sie in der Tür, den Staubsauger in der Hand. Peinlich berührt, aber eben nicht so peinlich, dass sie sich gleich weggedreht hätte, die blieb in der Tür stehen und guckte. Mit diesem verunstalteten Gesicht, verunstaltet, aber doch irgendwie hübsch. Nur dass der Mund sich eben so zur Nase hochzieht. Ich habe mir natürlich sofort eine Hose angezogen und ein Hemd. Da bin ich völlig korrekt. So ein junges Ding, und dann noch aus Russland, also nein. Ich habe ja alles, was ein Mann, ich habe ja alles gehabt. Irgendwann ist auch mal gut.

Zehnmal hin und zurück, wenn man anfängt, erscheint einem das immer viel. Aber eigentlich geht es ganz schnell, man muss nur dabei an etwas anderes denken. Man muss es bloß tun. Eine heiße Dusche, eine Tasse heißer Kaffee. Also abstoßen, also los jetzt, keine Müdigkeit, schon gleite ich durchs Wasser, vorschützen. Ich schließe die Augen und stelle mir vor, wie ich durchs Wasser gleite, und alles ist blau und kühl, das Sonnenlicht glitzert nur so, herrlich. Ich schließe die Augen, und. Wie die mich angeguckt hat. Wenn Yvonne gesehen hätte, wie die Olga mich, die wäre weg vom Fenster, die hätte die längste Zeit, zwölf Euro die Stunde, cash auf die Kralle, bar auf die Hand. Yvonne hat ein Herz für die Armen, sie will niemanden ausbeuten. Zwölf Euro, ich habe ihr den Vogel gezeigt. Kannst ja selber putzen, hat Yvonne gesagt. Am besten erwähne ich Olgas Blick gar nicht, ich erzähle Yvonne nicht davon, denn egal, wie das Mädchen geguckt hat, kein Blick könnte rechtfertigen. Und so weiter. Ich weiß, wie das aussieht, wie ich aussehe. Ein alter Mann, nackt, auf dem Badezimmerboden. Ich darf Olgas Blick nicht erwähnen. Das würde wirken, als wollte ich. Als hätte ich mich ermuntert gefühlt. Damit fangen wir gar nicht erst an. Hör zu, es war eine Verwechslung, und weiter nichts. Der Pferdeschwanz, verstehst du? Aus keiner Mücke, Elefanten, das wollen wir nicht. Nein.

Wie lange liege ich schon hier? Yvonne hat gesagt, sie kommt wieder, aber sie hat nicht gesagt, wann. Klar könnte ich, ich könnte die Zähne zusammenbeißen, aufstehen, ich könnte mein Telefon suchen, das würde mir sagen, welcher Tag heute ist. Die Zähne, wahrscheinlich würde mir der Schmerz in den Kopf fahren, dieser Schmerz, der leise unter der Schädeldecke wimmert, würde explodieren, sobald ich mich aufrichte. Nichts, was nicht auszuhalten wäre. Mir würde etwas schwindelig werden, aber dann wüsste ich Datum und Uhrzeit. Was, wenn ich tagelang hier gelegen habe? Wenn Yvonne längst da sein müsste? Das würde ja heißen. Was würde das heißen?
Am Anfang sind die Arme immer etwas schwer, ein Ziepen in den Muskeln, das hält ein, zwei Bahnen an, ein Zerren ist das, wie Blei. Aber das legt sich. Man muss nur die Zähne zusammenkneifen, die Arschbacken, beißen. In den Schmerz hineinschwimmen. Die schwarze Linie am Boden des Beckens hilft, immer weiter, ich ziehe mich an der Linie entlang, Zug um Zug, nicht nachdenken. Links rechts links, atmen. Irgendwann kommt Schwung in die Sache, wenn die Muskeln erst einmal warm sind, komme ich in Fahrt, mein Körper eine kleine Maschine, das Herz trommelt den Rhythmus. Was sagen Sie dazu, Frau Doktor? Der ist doch noch ganz gut in Schuss? Stromlinien, ich ziehe den Kopf ein, Rolle vorwärts, mit beiden Füßen stoße ich mich ab. Ich spüre die Kraft, die in meinen Beinen steckt. Ich strecke mich, gleite, meine Hände durchstoßen die Wasseroberfläche.
Wie die Fahnen im Wind flattern. An solche Dinge denke ich dann. Wenn sich die Bewegung verselbständigt, ich das

Wasser durchpflüge. Die Kette schlägt gegen den Fahnenmast, klack klack klack, den ganzen Nachmittag lang. Diese Wohligkeit, wenn das Licht durch die Fensterfront fällt, dieses Nachmittagslicht, und ich an meinem Schreibtisch, meinem großen Schreibtisch, klack klack klack, die Fritzsche kommt rein, es klopft, und schon steht sie in meinem Büro, die Fritzsche steht vor meinem Schreibtisch: Darf ich Ihnen einen Kaffee bringen? All die Jahre nicht zum Du gelangt, das Angebot hätte von mir kommen müssen, ich habe nie das Bedürfnis verspürt, sie zu duzen. Früher habe ich nie an die Fritzsche gedacht, jetzt denke ich mitunter an sie, an irgendetwas, das sie gesagt hat. Plötzlich habe ich ihren Singsang im Ohr, ich schwimme meine Bahnen, und vor meinem inneren Auge taucht ihr Gesicht auf. Die Brillengläser, in denen man sich spiegelt. Die rosa Lippen gespitzt, der Bleistift, treue Seele, die Fritzsche. Völlig entgeistert war die: Aber was machen Sie denn hier? Jetzt kommen Sie doch rein, ich koch uns 'nen Kaffee. Nie zum Du gelangt. Und dann verzähle ich mich immer, war das jetzt die dritte oder die vierte, die siebte oder die achte Bahn, ich komme durcheinander. Geschummelt wird nicht, lieber eine Bahn zu viel als eine zu wenig, ich nehme immer die niedrigere Zahl, veranschlage immer drei statt vier, sieben statt acht, wenn ich nicht sicher bin. An diesen Punkt, an dem sich die Bewegung verselbständigt, gelangt man nicht ohne Disziplin. Ich schwimme, bei Wind und Wetter, bei mir gibt's keine Ausreden.

Was spricht eigentlich gegen eine Badekappenpflicht? Ist mir egal, wie das aussieht, meiner Meinung nach sollten die alle. Ich schwimme, Maschinchen, und plötzlich dieses Gefühl an meiner Hand. Ganz zart. Ich schwimme, und plötzlich reißt's mich aus der Bewegung. Wie Algen fühlt sich das an, wie Tentakel. Ich bin in ein Haar geschwommen. Mein Kopf schreckt aus dem Wasser, ich strample und versuche nicht durchzudrehen. Ein langes schwarzes Haar hat sich zwischen meinen Fingern verfangen, klebt zwischen Zeige- und Mittelfinger. Ich versuche es abzuschütteln. Ich strample, ich schüttele, aber das Haar geht nicht ab. Ich versuche, Ruhe zu bewahren, ruhig, Walter, das ist eklig, aber nicht weiter schlimm. Atmen. Das ist nur ein Haar. Ich ziehe die Hand durchs Wasser, das Haar soll weg, soll über den Beckenrand, soll in den Abfluss gluckern. Ich bleibe ruhig, ich bleibe einigermaßen ruhig und werde belohnt. Das Haar löst sich von meinen Fingern. Es treibt davon, in eine Richtung, ich strample, schwimme in die andere, ich wechsle die Bahn. Yvonne hätte gelacht, Ach Walter, sie weiß, wie ich bin. Auf den Köpfen von Frauen finde ich lange Haare gut, ganz generell mag ich lange Haare auf Frauenköpfen, aber im Waschbecken, in der Dusche, auf Kissen, da drehe ich durch. Man kann es auch übertreiben, findet Yvonne, aber sie achtet trotzdem darauf, Yvonne hat immer darauf geachtet, als das noch nötig war. Hat doch jeder seine Macken. Das Haar reißt mich raus, auf den Schreck muss ich erst mal. Ich hänge am Beckenrand und trete Wasser. Ich lasse mir die Sonne auf die Nase scheinen, den Pelz, ich trainiere die Beine. Von dem Schreck muss ich mich erst mal erholen. Der Bademeister tritt aus seinem Kabuff, ich grüße, ich grüße den ja immer. Guten Morgen!, rufe ich. Keine Antwort, auch wie immer, der an mir vorbei, auf den Schuppen zu. Ein Kauz ist das. Ich grüße jeden Morgen, und der hinter seiner verspiegelten Sonnenbrille, hinter seiner Skilehrersonnenbrille: nicht mal ein Nicken. Ich kann mich nicht daran erinnern, den jemals ohne Sonnenbrille gesehen zu haben. Wird wohl so in meinem Alter sein, vielleicht etwas jünger. Was bringt den dazu, diesen Job zu machen? Den ganzen Tag sitzt er in seinem Kabuff, dreht hin und wieder eine Runde ums Becken, ermahnt ein paar tobende Jungs. Bestimmt hat der auch schon mal einen rausgefischt, aber trotzdem. Gibt nur einen Grund, warum einer solch einen Job macht, der braucht das Geld. Vielleicht hat er sich übernommen bei der Finanzierung des Hauses, oder er hat eine teure Ex. Wie ich da so am Beckenrand hänge, tut er mir leid. Irgendwann muss auch mal Schluss sein, irgendwann ist genug geschuftet. Armer Teufel. Grüßen könnte er trotzdem. Ich trete Wasser, gleich geht es weiter. Ich fange noch mal bei vier an zu zählen, denn die letzte Bahn, die habe ich ja abgebrochen, die zählt nicht. Ich schaue zum Planschbecken rüber. Eine Gruppe Frauen steht dort im Kreis, knietief, sie ziehen ihre Kinder durchs Wasser. An einer von ihnen gucke ich mich fest. Rosa Badeanzug, Pferdeschwanz. Genau solch einen Pferdeschwanz hatte Yvonne, früher. Wie der immer von links nach rechts, hinter ihrem Kopf, wenn sie die Straße entlangkam, mir entgegen. Ich hänge am Beckenrand, und in mir zieht sich etwas zusammen, immer zieht sich in mir etwas zusammen, wenn ich dran denke. Der Pferdeschwanz ist schuld. Ich war so verrückt nach dem Mädchen. Sie schien wie eigens für mich geschnitzt. Das zieht, wenn ich daran denke, selbst jetzt, in diesem Zustand, zieht das noch, wenn ich an diesen kleinen, kompakten Körper denke. Es zieht, und dann zieht es gleich nicht mehr, dann liegt Yvonnes Hand auf meiner Brust, Yvonnes Hand auf meiner Wange, sie sagt: Ist doch nicht schlimm. Wo das doch das Schlimmste ist. Sie streicht mir über das Gesicht und sagt: Mach da jetzt bitte kein Drama draus. So etwas passiert. Aber doch nicht mir, ich habe da nie Probleme gehabt. Und dass es ein Drama ist, ein Drama sein könnte, steht ja nun fest.

Yvonne wie für mich geschnitzt, was hätte ich denn tun sollen? Das ist so lange her. Hätte ich sagen sollen: Mein eigenes Glück ist mir jetzt wichtiger als alle Versprechen, als diese Familie, das Haus, der Garten, als unsere Nachbarn und Freunde, als unsere Pläne für die Zukunft. Mein Glück ist mir wichtiger als ihr beide, denn ihr beide, ihr seid nicht mein Glück, auch wenn ich das lange gedacht habe. Mein Glück zerrt in mir und reißt, das gibt keine Ruhe, das verstummt nicht, egal, wie lange ich warte, stillhalte, weitermache. Aber wer stellt sich hin, wer sagt das? Und stattdessen ging das über Wochen. Monate. Stattdessen musste Yvonne auf mich warten, bis Gisela. Sie hat die Entscheidung getroffen. Plötzlich durfte ich gehen, nach all dem Geschrei plötzlich Ruhe. Was habe ich erwartet, das war doch genau, was ich wollte, und als er dann vor mir saß, denn Nein, das wirst du ihm schön, das sagst du ihm selbst!, auf dem grünen Sofa, das wir im Jahr zuvor gekauft hatten, ein Ungetüm von einer Sofalandschaft und der Junge winzig darauf, *Bub* fuhr es mir durch den Kopf, so hat Mutter ihn immer genannt, *Bub*, mit kurzem U, das klingt nach Spinatwerbung, nach Rahmspinat, der so grün ist wie das Sofa, auf dem mein *Bub* sitzt, das klingt nach einem Tropfen Sahne, nach einer Träne. Habe ich tatsächlich geglaubt, er würde weinen? Keine Miene verzog er, der Junge hörte sich an, was ich ihm zu sagen hatte, und sein Blick, immer ein Funken von etwas, Spott, ein leichtes Senken der Lider mitten im Satz. Diese plüschigen Wimpern, von wem er die hat, wie gepinselt. Von vorne bohrte sich sein Blick in mich und von hinten der seiner Mutter, die im Türrahmen stand. Ich strich ihm über den Kopf, Du bist schon so groß, wollte ich sagen, Das ist nicht das Ende der Welt, doch heraus kam nur ein Summen, ein Hm, wie eine Frage, Hm? Der Junge nickte, und ich weiß nicht, was ich erwartet hatte. Tränen, ein Kind weint doch. Wenn der Vater die Familie verlässt, gibt es Tränen, sollte man meinen. Aber nicht Felix, der nickte nur: Okay.

Und ich habe so oft, ich weiß nicht, wie oft ich, wenn sich all diese Funken verdichten. Ein Kloß im Hals. Als wäre das alles nur Show. Als hätten wir nur so getan, all die Jahre. Weil man immer denkt, das muss so sein, man hat Vorstellungen, da muss dann der Vater mit dem Sohn. Wir sind zelten gegangen, dabei hat ihn das nicht interessiert, er hat es nur mir zu Gefallen getan. Nur mir zu Gefallen fährt er mit in die Waschstraße. Du gehst? Er stand vom Sofa auf, trat zu seiner Mutter. Als wäre die Show vorbei.

Der Paartherapeut, dieser Idiot. Ich bitte Sie, ich bin ein erwachsener Mann, ich werde jetzt nicht anfangen, ich werde Ihnen jetzt nicht vorheulen, wie schlimm meine Kindheit war. Meine Mutter hat alles getan, das war eine andere Zeit. Sie hat getan, was in ihrer Macht stand. Das ist eine Tatsache, aber Gisela neben mir zischt: Du versuchst es nicht mal. Dabei war ich ja da, ich bin doch hier, das ist ein Versuch, oder nicht?

Nein. Ein Mädchen ist Yvonne nicht mehr, mit vierzig kam der Pferdeschwanz ab, ihr vierzigster Geburtstag, auf der Terrasse, Rhododendron, Kurzhaarfrisur. Hübsch, ich habe mich nicht durchringen können, ihr zu sagen, dass sie hübsch aussieht. Als hätte mir jemand was weggenommen, etwas, das mir gehört, weg. Ein Gefühl wie beleidigt sein war das. Vielleicht habe ich da das erste Mal diesen Gesichtsausdruck an ihr gesehen, müde Augen, Ach Walter. Eben war noch alles möglich, und im nächsten Moment sieht sie mich an, mit diesen Augen, im nächsten Moment ist Yvonne Mitte vierzig und seufzt. Eben war sie noch eine von denen, hätte Yvonne noch eine von den Mittzwanzigerinnen im Planschbecken sein können, Mittdreißigerinnen, die kriegen ja heute immer später Kinder. Sie hätte knietief im Planschbecken stehen können, im rosa Badeanzug, mit ihren Freundinnen, den anderen späten Müttern. Yvonne noch mit Pferdeschwanz, der Gedanke ist schön, ist unnütz, Yvonne macht sich nichts draus. Ich hätte ihr, wenn sie das gewollt hätte, diese Erfahrung hätte ich ihr nicht verwehrt. Aber es war wirklich kein Thema, kein größter Wunsch. Yvonne tickt nicht, tickte. Wir sind doch glücklich, so wie wir sind, sagt sie immer, uns geht es doch gut. Aus der Entfernung hat die Frau im rosa Badeanzug wirklich Ähnlichkeit mit ihr, das Lachen. Wann hat Yvonne das letzte Mal so gelacht?
Sie hat es eilig, aus dem Haus und auf die Autobahn zu kommen, Berufsverkehr, sie muss die anderen noch abholen. Ihre Lippen berühren meine Wangen kaum, so eilig hat es Yvonne. Den Rock habe ich noch nie an ihr gesehen, der muss neu sein, und die Haare raspelkurz, wie das Fell

eines Hundes, das fühlt sich zwar schön an, aber. Sie winkt nicht, ich stehe am Küchenfenster, Trottel, stehe da und sehe ihr nach, wie sie davonfährt, kein Blick zurück.
Das passiert mir in letzter Zeit öfter, dass ich so vor mich hin. Wenn ich dann wieder zu mir komme, sind Minuten vergangen, und ich habe einfach nur vor mich hingestarrt, habe an nichts gedacht und an alles, als würden sich meine Gedanken auf eine andere Umlaufbahn schießen, und dort ziehen sie dann Kreise, dort oben, irgendwo, im All. Wenn ich wieder zu mir komme: Wie lange habe ich? Stand mein Mund offen? Hat mich jemand gesehen?
Ich starre sie an, und in dem Moment, in dem ich merke, ich starre, runzelt sie auch schon die Stirn, zieht ihr Kind zum anderen Ende des Beckens. Alter Kerl am Beckenrand, plötzlich bin ich der Lustmolch. Dabei ist das doch. Alles Verwechslung. Ein Missverständnis. Yvonne wird das verstehen. Der Pferdeschwanz, ich kann das erklären. Alles nur wegen einer Frisur. Ihr hübsches, helles Gesicht verdunkelt sich, und ich denke, Fräulein bildet sich ganz schön was ein. Glaubt die, ich hätte noch nie. Ich habe zuhauf hübsche Mütter gesehen in meinem Leben. Normalerweise hänge ich auch gar nicht am Beckenrand, ich schwimme tausend Meter und gehe gleich wieder. Ich will mich gerade abstoßen, da sehe ich, wie sie ihr Kind überreicht, sie gibt ihr Kind einer der anderen Mütter und steigt aus dem Planschbecken, ein großer Schritt. Vielleicht muss sie zum Klo, denke ich, aber nein, sie geht an den Toiletten vorbei, sie kommt auf mich zu, erst jetzt sehe ich die Muckis, ganz schöne Waden. Die geht wie ein Kampfhund. Und auch ihr Nacken wird immer breiter, je näher sie kommt. Sie lächelt mich an, vielleicht

habe ich gar nicht gestarrt, vielleicht war das ein Missverständnis, ein Missverständnis im Missverständnis, das löst sich doch auf, zwei mal minus gibt plus? Sie hat meinen Blick also verstanden als das, was er war. Unverfänglich, ganz und gar unverfänglich. Und während ich noch, minus und plus, tritt sie an den Beckenrand. Bevor ich ihr Lächeln erwidern kann, Frieden, streckt sie die Arme zu Pfeilen und springt. Hoppla. Fräulein gleitet lautlos ins Wasser. Da kann aber eine, Fräulein zieht durch, da spritzt nichts, die kann richtig gut schwimmen. Auch die Wende sitzt, die hat das bestimmt leistungsmäßig betrieben. Und wie ich ihr nachsehe, packt mich etwas, irgendwas packt mich, na warte. Den Fisch fange ich mir. Schon schieße ich durchs Wasser, einen Moment lang ist da nur das Brennen in meinen Muskeln, in meinem Brustkorb, sind da nur Blasen und ihr rosa Badeanzug. Ich sehe ihre Füße, wedelnd, völlig mühelos, ihre weißen Fußsohlen, Flossen. Ich gebe alles, ich beiße die Zähne, ich ziehe an ihr vorbei, an ihren Waden, dem rosa Rumpf, an ihrem Kopf, mit letzter Kraft ziehe ich durch, schließe die Augen –

Ja. So war das. An dieser Stelle der Erzählung wird Yvonne große Augen machen, denn sie weiß nicht, was kommt. Geschickt setze ich eine Pause, erhöhe die Spannung, Und dann, sage ich: Tut's einen Schlag! Yvonne legt die Hand vor den Mund, Oh nein. Oh doch. Mit voller Wucht pralle ich gegen die Beckenwand. Mein Kopf. Das Nächste, was ich weiß, Guten Morgen!, ist das Gesicht des Bademeisters über mir. Sonnenbrille, Bartstoppeln, plötzlich kann der Kerl grüßen. Neben dem Bademeistergesicht taucht das Gesicht einer Frau auf. Die kenne ich doch irgendwoher. Die Haut zwischen den Brauen der Frau wirft Falten. Dackel. Kampfhund, ich erinnere mich. Die rosa Blondine. Der blonde Hai. Die Frau ist tropfnass. Nasser als tropfnass ist die Frau, es ist, als würde aus irgendeiner Stelle an ihrem Kopf Wasser hervorquellen, als wäre sie eine Figur in einem Brunnen, das Wasser rinnt nur so an ihr hinab. Ihre Lippen bewegen sich, Sind Sie sicher, dass er in Ordnung ist? Der Bademeister reißt den Mund auf, sein Gebiss, auf seiner Zunge Belag, Na klar!, ruft der Bademeister, Unkraut vergeht nicht! Die Frau umfasst mein Kinn, zwingt mich, sie anzusehen. Überdeutlich die roten Ränder um ihre Augen, die feine Schicht Creme auf ihrer Haut, von der das Wasser abperlt. Sind Sie in Ordnung?, sagt die Frau, und plötzlich rieche ich sie auch, Fräulein steht in einer Wolke aus Knoblauch und Chlor. Die Frau streckt mir die Hand entgegen, die Hand ist kalt, die Hand bleibt in meiner Hand liegen, auch als ich schon sitze. Gut, denke ich mir, gut. Tut Ihnen was weh?, fragt die Frau. Sollen wir nicht lieber einen Arzt rufen? Ich sehe mich um, ich bin umgeben von Sonnenliegen, knallgelben Sonnenliegen. Wie in der Eiswerbung. Nein, nein, ich schüttele den Kopf: Alles in Ordnung. Fräulein nickt, weicht zwei Schritte zurück, ihr Gesicht verliert an Schärfe. Der mitleidige Ausdruck verwischt, als sie sich umdreht. Der nasse Pferdeschwanz hängt schnurgerade von ihrem Kopf, tropft eine Spur dunkler Flecken hinter ihr her, sie watschelt davon, diese Waden!, auf eine Gruppe Frauen zu. Eine der Frauen reicht ihr ein Kind. Die Frauen sehen zu mir herüber, die mit dem nassen Pferdeschwanz sagt etwas, ich sehe, wie sich ihre Lippen bewegen. Eine andere Frau schüttelt den Kopf. Dann lächeln sie, alle gleichzeitig, nicken in

meine Richtung. Das Kind auf dem Arm der nassen Frau winkt. Die verarschen mich doch, die denken, der alte Molch, das hat er davon. Als ich mich abwende, dreht sich kurz alles, als würde ich mich in mich hineindrehen, wie eine Schnecke, Spirale. Ich gerate in einen Strudel aus Blicken und Lächeln und Blasen, ich wanke und fange mich gleich wieder.
Ich stehe felsenfest.
Das Wasser im Becken liegt spiegelglatt da. Blaue Tiefe. Ich kann meinen Atem hören, mein Herz schlägt in einem Takt, den ich nicht kenne. Vielleicht ein altes Lied, zu dem ich mal getanzt habe, vor Jahren, Jahrzehnten, oder war es Lore, die tanzte, als Mutter, und ich mit ihr, ich in ihr, zu diesem Lied. Ich sehe sie vor mir stehen, zwischen den Bäumen das Abendlicht, Mutter, als junge Frau. Mutter schwarz-weiß, strahlend. Sie streicht sich das Haar hinters Ohr. Sie will etwas sagen, doch plötzlich tauchen die knochigen Füße des Bademeisters vor mir auf. Hier!, höre ich ihn sagen. Dass der keine Schlappen trägt, der holt sich doch Fußpilz. Ich blicke auf, in der Hand des Bademeisters liegen drei Eiswürfel. An die Stirn halten!, schnarrt er, und die Eiswürfel gleiten kühl in meine Hand. Der Bademeister geht, ich sehe ihm nach, und zum ersten Mal merke ich, dass der Bademeister O-Beine hat, das ist mir vorher noch nie, bei Wind und Wetter, jeden Morgen sehe ich ihn, aber das ist mir nie aufgefallen. Der Bademeister geht, als hätte er einen Hüftschaden, wie auf Eiern. Irgendwo klappt eine Tür, der Bademeister verschwindet, eine Stille ist das. Ich blicke auf meine Hände hinab und sehe das letzte Stück Eiswürfel schmelzen. Das Wasser rinnt aus meiner Hand. Ich stehe auf. Meine

Beine fühlen sich sperrig an. Ich trete ans Becken, gehe auf die Knie, halte mich am Beckenrand fest. Mein Kopf ein Schatten im Wasser, eine Silhouette mit großen Ohren, mir war nicht klar, dass ich so große Ohren. Ich drehe den Kopf, bringe ihn immer näher ans Wasser, gleich, gleich, kann ich mich sehen, gleich erkenne ich mich wieder –
Wenn ich eins hasse. Die sollen Badekappen tragen, verdammt. Ist mir egal, wie das aussieht. Das ist einfach ekelhaft. Bevor ich mich sehen kann, dieser Kitzel, dieses hauchzarte Reißen. Und wieder erschrecke ich, fahre zusammen. Blicke auf meine Hände am Beckenrand. Ein Netz schwarzer Haare an meinen Fingern. Ich wedele und fuchtele, plötzlich merke ich, dass hinter mir, ich drehe mich um, dort steht Yvonne. Im Sonnenschein. Yvonnenschein! Yvonne, in einer Wolke aus Chlor. Ich will ihr sagen, was los ist, Yvonne!, will ich rufen, sieh dir das an! Überall Haare! Da spüre ich etwas im Rücken. Klein und hart, wie eine Kugel, ein Knie. Ich will noch rufen, Bitte! Nicht!, schon stürze ich vornüber, ich schließe die Augen und weiß, gleich tauche ich ein, gleich empfängt mich das Wasser, ich spüre den Windzug an meiner Stirn –
Finger an meinem Lid. Wie an einem, Vorhang. Etwas leuchtet mir in den Blick. Ey!, ich schüttele den Kopf. Vor mir steht ein Mann. Mit Lämpchen. Viel zu große Weste, der Wicht. Was will der von mir? Er reißt die Augen auf, den Mund, wie einer, der brüllt. Ich kann keine Lippen lesen. Noch nicht. Ich könnte das lernen. Doch fürs Erste würde ich Sie bitten. Er brüllt leise, wie aus der Ferne: Ob ich weiß, wie ich heiße?
Was soll die Frage, Walter Nowak, und Sie? Wie alt ich bin,

will er wissen. Pfoten weg. Gerade achtundsechzig geworden. Wer ist dieser Kerl? Da ist auch das Fräulein, es hat ein Handtuch um die Schultern gelegt, Fräulein legt die Hand vor den Mund. Sieht mickrig aus, etwas verfroren. Sieht wirklich nicht gut aus, so aus der Nähe. Was hat sie denn? Fräuleinchen weint ja beinahe, Tropfen im ganzen Gesicht. Der Wicht will schon wieder was, macht große Augen. Von sehr weit her: Können Sie mir sagen. Welcher Tag. Heute ist. Jetzt reicht's aber. Der Blick vom Fräulein, die Frage vom Wicht, als wäre ich, ja, was denn? Montag, sage ich. Er nickt. Fräulein fasst ihn beim Arm, nimmt ihn beiseite. Die beiden tuscheln. Das ist meine Chance, leise steige ich von der Liege. Ich schleiche mich aus dem Kabuff. Einen Moment ist mir schwindelig, so viel Licht. Doch ich reiße mich zusammen. Schnappe meine Tasche, Klamotten. Im Gehen schlüpfe ich in meine Hose, nichts wie weg hier, durchs Drehkreuz, raus, auf den Parkplatz.
Ich gehe auf mein Auto zu, der Kies pikt an meinen Füßen, und es stellt sich die Frage, die ewige Frage: Wo ist der Schlüssel? Jetzt geht das wieder los. Ich rekonstruiere: Ich bin aus dem Auto gestiegen, ich bin um das Auto herumgegangen, ich habe die Tasche vom Beifahrersitz genommen, dann habe ich das Auto abgeschlossen. Ich bin über den Parkplatz zum Eingang gelaufen, da standen schon Leute. Ich habe auf die Uhr geguckt, drei Minuten vor acht, waren das die Mütter? Nein, die kamen später, um drei Minuten vor acht stand da der Hermann. Seine Frau war dabei, der haben sie die Brust abgenommen, sie hat nur noch eine, die linke. Der Bademeister hat aufgeschlossen, ohne eine Miene zu verziehen, der Bademeister grüßt ja

nicht, keinen. Ich und der Hermann und die Frau vom Hermann sind rein, Jahreskarten, das lohnt sich, bei Wind und Wetter, wobei, Hermann, also, wenn's regnet. Bleibt der schon mal im Bett. Mit seiner einbusigen Frau. Wie das aussehen mag, unter dem Badeanzug, ist da nichts, einfach nichts, oder haben sie der die Brustwarze wieder angenäht? Ist schwer, sich das vorzustellen, nichts. Darüber habe ich kurz nachgedacht, wobei man über nichts ja nicht nachdenken kann, und dann habe ich mich erwischt, wie ich die Hand an der Brust, das war's nämlich, ich habe den Schlüssel in die Brusttasche meines Hemds gleiten lassen, und die Frau vom Hermann hat so böse geguckt, als hätte sie mich bei dieser Bewegung ertappt, beim Griff an die Brust, und ich habe gedacht, die soll das jetzt bloß nicht auf sich beziehen. Leute mit so einem Schicksal, mit solch einem Makel, die beziehen ja gerne mal alles auf sich. Als wollte ich, indem ich mir den Schlüssel in die Tasche gleiten lasse, aufmerksam machen auf ihre Brust. Auf die Abwesenheit ihrer Brust. Dieser beleidigte Blick, dass ich den Schlüssel nicht in die Hosentasche habe stecken können. Das Hemd ist natürlich ganz unten in der Tasche, immer dieses Gewurschtel, Gesuche. Ach Walter. Na was? Hauptsache, ich finde ihn noch. Meine Güte, wenn ich mir überlege. Das war schon ein ziemlicher Schlag auf den Kopf, ein ganz schöner Wumms. Und ich steige ins Auto, als wäre nichts geschehen, fahre ich los, die Spielstraße entlang und auf die Hauptstraße, an der Post vorbei, an der Sparkasse, am Marktplatz, Eisdiele, Rathaus. An der Tankstelle vorbei, über die Landstraße, zwischen den Kornfeldern hindurch fahre ich und frage mich nicht, was mit der Musik ist. Don't be cruel to a

heart that's. Uuuuu, die Musik ist nur in meinem Kopf. Ich höre sie nicht. Ich höre kein Surren des Motors, kein Verstummen des Motors in der Garageneinfahrt, kein Klimpern der Schlüssel. Ich schwungvoll ums Auto, ins Haus. Und erst im Hausflur, vor dem Spiegel, fällt es mir auf. Ich sehe mich im Spiegel und denke, Moment mal, was glitzert denn da? Auf meinem Kopf? Ein Hecheln, ich habe mich erschreckt. Vor mir selbst. Da blitzt etwas auf, eine Ahnung, nein, ein Wissen, wie das ablaufen wird. Das ist der Anfang. Das ist das Ende. Von jetzt an geht es abwärts mit mir, nur noch abwärts. Ich schüttele mich, ich reiße mir die Badekappe vom Kopf und die Stöpsel, raus aus den Ohren. Plötzlich höre ich, draußen zwitschern die Vögel. Ein Hecheln in der Brust, Panik. Vom Schwimmbad nach Hause, die gesamte Fahrt, mit Kappe und Stöpseln, ich stehe vor dem Spiegel und kann es nicht fassen. Was macht man mit dieser Panik? Atmen. Ganz ruhig. Über nichts kann man schlecht nachdenken. Nichts. Das ist ja auch nur ein Wort. Ein Wort für die Umlaufbahn. Ein Wort wie das All, man verliert sich darin.
In meinem All brummt's ganz schön. Eine Schläfe immer auf den kühlen Fliesen, in regelmäßigen Abständen wende ich langsam, ganz langsam den Kopf, dann wabert der Schmerz einmal von links nach rechts. Doch das halte ich aus. Yvonne hat gesagt, sie kommt wieder. Sie wird kommen. Ich werde hören, wie sie unten die Tür aufschließt, wie sie den Schlüssel auf das Schränkchen neben der Garderobe legt, Walter!, wird sie rufen, Walter, bist du da? Sie wird einen Blick in die Küche werfen, sie wird die Sauerei sehen, all das Blut, und sich erschrecken. Ich werde ihren Schreck

hören, wie einen Pulsschlag, im ganzen Haus pulsiert ihr Schreck, jetzt weiß sie, dass etwas nicht stimmt. Etwas stimmt nicht, ihre Schritte, entschlossener nun, ins Esszimmer, Walter?, ins Wohnzimmer, Walter?, hinaus auf die Terrasse. Ihre Blumen liegen flach, das Unwetter hat sie dahingerafft. Sie wird dem Impuls widerstehen, sich sofort um sie zu kümmern, Yvonne ist beunruhigt. Sie geht wieder ins Haus, jeden Schritt werde ich hören, durchs Haus, die Treppe hinauf, den Flur entlang aufs Bad zu, sie kommt immer näher. Keinen Laut werde ich von mir geben. Ich werde warten. Yvonne wird die Tür aufstoßen, sie wird mich erblicken, ich bin nicht zu übersehen, nackt auf den Fliesen. Aber Walter! Sie wird sofort auf die Knie gehen, sich über mich beugen. Ihre Hände auf meiner Brust, in meinem Gesicht. Ich werde lächeln. Ich werde ihr mit einem Lächeln zu verstehen geben, dass alles in Ordnung ist. Nichts, was nicht auszuhalten wäre, mein Schatz. Ich werde sie Schatz nennen, weil sie das mag. Ich glaube, sie mag das. Nach dem ersten Schreck, den Küssen auf meine Stirn, wird Yvonne sich zu mir setzen. Was in aller Welt ist geschehen?, wird Yvonne fragen. Dann sage ich: Du wirst es nicht glauben, hör zu. Und natürlich hört Yvonne zu, natürlich glaubt Yvonne mir.

Und wenn alles erzählt ist und der erste Schreck verflogen, werden wir uns an die Reportage erinnern, die wir vor Jahren gemeinsam im Fernsehen gesehen haben, von Delfinen in Gefangenschaft, die Selbstmord begehen, indem sie immer wieder gegen die Beckenwand schwimmen. Yvonne wird lächeln, Mein kleiner Flipper, wird sie zu mir sagen, und in ihrer Stimme wird ein Rest Sorge mitschwingen.

Wenn ich mich recht entsinne, Rekonstruktion: Erst ist der Schlüssel weg, dann ist er da, in meiner Brusttasche. Ich steige ins Auto. Ich fahre nach Hause. Ich stehe vorm Spiegel. Etwas glitzert auf meinem Kopf. Und dann? Die Bilder verschieben sich, ich sehe doppelt. Ich stehe vorm Spiegel, nichts glitzert auf meinem Kopf. Keine Badekappe, und doch erschrecke ich. Mein Gesicht ist rot, überall Rot, ich verblute, jetzt ist es aus. Ich stehe vorm Bett, die Laken voll Blut. Ich mache einen Schritt auf das Bett zu, mein Fuß stößt gegen etwas, ein Glas kullert davon. Ich stehe und starre. Ich stehe in der Küche, ich stehe vorm Kühlschrank und lese den Zettel, den Yvonne mir geschrieben hat. Ein Plan. Für ihre Abwesenheit. Wie im Sanatorium, für jeden Tag eine Spalte, eine Zeile für jede Mahlzeit. Yvonne ist der Meinung, ich muss auf mich achten. Auch wenn nicht erwiesen ist, inwieweit Ernährung. Knäckebrot, Rote Bete. Ich stehe vor dem Entsafter, einen Höllenlärm macht das Ding, Saft tropft in ein Glas. Die Bilder überlagern einander, ich stehe vorm Spiegel, kapiere. Das ist gar kein Blut, das ist Saft. Wieder dieses Hecheln in meiner Brust, Mann, Walter, reiß dich zusammen! Wisch dir doch mal den Saft aus der Fresse! Ich taste meine Stirn ab, eine ziemliche Beule. Das ganze Bett voller Saft, ich reiße die Bettwäsche runter, trage einen großen Arm Wäsche die Treppe hinab. Die Arme voll Wäsche stehe ich im Keller. Ich stehe im Waschkeller und weiß nicht, was nun. Ich stehe im Flur und weiß es wieder: Ich bin eingeschlafen! Ich saß mit Glas in der Hand auf der Bettkante, da muss ich kurz. Ich stehe im Flur und erinnere mich, als meine Haut zu jucken anfängt. Ich rieche an meinem Arm. Chlor. Ich stehe unter der Dusche, das kalte Wasser tut gut, das kalte Wasser lindert das Dröhnen im Kopf. Reiß dich zusammen, nur noch ein Echo. Das war aber auch ein ganz schöner Wumms. Das war ein mieser Start in den Tag. Ich stehe unter der Dusche und denke: Am besten fange ich noch mal von vorne an. Ich trinke einen Kaffee. Auch wenn der nicht auf dem Speiseplan steht. Ein Tässchen Kaffee hat noch keinem geschadet. So leicht gebe ich nicht auf. Ich nehme meinen, Penis, ich nehme meinen Pimmel, ich schiebe die Vorhaut zurück. Dass da auch Wasser rankommt. Olgas Mund, der sich zur Nase hochzieht. Wie sich das anfühlen mag, dieser Schlund, dieses Maul muss doch wahnsinnig, zart. Ich schließe die Augen, es schmatzt, doch das Gefühl wird gestört. Yvonne lacht. In meinem Kopf Knäckebrot. Der Plan, hat sie den selbst? Zusammengestellt. Hat sie das aus dem Internet? Oder hat sie sich etwa mit dieser Frau Ekeanjandu beraten? Mit Frau, dieser Ekeanuju? Ich kann mir den Namen nicht merken, bei mehr als vier Silben hört's bei mir auf. Vier Silben, völlig willkürlich, für meine Ohren. In meinen Ohren ist das willkürlich, ein J nach dem N. Das versteht Yvonne nicht, sie setzt ihr strenges Gesicht auf, ihr Menschenrechtsgesicht, und sagt, ich sei ignorant. Sie runzelt die Stirn und sagt, ich solle mir den Namen der Frau lieber merken. Denn wie's aussieht. Wie's aussieht, werdet ihr noch eine Weile miteinander zu tun haben. Diese Frau Doktor Ekedingsbums, hat Yvonne sie konsultiert bezüglich des Speiseplans für ihren Mann? Haben die lachend zusammengesessen und den Plan ausgeheckt? Radieschen! Ich lass meinen, Pimmel, ich lasse ihn los und drehe das Wasser ab. Ich stehe vor dem Kleiderschrank und überlege, was ich anziehen soll. Irgendwo muss doch noch. Klar ist das albern, von außen betrachtet. Ich hätte das Hemd nicht verstecken müssen, ich hätte auch sagen können, Yvonne, nix da!, das Hemd bleibt! Aber, ach, die Diskussion. Yvonne versteht einfach nicht, wie gut sich das anfühlt. Der Stoff ist vom vielen Waschen ganz weich. Die zehn besten Polohemden des Walter Nowak, das alte olivgrüne landet definitiv auf Platz eins. In diesem Polohemd habe ich ein Haus, unzählige Baustellen, was habe ich geschuftet. Und sie will es wegwerfen, nur weil es ein Loch hat, ein paar Löcher und Flecken. Wie ein Penner sähe ich darin aus. Wen kümmert's, die Katze aus dem Haus, ich ziehe an, was ich will. Ich stehe vorm Schrank, ich wühle hinter den Stapeln, und richtig, da ist es. Ich streife das Hemd über den Kopf, wunderbar weich.

Die Bilder verschieben sich, aber das ist ganz deutlich. Wie ich vor dem Schrank stehe. Ich voller Löcher, und Yvonne ruft nicht an. Ich würde denken, wenn man angekommen ist, ruft man mal an. Ich runzele die Stirn. Und mit einem Mal weiß ich, glaube ich zu wissen, was das bedeutet. Die will mich doch ärgern. Die will mich spüren lassen, wie sehr ich sie brauche. Ist es das? Ich brauche dich. Ich brauch dich so sehr! Wenn es das ist, was sie hören will, bitte. Das kann sie haben, da ziere ich mich nicht. Mäuselchen. Aber dann wieder lieb sein, in Ordnung? Eine Melodie steigt in mir auf, als ich mich anziehe, ein lang gezogenes U, don't be cruuuuuel, meine Knie beginnen zu wippen, uuu uuu uuu, to a heart that's true. Das werde ich ihr vorsingen, am Telefon, wenn sie anruft, singe ich für sie. Noch mal anfangen, frisch geduscht, völlig vergnügt. Das wird ihr gefallen, uuu, summend steige ich die Treppe hinab, uuu, trete hinaus in den Garten. Kaum bin ich draußen, läuft mir die Brühe auch schon. Die Sonne blendet mich, sticht Kristalle in meinen Blick. So leicht gebe ich nicht auf, ich gehe zum Schuppen, in meinem Kopf summt's. Das wäre auch mal so eine Sache, so ein To-do, wie Yvonne sagen würde, so ein Toduuu uuu uuu, der Schuppen. Ich hätte nicht übel Lust, das wäre genau das Richtige, für so einen Tag. Für einen Tag mit solch einem Anfang. Yvonne, stell dir vor, ich denke, ich habe noch zwei Züge, noch locker zwei Züge, aber da ist schon die Wand.

Wie ein Schlag auf den Kopf auch die Luft im Schuppen, ein Hieb vor den Bug. So stickig, gleich kippe ich um. Keine zwei Minuten halte ich das aus. Ein andermal, ich räume ein andermal auf. Wenn es mal regnet, schaffe ich Ordnung. Dann besorge ich auch Tonnen für Blumenerde. Das mache ich alles, ich kümmere mich drum. Ich muss nur mal kurz. Ich muss nur einen Moment mal hier liegen. Einfach nur hier liegen, auf den kühlen Fliesen, und die Decke anstarren. Das ist doch, in Ordnung. Daumen hoch.

Als ich das erste Mal mit dem Rider gefahren bin, hat Yvonne ein Bild von mir gemacht. Sie hat das Foto ins Internet gestellt, später hat sie mir gezeigt, was die Leute dazu geschrieben haben, wie ich, auf dem Rider, und winke. Der Großgrundbesitzer auf seinem Gefährt!, schrieb Yvonnes Schwester, und verschiedenen Leuten gefiel das Bild. Da habe ich mir schon überlegt, ob ich mich nicht auch anmelden soll. Ach Walter, hat Yvonne gesagt, bevor ich dir das erklärt habe! Es reicht doch, wenn ich. Und sie hat recht, eigentlich interessiert mich das gar nicht. Hat mich halt gefreut. Mein Gefährt, mein Rider. Na, was denn? Yvonne macht sich alle naselang selbst Geschenke, hier eine Handtasche, da ein Roman. Ich mag halt Maschinen. Muss Yvonne gar nicht die Augen verdrehen. Wenn der Rasen gepflegt ist, gefällt ihr das auch.

Wie nennt sich das? Skrotum, der Sack. Eine Beule im Stoff. Das ist so. Unappetitlich. Wenn das Fleisch an den Oberschenkeln, wie Wackelpudding, wenn das so zittert vom Vibrieren des Motors. Ich habe ja Muskeln, ich bin alles andere als fett. Auf dem Minirider würde jedes Bein wackeln. Meine Beine, Wackelfleisch, die knochigen Knie. Ich bin noch ganz fit. Wenn man mal absieht, bin ich eigentlich fit.

Seit Yvonne diese Kurse macht, ist sie so empfindlich geworden. Zigeuner soll ich nicht mehr Zigeuner nennen. Und neulich, beim Italiener, die beiden Typen am Nebentisch, mit ihrem Gegacker, Geflöte, die waren halt einfach. Ganz eindeutig waren das doch. Darf ich nicht sagen. Sonst zischt Yvonne gleich, ich soll bitte den Mund halten. Frau Doktor Eke, Ekejandahu, ich wusste einfach nicht, wie. Mehrfach habe ich angesetzt, aber verdammt, welche Bezeichnung, was wäre korrekt? Politisch, wie Yvonne immer sagt. Dabei war's ja nicht so, dass ich das schlimm fand. Wenn sie rothaarig wäre, hätte ich Yvonne das doch auch erzählt. Dann hätte ich einfach gesagt, die Frau Doktor E, die hat rote Haare. Wir sitzen beim Abendbrot, und ich würde Yvonne gerne, ich habe das Bedürfnis, es ihr zu erzählen, aber ohne

dass sie wieder, ihren Menschenrechtston, das Gesicht dazu. Ich könnte sagen: Meine Ärztin kommt aus Afrika. Dann würde Yvonne fragen, aus welchem Land. Du sagst ja auch nicht, der und der kommt aus Europa, würdest du ja nie sagen, du würdest immer sagen, der kommt aus Frankreich oder Polen oder Spanien. Ein Land eben. Und nicht einfach einen Kontinent hinrotzen, als wäre das alles das Gleiche. Den Vortrag erspare ich mir. Frau Doktor kommt ja auch gar nicht aus Afrika, aus keinem Land, Kenia zum Beispiel. Ich habe sie gefragt. Bei der Verabschiedung, wir stehen an der Tür des Sprechzimmers, ich will gehen, ich will da raus, aber die Hand der Frau Doktor liegt auf der Klinke, ihr Arm wie eine Schranke, versperrt mir den Weg. Die lässt mich nicht gehen, die hört nicht auf zu reden. Dass das jetzt ein Schock sei. Dass aber viele Männer mein Schicksal teilten. Die Heilungschancen stünden ja gut. Und einerseits brennt mir die Frage, auf der Zunge, im Kopf. Aber ich will auch, dass sie still ist, endlich mal still.
Wo kommen Sie eigentlich her?
Sie verstummt, legt den Kopf schief. Dann lacht sie los: Aus Nürnberg, Herr Nowak! Ein fränkisches Mädchen! Und ich Ha ha, ach so. Waschecht. Sie hört auf zu lachen, räuspert sich. Frau Doktor E kehrt zum Thema zurück. Was soll das, sie weiß doch genau, was ich meine. Die Heilungschancen durchaus recht gut, ich höre ihr nicht zu, nur mit einem Ohr, ich überlege schon, wie ich Yvonne von meiner Ärztin erzähle. Ohne dass sie, ach Walter, diesen Blick anknipst: Was willst du mir damit jetzt sagen?
Frau Doktor E mustert mich, Haben Sie noch Fragen, Herr Nowak? Ich schüttele den Kopf, und ihre Hand drückt die

Klinke herunter, die Tür öffnet sich, ihre Hand landet auf meinem Rücken, schiebt mich in den Flur. Dann sehen wir uns in zwei Wochen! Bis dahin und Tschüss, ich stehe im Flur, und sie geht davon, quietschenden Schritts, ihr wehender Kittel wie Flügel. Sie kommt nicht aus Afrika, also gut, das R tief aus ihrer Kehle ist fränkisch. Nur, wie erzähle ich's Yvonne? Beim Abendbrot lasse ich den Namen fallen, in verschiedenen Variationen, Frau Doktor Ekelanju, Frau Doktor Ekejnadu, ihr Name fällt wirklich oft. Yvonne könnte aufhorchen, Yvonne könnte fragen: Wie heißt die? Wo kommt die denn her? Aus Franken, würde ich sagen, und dann wäre Yvonne mal die Dumme. Doch sie fragt nicht, Yvonne rät mir nur, mir den Namen der Frau lieber zu merken. Denn wie es aussieht. Wie es aussieht, werden Frau Doktor und ich noch eine Weile miteinander zu tun haben. Das ist Yvonne: So sieht es aus. So und so sieht es aus. Die Situation erkennen. Mit der Situation umgehen.

Ich hätte wissen müssen, dass sie nicht darauf besteht. Ich lasse die Tagung ausfallen, sagt sie und schmiert sich ein Brot. Sie steht mit dem Rücken zu mir, als sie anbietet, zu Hause zu bleiben. Und ich: Aber nein, wieso denn. Sei nicht albern, Yvonne. Solange wir nicht wissen, was genau los ist. Natürlich denke ich, sie wird darauf beharren, das ist ja alles nicht ohne. Doch Yvonne dreht sich um, sie hält das Messer noch in der Hand. Sind ja auch nur vier Tage, sagt sie. Und ich nicke: Eben.

Wackelfleisch, Skrotum, ich starre auf meine Beine, da tut's einen Ruck. Blüten rascheln, ich reiße das Lenkrad herum, steure vom Hortensienbeet weg. Das war knapp. Das ist gerade noch mal. Ich Depp, sitze und glotze, mein Wackel.

Mein Wabbel. Der Rider fährt sich fast von allein, aber eben nur fast. Lenken muss man schon noch. Gucken wäre auch nicht schlecht. Yvonne und ihre Blumen, das hätte Ärger gegeben. Ich steige vom Rider. Ich stehe im Garten, ein Schwindel, ich sage ihr nichts, ich wanke, ich stehe. Ich muss ein Glas Wasser trinken, ich schwitze wie Sau. Ich brauche dringend eine Tasse Kaffee. Ich stehe vor der Kaffeemaschine, der saure Geruch steigt mir in die Nase, der Geruch von Kaffee, der schon seit Stunden auf der heißen Platte schmort. Wann habe ich, das rote Lämpchen, wann habe ich Kaffee gekocht? Ich stehe vor dem Bücherregal, ich stehe vor der Wand, rücke ein Bild zurecht. Ich stehe vor dem Sofa, betrachte die Kissen, betrachte Yvonnes Zeitschrift, die dort liegt. Eine Frau lächelt, um nicht zu sagen, sie grinst. Zeigt ihre großen, quadratischen Zähne. Ich stehe im Gästezimmer. Hier oben war ich schon lange nicht mehr. Gäste, wir haben selten Besuch. Ich stehe in diesem aufgeräumten Zimmer und denke: Das war die ganze Zeit da. Das Bett ist gemacht, auf dem Fensterbrett eine Topfpflanze, auf dem Stuhl in der Ecke eine Tischdecke, gemangelt, gefaltet. Ich streiche über die Tischdecke, über den kühlen Stoff. Mein Blick schweift aus dem Fenster, schweift zum Giebel des Nachbarhauses, zur Satellitenschüssel, ich wende mich ab. Das Zimmer lag all die Jahre hinter dieser Tür, auf einmal kommt es mir feindlich vor. Wie ein Vorwurf, so stumm. Ich ziehe die Tür hinter mir zu, steige die Treppe hinab, mit sperrigen, wackligen Knien. Ich stehe vorm Sofa. Ich starre vor mich hin, alles verschwimmt, die Schrankwand, die Schrankwand. Ich ertappe mich dabei, ich sinke und merke im Sinken, wie ich, schon wieder, was ist nur mit mir los. Im

Sinken mein Herz, ich muss mich jetzt mal, das geht so nicht. Ich spüre die Stunden verstreichen und kann mich nicht wehren, meine Lider sind schwer. Ich stehe vor einem Haus, vor vielen Jahren, ich bin wieder Junge. Ich lehne an einer Laterne. Ich blicke hinauf zum Balkon, zu den Fensterläden, hinter denen er lebt. Ich warte, die Stunden rinnen dahin. Ich stehe auf dem Balkon, ich bin es, der auf den Balkon tritt und den Fans winkt. Blauschwarzes Haar, ein Kräuseln der Oberlippe. Da ist ein Schlenkern in meinem Gang. Ein Zucken der Knie. Etwas in mir, uuu uuu uuu, das sind die Schreie der Frauen, ihr Gekreische. Das Rascheln der Röcke. Meine Hand unter dem Rock, dem Tüll. Lippenstift. Fräulein, das Leder der Rückbank knarrt, mein Fräulein. Der Pferdeschwanz löst sich, ihr Haar fällt auf mein Gesicht. Die blinzelnden Äuglein der Fritzsche, spiegelnde Brille. Was machen Sie denn? Aus der Ferne ruft wer meinen Namen, Walter! Wie hart ein T klingen kann, ein R. Walter! Der Großvater ruft. Ich schrecke hoch, ich bin wach. Ich muss kurz. Mein Wabbel, mein Wackel, irgendwas zieht. Zähne. Wie viele Stunden. Großvater. Schrankwand. Ich sitze auf dem Sofa, ich stehe vom Sofa auf. Ich gehe an der Schrankwand vorbei, in Richtung Küche. Ich höre mich schlurfen. Ich muss mich jetzt mal. Zusammen. Reißen. Diesen Tag rum. Reißen. Ich hebe die Füße, Schritt für Schritt durch den Flur, wie ein Soldat. Der Soldat steckt den Kopf aus dem Zug, der Soldat winkt. So jung, so strahlend, in seiner Uniform. Frisch aus Amerika. Die Fräuleins kreischen.

Plötzlich ist es sieben Uhr. Ich stehe vor der Standuhr im Wohnzimmer wie vor einem Mann. Als würde ich gleich angreifen. Ihr Ticken in meinem Kopf. Neunzehn Uhr, ich habe noch nichts, ich muss mal was essen. Ich stehe vorm Kühlschrank, lese den Plan. Kaltes Gurkensüppchen mit Ingwer. Ich öffne den Kühlschrank, greife nach dem Krug in der Tür. Blicke hinein: hellgrüne Milch. Rieche daran: Gurke. Ich nehme den Krug, schnappe mir die Knäckebrotpackung. Knäcke steht nicht auf dem Plan, aber das habe ich noch gut. Vom Frühstück. Mit Knäckebrotpackung und Süppchen aufs Sofa. Das gibt's bei Yvonne nicht, das ist eine Unsitte, essen vorm Fernseher. Ach Mieze, ich stelle den Krug auf den Tisch. Mit der Linken tunke ich Knäcke ins Süppchen. Mit der Rechten schalte ich durch die Programme. Überall wird gezählt, auf allen Kanälen. Von zehn rückwärts. Die zehn schönsten Schlösser, Strände, die zehn gefährlichsten Tiere. Platz zwei geht an den Menschen, der für sich selbst die größte Gefahr darstellt. Kriege und so. Auf Platz eins die Moskitos. Sie infizieren abertausend Menschen jedes Jahr mit tödlichen Krankheiten. Ah ja, ich schalte um. Die zehn größten Frachtschiffe, extremsten Sportarten. Ich flippe mich durch die Kanäle, nirgendwo Sport, Nachrichten. Nichts von Interesse. Ich stehe auf, ohne es zu merken, steige ich hinab in den Keller. Ich stehe vor dem Bierkasten, ein Stück Knäckebrot in der Hand. Großvater, sein Rücken, sein Schädel hinter dem gelblichen Glas der Küchentür. Dumpf die Stimmen. Großvater darf nicht gestört werden, ich darf ihn nicht stören. Ich nie. Das ist seine Stunde. Großvater vor dem Radio, er trinkt ein großes Glas Bier. Ich stehe in der Küche, mein Blick fällt aufs Radio, und ich weiß, was ich anfange. Mit diesem Tag, mit diesem angebrochenen Abend. Ich als Großvater, meine Stunde am Abend.

Ein kleines Bier hat noch keinem. So wie ich geschwitzt habe, kann ein Bier doch nicht schaden. Ich gehe in den Keller. Der Alte. Eigentlich ist der nie wiedergekommen, nicht wirklich. Hat auch nie erzählt, wie das war. Andere, die haben ja spätestens nach dem zweiten Glas Schnaps, mein Chef in der Lehre, der war so einer, der hat gerne Geschichten erzählt, vom Krieg. Aber der Alte, ein verdammt harter Knochen, ein Hund, der konnte trinken. Höchstens ein Tränchen, nach vier, fünf, sechs Schnaps. Wenn er besoffen war, wurden die Augen feucht. Kein Grund zu jammern.
Ich muss nicht mal das Licht anschalten, der Bierkasten steht neben der Tür. Ein Griff. Mit der Flasche in der Hand wieder hinauf. In die Küche. Tür schließen. Großvater will seine Ruhe. Stuhl zurechtrücken, der Verschluss ploppt. Im Radio sagen sie ein Unwetter an. Ich sitze in der Küche und schwitze. Das Bier ist warm, wie ich es mag. Ich lege den Kopf in den Nacken. Ein langer Zug. Lieber wäre mir ein Beitrag zu einem Thema, über das ich noch nie nachgedacht habe. Irgendein Orbit für meine Gedanken. Dass die Lesungen senden, schön, aber so was. Ich meine, das sind doch auch meine Gebühren. Habe ich nicht Anspruch auf Unterhaltung? Der Name der Autorin wird genannt, der Titel des Buchs, der Name des Verlags, der Preis, den die Autorin vor kurzem gewonnen hat. Ich trinke noch einen Schluck, Schlucke, das Bier ist schon leer. Das Alter der Autorin nennt die Tante im Radio nicht, sie nennt das Geburtsjahr. Ich stehe auf. Den Flüssigkeitsverlust muss ich doch ausgleichen. Wer so schwitzt, verträgt auch ein zweites. Auf dem Weg in den Keller rechne ich. Die Autorin ist fünf Jahre jünger als die Republik, die wiedervereinte, vereinigte. Die

Autorin ist fünfzehn Jahre jünger als Felix. Die ist nur sieben Jahre älter als der Euro. So junge Dinger lassen die schon, so junge Dinger schreiben schon Bücher? Ich stehe vor dem Bierkasten und zähle die Flaschen, die vollen, damit ich weiß, wie viele ich nachkaufen muss. Ich spüre ein Grinsen in meinem Gesicht:
Du, ich hab deinen Sender gehört.
Echt? Sonst sagst du immer, da wird dir zu viel gequatscht. Du sagst, wenn du das Radio anschaltest, willst du Musik hören.
Na und? Ich hatte halt mal Lust auf eine Lesung.
Da bleibt ihr die Spucke weg, ich nehme ein Bier aus dem Kasten.
So ein ganz junges Ding, ich bin gespannt. Ich betrete die Küche und horche. Ich horche, und einen Moment lang herrscht Stille, unendliche Weite in meinem Kopf. Herz. Ein Moment, wie die Ewigkeit. Dann knistert Papier, und eine Stimme erklingt. Die Welt dreht sich weiter. Ich nehme am Küchentisch Platz. Die Stimme von der, man würde denken, dass die lieblicher wäre, lieber. Was kann die schon erlebt haben. Die leiert richtig, schnarrt freudlos dahin. Vielleicht stimmt da auch einfach was nicht. So ein junges Ding, das schreibt, das seine Zeit schreibend verbringt. So ein Vögelchen, wie Yvonne es war, oder Gisela, früher, viel früher, das würde ja nicht. So ein Vögelchen zwitschert doch einfach. Ich trinke mein Bier. Lausche dem Klang ihrer Stimme. Sehe mich dort sitzen und lauschen. Ich als Großvater. Sein steifes Bein, das Knarren der Dielen. Er ging immer als Letzter ins Bett. Wenn ich schon schlief, so tat, als würde ich schlafen. Großvaters Schulter, ein Granatsplitter hat ihn ge-

troffen. Versehrt. In Großvaters Schulter ein Krater. Ich sitze in der Küche, was für ein Tag. Morgen wieder alles normal, alles wie immer, ich gehe schwimmen, Punkt acht bin ich da.
Morgen früh. Was, wenn Yvonne morgen früh noch nicht zurück ist. Wenn ich noch den ganzen Tag und die ganze Nacht hier liege und sie nicht kommt. Stehe ich dann auf? Erhebe ich mich einfach und wische mir das Blut aus dem Gesicht? Nehme ich den Eimer, den Olga hat stehen lassen, putze ich erst das Bad, dann das Haus? Empfange ich Yvonne auf dem Sofa, Zeitung lesend, geduscht und rasiert?
*Kimme.* Ich meine, was soll das. Da sitze ich, trinke mein Bier, will nur meine Ruhe. Großvater. Und dann dieses Wort, die Stimme des Mädchens, *Ich lecke ihm die,* leiert sich in mich hinein. *Ich stecke meinen Finger in seinen* – ich springe auf, wo sind wir denn hier! Ich habe die Hand schon am Knopf und höre trotzdem noch – *Arsch.* Knacken, dann Stille. Endlose Stille, bis auf. Muss das denn sein? Ja, das muss sein, Herr Nowak, wenn Sie sich bitte, würden Sie sich bitte mal auf die Seite drehen? Die Handschuhe quietschen, das Gummi schnalzt gegen die Haut. Das kann jetzt kurz unangenehm werden. Ich schließe die Augen, ich presse die Lider zusammen, spüre ihren Finger. Mir wird heiß. Ekeanhudru. Auf der Überweisung stand ja nur Doktor und dieser Name. Ich habe mir nichts dabei gedacht. Und als sie dann reinkam, wogender Busen unter dem Kittel, sie hat mir die Hand entgegengestreckt. Mir ist ganz anders geworden. Warum macht eine Frau so etwas? Warum ergreift eine Frau diesen Beruf? Ich stehe in der Küche vorm Radio, und

mein Herz rast. Noch ein Bier. Ich stehe auf der Treppe in den Keller, als das Telefon klingelt. Ich steige die Stufen wieder hinauf, trete ans Telefonschränkchen.

Hallo?

Am anderen Ende der Leitung Stimmengewirr, klirrende Gläser.

Hallo? Yvonne lacht, doch nicht für mich. Yvonnes Lachen weit weg, immer näher, reißt ab. Sie sagt, in den Hörer, für mich: Walter?

Yvonne, stell dir vor, will ich sagen, dein Sender, eine Lesung, doch dann merke ich, alles Quatsch, ich will, ich stehe mit offenem Mund, Komm bitte zurück. Einen Moment lang spüre ich am ganzen Körper, Lass mich nicht allein. Und ich weiß nicht, wie lange, ein Bruchteil, Yvonne am anderen Ende der Leitung ungeduldig, Yvonne wie vom anderen Ende der Welt: Walter, kannst du mich hören? Ich reiße mich zusammen, ich räuspere mich. Aber sicher. Was gibt's denn? Ob ich Saft, Süppchen, ob ich die Blumen. Ich bejahe, lüge, Sehr lecker! Ich nehme mir vor, sobald ich aufgelegt habe, in den Garten zu gehen und ihre Blumen zu gießen.

Den Rasen habe ich auch gemäht, sage ich.

Ach, schon wieder?

Ob Post für sie, Anrufe. Geht es mir gut? Im Hintergrund Stimmen, Stimmung, Musik. Jemand ruft ihren Namen. Was ist denn das für eine Menschenrechtsgruppe, in der so viel gelacht wird? Werden da Witze erzählt, oder wie? Warum geht sie nicht raus, sie könnte ja mal für einen Moment. Aus dem Gerede, Gelächter, sticht eine Stimme hervor. Eindeutig Mann, eindeutig Gockel. Wortführerwitze. Die Stimme kenne ich doch. Kenne ich von einem, Hallo.

Ich werde mich nicht verstecken, in meinem eigenen Haus. Wenn die das Wohnzimmer in Beschlag nehmen. Unsere Übereinkunft, schweigend. Ich verkrümele mich. Gehe so lange ins Fitnessstudio. Yvonne sagt mir, wie lange das Treffen dauern wird, und daran halte ich mich dann. Sechzehn dreißig hat es geheißen. Ich will gerade den Schlüssel ins Schloss stecken, sechzehn vierzig, als sich die Tür öffnet. Hallo. Ein Mann. Ein junger Kerl, groß, blond, Ende dreißig vielleicht? Steht vor mir und stockt kurz. Stellt sich nicht vor, nickt nur, Oh. Hallo. Gockel. Springt an mir vorbei, die Stufen hinunter. Steigt in sein Auto. Eine Schrottschüssel, auf der anderen Straßenseite geparkt, nicht vor unserem Haus. Ein roter, was war das, wahrscheinlich ein Golf. So ein Golffahrer, klar kenne ich den. Und ich weiß nicht, Kabelsalat. Irgendwas ist mir da durchgebrannt. Du, wir telefonieren morgen wieder, okay? Mach's – und bevor Yvonne *gut* sagen kann, lege ich auf, ich knalle den Hörer aufs Schränkchen. Ein ganz schöner Wumms. Das hält der Hörer nicht aus, er zerspringt in zwei Teile. Kabel und Drähte quellen hervor.
Das Nächste, was ich weiß, es tutet in meinem Kopf. Das Telefon kaputt, ich steige auf den Dachboden. Der Ritter, sein Pferd bäumt sich auf. Er streckt die Lanze. Früher waren Lebkuchen drin. Ich stelle die Dose erst mal beiseite. Drei Kisten muss ich durchwühlen, bevor ich fündig werde. Grün, mit Wählscheibe und geringeltem Kabel. Stammt noch aus Mutters Zeiten. Stand immer auf dem Sekretär. Uralt. Funktioniert aber. Ich trage es nach unten und stöpsele den Stecker ein. Ich stehe im Flur, halte den Hörer ans Ohr. Zwischen dem Tuten die Stille.

Der Riss in der Decke, den wollte ich doch längst. In einem feuchten Raum kann die Wand schon mal reißen. Ist auch nur ganz fein. Habe ich Kitt nicht schon gekauft? Ich liege ja nie hier, liege nie in der Wanne, zum Beispiel, auch nicht im Winter. So gerne ich schwimme, im Becken, zum Schwimmen im Wasser, das schon, aber ein Bad. Als würde ich ersticken, das halte ich nicht aus. Ich mag's einfach nicht, sagen wir so. Und wenn man nicht badet. Wann starrt man schon mal die Decke an? Ich dachte, ich hätte. Spinnweben hängen dort auch, zwölf Euro, auf die Kralle, auf ihre kleine, hübsche Kralle, in bar. Hand. Als hätte ich Hand angelegt. Das kann Olga nicht behaupten, schließlich habe ich sie kaum berührt. Das war ein Missverständnis. Zwölf Euro die Stunde, Yvonnes Herz ist zu groß.
Muss ich nicht, pissen, warum muss ich denn nicht. Und was mache ich, wenn das einmal anfängt, das hört nicht mehr auf. Dann renne ich alle paar Minuten zum Klo. Nur dass ich nicht rennen kann, ich liege ja hier. Oder ich denke, ich muss, und dann kommt nichts, nur ein paar Tropfen.
Das ist ganz typisch, Frau Doktor E nickt.
Ich stehe vorm Supermarkt, Regal. Ich stehe in einem Gang, dort stand ich noch nie. Ich weiß nicht, wie das heißt. Wie nennt sich das? Damenhygiene, gleich bei der Damenhygiene, mein Herr. Im gleichen Regal, in einer anderen Farbe. Dunkelgrau statt lila, statt rosa. Dort stehe ich und halte das

Paket in den Händen, Herrenhygiene, dass ich nicht, das sind schlichtweg, Windeln. So weit wird's doch nicht kommen mit mir?
Frau Doktor E nickt: Ein Schritt nach dem anderen.
Den Riss in der Decke wollte ich längst, und nun liege ich hier und kann mich nicht rühren, ich hab's nicht probiert. Ich liege jetzt mal hier und rühre mich nicht, ich starre einfach den Riss an. Das ist wie, nach Großvaters Heimkehr einer zu viel, ich oder er, du oder ich. Mutter greift meine Hand, wir rennen davon. Wir lassen ihn einfach sitzen, hinter dem gelben Glas der Küchentür. Bei seinem Bier, Radio. Mutter und ich rennen die Treppe hinab, Mutter und ich sitzen auf den Stufen vorm Haus. Mein Kopf in ihrem rauschenden Schoß, ihrem bauschigen Rock. Das Spiel geht so: Wenn du ganz still. Wenn ich lange genug völlig still in die Sterne, ich schaue und schaue und rühre mich nicht. So werde ich einer von ihnen. Mutter flüstert, Du musst nur daran glauben. Und manchmal klappt es. Einmal klappt es, mein Kopf wird leicht, ich spüre, ich steige auf, ich blicke auf Mutter hinab, auf mich, auf das Haus, unsere Straße, aufs Dorf, die Felder, ich schwebe. Ein einziges Mal werde ich Stern. Die anderen Male stelle ich es mir vor, es ist nicht mehr dasselbe, doch ich will Mutter nicht. Die Sterne scheinen ihr wichtig zu sein. Ihr Flüstern in meinem Ohr. Ich liege still, Mutter zu Ehren, Mutter, zu deinen Ehren liege ich hier und rühre mich nicht. Denn wenn ich ganz still bin, steige ich auf, entweiche durch diesen Riss, durch den Dachboden, durchs Dach in den Himmel. Ich treibe zwischen den Wolken und blicke hinunter.
Felix sollte sich ein Beispiel nehmen daran. Wie man männ-

lich. Wie man nämlich aus etwas Schlechtem etwas Gutes machen kann, wenn man will. Muss man schon wollen. Was Mutter aus Großvaters Worten, seinen Blicken, Hieben, was ich daraus gemacht habe. Eine schöne Erinnerung. Die schönste, Platz eins. Die zehn besten Polohemden, Urlaube. Mitunter mache ich das, ich zähle, vertreibe mir die Zeit. Die zehn schlimmsten Besäufnisse meines Lebens. Mitunter sind die Vormittage lang, ich habe, natürlich habe ich zu tun. Ich muss den Riss kitten. So ein Haus, da gibt's immer Arbeit. Dachrinne, Schuppen. Ich sitze auf dem Sofa. Yvonne ist bis zwölf auf ihrem Amt, dann kauft sie noch ein, oder sie trifft eine Freundin. Mittwochs geht sie zum Sport, jeden dritten Donnerstag im Monat tagt ihr Verein. Ich sitze vorm Fernseher und komme nicht hoch, ich kann den Schuppen nicht aufräumen, meine Knie zu sperrig, es ist zu heiß. Ich sehe die Regalbretter vor mir, die Kisten, im rieselnden Licht, und weiß ganz genau, wo ich was hinstelle. Doch ich kann mich nicht rühren. Ich sehe das Werkzeug vor mir, wie es dort hängt, an der Wand, Werkzeug, Ausbildung, irgendwie so, jedenfalls denke ich an Bodo. Oder: Die Stimmen im Fernseher, von sehr weit her, neben mir auf dem Sofa liegt eine Zeitschrift. Strahlend weiße Zähne. Illustrierte. Lippenstift. Von Lippenstift komme ich auf Mutter. Auf Bodo. Mutters Hand an seiner Wange, sie lacht, Mutter mag meinen Freund. Meinen Freund Bodo. Immer wieder komme ich auf ihn. Wie scharf sich das anfühlt, nach all den Jahren, immer noch scharf in der Brust. Viel zu früh. Aus dem Leben gerissen. Ich aus dem Leben gerissen, auf meinem Sofa, Umlaufbahn, denke an Bodo, an kleine Dinge, die er gesagt hat, oder getan, ich hänge am Beckenrand, Tage vergehen so, Vormittage. Und wenn dann Yvonne, Ach Walter, plötzlich steht sie neben dem Sofa, die Tasche über der Schulter. Ich sehe zu ihr auf, das ist doch kein Alter. Die Zahl in meinem Kopf, zweiundvierzig. Mit zweiundvierzig stirbt man doch nicht!, jammert Willi. Nach Bodos Beerdigung in die Kneipe, Willis Gesicht nah der Tischplatte, Willi viel zu viel Speichel im Mund: Klar war der Bodo fett, klar hat der geraucht wie ein Schlot, aber dass das so schnell geht? Willi ist selbst ziemlich dick und raucht ganz schön viel, damals zumindest. Wir in der Kneipe, vor einer Woche waren wir noch zu viert. Auf den Schreck trinken wir einen, wir stehen unter Schock. Wir saufen, und Roland redet Willi gut zu: Das muss Veranlagung sein! Woran ist Bodos Vater noch mal gestorben? Ich wette, der hatte es auch am Herz! Doch ich weiß es besser, ich sage, Quatsch. Gefallen ist der. Der Alte vom Bodo ewig tot, immer, solange wir denken können. Und Roland gleich: Siehst du! Wenn der nicht gefallen wäre! Das war sicher genetisch! Man stirbt doch nicht mit Anfang vierzig, weil man 'ne Wampe hat. Ein Schnaps hin und wieder bringt keinen um. Und Willi: Genau! Sie sehen mich an, ich hebe das Glas, Stimmt!, sage ich, Prost! Was anderes wollen sie nicht hören, will keiner hören, an solch einem Tag. So einfach stirbt man doch nicht. Frau Doktor E legt den Kopf schief. Nicht verzagen, Herr Nowak! Wir sterben nicht, wir sind unsterblich. Wir heben, wir kippen die Schnäpse, Auf Bodo!, Den Dicken!, wir rauchen wie blöd. Gegenschmerz, der Willi auf Ex, er klopft sich mit der Faust auf die Brust. Roland schlägt ihm auf den Rücken, Ich hab's! Roland steht wankend vorm Tresen, er hat eine Idee. Wir fahren in die Stadt, ich gebe einen aus! In Bodos Andenken! Denn Bodo kein Kostverächter, kein Kind von Traurigkeit. Bodo immer vergnügt. Der hatte seine zwei Ehen durch. Schwerenöter, kann die Finger nie bei sich behalten. Konnte. In Bodos Andenken also, wir fallen ins Taxi, wir liegen uns in den Armen, der Flachmann vom Roland kreist. Wir fahren in die Stadt, in die Stadt-Stadt, ins Bahnhofsviertel. Das Taxi allein ein Vermögen, aber so ist Roland: Jungs, ich lade euch ein! Der ganze Abend auf ihn, dicke Hose, so ist er nun mal. Wir stellen keine Fragen. Wir aus dem Taxi, stolpern, einer hinter dem anderen her, über den Gehweg, und drei Schritte hinab, ins Souterrain. Wir in den erstbesten Laden, Diskokugel, räudiger Samt. Die Frauen treten zwischen Spiegeln hervor. Allesamt ziemlich knochige Mädchen. Doch Roland gefällt's, der will bleiben. Also gut, weil er zahlt. Wenn wir bleiben, nehme ich auch einen Schnaps. Wir hängen am Tresen, umgeben von Mündern. Ich ruhe mich kurz aus, gleich geht es weiter. Mein Blick kippt, der Film reißt. Einen Moment lang Dunkelheit. Dann kehrt das Licht zurück, flackernd, in Flecken, wo bin ich. Ich sehe mich um. Ich spüre den Samt unter den Händen. Separee, ich sitze im Eck. Auf der Tanzfläche Roland, die Frauen. Ich sehe Willi schwitzen, sehe seine Augen, als hätte sie jemand in seinen Kopf hineingedrückt, wie Rosinen. Er neigt sich zu einem der Mädchen, brüllt ihr ins Ohr, dabei sieht er mich an, zwinkert. Ich glaube, ich gehe. Bodo hin oder her, ich sollte. Noch einen Moment, eine Sekunde, dann erhebe ich mich, die Arme zu Pfeilen, dann stoße ich mich ab von der Wand, ich schieße durch den Raum, an die Luft. Rakete. Gleich. Gleich Rakete, ich brauche noch kurz. Muss erst Luft holen. Doch bevor ich mich zusammenreißen, aufrappeln kann, ihre Hand auf meinem Bein. Ich wende den Kopf, das dauert ewig. Mein Blick in Zeitlupe durch den Raum, zu meiner Schulter. An meinem Arm, neben mir sitzt eine, beinahe durchsichtig, so blass. Ihre Hand auf meinem Knie, da blinkt etwas auf, Diskokugel, ihr Blick, der Gedanke an Gisela. An zu Hause. Nix Rakete, das ist Zement. Ein Gefühl wie die Show ist vorbei. Ich höre Roland lachen, ich sehe das Mädchen im fleckigen Licht, das Mädchen hat sehr große Augen, wie ein Wesen von einem anderen Stern. Kein Engel, kein Engel. Der Bodo, sage ich zu ihr, war mein bester Freund. Es wird keinen mehr geben wie ihn. Und vielleicht nickt sie, doch ich weiß, sie versteht nicht, ihr ist das scheißegal. Kein Engel, denkt doch nur ans Geld, will an die Kohle vom Roland. Der Tod meines besten Kumpels geht der doch meilenweit am blassen Arsch vorbei. Dann kann mir auch egal sein, wie alt sie nun ist. Kann sie ja eh nicht fragen, keine Ahnung, was für eine Sprache das ist. Eine ganz eindeutige Sprache spricht die, ihre Hand wandert meinen Oberschenkel hinauf, und ich habe Lust, ihre Finger einzeln nach hinten zu biegen, bis es knackt. Einfach so, weil jetzt mal was brechen muss. Gegenschmerz. Irgendwas muss jetzt mal, doch das geht vorbei, natürlich tue ich es nicht, würde ich nie, also, ihr die Finger. Das andere schon. Für das andere sind wir ja gekommen, für das andere ist sie ja da. Aussetzer, so genau weiß ich nicht mehr, Hinterzimmer, ihre Wirbel wie Steine unter der Haut. Die Nacht etwas wirr, so lange her, Gliedmaßen, Türen, im Morgengrauen ein Taxi, die Landschaft seltsam bläulich, mir fallen die Augen zu, doch dann. Stehe ich vorm Haus. Vor meinem Haus, hier wohne ich. Ich greife in meine rechte Manteltasche, in die

Linke, scheiße, ich tue einen Schritt, wie auf hoher See, der Schlüssel ist weg. Richtig weg, nicht bloß verkramt, den habe ich in diesem Dreckloch verloren. Mir bleibt nichts anderes, ich muss klingeln. Als hätte Gisela hinter der Tür, sie wartet auf mich. Die Arme vor der Brust verschränkt, natürlich glaubt sie mir nicht. Ich stolpere, zwei Stufen, auf Gisela zu, lalle Lügen, lalle ganz nah an ihrem Gesicht: Was weißt du schon von Freundschaft! So jung hat's den aus dem Leben, und Gisela stößt mich von sich, gerissen!, mitten im Satz. Sie stößt mich, und ich segele durch den Flur, im Sturzflug durchs Wohnzimmer, ich lasse meinen Mantel fallen, die Bierflasche, Brieftasche, kein Schlüssel. Ich falle aufs Sofa und bin auch schon. Tot. Nur ein Wort. Achtundsechzig, das ist doch kein Alter. Wenn man sich ein Wort oft genug vorsagt. Das habe ich als Kind manchmal gemacht. Ich liege auf der Brücke über dem Bach, bäuchlings, ich starre hinab in den Fluss. Die Algen leuchten grün in der Strömung. VaterVaterVaterVaterVaterVater, dicker als Wasser, irgendwann verliert jedes Wort seinen Sinn. Wenn man nur lang genug. Ein Tropfen Spucke seilt sich von meinen Lippen ab. Großvater auch so ein dünnes Gefühl, oder Heimkehr. Ich stehe auf dem Bahnsteig, zwischen Mänteln. Ich blicke hinauf in Mutters Gesicht. Sie sieht mich nicht, ihr Blick geht nach innen. Sie raucht. Mutter so still unter den Fähnchen, Girlanden. Großmutter hingegen, die streckt sich, hält Ausschau. Sie hat tagelang unsere zwei Zimmer geputzt. Das Warten ein Ende, nun fährt der Zug ein, das Zischen wird immer lauter. Die Mäntel um mich herum setzen sich in Bewegung, Namen werden gerufen, Gottlieb! und Johann! und Karl! Eine Stimme erhebt sich,

Sirene, über die anderen, kein Name, nur Schmerz. Großmutter auf Zehenspitzen und auch Mutter hebt rauchend das Kinn. Die Mäntel lichten sich. Dort steht einer, ich sehe ihn zuerst. Der steht einfach nur auf dem Bahnsteig in seiner Kluft, Lumpen, und rührt sich nicht. Ich stoße Mutter an, Mutter stößt Großmutter an, und Großmutter, einen Moment lang erstarrt, dann läuft sie los. Fällt dem Mann um den Hals. Mutter stößt Rauch aus, streckt sich, Brust raus, Blick, setzt sich in Bewegung. Ich hinterher, wohl oder übel, ich hänge an ihrer Hand. Als sie den Mann umarmt, pralle ich gegen ihn. Der Mann wie ein Denkmal, nach dem Beschuss. Im Moment vor dem Sturz. Lädiert, aber immer noch Stein. Die Falten mit einem Meißel in sein Gesicht getrieben, seine Augen wie Murmeln, ohne Blick. Großmutter hakt ihn unter, sie darf ihm den Koffer nicht abnehmen, seinen Koffer trägt der Mann selbst. Wir gehen davon, an den Girlanden vorbei, an Menschen in Tränen, Gepäck. Ich gehe hinter Mutter her und sehe ihren Pferdeschwanz tanzen, ihren Rock, die Wogen bei jedem Schritt. Himmel, Gemäuer, dahinter Ruine, alles grau, Mutter die einzige Farbe. Mit ihren Nägeln, dem roten Mund. Das Gesicht des Mannes, als er sich umdreht, grauer, Grauen. Er dreht sich um und holt aus. Mutters Pferdeschwanz beschreibt einen Bogen, die Zigarette landet im Rinnstein. Die Kippe auf dem Asphalt, Mutter hält sich die Wange. Großmutter fasst mich bei den Schultern, ein Schlag, ein Takt zwischen Schritten, dann gehen wir weiter, als wäre nichts geschehen, immer weiter, nach Hause.

Hey. Das kitzelt. Ein Huschen, erst auf dem Kinn, dann auf der Wange, ein Trippeln. Fliegenbeine, wie Wimpern. Wie

Mutters Wimpern an meinem Gesicht. Mutter ganz nah, ich kann ihren Atem spüren, Du musst nur dran glauben. Krabbelt mir durchs ganze Gesicht, also wirklich, ich bin doch kein Landeplatz. Für müde. Fliegen. Jetzt reicht's! Ah, sehr gut, die Hand kann ich noch heben. Der Arm tut noch seinen Dienst. Wir wollen nicht gleich übertreiben. Ich lasse die Hand liegen, Hand gegen Fliege, auf meiner Wange. Ich lausche dem Brummen der Fliege, die über mir kreist. Lausche dem Streit in der Küche. In der Wand neben mir poltern die Worte, und ich bin hellwach. Bastard!, Adoption!, das ist Großvaters Stimme. Mutters Stimme dagegen sehr hell. Auf gar keinen Fall, höre ich sie sagen. Der Junge bleibt bei mir, wir gehören zusammen! Dann knallt die Tür.

Hier liege ich, dort, ich gehöre zu Mutter. Ich liege wach in der Nacht, und sehe das Loch, Großvaters Wunde. Granatsplitter. Als würde die Haut an dieser Stelle nach innen gezogen. Wie ein, Anus. Ich stecke den Finger hinein, immer wieder. Das Gesicht des Großvaters verzieht sich vor Schmerz. Ich will, dass er geht. Ich will, dass er sich ein anderes Heim sucht, in das er zurückkehren kann. Ich will seinen Geruch loswerden, Knoblauchschnaps, Schweiß. Kein Mensch braucht Großvater. Sein steifes Bein, wie angelehnt, wie eine Latte an einem Schuppen, die hat jemand dort abgestellt, nicht mehr zu gebrauchen. Nicht mehr zu viel zu gebrauchen, aber Holz hacken geht noch. Er hackt Holz im Hof, und ich in der Nähe, ich kauere, ich gucke ihm zu. Frage mich, ob in seinen Adern Blut fließt, so bleich ist er, auch bei dieser Anstrengung noch. Doch ich muss achtgeben. Die Scheite fliegen in alle Richtungen, fliegen immer weiter in meine Richtung, landen näher und näher. Ich

krieche unter den Tisch, dort bleibe ich, auch als er aufhört zu hacken, als er die Axt sinken lässt und aufsieht. Sein Blick an mir vorbei, in der Haustür steht Mutter.
Ich gehe zur Arbeit, sagt sie.
Mutter auf Arbeit, der rechte Moment, da erwischt er, verdrischt mich. Es gibt keinen Anlass. Ich bin der Anlass. Er langt ordentlich zu. Ein harter Hund, und wenn ich dann höre, mein Sohn. Eine Diagnose hat der Junge, irgendeine Ausrede, jahrelang, was soll ich dazu noch sagen. Da frage ich mich doch. Sitzt vor mir, Schwäne und Schiffe, faltet seine Serviette wie blöd. Seine schmutzigen Finger. Mein Sohn guckt mich an. Was will der von mir? Der soll sich die Hände waschen, bevor er sich zu uns an den Tisch setzt. Mein Großvater hat mich einmal, der hat mich zweimal, hat mich verdroschen, wann es nur ging. Doch irgendwann. Hielt ich die Axt in der Hand. Danach war Schluss mit den Schlägen.
Ein Fleck, das kann ja vieles bedeuten. Frau Doktor E streckt mir das Bild entgegen. Ultraschall. Wellen in meinem Kopf. In Giselas Bauch. Die Tränen in ihren Augen, vor Glück. Ich werde. Ich starre den Fleck an und bete und bettele, der Fleck in meinem Unterleib, das wäre Felix. Wir drehen die Uhr zurück. Wir beginnen noch mal von vorn. Frau Doktor Es Stimme, Herr Nowak? Die kann nicht mal zwei Minuten die Klappe halten. Ein Junge. Immerhin werde ich. Lauter nun, Herr Nowak? Ja, doch. Ich weiß, das ist Unsinn. Der Fleck ist nicht Felix, ist kein Zellklumpen, oder irgendwie doch, aber böse. Ich sitze im Wartezimmer und starre die Zeitschriften an. Wer hat wen verlassen, viel Dekolleté. Frau Doktor Es Stimme verstummt. Sternchen,

Mutter blättert in den Seiten, auf der Suche nach dem richtigen Star. Bald kommt er, alle berichten. Mutter reißt die Bilder von ihm aus, klemmt sie an ihren Spiegel. Für ihn malt sich Mutter die Lippen rot, tuscht die Wimpern. Mutter macht sich hübsch, nur für ihn, für seine Uniform. Amiliebchen, mehr weiß ich ja nicht. Ich weiß nur, wir tanzen, zu seiner Musik, Mutter und ich. You ain't nothin', mit klappernden Knien, but a hound dog, volle Lautstärke. Ich weiß, wie Mutter lacht, das Schlagzeug unbändig. Wenn wir Glück haben, tanzen wir ein ganzes Lied, bevor Großvater grau im Zimmer steht. Zum Plattenspieler geht, das Vinyl quietscht. Mutter und ich kichern. Wir liegen auf dem Bett mit dem Wörterbuch. Du bist nichts als ein, Jagdhund? Wir zwei unter der Decke, ich kriege keine Luft, gleich platze ich. Ich übe seinen Blick auf den Bildern, Jagdhund, ich übe den spöttischen Mund. Wenn ich alleine bin. Nur so zum Quatsch, ich kann ja rechnen. Ich stehe vorm Spiegel und betrachte sein Bild, das Haar wie lackiert. Nur so zum Spaß nehme ich das Bild vom Spiegel, ich falte es zusammen und stecke es in den Bund meiner Hose. Ich verlasse die Wohnung, steige aufs Fahrrad, ich fahre los. Über die Felder, von Dorf zu Dorf, die Sonne steht hoch. Scheiße Walter, du machst das ja wirklich. Das Schlagzeug in meiner Brust, du fährst da hin! Ich muss lachen. Was für ein Quatsch. Was habe ich mir gedacht, was habe ich mir vorgestellt? Dass er größer. Als er endlich, um halb acht, jeden Abend um halb acht begrüßt er die Fans. Wir stehen vor seinem Haus, er tritt durch das Gartentor. Sein Gang weicher, als ich erwartet habe. Er trägt ein rosa Halstuch. Ich drängle nicht vor, ich lasse erst mal die anderen. An seinen Lippen, in seinen

Armen, alle wollen Fotos mit ihm. Klar könnte ich gehen. Einfach auf mein Fahrrad steigen. Niemandem davon erzählen. Aber nein, der weite Weg und außerdem, Mutter. Ich gehe auf ihn zu. Halte ihm das Foto entgegen. Er sieht mich, grinst. Seine Hand landet auf meiner Schulter, und einen Moment lang ist das wirklich, einen Moment lang glaube ich es. Für Lore, sage ich, und er schreibt. My mother, sage ich. Die Worte fühlen sich gut an in meinem Mund, ich habe sie geübt. Ich sehe ihn von der Seite an, die Wangen, die Wimpern. Ich rieche sein Aftershave. Völliger Unsinn, und trotzdem denke ich, er wird mich erkennen. Er wird sagen: Das weiß ich doch, Junge, wie geht es ihr denn? Bruchteil von etwas, doch dann, Take care, reicht er mir das Bild, wendet sich ab. Blitz. Vielleicht sieht man mich auf dem Foto, vielleicht hat irgendein Fan dieses Bild, Arm in Arm mit dem Star, und im Hintergrund unscharf ein Junge, im Hintergrund ich, der seinen Rücken anstarrt. Take care. Ich steige auf mein Fahrrad und radele los, den gleichen Weg zurück, am Zaun der Kaserne entlang, nur dass diesmal die Soldaten auf den Stufen vor den Baracken hocken und rauchen. Als ich sie sehe, Amiliebchen, rutscht mein Fuß vom Pedal. So viele von ihnen, in Uniform. Beinahe falle ich. Ich muss mich, mein Fuß schleift über den Gehweg. Sie treten an den Zaun, haken die Finger in die Maschen, Hey there, sie lachen, what's up? Ich gucke nicht hin, sehe nur ihre Münder, mein Fuß findet halt, Pedal, treten. Ich trete, ich strampele aus der Stadt heraus, in die Nacht hinein. Ich radele über die Felder, mutterseelen, bis auf den Mond am Himmel. Allein, zu Hause angekommen, ist Mutter nicht da. Es ist Samstag, kein Licht, die Großeltern schlafen. Ich ziehe

das Bild aus dem Hosenbund, streiche es glatt. Ich lege es zwischen die Stapel im Schrank und krieche ins leere Bett.
Am nächsten Morgen lacht Mutter sich schlapp. Im Bademantel sitzt sie in der Küche, Reste von Farbe in ihrem Gesicht. Die Haare wie welk. Die Großeltern sind in der Kirche. In einer Hand hält Mutter die Tasse, in der anderen das Bild. Statt Lore hat er Laurie geschrieben, das ist doch zum. Schießen. So ein Depp!, Mutter lacht, ich lache mit, das ist das Beste, wir zwei. Sie stellt die Kaffeetasse ab und zieht mich zu sich heran. Sie küsst meine Stirn. Danke, mein Schatz. Ich gehöre zu ihr, auch wenn sie nach Kneipe riecht und ich schon zu alt bin für diese Art Kuss.
Ich kann die Hand noch heben, das ist doch gut. Mein Kinn ist auch noch da, der Hals, Brust, alles noch da. Ich. Unten auf der Straße pfeift jemand. Wird die Nachbarin sein. Rascheln, ein leises Klappern. Womöglich der Deckel der Mülltonne. Wenn heute Mittwoch ist, muss morgen der Papiermüll raus. Vielleicht ist heute schon Donnerstag, dann ist es zu spät. Dann fragt sich die Nachbarin sicher, wo unsere Tonne. Wir sagen ja Bescheid, wenn wir verreisen. Wundert die sich? Das Pfeifen verklingt, Stille. Mein Bauch eine Mulde, in der Mitte der Nabel. Dieses knorpelige Gefühl, als würde mein Körper an dieser Stelle zusammengehalten. Ein innerer Knoten. Summen, hauchzarte Schritte auf meiner Wange, Wimpernschlag, Blicke. Mein Blick. Ich stehe vorm Spiegel. *For Laurie*, ich stehe vor seinem Bild. Ich starre ihn an, dann mich, ich lupfe die Braue, suche nach Spuren in meinem Gesicht.

Wer schläft denn bis zwölf. Das ist nicht der Igel, das bin doch nicht ich. Wer bis zwölf Uhr schläft, erreicht nicht, was ich erreicht habe. Der boxt sich nicht durch, macht nicht die mittlere Reife. Der findet keine Lehrstelle beim besten Meister. Wer bis zwölf schläft, kann die Lehre vergessen, der wird nicht Elektriker. Erlangt nicht die Gunst seines Chefs. Wer bis zwölf Uhr schläft, übernimmt keine Firma. Arbeitet nicht wie besessen, revolutioniert nicht den Markt.

Der Blick auf den Wecker, mich hat der Hunger geweckt. Vielleicht auch die Sonne, grelles Licht, ich schließe die Augen gleich wieder. Zwölf Uhr, das kann doch nicht sein. Was soll das, wo bin ich, Wicht. Können Sie mir sagen, welcher Tag heute ist? Heute ist hier, auf dem Bett, ich schwitze. So viel weiß ich. Ich kneife die Augen zusammen, eins, zwei, ich hebe den Kopf, sehe an mir hinab. Ich trage noch immer Polo und Shorts, das weltbeste Polo. Wer bis zwölf Uhr schläft, hat keinen Feierabend. Der baut nicht nach Feierabend, am Wochenende, ein Haus. Hält sich nicht fit, schwimmt nicht jeden Morgen tausend Meter. Um zwölf muss man nicht mehr ins Schwimmbad fahren, nicht zur Ferienzeit. Um zwölf Uhr ist im Schwimmbad die Hölle los, alle schwimmen kreuz und quer, keiner hält sich an Bahnen. Ich kann mich nicht entsinnen, in meinem Leben jemals bis zwölf Uhr geschlafen zu haben. Faulpelz, eine Ausnahme.

Die bekanntlich die Regel. Also kein Weltuntergang. Das sagt einem jeder, das raten dir alle. Mal einen Tag Pause. Der Körper braucht Zeit, braucht auch mal Ruhe. Ich liege auf dem Bett, morgen geht's weiter, morgen, als wäre nichts gewesen. Das muss ich mir nur lange genug vorsagen. Und natürlich war das Quatsch, natürlich war das eine dumme Idee. Aber wie ich da liege, die Sonne durchs Fenster, pralle Mittagssonne, ich, ha ha, brate im eigenen Saft. Ich meine, wenn Yvonne sich vergnügt, wenn meine Frau mit dem Menschenrechtler. Kann ich das auch. Kann ich das auch. Etwas kindisch. Ich freue mich, mit viel Schwung stehe ich auf. Ich stehe auf und kippe gleich zurück auf die Bettkante. Richtig, ein Schlag auf den Kopf, ein ziemlicher Wumms, und dann nichts gegessen, so gut wie nichts, Süppchen. Aber hepp!, kann ich das auch, ich kann aufstehen, mit etwas mehr Kraft, nichts gegessen, das lässt sich doch ändern. Ich stehe. Ich stehe im Keller, mit einem Bier in der Hand, ist ja nach zwölf. Ich trinke einen großen Schluck Bier und betrachte die Kühltruhe. Yvonne fand das eklig. Ich diskutiere ja sonst nicht mit ihr, aber in diesem Fall, Das ist ein Geschenk von Willi! Wir werden doch nicht ein halbes Schwein wegschmeißen! Ich diskutiere selten mit meiner Frau, aber, Das hat er selbst geschossen! Für uns! Yvonne alles eklig, Jagen, Willi, die Sau. Ich dachte, vielleicht gibt mir das Kraft. Fleisch. Ich dachte, wenn Yvonne wieder anfängt, was gut für mich ist. Ich schmeiße sie aufs Bett. Ich küsse ihr den Hals, bis sie. Ich bringe sie zum Schweigen. Danach ist sie immer so still. Ich mit der Sau in den Armen, Soll ich sie Willi etwa zurückbringen? Tot ist sie nun mal, sie ist nun mal hier. Yvonne schnaubt. Schaff mir die Sau aus den Augen, ab mit der Sau in die Truhe. Ihre Stimme am Telefon, Wir telefonieren morgen wieder, okay? Ihre Stimme in meinem Ohr, als ich das Schwein aus der Truhe zerre, diebische Freude, sie würde sich ekeln. Yvonne wäre nicht amüsiert. Ich dachte, ich kann das vertuschen. Bis Yvonne wiederkommt, habe ich längst. Die Spuren beseitigt. Aber so.

Ich stehe mit Schwein, ich umschlinge das Biest mit beiden Armen. Ich stehe und drücke meine Stirn gegen das gefrorene Fleisch. Das ist kühl, das tut gut. Nur wohin damit nun? Steifer Tanz mit der Sau durch den Keller. Das Vieh muss erst einmal auftauen, das muss ja, wie lange dauert das wohl?

Ich stehe im Flur und blicke auf meine Hände hinab. Was macht es für einen Unterschied? Ob ich um acht aufstehe oder um eins? Wer merkt schon, dass ich nicht schwimmen war? Der Hermann vielleicht, und dem ist es egal. Wen kümmert denn schon, ob ich schwimme? So darf man natürlich nicht denken. Ich stehe im Flur, die Hände voll Blut. Den Anblick kenne ich, war schon mal da. Gerade eben, vor kurzem. Rohkost. Der Rote-Bete-Saft in meinem Gesicht, der Rote-Bete-Saft auf dem Bett. Etwas flammt auf: Yvonne mit gespreizten Beinen. Etwas schlafft ab: Ich ziehe mich zurück und sehe Blut, ich sehe Blut an meinem, Pimmel. Jetzt fällt er mir ab. Jetzt fällt er mir. Ab. Walter?, Yvonne richtet sich auf. Ich sitze im Schein der Nachttischlampe und rühre mich nicht. Yvonne beugt sich vor, wirft einen Blick zwischen ihre Schenkel und flucht. Sie hat mir gleich gesagt, dass sie jederzeit, ihre Regel. Aber du wolltest ja unbedingt!, Yvonne schwingt das Bein über mich, Ich hab dich gewarnt, oder nicht?, Yvonne geht ins Bad. Ich lösche das Licht, knie im Dunkel des Schlafzimmers, bis sie zurückkommt. Steh mal auf, sagt Yvonne, ich wechsle das Laken. Sie sagt: Nun geh schon und wasch dich!

Ich stehe vorm Waschbecken und wasche mir die Hände, da sehe ich im Spiegel: ein wandernder Fleck. Der Bluterguss wächst mir über die Braue, ins Auge. Ein ganz schönes Veilchen.

Tanz mit der Sau, so ein Wildschwein, das will ja. Das muss vom Knochen geschnitten, gewürzt. Und dann in den Ofen. Die Pfanne? Ich kann schlecht, Yvonne kann ich schlecht fragen. Die hat mich ja ins Sanatorium geschickt, kulinarisch gesprochen. Haferschleim, in zierlichen Buchstaben, ein grässliches Wort. Ich meine, das klingt doch. Und mittags ein leichtes Graupenrisotto! Nach Kompost klingt das doch, nach Verdauung. Drunter steht, wie's gemacht wird. Die Graupen im Schrank, ein Tropfen Öl, und so weiter. Am Ende dann, in Großbuchstaben: *IMMER SCHÖN RÜHREN, SONST PAPPT ALLES AN!* Yvonne kann ich unmöglich anrufen. Weißt du noch, das Wildschwein, das uns der Willi? Was mache ich damit? Wie bereite ich das zu? Ihr Weißweinatem in der Leitung, ihr Rieslingatem, und im Hintergrund die Stimme des Gockels, sein Prahlen, im Hintergrund stoßen sie an.

Gisela war vieles. Wenn ich dran denke, ein Kerlchen mit knochigen Knien, Minirock. Prima Kumpel, die ersten Jahre zumindest. Eine begnadete Köchin war meine Ex nicht. Ich meine, dem Jungen war ja egal, was er isst. Solange es Nudeln waren, ohne Soße, mit Butter. Aber wir anderen am Esstisch, am festlich gedeckten, im Kerzenschein, wir waren beinahe erstaunt. Ich schiebe mir ein Stück Braten in den Mund und, kaue, so zart, so saftig, so, Blick in die Runde, auch der Alte macht große Augen, Phantastisch! Alle begeistert, höchste Töne, selbst Mutter lobt, Ganz vorzüglich! Doch Gisela sieht sie nicht einmal an. Gisela die Einzige, die nicht isst. Sie hält ihr Weinglas mit beiden Händen umfasst. Daran erinnere ich mich jetzt. An ihren Anblick. Sie hat sich nicht hübsch gemacht, für den Abend, sich nicht geschminkt, sie trägt Brille. Die Kerzen reflektieren in den Gläsern. Ich erinnere mich an Mutters Stirnrunzeln, zu spät.

Die Nummer muss ich nicht nachsehen. Schließlich habe ich lange Jahre, das war ja mein Anschluss. Mit meinen eigenen Händen, ich habe es entworfen, ich habe es gebaut. Ich dachte, wir werden in diesem Haus alt. Ich hab's ihr gelassen, gehört sich doch so. Altes Haus. Gut sah sie aus, neulich, in der Fußgängerzone. Voll beladen mit Tüten, kam grad vom Friseur. Frisch aus dem Urlaub. Braun gebrannt, blond, sie lacht mich an, und ich denke. In meiner Brust hüpft's. Die Gisela ist nicht verkehrt. Doch sie hat keine Zeit, das war nur so im Vorbeigehen, sie hat ihre Tüten nur kurz abgestellt. Ich hab's ebenfalls eilig, ich bin grad auf dem Weg. Eine neue Badehose. Ich hab vielleicht einen Verschleiß! Ständig brauch ich 'ne neue! Weißt du, das Chlor. Wenn man wie ich, bei Wind und Wetter, jeden Tag schwimmt. Ja, ne, verstehe, Gisela lacht, und ich lache mit. Ich weiß gar nicht, wo das herkommt, dieses weite Gefühl in der Brust, wir sind ja schon lange okay, das Kriegsbeil begraben, aber dass wir lachen wie jetzt. Dass Gisela mich anstrahlt. Sehr gut für ihr Alter. Badehose, ja. Das Lachen versiegt, droht zu versiegen, und ich weiß nicht, was sonst, was außer dem Offensichtlichen, liegt doch nahe zu fragen, also frage ich. Und sag mal, der Junge? Wie geht es dem denn? Kurzes Stocken, oh oh, ein altes Gefühl, immer falsch, immer Vorwurf. Gisela schüttelt den Kopf. Walter, wenn du wissen willst, wie's deinem Sohn geht, dann ruf ihn doch an. Ja, ja, das mache ich, hatte ich ohnehin vor. Ich sehe Gisela an und frage mich, ob meine Antwort zu schnell kam. Zu schnell für was? Gisela nickt, sie beugt sich zu ihren Einkäufen hinab. Ihr braun gebrannter Busen, Bikini, zwei weiße Linien führen über ihr Dekolleté in den Nacken. Eine Salatgurke ragt aus ihrem Beutel, kräftig und lang, die ist sicher nicht bio.

Ruf ihn doch an! Als hätte ich nicht oft genug. Jahrelang habe ich jeden Mittag angerufen, um zu hören, wie es ihm geht. Immer nimmt Gisela ab, dabei muss er doch wissen, dass ich es bin. Der jeden Mittag, zur gleichen Zeit, anruft, um ihn zu sprechen. Man würde denken, so ein Kind freut sich, es kommt zum Telefon gerannt, wenn es weiß, der Vater ruft an, um vor der Mutter nach dem Hörer zu greifen. Man würde denken, wenigstens einmal meldete sich das Kind am anderen Ende der Leitung, ganz außer Atem.

Papa?

Stattdessen immer Giselas Stimme, verkniffen: Ja, warte, ich gebe ihn dir. Immer muss ich ihm die Wörter aus der Nase ziehen. Die Mathearbeit? Gut. Der Schulausflug? Schön. Wer würde da nicht. Das war kein Entschluss. Jahrelang rufe ich jeden Mittag an und irgendwann nicht mehr. Wer will schon auf ewig der Buhmann sein.

So oft angerufen, die fünf Ziffern kann ich im Schlaf. Das Freizeichen ertönt, tönt, tönt, tönt, die braucht aber lange. Als ich schon denke, sie ist nicht zu Hause, nimmt Gisela ab:

Ja?
Ich bin's, sage ich und erschrecke, das klingt seltsam vertraut, viel zu vertraut, nach all der Zeit. Gisela, Walter hier!, füge ich hinzu. Ein kurzer Moment Stille im Äther, Papierrascheln, Knistern, Luft holen, Nichts. Und dann: Ach!, in einer Tonlage, die nicht alles schon weiß, etwas verblüfft: Du!
Wie geht's?, will ich sagen, doch meine Stimme sitzt fest, ich muss mich räuspern. Alles klar mit dir, Walter?, fragt meine Ex. Ich huste, reiße mich zusammen, Ja, Gisela, bestens. War nur ein Frosch. Du, sage ich, ich brauch deinen Rat. Gisela: Ja?, mit langem A, am Ende nach oben. Sie ist gespannt, das höre ich und freue mich, ich mache eine Pause. Also. Es ist so, ich hab hier, im Keller. Ein Wildschwein. Gisela atmet, Aha. Ja, also ein halbes Schwein, von Willi, dem ist mal wieder eins vor die Flinte gelaufen. Kennst ja den Willi.
Ja, sagt Gisela.
Na ja, jedenfalls, sage ich, weißt du noch, Weihnachten? Ich bin mir nicht sicher, welches Jahr das nun war, hilf mir mal auf die Sprünge.
Gisela seufzt. Walter, ich habe keine Ahnung, wovon du sprichst.
Heiligabend? Du hast Wildschwein gemacht. Du standest den ganzen Tag in der Küche. Aber es hat sich gelohnt! Mann, war das lecker. Erinnerst du dich?
Sie sagt nichts. Heute etwas schwer von Kapee, denke ich und führe aus: Ein Gedicht von einem Braten. Deine Eltern waren zu Besuch, denen hat's auch gut geschmeckt. In welchem Jahr war das? War der Junge fünf oder sechs?
Als Gisela spricht, hat sich ihr Tonfall geändert, klingt ihre

Stimme irgendwie härter: Vierundachtzig. Und ich Idiot komme nicht drauf, bei mir macht's noch immer nicht Klick. Gisela hart: Und was weiter?
Na, ich wollte fragen, ob du mir, ich bräuchte mal das Rezept?
Was, Walter, soll das? Seit wann bitte kochst du? Außerdem bin ich mir sicher, deine ... Sie hält kurz inne, senkt dann die Stimme: Ich bin mir sicher, Yvonne kriegt das hin. Jetzt sag schon, warum rufst du mich an?
Nein, Gisela, wirklich, das ist der Grund. Es gibt keinen anderen. Ich taue das Wildschwein gerade auf, und dann will ich es ... kochen? Braten? Was auch immer man damit macht.
Gisela hört gar nicht zu, sie unterbricht mich: Was ist mit Yvonne?
Die ist nicht da, sage ich, die ist, egal! Graupen, Haferflocken, ich denke an all die Lebensmittel, die ich entsorgen muss, bevor Yvonne wiederkommt. Ich sage: Ich wäre dir dankbar, wenn dieses Gespräch unter uns bliebe. Gisela atmet geräuschvoll, und ich sehe das Lachen in ihren Augen, in der Fußgängerzone. Bikini, sicher nicht bio. Das war schön, aber nun ist Gisela böse mit mir. Keine Ahnung, wieso. Wir haben uns nie wirklich verstanden, das hat dieser Heini, der Therapeut hat das auch festgestellt, damals. Unsere Kommunikation sei gestört. Was Sie nicht sagen! Ich kann's ihr nicht recht machen. Immer meckert sie nur, egal was ich tue. Gisela immer unglücklich. Dabei will ich doch nur, ich will doch nur Wildschwein. Ich will endlich was essen. Ich stehe im Flur, den grünen Hörer am Ohr, in der Leitung herrscht Stille. Ich spüre, wie mir der Schweiß den

Rücken hinabläuft, ein Rinnsal, das kribbelt. Gisela holt Luft, Gisela sagt: Walter, wir essen schon seit Jahren kein Fleisch mehr. Und darüber hinaus. Sie nennt eine Adresse. Dreimal das W Punkt de. Gib einfach Wildschwein ein! Ich muss jetzt auch los.

Ja klar, sage ich, dann mache ich das, vielen, bevor ich Dank sagen kann, legt Gisela auf. Ich stehe ratlos, ich will ja nicht irgendein Wildschwein, ich will das Wildschwein von damals. Wie mir das Fleisch auf der Zunge zerging. Ich lege auf, betrachte das Telefon. Was heißt hier eigentlich WIR? Den Jungen kann sie nicht meinen, sie wird doch nicht sich und den Jungen meinen, der Junge ist aus dem Haus. Der führt sein eigenes Leben. Kann es sein, dass. Hat Gisela etwa? Warum hat sie das denn nicht erzählt? Ich würde mich ja freuen für sie.

Ich zwirble das Telefonkabel zwischen den Fingern. Ich stehe vor dem Spiegel und denke, dass ich mich wirklich freuen würde, für meine Ex. Denke: Sieht ein wenig verwegen aus, irgendwie. Betrachte den Bluterguss, womöglich wird er morgen schon gelb. Warum denn so schnippisch. Ich grinse und wende mich ab. Vermutlich wartet ihr Freund auf sie, der Vegetarier. Ich muss los, Walter, sonst pappt mir das Graupenrisotto noch an. Wie ich Gisela kenne, ist alles verbrannt.

Das Einfachste wäre natürlich gewesen, Willi zu fragen. Der weiß so was bestimmt. Der schießt ja alle naselang so ein Vieh, oder ein anderes. Dessen Tiefkühltruhe ist immer voll. Es heißt auch, der Willi kann kochen. Nur dass ich den Willi eben nicht fragen kann, auf gar keinen Fall, diesen Verräter. Dreimal das W Punkt de, wäre ich natürlich auch selbst drauf gekommen. Ich habe bloß gedacht, die Gisela freut sich, wenn ich mal anrufe. Ich dachte, sie hilft mir gerne. Esperanza. Das heißt Hoffnung auf Spanisch. Knopfaugen blicken unter einem Wust schwarzer Haare hervor, in der schmutzigen Hand hält das Kind eine schmutzige Puppe. Mein Gott, Walter, ist die nicht süß? So ein hübsches Kind, so schlechte Chancen. Da muss man was tun. Und Yvonne tut etwas. Sie rahmt das Bild und stellt es auf ihren Schreibtisch. Sie richtet einen Dauerauftrag ein, zehn Euro im Monat. Schulhefte, Kleider, wir spenden Hoffnung. Wenn Yvonne helfen kann, hilft sie. Ich sitze an Yvonnes Schreibtisch und lasse meinen Blick gleiten: Regale mit Ordnern, Finanzen, die Unterlagen ihres Vereins. Meine Frau, die Schriftführerin. Ich bin ja sonst nie dort unten, die Kammer im Keller ist Yvonnes Revier. Neben Knopfauge stehen ihre Nichten, Zöpfe und Blümchen. Ein Patenkind im fernen Peru, zwei Nichten in Hamburg, mehr Kind braucht Yvonne nicht in ihrem Leben. Ich klappe ihren Computer auf, er fragt nach dem Kennwort. Ich starre das kleine Kästchen an, überlege, dann tippe ich, mit einem Finger, Spanisch für Hoffnung. Zugang gewährt, Mohnblumen breiten sich auf dem Bildschirm aus. Dreimal das W, ich gebe ein: Wildschweingericht. Erhalte: Wildschwein in Ananassaft. Auf gar keinen Fall, ich klicke weiter. Wildschweinragout, Gulasch. Das sieht gut aus. Fleisch, Knödel, Kraut, genau so etwas brauche ich. Minus Knödel und Kraut, ich will nur das Fleisch. Doch da sehe ich die Angabe. Am Fuß des Rezepts: Ruhezeit circa zwölf Stunden. Ruhezeit, das bedeutet dann wohl, Ruhezeit heißt, das Fleisch muss, in dieser Zeit darf ich's nicht essen. Das ist zu lange, zwölf Stunden kann ich nicht warten. Die Hand auf der Maus, mein Blick rollt die Seite hinab. Das ist alles so aufwendig, das Fleisch soll eingelegt werden, geklopft. Ich sehe auf, dem Kind ins Gesicht, dem Kind, das unsere zehn Euro im Namen trägt. Mein Blick rollt weiter, über die verzogenen Zöpfe der Nichten, rollt weiter, bleibt an dem Becher mit Stiften hängen. An einem Zettel, der am Becher klebt: *Ich freue mich auf dich!* Gezeichnet: *M.* Und ich M, M, Moment mal, wenn Yvonne sich vergnügt. Kann ich das auch. Was heißt hier vergnügen. M. Menschenrechte. Was heißt hier Tagung. Das heißt doch, Hotel. Ich Depp sitze hier und suche Wildschweingerichte. Ich, mir wird schwarz, schlecht, mir wird heiß, ich muss. Die Treppe rauf, auf allen vieren, als fielen mir die Stufen entgegen. M. Ich in die Küche. Wie Messer, das größte. Ich stehe in der Küche und greife danach. Sehe, wie sich die Tür öffnet, bevor ich sie aufschließen kann. Er ist blond, er ist groß. Er nickt ein Hallo, springt an mir vorbei, die Stufen hinab. Markus, Michael, Matthias, wie heißt der gleich wieder, der Typ aus dem Verein? Ehrenamt, das ist was für Hausfrauen und Rentner, ein so junger Kerl, muss der nicht arbeiten? Ist der arbeitslos, oder was? Hat Yvonne seinen Namen genannt, als sie die Tassen und Teller auf das Tablett stellte, Krümel, hat sie geseufzt? Ach Walter, der M engagiert sich halt. Michael? Der Michi ist schon in Ordnung. Markus, Matthias freut sich auf sie. Haben die sich verabredet? Die Tagung war also nur, ich ramme das Messer ins Schwein, Vorwand? Hartes Fleisch, volle Wucht, das Messer bleibt stecken. M. Ich versuche es an anderer Stelle, ich steche ein auf die Sau. Aber das Fleisch ist gefroren. Ich will eine Keule abreißen, vergebens. Ich wie ein Wilder

MMMMMMMMM wuchte das Schwein die Treppe nach oben, ich wuchte das Schwein durch den Flur MMMMM das Schwein in die Wanne, heißes Wasser darauf. Ich dusche die Sau, ich stehe über der Wanne, im Dampf, mir läuft Schweiß in die Augen, und ich sehe, wie sich die Tür öffnet, bevor ich sie aufschließen kann, sehe ich einen Tisch, auf dem Tisch, auf Papieren, ihr nackter Arsch, sie spreizt die Beine, ein Becher mit Stiften kippt um. Ich sehe seinen nackten Arsch, sein Stoßen, sie stöhnt, Michi, oh, Michi! Oder. Oder was? Walter. Ein Gemisch aus Wasser und Blut rinnt vom Schwein, ich reibe mir die Augen, das ist nicht Yvonne, das ist M, das ist Marlis, ich hab's an den Strümpfen erkannt. Um ihre Knöchel. Die immer mit ihren Strümpfen, mit ihrer ganz weichen Haut. Die hat mich berührt, wann es nur ging. Die ist immer einen Schritt näher getreten, wenn sie mit mir sprach. Von Anfang an hatte die es auf mich abgesehen, Marlis hat einfach nicht lockergelassen. Sie wusste ja, dass ich, ich war ihr Chef, ich war verheiratet. Sie wusste, wenn die Fritzsche aus der Kur wiederkommt, muss sie gehen. Sie war nur die Aushilfe. Das wollte sie nicht, sie konnte das nicht akzeptieren. Sie hat allen Ernstes geglaubt, wenn sie Gisela anruft und ihr sagt, was geschehen ist. Sie dachte, wenn sie meine Frau an Weihnachten anruft und ihr von uns erzählt. Von den zwei, drei Mal, die wir. Vierundachtzig. Gisela hat sich zusammengerissen, sie hat mir nicht sofort von dem Anruf erzählt. War ja Weihnachten, sie hatte gekocht. Der Braten ist ihr wirklich gelungen. Gisela riss sich zusammen, bis ihre Eltern abgereist waren. Erst dann ging es los. Ihr verquollenes Gesicht, die Rotze läuft ihr über den Mund. Wie konntest du nur? Hast du denn gar kein Scham-

gefühl? Und so weiter. Ich stehe über der Wanne und kapiere. An das Wildschwein kommen Hausfrauentränen. Ehebruchstränen machen den Braten zart. Giselas Geheimrezept, das will sie nicht preisgeben. Ich Depp. Habe ich wieder. Ja, ja, tut mir leid. Bei meiner Ex treffe ich immer den falschen Ton. Sie wird gedacht haben, dass ich sie ärgern will. Ich stehe über der Wanne, die Tür öffnet sich noch mal einen Spalt breit, Marlis' nackter Hintern, die Strümpfe, so weiche Haut. Die Tür klappt leise zu. M wie. Hat Yvonne nicht eine Freundin aus Kinderzeit? Wie heißt die doch gleich. Irgendwas Katze, Minou oder Milou, auf jeden Fall M. Hat sie die nicht besucht letztes Jahr? Vielleicht ist der Zettel schon älter. Der Zettel muss nicht von M, von diesem Macker sein, ich drehe das Wasser ab. Es gibt so viele Leute, die M heißen. Irgendwer heißt irgendwie, ich wuchte das Schwein aus der Wanne. Ganz schön glitschig. Ich trage das Schwein zurück in die Küche, schmeiße es auf die Anrichte.
Walter, was hast du nur wieder angerichtet?
Ein Schwein, mein Schatz, wieso? Ich hatte Hunger.
Der Psychoheini mit seinen Notizen, Meinen Sie nicht. Natürlich ist Ihre Frau unzufrieden, wenn Sie sie betrügen.
Darum geht es doch nicht!
Worum geht es denn dann?
Kann ja schlecht sagen: Zement. Kann schlecht sagen: Dieses schwere Gefühl habe ich schon lange. Immer. Und dann fragt er, Zement? Und ich, Ach, vergessen Sie's, hat ja doch keinen Sinn.
Irgendwer fühlt irgendwie, jetzt lässt sich das Fleisch wunderbar, lässt sich irgendwie schneiden. Ich säbele dran rum, wahrscheinlich muss man das können. Ich säbele mir einen

ganz schönen Lappen raus, der ist fast zu groß für die Pfanne. Ein ziemliches Steak. Ich brate das mal, kann ja nicht falsch sein. Das brutzelt, das spritzt. Warum denn so schnippisch. Mann, Walter, jemand schreibt deiner Frau einen Zettel. Jemand freut sich auf deine Frau. Na und? Kein Grund zur Panik. Jetzt erst mal was essen. Graupenrisotto, dass ich nicht. Ich lache. Ich lege den Kopf in den Nacken, ich stehe am Herd und spüre es deutlich. Ein helles Lachen steigt in mir auf.

Kein Meister vom Himmel. Das habe ich mir anders. Doch ziemlich zäh, ziemlich grau. Natürlich esse ich es trotzdem, muss ich halt gründlich kauen. Ich sitze auf dem Sofa und kaue, das Messer in der einen Faust, in der anderen die Gabel. Im Fernsehen endlose Weite, tiefblaue See. Rotieren der Blätter, Hubschrauberflug. Der Hubschrauber kippt die Schnauze nach vorne, dort unten, ein Punkt im unendlichen Blau. Ohne dass ich es will, kneife ich die Augen zusammen. Wir kippen tiefer, und ich denke, ich kann sie schon sehen. Ich sehe sie schon winken, denke ich, und will gar nicht. Ich muss mir das schon immer von Yvonne anhören. Große Not in der Welt und uns geht es so gut. Ja, sicher. Aber wir tun ja auch was dafür, mein Leben lang habe ich geschuftet. Ich will gar nicht hinsehen, und doch. Sinkflug, wir kommen näher und näher, der Rotorenwind poliert die See. Einen Moment zu lang gucke ich hin. Das Boot ist ja leer. Ein Schlauchboot treibt auf dem offenen Meer. Meine Zunge ein Fetzen Fleisch, groß und kalt in meinem Mund. Ich kaue nicht mehr, Speichel, viel zu viel Speichel, nur das Rattern der Propeller zu hören, und ich denke, Schalt um!, ich denke, Nun kau schon!, Schluck endlich runter! Das Boot wippt auf den Wellen, Nussschale, die Stimme des Reporters dringt zu mir durch, *eines von vielen Booten an diesem Tag*, ich will umschalten, ich will nicht versinken, in diesem Blick, Satz, diesem Blau. Zu spät. Ich gehe unter, ich sinke, um mich herum wird es dunkel, das Rauschen in meinen Ohren, mir wird kalt, ich spüre, wie ich, immer tiefer. Im letzten Moment greife ich nach der Fernbedienung. Ein Ruck: Das führt doch zu nichts. Ein Schlauchboot auf offener See. Ein Ruck, Schluck, ich schalte um, Bilder blitzen vorbei. Krawatten und Karten, Frauen im Blazer, Frauen mit Kopftuch. In meiner Hose drückt etwas. Ich lege die Fernbedienung beiseite, greife in die Tasche, mein Telefon. Yvonne ruft an. Ich lege das Telefon auf den Tisch, neben die Fernbedienung. Und weiter. Stühle, ein Kreis, Knie, wippende Füße. Der Moderator liest etwas von einer Karte, begrüßt seinen Gast. Neben dem Gast sitzt ein Mädchen, eine sehr junge Frau. Sie guckt milde gelangweilt. Guckt, als gehörte sie nicht in diese Sendung. Als hätte das alles mit ihr nichts zu tun. So ein sommersprossiges Ding, Pippi und Puppe. Es geht um Bücher. Moderator und Gast sprechen über die neueste Entwicklung, eine Tendenz, die der Gast ausgemacht hat. Püppi ist die Tendenz anscheinend schnuppe, die sitzt da, als ginge sie das Ganze nichts an. Das ist mir sympathisch. So hübsch und desinteressiert. Ich schneide mir gleich noch ein Stück Fleisch ab, schmiere Senf drauf, das macht's etwas besser. Ich kaue, der Moderator dreht sich in seinem Stuhl, die Kamera schwenkt. In dem Moment, in dem er das Mädchen anspricht, ansieht, leuchtet es auf. Es schaltet die Lichter an, lächelt. Ich greife nach der Fernbedienung, stelle lauter. Der Moderator fragt

das Mädchen nach seiner Meinung. Das Mädchen lächelt, senkt einen Moment lang den Blick, öffnet den Mund. Das Mädchen holt Luft, und. Ich schlucke, erstarre. Ihre Stimme. Das ist die aus dem Radio, jetzt auch im TV. Sie sagt, Also, ich. Also, ich stecke meinen Finger in seinen. Fräulein spricht in die Kamera. Nahaufnahme Fräuleinchens Mund, die Lippen formen die Worte. Wenn Sie sich nun mal auf die Seite drehen würden, Herr Nowak. Was will die von mir? Ich greife nach der Fernbedienung, die Fernbedienung ist aber mein Telefon, damit kann ich nicht umschalten. Das Mädchen schnarrt weiter, in meinem Ohr, ich fummele, schnell aus.
Im Garten zwitschern die Vögel.
Ich sitze vor dem schwarzen Bildschirm, auf meinem Teller das zähe Stück Fleisch. Der Appetit ist mir vergangen. Auf dem Tisch steht eine Flasche Wein, habe ich die da hingestellt? Ich greife nach der Flasche, setze sie an, Katze aus dem Haus, wer braucht schon Gläser. Ein langer Zug. Fräuleinchen, Fräuleinchen. Mit dem Handrücken fahre ich mir über den Mund. Von meinen Gebühren, Tendenz, ich glaube, ich spinne. Wie ihr Gesicht aufgeblüht ist, als der Moderator sie ansprach. Wird man mit solch einem Schund wirklich berühmt? Ich bin ja nicht prüde. Weiß Gott nicht prüde, aber das muss doch nicht sein. In meinem Kopf der Wein, in meiner Brust, uuu uuu uuu, ich brauche frische Luft. Don't be cruuu-uuu-uuel, ich trete hinaus in den Garten, das kannst du nicht machen, Yvonne. Du kannst mich doch hier nicht. Mann, Mädchen. Als hätte jemand die Tür zum Backofen geöffnet, kaum trete ich auf die Terrasse, bricht mir der Schweiß aus. Ich betrachte den Rasen, Yvonnes Blu-

men. Müssen dringend gegossen werden, lassen schon ganz schön die Köpfe. Ich kann mich nicht durchringen, stehe bloß, uuu uuu uuu. Wie sie das gesagt hat, am Telefon:
Schon wieder?
Seit wann stört es dich, wenn ich Rasen mähe?
Nein, nein, gar nicht. Mir kommt's nur so vor, als würdest du täglich –
Schatten, ich brauche Schatten, das hält kein Mensch aus. Ich trete in die Laube. Meine Laube, ich habe sie gebaut. Für Yvonne. Damit sie hier abends sitzen kann und ihre Blumen betrachten. Für uns, für den Sommer, für ein Glas Wein. Ohne Polster, ohne Tischdecke nehme ich Platz. Ich lege den Kopf in den Nacken. Feierabend, sofort entspanne ich mich. Nach Hause kommen und wissen, was man getan hat. Alle wissen, was man so tut. Den ganzen Tag. Den lieben, den langen. Ich komme von der Arbeit nach Hause. Ich sitze in meiner Laube, lausche den Vögeln, den Grillen. Betrachte die Flasche in meiner Hand. Habe ich nicht eben noch Wein? Ich trinke ein Bier.
Der Igel. Yvonne behauptet, er wohnt in der Hecke, und wenn man ganz leise ist, hört man ihn schnarchen. Ich sitze in meiner Laube und lausche. Die Sonne versinkt hinter den Häusern, das Licht wird von der Hecke verschluckt. Mit einem Mal ist es dunkel. Yvonne würde jetzt Teelichter holen, sie würde die Windlichter anzünden. Irgendwo wird ein Fenster gekippt. Ich stelle mir Hermanns Frau vor, mit ihrer Brust. Ohne ihre Brust, mit ihrer Narbe. Das muss doch eine riesige Narbe sein. Ich stelle sie mir in ihrem Bett vor, sie kann nicht schlafen. Neben ihr wälzt sich Hermann, er legt die Hand auf die Stelle, wo früher die Brust war. Sie

starrt in die Dunkelheit. Ich lausche, höre nichts, drifte davon. Im Driften ein Gesicht, ein vager Mund, sie steht mit dem Staubsauger in der Tür. Ihre Lippen bewegen sich. Tut mir leid, Schnäbel kann ich nicht lesen. Ich sitze in einer Talkshow, ich lehne mich Püppi entgegen. Piep piep macht sie, und ich mache Ha ha. Wir wackeln mit den Köpfen. Püppi sagt etwas, doch ich verstehe nicht, was. Da hebt sie den Finger, sie streckt, steckt ihren kleinen Finger. Anus. Ich spritze, ich schrecke hoch. Etwas Nasses auf meiner Hose, im Schritt. Bier, die Flasche ist mir aus der Hand gekippt. Wieder diese Stimme in meinem Kopf, eine andere. Fränkisches Mädchen, ihr Handschuh schnalzt, Gummi auf Haut: Natürlich, Herr Nowak, werden wir versuchen, potenzerhaltend, Herr Nowak, zu operieren.

Rotwein im Spiel, Bier, da fehlt mir ein Stück. Mir fehlt die Idee. Und warum die gut sein sollte. Wie war das. Das ist nicht der Igel, der schnarcht. Ich liege im Garten, ich sehe mich dort liegen, hier. Arme und Beine von mir gestreckt. Der Teppich an meinen Händen das Gras, ich spiele mit den Halmen, Zotteln. Ich spüre die Ameisen. Das Röcheln in meiner Kehle, ich schrecke hoch. Im Haus klingelt das Telefon. Ich setze mich auf. Ich sitze, knie, stehe. Ich wanke ins Haus, meine Schritte, das eine Bein taub. Wie lange habe ich, wie viele Bier. Ich stehe vorm Telefon, sehe es an. Das Telefon klingelt. Ich starre das grüne Telefon an, mit dem geringelten Kabel, Fräuleinchen, bis es aufhört zu klingeln. Was ist das? Nostalgie. Die Sehnsucht nach Staub, altem Papier. Ich stehe am Fuß der Leiter und sehe zum Dachboden hoch, in meiner Hand eine Flasche. Ich setze den Fuß auf die Sprosse, steige die Leiter hinauf. In meiner Hosentasche vibriert das Telefon. Yvonne. Ich drücke sie weg. So und so ist das. Den Namen merke ich mir besser, Markus, Michi, habe ich mir gemerkt. Was soll das, Walter? Ach, nix. Gar nichts. Ich möchte jetzt einfach mal meine Ruhe. Ich habe keine Lust, mir wieder erklären zu lassen, wie alles ist. Keine Ansprachen, bitte, nicht jetzt. Katze aus dem Haus. Bevor sie wiederkommt, räume ich auf. Was Katze nicht weiß, bloß keine Vorträge. Ich nehme am Rand der Luke Platz. Klappe die Dose auf, Ritter mit Lanze. *The man you name*, die

Buchstaben wie ins Papier gestanzt. Muss ich nicht lesen, *will not be asked to admit*, kenne ich ja auswendig. Schreibmaschine, was für ein Anschlag, da war jemand wütend. Wieder so eine, so einer, jetzt haben wir den Mist. Unter dem Brief das Bild von Gisela. Was tut ein anständiger Mann, *as the father of your child*, er heiratet die Frau. Ehelichen, das gehört sich doch so. Wir heiraten, Gisela guckt über die Schulter in die Kamera, ihre Haare, der Schleier. Ich betrachte das Bild. Keine Vorträge, kleiner Kerl. Kein Gejammer. Warst so ein Kumpel, Vögelchen, das war doch ganz gut. Oder nicht? Ihr Blick. Wenn ich das Foto noch länger, verliebe ich mich wieder in sie.
Was ich nicht verstehe, und das meine ich ernst. Braucht Felix nicht so zu gucken. Felix hat so getan, als wäre ich wirr, nur weil ich. Du hast Mama den AB vollgelabert. Dabei wollte ich nur sagen, es tut mir leid. Irgendwas in der Art. Schade, dass du nicht da bist, und so. Ob sie schon schläft. Dass ich gerne mit ihr reden würde. Dass ich gern mit ihr rede. Auch wenn das vielleicht blöd klingt. Labern, mehr gesteht mir mein Junge nicht zu. Dabei würde ich es wirklich zu gerne verstehen. Wann etwas sich ändert. Ich frage ja nicht mal, warum. Rückblickend weiß man dann, das waren die guten. Alles geht seinen Gang, man ahnt nicht, wie glücklich man ist, dann stellt einer aus dem Nichts eine Frage, die falsche Frage, und etwas verschiebt sich, plötzlich ist alles vorbei. Rückblickend eben. Ach, Walter. Rotwein, ein Schlag auf den Kopf. Bin ja sonst nicht, so duselig. Ist nicht meine Art, auf dem Dachboden zu sitzen und in alten Kisten zu kramen. Mein Telefon brummt, eine Nachricht, Yvonne. Ob alles klar, wo ich stecke. Ich erreiche dich nicht.

Auf dem Dachboden, mein Schatz. Vor dem Fernseher. Ich reiße mich zusammen. Ich lege die Fotos beiseite, ich schalte um. Die Bilder flippen durch meinen Kopf, Blazer, Blazer, Schleier, Schlauchboot. Die Not ist so groß. Das weiß ich, verdammt, lass mich. Lasst mich doch alle in Ruhe. Wo ich stecke, das ist wohl ein Scherz. Ich bin zu Hause. Wo steckst du denn, Madame? Fräuleinchen, mein Zeigefinger auf der Tastatur: Alles. Bestens. Musst. Nicht. Dauernd. Anrufen. Wir sprechen. Wenn. Du wieder. Da bist. Nachricht senden. Yvonne antwortet innerhalb von Sekunden: Okay. Wann war das? Die Tage verwischen. Wie lang ist das her? Yvonne ruft nicht mehr an. Yvonne kommt irgendwann wieder. Dann lachen wir drüber. Wenn Yvonne wiederkommt, ist alles gut.
Das wollte ich doch nur. Dieses Gefühl, alles in Ordnung. Alles wie immer. Wie früher. Ich wollte Gisela etwas sagen. Was war es noch gleich? Wildschweintränen, was wollte ich, Ehefrauenrezept. Das Piepsen hat mich unterbrochen. Mitten im Satz. Ich lasse mich doch von so einem Piepsen nicht. Spatzen, Schnäbel, ich wollte was sagen. Hey, ich bin's noch mal, ich war noch nicht fertig. Wo war ich stehengeblieben? Genau. Wir haben's doch nicht schlecht miteinander gehabt, wir zwei? Wir hatten auch gute Zeiten? Weißt du noch, die Fahrt nach Portugal?
Gute Zeiten, man rührt besser nicht dran. Schlafende Hunde. Ist ja nicht so, dass ich nie gefragt hätte. Natürlich habe ich mich gefragt. Ich wusste ja nur, Bastard, wie Großvater guckte, und dass Mutter, sie war noch sehr jung. Amiliebchen, mehr wusste ich ja nicht. Und als der Junge auf dem Weg war, das ist normal. Das waren ja Nächte. Wacher

als wach. Giselas Bauch ein riesiger Schatten im Bett. Wie ein Gebirge unter der Decke. Ich liege im Dunkeln und starre. Im Inneren des Bergs teilen sich Zellen, wachsen Zehen und Wimpern. Ich tue kein Auge zu. Bis es hell wird, die Decke erst grau, dann blau, dann weiß, eine Landschaft im Schnee. Mit einem Seufzen setzt sich der Berg in Bewegung. Bevor sie die Augen aufschlägt, springe ich aus dem Bett. Denn das ist ja normal, ganz normal, kalte Füße als Mann. All die Fragen, die eine. Wer bin ich. Und was wird aus mir? Klar war ich glücklich. Ich mit Baby im Arm, der stolze Großgrundbesitzer, Quatsch, Erzeuger. Stolz jedenfalls. Auch so ein Foto. Daumen hoch, das war alles, wie's sein soll, auch in der Firma lief's gut. Ich weiß nicht, wann das gekippt ist. Eben noch halte ich ein Baby im Arm, knallrot und strampelnd. Und im nächsten Moment steht ein Mann im Garten, der steht draußen im Regen und starrt mich einfach nur an. Warum klingelt der nicht, jeder normale Mensch würde doch klingeln.
Als der Junge mich anrief, war schon so vieles im Argen. Nach der Scheidung und allem. Aber immer noch besser als später. Immerhin rief er mich an. Ja, Papa, Felix hier. Welch eine Überraschung, er weiß meine Nummer. Papa, ein seltenes Wort, ich dachte schon, Gisela. Ihr sei etwas zugestoßen. Das war so, wenn man plötzlich alles vor sich sieht, wie es sein wird, wie man glaubt, dass es sein wird, wenn das restliche Leben vor dem inneren Auge abläuft. Gisela tot, verunglückt, das war mein erster Gedanke. War gar nicht böse gemeint, war mehr so eine Hoffnung, wie ein Traum: Der Junge zieht bei uns ein, wir bauen das Dachgeschoss aus, am Wochenende gucken wir Sportschau, mein Sohn und ich.

Der Junior macht eine Ausbildung. Ein eigenes Auto, Felix steigt in die Firma ein, er findet ein nettes Mädchen. Was man eben so denkt. Doch nix da, eine Schulaufgabe. Deswegen ruft mein Sohn an. Sie sollen ihren Stammbaum zeichnen. Da wollte er mal fragen. Der Junge ist fünfzehn und stellt fest. Ein Kästchen bleibt leer, da ist eine Lücke. Was soll ich, was sage ich. Tut mir leid, damit kann ich nicht dienen? Nein, kein Name, auch kein Foto, nichts? Der Dialog kurz, die Pausen lang, der Junge schweigt, als wollte er mir Zeit geben nachzudenken, als müsste ich nur nachdenken, dann würde mir der Name schon einfallen. Ich stehe im Flur, den Hörer am Ohr, das kann ich auch, schweigen. Was soll ich dem Jungen. Soll ich ihm erzählen, Deine Großmutter hat eine wilde Vergangenheit? Deine Großmutter ein leichtes Mädchen? Würde man nicht denken, wenn man sie heute sieht, wie? Graue Frisur, goldene Brille. Gläschen Likör, eine Partie Skat. Ja, genau die, Fräulein, mit einem dahergelaufenen, Feind, deine Großmutter eine von denen, marodierende Frauen. Was heißt marodierend? Das erspare ich uns, das hätte ich uns gerne erspart. Es hat ja keinen Sinn, einem Jungen wie ihm, einem, dem es an nichts mangelt, diese Zeit zu erklären. Wenn's dann endlich mal aufwärtsgeht. Mutter verdient mit Nähen Geld. Der erste Fernseher, das war eine Freude. So etwas versteht der Junge doch nicht. Der Sauerwein war ein Schwein, eins von der alten Sorte. Alle sollen ihren Stammbaum aufsagen, und ich:

Hab keinen.

Kann nicht sein, Nowak! Er zitiert mich nach vorne, vor versammelter Klasse: Jeder hat doch einen Vater! Ist dein Vater im Krieg geblieben?

Ich schüttele den Kopf. Auch tote Väter sind Väter, der Sauerwein redet von Helden, für uns gefallen, unser Land. Von Frauen, die auch gefallen sind, und zwar unseren Helden, in den Rücken. Der Sauerwein stolziert auf und ab vor der Klasse. Während er redet, stehe ich die ganze Zeit vorn. Und natürlich tat mir das leid, dass Felix das Gleiche, wobei es ja nicht ganz das Gleiche, überhaupt nicht das Gleiche, eine andere Zeit. Ist natürlich ein Unterschied, ob du keinen Großvater hast, oder. Ist schon echt was anderes, wenn alle wissen, glauben zu wissen, dass deine Mutter sich für ein paar Strümpfe, Zigaretten. Ich stehe am Telefon, wir schweigen, mein Ohr wird ganz heiß: Schreib einfach unbekannt hin!

Wenn man Stopp sagen könnte. Die Sonntage bei Mutter, da Stopp. Vor seiner Frage. Wir treffen uns jeden Sonntag bei Lore, Kaffee und Kuchen, neutrales Terrain. Die beiden verstehen sich gut. Die beiden auf dem Sofa, ich im Sessel auf der anderen Seite des Tischs. Mutter legt mir die Zeitung bereit. Am Wochenende habe ich die nötige Ruhe. Ist ja auch wichtig, wissen, was los ist. In der Welt. Ich in der Welt, die beiden reden, und eigentlich war das sehr schön. Ein Stück Torte, eine Tasse Kaffee, Stopp. Ich hinter meiner Zeitung, ihre Stimmen plätschern, ich lausche mit einem Ohr. Kriege mit, was der Junge so treibt. Ohne dass ich Fragen stellen muss, immer die falschen Fragen. Eines Sonntags, auf einmal, ich denke, ich höre nicht recht. Seine Stimme, die zwischen hell und dunkel, hoch und tief, die in beide Richtungen geht, Du, Oma. Mein Blick bleibt in der Zeile hängen. Spinne ich denn? Was heißt hier Opa. Ein Opa macht sich nicht aus dem Staub. Ein Opa marschiert nicht

ein, schenkt keine Strümpfe. Das Thema ist durch, ich weiß nichts, wir wissen nichts, und damit Schluss. Ich habe nie Gehorsam, ich habe nichts von dem Jungen gefordert. Aber dass er nicht weiß, wann gut ist. Das hat mich wütend gemacht, mit einem Mal furchtbar wütend, ehe ich mich versehe, ist das ein Brüllen in meiner Kehle, so laut, dass es brennt. Verdammt!, die Zeitung fliegt auf den Boden. Mensch, Felix, unbekannt! Was gibt's daran denn nicht zu verstehen? Die beiden auf dem Sofa, wie Hasen, wie Wild im Scheinwerferlicht, sie sitzen in meinem Gebrüll, ich lasse sie sitzen, ich raus, in den Flur, durch den Flur, fünf Schritte ins Bad, ich gehe pinkeln. Das war eine Zeit, Türen knallen, Schnüre reißen, peng, das passierte mir öfter. Kurzschlüsse. Dieser Druck hinter der Stirn. Was habe ich rumgebrüllt. Auch in der Firma, gerade im Job, wenn irgendwas schieflief, wenn irgendwas nicht so wie ich gedacht. Das ist besser geworden, heute, ach. Was rege ich mich auf. Meine Hand auf den kühlen Fliesen. Meine Hand an der Wand über dem Klo, ich pinkele, ich atme, was bildet der Junge sich ein? Für wen hält er sich? Ein Nein ist ein Nein, das hatte ich beschlossen. Nur weil es ihn interessiert, weil er nichts Besseres, diese ewigen Stammbäume. Was, wenn das niemanden etwas angeht? Der gräuliche Speichel an Mutters Ärmel hinab. Niemand soll wissen, wie die Frau guckt, die am Fenster steht. Die Frau sieht uns kommen. Als wir auf ihrer Höhe sind, Veronika!, spuckt sie.
Aber so heißt du doch gar nicht? Du heißt doch Lore!
Spuckende Frauen, bespuckte Frauen, ich stehe und pinkele, ich weiß nicht, ob ich mich erinnere, war ich dabei? War ich das Kind an der Hand, an der krallenden Hand, Komm wei-

ter! Oder hab ich's gelesen? In den Büchern, die Yvonne angeschleppt hat. Für sie war das Zeitgeschichte. Eine Zeit lang hat sie sich interessiert. Das war ihr Job. Ich habe auch mal so ein Buch in den Händen gehalten. Über bunte Frauen, in Schwarz-Weiß, ihre Gesichter, Geschichte, in der Geschichte der Stadt. Der Nation. Das Buch liegt auf dem Küchentisch, liegt ganz oben auf dem Stapel. Ich blättere, lese mich fest, die Stadt gegen Kriegsende. Die Stadt liegt im Kessel, von allen Seiten feindliche Truppen, stechen durchs Tal. Die Stadt ist umzingelt, die Stadt fällt. Nächstes Kapitel. Frauen, die den Feind zum Freund machen, zum Bruder. Von wegen Bruder, was für Schwestern sind das? Frauen kommen von nah und fern, kampieren vor Lagern, Kasernen, schlafen in Straßengräben. Sie haben gehört, von den fremden Soldaten, und finden sie auch. Die Frauen sind jung, sind hungrig auf mehr als nur eine Art. Ich lese im Stehen, die Buchstaben, wir tanzen, Mutter?, uns schlackern die Knie. Jagdhund, Gekicher in Kissen. Ich habe ihn mir größer vorgestellt, seine Hand flattert auf meiner Schulter, fliegt sofort weiter. Tolle, Take care. Yeah. Yeah. Die Frauen verrichten ihre Toilette im Bahnhof, steht in dem Buch, das Yvonne angeschleppt hat. Die Frauen sind schmutzig, das zeigt das Bild, Zähne so weiß in fahlen Gesichtern. Die Hand an der Uniform. Die Hand an der Brust, um die Taille. Ich stehe in der Küche, in meinem Kopf tickt es, das ist die Uhr. Die Uhr über der Tür, Sekundenzeiger, mein Blick rückt nicht weiter, bleibt hängen. Die Worte breiten sich aus, wie Krankheiten, in meinem Kopf, marodierend, zwischen den Beinen der Frauen. Rede von Razzien, Epidemien. Wer braucht diese Worte. Dirne. Wer braucht solch ein Wort, für seine Mutter. Ich stehe im Bad, meine kalte Hand an den Fliesen. Für wen hält sich mein Sohn?, ich pinkele, dass er meine Entscheidung, Reißverschluss, Spülung, ich dulde das nicht. Was, wenn ich diese eine Sache, Frage, nicht dulde. Ich trete in den Flur und beruhige mich, mit einem Mal bin ich ganz ruhig. Meine Zeitung wartet auf mich. Die Metallindustrie hat die 35-Stunden-Woche durchgesetzt. Ich will den Artikel zu Ende lesen. Diese Frage dulde ich nicht, und weiter, weiter im Text, immer nach vorn. Stunde Null, wer zählt schon ins Minus. Doch als ich im Flur, ich gehe durch den Flur und höre sie flüstern. Ich halte inne und lausche, ich halte inne und lausche nicht, ich will nichts hören. Die Tür zum Schlafzimmer steht offen, ich blicke auf das Bild über dem Bett, *for Laurie*, lackschwarzes Haar, er wacht dort noch immer. Ich sehe ihn an, ein Blick durch den Raum, durch die Zeit, wir beide. Mutter und Felix tuscheln. Ich lupfe eine Braue wie er und gehe weiter, ins Wohnzimmer. Ich stehe in der Tür, und sie verstummen. Ich weiß es, da weiß ich's. Rückblickend. Einer stellt eine Frage, und schon, Gefüge, ist alles anders. Die dichten Wimpern, von wem hat er den Blick. Ja, von wem hat er den denn? Von einem Fremden, Feind. Sie sitzen nebeneinander auf dem Sofa und sehen mich an. Oder vielmehr, er sieht mich an, Mutter betrachtet ihre Hände. Mutter verlegen, zu Recht. Ich habe mich an unsere Abmachung, doch, das war ein Versprechen. Sie kommt wieder. Ich hab's doch gehört, Ohr an der Wand, wie Mutter sagt: Wir gehören zusammen! Ich halte mich dran, stelle keine Fragen. Und sie? Plaudert, plötzlich plaudert sie, nach all den Jahren. Als hätte sie nur darauf gewartet. Ihr Bub, die zwei haben sich gefunden, jung und alt, Frage und Antwort. Der eine gibt keine Ruhe, die andere gibt alles preis. Arsch auf Eimer, Faust auf Auge, das habt ihr toll gemacht, wirklich. Ich hebe die Zeitung vom Boden auf, setze mich in meinen Sessel. Metallindustrie. Ich lese, mit einem Ohr. Doch sie schweigen, klimpern nur mit den Löffeln in ihren Tassen. Mutter seufzt. Irgendwann schaltet Felix den Fernseher an.

Wie lange hat das gedauert? Ruhe vorm Sturm, vielleicht ein paar Wochen. Ein paar Sonntage später. Dabei habe ich doch ausdrücklich, ich möchte das nicht. Ich habe nie Gehorsam. Der Junge hat doch alles, was er braucht. Uns geht es gut, verstehst du das nicht. Doch der Junge kann es nicht sein lassen, natürlich nicht. Der Junge setzt Himmel und Hölle, hinter meinem Rücken, Himmel und Hölle, ich dachte, ich hätte mich. Klar ausgedrückt. Mutter konspiriert, alles beim Alten, alles wie immer. Mutter kramt alte Briefe hervor, was zum Teufel, ein alter Brief, von dem ich nichts weiß. Harter Anschlag, da war jemand wütend, die Buchstaben wie ins Papier. Gebissen. Ich beiße die Zähne zusammen, mein Kiefer schmerzt. Militärbehörde, Felix wedelt mit dem Brief vor meiner Nase, Dienststelle, Oma hat denen damals geschrieben! Von wegen, kein Name, nichts. Siehst du? Und als ich nicht antworte, ihn nur unentwegt, er soll jetzt aufhören damit, liest er aus dem Brief vor. Selbst, wenn es stimmt, was Sie sagen. Selbst wenn Ihre Angaben stimmen, *the man you name will not be asked to admit.* Sinngemäß, die werden gar nichts. Keine Auskunft erteilen, über den vermeintlichen. Und ich, Sage ich doch, unbekannt. Sache gegessen, Sache vom Tisch, wo ist die Zeitung? Doch der Junge gibt keine Ruhe, Hör mir doch mal zu!, er redet zu schnell, redet von Leuten, Organisationen, mit denen er telefoniert hat, redet vom Internet, von Recherche. Seine Stimme hoch und tief, in beide Richtungen. Die Worte fallen klackernd aus seinem Mund, Zahnspange, Fledermaus, und Mutter sieht mich nicht an, ich muss an ihre Nähmaschine denken, das Klackern und Rattern nächtelang, du hast mich verraten, das ist doch, Verrat, und mein Blick schwenkt zum Jungen zurück, der den Brief beiseitelegt, er macht große Augen, Jedenfalls, noch größere Augen, weiß ich jetzt. Triumphierend, als wäre das ein Spiel und er hätte gewonnen, Hier!, zückt er ein Foto. Felix, was soll das? Ich will das nicht, ich hab doch gesagt, dass ich nicht will, habe ich nicht ein Recht, nicht wissen zu wollen. Der Junge im Siegesrausch, was interessiert's ihn. Er hält mir das Bild unter die Nase, und ich kann ja nicht, das wäre kindisch, ich kann ja nicht die Augen schließen, die Hände vor das Gesicht. Er hält mir das Bild hin, und ich bin gezwungen, es mir anzusehen, ich kneife die Augen zusammen, das ist doch, unscharf. Ich sehe nicht gut. Ganz scharf die Uniform, die Mütze, dazwischen ein graues Gesicht. Ich spüre, dass er mich anguckt, Plüschauge, er wartet ab, und als ich nichts, gar nichts, reicht er mir ein weiteres Bild. Wir kommen leider zu spät, sagt er, als wären wir im Fernsehen. Auf dem zweiten Foto ein Grabstein, Jahreszahlen, Buchstaben, alles verschwimmt. Nebraska, höre ich den Jungen, und will mich räuspern, ich will sagen, In Ordnung, das reicht! Du hast einen Namen gefunden für deinen Stammbaum. Ich will ihn anbrüllen, Ist jetzt endlich mal gut? Lass mich in Ruhe!, doch da ist keine Wut, nur ein leises Säuseln, wie Wind in meiner Kehle, mein Körper ein Hohlraum, mein Kopf, was

will der von mir? Felix sagt: Wir fahren hin! Und ich kann den Blick nicht von diesem grauen Gesicht, ich kann meinen Blick nicht scharf stellen, meine Stimme ein Lüftchen, Wer wir?, ein Hauch: Wohin?
Na, nach Nebraska, wir besuchen sein Grab!
Von Felix zu Mutter und wieder zurück, Komplizen, das ist nicht euer Ernst, das kann nicht euer Ernst sein. Mutter sieht endlich auf, legt den Kopf schief, Aber Walter. Warum denn nicht? Wenn's dem Jungen doch wichtig ist? Wer ist hier, in meinem Kopf knallen die Türen, wichtig, wenn ich dran denke. Die Türen knallen, wir haben doch alles, uns geht es doch gut. Um Himmels willen, Nebraska, die Wohnzimmertür, die Wohnungstür, die Haustür knallt, ich laufe hinaus auf die Straße, ohne mich.
Es war eine Mutter, die hatte vier Kinder, den Frühling, den Sommer. Felix' Stimme hoch, wir sitzen im Auto, ich fahre, natürlich fahre ich, die beiden singen. Früher habe ich nie. Über Jahreszeiten, das war einfach Wetter. Und jetzt? Im Frühling schon Herbst, ich weiß, das ist Quatsch, aber so fühlt sich das an. Ehe ich mich versehe, wieder ein Sommer vorbei. Beim Pinkeln tut's weh, nur ein bisschen. Gar nicht so schlimm. Gerade so schlimm, dass ich es erwähne beim Arzt. Der Sommer den Klee, der Winter den Schnee. Neuerdings schwirren mir Lieder im Kopf. Wir können nicht singen, wir sind nicht musikalisch. Wir schlackern nur mit den Knien. Der Junge trifft keinen einzigen Ton. In unserer Familie. Wir sterben schnell. Quasi über Nacht. Eines Morgens liegt Großmutter tot im Bett. Sieht aus, als würde sie schlafen. Gestorben, wie sie gelebt hat. Still. Immer sanft, sie lässt Großvater brüllen, erst wenn er raus ist, fährt sie

mir über den Kopf. Sie schmiert mir ein Brot, streut Zucker darauf. Und Mutter. Ich darf gar nicht dran denken. Das waren keine zehn Wochen ab Diagnose. Ein ganz fieses Ding. Verdammtes Nebraska, vorher rafft es Mutter dahin. Als sie es entdeckt haben, war's schon zu spät. In einem Moment sitzt Mutter auf dem Sofa und inspiziert ihre Hände, und im nächsten ist keine Zeit mehr für Reisen. Im nächsten Moment, die schönsten Beerdigungen, Platz Nummer eins: Es soll alles perfekt sein. Das ist das Einzige, ich kann an nichts anderes denken, nicht an sie in ihrem Bett, all die Maschinen, wie sie geschrumpft ist, Tag für Tag. Ich kann nicht, alles perfekt, ich kann nur den teuersten Sarg aussuchen, die teuersten Blumen. Ich bestelle ihr einen Mann, angeklebte Koteletten, Paillettenanzug, der darf in der Kapelle nicht singen. Das will der Pfarrer nicht, Armleuchter. Aber draußen, vorm Grab dann, Amazing Grace, die Frauen kreischen. Nein, das sind die Fräuleins von früher, heute weinen sie. Die knotigen Finger der Skatschwester auf meinem Arm. Das Kleeblatt hat ein Blatt verloren. Wir werden sie schmerzlich vermissen. Ich nicke, drei Blätter, kein Glück. Ich sehe die Leute durch das Friedhofstor treten, so viele Leute, alle in Schwarz. So viele Hände. Ich stehe auf dem Parkplatz und spreche mit dem Imitator, die Pranke, das stimmt einfach nicht, ist viel zu groß, seine Brauen blond unter der Farbe. Mir ist schwindelig, tagelang nichts gegessen, mir ist nicht gut, der Typ redet und redet, dabei habe ich ihn längst, ich habe ihn ja vorher bezahlt. Der hört nicht auf, meine Hand zu schütteln. Auf der anderen Seite des Parkplatzes umarmt Yvonne Felix, ich sehe, wie Gisela sich abwendet, schon mal ins Auto steigt. Felix in Yvonnes

Armen, sie muss sich strecken, um ihm ins Ohr zu flüstern. Ein Riesenkerl, sein Rücken bebt. Ich heißkalt, ich schwach, um mich kümmert sich keiner. Mir streichelt keine den Kopf. Auch nicht abends im Bett. Was meinst du?, fragt Yvonne. Ihr Gesicht glänzt, sie hat sich eingecremt. Ich weiß nicht, der Junge ist steif geworden, als ich ihn umarmt habe, steif wie ein Brett. Aber wenn Yvonne ihn umarmt, weint er? Mein Sohn schluchzt in ihren Armen, seine Tränen an ihrem Hals? Dieser picklige, strähnige, stinkende Junge. Aber wir wollten doch noch, hat er geschluchzt, nach Nebraska. Dieser Schlaks. Wann ist der eigentlich so groß geworden? Ich merke, ich starre, ich merke, Yvonne starrt mich an. Sie will wissen, was ich von ihrem Vorschlag halte. Wie wäre es, wenn wir mit ihm fahren? In Andenken an Lore, eine Abschiedstour? Bevor ich auch nur piep, oder nein, bevor ich einen klaren Gedanken, sagt Yvonne: Vielleicht wäre das schön? Ich sage nichts, ich lösche das Licht, und das ist, jahrelang ist das, manchmal spüre ich's noch immer, ich liege unter der Decke, und Mutter kriecht zu mir ins Bett, sie riecht nach Rauch, nach Gelächter, ich spüre ihren Körper an meinem Rücken, den Busen, so warm. Ich umfasse Yvonnes Hände vor meiner Brust, als wollte ich beten. Wenn ich nur wüsste, wie.

Ein Blütenmeer, mittendrin Mutters Kopf, silberne Locken. Ich stürze, bin wach. Das war kein Traum. Das halte ich nicht aus. Ich stürze aus dem Bett, ich kann unmöglich liegen bleiben. Dieses Brennen in den Augen, der Brust. Sobald ich stillhalte, schwillt mir der Hals zu. Reiß dich zusammen. Also los jetzt, was muss getan werden? To-do. Die Wohnung ausräumen, Möbel verkaufen. Wieso behalte ich die Dose?

Ritter mit Lanze, ich finde den Brief, schmeiße ihn nicht weg. Ich hätte den Brief wegschmeißen sollen. Weiter im Text. Konten auflösen, Policen. Was noch? Der junge Herr will verreisen? Also schön. Meine Frau findet, das sei eine gute Idee. Ich stürze aus dem Traum, in dem Mutters Kopf schrumpft, zwischen den Blumen verschrumpelt, ich stehe auf, ziehe mich an. Ich fahre ins Reisebüro. Scheiß auf Nebraska. Die Kataloge schwer in meinem Schoß, das muss richtig sein. Das fühlt sich gut an. Ich plane, vergleiche Angebote. Aber Walter. Das ist Yvonne. Sie steht hinter mir. Wie lange steht sie schon da und schaut mir über die Schulter? Er will nach Nebraska, zum Grab! Ja, ja, ich weiß. Ich rechne ihr vor, was das kostet. So viel Geld, um einen grauen Erzeuger, um einen toten Mann. Um zum Grab eines Fremden zu reisen. Ein teures Vergnügen, findest du nicht? So eine Reise, die muss sich doch lohnen! Wollen wir für das Geld nicht etwas erleben? Das überzeugt sie. Wenn schon, dann richtig, das versteht meine Frau. Alle verstehen das, nur Felix nicht. Eine Reise, aus dem Katalog, für Felix kein Grund sich zu freuen. Ein rotes Cabrio unter Palmen, knallblauem Himmel. Für meinen Sohn völlig normal. Wir treten aus dem Flughafen, wir laufen quer über den Parkplatz auf unser Auto zu. Und ich denke, jetzt wird er Augen machen, endlich Augen. Was sagst du dazu?, sage ich und zücke den Schlüssel, der Junge zuckt mit den Schultern, kaum merklich, Cool. Hoher Bogen, sein Rucksack fliegt, ich erschrecke. Sein Rucksack landet auf der Rückbank. Ein Gesicht, Fresse, als wäre ein Cabrio das Normalste der Welt. Böse Miene zum guten Spiel. Über den Rand ihrer Sonnenbrille sieht Yvonne mich an, Bleib ruhig, sagt ihr Blick, immer schön ruhig bleiben. Und ich bleibe, Cool!, ich äffe ihn nach, Yvonne lacht. Das funktioniert noch, okay. Der Junge sitzt schon im Wagen, kramt nach seinen Kopfhörern. Setzt die Kopfhörer so schnell nicht mehr ab, hört Musik quer durch Florida, von Insel zu Insel, die Brücken, Sonne, die Wälder aus Schildern am Straßenrand, Billboard. Der südlichste Punkt, das ist schon fast Kuba. Beeindruckt ihn nicht, mein Junge kann sich nicht freuen. Dabei ist das doch atemberaubend, das ist spektakulär? Der Junge sitzt mit Kopfhörern auf den Ohren hinten im Wagen, mit Sonnenbrille, Yvonne und ich vorne. Ich fahre. Ich fahre, und anfangs summe ich noch. Amerika, zum ersten Mal, das ist doch groß? Nein, nichts, aus dem Jungen ist kein Wort herauszukriegen. Im Rückspiegel sehe ich seinen Blick, immer fern. Sein Blick gilt den Pelikanen. Den Flamingos. Dem Schild mit den Krokodilen darauf. Ich höre auf, im Rückspiegel nach seinem Gesicht zu suchen, nach ein paar Tagen höre ich auf zu summen. Ist ja auch unsere Reise, er verdirbt uns die Stimmung. Wie mit angezogener Handbremse, im roten Cabrio, mit Bremsspur durch Florida, wir fressen Meilen, gen Norden. Wir haben ein Ziel. Yvonne lächelnd, stets lächelnd, Reg dich nicht auf. I wo. Ich lasse mich nicht provozieren. Hunger, immerhin hat er Hunger, dieser picklige Junge, halb Mann, halb stark, immer stärker, stopft Burger und Steaks in sich hinein. Natürlich wundern wir uns, wir spekulieren. Wollen's ihm ja recht machen, dem Herrn. Vielleicht fehlt ihm seine Mutter, sagt Yvonne. Ich bitte dich! Wir bieten ihm alles, Motel mit Pool, aber er ist lieber drinnen im Zimmer, ihm ist draußen zu heiß. Er sieht lieber fern, genießt die Klimaanlage. Also wirklich, sage ich zu

Yvonne, welcher Junge vermisst denn mit fünfzehn noch seine Mutter! Wie kann er seine Mutter vermissen, wenn ich doch, meine Mutter ist tot. Welcher Junge, ein Kitzeln, ein Brennen, ich atme tief, So ein Unsinn. So ein Quatsch. Über Nichts lässt sich nicht nachdenken. Lore ist tot. Meine Mutter, weg, wer ist hier wichtig. So geht das bis Tennessee, etwas brennt, etwas kitzelt, braut sich zusammen. Hinter der Stirn.

Dabei bleibe ich. Das hätte auch alles schön sein können. Mit etwas mehr Wille, die Zeit unseres Lebens. Sicher habe ich nicht alles richtig, kein Mensch ist perfekt. Den Luxus muss man sich erst einmal leisten. An seinen Eltern herumzumäkeln, immer nur jammern. Andere Zeit. Zu meiner Zeit, ich als Junge, der Bodo, was hätten wir uns gefreut. Das war doch, ein Riesending. Mal abgesehen von mir, Yvonne hat alles gegeben. Yvonne gibt den Pausenclown. Gibt nicht auf, ihr Finger, Guckt mal! Landschaft, Himmel, Architektur, ist das nicht cool? Wir beide schweigen. Wenn Yvonne meint. Wenn sie meint, Shopping sei eine tolle Idee, ich muss nicht in den Rückspiegel gucken, ich weiß, der Junge zuckt mit den Schultern. Wenn Yvonne meint, Ja!, quiekt sie, meine ich!, fahre ich eben vom Highway ab, Mall, ich folge den Schildern. Das ist Amerika, die Straße führt direkt auf den Parkplatz. Wir schweben hinein. So weit das Auge reicht, flirrende Autodächer. Drinnen dann alles kühl, alles glatt, wir wandeln in Gängen, auf Galerien, an Schaufenstern und immer mehr Schaufenstern entlang, wir essen Chinesisch in Tennessee, aus Näpfen, mit Stäbchen. Wir trinken XL, Liter, Gallonen, nuckeln an Strohhalmen, es gluckert in unseren Bechern, Bäuchen. Und als sich der Blick des

Jungen dann doch verfängt, endlich, wir sind dankbar für den kleinsten Funken, ergreift Yvonne die Chance. Er geht einen Schritt langsamer, und Yvonne schnappt ihn beim Arm, zieht ihn hinter sich her in den Laden. Eine Palme, die ist echt, echter als echt, ich warte auf einer Bank, in meinem Kopf tröpfelt Musik. Und als sie wieder rauskommen, sind sie beladen mit Tüten, Yvonne und Felix wie im Film, wie Freunde, Anflug eines Lächelns auf seinem Gesicht. Wir haben zugeschlagen!, ruft Yvonne, als sähe ich das nicht, und der Junge sagt, Danke, aber Palme, das ist doch nicht, echte Freude geht anders.

Was ist schon wahr, VaterVaterVaterVaterVaterVaterVater und Sohn, Yvonne besteht drauf, sie will, dass ich alleine mit ihm. In Memphis, beim Frühstück, verkündet sie, und das ist Verrat, das kann doch nicht, wie kann sie so etwas sagen: Ach, wisst ihr, ich bin ohnehin kein so großer Fan. Und ich, Wie bitte? Was soll das denn? Ganz neue Töne, ich glaube, ich spinne, diese Reise hat doch ein Ziel, nur ein Ziel, Flamingos hin oder her. Das ist doch das Wichtigste. Yvonne legt den Kopf schief, Yvonne sieht mich einen langen Moment an, bevor sie sagt, Nein, nein, geht ihr zwei mal allein.

Aber –

Nichts aber, Yvonne lässt kein Aber zu, kein Du und Ich, was ist denn mit uns? Was ist denn mit mir, ich will dich dabei haben? Yvonnes Blick sagt Vater und Sohn, und zwar heute. Ich starre sie an, ihr Kinn weist Richtung Jungen, der schaufelt Cornflakes, nuschelt knuspernd, Von mir aus. Milch tropft von seinem Kinn, ihm ist alles egal. Alles egal, mit solch einem Gesicht steigt er ins Auto, steht er in der

Schlange. Es ist ihm egal, dass wir warten müssen, beinahe zwei Stunden, die vielen Leute sind ihm egal, ihr Quaken und Bla, das Schlurfen in Serpentinen auf die Kasse zu. Er schleicht einfach Schritt für Schritt neben mir her, völlig schnuppe, ob wir in zwei Stunden reinkommen, oder gleich, oder nie. Er setzt die Sonnenbrille nicht ab. Wie wir anstehen, zwei Stunden anstehen, und kein Ton, keinen Mucks, spüre ich es schon, das brennt, der Druck steigt an. Felix mit seinem verdammten Nebraska. Als hätte er sich vorgenommen, nicht beeindruckt zu sein, ganz gleich, was kommt. Diese Musik hat Millionen begeistert, Abermillionen von Menschen bewegt, doch nicht meinen Sohn. Als wir endlich unsere Tickets haben, das war auch nicht billig, aber was soll's, einmal im Leben, wir gehen zum Bus, und ich merke, ich muss mich zusammenreißen. Ihn nicht bei den Schultern zu packen, zu schütteln, verdammt. Ich reiße mich zusammen. Stelle mir vor, ich wäre jetzt Yvonne. Was würde sie. Das ist die Pubertät. Du bist der Erwachsene. Ganz erwachsen fange ich an zu erzählen. Ich weiß ja einiges, ich habe Bücher gelesen, Biografien. Also erzähle ich dem Jungen, im Bus, Shuttle, die Auffahrt hinauf, ich erzähle ihm, wann er das Anwesen gekauft hat, für wie viel Geld, und so weiter. Auf das Portal zu, ich liefere Fakten. Zischende Bremsen, Türen, wir steigen aus, ich bleibe stehen.
Das ist es also.
Jawoll.
Hier hat er gelebt –
Sieht so aus.
Ziemlich imposant, findest du nicht –
ich drehe mich zu Felix um, sein Gesicht wischt an mir vor-

bei, er geht schon weiter, zum Eingang. Geht mit allen anderen zwischen Löwen aus Marmor hindurch. Ich meine, Löwen aus Marmor, da kann man schon mal. So ein Moment, da sind wir, wir sind am Ziel angekommen. Das könnte schön sein. Ich hätte die Hand auf seine Schulter gelegt. Aber der Junge ist ja ohne Umschweife ins Haus, Felix!, ich, keine Wahl, hinterher. Ich im Pulk, ein wenig wie tanzen, wir gleiten von Raum zu Raum, gleiten an Tischen, Vitrinen vorbei. Felix immer ein paar Schritte voraus. Wie tanzen, wenn man nicht tanzen kann, ständig steigt dir wer auf die Füße. Ständig quakt dir einer ins Ohr. Ich versuche, den Jungen einzuholen, Vater und Sohn, das war die Ansage, das war doch das Ziel unserer Reise. Und ich weiß ja wirklich einiges, ich könnte ihm alles erzählen, wie er Priscilla und so. Doch immer blökt einer dazwischen, mitten im Satz, rempelt mich an. Ich verliere den Faden, mein Sohn, gucke mich um, und er ist verschwunden. Sobald ich den Mund öffne, geht Felix weiter, er bleibt nie länger als ein paar Sekunden stehen, nicht vor den Spiegeln, nicht vor dem Kronleuchter, vor den goldenen Platten. Warum kann er nicht einmal. Ein einziges Mal. Im Dschungelzimmer bin ich schon wütend, ich bin vielleicht etwas zu grob, als ich ihn beim Ärmel, beim Arm, Du hörst mir jetzt zu. Ich habe alle Platten, alle Platten, die hier aufgenommen wurden, habe ich zu Hause. Die können wir mal hören. Der Junge nickt, will weitergehen, doch ich halte ihn fest, ich ziehe ihn beiseite, Lass doch mal die Leute vorbei! Jetzt hör mir mal zu. Ich trete an ihn heran, ich rieche ihn, Ziege, ich sehe sein pickliges, ich blicke auf, in sein Gesicht, aus dem Giselas Stupsnase ragt. Einige sehr gute Aufnahmen wurden hier gemacht, wenn wir zu Hause sind, zeige ich dir das Cover, auf dem Cover siehst du diesen Brunnen, ein Brunnen im Zimmer, ist das nicht? Langweilig. Er nickt, und ich höre ihn sagen, Superlangweilig, ich stelle mir vor, wie er seiner Mutter erzählt, von Nase zu Nase. Wenn seine Freunde ihn fragen, verdreht er die Augen: Voll ätzend, mit meinem Alten. Mit dem Alten und seiner Frau, durch die USA. Ich stelle mir vor, wie er die Augen verdreht, doch in Felix' Gesicht regt sich nichts, völlig starr, völlig schlaff, er sagt nichts, sieht mich nur an. Klar sind da Holländer, da sind Japaner, ein Mordsgequake, doch diese Stille zwischen uns beiden. Ich halte das nicht aus. Ich stürze, das ist kein Traum. Lores Hand, als ich ihr die Getränke bringe, ich trage ihr den Mineralwasserkasten in die Wohnung, wortlos, will gleich wieder gehen, ich bin sauer. Bin immer noch sauer, ich gehöre zu dir. Was soll diese Nummer. Diese Vaternummer, dieses Gerede auf einmal? Wie kannst du nur? Walter!, ich trete aus der Tür, Mutters Hand gleitet von meinem Arm, wie warm ihre Hand in einem Moment, und im nächsten, ruft das Krankenhaus an, sie liegt schon im Koma, beinahe kalt. Scheiß Nebraska. Wenn er nicht gefragt hätte. Ich blicke in das gelangweilte Gesicht des Jungen und stelle mir Lore vor, ihre Haare silbern im Fahrtwind, ihr Lachen, Begeisterung. Ich hätte mit ihr reisen sollen, wir beide. Warum bin ich nicht früher. Wenn der Junge nicht, sein bescheuerter Stammbaum, wenn er seine Klappe gehalten, ein leeres Kästchen, na und? Ich hätte sie nicht angeschwiegen zum Schluss. Ich sehe ihn an und weiß, wenn er nicht gefragt hätte, wäre sie nicht so plötzlich. Das ist Quatsch. Ist das Quatsch? Im ganzen Körper gestreut, alles zu spät, viel zu

spät. Felix hält meinem Blick stand, nur sein Körper windet sich leicht, in meinem Griff. Können wir jetzt weitergehen? Und auch das kenne ich, wenn es wie ein Zischen beginnt, Langweilst du dich? Ein Zischen vor der Explosion, Oh, das tut mir leid! Sind drei Paar Jeans, Turnschuhe, sind fünf T-Shirts noch nicht genug? Reicht dir das immer noch nicht? Ein Zischen, dann bricht es aus mir hervor, ich brülle, das ist für Elvis, für Lore, das ist für mich. Der Junge, seine Brauen schnellen in die Höhe, so weit er kann, weicht er zurück. Es ist still, plötzlich ganz still, Holländer, Japaner, alle Augen auf mich. Ich verstumme. Ich sehe die Leute an, ich sehe Felix an und denke, ich spinne, ja, spinne ich denn? Felix grinst. Das war eine, Reaktion, nimmt mir allen Wind aus den. Mister, mich spricht jemand an, Mister, von hinten, ich drehe mich um, ein Mensch mit Namensschild, Mike. What's going on?, will er wissen. Alles okay, everything fine, ich wende mich Felix zu: Oder? Yes, sagt Felix, und Mike, von ihm zu mir und wieder zurück, dann nickt er, und auch die Leute regen sich wieder, alles okay. Blicke, Gemurmel, die Welt dreht sich weiter. Dieser Mike, Mister, wendet sich ab, und schon ist auch Felix fort, Felix macht kehrt und verschwindet, schlängelt sich zwischen den Leuten davon, entschwindet gegen den Strom der Besucher.
Rückblickend, vielleicht hätte ich ihm. Hinterhergehen sollen. Das wäre besser gewesen, vielleicht. Für seine Haut sicher. Aber mal ernsthaft. Das war ein Gefühl wie. Ich mache nichts richtig. Wie, ich kann nur verlieren. Und ich meine, einmal im Leben. Ein einziges Mal, ich will alles sehen. Das Musikzimmer, die Kostüme. Den Moment an seinem Grab nimmt mir keiner. Ich stehe und sehe mich stehen. Ich lasse

mich nicht hetzen. Die und ihre Kameras. Die besten Bilder im Herzen. In Nebraska hätte das nicht funktioniert. Dazu braucht es schon ein richtiges Grab. Nicht bloß einen Stein unter vielen. Ich bin gerührt. Wie ich da, ich stehe vor seinem Grab, und mir laufen die Tränen, eine Träne läuft mir die Wange hinab, ich denke an Mutter. Für diesen Moment bin ich gekommen, für diese Träne. Das hält kurz an, doch dann, Laurie, er wusste ja nicht einmal, wie Mutter heißt, drängelt sich einer, Excuse me, ins Bild. Was soll's, ich habe lang genug hier gestanden, die Reise hat sich gelohnt. Beinahe gelohnt, ich muss mir nur noch seine Autos ansehen, und die Flugzeuge. Wenn ich schon mal da bin, esse ich auch einen Burger im Diner, kaufe ein Mitbringsel im Shop. Für Yvonne, Salz- und Pfefferstreuer in Form blauer Schuhe. Sie kapiert es erst nicht, ich muss sie tatsächlich drauf bringen, Mensch! Das sind seine Blue Suede. Wörterbuch, Wildleder. Die Streuer sind aber aus Porzellan, zerbrechen im Koffer, so bleibt nichts von meinem Besuch. Nur eine Verbrennung, halb so wild. Er soll sich nicht so anstellen, das war doch Absicht. Er ist alt genug, um zu wissen, was die pralle Sonne mit einem macht. Ich komme zum Auto, einmal im Leben, das werden schon ein paar Stunden gewesen sein, da sitzt er auf der Motorhaube. Hummer, völlig verbrannt. Was soll ich dazu sagen. Dazu sage ich nichts. Wir steigen ins Auto, wir fahren zum Motel zurück. Ich sage Yvonne nicht, was passiert ist, erzähle nicht von meinem Gebrüll, seinem Gesicht, wir tun so, alles wie immer, beinahe normal. Etwas viel Sonne, der Junge liegt auf dem Bett, eine dicke Schicht Creme. Yvonne und ich sitzen draußen. Wir sitzen in der Abendsonne am Pool, trinken pissdünnes Bier,

und ich beschreibe Yvonne alle Zimmer, bis ins letzte Detail, Tapeten und Teppiche, ich kann gar nicht mehr aufhören zu reden. Yvonne hört sich alles an. Und als ich fertig bin, die Sonne über Memphis geht unter, knallrosa Himmel, ich seufze, nickt Yvonne in Richtung Hotelzimmertür.
Und wie war's mit ihm?
Gut, was soll ich sagen, ich grinse, gut.

Beim Einatmen, los, beim Ausatmen, lassen. Los. Lassen. Mitunter mache ich das noch. Wir beginnen mit den Füßen, wir spüren die Zehen, alle zehn Zehen. Ich spüre die Fersen. Die Waden, die Schienbeine, Knie. An nichts denken, das geht ja nicht. Wie war das gleich? Die Gedanken nicht festhalten. Die Fliege kreist über mir, diese dämliche, Fliege. Vor dem Haus fährt ein Auto vorbei. Ich glaube, mein Hintern schläft ein. Die rechte Arschbacke. Ich habe einen schalen Geschmack im Mund. All das darf ich denken. Ich darf diese Gedanken wie Wolken am Himmel betrachten, sie ziehen lassen –

Was für ein Mist. Einmal und nie wieder. Wie Wolken betrachten, dass ich nicht lache. Wer hätte da nicht. Ich hatte nur Augen, ich meine. Was hat Yvonne sich dabei gedacht? Mich mitzuschleppen. Sie fand, ich sei so gereizt. Yvonne meinte, ich müsste entspannen. Also bitte, welcher Mann entspannt sich beim Anblick. Umgeben von Ärschen, in die Höhe gestreckt, Hund. Hündin. Wie heißt das? Leggins. Und das drunter? String. Yvonne hat gelacht. Darum geht es doch nicht. Beim Yoga geht's nicht darum, wie man aussieht. Von wegen Mann, ich war der einzige Kerl. Kann ich doch nichts dafür. Das liegt in der Natur. Ich habe halt gedacht, wie die mir ihren Arsch entgegenstreckt. Das kann doch mal vorkommen, so etwas passiert. Besser nicht. Wäre besser niemals geschehen. Ihre knallgelben Handschuhe, ich hätte es wissen müssen. Gummi auf Haut. Dass das nichts Gutes bedeutet. Aber zu spät. Wenn Sie sich jetzt bitte auf die Seite drehen würden, Herr –

Los. Lassen. Du musst loslassen, Walter. Das hat sie gesagt. Lass ihn sein Ding machen, das ist schon in Ordnung. Und natürlich war nichts, das war nur so zum Trost. Yvonne weiß ja nicht, wie das ist, die hat keinen Wunsch. Sie weiß nicht, was das bedeutet, das einzige Kind. Die Leute reden doch, die werden doch fragen. Loslassen, was soll das denn heißen? Man denkt nicht mehr dran. Jedes Mal, wenn er aufgetaucht ist, in meinen Gedanken, habe ich mich gezwungen. Eine Übung. Wenn dieses Gefühl hochschwappt, aus dem Nichts, denke ich schnell an etwas anderes. Das funktioniert doch ganz gut. Eine Zeit lang. Es gab Zeiten, das muss nach Memphis gewesen sein, nach Memphis Funkstille. Alles, wie's sein soll. Minus Felix, minus den Jungen, aber sonst. Es gibt Arbeit, wir haben zu tun, der Firma geht's prächtig. Und Yvonne fröhlich, Yvonne immer sauber, das Haus. Yvonne plant unsere Freizeit. Wir treffen Freunde, wir fahren in die Stadt, wir machen schon mal eine Radtour. Yvonne kauft Karten, die ich unterschreibe, wir schicken sie dem Jungen, samt Geldschein, zu Weihnachten, zum Geburtstag. Kommt nie was zurück. Das ist das Alter, sagt Yvonne. Dabei ist das okay, das ist wirklich in Ordnung, wenn er nicht will. Wie lange geht das, zwei, drei Jahre? Ein kleines Glück. Ohne ihn, er bringt es zum Bröckeln. Jahrelang höre ich gar nichts, und plötzlich gibt's Ärger. Plötzlich bin ich gut, Erzeuger, genug. Um in die Schule zu gehen, mit den Lehrern zu reden. Da werde ich verständigt, bin ja der Vater. Erziehungsberechtigt. Ein kleiner Schauer, als ich ihn sehe, im Büro des Direktors. Der Junge ein Kerl, Ganove, die Hose hängt tief. In der Augenbraue ein Ring. Wie kann man sich nur so verschandeln. Und sein Blick, das Kinn vorgeschoben. Eins dieser Bilder, die ich verscheuche. Ich lasse. Los. Aber erst später, viel später. Er ist ja mein Sohn. Also rede ich, ich flehe den Direktor an, ihm eine zweite Chance zu geben, dann eine dritte. Hilft nichts. Wer Drogen vertickt. Wer sich zum wiederholten Male dabei erwischen lässt, wie er Drogen. Auf dem Schulhof, mein Sohn. Hilft nicht, dass er mich vor allen Leuten, dem Rektor, dem Drogenbeauftragten, dem Vertrauenslehrer anbrüllt, Was willst du eigentlich hier? Wo kommst du plötzlich her? Betretenes Schweigen, das Kollegium beschließt, hat beschlossen. Beim dritten Mal fliegst du. Mein Sohn fliegt von der Schule, kein Grund zum Heulen. Jetzt müssen wir sehen. Wir müssen reden. Ein Abschluss muss her, eine Ausbildung. Felix steht vor mir, die Daumen in die Gürtelschlaufen gehakt, die Schulter gekippt. Ein Blick wie, ich muss gar nichts. Und Gisela, Gib ihm etwas Zeit. Ihr kleiner Ganove, ihr Prinz. Sie legt ihm den Arm um die Schulter. Ich denke, wir sollten uns jetzt erst mal beruhigen. Die beiden, da komme ich nicht ran. Ich habe es so oft probiert. Felix, gurrend und innig, in Giselas Arm, abends im Bett, eine Geschichte. Ich trete ans Bett, ich will rein, rein da, in diese Wärme, unter die Decke. Doch kaum erblickt Felix mich, weicht das Lächeln aus seinem Gesicht. Eben noch lächelt er, lauscht, schon starrt er mich an. Dieser Blick, er hat mich durchschaut. Ich bin nicht erwünscht. Das weiß ich schon lange, meine Meinung ist nicht gefragt. Kein Grund zum Heulen. Ein Grund zum Heulen, sehr wohl: Mein Sohn im Schweinestall. Mein Sohn mit Schubkarre, mein Sohn im Dreck. Gisela hat mich informiert, mit freudiger Stimme, Felix macht eine Ausbildung! Das war, später. Nachdem wir uns, sie sich beruhigt haben, war das die Lösung. Mein Junge als Tierpfleger. Ich kann nicht glauben, was Gisela mir erzählt. Dass er sich freut. Dass er in die Stadt zieht, um näher am Zoo zu sein, dass das ja immer schon. Ich wisse ja, Tiere. Ja, ja. Und diese Stellen seien gar nicht so einfach zu kriegen. Du solltest dich auch freuen, Walter, unserem Sohn geht es gut. Ich ungläubig, das meint sie nicht ernst. Mein Junge glücklich? Das muss ich mit eigenen Augen, für die Show will ich Karten. Ich fahre in die Stadt, löse ein Ticket. Sonniger Tag, Schulklassen, Rucksäcke. Ein Mann im Zoo, schlendert, ich falle nicht auf. Ein Mann auf der Suche. Und als ich ihn dann, Schubkarre, knietief im Mist, wären es doch wenigstens die Löwen gewesen. Mein Junge im Streichelzoo, bei den Hängebauchschweinen. Inkognito. Ich trete hinter einen Baum. Meine Hände liegen am Stamm, ich spüre die Rinde, ich luge. Felix in Latzhose, schaufelt Mist, ich höre ihn pfeifen. Eine Sau wackelt heran, Bauch bis zum Boden, bleibt vor Felix stehen. Felix lässt die Mistgabel sinken, mein Sohn und die Sau, sie sehen sich an, Felix geht in die Knie. Streichelt der Sau den Kopf, die genießt es, sie streckt sich, streckt Felix ihre Schnauze entgegen. Und Felix, Na du, berührt die Schnauze der Sau mit seiner Nase. Als wollte er sie küssen. Ich, also nein, weiche zurück. Aus einem Gefühl wird Gewissheit: Mit meinem Sohn stimmt etwas nicht. Das ist doch eklig. Ich habe genug gesehen, wende mich ab, gehe in Richtung Ausgang. Ich biege um die Ecke beim Vogelhaus, da steht Felix vor mir. Eben noch so sanft

mit der Sau, jetzt ist er wütend: Was machst du hier, Walter? Verdammt noch mal, Walter, was ist dein Problem?
Felix steht vor mir, mit nacktem Oberkörper, reibt sich mit einem Handtuch trocken. Jahre später. Ich finde ein Haar, wo er stand und rieb, ein Kringel am Boden, ein Kügelchen, ich hebe es auf, zerdrücke es zwischen den Fingern. Im ganzen Haus Haare, im ganzen Haus Kügelchen, Kot. Das bilde ich mir doch nicht ein. Ich sehe ihn doch, wie er dort steht, er war doch hier. Yvonne wird es kaum glauben, wenn ich ihr das erzähle. Nach all der Zeit, Funkstille. Ihre kleinen Hände auf meinen Wangen. Ich habe ihn losgelassen. Ein erwachsener Mann. Kann tun, was er will. Was er mit seinem Leben anfängt, ist nicht mein Bier. Der Lauf der Dinge, nichts wirklich Schlimmes. Das verstehe ich nicht. Wenn ich doch an ihn denke, nachts, im kleinen Glück, neben Yvonne im Bett, wenn ich wach liege und ihn nicht vertreiben kann, ist es das, was mich wurmt. Eigentlich ist doch gar nichts geschehen. Was war denn so schlimm? Ich liege wach, das Glück ist vorbei, bis Yvonne wiederkommt. Das Glück macht kurz Pause. In meinem Kopf flattert's. Rotwein im Spiel, Dusel. Sehnsucht nach Staub. Fest. Halten. Ich sitze in der Luke zum Dachboden. Ich halte das Bild in meinen Händen, das Bild aus der Dose. Meine Braut Gisela. Nein, das darunter. Das vom Jungen, mit Schultüte. Ein niedlicher Zwerg. Ich sitze im Lichtkegel, im Kreis der Funzel und kann es nicht fassen, so lange her. So lange, ich sehe es flattern. Im Augenwinkel, ich wende den Kopf, es flattert davon, in die Dunkelheit, ist schon verschwunden. Wird nichts gewesen sein, meine Augen sind nicht mehr die Besten, das Gehör. Da war so ein Piepsen, so ein Fleck auf der

Netzhaut. Ich greife in die Dose, Postkarten, Briefe, und aus dem Dunkel taucht ein Schatten auf, taumelnd, ist sofort wieder weg. Kann das ein Vogel, war das, hat sich ein Vogel verirrt? Ich sehe nichts, außerhalb des Funzelkreises sehe ich nur Dunkel. Es ist still, unfassbar heiß. Wie spät mag es sein? Ich trinke einen Schluck Wein aus der Flasche. Ich packe alle Papiere und Fotos in die Dose zurück, klappe den Deckel zu. Es ist Zeit. Morgen ein neuer, morgen früh gehe ich schwimmen. Ich blicke von der Dose auf und sehe, der Schatten fliegt direkt auf mich zu. Der Schatten fliegt einen Kreis. Ich, in der Mitte des Kreises, sehe ganz deutlich. Ihr kleiner Körper, die ledrigen Flügel. Ihr taumelnder, trudelnder Flug. Ich völlig starr. Das war eine, das ist eine, ja. Aus dem Nichts. Kreist mich ein, verschwindet. Ins Nichts. Ins Dunkel. Ich schwitze, mein Herz hämmert in meiner Brust. Ich stelle die Dose neben mir auf den Boden, langsam, ich steige, langsam, die Stiege hinab. Ich klappe die Stiege hoch, will die Luke schließen, habe die Luke beinahe geschlossen, da. Taumelt das Vieh durch den Spalt. Taumelt direkt an mir vorbei. Ich sehe ihr nach, sie verschwindet im Schlafzimmer. Und was jetzt. Was soll ich denn. Ich klappe die Stiege wieder herunter, sie kam vom Dachboden, dahin soll sie. Verschwinden, gefälligst. Ich gehe ins Schlafzimmer, sehe sie nicht. Ich öffne die Balkontür. Fahre zusammen, der Vorhang hat sich bewegt. Sehe sie schon flattern inmitten des Tülls, aber nein. Ich habe mich vertan. Ich öffne Fenster und Türen, denke, sie wird von alleine, sie findet schon ihren Weg. Raus. Raus. Bleib jetzt ganz ruhig. Die tun ja nichts. Die sind nur eklig. Schnell gehe ich ins Gästezimmer, öffne auch dort alle Fenster. Sie ist nirgends zu sehen. Die ist abgehauen, die ist schon längst raus. Schatten im Augenwinkel, wenn ich den Kopf wende, ist sie verschwunden, war sie nie hier. Ich gehe ins Bad, stehe zwischen den Kacheln, gucke auch in die Dusche, aber sie ist nicht, ist nicht zu sehen. Ich schließe die Tür. Ich stehe, stütze mich aufs Waschbecken, atme. Das war zu viel Wein, zu viel, Bier. Mensch Walter, reiß dich. Morgen gehe ich schwimmen. Halte ich mich an Yvonnes Speiseplan. Knäckebrot gegen die Panik. Ich räume auf. Ich gieße die Blumen. Stunde Null, ab morgen nach vorn. Wie's aussieht, werden wir sehen. Sehen, ich hebe den Blick, im Spiegel ich. Oh Gott. Ein alter Mann. Versehrt. Einer mit Anus, Loch in der Schulter. Einer mit Loch im Kopf. Ich drehe den Wasserhahn auf, Wasser, morgen, morgen wird alles gut, morgen geht's erst mal weiter, das Vieh wird schon alleine, die hat sich verirrt, muss ich eben mit offenem Fenster. Bei der Hitze eh. Ich spritze mir Wasser ins heiße Gesicht. Die haut bestimmt von alleine ab. Ich drücke eine Wurst Zahnpasta auf meine Bürste. Ich stecke mir die Zahnbürste in den Mund, putze, in kleinen Kreisen, ich sehe mich im Spiegel an. Veilchen und Schaum. Geifer, wilder Blick. Ich spüre ihre Anwesenheit, bevor ich sie sehe. Bevor ich mich umdrehe, weiß ich, sie hat mich gefunden. Ich gucke zur Tür, die habe ich geschlossen, verrammelt, verriegelt vor ihr. Doch am Fuß der Tür ist ein Spalt. Zwischen Holz und Fliesen schiebt sich ein Flügel, die Spitze zuerst, mit Haken daran. Die ledrigen Flügel erscheinen, ziehen den Körper hinter sich her, blitzende Zähne, die Ohren. Schon ist sie drinnen, ich erstarre, sie erhebt sich, kreist um die Lampe, ihr Flattern, im Spiegel, vor meinem Gesicht. Ich ducke mich. Reiße die

Tür auf, schmeiße die Tür hinter mir zu. Ich stemme beide Hände gegen die Tür, blicke zum Lichtspalt hinab. Jeden Moment wird sie, ich sehe schon die Flügelspitzen. Die ist hinter mir her. Ich strecke den Fuß nach hinten aus. Angele mit dem Zeh nach dem Läufer. Ziehe den Läufer herbei, vor die Tür. Ich falle auf die Knie, stopfe den Spalt. Der Spalt muss gestopft werden, fest. Der Spalt ist zu, da kommt keine durch. Die kommt da nicht raus. Ich stehe zitternd, ich atme, was nun?

Wenn die Maus nicht, ihr Fleder, ihr Flatter, wäre der Junge auch nicht. Oder doch? Doch. Wenn Mama das sagt. Taumel, ein Kreisel, so laut ich kann. Für immer, ich. Ein leises Schreien, so ein ganz helles Kreischen, ein Ziepen in meinen Haaren. Ich stürze.

In der Frühe schon dieses Licht, scharf und stumpf gleichzeitig. Ich sitze im Bett, mir läuft die Brühe. Jetzt habe ich verschlafen, ich schrecke hoch, schon wieder verpennt? Wer bis zwölf schläft, ich springe aus dem Bett. Die Fledermaus, ich sollte den Jungen anrufen, mit Viechern kennt der sich aus. Der wird sich auch mit solchen Viechern auskennen, der wird wissen, was man da macht. Habe ich die Nummer vom Jungen, Bub, wo habe ich die denn? Gisela blond, braun gebrannt, Gisela strahlt: Ruf ihn doch an. Ich habe seine Nummer im Telefon. Aber das Telefon liegt auf dem Waschbeckenrand. Um es zu holen, müsste ich die Tür öffnen, den Läufer wegnehmen. Es heißt ja, die schlafen tagsüber, aber trotzdem, Vampir. Ich steige aus dem Bett, sperrig, ich stehe. Ich stehe vor der Badezimmertür, schaue auf die Uhr. Es ist gar nicht zwölf, es ist sieben Uhr sechsunddreißig. Sieben Uhr, ach. Dann kann ich ja auch. Zurück auf Los, ich mache kehrt. Die Badehose liegt noch vor dem Bett. Tasche über die Schulter und los, ich bin erst mal schwimmen gegangen. Ich habe mir gedacht, erst mal meine Bahnen, um alles andere kümmere ich mich dann. Später. Was noch? Stille, wie tot. Das Dorf wie ausgestorben, mir ist niemand begegnet. Die Straßen leer, als hätten sich alle verkrochen. Aus dem Dorf und auf die Landstraße wie jeden Morgen, wie immer. Nur das Mädchen ein Stück weiter als sonst, das dickliche Mädchen auf seinem Fahrrad. Die Enkelin von irgendwem. Ich überhole sie immer auf Höhe der Pferdekoppel. Mädchen, Städtchen, der Name fällt mir nicht ein, auf halber Strecke, bei der Fabrik. Drei Minuten, ich fahre zum Schwimmbad, drei Minuten nach acht komme ich an. Der Zeiger der Uhr, beim Aussteigen. Ich steige aus dem Auto und stelle mir das Grinsen vom Hermann vor, in der Kabine. Stelle mir vor, der Hermann, ein Schlauch von einem, Pimmel, ich versuche immer vor ihm im Wasser zu sein. Ich auf das Drehkreuz zu, eilig, mit ordentlich Schwung, und zack!, renne ich gegen das Drehkreuz an, ich versuche es noch einmal, mit zack!, dem gleichen Ergebnis. Nicht vor, nicht zurück. Ich rüttle, das Ding bewegt sich nicht. Das Ding, mein Blick gleitet zum Zaun, ein Schild. WEGEN UNWETTERWARNUNG BLEIBT DAS BAD HEUTE GESCHLOSSEN. Wie, geschlossen? Wie, zu? Ich blicke in den Himmel, der Himmel hängt tief. Ich gucke durch die Spalten im Drehkreuz und sehe das Wasser, türkisblau und klar. Ich würde so gerne, so viel Zeit ist doch noch, ein Unwetter, das kommt ja nicht aus dem Nichts, nicht von einer Sekunde auf die andere, man hat schon noch Zeit, vorher, um aus dem Wasser zu kommen. Wo ist der Bademeister, der ist nirgends zu sehen, geschlossen, der ist nach Hause. Ich stehe vor dem Tor und überlege zu klettern. Ich zieh's in Erwägung, für einen Moment, aber, ach. Das ist mir zu viel, auch wenn das dann der zweite, der dritte Tag in Folge, an dem ich nicht. Aber das ist höhere, Fremdeinwirkung, dass die gleich schließen, dafür kann ich ja nichts. Ich also über den Parkplatz zurück, ein Piksen an meinen Füßen, ich sehe hinab, stelle fest: Ich bin barfuß. Ich die Badekappe noch auf dem Kopf. Nein. Das war anders. Ich die Badekappe noch nicht auf dem Kopf, meine Füße nackt, Kiesel: Walter, Mann, wo sind deine Schuhe? Ich blicke auf, und plötzlich sehe ich, ist mir vorher nicht aufgefallen, mein Auto ist das einzige, weit und breit, auf dem Parkplatz. Mutterseelen, die anderen haben's gewusst, die werden sich's gedacht haben. Die sind gleich im Bett geblieben, na gut. Und ich weiß nicht, da fehlt mir ein Stück, ein Warum. Wieso mache ich das? Der Bayer hat ganz klar gesagt, auf seine unvergleichliche Art. Natürlich würden sich die Mitarbeiter freuen, den Senior zu sehen. Nur dass der Begriff Senior es eben nicht trifft. Ich steige in mein Auto, will nach Hause fahren, und das Nächste, was ich weiß, ich fahre auf der Umgehungsstraße, auf einmal ist klar, ich fahre in die Firma. Walter, hat der Bayer gesagt, bei allem Respekt, sein gackerndes Lachen. Er will nicht, dass ich ständig vorbeischaue. Natürlich hat er es mir nicht explizit, er hat es mir gar nicht verboten, er hat es mir nahegelegt. Denn der Senior bin ich ja nicht, Bei allem Respekt, du bist nicht mein Vater, oder mein Onkel, wir sind nicht miteinander verwandt. Warum also. Fahre ich einfach weiter, die lang gezogene Kurve, ins Gewerbegebiet. An den Schildern vorbei wie alle Tage, wie jeden Morgen, hier gilt die StVO. Am Fitnessstudio vorbei, den Rolltoren, den Stadtwerken, den Pumpen. Die Schilder, die Wegweiser brauche ich nicht, ich kenne ja den Weg. Ich biege ab, wo ich abbiegen muss, und auch hier kein Mensch auf der Straße,

überall sind die Rollos heruntergelassen, die Sonnenblenden, einzig ein LKW kommt mir entgegen, auf der Kühlerhaube kleben Wolfsaugen, ich blicke in gelbe Augen und fahre weiter. Am Maschendrahtzaun entlang, an den Fassaden aus Waschbeton, den Belüftungsschächten. Keine Ahnung, wieso. Das ist einfach, alles wie immer, als wäre alles in Ordnung, der alte Weg, an der Druckerei vorbei, am Lagerverkauf, Bürosysteme. Die Imbissstube hat zu, die machen erst gegen Mittag auf. Ich habe Hunger. Wie viele Würstchen, an wie vielen Mittagen habe ich hier gestanden?
WENN HOCH, DANN BAYER, man sieht das Schild, wenn man in die Straße einbiegt. Ich rolle heran, ich komme vor der Firma zum Stehen. Schon klar, dass ich auf keinen Fall reingehe. Der Begriff Senior sei ja in diesem Falle gewissermaßen irreführend, hat der Bayer gesagt. In jedem Satz sagt er gewissermaßen. Ich sitze in meinem Auto und gucke rüber, sonst nichts, ich gucke einfach nur. Gewissermaßen Spion, nur ohne Auftrag. Ich gucke rüber zur Halle, zum Klotz, Büro, ist ja nun seins. Der Typ in der Handelskammer meinte, ich habe keine Wahl. Der Bayer war als Einziger bereit, meinen Preis zu zahlen. Wenn hoch, dann Bayer. Wenn hoch, dann gewissermaßen Bayer. Ich hätte ihn zahlen lassen sollen für den Spruch, der Spruch ist gut, den habe ich mir ausgedacht. WENN HOCH, DANN NOWAK, der Bayer hat einfach meinen Namen überklebt, das sieht man ganz deutlich, unter dem BAYER ist der blaue Untergrund dunkler, da stand vorher NOWAK. So ist der Bayer mit seinen schwitzigen Händen. Der erntet, was andere säen. Aber meine Güte, darüber bin ich hinweg. Ich habe mich ja nicht übers Ohr hauen lassen, und ich meine, Giraffe. Das war

eindeutig, schon damals. Der Junge wird nicht. Das ist vom ersten Moment klar. Wir biegen in die Straße ein, und da sehen wir sie schon. Wir sehen den Heinz, der einem Kunden die L880 vorführt. Heinz und der Kunde schweben am Himmel, und ich freue mich, dass wir just in diesem Moment, Guck mal!, und ich ducke mich, mein Finger wandert die Windschutzscheibe hinauf, das ist schon, beeindruckend, dieses Ungetüm, dieses irgendwie elegante Ungetüm, dort oben am Himmel. Heinz und der Kunde kleine Figuren im Korb. Die sieht man von weitem, von der Hauptstraße aus sieht man die schon, über den Flachdächern, Schornsteinen, schweben. Wenn hoch, dann. Der Junge krabbelt aus dem Auto, legt den Kopf in den Nacken. Giraffe!, kräht er. Und Gisela überschlägt sich fast vor Freude, Stimmt, Felix, stimmt, eine Giraffe hat auch einen langen Hals, wie die Maschine! Dabei ist das doch völlig am Thema vorbei, der Hals der Giraffe. Hebebühne, probiere ich es, Felix, sag mal He-be-büh-ne! Und der Kleine: Giraffe!, und seine Mutter: Genau! Sie fassen sich bei den Händen, und ich komme da nicht ran, ich komme da einfach nicht ran. Gegen ihre geballte Begeisterung habe ich keine Chance. Giraffe, das erste, das einzige, das ist dann klar. Rückblickend weißt du. Doch so schnell gebe ich nicht auf, ich versuche es, ich nehme den Jungen bei der anderen Hand, ich nehme die freie Hand und gehe voran. Hier kommt der Chef mit dem Sohnemann. Kleine Jungs mögen doch Kräne? Feuerwehr, Polizei, es gibt doch Dinge, die alle Jungs. Ich führe ihn über den Hof, Schritt für Schritt, ich weiß, die Mechaniker gucken, von oben guckt Heinz mit dem Kunden. Da kommt der Boss mit seinem Jungen. Heinz fährt den Korb runter, als

wir ankommen, die L880 ist wirklich ein Wahnsinnsding, achtundachtzig Meter, ist der Heinz mit dem Kunden schon wieder unten. Wortwechsel, ich kenne den Kunden schon lange. Die hat der Bayer alle, der Bayer hat alles bekommen, natürlich hatte das seinen Preis. Ein halbes Jahr lang ist der mir nicht von der Seite gewichen, hat die dümmsten Fragen gestellt. Eine ordentliche Übergabe muss sein, ich war da sehr gründlich. Die Kunden hat er übernommen, die Maschinen, Belegschaft, alles. Sogar den Spruch. Wenn hoch, dann, irgendwann ist auch mal gut.
Klar ruckelt das ein bisschen. Wir sind keine fünf Meter, was sage ich, keine drei, Felix und Gisela und ich im Korb. Keine zwei Meter sind wir, als sich der Junge an seiner Mutter festkrallt. Zu schreien anfängt, schreit wie am Spieß. Ich verstehe nicht, was los ist, wir haben die besten Maschinen, immer auf dem neuesten Stand. Was hat er denn nur? Schon keift Gisela, ich soll gefälligst, ob ich denn nicht, ich kann doch den Jungen nicht, gegen seinen Willen, in schwindelerregende Höhen! Heinz und der Kunde unten, die hören das natürlich, die hören alles. Klar ruckelt das, aber das ist doch kein Grund. Der Junge schreit, Gisela stimmt ein in sein Geschrei ER HAT ANGST VERDAMMT WALTER SIEHST DU DAS NICHT? Was denn, natürlich stoppe ich sofort die Maschine. Bin ja kein Unmensch, auch wenn er sich daran gewöhnt hätte, bin ich mir sicher. Das war dann abgemachte Sache, der Junge hat Höhenangst. Von da an wurde alles eigentlich immer nur schlimmer, der Junge ist halt sensibel, jede Spinnerei wurde Felix verziehen. Er hätte ja nicht Mechaniker werden müssen, was Kaufmännisches hätte ich auch akzeptiert. Das wäre gar nicht schlecht ge-

wesen, als Ergänzung zu mir. Aber er war sich zu schade, ins gemachte Nest wollte er nicht.
Senior, also die Bezeichnung sei gewissermaßen irreführend, in meinem Fall, denn er hätte mich ja, Also Walter, nimm's mir nicht krumm. Ich habe dich ja gewissermaßen ausbezahlt. Nur weil ich mal vorbeigeschaut habe, nur weil ich mal gefragt habe, wie's läuft, das Geschäft. Ich sitze in meinem Auto und gucke rüber, keine Menschenseele um diese Uhrzeit, wo die alle sind? Und auch nur eine Maschine im Hof, die L300 R2, oder war das die W? Ich kann es nicht richtig erkennen. Geht mich auch gar nichts an. Wenn der Bayer so blöd ist. Der lässt doch nicht bei Unwetterwarnung arbeiten. Das war meine Firma, aber ich bin nicht sein Vater, das ist wirklich nicht mein Problem. Da sitze ich, gewissermaßen Umlaufbahn. Deine Sekretärin von früher, wie hieß die noch mal? Früher. Felix hat ihren Namen vergessen. Ich starre vor mich hin, ich höre die Fritzsche nicht kommen.
Herr Nowak, was machen Sie denn hier?
Ich?, hat die mich erschreckt. Nichts! Hallo, guten Morgen! Ich habe mich gefreut, die Fritzsche zu sehen. Ganz eindeutig. Das hat irgendwie gutgetan. Die ist so eine, die verändert sich nicht, die sah schon mit zwanzig so aus wie heute. Perlenkette überm Atombusen, die blassrosa Lippen gespitzt, wie die immer, mit zwei Fingern, das dauert Stunden. Was willst du machen, die Fritzsche ist von Anfang an mit dabei, die entlässt man ja nicht, nur weil sie was länger braucht am Computer. Der Bayer hat ihr einen zur Seite gestellt, einen jungen Kerl, für die Buchhaltung. Das wundert mich schon. Buchhalter, Tierpfleger. Doch kein Beruf, für einen Mann? Aber ich sage nichts mehr. Ich werde ja nur

angezischt, wenn ich was sage. Gar nichts verstehst du, gar nichts.
Herr Nowak!, die Fritzsche, die Faust in der Hüfte, was ist denn mit Ihnen los? Nimmt die Faust aus der Hüfte, sie legt die Faust aufs Dach, beugt sich zu mir herab, ihr Gesicht kommt meinem sehr nah und, oh. Oh. Meine Güte, Fritzsche, du hast was am Magen! Die riecht wie jemand, wie etwas, ich bin mir sicher, spätestens in ein paar Jahren finden die was. Totes Tier. Und dann sagen alle, sie haben schon's immer gewusst, alle, die die Fritzsche angeatmet hat, denken sich ihren Teil. Verwesung. Das riecht nicht gesund. Nie zum Du gelangt, ich versuche, mir nichts anmerken zu lassen, weiche höchstens ganz leicht mit dem Kopf zurück, das merkt sie bestimmt nicht. Oder sie merkt es und kann es nicht deuten, und dann falle ich ihr irgendwann ein, wenn die Diagnose kommt, denkt sie an mich, an dieses leichte, ganz leichte Zurückweichen, als mich ihr Atem trifft, dann denkt sie: Der Nowak. Der hat es als Erster gewusst. Aber erst mal Empörung, für den Moment, Sorge: Herr Nowak, Sie sehen ja aus! Mütterchen, es gibt solche Frauen. Auch wenn die Fritzsche zehn Jahre jünger ist als ich. Während meiner Ehe mit Gisela, Gisela war vieles, eine gute Hausfrau war Gisela nicht. Knochige Knie. Die Fritzsche hat mir schon mal ein Hemd gebügelt, wenn sie fand. So verknittert zu einem Kundentermin, also nein. Mitunter brachte sie mir was zu essen mit, damit ich nicht immer nur Bratwurst. Currywurst. Frikadelle. Also wirklich, die Fritzsche schüttelt entgeistert den Kopf. Ich frage nicht, Wieso, wie sehe ich denn aus? Warum. Wer nicht fragt, der Junge, vorm Fernseher, er sitzt auf dem Boden, im Schlaf-

anzug, noch so klein, so unfassbar klein, er singt mit heller Stimme mit, bleibt dumm! Die Fritzsche nimmt die Hand vom Dach meines Wagens, schon öffnet sie die Tür: Kommen Sie, ich koch uns 'nen Kaffee. Ich sehe schon, Sie können einen Kaffee vertragen, sagt sie, und als ich nicht reagiere, sie nur ansehe, Gänseblümchen auf ihrer Bluse, auf ihrem Busen. Ich stelle mir vor, wie die einen winzigen Schlauch ihre Speiseröhre hinab, so werden die sehen, was los ist mit der Fritzsche, ein Echo in meinem Kopf, das sehen wir dann, und sie greift nach meiner Hand, nimmt meine Hand vom Lenkrad, zieht mich hinter sich her. Was kann ich tun? Es gibt solche Frauen. Ich steige aus, ich lasse die Fritzsche mich hinter sich herziehen, über die Straße, auf die Schranke zu. Die Fritzsche lässt meine Hand los, um in ihrer Tasche nach dem Schlüssel zu wühlen, spricht von einer richtig schönen Tasse Kaffee, die wir uns jetzt gönnen, Und dann erzählen Sie mal. Die Vorstellung ist gut, jetzt einfach gar nichts sagen, tun, mich von der Fritzsche in den Besuchersessel verfrachten lassen, zuhören, wie sie in der Teeküche Kaffee kocht. Alles irgendwie aus dem Takt, das ist jetzt genau richtig, nur dort zu sitzen. Das war genau, was ich wollte. Wir laufen aufs Tor zu, an den Hecken vorbei, ich spüre die Waschbetonplatten an meinen Füßen, ich blicke zum Bürofenster hinauf, zu den Lamellen, und freue mich.

Dieser Angeber, Arschloch, macht einem auch alles kaputt. Sein Sportwagen, den Motor hört man von weitem. Ich höre ihn in die Straße einbiegen. Nimm's mir nicht krumm. Wenn hoch, dann Bayer, ich höre ihn kommen, ich sehe die Fritzsche von hinten, ihre irgendwie formlosen Schultern, als steckten unter dem Fleisch keine Knochen, hinge das Fleisch nur so an ihr herab. Ich mache kehrt. Ich lasse sie weiterreden, gehen, immer weiter, auf die Schranke zu, und ich, auf leisen Sohlen, ich blicke auf meine Füße hinab: Mensch, wo sind deine. Ich werfe einen Blick zurück, die Fritzsche ist fast an der Schranke angelangt, der Motor vom Bayer wird lauter und lauter, ein Sportwagen, und dann noch in Gelb, aber er war der Einzige, der meinen Preis nicht gedrückt hat, man kann sich die Nachfolger nicht immer aussuchen. Das müssen Sie ganz pragmatisch sehen, hat der Typ von der Handelskammer zu mir gesagt, ganz unemotional. Du bist nicht mein Vater, der Arsch. Als hätte es da der Klärung bedurft. Ich ganz unemotional und leise zum Auto, als ich den Motor anlasse, dreht sich die Fritzsche um, wo bin ich, die Fritzsche erschrickt: Herr Nowak! Doch ich bin schon weg, nichts wie, um die Kurve und.

Das Quietschen der Reifen, ich schließe die Augen, verschwinde. Wasser. Wald. Nacht. An meinen Fingern die Fliesen, nur einen Moment lang frisch, ich muss die Finger immer wieder versetzen. Ich atme, ein Rauschen in meinem Kopf. Die Fliege brummt immer noch, irgendwo. Zwischendurch war sie still. Ich öffne die Augen, gleite an der Leitplanke entlang, hinter der Leitplanke das Wäldchen, es strömt kühl, strömt so grün aus dem Gebüsch, ich strecke die Hand aus, den Arm aus dem Fenster, nach den Bäumen, Fahrtwind, ich stelle mir das Wildschwein vor, das durch solch ein Grün, grunzend, und den Willi, mit Flinte. Unterholz. Ich drossle das Tempo. Ich gleite an den Mauern und Zäunen vorbei, an der Druckerei, an den Schildern. Ein paar neue Firmen, eine Praxis für Dermatologie. Vor dem Rolltor der Wasserwerke steht ein großer Kübel mit einem Hibiskus, der sieht nicht gut aus, der braucht dringend Wasser. Der ist, durstig, das Stichwort, Yvonnes Pflanzen, ich habe immer noch nicht. Unwetterwarnung hin oder her, wenn ich nach Hause komm, gieße ich. Wenn ich nach Hause, ja dann. Die Straße an der Brotfabrik entlang, keine Menschenseele, niemand zu sehen. Ich beschleunige nicht, ich habe alle Zeit, erst als ich auf die Umgehungsstraße, in hohem Bogen aus dem Gewerbegebiet raus, als mich ein kleines Auto, eine Schüssel mit wummernden Bässen, hupend an mir vorbei, da gebe ich Gas. Ich lasse die Kläranlage hinter mir, ich fahre zwischen Maisfeldern entlang, der Mais steht still, die Felder liegen regungslos da, kein Wogen, kein Nichts, bleischwerer Himmel. Die Luft scheint immer dichter zu werden, ein Druck liegt auf allem, dem Feld, meinem Kopf, doch das stört mich nicht, das ist nicht weiter schlimm.

So langsam, mein Magen. Das könnte Hunger sein. Könnte sein, dass sich mein Magen beruhigt hat. Was habe ich gekotzt. Ein Würgen durch meinen Körper, innen nach außen, die Seele raus, Galle. Alles dreht sich. Ich drehe mich, im Kreis. Strudel. Ich sitze brüllend im Auto. Also bitte, was soll das? Das ist doch, lächerlich. Hat mich jemand gesehen? Wenn Yvonne wüsste, wie ich im Kreisverkehr. Das nicht, das besser nicht. Mein Bericht muss nicht lückenlos sein. Mein Bericht muss nur überzeugen. Wenn sie dann kommt. Wenn sie denn. So ein Quatsch, wann. Eine Frage der Zeit, ich bin geduldig. Dann erzähle ich ihr, ich erinnere sie dran. Ihr Junge vor dem Haus Nummer 14. So hat es angefangen. Von wegen, kein so großer Fan. Es ist nicht egal, wie ein Platz heißt. Wie kann das egal sein? Ihr Rücken, ich starre ihren Rücken an. Den Flaum in ihrem Nacken. Liegt es am Licht, oder ist der Flaum tatsächlich ergraut? Ist der Flaum in Yvonnes Nacken vom Blond ins Weiß gekippt, über Nacht? Yvonne beugt sich zu ihren Blumen hinab. Es gibt wirklich Wichtigeres, Walter. Sie knipst welke Blätter von den Sträuchern. Ich weiß, was jetzt kommt. Ich kenne diesen Vortrag, ich lese den Newsletter ihres Vereins, das Faltblatt liegt auf dem Klo, ich kenne die Fakten. Und doch, in Situationen wie dieser meint Yvonne, sie verspürt das Bedürfnis, mir vor Augen zu führen, was alles schiefläuft in unserer Welt. Der Welt, in der wir leben, sagt Yvonne dann, und nennt die Namen von Diktatoren, nennt Massaker, Verstöße gegen das Recht, und ich weiß, ich weiß, das ist schlimm, nur. Was hat das mit mir. Das würde ich nie sagen, mein Blick gleitet von Yvonnes Po, den sie mir entgegen, von ihrem sprechenden, dozierenden Po über die Hecke, zum Haus, meine Welt, und ich frage mich, welches Jahr war das, wann habe ich die Holzverkleidung gestrichen?, war das vorletztes Jahr oder das davor? Walter, sagt Yvonne, denn sie kann meine Gedanken lesen. Das Werkeln am Haus ist doch keine Erfüllung. Eine Aufgabe soll ich mir suchen, kein Hobby. Etwas Sinnvolles, ich soll bloß nicht Golf spielen wie Roland oder, noch schlimmer, jagen wie Willi. Wenn ich mit dem Jagen anfange, verlässt Yvonne mich. Sie kann meine Gedanken lesen, ich kann ihre Worte mitsprechen. Hinter ihrem Rücken, meine Lippen bewegen sich. Mach einen Unterschied, Walter! Ich, der ich alle Zeit der Welt habe, Yvonne findet, ich soll etwas tun. Dabei tue ich ja was, jeden Morgen gehe ich schwimmen, in meinem Alter ist das nicht reiner Zeitvertreib, lebenserhaltende Maßnahmen, ha ha. Scherz beiseite, ich will auf etwas ganz anderes raus. Ihr Junge vorm Haus, und so weiter. Wie kann das egal sein. Yvonne über ihr Beet gebeugt, ihr Po, keine rosa Jogginghose, kein Pferdeschwanz, Sommerrock, ihr ergrauter Nacken, Yvonne verstummt. Sie richtet sich auf, steht mit rotem Kopf, mit den welken Blättern in der Hand vor ihrem Beet. Auch sie scheint an meine Bahnen zu denken, sie fallen ihr ein. Ist ja nicht so, als würde ich gar nichts tun. Sag mal, und plötzlich liegt in ihrer Stimme ein anderer Ton, Vortrag vorbei, ein Lächeln erhellt ihr Gesicht: Hast du dir eigentlich eine neue Badehose gekauft?

Aber Yvonne, sage ich, werde ich sagen. Jetzt vergiss mal die Badehose. Vergiss mal das Chlor. Weißt du nicht mehr? It's impossible. Wenn sie in der Tür steht. Ich werde singen für sie. Just impossible. Sie steht in meinem Büro, aus dem Nichts, vor meinem Schreibtisch. Blonde Person. Im Petticoat, die Haare zum Pferdeschwanz, wie aus einer anderen Zeit vor mich getreten. Der wogende Rock, eine Schwäche von mir. Sind Sie Herr Nowak? Trommelwirbel, impossible, das ist schon ein Auftakt, Streicher, goldene Schwingen, da weiß man, es wird alles gut. Tell the sun to leave the sky. Ich lasse mir nichts anmerken, räuspere mich. Ja, bin ich, wie kann ich behilflich sein? Doch ihr entgeht nichts, sie sieht meinen Blick. Sie zupft an ihrem Rock, grinst. Retro, sagt sie, das ist Teil meines Jobs. Führungen, Stars and Stripes, die Geschichte der Stadt. Sie ist neu im Job, gerade erst hergezogen. Sie lacht, Das Wissen lese ich mir an! Die vom Stadtbüro haben ihr meinen Namen gegeben. Wenn sie mal einen Zeitzeugen sprechen will. Verstehe!, ihr Besuch ist Recherche. Nun klingt Zeitzeuge als ob, steinalt, quasi mumifiziert, aber so wie sie mich dabei anstrahlt, geht das in Ordnung. Ich muss nur noch kurz einen Anruf, ich telefoniere, und als ich wiederkomme, steht sie am Fenster, sie steht vor der Glasfront und blickt auf den Hof. Das ist ja Wahnsinn, sagt sie, und dreht sich um. Was sind das für Maschinen? Hebebühnen, sage ich und denke, das reicht, aber wie sie mich ansieht, ganz eindeutig, sie will, dass ich rede. Ich erkläre ihr, Arbeitsbühnen, Hubsteiger, unser Tagesgeschäft, ein paar Sätze über Montagearbeiten, und sie guckt immer noch so, hält den Kopf schief, der Blick dehnt sich, bis ich frage: Wollen Sie mal sehen? Aus der Nähe?

Ein grauer Tag, am Himmel die Flugzeuge, wir gehen unter ihrem Donnern hinweg über den Hof. Ihr Rock so grell, ich spüre die Blicke, die Fritzsche am Fenster, die Fritzsche am Telefon: Nein, tut mir leid, Frau Nowak, Ihr Mann ist in einem Termin. Kann ich was ausrichten? Nichts mehr auszurichten, das ist, impossible, so ein Summen am ganzen Körper. Beim ersten Ruck lacht sie, hält sich am Geländer fest. Meine Hand am Schalter, wir steigen auf, in den Himmel, wir sehen schon den Wald hinter der Autobahn, wir sehen die Flachdächer, die Schornsteine, und Yvonnes Lachen sagt: Höher! Ihr Pferdeschwanz weht im Wind, Fähnchen, sie sieht mich an, diebische Freude, das Funkeln von einer, die was nicht darf und es trotzdem. Eine, die macht, was sie will. Höher!, das ist ein Gefühl, dir erzähle ich alles. Wenn du willst, erzähle ich dir alles noch mal. Wir beide am Himmel. Ich erkenne mich nicht wieder, ich kann nicht zu reden aufhören, vom Elektriker, meiner Lehre, meiner Idee. Wir waren für die Wartung der Straßenlaternen zuständig. Und wie wir da immer rauf, die Leiter runter, habe ich mir gedacht. Das muss doch auch einfacher gehen. Vom Lehrling zum Chef in weniger als einem Jahrzehnt, und du hörst mir zu. Ich breite die Arme aus, meine Firma, das gehört alles mir! Und natürlich meine ich die Maschinen, den Hof und die Hallen, aber ich meine auch, in diesem Moment meine ich auch, Himmel und Stadt, Wald und Autobahn, alles meins! Ich bin der Größte. So fühlt sich das an, neben dir. Wir am Himmel, du lachst und ich rede, bis ich deine Nase sehe, ganz rot. Sie frieren ja! Meine Hand am Schalter, ich fahre den Korb wieder runter, du frierst und mir ist warm, plötzlich ist mir ganz heiß. Ich helfe dir aus dem Korb, ich nehme deine Hand, ich lasse deine Hand nicht gleich los, erst einen Takt später. So kenne ich mich gar nicht, galant. So habe ich mich schon lange nicht mehr gefühlt. Wir gehen zurück über den Hof, und du erzählst mir von dir, Das hier!, du zeigst auf den Rock, ist nur zum Übergang. Bis du etwas Besseres. Du hast dich beworben, als Stewardess, doch daraus ist nichts geworden, die haben dich gar nicht erst zum Gespräch eingeladen. Ich bin leider zu klein!, sagst du und ziehst eine Flunsch. Weißt du noch, wie oft wir, wie oft ich der Airline gedankt habe, dass sie dich nicht. Natürlich war das nur Spaß, die Flunsch meine ich, das war alles so leicht. Du Persönchen, erst da fiel mir auf, wie klein du bist. Bezaubernd. Habe ich das wirklich gesagt? Zu einer Frau, die ich kaum kenne? Sie sind genau richtig. Groß, meine ich. Du lachst, Ja, hast du. Und? War das schlimm? Nein, war es nicht. Das war, genau richtig. Wie die Sonne am Himmel, meine Hand auf deinem Rücken, die andere Hand an der Tür, wir gehen an der Fritzsche vorbei, Ja, also dann, vielen Dank für Ihren Besuch! Als wir an der Fritzsche vorbei sind, bleiben wir stehen, wir verstummen. Einen Moment lang nur Blicke, das ist alles so klar, fehlen nur noch die Streicher, Worte. Ob wir uns wiedersehen. Diebisch. Du stellst keine Fragen, die kompliziert sein könnten. Oder ganz einfach. Du willst nicht wissen, warum wir uns nicht einfach beim Griechen am Marktplatz verabreden, warum nicht vor Ort? Du weißt, dass ich weiß, in dem Moment, in dem du vor mir stehst, beim Italiener, ein paar Orte weiter, wissen wir beide, das kleine Schwarze gilt nicht dem Zeitzeugen, das gilt dem Mann. Das kleine Schwarze gilt mir. Und ich habe gedacht, das sollte ja nur eine Nacht, eine kleine, schwarze Nacht, keiner erfährt's. Weißt du noch? Ich habe dich um Diskretion gebeten, und du hast genickt. Aber klar, am nächsten Morgen, Reißverschluss zu, schlüpfst du in die Pumps. Das geht ja leicht, du warst gar nicht anhänglich. Ich hätte mich freuen sollen, wie leicht das ging. Habe ich nur nicht, mich hat das gewurmt. Ich war froh, als du anriefst, ein paar Tage später. Ganz diskret, höchst offiziell, in der Firma. Ob ich nicht mal zu einer deiner Führungen kommen möchte, den Leuten erzählen, wie das war? Ich als Vorsitzender des Fanclubs, was liegt da näher? Ehemaliger Vorsitzende des Fanclubs, habe ich dich korrigiert, damals hatte ich die Faxen schon dicke. Diese Pappnasen, nein danke. So haben wir uns wiedergesehen. Du im Kostüm, im Petticoat, Sterne und Streifen, mit Klemmbrett unter dem Arm. Hieltest laminierte Bilder hoch, Elvis in Uniform, Elvis im Auto, Elvis und die Fräulein. Dort drüben sehen Sie das Café Bienenkorb, da hat er Gebäck gekauft, Elvis war ja ein Süßer. Das sagtest du jedes Mal. Ein ganz Süßer. Hier hat er gewohnt, so ging das weiter, ich kam immer wieder, ich hielt mich bis zum Ende zurück. Wenn wir vor seinem Haus standen, hast du das Wort an mich gerichtet. Der Herr Nowak hier. War damals vor Ort. Und dann erzählte ich, wie ich als Junge vorm Zaun. Wie ich gewartet habe, mit den anderen. Auf ein, zwei Worte, Take care, ein Autogramm. Der Junge vorm Haus Nummer 14. Was ich nicht erzählte, habe ich dir das jemals erzählt? Die Stunden vorm Spiegel zu Hause, vor seinem Bild. Ich abends auf dem Fahrrad nach Hause, allein durch die Nacht, über die Dörfer, das Feld. Nur der Mond. Das geht keinen was an, das wollt ihr nicht hören. Lieber heiter, lieber nach vorn. Und der Applaus, weißt du das noch? Der galt dir, sie haben dich geliebt. Weißt du nicht mehr, wir beide vorm Haus Nummer 14? Ich wartete, bis der Applaus abklang, letzte Fragen, ich wartete, bis alle davonstolperten. Wir beide allein, unmöglich, nicht auf dich zuzutreten, dich nicht zu küssen.

In diesen Dingen entscheiden immer die Frauen. Dann geh endlich, geh, die Show vorbei. Auf Yvonnes Entscheidung, das kleine Schwarze zu tragen, diese wilde, heimliche Zeit einzuläuten, folgt Giselas Entschluss. Als ich schon denke, das hört niemals auf. Als ich mich abgefunden habe, für den Rest meines Lebens, schreit sie mich an. Ein Gefühl wie Zement, in der Ecke des Sofas, ich habe meiner Frau nichts entgegenzusetzen, und plötzlich, nach all den Tagen und Nächten, verstummt Gisela mitten im Satz, mit einem Mal ist sie still. Ganz leise, Dann geh auch! Gisela schmeißt mich raus. Mutter, ich bin rausgeflogen. Ich stehe vor Lores Haus, der Türöffner surrt, Mutter holt mich herein. Ich sitze in ihrer Küche, erzähle, von einer Frau, fast noch ein Mädchen. Mutter schenkt Schnaps ein. Ich glaube, ich hab mich verliebt, und Lore bleibt ruhig, keine Vorwürfe, nur eine Frage: Was willst du tun? Und als keine Antwort kommt, ich weiß nicht, Abende lang keine Antwort, irgendwann seufzt sie, Junge, hör auf dein Herz. Mein Herz? Ich ziehe ins Hotel. Yvonne kommt mich besuchen, das Gefühl geht nicht weg, dieses Summen. Ein Zimmer, zwei Körper, das ist so klar. Die Blicke im Frühstückssaal, als wollten sie an uns schnüffeln. Sie wollen wissen, was wir gemacht haben, die ganze Nacht. Die Blicke sagen, welch eine Frau. Für mich geschnitzt. Das ist doch das Glück, das, was da an mir zerrt, muss doch mein Glück sein. Yvonne fordert nicht, sie weint nicht, rauft sich nicht das Haar. Lächelt nur, wenn ich sage, dass ich nicht weiß, Ich weiß nicht, Yvonne, ich kann nichts versprechen. So leicht, viel zu leicht, Reißverschluss zu, Yvonne lächelt, schlüpft in die Pumps, Das musst du nicht, Walter. Und Gisela schweigt, am Telefon, mitten in der Nacht rufe ich sie an. Diese ohrenbetäubende Stille, wenn ich alleine bin, ein Toben in mir. Giselas Stimme, ganz flach: Walter, bist du das? Was willst du? Gisela sagt nicht, was ich will. Sie sagt nicht, Komm heim. Sei mir ein Mann, dem Jungen ein Vater. Ich halte den Hörer ans Ohr, höre Gisela atmen, nach einer Weile sagt sie: Walter, ich lege jetzt auf. Und ich nicht, nichts. Mein Herz, Mutter?, ich lache, das kommt nicht hinterher. Ein Knacken in der Leitung, die Entscheidungen treffen immer die Frauen.

Yvonnenschein, all die Jahre, und ich habe sie nie verzweifelt erlebt. Traurig schon, hin und wieder. Als sie den Fuchs anfuhr und er vor ihren Augen verreckt ist. Aber verzweifelt nie. Dieses Summen, mehr Gefühl als Geräusch. Wo ist die Musik? Sie ist in meinem Auto, in meiner Brust. Ich gebe Gas, drehe sie lauter. Richtig, ich fahre durch die bleischwere Landschaft, der Fritzsche entkommen. Dem Bayer. Ich summe, wenn es jetzt hart auf hart, wenn das jetzt das Ende ist, der Anfang, Yvonne wird damit umgehen können. Sie wird an meinem Krankenbett stehen und wissen, welche Medikamente ich nehme, sie wird der Krankenschwester die richtigen, die wichtigen Fragen stellen. Nickend wird sie die Antworten zur Kenntnis nehmen, sich mir zuwenden. Ich stelle mir ihr Lächeln vor, mit einer Mischung aus Schmerz und Hoffnung, ohne Verzweiflung, ich summe und etwas in mir kippt, Mmmmmmmmm, summe ich, Mmmmmarkus.

Ich verstumme. Wer sagt denn. Ich schalte die Musik aus. Auf der Fahrt nach Hause, schwüle Erkenntnis: Wer sagt denn, dass Yvonne sich kümmern wird, will. Vielleicht hat Yvonne ja was Besseres vor. Mit Michi. Meine Hände krallen sich ums Lenkrad. Walter, beruhige dich. Wer wird gleich den Teufel. Wer wird denn. Mein kleines Biest, Panik. Yvonne weiß, was sie will. Aus dem Summen ein Knurren. Von wegen. Hotelzimmer, keine Versprechen. Wieso stehen wir dann plötzlich im Rohbau? Und Yvonne sieht mich an, Walter? Ich laufe ihr hinterher, ihre kleinen Sandalen über den Estrich, ihr Pferdeschwanz von links nach rechts, sie tritt hinaus auf die Terrasse. Wir blicken aufs Erdreich, den Acker, und ich weiß nicht, ich weiß nicht, das geht alles so schnell, da schlüpft sie unter meinen Arm, sie legt den Kopf an meine Brust, Was meinst du? Wie soll ich da. Ich bin machtlos, völlig machtlos. Natürlich kaufe ich das Haus. Yvonne bekommt, was sie will. Die verbessert sich stetig. Angelt sich einen mit Geld. Mit genug Geld für ein Haus. Impossible, ich konnte mich ihr nicht entziehen. Yvonne hält sich nicht lange auf mit Stars and Stripes. Hat bald eine Stelle beim Fremdenverkehrsamt, dann bei der Stadt. Die guckt, wo sie bleibt. Und als das mit dem Menschenrechtskram losging, plötzlich Interesse. Plötzlich will sich meine Frau engagieren, tritt einem Verein bei. Interessiert sich auf einmal für Schorsch, meinen alten Schorsch, will ihm Geld aus den Rippen. Ihn gewinnen, so hat sie es genannt. Irgendwas hat sie gehört, dass er ein Wohltäter ist. Ob ich nicht. Kann ich nicht einen Kontakt herstellen? Und ich, Meine Güte. Ich, Äh, eher nicht. Und Yvonne, mit verschränkten Armen: Wieso? Diese Haltung, sie will was, ich stehe ihrem Plan im Weg.

Ich nicht Helfer, nur Hindernis. Wo fange ich da an, wie begründe ich das. Ich mag den Schorsch um nix bitten. Der war doch in der Schule schon, Sohn vom Richter Köhler, er wusste, er kann sich was leisten, alles Mögliche kann er sich leisten, alles, sein Alter boxt ihn ja raus. Der konnte sich sogar leisten, Steine zu schmeißen. Das war später. Als wir schon, Bodo, Willi und ich, haben schon seit Jahren gearbeitet, von Montag bis Samstag, acht bis neun Stunden am Tag. Geschuftet haben wir, während Schorsch Steine. Ich habe nie verstanden, was die eigentlich wollen, der Schorsch und seine Leute, das waren doch, gute Zeiten. Mein erster richtiger Urlaub, ich war froh, Italien, ich habe mich gefreut. Mit dem Bodo, wir sind einfach losgefahren, in seinem Auto, das Zelt in den Kofferraum, los geht's. Was interessiert mich Vietnam, auf dem Weg nach Italien. Nicht dass mich Vietnam nicht interessiert hätte, was dort geschah, ich hab's ja gesehen, im Fernsehen. Aber das hatte doch nichts mit mir zu tun, mit mir in Italien am Strand. Nichts mit meiner Arbeit, jeden Morgen um halb sieben raus, nichts mit dem, was ich mir aufbauen wollte, wofür ich geschuftet habe, immer nach vorne, weil ich keinen Alten hatte, der Richter war. Ich musste selbst. Ich habe nie verstanden, der Schorsch mit seinen Reden, seinen großen Reden, warum der so laut. Dem ging es doch gut. Mit so einem Alten hast du keine Sorgen. Ist ja dann auch schön durch die Welt gezogen, hat wer weiß wo studiert, man hat immer nur gehört, der Schorsch ist in Paris, ist in Südamerika.

Der Bodo, oh Mann. Schorsch, sag mal, spinnst du? Gleich als der aufgekreuzt ist, waren das Semesterferien, oder was? Keine Ahnung, woher sollen wir das wissen. Wir arbeiten sechs Tage die Woche, Dienstagabend spielen wir Fußball. Der Bolzplatz beim Wäldchen, Schorsch wusste, wo er uns finden kann. Wir kicken, bis einer, Ey, guck mal! Der Schorsch. Männlein im Walde, hat Bier mitgebracht. Wie geht's?, als wäre er nie fort gewesen. Als wäre er einer von uns, hätte nicht das Gymnasium besucht, wäre nicht in die Stadt gegangen. Wir sitzen am Bolzplatz, wir rauchen seine Zigaretten, diese französischen Dinger. Der Staub legt sich, legt sich auf unsere heiße Haut, in unsere Augen und Haare. Die Luft schwirrt vor Insekten. Schorsch war lange fort, jetzt erinnert er sich. Plötzlich fallen ihm seine Freunde aus der Volksschule ein. Nur dass wir jetzt die Arbeiter sind. Schorsch will mit uns arbeiten gehen, aber nicht, weil er Geld braucht. Schorsch braucht kein Geld, Schorsch will Erfahrungen sammeln. Er will wissen, wie das Leben in den Betrieben so aussieht. Und Bodo, Mann, Schorsch!, legt den Kopf in den Nacken, Da kann ich nur lachen! Willi und ich, wir mussten nur noch, Im Leben nicht!, rauchen und grinsen. Schorsch, Kippe im Mundwinkel, hat so getan, als wär's ihm egal. Ist dann auch bald wieder abgehauen. Später haben wir gehört, dass er irgendwelche Treffen in der Chemiefabrik organisiert, hatte wohl Dumme gefunden, einer wie der Schorsch findet immer Dumme, die für seine Sache, für seine großen Ideen. Solang wir ihn los sind, fand Bodo, soll er mal machen. Eine Zeit lang haben wir noch gescherzt, einen Sommer lang haben wir darüber gelacht, der Schorsch mit seinen zwei Händen, seine linken Hände, Ideen, bei uns im Betrieb, das war doch wirklich zum. Wir haben eine ganze Zeit nichts von ihm gehört, und ein paar Jahre später hieß es, Schorsch ist in Nicaragua. Der war weg, richtig weg, das Leben ging ohne ihn weiter. Einer wie Schorsch, der kann in der Weltgeschichte rumturnen, der kann Revolution spielen, und wenn alles vorbei ist, wenn ihm der Sinn steht nach einem geordneten Leben, kann er zurückkehren. Ist er dann auch, eines Tages war der Schorsch wieder da. Hat die Kanzlei vom Alten übernommen, von seinem Vater, den er wenige Jahre zuvor noch beschimpft hat, als Nazi. Und ich habe damals schon, das war alles schrecklich, das bestreite ich nicht, aber irgendwann ist auch mal gut. Einer wie Schorsch braucht eben länger für solch einen Schlussstrich, der muss eben erst, muss noch Revolution, Weltgeschichte, bevor er dem Alten vergibt. Ja, ich verzeihe dir, ich bin so gnädig, übernehme die Kanzlei, die du über Jahre, Jahrzehnte, aufgebaut hast, samt Kundschaft, samt Ruf. Köhler. Und Sohn. Einer wie Schorsch verzeiht eben erst, wenn's um die eigenen Schäfchen geht. Die wollen ins Trockene, und in Nicaragua, in Paris soll's ja viel regnen. Habe ich gehört. Ins gemachte Nest hat er sich, und was für eins! Der Garten in Stufen ums Haus angelegt. Gut, das Haus hat ihm der Alte nicht vermacht, das hat Schorsch selbst gebaut, bauen lassen, aber mit welchem Geld? Für das Geld hat der Alte jahrelang, während sein Sohn, Revoluzzer. Zwei linke Hände, die bauen sich nichts auf, die übernehmen nur, gewissermaßen, die ernten, was andere. Leben und leben lassen, ich meine, das geht mich nichts an. Ich habe mich halt ferngehalten vom Schorsch. Das kann man so sagen. War mir immer eine Nummer zu viel. Eine Spur zu laut. Habe ihn ja reden gehört, in der Kneipe, beim Stadtfest. Nicht zu überhören, am Nachbartisch, am Ende des Tresens, schwingt Schorsch große Reden. Schorsch dröhnt, die Runde auf ihn. Dicke Hose, Schorsch lässt sich wählen. Nein, danke. Aber Yvonne, Arme über Kreuz, findet, wenn's keinen Grund, gibt keinen triftigen, sondern nur ein Gefühl, ein leises Nein danke, dann habe ich mich gefälligst zusammenzureißen. Von wegen leise. Schorsch allen voran, wenn es hieß, Bastard! Mit dem spielen wir nicht. Das ist so lange her, ich bin ein erwachsener, ein gestandener Mann, darüber stehe ich, natürlich. Klar hätte ich ihn angerufen, ich bin ganz kurz davor, Schorsch anzurufen, aber dann. Waren die Frauen schneller. Ich weiß nicht, wer wen und wie, Yvonne wird Evelyn, wie Frauen das eben machen. Die beiden laufen sich im Supermarkt über den Weg, Ach Hallo, sind Sie nicht? Ein Plausch an der Wursttheke, in Nullkommanix sind sie beim Du, ehe ich mich versehe, bin ich schon eingeladen, zum Essen, am Samstag. Yvonne lässt keine Einwände gelten: Der Mann hat Geld, hat Gewissen. Den kann ich gebrauchen. Und einen Abend überlebe ich ja wohl, Brichst dir schon keinen Zacken. Meine Krone, einen Abend lang kann ich so tun. Also schön. Yvonne zuliebe, für ihren Verein.

Ich meine, balinesische Reisfelder! Was für ein Depp. Ich war ja ganz Großmut, Bestes im Sinn, aber dann schießt mir gleich zu Beginn der Sekt in die Nase. Wir stehen auf Schorschs Terrasse, Aperitif, und blicken auf seinen Garten hinab, seinen Garten in Stufen ums Haus. Yvonne lobt die Anlage, und Schorsch sagt: Die Reisfelder auf Bali haben uns inspiriert! Was für ein, Armleuchter, ich pruste los, der Sekt brennt in meiner Nase, brennt hinter der Stirn, ich will lachen, ich muss, doch ich sehe an Yvonnes Blick, am Blick vom Schorsch, Großgrundbesitzer, der meint das ernst. Ich schüttele den Kopf, schüttele das Kitzeln aus meiner Nase und, Nein, wir waren noch nie in Bali. Auf. Wir sind noch nie auf Bali gewesen, der Arsch. Ich bin mit den edelsten Vorsätzen gekommen, mit viel Liebe zu meiner Frau, also schlucke ich das Prusten herunter, ich gucke und nicke. Ein einziges Gucken und Nicken ist das, Schorsch ist in Höchstform. Weiß zu allem eine Geschichte zu erzählen. Einer wie Schorsch kauft nicht einfach eine Flasche Wein, rot oder weiß, nein, der Weinhändler ein alter Freund, natürlich, das Weingut in den Marken hat Schorsch schon mehrfach besucht. Geschichten aus Studienzeiten, aus Italien, Schorsch Alleinunterhalter, Großmaul, selbst mit vollem Mund. Yvonne ganz Ohr, ihre hübschen kleinen Ohren, wie aus Porzellan. Schau an!, vielleicht bin ich stolz. Wie gut sie das kann. Ihm weismacht, Interesse vorheuchelt. Yvonne weiß, was sie will, wieso wundert mich das? Ich lehne mich zurück in meinem Stuhl, betrachte das Schauspiel. Im richtigen Moment, nach dem Hauptgang, fragt Yvonne nach Nicaragua. Schorsch ziert sich, Olle Kamellen!, und Donnerlüttchen, Yvonnes Stimme schießt in die Höhe, als sie widerspricht, beinahe schreit sie: Nein, bitte! Erzähl uns davon! Schorsch also von Brigaden, Bananen, Yvonnes Öhrchen gespitzt, sie legt den Kopf schief, was für ein Biest. Die bringt das, die leiert dem Depp Geld aus den Rippen. Nur Evelyn tut mir leid, das muss schwer für sie sein, mit ihrem schlaffen Gesicht, zu sehen, wie ihr Mann die Aufmerksamkeit meiner Frau, dieser viel jüngeren, viel schöneren Frau. Ich lächele Evelyn zu, in Gedanken beruhige ich sie. Das ist nicht das, wonach es aussieht. Natürlich ist meine Frau jung und schön, stimmt schon, ist wahr, aber ihr Interesse an deinem alten, nicht schönen, deinem etwas dicklichen Mann, das ist geheuchelt. Dieses Flackern in ihren Augen, das kann sie anknipsen. Das wird sie ausknipsen, sobald wir von eurem Tisch aufstehen, keine Sorge. Wenn sie hat, was sie will.

Äpfel mit Birnen, was soll das. Lass mal die Kirche im Dorf. Der Schorsch prahlt stundenlang, und ich soll nur nicken? Bei aller Liebe. Schorsch mit seiner Kaffee-Ernte, dass ich nicht lache. Der mit seinen zwei linken, der wird eine tolle Hilfe gewesen sein. So ein Schwätzer. Schulen haben sie gebaut, da hat ja alles gefehlt, selbst die Bleistifte! Und warum soll ich dann nicht von Inge und Roland erzählen. Und deren Urlaub, Domrep!, alles inklusive. Ein gedimmtes Aha, und ein Blick, der mir was sagen will. Doch ich lass mich nicht aufhalten: Alles inbegriffen im Preis, nur die Rundfahrten nicht. Inge und Roland wollen was sehen vom Land, sonst wäre es ja auch egal, wo man hinfährt, Hauptsache Sonne, Hauptsache Strand. Na, und auf den Rundfahrten haben sie dann auch mal die Einheimischen, nicht immer nur Kellner, sondern mal richtige Leute von da, Kinder. Die sind ihnen schon immer entgegengelaufen, wenn sie in einem Dorf ankamen und –

Die Runde, leere Gesichter, Yvonne runzelt die Stirn. Ich meine ja nur, wegen der Bleistifte. Roland hat gesagt, die Kinder hätten sich so sehr gefreut über kleine Geschenke wie Kugelschreiber. Überhaupt, wie glücklich die sind. Mit so wenig zufrieden –

Yvonnes Kopf eine Bewegung, die fast keine ist, und doch Nein sagt. So ein Biest, sie hat doch gequiekt, als Inge die Bilder gezeigt hat, sie war doch auch ganz entzückt. Yvonnes

Stimme wie zusammengezurrt. Vergleichst du da nicht Äpfel mit Birnen?
Bleistifte mit Kugelschreibern meinst du?
Ich fand das ganz lustig. Das war nicht völlig unlustig: Ich lache, keiner lacht mit. Mein Lachen verhallt in der Nacht, purzelt die balinesischen Stufen hinunter und plumpst in den Teich.
Der Rest des Abends, na ja. Eine Lawine, genau das wollte ich nicht. Bleistifte, Birnen, Schorsch natürlich kein Tourist. Ich hoffe, du weißt, lieber Walter. Schorsch natürlich nicht Sonne und Strand, Schorsch menschlicher Schutzschild. Lebensgefahr, Evelyn serviert den Nachtisch, Crème brûlée, und ich habe verstanden, doch wenn die Lawine einmal ins Rollen, von Nicaragua kommt Schorsch ohne Umwege auf den Irak, und das erscheint mir ein ziemlicher Bogen, allein geografisch doch eine große Distanz, aber was soll ich, über Obst wollen wir nicht reden. Schorsch weiter nach Afghanistan, in die Gefängnisse, dort werde gefoltert, mit Wissen, Was rede ich, mit Duldung der USA! Schorsch von Cowboymethoden, Töten per Joystick, und ich weiß nicht, was das soll, *unsere Freunde von der Weltpolizei.* Immer nur meckern. War doch nicht alles schlecht. Haben sie uns befreit oder nicht?
Aus meiner Krone kein Zacken, hätte ich gewusst. Ich habe ja immer gewusst, dem Schorsch ist nicht zu trauen. Aber dass Willi. Dass der mich verrät. Woher soll ich denn wissen, wie man ein Schwein zubereitet? Ich kann ihn nicht anrufen, Willi frage ich auf gar keinen Fall. Eher beiße ich mir die Zunge, ich esse das Fleisch roh. Meine Knie klappern, das Schlagzeug unbändig, *Du bist kein Freund von mir.* Und ich

dachte, ich kenne den, ich kenne ihn gut. Ich dachte, wir wären. So was wie, alte, schon immer. Stattdessen Fähnchen. Yvonnes Pferdeschwanz. Nein. Eher Wimpel. Im Wind. In der Sonne, am helllichten Tag. Das war ein richtiger Stand. In der Fußgängerzone, neben der Baustelle. Irgendeine Mauer graben sie aus, mittelalterlich, zwischen Geschäften und Dönerbuden. Neugestaltung der Innenstadt, im Vorbeigehen lese ich die Infotafel am Bauzaun, Kastell, Amphore, bin in Gedanken bei Gisela, der Salatgurke in ihrem Einkaufsbeutel, den weißen Bikinilinien quer über die Brust. Hätte ich nicht den Kopf im letzten Moment, ich spüre ihre Anwesenheit, ich sehe sie schon kriechen, ihre Flügel unter der Tür. Quatsch. Reiß dich zusammen. Im Augenwinkel flattert ein Fähnchen, das dämliche Grinsen vom Schorsch. Die beiden hätten mich vorbeilaufen lassen, bin ich mir sicher. Aber so. Halte ich inne, drehe ich mich um.
Hey, hey, ich Trottel auch noch so freundlich. Ich Arsch bedanke mich auch noch für die Einladung, neulich. Erzähle, von meiner Ex, ich bin auf dem Weg in die Sportabteilung. Eine neue Badehose. Wisst ihr, das Chlor, jeden Morgen tausend Meter. Und ihr so?
Was hat Willi denn? Mein Kumpel Willi, mein Schulfreund, mein Fußballfreund, mein Mit-Bodo-waren-wir-drei-Freund, Willi eben, zieht ein Gesicht. Das Gesicht kenne ich noch gar nicht an ihm. Wir sammeln Unterschriften, sagt er und bewegt kaum die Lippen dabei. Und ich Depp rufe: Ach, wirklich! Wogegen, wofür? Ich bin dabei! Schon greife ich nach dem Kugelschreiber, ich beuge mich über das Klemmbrett, beginne das Kleingedruckte zu lesen, *Wir, die Bürgerinnen und Bürger*, da sagt Willi: Der Platz soll umbenannt werden.

Ich sehe auf, Welcher Platz?
Willi muss nicht sagen, welcher Platz, Schorschs Kinn vage, kaum mehr als ein Nicken, ein kurzes Strecken des Halses. Dieser Platz, hier.
Und Willi, Walter! Es sei an der Zeit. Mit der Ausgrabung. Da würde eh alles neu gestaltet. Der alte Name passe nicht mehr.
Und mal ganz abgesehen, Willi weiß doch genau. Mal abgesehen von warum und wieso, nicht passen, er hat doch zwei Jahre hier gelebt. Das einzige Mal, außerhalb der USA. Er der berühmteste, er hat uns berühmt gemacht. Das mal beiseite, Willi weiß doch, wie wir gekämpft haben, damals, ich. Er hat doch meine Rede gehört, im Stadtparlament, gegen alle Widerstände habe ich, gegen alle, die meinten, das sei keine Musik, so einem wollen wir kein Denkmal setzen in unserer Stadt. Das kann Willi doch nicht vergessen haben, *eine flammende Rede* hat es damals in der Zeitung geheißen.
Ich stehe auf dem Marktplatz, zwischen Bauzaun und Stand, unter flatternden Fähnchen. Die Sonne knallt mir in den Nacken, gleich kippe ich um.
Manchmal, wenn ich denke, ich spinne. Nein. Wenn alle anderen spinnen, alle anderen haben einen an der Waffel. Die Momente, in denen Bodo fehlt. Einer, der klar denkt, wie ich. Das ist wie ein Film, dann ist er da. Bleistifte, balinesische Reisfelder. Sekt in der Nase, Bodo hätte geprustet. Er hätte Schorsch den Vogel gezeigt. Mit Bodo hat sich das nie angefühlt wie ein Kampf. Da hatte ich nie dieses Gefühl, ich muss mich strecken, muss klüger sein als er. Ich muss was sagen, und sobald ich was sage, kommt schon die Antwort, und die Antwort weiß alles, hat alles bedacht. Der

Bodo und ich, wir konnten einfach beisammensitzen, wir saßen beisammen und tranken Bier, wenn es etwas zu erzählen gab, erzählten wir, und wenn nicht. Einfach mal still sein, Schorsch, halt mal dein Maul. Marktplatz, Barbarossaplatz. Lutherplatz, Schorsch und Willi labern, sie reden, und ich höre ihnen zu, ich höre ihnen nicht zu, ich sehe sie an, und in meinem Kopf läuft ein ganz anderer Film. Bodo am Stand in der Fußgängerzone, Fluppe im Mund, Sag mal, Schorsch, hast du keine anderen Sorgen? In meinem Film. In der Wirklichkeit, hat Schorsch sich selbst ernannt, Initiative. Dass ich nicht lache, das ist sein Projekt, sein Steckenpferd, er hat ein paar Leute um sich geschart, ziemlich viele Leute, denn reden kann er ja, Rattenfänger, muss er ja können, in seinem Beruf. Ich sehe Willi an, seine Augen wie Rosinen so tief. Wir waren doch Kumpel, so was wie Freunde. Schorsch erklärt, er selbst plädiere für Waaghausplatz, das sei sein Favorit. Denn früher wurden hier die Waren gewogen. Was du nicht sagst, ich schnappe mir das Klemmbrett, *Wir, die Bürgerinnen und Bürger*, Spalten um Spalten voller Namen. Inge, Olaf, der Schäfer, der halbe Ort, verdammt, was ist nur mit euch los? Habt ihr den Verstand verloren? Bis etwa 1776 hat das Waaghaus an dieser Stelle gestanden, referiert Schorsch, und ich knalle das Klemmbrett auf ihren Stehtisch, der Willi zuckt, zuckt mit den Wimpern, ich sehe es genau, und auch Schorsch hält endlich die Klappe.

Das könnt ihr nicht machen!

Willi räuspert sich. Mal nüchtern betrachtet, Schorsch dramatisch, eine Pause für diesen Blick, seinen Klugscheißerblick, und ich, der Bodofilm setzt wieder ein, in meinem

Bodofilm der Feldweg zu meinen Füßen, wacklig, ich renne, meine Schritte ein Klopfen auf hartem Grund, ihre Schreie in meinem Rücken, sie grölen, krakeelen, He, Bastard! Ich renne, so schnell ich kann. Und dann die Verdopplung, ich höre Schritte, Atem, ich renne nicht mehr allein, hinter mir, Bodo läuft neben mir, Jetzt warte doch mal! Er holt mich ein, hält mich fest. Das kannst du dir nicht gefallen lassen, keucht Bodo. Ich sehe Schorsch schmunzeln, Aber Walter. Bodo und ich heben Steine auf, wir suchen die größten Steine am Feldrand und kehren um, wir rennen zurück, Richtung Schulhof. Immer schneller rennen wir und stürzen uns auf sie, auf ihr Gebrüll. Schorsch schmunzelt, und wir schreien, ich höre die Hiebe, das Knirschen von Zähnen und Tritten, ich höre Schorsch sagen: Die Stadt hat doch ein Denkmal. Im Kreisverkehr –

als ob ich nicht genau wüsste, was dort steht. Ein rostrotes Monstrum mit Tolle, Gitarre, auf einer Insel, im Kreis. Ich sehe Haut platzen, Blut, ein letzter Hieb, mit voller Wucht, auf diesen Mund, nie wieder, danach haben sie sich nicht mehr getraut. In meinem Kopf kreiselt's, ich will Schorsch eine reinhauen, will diese Fresse, ich. Ich will plädieren, ein Anwalt in Robe, doch ich habe keine Luft. Der größte Star aller Zeiten. Schorsch am Boden, ich stehe über ihm, ich habe ihn umgehauen, ich blicke zu Bodo hinüber, und Bodo grinst. Der Film in meinem Kopf reißt ab, ich stottere, Elvis. Meine Stimme sackt weg, mir fehlen die Worte. Das ist nicht Bodo, der grinst. Ich blicke von Schorsch zu Willi. Und ich weiß, selbst wenn mir etwas einfiele. Wenn ich mein ganzes Leben nur Bücher wie er. Ganz gleich, was ich sage, Schorsch hat eine Antwort parat. Ich wende mich ab. Kleine Schritte, ich gehe davon. Ich steige ins Auto und. Das war ein anderes Mal. Mit quietschenden Reifen davon. Ich fahre auf der Landstraße, da kommt die Wut wieder hoch. Das war, ich fahre, der Mais auf den Feldern steht still. Ein Echo: Herr Nowak! Die Fritzsche ruft mir hinterher, doch ich bin schon auf und davon, um die Kurve, ich höre den gelben Motor vom Bayer und ergreife die Flucht. Yvonne, kleines Biest, die kriegt, was sie will. Echo, ich fahre nach Hause und sehe Schorsch grinsen. Yvonnes Stimme, Ist das wirklich so wichtig, wie dieser Platz heißt? Wo sie, gerade sie! Ihre Rieslingstimme am Telefon. Hat sie alles vergessen? Das ist doch, unmöglich. Tell the sun to leave the sky. Ich gebe Gas, der graue Himmel hängt tief, kein Lüftchen geht, ich fahre zwischen den Feldern entlang, ich will nach Hause, um Yvonnes Blumen zu gießen, bevor das Gewitter losgeht. Völliger Quatsch, die haben ja Wasser, die haben mehr Wasser bekommen, als gut für sie ist. Biest, Bodo, *damals* auch nur ein Wort, dünner als Blut. Zwei, drei Stücke fehlen mir da, einige Meter, wo ich sonst links abbiege, fahre ich nun geradeaus. Wenn ich nach Hause komme, gieße ich die Blumen, aber zunächst. Fahre ich weiter. An den Baracken vorbei, wo die Baracken standen, früher, am Maschendrahtzaun, auf den Kreisverkehr zu, und sehe ihn schon, Tolle, Gitarre, rostroter Riese, ich drehe die Musik wieder an, lauter, klappernde Knie, you ain't nothin' but, mit quietschenden Reifen, immer im Kreis, zu seinen Füßen Blumen, mickrig, Gestrüpp, Willi, du, Schwein, wirst nie einen Hasen, ich lasse das Fenster herunter, du bist kein Freund, volle Lautstärke, ich sehe zu ihm hoch, spüre meine Stimme, ein

Schwellen, und ja, ja, ich brülle, drei Worte, zum Fenster hinaus:

WALTER
FÜR
IMMER!

Für immer ich, noch gebe ich nicht auf. Kreisverkehr, Taumel, und geradeaus. Ich gebe Gas, zwischen den Feldern. Brüllen, dann Stille, ich betrete das Haus. Diese drückende Stille. Was nun? Wo ist mein Handy, ich will ins Bad. Meine Hand liegt schon auf der Klinke, mein Blick fällt auf den Läufer, auf den verstopften Spalt unter der Tür. Da war was, was war da. Flügel unter der Tür, ihr kleiner, grässlicher Kopf. Richtig. Die Fledermaus. Die ist da drinnen. Sofort wieder das Kreischen und Ziepen, das Flattern um meinen Kopf. Meine Hand gleitet von der Klinke. Ich stehe vor der Badezimmertür, denk nach, Walter, denk. Ich sollte den Jungen, der Junge wüsste, was tun, Felix würde die Fledermaus fangen. Der kennt sich doch aus. Aber die Nummer, wo habe ich die. Ich stehe vor der Tür, betrachte den Läufer, diese ledrigen Flügel, da kracht es, ein Fenster fällt zu.
Auf dem Glastisch vorm Fernseher steht noch mein Teller. Auf dem Teller liegt ein Stück Fleisch. Das stecke ich mir kalt, ich stippe das Fleisch in den Senf, stecke es mir in den Mund. Kauen, mein Kiefer, wieder kracht es, mein Mund voller Speichel, meine Zunge so dick. Kühl streift mich, Gedanke an Unterholz, Lüftchen. Ein Wind geht durchs Haus, schmeißt die Fenster. In der Küche erschrecke ich, hier sieht's vielleicht aus. Die halbe Sau, zersäbelt zu Fleisch. Bräunlich, auf den Fliesen, Lache, das ist doch Blut. Muss ich aufräumen, muss ich, mit einem Lappen, und ach. Ich

blicke auf meine Hände hinab, ein Stück rohes Fleisch. Das mache ich später. Ich stehe am Fenster, ich kaue, es quietscht, mein Kiefer knarrt. Wenn Yvonne mir wieder sagt, was gut für mich ist, ich schmeiße sie aufs Bett. Ich esse das auf, ich brauche Kraft. Eine Flasche Ketchup in meiner Hand. Ich habe Hunger. Wie lang ist das her? Dass ich solch einen Hunger. Senf, das Fleisch in den Senf und dann, kauen. Rotgrüne Schlieren auf dem Teller, getrocknete Ränder. Landschaften. Ich starre. Ich starre. Ich stehe vorm Fenster, und mich überkommt, Würgen, ein Ach, ein Ich weiß nicht. Mein Mund voller, Speichel, viel zu viel Speichel. Ich kann nicht schlucken, ich kaue und kaue und kann einfach nicht. Heiße Wangen, ich habe einen ganz heißen Kopf. Wie als Kind. Reiß dich zusammen. Ich stehe vorm Fenster und blicke in den Himmel, die Wolken dicht, dunkel. Eine Fliege summt um meinen Kopf. Ich wedele mit der Hand, wenn das so einfach wäre. Eine Bewegung der Hand, wenn ich einfach wedeln könnte, und die Fledermaus wäre verschwunden. Das Telefon klingelt, ein Schrillen im ganzen Haus. Vielleicht ist das Gisela, ich meine Yvonne, vielleicht ist das. Das muss Yvonne sein, wer ruft mich denn sonst. Are you lonesome tonight. Ich sollte ans Telefon gehen, ich sollte Yvonne sagen, dass mein Handy im Bad liegt, mein Handy liegt auf dem Waschbeckenrand. Ich komme gerade nicht dran, das erkläre ich dir später. Erkläre ich dir alles, wenn du wieder da bist. Fahr vorsichtig. Ach, Walter. Ich stehe vorm Telefon, will abnehmen und tue es nicht, Du, ich hab den Mund voll, kann grad nicht sprechen. Ich nehme nicht ab, das Schrillen setzt aus, es bleibt still. Eine heiße Welle von meinem Kopf durch meinen Körper, den Namen merkst

du dir besser. Wie's aussieht, eine Weile. Wir werden noch eine Weile miteinander zu tun haben. Nicht, wenn ich hier liege, wenn ich einfach hier liegen bleibe, werde ich nie wieder, mit niemandem. Nichts zu tun haben. Wenn ich hier liegen bleibe, kann ich nächste Woche nicht zur Untersuchung gehen. Wenn ich hier liege, kann Frau Doktor noch so viele Gummihandschuhe, Frau Doktor wird mich nicht untersuchen. Wenn sie mich nicht untersucht, findet Frau Doktor auch nichts.
Ich stehe in der Küche, es knallt. Irgendwo im Haus fällt ein Fenster zu. Ich setze mich in Bewegung, Zeitlupe, ich drehe mich um. Das ist doch, Blut. Muss ich wischen. Ich darf nicht vergessen zu wischen. Eimer und Wasser, oh Gott. Gummihandschuhe. Ich gehe durchs Haus und schließe die Fenster, eins nach dem anderen. Zimmer für Zimmer. Als ich im Gästezimmer das Fenster schließe, blitzt es. Das war das letzte, kein Wind mehr im Haus. Alle Fenster, das Krachen draußen, als Donner. Regen mit kleinen Knöcheln am Fenster, Hallo? Hallo. Die Tropfen rinnen an der Scheibe hinab. Ich habe das als Kind schon gemocht, ich drinnen. Im Haus, wenn's draußen tobt. Ich unter der Decke. Der Giebel des Nachbarn, Geranien, ich stehe an der Gardine und denke mir nichts Böses, ich denke gar nichts, mein Blick schweift durchs Bild. Gleitet am Haus des Nachbarn hinab, in die Hecke. Von der Hecke ins Beet, und da. Zwischen den Büschen steht einer. Im Anorak, Kapuze tief in die Stirn, Hände in den Taschen vergraben, steht einfach im Regen, im Donner und Blitz, mit breiter Brust. Steht im Beet, als gehörte er dorthin, als wäre er dort gewachsen. Und ich, Aha, erschrecke erst gar nicht. Ist zunächst nur mein

Blick, der ihn erfasst, nicht mein Kopf. Ich weiß nicht, wie lange, wir stehen und starren uns an. Ein ganz schöner Wumms, irgendwann erreicht die Information mein Gehirn. Ich zucke zusammen. Moment mal. In meinem Garten ein Mann. Was will der? So ein Gefühl wie, der kommt mich holen. Der bricht ein in mein Haus. Nimmt sich, schlägt alles, was mir gehört, kurz und klein. Das war's, ich bekomm's mit der Angst, Stündlein geschlagen. Doch dann, Hecheln, erkenne ich, das bin ja ich, der da steht. Ich vor vielen Jahren, Jahrzehnten, Haus Nummer 14, und drinnen ein Mann, kein Vater. Winkt seinen Fans. Ich erkenne, das bin gar nicht ich, das ist ja Felix, der unten steht. Mein Sohn. Ich bin der oben. Winke ich? Ich winke. Ich schlucke. Ich meine, wer macht so was, wer in aller Welt bleibt im Regen stehen, im schlimmsten Gewitter? Und natürlich winkt er nicht einfach zurück, das wäre viel zu freundlich, das wäre ja normal, und normal gibt's bei Felix nicht. Nein, er senkt den Blick, geht aufs Haus zu. Nach dem Motto: Mach schon auf, lass mich rein.

Klaro, ich nach dem Motto, okay, die Treppe hinab. Plötzlich bin ich ganz aufgekratzt. Ich trippele, wie ein Fußballer, wie ein, Boxer, als müsste ich mich aufwärmen, tripp trapp die Treppe, und klaro hätte ich ihn mal anrufen können, wollte ich ja auch. Ich reiße die Augen auf, Gerade wollte ich dich anrufen! Mensch, du. Ich mache mich warm, ich bereite mich vor, ich frage mich, was er will, so aus dem Nichts. Wenn er kommt, um mir Vorwürfe, das brauche ich jetzt nicht. Wer will schon so leben, immer an allem schuld. Wer will schon ewig der Buhmann sein. Alles immer nur falsch. Der Junge hat doch alles gehabt. Der Junge hatte doch keine

Probleme. Keine Probleme, die er sich nicht selbst eingebrockt. Wenn ich mir überlege. Bastard, Bastard. Zu dieser Zeit. War das lustig? Nein, war es nicht. Selbst meine Freunde haben mich beschimpft. Selbst Willi und Roland haben geschrien, vom Schorsch ganz zu schweigen. Habe ich mich beklagt. Habe ich jemals gejammert. Wenn ich mir überlege, dem Jungen hat's an nichts gefehlt. Und der Rest, irgendwann muss doch mal gut sein. Jeder hat mal einen schlechten Tag, oder nicht. Na, was denn? Was ist daran so schlimm. Dumm. Wieso dumm? Ist doch wahr. Tripp trapp, die Stufen kommen mir entgegen, die Treppe scheint endlos, ich außer Atem, ich zum Beispiel habe jetzt ein paar schlechte Tage gehabt. Ich bin halt mal liegen geblieben. Kein Grund zur Panik.

Ein richtiger Mann, ich öffne die Tür, vor mir steht ein tropfnasser Kerl.

Mensch!, ich reiße die Augen auf wie eben geübt, Felix!

Funktioniert deine Klingel nicht?, sagt er und schlägt die Kapuze zurück. Meine, was, wieso. In meinem Kopf schrillt es. Vielleicht war das gar nicht das Telefon. Are you lonesome, hast du Angst vorm Gewitter. Ich, ist auch egal, Komm erst mal rein. Klingel egal, Das trifft sich ja gut. Ich ziehe ihn ins Haus, ich schließe die Tür. Du kommst wie gerufen!, ich ganz geschäftig, nur mein Kopf ist so schwer. Ich wollte dich sowieso, sage ich, und er geht durch den Flur, ich hinterher, mein Kopf, die Worte fallen aus mir heraus, Schwall, Das ist wirklich ein Zufall. Ich habe schon nach deiner Nummer geguckt. Beziehungsweise, konnte ich ja nicht. Mein Telefon liegt im Bad, und im Bad ist die Fledermaus, da konnte ich nicht rein. Warum? Warum dieser

Hohn. Gleich dieser Widerstand, in seinen Augen. Als er sich umdreht, mich ansieht. Im Flur dreht Felix sich um. Ich kann ihn riechen, er riecht schlecht, nach Stall. Nach Moschus, Mist. Nach Nichtgewaschen.
Eine Fledermaus?
Wenn ich's doch sage.
Er sieht fertig aus, abgenutzt irgendwie. Nicht mehr frisch. Ich rechne, sein Alter. So alt war ich, Mathematik, als er zur Welt kam. Zahlen, ich so alt wie Großvater, als er starb. Ich rechne, so lange kein Anruf von mir. Weißt du, das Bad war verstopft, ich konnte nicht rein. Weißt du, das ist nicht ohne, von denen kann man sich Tollwut holen und so.
Ein Senken der Lider mitten im Satz, Und wo ist Yvonne?
Yvonne, Yvonne, die ist nicht da.
Ich verstehe nicht gleich, ich verstehe nicht die Bewegung in seinem Gesicht, die Mundwinkel ziehen, das ist ein Grinsen. Mit Zähnen, mit Brauen, mit Spott: Hat sie dich etwa verlassen?
Ich stehe vorm Schrank, die Hände an den Türen, meine Arme wie Flügel. Ich betrachte die Stapel mit Polohemden, das ist beruhigend, Farbverläufe, so schön. Yvonne ist auf einer Tagung, sie kommt morgen wieder. Der Junge nickt, Ach so, das Grinsen erlischt. Beruhigend, ja, aber, das war nicht der Grund. Warum stehe ich hier? Was wollte ich doch gleich? Das rosa Hemd leuchtet zwischen den anderen auf, Abendrot, das rosa-schwarz gestreifte Hemd, das ist nicht so mein, das bin gar nicht ich. Kein Geck, das Hemd war ein Versuch, vor vielen Jahren, ein Fehlkauf. Irgendwo hatte ich gelesen, Rosa und Schwarz, das waren seine Farben. Die Lieblingsfarben des King. Ich habe das Hemd nur einmal

getragen. Bei aller Liebe, mein Gang ist nicht weich. Ich bevorzuge Blau. Grau. Grün. Ich stehe vorm Schrank, die Arme wie Flügel, gleich fliege ich davon, vergesse völlig für einen Moment. Dass unten ja, er wartet auf mich. Einen Moment lang habe ich völlig vergessen, dass es ihn gibt. Tropfnass im Flur, Hast du mal ein Handtuch für mich? Ich ziehe das rosa Hemd aus dem Stapel, trete vor den anderen Schrank. Ein Handtuch, ganz oben, für meinen Sohn.
Oh Mann, das ist nicht dein Ernst! Felix' Blick wie ein Spiegel, ich muss nicht an mir hinabsehen, ich weiß, was ich trage. Das weltbeste Polo. Yvonnes Stimme im Ohr, Off, Wie ein Penner. Die Stimme der Fritzsche, Wie sehen Sie denn aus? Die letzte Dusche ein paar Tage her. Ein paar seltsame Tage waren das. Aber Felix meint gar nicht mein Aussehen, er meint die Sauerei, Felix steht in der Küche, überall Blut. Hinter ihm auf der Anrichte Fleisch, das tote Tier.
Habe ich nicht selbst geschossen!, sage ich, der Willi –
Immer dieser Widerstand, er fällt mir ins Willi, Wort: Mama hat also recht. Und natürlich will ich wissen, womit, doch er schüttelt nur weiter den Kopf. Ich reiche ihm das Handtuch. Er zieht sich aus, die Jacke, das Hemd. Er reibt sich Kopf und Brust trocken. Seine Haare in Stacheln. Recht womit? Er ist so dünn. Mein Fleisch und Blut. Die Sehnen wie Schnüre unter der Haut. Blass ist er auch. Graupenrisotto. Ein Loch in diesem Mann, Nabel. Dort war er mal, mit Gisela –
Mama hat erzählt, du hättest sie angerufen? Sie meinte, du klangst verwirrt?
Ich stelle mir die Leitung vor, von ihr zu ihm.
Hast ihr den Anrufbeantworter vollgelabert? Und deine Sekretärin, von früher, wie heißt die?

Fritzsche, höre ich mich sagen.
Frau Fritzsche, genau. Die hat sich bei Mama gemeldet. Die macht sich auch Sorgen um dich.
Eine Leitung, Gisela schickt ihn vorbei, um nach dem Rechten zu sehen. Schau mal nach deinem Vater. Er ist doch dein, Papa. Dieses klebrige Wort, ich bin gerührt. Wie zärtlich das klingt. Wie weich im Vergleich zu –
Walter!, mit t in der Mitte. Seine Hand landet auf meiner Schulter, ich sehe auf, ihm ins Gesicht.
Verwirrt? Wieso verwirrt? Ich wollte doch nur ein Rezept – ich strecke ihm das Polohemd entgegen. Seine Hand gleitet von meiner Schulter. Felix hält das Hemd in die Höhe. Und einen Moment lang bin ich gespannt. Wird er es annehmen? Geck hin oder her, seine Farben. Felix seufzt. Er zieht das Polo über den Kopf, es ist etwas zu kurz, der Bund seiner Boxershorts ragt zwischen Hemd und Hose hervor. Viel zu kurz, trotzdem freue ich mich. Walter, dieses T immerzu. Irgendwie alarmiert, seltsam panisch. Felix steht plötzlich sehr nah. Legt den Kopf schief, sein Blick, den Blick kenne ich. Tropfen im ganzen Gesicht. Sollen wir einen Arzt rufen? Sein Atem auf meinem Gesicht, Einbrecher, nimmt alles, macht alles kaputt. Stellt falsche Fragen. Alles anders, ich spüre schon die Hände um meinen Hals, spüre ihn schon würgen. Ein Brennen schießt mir die Kehle hinauf. Ich schwitze. Aus der Ferne, wie leise gebrüllt: Walter, mit dir alles in Ordnung?
Aber sicher, was sollte mit mir nicht –
Sein Finger. Bevor ich antworten kann, tippt er an meine Stirn. Und da? Was ist da passiert? Ich zucke zusammen, und er stupst gleich noch mal. Tut das weh? Ich weiche zu-

rück, wieder grinst er, was soll das. Ich habe mich gestoßen. Soso, er kneift die Augen zusammen, ganz schönes Veilchen.

Ja, beim Schwimmen. Hatte ich das nicht schon gesagt?

Ich habe den Blick satt, was soll mit mir sein. Kann doch mal passieren. Das Wildschwein, na gut, habe ich vergessen. Das lag eben da. Ein, zwei Tage. In der Hitze, okay. Habe ich eben vergessen, sauberzumachen, na und? Katze aus dem Haus, die kommt wieder. Mäuselchen. Klar kommt die wieder, was glaubst denn du? Verlassen, das ist doch Quatsch. Hier wird niemand verlassen. Ich räuspere mich. Fledermäuse, wie gesagt. Die übertragen ja Krankheiten. Keine Ahnung, wie die ins Haus. Und Felix immer noch, Hä. Felix immer noch, Walter. Was redest du da? Als würde ich labern, nur Scheiße erzählen. Kurze Rede, die Fakten. Sie ist im Haus. Ich habe sie eingesperrt. Im Bad. Völlig nüchtern, das ist hier los. Hilfst du mir oder nicht? Sieh an, mein Sohn. Der Spott weicht aus seinem Blick. Ein Tier in Not, da wird er ernst. Felix klopft sich mit der flachen Hand auf die Brust, er denkt nach.

Kann sein, dass die Schutz gesucht hat. Fledermäuse spüren Tage im Voraus, wenn so ein Unwetter kommt. Die wird durch ein Loch im Dach gekrochen sein.

Moment, was heißt hier Loch im Dach? Mein Dach hat keine Löcher! Nur wie ist sie dann. Irgendwie ist sie ja reingekommen. Sagen wir mal, einer stünde am Fuß einer Leiter. Und blickte hoch. Ein dunkles Maul, die Luke zum Dachboden. Sagen wir mal, einer stiege die Leiter hinauf. Auf einer Dose ein Ritter mit Lanze und Pferd, darin vergilbtes Papier, ein Brief, Bild einer Braut. Mal angenommen,

es ist heiß auf dem Dachboden, wahnsinnig stickig. Er würde wahrscheinlich die Dachluke öffnen. Ertappt. Felix ertappt mich dabei, wie ich starre. Schon wieder.
Walter, was ist hier los?
Also, das war wirklich blöd. Ich dachte, ich habe noch zwei Züge. Bis zur Wand. Aber nix da. Mit voller Wucht, ein ganz schöner Schlag –
ich seufze. Ich seufze und sehe seine Nase, zu spät seine Nase. Die kleine, leicht knollige Nase von Gisela, ragt aus seinem Gesicht. Mir entgegen. Der schnüffelt an mir. Wir wie die Hunde, in der Küche, beriechen einander.
Sag mal, hast du getrunken?
Ich schüttele den Kopf. Auf solche Fragen antwortet man immer mit Nein. Mit Nö, wieso? Er sieht nicht aus, als würde er mir glauben. Na dann, sagt er, schaue ich mal nach deinem Gast.
Ich stehe vor dem Fleck, an dem er eben noch stand, ich blicke zu Boden. Wo eben noch Felix, ein dunkler Kringel, ein Haar. Ich bücke mich und hebe es auf. Ich stehe am Küchenfenster und reibe das Haar zwischen den Fingern, gar nicht eklig. Ich sollte aufräumen. Ich sollte. Draußen der Regen schräg, peitscht den Asphalt, die Pflanzen, der Rhododendron biegt sich. Das Haar ist unfassbar fein, ein Gefühl zwischen den Fingern, fast zärtlich. Darum habe ich all die Jahre so ein Theater gemacht? Ich sollte. Das Blut aufwischen, die Fettspritzer. Pfanne und Messer spülen. Doch ich stehe am Fenster, mir fehlt die Kraft. Ich sinke. Ich sinke hinab in die Tiefe, um mich herum wird es dunkel. An der Wasseroberfläche ein leeres Boot, tanzt auf den Wellen. Am Himmel ein Hubschrauber, die Kamera. Das alles hat

mit mir nichts mehr zu tun, ich sinke hinab in die Stille. Das träumst du. In diese Stille hinein:
Walter, das musst du geträumt haben!
Ich stehe am Fuß der Treppe, Felix oben, pink-schwarz gestreift. Keine Fledermaus weit und breit!, sagt er.
Kann nicht sein! Ich habe doch die Tür mit dem Läufer zugestopft!
Felix, Hand am Geländer: Das habe ich gesehen.
Wie soll die da rausgekommen sein?
Ich unten, er oben, wir überlegen. Felix überlegt, mir dreht sich's. Wie groß war sie denn?, fragt Felix. Vielleicht sitzt sie im Luftschacht vom Ventilator? Macht ja keinen Sinn, dass sie erst Unterschlupf sucht und dann, wenn das Unwetter wütet, abhaut.
Keinen Sinn, ich nicke.
Kein Sinn, zwischen den Fingern ein Haar. Ich stoße die Tür auf und sehe sie, ihr nackter Arsch, ein Becher mit Stiften fällt um, Michi oh Michi. Das ist doch, Felix. In Yvonnes Bademantel, viel zu klein. Seine Arm lang aus den Ärmeln, die Brust blank. Er legt den Kopf in den Nacken, Du spinnst! Jetzt spinnst du wirklich!, rasselndes Lachen, Keine Fledermaus weit und breit! Und die Stufen fallen mir entgegen, nein, das war wann anders, diese Stufen, diese verdammten, ich stürze die Treppe hinauf, auf allen vieren, an ihm vorbei, ins Bad. Kacheln. Keine Spur von Krallen, Flügeln, nur Taumel. Ein Blick in den Spiegel, ich hechle. Mann, Walter. Ich stehe vorm Spiegel und sehe mich an. Ich stehe dort ewig und lausche. Ich starre. Ich starre mich in meine Augen hinein, in meinen Kopf. Ich spinne doch nicht. So etwas bilde ich mir doch nicht ein.

Ich spüre seine Anwesenheit, bevor ich ihn sehe. Er kriecht unter der Tür hindurch, die Hände zuerst, sein kleiner Kopf. Dann steht er hinter mir. Unsere Blicke treffen sich im Spiegel, Vater und Sohn. Zahlen, eben noch war ich so alt, wie er jetzt ist. Eben noch war er ein Baby. Ich halte ihn in meinen Armen, vor meiner Brust. Ich senke meine Nase auf seinen Schädel. Das ist das Beste, dieser Geruch. Das ist mein Junge. Wir können doch noch mal, von vorn. Wir könnten doch vergessen, was war, alles, neu. Vielleicht, wenn er einen Sohn hätte, wäre das möglich. Wenn er mir ein Enkelkind schenken würde. Sagt man nicht so? Ein Enkelkind schenken. Das klingt furchtbar klebrig. Was ist mit mir los, etwas klemmt in meiner Kehle. Ist das ein Schluchzen, ist das ein Kloß. Eine Sprechblase. Vielleicht könnte ich dem Enkel ein guter Großvater sein. Wir könnten wieder sonntags, wie damals bei Lore, er könnte sonntags zum Kaffee kommen, warum denn nicht. Wir hatten einen schlechten Start, jetzt fangen wir noch mal von vorne an. Ich weiß nicht mal, ob er eine Freundin hat. Vielleicht eine Tierpflegerin? Eine pickelige, mit Ratte auf der Schulter. Egal, ganz egal. Wenn er das will. Hauptsache, er hat eine Frau. Sie könnten uns besuchen, mit ihrem Sohn. Yvonne könnte Felix' Frau ihre Blumen zeigen, die Frauen stünden am Beet, und wir Männer, wir drei Männer, säßen am Tisch. Wir könnten uns unterhalten, oder auch nicht. Wir müssten nicht reden, denn da wäre ja das Baby. Das Kleinkind, der Junge. Er wäre genug Anlass, um zusammenzukommen, genug Grund. Das wäre ganz unkompliziert. Sonntags auf der Terrasse. Ich sehe Felix im Spiegel an, wäre das nicht schön? Wäre das nicht, plüschiger Blick, fremde Augen. Wer zuerst etwas sagt, Wir. Haben uns echt lange nicht, wie? Meine Güte, wie lang ist das her? Ich verstehe die Bewegung nicht in seinem Gesicht, sein Gesicht. Warum dieser Spott. Er legt die Hände, Haken, auf meine Schultern. Wie Papier, etwas raschelt, das sind seine Flügel. Sein Gesicht neben meinem im Spiegel, er spricht in mein Ohr. Seine Stimme ein Piepsen, hoch und tief, tief. In mir drinnen, aus mir heraus, wie aus der Ferne: Sehr lange, Jahre. Wir haben nicht miteinander geredet, nach dem Besuch im Zoo herrschte Funkstille. Wir waren enttäuscht voneinander, erinnerst du dich? Die Show war vorbei. Einige Jahre, dann war's an der Zeit. Yvonne, du kamst nach Hause, sie stand in der Küche. Sie trug eine Schürze und rührte den Teig. Verkündete strahlend: Wir bekommen Besuch!

Felix' Blick im Spiegel, seine Stimme hallt in mir wider, ich nicke, In Sachen Käsekuchen macht Yvonne keiner was vor. Felix verzieht keine Miene, Felix fährt fort: Ich komme am nächsten Tag. Ihr sitzt auf der Terrasse, der gelbe Kuchen steht auf dem Tisch, ihr unterhaltet euch, wartet auf mich. Natürlich kommt der Junge nicht pünktlich. Du beschließt, dir die Laune nicht verderben zu lassen, was auch geschieht. Eine halbe Stunde zu spät stehe ich auf der Terrasse, und du denkst, dass ich schlecht aussehe, wirklich schlecht, kein Fisch, kein Fleisch, das kann nicht gesund sein. Doch du willst gar nicht erst anfangen damit, was gesund und was nicht, du hast mich noch im Ohr, wie ich Mörder! schreie. Wir sitzen um den Tisch auf der Terrasse, ihr esst Kuchen, ich trinke Kaffee. Ich rauche. Das ist eine Sache, die habe ich von dir. Diese maßlose Raucherei. Ich zünde mir eine Zigarette nach der anderen an, du lässt dich nicht provozieren. Du wirst mir keine Standpauke halten. Du wirst mir nicht erklären, wie schwer es ist, aufzuhören, wenn man so lange. Denn aufhören muss man ja. Du hast es geschafft. Von vierzig Zigaretten am Tag auf null. Du hast es geschafft, aber wenn du ehrlich bist, würdest du jetzt gern mit mir rauchen. Die rotweiße Schachtel. Du würdest gerne mit mir am Rand der Terrasse stehen, und wir rauchen zusammen, zwei Cowboys, wir rauchen und sehen zu, wie unsere Schatten auf dem Rasen immer länger werden. Doch der Preis für diese Vertrautheit wäre zu hoch. Du bist zehn Jahre rauchfrei, du kannst jetzt nicht wieder, nur weil dein Sohn. Weil dein Sohn vor dir sitzt, und etwas stimmt nicht mit ihm, wieder stimmt irgendwas nicht. Yvonne redet, das kann sie gut, sie redet und lacht, dein Vögelchen. Ich bin nervös, dein Sohn hat dir etwas zu sagen. Ich komme ja nicht ohne Grund, nach all der Zeit. Ich falte meine Serviette in verschiedene Formen, Schwan, Boot. Ich will dir was sagen, ich will, doch so lange Yvonne redet, geht das nicht. Yvonne muss verschwinden. Das kapiert sie wohl auch, sie verstummt, sie holt Luft. Wie wäre es mit einem Glas Sekt? Zur Feier des Tages? Du siehst sie an: Welcher Tag? Welche Feier? Und Yvonne guckt wie Vorabendserie, wie *Ich heirate eine Familie*, sie deutet auf mich: Felix besucht uns so selten! Yvonne verschwindet, Yvonne geht ins Haus, den Sekt holen, und als sie weg ist, erinnerst du dich?, bricht es aus mir heraus: Ich mache jetzt Therapie.

Sieh an!, sagst du, mehr nicht.

Psychotherapie, Walter. Ich dachte, das interessiert dich vielleicht.

Du seufzt und guckst Richtung Terrassentür, doch Yvonne ist verschwunden, du seufzt: Ja, wenn du meinst!

Doch ich lasse mich nicht abwimmeln, so einfach nicht. Ich erkläre dir, wie ich mich fühle, denn darum bin ich hier, das war der Grund für meinen Besuch. Es dir einmal zu sagen: Ich komme nicht klar. Ich bin dreißig und komme noch immer nicht klar. Da ist etwas in mir, wie Gift. Ein Gefühl, ich werde es nicht los. Dass ich scheiße bin, alles an mir. Egal, was ich tue, alles Dreck. Alles sinnlos. Und dann kann ich mich nicht bewegen, es gibt Tage, an denen starre ich die Wand an, und der Hass auf mich selbst ist so groß, dass ich nur noch heule, mir laufen die Tränen, und ich stehe einfach nicht auf, gehe nicht aus dem Haus. Und da sitze ich dann, ich liege, und ich weiß nicht, das ist vielleicht nicht normal. Das fühlt sich nicht gut an.
Du runzelst die Stirn, das reicht nicht, das ließe sich noch ignorieren. Also hole ich Luft: Mein Therapeut und ich, wir haben auch viel über dich gesprochen. Er meinte, du und ich, wir haben ein Problem.
Unsere Gesichter nebeneinander im Spiegel. Oh ja, ich erinnere mich. Ich weiß noch genau. Dieses Gefühl, keine Ahnung. Nicht die leiseste Ahnung, was er von mir will. Wir – ich komme über dieses Wort nicht hinaus.
Was, wir, Walter?
Dreimal das W. Merkt der denn nicht, dass er starrt? Punkt de. Dass er redet, ohne die Lippen zu bewegen? Die Stimme des Jungen wie aus meinem Bauch:
Jeder hat doch mal einen schlechten Tag! Das hast du allen Ernstes zu mir gesagt. Was habe ich erwartet? Jedenfalls mehr. Das war doch sehr wenig. Das war sogar für deine Verhältnisse, Walter, zu wenig, du merktest es selbst. Einen Moment lang dachte ich, du greifst nach meiner Hand, du

hast dich in deinem Stuhl nach vorne gelehnt, aber dann war der Tisch zu groß, ich war zu weit weg, oder so. Ich weiß nicht, was in deinem Kopf, in deinem Kopf irgendetwas, Problem. Irgendwie lösen. In deinem Kopf Hilfe. Und dein Herz, Walter? Ja ja, ich weiß, dein Herz kommt nicht hinterher. Kennt nur Ratschläge, Ratschläge ergossen sich aus deinem Mund. Es sei nicht zu spät. Noch könnte ich mein Leben herumreißen, gar kein Problem. Abendschule, Abitur, Fachabi, als wäre das die Lösung für alle Probleme. Mir stünde die Welt offen. Ich würde schon sehen, wenn ich nur ein wenig Perspektive in mein Leben brächte, ginge es mir bestimmt bald wieder besser. Die Arbeit im Zoo, das sei als Übergang, eine Zeit lang sei das okay. Aber mal ehrlich, da hast du die Stimme gesenkt, ein Leben lang Mist schaufeln? Du könntest verstehen, dass mich das unterfordert, und auch wenn zwischendurch mal ein Giraffenbaby, so würde das doch jeden, jeden halbwegs intelligenten Menschen würde das deprimieren. Auf Dauer Stalljunge. Und das war selbst für deine Verhältnisse etwas dumm, Walter, findest du nicht? Ich musste lachen, ich konnte nicht anders, Aber Walter, unterbrach ich dich. Ich liebe meine Arbeit! Meine Arbeit ist nicht das Problem. Du warst völlig perplex: Aber was dann?

Felix' Hände auf meinen Schultern, er dreht mich um. Ich stehe vor ihm. Der Junge ein Mann, blickt auf mich herab. Ich lese seine Lippen, sie stehen völlig still. Seine Worte hallen, als wären die Fliesen in mir: Du, Walter, bist mein Problem.

Was denn, ich? Wieso sein Problem? Um wen geht es denn hier? Ich bin doch der. Ich will es ihm sagen, er muss es wis-

sen. Ich bin krank, Felix, ich bin fast schon tot! Doch ich kann meine Stimme nicht finden. Er nimmt mein Gesicht in seine Hände. Er tritt einen Schritt näher, als wollte er mich küssen. Als wäre ich eine Sau, deren Schnauze er mit seiner Nase. Bitte nicht, nein!
Ey, Walter, weinst du?, sagt Felix. Das ist ja krass.
Ich stehe vor meinem Sohn und schüttele den Kopf, ich schließe die Augen. Wie lang ist das her? Jahre, ich kann es nicht glauben, ich schüttele mich, All die Jahre. Du bist schon so alt. Felix steht vor mir und lacht. Felix im gleißenden Licht, Felix verschwunden, eine rot-weiße Schachtel liegt noch auf dem Tisch, neben dem Teller, keine Krümel, eine rosa Serviette, gefaltet, zerrupft. Gleißendes Licht, und ich frage mich, hat Yvonne jemals den Sekt gebracht? Als ich die Augen öffne, Felix verschwunden, habe ich den Geschmack von Käsekuchen im Mund, ein wenig nach Senf. Da ist es wieder, dieses blinde Gefühl, ein Flattern, ein Umsichschlagen, außen Panik und innen ganz still. Eng. Innen stumm, alles scheiße. Und als ich mich umdrehe, sehe ich sie wieder. Im Augenwinkel, im Spiegel, ihr taumelnder Kreis durch den Raum. Sie dreht eine Runde und verschwindet im Flur. Ja, spinne ich denn, ich spinne doch nicht. Noch nicht. Von wegen geträumt.
Die war völlig real. Echter als echt. Ein schwarzgraues Zappeln unter dem Handtuch. Felix hält sie in den Händen, als ich ins Wohnzimmer komme. Mit beiden Händen, Ich hab sie! Unter dem Handtuch ihr Bauch, wie weich ihr Fell aussieht. Sie klackert wie wild. Felix mit großen Händen, Ja, mein Mädchen, alles in Ordnung, flüstert ihr zu. Felix hält das flatternde, klackernde Bündel vor seiner Brust. Sieht

mich an, Hast du einen Eimer? Der Junge weiß, was zu tun ist, er kümmert sich drum. Das Vieh in den Eimer, den Eimer ins Gäste-WC, auf den Eimer ein Sieb, auf das Sieb einen Blumentopf als Beschwerung. Das ging alles so schnell, Problem gelöst. Und nun? Wenn das Gewitter vorbei ist, soll ich das Fenster öffnen, Sieb und Blumentopf vom Eimer nehmen, die Tür schließen. Anleitungen. Der Junge steht vor mir im Flur, schwarz-rosa gestreift, stemmt die Faust in die Hüfte. Wirst schon sehen, sagt Felix, die haut von alleine ab. Aber du, Walter, was ist mit dir?
Ich gehe nirgendwohin.
Das meine ich ernst, trotzdem lacht Felix. Seine Zähne, er reißt den Mund auf. Der Junge lacht, und mein Magen zieht sich zusammen, zu viel Speichel im Mund. Nein, ernsthaft, sagt Felix, ich war gerade in der Nähe, wollte nur kurz vorbeischauen. Kann ich dich denn alleine lassen?
Ich muss würgen, ich schlucke. Ich kann diesen Blick nicht mehr sehen, ich reiße mich, ich nicke, Aber klar doch. Im Flur ist zu wenig Platz für uns beide. Wir stehen zu nah, das ist zu eng. Felix, Also dann, greift sich in den Nacken, greift nach dem Kragen des Polohemds, will es sich über den Kopf ziehen. Und ich, Lass mal, das kannst du behalten. Der Junge mustert mich, Sicher? Ich schlucke, nicke das Würgen herunter, Ja!, ja!
Ich bringe es dir wieder, in Ordnung?
Ja doch.
Bei Gelegenheit?, er macht einen Schritt Richtung Tür. Also dann. Das Würgen ebbt ab, überstanden, denke ich, heruntergeschluckt, und: Bitte geh nicht. Bleib noch ein bisschen. Wir können doch reden. Das Testament fällt mir ein, was ist

mit dem Erbe. Das muss geklärt werden. Oder wir trinken ein Bier. Meine Güte, habe ich dir gar nichts zu trinken, kann das denn sein. Mein Blick klebt an seiner Brust, an der Tasche des Polos. Wie wäre es mit einem Glas Wein? Er macht einen Schritt Richtung Tür, greift nach der Klinke, er öffnet die Tür, und kühle Luft dringt herein, ich stehe da und kann nichts, nur diese Luft, dieser Geruch von nassem Asphalt, Erde, über allem, ich kann nicht. Wir stehen in der Tür und gucken hinaus, im Rinnstein hat sich ein Strom, wie ein Fluss, in den Gully.

Ich sehe die Umarmung nicht kommen. Einen Moment lang bin ich, der Geruch ist so stark. Weltuntergang. Ehe ich mich versehe, zieht er mich an sich heran, landet mein Gesicht an seiner Brust. Meine Nase an seinem Hals, die Fledermaus im Eimer, ihre Flügel. In diesen Flügeln verschwinden. Ich schließe die Augen, Moschus, so dunkel, stehe einfach nur da. Wer weiß, wie lange, nicht lange, Mach's gut, er lässt mich los. Ich aus dem Gleichgewicht, ich will ihm auf die Schulter, wie Männer, Kumpel, doch er springt schon davon. Ich wanke. Er läuft durch den Regen zu seinem Auto, ein rosa Irrlicht im Unwetter. Er steigt ein, lässt den Motor an, und aber, ich stehe da, winke nicht, rufe nicht, So bleib doch! Ein bisschen. Wasser spritzt, er fährt los. Ich stehe in der Tür, die Straße leer, nur Wasser, Wasser, nasser Asphalt. Der Regen weht in Böen herein, mir ins Gesicht. Ich stehe in der Tür, und mit einem Mal, dieses Würgen, es ist wieder da. Aus der Tiefe des Magens, packt mich mit voller Wucht. Hilft kein Schlucken, kein Nicken. Ich stürze in die Küche, ich kotze. Ich stehe aufs Waschbecken gestützt, ich spucke, ich wische mir den Mund mit dem

Handrücken ab. Fleischbrocken im Abfluss. Ich kotze, bis nichts mehr kommt. Bis ich leer bin und leicht. Beinahe vergnügt. Vielleicht hat's das gebraucht. Das Polo als Pfand. Vielleicht können wir jetzt. Felix kommt wieder, ich fühle mich so leicht.

Ich stehe vorm Bett, ziehe mich nackt aus. Ich mach's mir gemütlich. Ich drinnen, draußen Donner und Blitz, ich krieche unter die Bettdecke. Ich im Käfig, mir kann nichts passieren. Ich liege im Bett und stelle mir vor. Wie die Ziegel vom Dach fliegen. Wie der Regen die Laube davonspült. Wie der Strom anschwillt und das Haus forttreibt, mein Haus, darin ich. Mein Haus ein Boot, tanzt auf den Wellen, ich überlebe. Weil ich gekotzt habe, kotze. Ein leises Platschen neben das Bett. Doch selbst das ist nicht schlimm, gar nicht schlimm. Es bedeutet nichts mehr. Ich liege im Dunkeln, in meiner Höhle, und stelle mir die Fledermaus vor. Mein Puls. In meinem Herz mehr als nur Ratschläge. Die Fledermaus schiebt das Sieb beiseite, krabbelt aus ihrem Eimer. Erhebt sich in die Luft und fliegt durchs Haus, Zimmer für Zimmer. Gar nicht schlimm. Ich lausche dem Regen und Donner. Mit einem Mal ist es kühl, selbst unter der Decke. Der Schweiß auf meiner Haut trocknet, trocken, ich friere. Ich nehme meinen Penis, ich nehme mein Glied in die Hand. Das Unwetter tobt. Mit der Hand am Glied schlafe ich ein.

Ich stehe in endloser Weite, auf einem Friedhof. Ich stehe unter einem grauen Himmel, der Wind fährt mir ins Haar. So weit ich blicken kann, Grabsteine, Wolken. Ich stehe vor einem Stein ohne Namen und Kreuz. Ich starre den Stein an, ein Block Zement. Ich stehe am Bahnhof und warte, ich warte auf wen? Ihn. Die Menschenmasse lichtet sich, und dort steht er, ein Greis. Das soll er sein? Ich sehe zu Mutter hinauf, erst jetzt spüre ich ihre Hand, warm und trocken, in meiner. Mutter schüttelt den Kopf, Mutter runzelt die Stirn. Dann glättet sich Mutters Gesicht, ein Lächeln breitet sich aus. Mein Blick folgt ihrem, da ist er, steigt aus dem Zug. Ein schöner Kerl, mit blitzblauen Augen, strahlenden Zähnen. Das ist doch, Mutters Hand gleitet aus meiner, Mutter läuft los. Und ich denke, gleich stürzen sich alle auf ihn, gleich geht das Gekreische los. Aber nichts. Mutter fällt ihm um den Hals. Ich stehe vor einem Haus, ich blicke hinauf. Im Fensterchen, Fräuleinchen, die Mädchen winken. Ich erkenne die rote, das ist die Autorin aus dem TV. Neben ihr? Altes Haus, Gisela als kleiner Kerl, junge Frau. Im rosa Badeanzug. Seite an Seite, Yvonne. Alle vereint. Neben Yvonne, in trauter Eintracht, ich habe es geahnt, die kennen sich, das fränkische Mädchen. Und wer ist die andere? Mir ist, als müsste ich sie. Ich sehe ihre Augen wie Lichter und erinnere mich. Nur dass sie heute so fröhlich ist. Das ist die Nutte aus Bodos Nacht. Aus der Nacht für Bodo, das halbe Kind, tu mir nicht weh. Auch sie vergnügt. Die Fräuleinchens winken und kreischen. Sie rufen mir zu. Ich höre ihre Stimmen und verstehe kein Wort. Erst als sie alle, eine nach der anderen streckt ihren Zeigefinger, und ich kapiere. Anus, Anus, brüllen sie. Ihre Gesichter im Karussell, ich sehe auch Roland, Willi, Schorsch, erst als Gesichter, dann als Namen auf einer Liste. Der Bademeister geht von Haus zu Haus und sammelt Unterschriften. Gegen mich, für meine Abschaffung. Wie wir ihn nennen, entscheiden wir dann. Er klingelt auch an unserer Tür, Yvonne öffnet. Teig klebt an ihren Händen, der Bademeister hat sie beim Backen gestört. Käsekuchen, lacht sie auf seine Frage, sie lacht, als er ihr erzählt, worum es geht. Aber klar, warum nicht! Sie unterschreibt mit klebrigen Fingern. Ich bin entsetzt. Ich rufe, doch Yvonne hört mich nicht. Ich bin verzweifelt, zu spät. Wie gut, dass ich meinen Jungen habe, das ist mir ein Trost. Dieser Trost, ein Tropf. Ein Bub mit großen Augen. Steht vor mir und sieht mich an. Gar nicht vorwurfsvoll. Warum auch? Schließlich habe ich ihm gerade einen Bleistift geschenkt. Einen Kugelschreiber schenke ich ihm auch. Und einen Füller. Einen Filzstift schenke ich dem Jungen und drei, vier Buntstifte. Der Junge die Hände voller Stifte, er weiß nicht, wohin mit sich, mit seinem Glück. Der Junge so dankbar. Er hat mir vergeben. Das spüre ich tief. Diese Ruhe in mir. In der Ferne Donner, das Toben, und ich weiß. Ich werde nie wieder Angst haben. Mir kann keiner was. In der Ferne klingelt das Telefon. Klingelt und klingelt. Schließlich strecke ich den Arm aus, ich nehme ab.

Hallo?

Walter, mit rollendem R, Walter, das fränkische Mädchen ist dran. Uns ist da ein Fehler, wir haben uns vertan. Wir haben die Finger ins falsche Arschloch, das waren gar nicht Sie. Denn Sie sind ja topfit. Walter, du Arsch. Dir fehlt gar nichts!, Bodo lacht scheppernd. Bodo als Bademeister, Reiß dich zusammen! Ich lache mit ihm, alles ein Missverständnis, ein Missverständnis im Missverständnis, minus plus minus, wie war das doch gleich? Echo meiner Stimme im dunklen Raum, in meinem Kopf, All. Dunkel, dunkel. In der Umarmung des Jungen, diese Stille. Ich liebe ihn. Und er mich. Komme, was wolle. Der Walter schwimmt. Der Walter liebt seinen Jungen, auch wenn das alles nicht. Das war

nicht optimal. Aber okay. Der Junge wird wiederkommen. Bei Gelegenheit bringt er das Hemd zurück. In meinem Kopf scheppert ein Echo: Bodos Lachen, Du Spinner, bist kerngesund!
Aus dieser Art Dunkelheit tauche ich auf. In der Ferne das Grollen, der Donner verstummt. Knöchel, Getröpfel, der Regen bleibt aus. Ich muss noch mal eingeschlafen sein. Ein anderer Schlaf als zuvor. Und als ich das nächste Mal, scheint vor dem Fenster die Sonne. Ein neuer Morgen, reingewaschen von allem, was war. Ich fühle mich gut. Neben dem Bett eine Lache, Brocken von Fleisch, und Geruch. Ein großer Schritt, ich stehe auf. Ich gehe schwimmen. Alles auf Los, ich fange noch mal an. Ich reiße mich zusammen. Ich kippe das Fenster und höre die Vögel zwitschern. Ich recke mich, stehe nackt am Fenster, ich strecke mich, welch ein Gefühl. Wie neugeboren.
Ihren Pferdeschwanz sehe ich zuerst. Ich trete ins Bad, und da ist er. Wie ein Pinselstrich auf ihrem Rücken. Sie steht vor der Wanne, als würde sie auf mich warten. Jetzt ist sie da. Meine Güte, habe ich sie vermisst. Liebe, ein Leuchten, ich will's nicht zerstören. Mit einem schnöden Hallo. Aber hallo. Sie trägt eine rosa Jogginghose. Sie beugt sich über die Wanne, dreht den Wasserhahn auf. Ich höre das Wasser. Die Hose spannt über ihrem Po. Ich sehe an mir hinab, ich sehe. Was ich spüre. Ist echt. Ist hart. Von wegen Graupenrisotto. Ich mache einen Schritt auf sie zu. Will meine Daumen unter den Bund ihrer Hose, die Hose runter und dann oh, Walter, oh.
Ach, Walter, ach.
Meine Daumen, sie fängt sofort an zu schreien. Kaum lan-

den meine Hände auf ihrem Hintern, schreit sie auch schon. Ihr Pferdeschwanz beschreibt einen Kreis, sie fährt herum. Und ich erschrecke, natürlich erschrecke ich, vor diesem, Maul. Dieser Mund, sie reißt ihn auf, weit. Ihr Mund, der sich zur Nase zieht. Der dunkle Ansatz ihres gelblichen Haars. Die Gummihandschuhe. Zu spät, als ich das sehe, ist es. Ich will zurückweichen, bremsen. Ein Missverständnis, versteh doch. Eine Verwechslung. Ich dachte, du wärst meine Frau!

Meine Frau. Die ihr Haar kurz trägt, an deren Kopf schon seit Jahren kein Pferdeschwanz mehr.

Wer glaubt einem nackten Mann. Wer glaubt einem alten Kerl, der noch kann, einem Typ mit solch einer Wahrheit zwischen den Beinen. Der sich auf ein putzendes Mädchen. Auf das putzende, russische, auf das hübsche Mädchen in Jogginghose. Das irgendwie hübsche Mädchen, trotz dieses Munds.

Ich verliere das Gleichgewicht. Ihr Hintern entzieht sich meinen Händen, ich stürze auf sie zu. Sie springt beiseite, ich falle. Ein Schlag, dann wird es dunkel. Ich dachte, ich habe noch zwei Züge.

Als ich zu mir komme, knallt die Stille in meinen Ohren. Ich rolle mich auf den Rücken, betaste die schmerzende Stelle an meiner Stirn. Ich führe die Hand vor die Augen, an meinen Fingern ist Blut.

Hier liege ich nun. Ich weiß, wie das aussieht. Das sieht eindeutig aus. Aber ich kann das erklären.

*Danksagung*

Ich danke Mircea und Masha Dinescu, dem Hessischen Literaturrat, der MacDowell Colony in New Hampshire (USA), dem Künstlerhaus Edenkoben, dem Schriftstellerhaus Stuttgart, der Akademie der Künste in Berlin. Ohne die Kritik und Unterstützung von Leslie Leon, Benny Drechsel, Joy Kristin Kalu, Saskia Trebing, Valentin Tritschler und meiner Lektorin Nadya Hartmann wäre das Buch nicht das geworden, was es heute ist; auch ihnen gilt mein herzlicher Dank.

**Walter Krämer**
**Wie wir uns von falschen Theorien täuschen lassen**

Berlin University Press

**Walter Krämer**
**Wie wir uns von falschen Theorien täuschen lassen**

Erste Auflage im August 2011


*Ausstattung und Umschlag*
Groothuis, Lohfert, Consorten|glcons.de
*Satz und Herstellung*
Dittebrandt Layout&Satz, Baden-Baden
*Schrift*
Borgis Joanna MT
*Druck*
Beltz Druckpartner GmbH Co. KG, Hemsbach
ISBN 978-3-86280-016-2

# Inhalt

**Teil III: Sprechen, Denken und Erkennen**
**– Wege und Umwege zwischen Zunge und Gehirn –**



**Teil IV: Täuschen und Vertuschen**
**– Weltansichten zwischen Schein und Sein –**

## Vorwort

Ich bin mit Leib und Seele Statistiker. Damit kann man auf Partys niemanden beeindrucken, aber der Nutzen für das Leben ist gewaltig. Man lernt z. B. die Dinge so zu sehen, wie sie sind, nicht, wie wir sie gerne hätten. Das bewahrt vor vielen unangenehmen Enttäuschungen und Überraschungen, kann aber auch zuweilen sehr ernüchtern. Raucher belasten das Gemeinschaftswesen? Ohne die Raucher und deren frühes Ableben wäre das deutsche Sozialsystem schon lange unbezahlbar. Eine hohe Staatsverschuldung belastet künftige Generationen? Schwachsinn, unsere Kinder erben ja nicht nur unsere Schulden, sie erben auch unser Vermögen. Und das besteht zum großen Teil aus Staatspapieren. Vorsorge ist sinnvoller als heilen? Irrtum. Denn eine Verlagerung unserer Gesundheitsausgaben in Richtung noch mehr Prävention macht unseren Medizinbetrieb langfristig nicht billiger, sondern nur noch teurer. Und so weiter und so fort.

Viele der hier versammelten Texte zu falschen Theorien und gern geglaubten Unwahrheiten aller Art sind schon andernorts erschienen, einige in Zeitungen und Zeitschriften wie *Frankfurter Allgemeine Zeitung*, *SPIEGEL*, *ZEIT*, *WELT* oder der *Neuen Zürcher Zeitung*, die man an jedem Kiosk kaufen kann, andere in Spezialpublikationen, die nur von Fachleuten gelesen werden. Sie gehen aber nicht nur die Spezialisten etwas an. Wieder andere Kapitel basieren auf Vorträgen, die in dieser Form noch nirgends schriftlich festgehalten sind. Der Schwerpunkt liegt dabei auf neueren Dokumenten, aber mit Bedacht habe ich auch den einen oder anderen Text aus den achtziger Jahren ausgewählt. Einmal, weil gewisse Einsichten zeitunabhängig sind, aber auch, um nachzuweisen, wie wenig Wirkung viele öffentliche Debatten dann doch haben. Es hat mich selbst z. B. sehr ernüchtert, dass 30 Jahre, nachdem ich in der Hamburger *Zeit* über das Grunddilemma des modernen Gesundheitswesens geschrieben hatte (siehe „Gesundheit um jeden Preis?"), ein ähnlicher Aufsatz in *Capital* genau die gleichen Reaktionen provozierte: Das ist aber interessant, das hätten wir so nie gedacht. Ganz offensichtlich sind Hunderte, ja Tausende von Meinungsäußerungen deutscher Gesundheitsökonomen zu den wahren Gründen der Kostenexplosion im modernen Gesundheitswesen an der Öffentlichkeit vorbeigegangen.

Mit Absicht habe ich daher für diesen Sammelband die ältere Fassung des damaligen Aufsatzes gewählt; sie zeigt, wie sehr sich die Probleme und Dilemmas damals wie heute gleichen. Mit Euro statt DM und aktuellen Zahlen anstelle einiger veralteter Statistiken ließe sie sich wörtlich auch in der *Zeit* von heute nochmals drucken.

Andere Kapitel gehen der Frage nach, wieso trotz steigenden Wohlstands die Armut in Deutschland nicht verschwinden will, oder warum Schein und Sein zu Studiengebühren, Umwelt, Lebensmittelsicherheit und Gefahren aller Art so weit auseinanderklaffen. Auch hier befreit ein nüchterner Blick auf die Zahlen von vielen Illusionen und falschen Ängsten gleichermaßen. Und natürlich kommt auch das Thema Sprache und Denken nicht zu kurz, das mich in letzter Zeit ganz intensiv beschäftigt. Denn was heute mit der deutschen Sprache geschieht, speziell das modische Vermanschen des Deutschen mit dem Englischen zu einem Pidgin-Dialekt namens Denglisch, ist mehr als nur ein Pausenthema für Deutschlehrer; es geht weit mehr, als die meisten glauben, auch die Wissenschaft und die Wirtschaft an.

Ich danke meinen vielen akademischen Weggefährten der letzten 30 Jahre für die zahlreichen Debatten und Diskussionen, aus denen meine hier wiedergegebenen Analysen hervorgegangen sind, meinen Mitarbeitern und Studenten an der TU Dortmund für die unermüdlichen Recherchen, ohne die viele meiner Thesen über Spekulationen nicht hinausgekommen wären, und meiner Familie für die Bodenhaftung, die ein Sachbuchautor dringend braucht, um sich nicht in seinen eigenen Lieblingstheorien zu verlieren.

Dortmund, im Sommer 2011 Prof. Dr. Walter Krämer

# Teil I: Leben und Sterben

## – Wege und Irrwege des modernen Medizinbetriebs –

### 1. Ein Bonus für Raucher?

■ *Spiegel*, 17/1983

Vor kurzem durchbrachen die jährlichen Gesundheitsausgaben der Bundesrepublik die Schallmauer von 200 Milliarden Mark, so viel wie noch vor etwa 25 Jahren das gesamte westdeutsche Bruttosozialprodukt. Und wie immer bei derart beunruhigenden Meldungen ist man froh über jeden Sündenbock. „Genusssucht und Zügellosigkeit", so der Vorsitzende des Deutschen Kassenarztverbandes, sollen für einen Großteil dieser astronomischen Gesundheitsausgaben verantwortlich sein. „Ihre volle Dramatik erhält die Kostenlawine der modernen Medizin erst durch die Tatsache, dass mindestens die Mehrzahl aller Krankheitsfälle auf ein gesundheitsschädigendes Verhalten des Erkrankten zurückzuführen ist", urteilt auch Hans Schaefer, einer der scharfsinnigsten Kritiker des bundesdeutschen Medizinbetriebs, und mit ihm nahezu das gesamte gesundheitspolitische Establishment.

„Richtige Lebensweise, verantwortungsbewusste Lebensführung und Einhaltung natürlicher Ordnungen würden mit einem Schlag die Situation im Gesundheitswesen grundlegend ändern und die Kosten auf ein erträgliches Maß absenken", meinte Joachim Illies im *Rheinischen Merkur*, und in logischer

Fortführung dieses Gedankens fordert der Deutsche Kassenarztverband, dass Raucher oder Patienten, die häufig Alkohol trinken, einen Risikozuschlag zu den ärztlichen Behandlungskosten zahlen sollen.

Auch falsche Ernährungsgewohnheiten, die „Selbstverstümmelung mit Messer und Gabel", sollen künftig nach den Vorstellungen vieler Ökonomen, Mediziner und Gesundheitspolitiker den Verursacher dort treffen, wo es ihn am meisten schmerzt, an seinem eigenen Geldbeutel. „Wenn Leute für 30 Kilogramm Übergewicht einen doppelten Krankenversicherungsbeitrag bezahlen müssten, verschwände das Übergewicht unserer Bevölkerung ungewöhnlich schnell", glaubt Ökonomie-Professor Frank Münnich, ein Kenner und Kritiker der gesundheitspolitischen Szene in der Bundesrepublik.

Das alles klingt sehr einleuchtend und ist trotzdem falsch. Vorbeugen statt Heilen, wie sinnvoll diese Kehrtwendung für gesundes und langes Leben auch sein mag – sie wird die Kostenexplosion im bundesdeutschen Gesundheitswesen unter den gegenwärtigen Rahmenbedingungen nicht bremsen können.

Ohne den lebensverlängernden Wert präventiver Gesundheitsmaßnahmen zu bestreiten oder gar herabsetzen zu wollen – mehr als die Hälfte der Leser dieser Zeilen wären ohne moderne Schutzimpfungen und sanitäre Einrichtungen nicht mehr am Leben –, sind doch eine Reihe von Zweifeln an den angeblich kostendämpfenden Wirkungen einer verstärkten Vorbeugemedizin angebracht.

Glauben denn Nikotingegner im Ernst, dass Nichtraucher ewig leben? Oder wird man etwa durch regelmäßigen Sport, vernünftige Essgewohnheiten und Verzicht auf Alkohol unsterblich? Natürlich nicht, und nur wenige Sportler, Anti-Alkoholiker und Nichtraucher sterben, wenn auch mitunter später als andere, ohne vorher krank und behandlungsbedürftig und damit für die Krankenversicherung eine Quelle von Kosten zu sein.

Nach einer neueren statistischen Untersuchung sterben in den USA jährlich etwa 600 000 Menschen eines vermeidbaren Todes (400 000 durch Herz- und Gefäßkrankheiten, 100 000 durch Krebs, 50 000 durch Unfälle, 25 000 durch Diabetes). Was wäre die Folge, wenn die Ursachen dieser Todesfälle, Rauchen, übermäßiges Essen und Trinken, Drogenmissbrauch und Umweltschäden, vollständig beseitigt würden? Diese Menschen müssten auch weiterhin sterben, wenn auch später, teils an den gleichen, teils an „billigeren", teils aber auch an erheblich „teureren" Krankheiten, mit einem nicht notwendig positiven Kosten-Nettoeffekt. „Es ist keineswegs sicher, dass die Verhütung der heute wichtigsten Krankheits- und Todesursachen auch die Kosten der Gesundheit senken kann", stellen die Autoren dieser Studie in der Wissenschaftszeitschrift *Science* fest.

Nach einer Untersuchung des Harvard-Demographen Konrad Täuber würde sogar die vollständige Ausrottung der Menschheitsgeißel Krebs keinen kostensenkenden Effekt haben, sondern nur zu einer geringfügigen Erhöhung der mittleren Lebenserwartung führen: „Alles in allem sieht es nicht so aus, als ob die Kosten der Gesundheit durch die Elimination von Krebs gesenkt werden könnten."

Herkömmliche Kosten-Nutzen-Analysen lassen stets einen ganz wesentlichen Kostenfaktor vorbeugender Gesundheitsmaßnahmen außer Acht. Das sind die Kosten derjenigen Krankheiten, die man sich nur deswegen zuziehen kann, weil man nicht an der ersten Krankheit gestorben ist. Das Musterbeispiel einer derartigen Milchmädchenrechnung wurde kürzlich im *Deutschen Ärzteblatt* aufgemacht. Danach sind Kreislauf-Präventivkuren zur Verhinderung von Herzinfarkt als kostendämpfend anzusehen, mit dem folgenden Argument: Für einen 45-jährigen, leicht übergewichtigen Mann, der täglich 20 Zigaretten raucht und mäßig erhöhten Blutdruck hat, beträgt das Risiko eines Herzinfarkts 32 Prozent, d. h. von 100 Männern dieser Gefährdungsstufe erleiden im Durchschnitt 32 innerhalb der nächsten sechs Jahre einen Herzinfarkt.

Dieses Risiko, so rechnen die Autoren der Studie, sinkt nach einer Präventivkur auf etwa 4 Prozent. Bei 3.000 DM Kosten pro Kur und 24.000 DM Kosten pro Herzinfarkt ergibt das bei 100 Kurteilnehmern Gesamtkosten von 300.000 DM, dem ein durch 29 verhütete Herzinfarkte gewonnener Nutzen von 696.000 DM gegenübersteht. Also auf zur Kur, sollte man meinen.

Leider ist Kostendämpfung im Gesundheitswesen so einfach nicht zu haben. Der Rückgang des Infarktrisikos gilt nur für die ersten sechs Jahre nach der Kur. Und dann tritt trotzdem irgendwann ein Herzinfarkt auf, oder der Mann erleidet einen Schlaganfall oder erkrankt an Krebs.

Sterben muss jeder, ganz gleich, wie viele Präventivkuren er macht. Von den 714.000 Toten in der Bundesrepublik im Jahr 1980 starben nur 6.500 an Altersschwäche, aber 148.000 an Krebs und 359.000 an Krankheiten des Kreislaufsystems, und daran wird sich auch durch noch so massive Vorbeugungskampagnen nichts ändern.

Sicher gibt es auch Präventivmaßnahmen, die von einem veterinärmedizinischen Standpunkt (der mit Kosten-Nutzen-Argumenten implizit immer eingenommen wird) lohnend erscheinen, etwa in der Zahnmedizin. Und selbst dort muss man nach der Kostenersparnis fragen, wenn ein Patient seine mehrere Tausend DM teure Zahnprothese mit 70 statt mit 50 bekommt.

Von wenigen Ausnahmen abgesehen, sind verstärkte Vorbeugungsaufwendungen aber – so wertvoll sie für die Gesundheit des Betroffenen sein mögen – die schlechteste Kostenbremse für unser Gesundheitswesen, die man sich denken kann. Wie gesund man auch lebt, krank werden und sterben müssen wir trotzdem, und häufig wird eine gegebene Behandlung immer teurer, je später im Leben man sie braucht. Stirbt man nicht an Krebs A, dann an Krebs B, und ein durch regelmäßige Blutdruckkontrolle abgewendeter Schlaganfall macht oft nur Platz für eine hundertmal teurere Herzoperation.

Die Behandlung von Lungenkrebs ist nicht nur in der Regel vergeblich, sondern auch erheblich billiger als viele andere sonst nötige Therapien, die durch den Tod des Patienten entfallen und damit auch keine Kosten verursachen können. Sollten daher Raucher auf diese Weise zur Entlastung unseres Gesundheitsbudgets beitragen, eine nach jüngeren statistischen Untersuchungen nicht von der Hand zu weisende Möglichkeit, stünde ihnen bei den von Ärzten und Gesundheitspolitikern so oft geforderten „risikogerechten Krankenkassenbeiträgen" sogar eine Ermäßigung statt eine Erhöhung ihres Beitrags zu.

## 2. Gesundheit um jeden Preis?

■ *Die Zeit*, 27. Juni 1980

In der satirischen Zeitschrift *Pardon* war vor einigen Jahren die folgende, Lebensstil und Umwelt künftiger Generationen überspitzt vorwegnehmende Karikatur zu sehen: Inmitten und gleichsam erdrückt von prächtigen Apotheken, Kliniken und Krankenhäusern sinniert ein Clochard wehmütig vor seiner Wellblechhütte: „Das waren noch Zeiten, als man sich außer der Krankenkasse noch etwas anderes leisten konnte."

In der Tat scheinen solche Zeiten nicht mehr fern. So wurden etwa im Jahr 1961 nur 4,5 Prozent aller in der Bundesrepublik Deutschland produzierten Güter und Dienstleistungen (Bruttosozialprodukt) im Dienste der Gesundheit produziert, 1975 wurden daraus bereits 9,4 Prozent, und setzt man etwa den Trend der sechziger Jahre unverändert in die Zukunft fort, so wird genau im Jahr 2065 das gesamte bundesdeutsche Bruttosozialprodukt durch Gesundheitsausgaben ausgeschöpft. Mit leicht abweichenden „Einholdaten" gilt das Gleiche für die übrigen Industrienationen Westeuropas und die USA. Statt Privatautos werden dann Rettungshubschrauber, anstelle von Eigenheimen Krankenhäuser hergestellt. Niemand läuft weiter als 100 Meter bis zur nächsten Apotheke, und einen Herzchirurgen findet man leichter als einen Friseur. Bei einem Verkehrsunfall darf man mit dem unverzüglichen Einfliegen eines voll ausgerüsteten Notarztteams rechnen, aber zu essen gibt es nur noch Erbsensuppe.

Natürlich ist solches Argumentieren, für sich allein genommen, Bauernfängerei und unseriös. Auch die prozentualen Beiträge anderer Branchen zum Sozialprodukt ändern sich im Zeitablauf, ohne dass dies Grund zur Besorgnis gibt. Ohne Zweifel geht auch ein gewisser Teil des vergangenen überproportionalen Wachstums der Gesundheitsausgaben auf die Wünsche der Menschen zurück: Mit steigendem Einkommen werden verhältnismäßig mehr zusätzliche Gesundheitsgüter nachgefragt (im Fachjargon der Wirtschaftswissenschaft ist Gesundheit ein „Luxusgut"). Ebenso trägt der steigende Anteil älterer Jahrgänge an der Bevölkerung und die hohe Arbeitsintensität im Gesundheitswesen auf natürliche Weise zur Aufblähung des Ausgabenvolumens bei.

Trotzdem enthält die Karikatur in Pardon einen wahren Kern. Das tatsächliche Wachstum der Gesundheitsausgaben zeichnet sich durch eine Tendenz zur Überschreitung jeder wie immer aus den Wertvorstellungen der Gesellschaft abgeleiteten optimalen Quote aus. Es gibt keine im Gesundheitswesen eingebaute Bremse, die das Ausgabenwachstum bei Erreichen des sozialen Optimums stoppt.

Der viel gebrauchte Ausdruck Kostenexplosion deutet zunächst auf überdurchschnittliche Preissteigerungen hin. Doch das täuscht. Die „Kostenexplosion" im Gesundheitswesen ist in erster Linie ein reales, kein monetäres Phänomen, ein Mengen- und kein Preisproblem. Nicht bestimmte Leistungen werden teurer, sondern der mengenmäßige Behandlungsaufwand bei gegebenen Gesundheitsstörungen steigert sich. Die Preissteigerungen für bestimmte Arzneimittel oder ärztliche Leistungen nehmen sich im Vergleich zum allgemeinen Lebenshaltungskostenindex eher bescheiden aus. Dagegen nimmt der quantitative Aufwand zur Behandlung der Beschwerden mitunter geradezu dramatisch zu. Lebensbedrohende Organschäden nahm man früher als Schicksal hin – heute wird transplantiert. Bei einfachen, unkomplizierten Blinddarmentzündungen stieg die Zahl der durchschnittlich vorgenommenen Labortests von fünf im Jahr 1951 auf 30 im Jahr 1970, und bei einer Entbindung ist das Verhältnis 14:5. Früher ließ man eine Erkältung über sich ergehen, heute verdient die Pharmazie. Die Preisindices für Waren zur Gesundheitspflege – ein Teilindex des Gesamt-Lebenshaltungskostenindex –, für pharmazeutische Erzeugnisse im Groß- und Einzelhandel oder der Index der Erzeugerpreise pharmazeutischer

Produkte stiegen in der ersten Hälfte der siebziger Jahre sämtlich langsamer als der Preisindex für die Lebenshaltung (27 Prozent). Trotzdem nahm im gleichen Zeitraum der Umsatz der Apotheken um mehr als 60 Prozent zu. Damit geht das Ausgabenwachstum bei Arzneimitteln vor allem auf die Mengen- und nicht auf die Preiskomponente zurück. Auf die gleiche Weise wird man bei näherem Hinsehen bei der Mehrzahl aller heute behandelbaren Krankheiten und Verletzungen feststellen, dass weniger die Preise, sondern vielmehr die Mengen der erbrachten und verbrauchten Güter und Dienstleistungen überproportional gestiegen sind.

Fragt man bei den Betroffenen – Ärzte, Gesundheitspolitiker, Pharmaindustrie – nach den Gründen dieser Entwicklung, erhält man abweichende Antworten. Die richtige ist selten dabei. Weder überflüssiger Behandlungsaufwand seitens der Ärzte oder monopolistische Praktiken der Pharmaindustrie noch schlampige Betriebsführung im Krankenhaus oder Anspruchsdenken der Versicherten haben die Kostenlawine im Gesundheitswesen in erster Linie ausgelöst, obwohl solches Fehlverhalten durch das derzeitige unselige System geradezu provoziert wird. Die beängstigende Ausweitung des Gesamtaufwands hat einen anderen und tiefer liegenden Grund. Sie wäre im gegenwärtigen System auch dann unausweichlich, wenn jeder Beteiligte, Arzt und Patient, nur das Nötige verlangt oder tut. Der wahre Grund ist das atemberaubende Wachstum dessen, was nach dem Stand der medizinischen Wissenschaft heute „nötig" ist. Als Herzverpflanzungen technisch noch nicht möglich waren, bestand auch kein „Bedarf" danach. Gleiches gilt für die weniger spektakuläre, aber ebenso aufwendige Herz-Koronar-Chirurgie, Verpflanzungen anderer Organe, die mittlerweile altehrwürdige Röntgentechnik, oder auch die jüngst so ins Gerede gekommene Computertomographie. Das Antidiabetikum Euglucon, umsatzstärkstes Arzneimittel auf dem deutschen Markt und neunmal teurer als Gold, befriedigt erst seit seiner Markteinführurig 1969 den danach bestehenden „Bedarf", ebenso wie die übrigen vorzugsweise in den letzten Jahrzehnten entwickelten Produkte der Pharmaindustrie. Die riesige und immer schneller wachsende Palette an Diagnose- und Heilverfahren zusammen mit allen übrigen Fortschritten der medizinischen Wissenschaft hat zu einer Explosion des medizinisch Machbaren und damit des „Bedarfs" geführt.

Nicht umsonst wird hier das Wort „Bedarf" in Anführungszeichen gesetzt. Wohl kaum ein Wort der deutschen Sprache wird ausdauernder missbraucht, entbehrt so sehr eines allgemein anerkannten Sinngehalts und ist daher als Leerformel so vorzüglich zum Auffüllen mit einer· gerade genehm erscheinenden Bedeutung zu gebrauchen wie dieses Wort „Bedarf". Hier wird die folgende Begriffsbestimmung gebraucht: „Bedarf" an zusätzlichen Mitteln (Produktionsfaktoren) im Gesundheitssektor einer Volkswirtschaft liegt immer dann vor, wenn dieser zusätzliche Mitteleinsatz noch einen Nutzen hat, also Leben rettet, Krankheiten verkürzt und allgemein der Gesundheit dient (in der Fachsprache der Wirtschaftswissenschaft: bei positiver Grenzproduktivität). Und der so definierte Bedarf an Gesundheitsgütern wächst seit geraumer Zeit schneller als das Sozialprodukt, und er wird das auch in Zukunft tun.

Dass dieser Bedarfsexplosion eine Ausgabenexplosion auf dem Fuß folgte, hat mehrere Gründe. Einmal in den Heilberufen, etwa durch das 1948 vom Weltärzteverbund in Genf verabschiedete Ärztegelöbnis (Hippokrates-Eid), das den Einsatz aller verfügbaren Mittel zum Wohl des Patienten zur Pflicht gemacht hat. Noch wichtiger: Mit zunehmender Verbreitung der Krankenversicherung sind die dem einzelnen Arzt zur Verfügung stehenden Mittel nicht mehr durch die Finanzen des jeweiligen Patienten begrenzt. Man stelle sich etwa den Boom der Gerichtskosten vor, wenn für jeden Bundesbürger eine Rechtsschutzversicherung obligatorisch wäre.

Natürlich ist die mit der Krankenversicherung einhergehende gleichmäßigere Verteilung der Gesundheitsgüter durchaus sozial erwünscht. Nach einer von vielen Gesundheitsökonomen geteilten Wertvorstellung (Recht auf Gesundheit) hat bei der Verteilung der Segnungen der modernen Medizin der Markt nur ein bedingtes Recht. Das Problem einer möglichst gleichmäßigen (gerechten) Verteilung eines gegebenen Gesamtvolumens hat aber mit der dringenden Notwendigkeit der Beschränkung dieses Gesamtvolumens nichts zu tun. An dieser Beschränkung des gesamten Gesundheitsbudgets führt kein Weg vorbei, es sei denn, man lebt gern in einer Wellblechhütte neben einem Klinikpalast. Das sogenannte Kostendämpfungsgesetz von 1977 war ein erster und wichtiger Schritt dahin. Jedoch werden davon nur der ambulante Sektor und die Arzneimittelversorgung erfasst, während sich der Aufwand in der stationären Behandlung auch weiterhin am „Bedarf" orientiert. Dringend erforderlich ist daher ein deutliches Wort von politischer Seite, dass in Zukunft auch im Krankenhaus nicht mehr alles nach dem Stand der Medizin mögliche auch ohne weiteres machbar ist.

Wer glaubt, dies sei durch die Wünsche der Menschen nicht gedeckt, mache folgendes Gedankenexperiment. Angenommen, es gäbe einen Impfstoff gegen Krebs, der 100.000 DM pro jährlicher Injektion kostete, und es würden zwei Strategien zur Wahl gestellt: (a) die Gesamtbevölkerung wird jedes Jahr geimpft, und der Krankenkassenbeitrag steigt auf 80 Prozent vom Lohn (damit bliebe dem Durchschnittsverdiener kein Auto, kein Farbfernseher und kein Urlaub mehr) oder (b) niemand wird geimpft und die Gefahr eines frühzeitigen Krebstodes bleibt, wie sie ist. Vermutlich wird eine Mehrheit dieses Risiko zusammen mit einem angenehmen Leben einem sonst kärglichen Dasein vorziehen. Sterben muss man ohnehin. Wie sonst könnten Ärzte Raucher sein? Eine Begrenzung des Gesundheitsbudgets vor Erreichen der Bedarfsgrenze (bei positiver Grenzproduktivität) bedeutet also Verzicht auf medizinisch machbare und erfolgversprechende Heil- oder Vorbeugeverfahren. Diese Tatsache ist durch nichts hinwegzudiskutieren. Jedes Beschränken der Mittel bei noch positiver Grenzproduktivität nimmt notwendigerweise ein unbestimmtes Maß von ansonsten vermeidbarem menschlichem Leid und Schmerz und auch Tod in Kauf. Ein an Stelle eines herzchirurgischen Zentrums gebauter Kindergarten, eine eingesparte künstliche Niere, ein unterbesetzter Notarztdienst kommen ohne Zweifel für zahlreiche Menschen einem Todesurteil gleich.

Das Gleiche gilt aber auch für eine aus Kostengründen in der Nacht nicht beleuchtete Straßenkreuzung, ein ungenügend ausgebautes Flugsicherungssystem, eine wegen eines Sportstadiums nicht gebaute Kläranlage und eine Vielzahl anderer Beispiele, in denen eine speziell gewählte Verwendungsart knapper Mittel über Gesundheit und Leben von Menschen bestimmt. Daraus folgt, dass die Existenz von Bedarf allein noch kein hinreichender (wohl aber notwendiger) Grund für die Inanspruchnahme knapper Mittel ist. Über das Feststellen eines objektiven Bedarfs hinaus ist immer auch ein Bewerten alternativer Verwendungsarten gefragt. Für einen Bildungspolitiker etwa ist das nicht neu, und auch jeder Normalbürger ist im Prinzip in der gleichen Lage, wenn er zwischen einer Urlaubsreise und einem Farbfernseher wählt.

Es bleibt die Frage, wie die dann auch im Gesundheitswesen knapp gewordenen Mittel auf die „Bedürftigen" zu verteilen sind. Dies scheint in der Tat eines der drängendsten auf die Gesundheitspolitik zukommenden Probleme zu sein, sowohl, was die Aufteilung des Gesamtbudgets auf einzelne Teilsektoren, als auch, was die Verteilung der dort produzierten Güter und Dienstleistungen auf die Patienten betrifft. Die Rückkehr zu marktwirtschaftlichen Lösungen (Zuteilung nach Zahlungsfähigkeit) scheint im letzten Fall dabei allein schon deshalb ausgeschlossen, weil zahlreiche Spitzenleistungen der modernen Medizin bereits heute auch für Wohlhabende nicht mehr erschwinglich sind. Keinesfalls erforderlich ist weiterhin, und das sei hier aus gutem Grund betont, ein Ausrichten des Behandlungsaufwands am ökonomischen Wert des zu rettenden Lebens. Dies wäre in der Tat Veterinärmedizin. Zwar wird bei Staatsoberhäuptern, Päpsten und Regierungschefs, allgemein bei Persönlichkeiten des öffentlichen Lebens ein bei gewöhnlichen Sterblichen unüblicher Aufwand toleriert, aber eine Vorzugsbehandlung von Facharbeitern etwa verglichen mit Rentnern, rein aus ökonomischen Gründen, ist inhuman.

Als möglicher Ausweg bietet sich etwa die Rationierung knapper Gesundheitsgüter nach der Reihenfolge der Kontaktaufnahme mit dem Gesundheitssystem (wer zuerst kommt, mahlt zuerst) oder einer von den Heilberufen vorgenommenen Einschätzung des Grades der ‚Bedürftigkeit' an. Bereits heute scheint eine Mischung aus diesen Prinzipien, wenn auch noch als Ausnahme, die Verteilung knapper Mittel etwa in der Herzchirurgie zu bestimmen. Der medizinische Fortschritt wird diese Kluft zwischen dem medizinisch Möglichen und dem nach den Wertvorstellungen der Gemeinschaft Finanzierbaren in Zukunft eher breiter machen. Damit zieht zunehmend auch im Gesundheitswesen die Knappheit ein. Für eine Versachlichung der gesundheitspolitischen Diskussion wäre viel gewonnen, wenn alle Betroffenen der Tatsache ins Auge sähen, dass dies keine vorübergehende Engpass-Situation, sondern ein unumgänglicher Dauerzustand ist.

## 3. Zum Begriff des „Bedarfs“ in der Gesundheits- und Sozialpolitik

■ *Sozialer Fortschritt* 6/1981

Der Mensch braucht 1200 Kalorien pro Tag, Luft, Bewegung, Vitamin C und eine gute Erziehung. Ein Auto braucht Benzin. Die Bundesrepublik Deutschland braucht Facharbeiter, eine aktive Handelsbilanz und Erdöl. Ferner bedarf unser Gemeinwesen zusätzlicher Lehrstellen und weiterer Mittel für die Herzchirurgie. Offenbar lässt sich diese Liste ohne Mühe verlängern. Kaum ein Tag vergeht, ohne dass in den Massenmedien ein neuer „Bedarf“ das Licht der Welt erblickt. Man darf ohne Übertreibung feststellen, dass dieser Begriff zu den am meisten gebrauchten der deutschen Sprache gehört.

Umso bedenklicher ist es, dass keine Einigkeit über die Bedeutung dieses Wortes besteht. Zwar ist in der Regel und im konkreten Einzelfall mit dem Wort „Bedarf“ ein bestimmter Inhalt verknüpft; dieser ist aber nicht in allen Fällen gleich. Die gemeinte Bedeutung hängt vielmehr vom gesellschafts- und sozialpolitischen Standpunkt des Betrachters ab. So sind mit großer Wahrscheinlichkeit verschiedene Dinge gemeint, wenn ein Vertreter der Gewerkschaften oder ein Ärztefunktionär vom zukünftigen Bedarf an Ärzten spricht. Gleiches gilt, mit jeweils anderer Rollenbesetzung, für den Bedarf an Lehrern, Gastarbeitern, Verteidigungsausgaben, Geburten, Sozialleistungen, Kernkraftwerken und eine Anzahl anderer Dinge mehr. Man hat auch schon von einem „Bedarf an Abtreibungen“ gehört.

Vielfach sind die Abweichungen bei der Definition dieses zentralen Begriffs den Beteiligten überhaupt nicht oder nur vage bewusst. Die Folge sind unnötiges Aneinandervorbeireden und vermeidbare Reibungsverluste in der sozialpolitischen Diskussion. Der vorliegende Beitrag hat daher eine Klärung dieser Begriffsverwirrung zum Ziel; er stellt zum einen gebräuchliche Verwendungsarten des Begriffs „Bedarf“ einander gegenüber. Beispiele sind vor allem aus dem Gesundheitssektor entlehnt. Hier scheinen die Fronten am starrsten und die Missverständnisse am folgenreichsten zu sein. Darüber hinaus mögen die folgenden Zeilen vielleicht auch in anderen Bereichen der Sozialpolitik zu einer Versachlichung der Diskussion beitragen.

## Bedarf und Nachfrage

Eine erste Quelle der Verwirrung ist die häufige Gleichsetzung von Bedarf mit dem in den Wirtschaftswissenschaften verwendeten Nachfragebegriff. Nachfrage setzt Bereitschaft und Fähigkeit zum Tausch voraus. Nachfrage nach Wohnraum, Bildung und Gesundheitsgütern besteht nur in dem Umfang, wie Individuen dafür alternative Verwendungsarten ihres Einkommens aufzugeben bereit und in der Lage sind. Sie ist dem Einzelnen nicht von außen vorgegeben wie Körpergröße und Gewicht, sondern variiert mit Einkommen und Preisen und hängt von je nach Person verschiedenen Wertvorstellungen und Rangordnungen ab. Demgegenüber wird Bedarf, unabhängig von den im Weiteren vorgestellten konkreten Begriffsbestimmungen, meistens mehr im Sinn von Körpergröße und Gewicht interpretiert. Er ist dem Individuum von außen aufgeprägt. Der Bedarf an Insulinspritzen und Nachhilfestunden in Mathematik mag zwar je nach Person verschieden sein, hängt aber nicht von den Wertvorstellungen der Betroffenen ab. Er ist vorhanden oder nicht, unabhängig davon, was der Einzelne darüber denkt. Bedarf wird damit oft als notwendige, aber nicht hinreichende Bedingung für Nachfrage angesehen. Nicht jeder Bedarf löst Nachfrage aus. Auf der anderen Seite mag aber auch bei fehlendem Bedarf eine Nachfrage bestehen. Höchst selten wird etwa die Existenz eines Bedarfs an Pornoliteratur und Spirituosen anerkannt. Ebenso schwerlich wird man leugnen können, dass nach beiden eine nicht unbeträchtliche Nachfrage besteht. Dieser Sachverhalt hat vielfach zu einer gefühlsmäßigen Abwertung von Nachfrage und einer entsprechenden Aufwertung des Begriffs Bedarf geführt. Die marxistische Forderung „Jeder nach seinen Fähigkeiten, jedem nach seinem Bedarf“ drückt Bedarf zugleich als eine mit Anspruch auf Befriedigung verknüpfte Sache aus. Wenn aber auch die alte und neue Linke zuweilen glaubt, sie kenne die wahren Bedürfnisse, so hat weder diese noch irgendeine andere weltanschauliche Gruppierung bislang eine Einigung erreicht, was darunter eigentlich zu verstehen ist.

## Bedarf als positiver Begriff

Boulding hat, bezogen auf das Gesundheitswesen, die folgende Definition vorgeschlagen: Der Bedarf an ärztlichen Leistungen, Medikamenten und Gesundheitsgütern aller Art ist durch die zur Aufrechterhaltung des gesundheitlichen Status quo notwendige Menge bestimmt; er nennt das „homöostatischen Bedarf“. Ein Automobil braucht zum reibungslosen Funktionieren in gewissen Abständen neue Zündkerzen und einen Ölwechsel. In genau dem gleichen Sinn braucht der Mensch Kalorien und Vitamine und ein Zuckerkranker Insulin. Ebenso ist der Bedarf an Blinddarmoperationen, Zahnersatz und Pharmaerzeugnissen durch die Aufrechterhaltung der körperlichen Funktionstüchtigkeit der Mitglieder der Gesellschaft als notwendige Menge festgelegt. Damit scheint eine eindeutige und in der gesundheitspolitischen Praxis verwertbare Definition von Bedarf gefunden zu sein.

Leider wirft diese Begriffsbestimmung jedoch eine ganze Reihe von Problemen auf. Da ist zunächst das Phänomen des Alterns. Wie ein Ölwechsel bei einem verschlissenen Automotor, können noch so viele Gesundheitsgüter ein gleichbleibendes Funktionieren des menschlichen Körpers nicht langfristig sicherstellen. Sodann das Feld der präventiven Medizin. Wie soll man etwa den homöostatischen Bedarf an Grippeschutzimpfungen bestimmen? Schließlich das Problem der Verallgemeinerung auf andere Bereiche der Sozialpolitik. So ist Bouldings Vorschlag offensichtlich zur Bestimmung des Bedarfs an Schulen und Lehrern nicht anwendbar. Hier ist gerade die Veränderung und in keiner Weise die Beibehaltung des bildungsmäßigen Status quo das Ziel aller Anstrengungen.

Eine zweite operationale Definition von Bedarf orientiert sich an den wirtschaftstheoretischen Begriffen „Grenznutzen" und „Grenzproduktivität". Dies scheint zugleich die am häufigsten, wenn auch mehr oder weniger unbewusst, in sozialpolitischen Diskussionen zugrunde gelegte Begriffsbestimmung zu sein. Danach ist der Bedarf an künstlichen Nieren so lange ungedeckt, wie das letzte eingesetzte Gerät noch einen Nutzen bringt. Analog wird der Bedarf an Medikamenten und anderen medizinisch-technischen Apparaten bestimmt, und in gleicher Weise ist damit auch in anderen Bereichen der Sozialpolitik jedweder Bedarf an Mitteln objektiv und unzweideutig festgelegt.

Vor allem im Gesundheitswesen scheint der so formulierte Bedarfsbegriff das Handeln der Verantwortlichen zu bestimmen, Schwierigkeiten bei der Anwendung dieser Definition ergeben sich vor allem aus möglichen Meinungsverschiedenheiten bei der Feststellung, ob der Einsatz zusätzlicher Mittel in einem konkreten Fall noch einen positiven Nutzen bringt oder nicht. Dies wird auf eklatante Weise durch die gegenwärtige Diskussion zum Für und Wider einer möglichen „Ärzteschwemme" deutlich. Um ihr Einkommen besorgte etablierte Ärzte versuchen, den Zufluss neuer Kollegen mit dem Argument zu bremsen, dass ein weiteres Wachstum der Ärztezahl die Qualität der medizinischen Versorgung gefährde. Mit anderen Worten: Zusätzlichen Ärzten wird eine negative Grenzproduktivität unterstellt. Der Scheincharakter dieses Arguments liegt jedoch offen zutage und zeigt lediglich, dass man eine Bedarfsbestimmung grundsätzlich nicht interessierten Parteien überlassen darf.

Als letzter Versuch einer objektiven Begriffsbestimmung sei der sogenannte „komparative Bedarf" erwähnt. Nach dieser Definition hat ein Individuum oder ein Teil der Gesellschaft so lange Bedarf, wie es einem anderen Individuum oder Teil der Gesellschaft besser geht. Auf dem Gesundheitssektor mag das etwa bedeuten: Ist die Arztdichte in Rheinhessen niedriger als im Bundesdurchschnitt, so besteht in dieser Region ein Ärztebedarf. Analog kann man den Bedarf an Lehrern und Wohnungen bestimmen. Bei Einzelpersonen wird ein auf derartigen Überlegungen gründender Bedarfsbegriff vor allem bei der Festlegung von Armutsgrenzen und Existenzminima verwendet. Nicht mehr ein absoluter Maßstab, sondern der Blick auf den Nachbarn bestimmt, ob man „bedürftig" ist.

## Bedarf als normativer Begriff

Ein von dem oben genannten verschiedener Bedarfsbegriff leitet sich aus persönlichen und gesellschaftlichen Wertvorstellungen ab. Nicht die Welt, wie sie ist, sondern die Welt, wie sie sein sollte, bestimmt den Bedarf. Womit sich unausweichbar die Frage stellt: Wer bestimmt wessen Bedarf? Wessen Wertvorstellungen geben bei der Formulierung des zu erstrebenden Idealzustands den Ausschlag? Offenbar sind hier je nach religiösem und politischem Weltverständnis fundamental verschiedene Ziele und davon abgeleitete Bedürfnisse denkbar. Ein gläubiger Katholik wird den Bedarf an Missionaren in der Republik Kongo anders einschätzen als ein Atheist, und ein Vegetarier hat im Allgemeinen eine von der vorherrschenden Meinung abweichende Auffassung zum Bedarf an Schweinefleisch. Diese Diskrepanz wird auch dadurch nicht weggewischt, dass einige gesellschaftliche Gruppierungen sich im Besitz der wahren Erkenntnis glauben. Das marxistische „Wir kennen die wahren Bedürfnisse" etwa darf nicht darüber hinwegtäuschen, dass diese vermeintlich wahren Bedürfnisse in keiner Weise objektiv und physikalisch messbar sind.

Zuweilen wird diese Tatsache dadurch verschleiert, dass in einer konkreten Diskussion die Nennung des zugrunde liegenden Optimalzustands unterbleibt. Damit erhält die Bedarfsfeststellung den Charakter einer positiven und nachprüfbaren Behauptung. Die Meldung etwa „In der Bundesrepublik Deutschland fehlen derzeit 500.000 Wohnungen" scheint auf den ersten Blick eine Aussage zu sein wie „Morgen ist der erste April" oder „Hamburg ist größer als München". In Wahrheit ist die erste Behauptung aber in keiner Weise durch Rückgriff auf die Tatsachen nachprüfbar. Sie hängt vielmehr entscheidend von der folgenden Wertvorstellung ab: Jeder bundesdeutschen Familie steht eine eigene Wohnung zu, und jedes Kind soll ein eigenes Zimmer haben. Dies ist eine Wertvorstellung, die der Autor dieser Zeilen durchaus teilt, aber es ist und bleibt eine Wertvorstellung und keine Tatsachenbehauptung. Bei näherem Hinsehen entpuppen sich damit auch die im vorigen Abschnitt vorgestellten vermeintlich positiven Bedarfsdefinitionen als letztendlich an normativen Wertvorstellungen orientiert. Ob homöostatischer, komparativer oder von Grenznutzen abgeleiteter Bedarf, im Hintergrund steht immer ein Werturteil. „Ein Menschenleben hat keinen Preis", „Lernen kann man nie genug" und „Alle Menschen sollen gleich sein" sind Beispiele dafür.

Derartige Auffassungen sind unterschiedlich fest in einer Gesellschaft verankert und akzeptiert. Das eine Ende der Skala nehmen in westlichen Zivilisationen wohl Vorstellungen über den Wert des menschlichen Lebens ein. Am anderen Ende finden sich etwa Ziele wie „Verteidigungsbereitschaft nach außen" und der davon abgeleitete Bedarf an Soldaten und Panzern. Darüber besteht hierzulande und anderswo in keiner Weise Einigkeit. Wie aber die ablehnende Einstellung einiger religiöser Sekten zu lebensrettenden chirurgischen Eingriffen zeigt, wird auch die Vorstellung, dass ein gefährdetes Menschenleben um jeden Preis gerettet werden sollte, durchaus nicht von allen Gemeinschaftsmitgliedern geteilt. Jede Feststellung von Bedarf findet somit unabhängig von der verwendeten Definition in zwei Schritten statt. Am Anfang steht ein Werturteil der Form „A ist erstrebenswert", sodann die Behauptung „A erfordert Maßnahme (Mittel, Medikament) B", und aus beiden Aussagen wird abgeleitet: Es besteht ein Bedarf an B. Der zweite Schritt beinhaltet eine positive Aussage und ist entweder wahr oder falsch. Diese Frage kann grundsätzlich durch Rückgriff auf die Fakten entschieden werden. In der Tat werden im Allgemeinen auch auf dieser Ebene die Meinungen auseinandergehen, und die gegenwärtige Diskussion zum Für und Wider steigender Ärztezahlen legt dafür ein beredtes Zeugnis ab. Auch Diskussionen zu konkurrierenden Therapien und Lehrmethoden auf einer mehr technischen Stufe der Gesundheits- und Bildungspolitik gehören hierher. Allen derartigen Streitfragen ist gemeinsam, dass sie zumindest im Grundsatz lösbar sind.

Das gilt jedoch nicht für Meinungsverschiedenheiten zum ersten Schritt. Hier wird man so lange keine Einigung erreichen, wie die Wertvorstellungen der Menschen verschieden sind.

## Bedarf als Leitfaden der Sozialpolitik

Wann immer eine weltanschauliche, standespolitische, regionale oder sonstige Interessengruppe einen Bedarf irgendwelcher Art anmeldet, verknüpft sie das in der Regel auch mit einem Anspruch auf Befriedigung. Da aber die zugrunde liegenden Normvorstellungen nicht von allen und nicht einmal notwendig von einer Mehrheit der Gemeinschaftsmitglieder geteilt werden, können solche Bedarfsdeckungswünsche allein noch kein Anlass für sozialpolitische Maßnahmen sein. In vielen Fällen ist diese enge Beziehung zwischen Bedarfsmeldung und Eigeninteresse unschwer zu durchschauen, etwa wenn die erstaunte Öffentlichkeit durch den lokalen Schwimmverein vom Bedarf an einem Hallenbad erfährt. Hier wird auch die Verwendung des Begriffs Bedarf eine rationale Abwägung von Kosten und Nutzen wohl kaum verhindern können. Eigentliche Probleme ergeben sich erst, wenn ein wie auch immer abgeleiteter Bedarf auf allgemein geteilten Überzeugungen beruht und seine Deckung daraufhin zum Ziel des öffentlichen und privaten Handelns wird.

Ein Musterbeispiel für die Folgen dieser Einstellung liefert das derzeitige Geschehen auf dem Gesundheitssektor. Hier war lange Zeit und ist zum Teil noch heute Bedarf die Richtschnur der Politik. Zuweilen, etwa von Krankenkassen und im öffentlichen Gesundheitsdienst, werden dabei Varianten des oben vorgestellten homöostatischen oder komparativen Bedarfs zugrunde gelegt. In den weitaus häufigsten Fällen erweist sich Bedarf aber als am Grenznutzen orientiert. Vor allem im Bewusstsein der Öffentlichkeit und der Heilberufe scheint das die implizit und durchweg verwendete Definition zu sein. Bedarf an weiteren Mitteln ist so lange vorhanden, wie dadurch noch Leiden gelindert und Menschenleben gerettet werden können, und dieser Bedarf hat einen unbedingten Anspruch auf Befriedigung. Solange die Möglichkeiten der Medizin beschränkt bleiben, wirft diese Einstellung keine Probleme auf. Als der Computertomograph noch nicht erfunden war, bestand auch kein Bedarf danach. In den vergangenen Jahrzehnten ist jedoch die mit positivem Grenznutzen im Gesundheitswesen verwendbare Menge an Ressourcen erheblich schneller gewachsen als der Rest des Sozialprodukts. „We are now in a position to spend the entire national product on medical tests and procedures", wie das Nachrichtenmagazin *TIME* dazu einen amerikanischen Ärztefunktionär zitiert. Diese Bedarfsexplosion und nichts anderes aber hat im Verein mit dem Bedarfsdeckungsprinzip und der am Grenznutzen orientierten Bedarfsdefinition die viel diskutierte Kostenexplosion im Gesundheitswesen verursacht, und ein Festhalten an dieser Politik erfordert logisch gesehen notwendigerweise und auf lange Sicht einen allgemeinen Krankenkassenbeitragssatz von 100 Prozent des Einkommens. Damit hat aber der Bedarf auch im Gesundheitswesen als Richtschnur ausgedient.

Welche Rolle verbleibt also diesem Begriff noch in der Sozialpolitik? Die Antwort ist offenbar, dass Bedarf in dem zuletzt verwendeten Sinn zwar kein hinreichender, wohl aber ein notwendiger Grund zur Beanspruchung knapper Mittel ist. Die Existenz von Bedarf allein räumt aber noch kein Recht auf auch anderweitig verwendbare Ressourcen ein.

## Zusammenfassung und Konsequenzen

Der nur scheinbar objektive Begriff „Bedarf“ scheint in der sozialpolitischen Diskussion vor allem das bequeme Verschleiern der jeder Bedarfsbestimmung notwendig zugrunde liegenden Wertvorstellungen zu ermöglichen und geradezu herauszufordern. Für eine rationale Sozialpolitik wäre daher viel gewonnen, wenn an die Stelle der mit beliebigen Bedeutungen auffüllbaren Leerformel „Bedarf“ eine ehrliche Offenlegung der zur jeweiligen Bedarfsmeldung führenden Wertvorstellung träte. Das Wort „Bedarf“ selbst aber, ohne klärende Zusätze, sollte aus jeder seriösen sozialpolitischen Diskussion verschwinden.

## 4. Der statistische Wert eines Menschenlebens

■ *Medizin-Mensch-Gesellschaft* 13, 1988, S. 34–41

„Neun Zehntel unseres Glücks
beruhen allein auf der Gesundheit."

Schopenhauer, Aphorismen zur Lebensweisheit

Die meisten Menschen sind mit Schopenhauer einig: Gesundheit ist das höchste Gut. Seit Jahrzehnten liefern Meinungsumfragen nach den Voraussetzungen von irdischem Glück und Zufriedenheit monoton den gleichen Sieger – die eigene Gesundheit. Für die Gesundheit ist nichts zu teuer, für die Gesundheit muss man alles tun, der Gesundheit ist alles unterzuordnen, so fängt das sozialpolitische Credo moderner Wohlstandsbürger an. „Die größte aller Torheiten ist, seine Gesundheit aufzuopfern", meinte schon Schopenhauer, „für was es auch sei, für Erwerb, für Beförderung, für Gelehrsamkeit, für Ruhm, geschweige für Wollust und flüchtige Genüsse. Vielmehr soll man ihr alles nachsetzen".

Trotzdem tun wir im Alltag genau das: Wir riskieren unsere Gesundheit, wir opfern sie auf, um mit Schopenhauer zu sprechen, für Beförderung und Erwerb, weniger für Gelehrsamkeit, oft für Ruhm, und erst recht und mit Begeisterung für Wollust und flüchtige Genüsse. Niemand zwingt uns zum Tiefseetauchen, Drachenfliegen oder Fallschirmspringen oder drängt einem jungen Mann die Karriere eines Formel-I-Piloten auf. Wir essen zu viel (im Durchschnitt 500 Kalorien mehr am Tag als optimal), trinken im Übermaß, nehmen „Wollust und flüchtigen Genüssen" zuliebe Geschlechtskrankheiten und AIDS, wegen einer satten Urlaubsbräune auch Hautkrebs in Kauf oder verursachen durch Leichtsinn Unfälle aller Art. Fettsüchtige stellen drei Viertel aller Bluthochdruckpatienten und erleiden mehr als die Hälfte aller Herzinfarkte in unserem Land, und so mancher Arzt, der eben noch das

Leichentuch über einen Lungenkrebstoten gebreitet hat, steckt sich auf dem Flur die nächste Zigarette an.

Das erscheint auf den ersten Blick nicht gerade konsequent. Wie kann man die Gesundheit zum höchsten Gut erheben und dann so fahrlässig mit ihr umgehen!

Ein Grund ist sicher die ewige menschliche Unzulänglichkeit, gepaart mit vielfältiger Unkenntnis über die Folgen gesundheitsschädlichen Verhaltens. So können wir uns natürlich nur dann vor Giften oder schädlichen Zusätzen in unseren Nahrungsmitteln schützen, wenn wir deren Zusammensetzung kennen, und auch AIDS wäre heute nicht das Schreckgespenst, das es ist, hätte man die Ursachen von Anfang an gekannt. Dennoch erklärt das unser gesundheitsgefährdendes Verhalten nur zum Teil. Viele Menschen würden auch in voller Kenntnis aller Risiken und ohne einer Sucht verfallen zu sein nicht anders handeln. Wo ist der Raucher, der wegen des Aufdrucks „Rauchen gefährdet Ihre Gesundheit“ auf modernen Zigarettenschachteln sein Laster aufgegeben hätte, wo der Gelegenheitstrinker, der sich durch die jährlichen Unfallstatistiken die Freude an seinem Bier verderben lässt? Eher schon wäre ein Rückgang des Nikotinkonsums zu erwarten, könnte man nachweisen, dass Zigaretten dick machen oder Pickel verursachen. Genauso werden die Menschen erst dann aufhören, sich Sommer für Sommer in die Sonne zu legen, nicht wenn Mediziner ihnen versichern, dass sie davon Hautkrebs bekommen, sondern wenn vornehme Blässe wieder zum westlichen Schönheitsideal geworden ist. Ist also unsere Verehrung der Gesundheit nur geheuchelt, während wir in Wahrheit lieber der Eitelkeit, dem Ehrgeiz und anderen Götzen opfern?

Die Antwort ist nein. Ein Sonnenbad in vollem Bewusstsein der Hautkrebsgefahr, ein genussvoller Zug aus der Zigarette sind durchaus mit der Maxime „Gesundheit = höchstes Gut“ unter einen Hut zu bringen, so widersprüchlich das zunächst auch klingt. Das hat weitreichende Konsequenzen für eine rationale, an den Wünschen und Wertvorstellungen der Bürger ausgerichtete Gesundheitspolitik und rechtfertigt einen kleinen Ausflug in die theoretische Nationalökonomie.

## Nutzen und Grenznutzen im Gesundheitswesen

Betrachten wir statt Hautkrebs und Sonnenbräune besser zwei vergleichsweise profane Güter wie Wasser und Kohlenstoff (in der Form von Diamanten). Dieses Beispiel verdanken wir Adam Smith, dem Begründer der modernen Nationalökonomie. Es ist allen Studenten der Wirtschaftswissenschaften aus Lehrbüchern bekannt. Offenbar könnte die Menschheit sehr gut ohne Diamanten, auf keinen Fall aber ohne Wasser glücklich werden, und niemand würde bei der Frage „Wenn einer dieser Stoffe von der Erde verschwinden müsste, welchen könnten Sie entbehren?" mit „Wasser" antworten. Trotzdem ist ein Kilo Diamanten unvergleichlich viel teurer als ein Liter Wasser. Dieser scheinbare Widerspruch erklärt sich daraus, dass die Menge des einen Gutes, die wir für eine Einheit des anderen herzugeben bereit sind, eben nicht von der Wertschätzung abhängt, die wir für die Gesamtmenge des ersten oder zweiten Gutes empfinden.

Wer lieber in marxistischen Kategorien denkt, kann hier auch den Unterschied zwischen Tauschwert und Gebrauchswert eines Gutes betonen. Kein Mensch kann ohne Wasser existieren, und ein Verdurstender in der Wüste gäbe für einen Fingerhut davon gern sein ganzes Vermögen her. Beim zweiten Fingerhut dagegen fängt er vielleicht schon an zu handeln, und ist der erste Durst gelöscht, nimmt die Zahlungsbereitschaft immer weiter ab, bis man das Wasser schließlich auch zum Klospülen benutzt. Der aktuelle Preis von rund einer Mark für einen Kubikmeter, der zurzeit in der Bundesrepublik Deutschland gilt, bedeutet daher nicht, dass jeder Kubikmeter Wasser, den wir in unserem Leben verbrauchen, sei es im Kaffee, als Bestandteil von Spirituosen oder Milch, sei es zum Zähneputzen oder Autowaschen, uns nur eine Mark wert ist. Vor der Frage „Alles oder Nichts" würden wir im Gegenteil erheblich mehr für einen Kubikmeter zahlen (und viel weniger verbrauchen, aber das gehört nicht hierher). Die eine Mark drückt einzig und allein aus, was wir für einen weiteren Kubikmeter Wasser zu zahlen bereit sind, nachdem wir schon eine erkleckliche Anzahl verbraucht haben.

Das klingt wie eine der vielen Haarspaltereien, mit denen Wirtschaftswissenschaftler so gern ihr Publikum vergraulen, ist aber ein ganz zentraler Punkt. Der Preis eines Gutes hängt grundsätzlich eben nicht von seinem Nutzen, sondern von seinem *Grenznutzen* ab. Der Grenznutzen ist der Zuwachs an Bedürfnisbefriedigung, den die zuletzt konsumierte Einheit bewirkt, und dieser Grenznutzen ist nicht konstant, sondern nimmt mit wachsendem Verbrauch monoton immer weiter ab.

Wenden wir jetzt diese Erkenntnis auf das Gesundheitswesen an. Wie Nahrung, Kleidung oder Immobilien ist Gesundheit ein Gut, das verschiedene Menschen in verschiedenem Umfang besitzen. Von kerngesund mit ruhigem Schlaf und geregelter Verdauung reicht die Skala über kleine bis große Beschwerden bis hin zum schlechtestmöglichen Gesundheitszustand, dem Tod. Jeder besitzt daher, solange er lebt, ein gewisses Gesundheitskapital. Dieses wird er in der Regel für keinen Preis der Welt en bloc verkaufen (gegen andere Güter eintauschen), d. h. Gesundheit ist wirklich unser höchstes Gut. Von Selbstmördern und Heiligen abgesehen gibt niemand sein Leben, d. h. 100 Prozent seiner Gesundheit, freiwillig her. Dagegen sind wir durchaus bereit, wenn das Tauschverhältnis stimmt, kleine Portionen davon gegen Geld und andere Güter abzugeben. Nicht wenige Kollegen des Autors dieser Zeilen würden gerne den Rest ihres Lebens hinken oder mit einem Bein herumlaufen, wenn sie dafür den Nobelpreis in Nationalökonomie bekämen. Andere tauschen ihre Bandscheiben gegen einen Olympiasieg, ihren Meniskus gegen die deutsche Fußballmeisterschaft oder ihr Gehör gegen fröhliche Abende in der Diskothek. Aber auch der ehrgeizigste Sportler würde vermutlich auf die Goldmedaille verzichten, wenn er hinterher tot vom Siegertreppchen fiele (und das vorher weiß). Der Grenznutzen von etwas mehr oder weniger Gesundheit ist also durchaus eine endliche und begrenzte Größe, auch wenn die Gesundheit als ganze unbezahlbar bleibt. Je geringer das verbleibende Kapital, desto höher der Preis des jeweils letzten Stücks (wenn wir einmal unterstellen, Gesundheit wäre wie Wasser oder Diamanten in Litern bzw. Pfund zu messen). Einem bettlägerigen Rheumakranken, der nur noch wenig von diesem kostbaren Gut besitzt, ist ein bisschen mehr Gesundheit wichtiger, und er wird dafür mehr zu zahlen bereit sein, als ein sonst gesunder Mensch, den nur ein lästiger Heuschnupfen plagt, wie wir ja auch immer wieder im Alltagsleben beobachten, dass vor allem solche Menschen über Gesundheit reden, die sie in großem Umfang verloren haben (siehe Schopenhauer; sein Lobgesang auf die Gesundheit entstand nicht in der Jugend, sondern erst als er alt und taub geworden war).

Betrachten wir als weiteres Beispiel einen zufällig ausgewählten 40-jährigen Bundesbürger männlichen Geschlechts. Er hat, wenn man dem Statistischen Bundesamt glauben darf, im Durchschnitt noch 33 Jahre und 8 Monate zu leben. Gegen keinen Preis der Welt wird er diesen ganzen Rest an einem Stück verkaufen. Anders verhält es sich dagegen mit dem letzten Monat. Fast alle würden ihn, könnten sie mit dem Teufel oder dem lieben Gott einen Pakt schließen, gegen recht bescheidende irdische Güter hergeben. Wir müssen alle einmal sterben, früher oder später, und ob nach 33 Jahren und acht Monaten oder nach 33 Jahren und 7 Monaten, darüber lässt sich reden (solange noch etwas übrig bleibt). Der zweite Monat wird allerdings schon teurer, und je geringer das verbleibende Kapital, desto höher der Preis. Dieser mit zunehmender

Gesundheit abnehmende (und mit abnehmender Gesundheit zunehmende) Grenznutzen erklärt auch, warum wir oft unser Leben riskieren, aber selten in den sicheren Tod gehen. Jahr für Jahr werden etliche Automobilrennfahrer (genauso wie Bergleute, Schornsteinfeger, Polizisten und viele andere) Opfer ihres Berufs, aber der Nachwuchs reißt dennoch nicht ab.

Angenommen, für einen Automobilrennfahrer beträgt die Wahrscheinlichkeit, bei einem bestimmten Rennen umzukommen, 1 Prozent. Gegen entsprechendes Honorar (das durchaus auch in nichtmonetären Größen wie Ruhm und Publicity oder der Bewunderung der Frauen bestehen kann) nimmt mancher Rennfahrer dieses Risiko gern in Kauf. Wenn dieses Honorar eine Million DM beträgt, bedeutet das aber nicht, dass der gleiche Rennfahrer für 100 Millionen DM ein 100-prozentiges Todesrisiko eingehen würde, also um diesen Preis sein Leben verkauft. Das zweite Risikoprozent lässt er sich vielmehr schon teurer bezahlen, und je höher das Risiko, desto höher der Preis für jedes weitere Prozent. Das letzte Prozent schließlich ist im Allgemeinen für alles Geld der Welt nicht mehr zu haben.

## Menschenleben im individuellen und statistischen Sinn

Dieser fundamentale Unterschied zwischen Nutzen und Grenznutzen hat Anwendungen in den verschiedensten Bereichen des Alltagslebens. Im Gesundheitswesen führt er zur Trennung von individuellen und statistischen Menschenleben, zweier Größen, die unbedingt auseinandergehalten werden müssen, auch wenn viele den Unterschied immer noch nicht erkennen und damit die unvermeidliche Kostendämpfungsdiskussion im Gesundheitswesen mit viel überflüssiger Polemik belasten. Der Unterschied zwischen individuellen und statistischen Menschenleben erklärt und rechtfertigt die scheinbar paradoxe Diskrepanz des Aufwands, den wir für verschiedene

Arten der Lebensrettung betreiben. Zur Rettung einiger weniger eingeschlossener Bergleute werden Mittel mobilisiert, die, in die Verbesserung der Grubensicherheit investiert, zehnmal so viel Kumpels vor dem Tod bewahren würden. Mit den Kosten für den Transport und die anschließende Operation eines auf dem Schulweg verunglückten Kindes könnten unter Umständen 50 zusätzliche Verkehrsampeln installiert und dadurch langfristig nicht ein, sondern fünf, zehn oder noch mehr Kinder vor Unfällen bewahrt werden.

„Ammen können nicht mehr helfen – Der allergiekranke Moritz verträgt auch keine Muttermilch", meldete die *Hannoversche Allgemeine Zeitung* im Mai 1986 als Beispiel für eine spektakuläre und teure moderne Rettungsaktion. Der Säugling litt seit Geburt an einer seltenen Nahrungsmittelallergie, die noch vor wenigen Jahren den sicheren Tod bedeutet hätte. Zunächst mit Muttermilch von hilfsbereiten Frauen aus der Nachbarschaft am Leben erhalten, wurde er, als er diese auch nicht mehr annahm, durch eigens für ihn hergestellte halbsynthetische künstliche Nahrung in der Medizinischen Hochschule Hannover versorgt – mit Erfolg: „Moritz ist wieder zu Hause", erfuhr man drei Monate später, zusammen mit der Meinung der Ärzte, dass die Allergie im Lauf der ersten Lebensjahre von selbst vergehen werde.

Die Kosten der Rettung des kleinen Moritz hätten ausgereicht, um ganze Kinderdörfer in Bangladesh auf Jahre hinaus der Malaria und damit einem fast sicheren Tod zu entreißen. Genauso wären allein mit den Kosten, die ein einziger Blutkranker pro Jahr verursachen kann, auch hierzulande Tausende anderer Menschenleben zu retten, sei es durch eine Umleitung der Mittel in den Umweltschutz oder in die Verkehrssicherheit oder für so profane Dinge wie kippsichere Bürosessel oder nichtbrennbare Gardinen (denn durch Unfälle zu Hause und am Arbeitsplatz kommen in Westdeutschland jedes Jahr mehr Menschen zu Tode als im gesamten Straßenverkehr). Der Unterschied ist: Mit dem Geld, das wir für den kleinen

Moritz ausgeben, retten wir ein konkretes Menschenleben (genauer: wir schieben den unvermeidlichen Tod auf ungewisse Zeit hinaus). Geben wir das gleiche Geld für feuersichere Vorhänge aus, geht für alle Bundesbürger, die Gardinen vor ihren Fenstern haben, die Wahrscheinlichkeit, durch einen häuslichen Brand ums Leben zu kommen, um sagen wir 50 Prozent zurück. Wenn vorher im Durchschnitt 200 Menschen pro Jahr durch Wohnungsbrände umkommen, sind es hinterher nur noch 100, d. h. pro Jahr werden 100 Menschen vor dem Feuertod gerettet.

Soll das nun heißen, wir lassen den kleinen Moritz sterben und investieren stattdessen in die häusliche Sicherheit? Wer hier zwischen statistischen und individuellen Menschenleben nicht unterscheidet, müsste konsequenterweise mit ja antworten. Macht man aber einen Unterschied zwischen einem individuellen Menschenleben auf der einen und der bloßen Reduktion einer Sterbewahrscheinlichkeit auf der anderen Seite (auch wenn diese sich unter dem Strich zu mehreren Hundert statistischer Menschenleben aufaddiert), so lässt sich ein überproportionaler Mitteleinsatz für konkrete Personen weiterhin vertreten, kann man weiterhin nach der Maxime handeln: „Das individuelle Menschenleben hat keinen Preis und ist bei Gefahr ohne Ansehen der Kosten mit allen verfügbaren Mitteln zu retten", und trotzdem auf der anderen Seite, ohne inkonsequent zu sein, einen Mitteleinsatz ablehnen, solange davon nur statistische Menschenleben betroffen sind.

Im Gegensatz zu individuellen haben statistische Menschenleben durchaus einen Preis. Sonst hätte man schon längst Alkohol und Zigaretten verbieten müssen, genauso wie das Schnellfahren auf der Autobahn (oder das Autofahren überhaupt, eine der gefährlichsten Tätigkeiten, die es gibt). Ein statistisches Menschenleben ist nichts als eine Summe von Wahrscheinlichkeiten, und über die Zu- oder Abnahme der Wahrscheinlichkeit, in einer bestimmten Zeitspanne zu sterben, lassen wir durchaus mit uns handeln. Laut Statistischem

Bundesamt beträgt z. B. die Wahrscheinlichkeit für einen 40-jährigen Mann, vor Erreichen des 41. Lebensjahres zu sterben, 0,25 Prozent oder 2,5 Promille, d. h. von 10.000 Männern dieses Alters werden 25 ihren 41. Geburtstag nicht erleben. Der Autor dieser Zeilen, der gerade dieses Alter durchlebt, würde für eine Reduktion dieses Risikos auf 2 Promille durchaus etwas zahlen, wenn auch nicht sehr viel (sagen wir 10 DM. Bei einem Preis von 10 Mark für ein halbes Promille macht das also 2.000 mal 10 DM für 100 Prozent, d. h. ein statistisches Menschenleben kostet 20.000 Mark. Umgekehrt wären sicher viele 40-Jährige auch bereit, gegen geringfügigen Ausgleich, etwa eine Gratisrunde auf dem Nürburgring, eine Erhöhung des Risikos von 2,5 auf 3 Promille zu akzeptieren, sodass in Zukunft nicht 25, sondern 30 von 10.000 vor Ablauf der 12 Monate sterben.

Wem das zynisch oder frivol erscheint, der möge doch einmal seinen eigenen Lebenswandel und all die Möglichkeiten bedenken, das eigene Sterberisiko herauf- oder herabzusetzen. Der Punkt ist auf jeden Fall, keines der fünf zusätzlichen Opfer in obigem Beispiel würde individuell zum Tode verurteilt, sondern das Risiko trifft alle 40-jährigen gleichermaßen.

## Sparen auch am höchsten Gut

Diese Unterscheidung zwischen statistischen und individuellen Menschenleben hat enorme Konsequenzen für die Gesundheitspolitik. Der Medizinbetrieb kann nun nicht mehr wie gewohnt immer mehr Mittel allein mit dem Argument requirieren, dadurch würden soundso viele Menschenleben gerettet. Sind das Menschenleben im statistischen Sinn, tritt er vielmehr in Konkurrenz zum Umweltschutz, zur Verkehrssicherheit, zur Feuerwehr oder zur Flugüberwachung, um nur einige Aktivitäten zu nennen, die genau wie die

Medizin Menschenleben im statistischen Sinn betreffen. Ob durch ein verbessertes Radargerät eine Flugzeugkatastrophe verhindert oder durch ein neues herzchirurgisches Zentrum 100 Herzpatienten vor dem frühzeitigen Tod bewahrt werden, in jedem Fall ist bei der Entscheidung noch nicht klar, wer davon eines Tages den Nutzen haben und wer darunter leiden wird.

Damit ist auch der einzige humane Weg zu einer Ausgabenbegrenzung im Gesundheitswesen aufgezeigt. Eine solche Ausgabenbegrenzung lange vor Erreichen des medizinischen Optimums, die übrigens unabhängig von der gewählten Methode auf jeden Fall kommen und auch heute schon vielfach praktiziert wird, kann, aber muss nicht bedeuten, dass auch bei Menschen veterinärmedizinische Gesichtspunkte angewandt werden, wie vor allem die Vertreter der Heilberufe immer befürchten. Zur Rettung konkreter Schiffbrüchiger mag auch weiterhin ohne Ansehen der Kosten die gesamte deutsche Seenotrettungsflotte auslaufen. Das heißt aber nicht, dass wir unser ganzes Geld für Seenotrettungskreuzer ausgeben müssen. Ebenso sind auch im Gesundheitswesen zur Rettung konkreter Menschenleben weiterhin keine Kosten und Mühen zu scheuen. Das muss uns aber nicht daran hindern, vor Eintreten des Eventualfalls die Kapazitäten zu beschränken. Das könnte etwa bedeuten, grundsätzlich keine Einrichtungen für bestimmte kostspielige Operationen wie Kunstherzeinpflanzungen zur Verfügung zu stellen und damit horrende Kosten zu sparen. Durch diese Sparmaßnahme würde aber nicht einem konkreten Herrn Müller oder einer bei der Entscheidungsfindung schon bekannten Frau Meier das Lebenslicht ausgeblasen (da derartige Beschlüsse wegen der langen Vorlaufzeit die heutigen Patienten ohnehin nicht mehr betreffen), sondern für alle Bundesbürger nimmt die Wahrscheinlichkeit zu, mangels Kunstherz früher zu sterben. Wer letzten Endes davon betroffen wird, weiß man vorher nicht. Möglicherweise die Entscheidungsträger selbst. Damit sind Einsparungen im

Gesundheitswesen durchaus in Einklang mit unseren sonstigen Wertvorstellungen zu bringen, nämlich wenn sie nicht individuelle Menschenleben, sondern nur Menschenleben im statistischen Sinn kosten.

Manche Autoren nennen das auch indirekte (im Gegensatz zur direkten) Rationierung, sprechen von konstitutiven (im Gegensatz zu operativen) Entscheidungen oder unterscheiden zwischen verschiedenen Ebenen, auf denen über die Verwendung knapper Mittel entschieden wird. Die oberste und am weitesten vom konkreten Patienten entfernte Ebene ist die, wo über die Finanzierung alternativer Forschungsprogramme, etwa die Entwicklung atomgetriebener Kunstherzen oder neuer Gentechnologien, entschieden wird. Hierher gehört auch die Frage, ob die Bundesrepublik Deutschland sich stärker in der Rheumaforschung engagieren oder besser ein nationales Bluthochdruckprogramm beginnen sollte. Solche Grundsatzentscheidungen haben weitreichende Folgen und berühren das Leben ungezählter Patienten, die aber oft zum Zeitpunkt der Entscheidung überhaupt noch nicht geboren sind. Auf der nächsten Ebene entscheiden Heilberufe und Finanzgeber, ob bestimmte grundsätzlich mögliche Behandlungsmethoden wie etwa Herzverpflanzungen allgemein vorgehalten werden sollen oder nicht. Eine weitere Ebene tiefer und schon sehr viel näher an Einzelfallentscheidungen entscheiden Gesetzgeber oder Gesundheitsbürokratie über den Leistungskatalog der Krankenversicherungen. Ein Beispiel ist die Entscheidung des amerikanischen Kongresses von 1972, wonach Dialysebehandlung von Nierenkranken grundsätzlich im Rahmen des Medicare-Programms zu finanzieren ist, und andererseits der Regierungsbeschluss von 1980, dass Medicare und Medicaid keine Kosten für Herzverpflanzungen übernehmen.

In der Bundesrepublik drückt man sich um derartige Entscheidungen noch durch die allgemeine Bestimmung herum, dass die Gesetzlichen Krankenkassen „ausreichende und zweckmäßige“ Krankenhilfe zu leisten hätten. Gerade in der

Frage, was „ausreichend und zweckmäßig“ eigentlich heißt, liegt ja das Problem. Auf der letzten und dem Patienten nächsten Ebene schließlich wird über konkrete Einzelfälle entschieden, wird bestimmt, ob Herr Müller oder Frau Schmitz das neue Herz und wer als Nächster eine neue Niere erhält. Es sind diese Fälle, die die Öffentlichkeit erregen, wo die Wogen der Diskussion hochschlagen und die Tragik der begrenzten Ressourcen am deutlichsten zutage tritt. Hier wird direkt rationalisiert, hier werden operative Entscheidungen getroffen, hier geht es um Menschenleben nicht im statistischen, sondern in einem sehr individuellen und konkreten Sinn, hier lauert das Gespenst der Veterinärmedizin.

Das ist die Lage auf der sinkenden Titanic: 3000 Passagiere an Bord, aber nur für die Hälfte sind Rettungsboote vorhanden. Wer bekommt einen der knappen Plätze und wer muss ertrinken? Tragisch sind solche Entscheidungen offenbar nur, wenn sie konkrete Menschen betreffen. Warum also derartige Entscheidungssituationen, wo immer möglich, gar nicht erst entstehen lassen? Das bedeutet, Entscheidungen über die Verwendung knapper Mittel, die natürlich auch weiterhin getroffen werden müssen, von der untersten, patientennächsten Ebene möglichst weit nach oben zu verlegen, z. B. auf bestimmte kostspielige Therapien entweder ganz zu verzichten oder aber, wenn man eine Therapie überhaupt zulässt, sie für alle verfügbar zu halten. Man stelle sich nur vor, es gäbe ein Medikament gegen AIDS, das pro Patient 10 Millionen DM kostet. Solange die Zahl der AIDS-Patienten in Grenzen bleibt, etwa in der Größenordnung der genauso teuren Bluterkranken, könnten wir uns eine Therapie für alle vielleicht noch leisten. Was aber, wenn wir einmal eine Million AIDS-Patienten haben sollten? Deren Therapie wäre dann teurer als das ganze Sozialprodukt, d. h. auch beim besten Willen aller Beteiligten nicht mehr zu finanzieren.

Vereinfacht ausgedrückt heißt das, entweder Rettungsboote für alle oder gar keine Rettungsboote. Auch die zweite

Alternative könnte vor Antritt der Reise eine durchaus rationale Wahl sein, etwa wenn die Mitnahme von Rettungsbooten die Überfahrt so verteuert, dass die Passagiere wegen des Preisvorteils gern bereit sind, das geringfügig erhöhte Risiko des Ertrinkens zu tragen. Auf keinen Fall tolerabel sind aber Rettungsboote nur noch für die erste Klasse.

Natürlich sind Entscheidungen im Gesundheitswesen nicht immer nach diesem simplen Muster zu fällen. Dennoch würde die Maxime, so viele Entscheidungen wie möglich von der operativen auf die konstitutive Ebene zu verlagern, die tragische Komponente der Ressourcenallokation im Gesundheitswesen erheblich reduzieren. Auf der konstitutiven Ebene fällt das Entscheiden leichter, hier stehen nicht mehr individuelle, sondern nur noch statistische Menschenleben auf dem Spiel, und diese haben, wie wir weiter oben festgestellt haben, durchaus ihren Preis. Solange Sparmaßnahmen im Gesundheitswesen nur statistische Menschenleben kosten, sind sie mit unseren sonstigen Wertvorstellungen durchaus kompatibel. Schließlich lehnen wir auch mit großer Mehrheit ein Tempolimit auf unseren Autobahnen ab und verwahren uns gegen jedes Alkohol- und Nikotinverbot, obwohl allein diese Maßnahmen jedes Jahr mehr Todesfälle verhindern würden als alle Herzkliniken Deutschlands zusammengenommen. Mit dem gleichen Recht, mit dem wir ein Tempolimit ablehnen, dürften wir daher auch einen Rettungshubschrauber verschrotten (das Rettungswesen ist einer der kostenintensivsten und ineffizientesten Zweige unseres ganzen Gesundheitswesens) oder entscheiden, ein solches System gar nicht erst aufzubauen. Genau wie in der Frage des Tempolimits wird hier nur über statistische Menschenleben entschieden, in beiden Fällen sind die Opfer zum Zeitpunkt der Entscheidung nicht bekannt, steigt allein für alle Verkehrsteilnehmer die Wahrscheinlichkeit eines Unfalltods.

Unter der Überschrift „Weniger Verkehrstote bei schnellerer Hilfe“ meldete etwa die Zeitschrift *Euromed* im Dezember

1984, dass in Österreich pro Jahr rund 800 der 5000 Verkehrstoten zu retten wären, könnte die Zeit zwischen Unfall und Eintreffen qualifizierter Hilfe von damals durchschnittlich 25 Minuten auf 15 Minuten verkürzt werden – nach herkömmlicher Denkweise ein hinreichendes Argument, schleunigst die nötigen Mittel für die Modernisierung des Verkehrsrettungswesens bereitzustellen (oder wenigstens so zu tun). Auf keinen Fall sozialpolitisch akzeptabel erscheint vielen Menschen die Antwort: Nein, das Ganze ist uns zu teuer. Die gleichen Sozialpolitiker, die nicht wagen, einen derartigen Antrag des Medizinbetriebs abzuschlagen, rühren keinen zusätzlichen Finger, wenn in Österreich Jahr für Jahr Hunderte von Menschen von Leitern fallen, in ungesicherten Schwimmbädern ertrinken oder von Lawinen verschüttet werden. Vielleicht ließen sich durch zusätzliche Schutzmaßnahmen auf diesen Gebieten für das gleiche Geld viel mehr Menschenleben retten als durch ein teures Rettungshubschraubersystem. Vielleicht aber auch nicht. Diese Frage will ich hier gar nicht entscheiden. Der Punkt ist, solange nur statistische Menschenleben zur Debatte stehen, sollten wir unsere knappen Mittel dort einsetzen, wo sie am meisten Gutes tun.

Wir müssen zwischen konkurrierenden Verwendungen unserer begrenzten Ressourcen wählen, ob wir wollen oder nicht. Wenn wir aber schon wählen müssen, dann doch lieber so, dass wir für unsere Gesundheitsmilliarden den maximalen Gegenwert bekommen, und dieses Ziel erreichen wir nicht, indem wir vor unangenehmen Wahrheiten die Flucht ergreifen.

## 5. Gesundheitspolitik als Nullsummenspiel

■ *Sozialer Fortschritt* 31, März 1982, S. 1065–1067

„Nullsummenspiel" bezeichnet in der mathematischen Spieltheorie eine Klasse von Handlungsalternativen, bei der den Gewinnen gewisser Akteure genauso hohe Verluste anderer Parteien gegenüberstehen. Was der eine auch gewinnen und der andere verlieren mag, die Summe aus Gewinnen und Verlusten ist immer null. In diesem Sinn ist jede Skat- oder Poker-Runde, ist Toto, Lotto oder Roulette ein Nullsummenspiel. Bezieht man den Staat oder die Bank als Spieler mit ein, so kommt überall die Summe der Gewinne der Summe der Verluste gleich. Weder fließt Geld ab, noch kommt welches dazu. Ein Nullsummenspiel ist eine reine Umverteilungsangelegenheit.

In dieser Situation befinden sich nahezu alle westlichen Industrienationen im Augenblick. Als Folge stagnierenden Wirtschaftswachstums nähert sich das Geben und Nehmen zwischen verschiedenen gesellschaftlichen Gruppen immer mehr einem Nullsummenspiel. Was der eine will, muss er dem anderen wegnehmen. Im Gegensatz zu wachsenden Wirtschaften, wo zumindest im Grundsatz jeder über immer größere Stücke des Sozialprodukt-Kuchens verfügen kann, ohne dass ein anderer darunter leiden muss, ist heute der Anspruch auf ein Mehr eines einzelnen Individuums, eines Interessenverbandes oder einer sonstigen gesellschaftlichen Gruppe automatisch mit einer Minderversorgung anderer verknüpft.

Das ist so in der Lohnpolitik, beim Umweltschutz, der Energieversorgung und allen Programmen der Sozialpolitik. Zwar sind für viele Probleme auf diesen Gebieten Lösungen vorhanden, „but all these solutions have the characteristic that someone must suffer large economic losses. No one wants to volunteer for this role, and we have a political process that is incapable of forcing anyone to shoulder this burden. Everyone wants someone else to suffer the necessary economic losses, and as a consequence none of the possible solutions can be adopted" (Lester Thurow).

Auf ebendiese Pattsituation bewegt sich auch die bundesdeutsche Gesundheitspolitik hin. Ganz offensichtlich erfolgversprechende Programme und Neuerungen scheitern zunehmend am Widerstand negativ betroffener Interessengruppen. Als Folge der sich immer deutlicher abzeichnenden Vorab-Plafondierung der Gesundheitsausgaben tritt auch in der Gesundheitspolitik der Nullsummen-Charakter immer deutlicher hervor. Sofern potentielle Reformmaßnahmen Anbieter und Produzenten von Gesundheitsgütern betreffen, sind damit notwendig für bestimmte Gruppen Einkommensverluste verknüpft. Sofern Patienten und damit Konsumenten betroffen sind, geht die Besserversorgung einer Gruppe mit einer Minderversorgung einer anderen Gruppe einher. In beiden Fällen muss die Gesundheitspolitik mit Protest und Abwehrmaßnahmen der Geschädigten fertig werden. Auf vielen Gebieten wird damit eine dringend nötige Reformpolitik unmöglich oder doch zumindest sehr erschwert. Im Extremfall bleibt die Aufteilung der Mittel ein für alle Mal beim historisch entstandenen Status quo, wie sinnvoll oderunsinnig dieser auch immer sei.

## Zunehmende Rivalität unter Anbietern

Am deutlichsten treten die Folgen der Nullsummen-Charakteristik heutiger Gesundheitspolitik bei den Anbietern von Gesundheitsgütern zutage. Dies ist eine unmittelbare, wenn auch oft übersehene Folge des Umstandes, dass die im Gesundheitsbetrieb Beschäftigten dort nicht nur zum Wohl der Patienten, sondern auch zum eigenen Broterwerb tätig sind.

So hört man in jüngster Zeit zunehmend von Praxisschließungen junger Fachärzte, die am offensichtlichen Überweisungsboykott eingesessener Allgemeinpraktiker scheitern. In diesem Zusammenhang ist auch die von vielen Allgemeinärzten unterstützte Forderung zu sehen, den unmittelbaren Zugang zum medizinischen Versorgungssystem per Facharzt für die Patienten zu sperren. Neben Versuchen zum Abblocken potentieller Konkurrenz, die so alt sind wie die medizinische Wissenschaft selbst, sind derartige Rivalitäten innerhalb der Ärzteschaft ein eher modernes, und zwar parallel zu den Kostendämpfungsbemühungen der letzten Jahre entstandenes, Phänomen.

Ebenso konkurrieren Krankenhäuser mit früher nie gekannter und auch nicht notwendiger Härte um knapper werdende Mittel. Als nach dem Willen der baden-württembergischen Landesregierung nur eines von zwei benachbarten Krankenhäusern in Villingen und Schwenningen einen Computertomographen erhalten sollte, zog man dabei jüngst sogar bis vor Gericht. Auch in anderen Bundesländern wie etwa Rheinland-Pfalz werden Computertomographen staatlicherseits auf einige wenige Krankenhäuser verteilt, bei hörbarem Zähneknirschen der Zu-kurz-Gekommenen. Man darf mit Sicherheit davon ausgehen, dass vor der betreffenden Entscheidung und hinter den Kulissen eine gehörige Rangelei um die Apparate stattgefunden hat. Erbitterten Kompetenzstreit gibt es neuerdings auch zwischen den zahlreichen deutschen Kurkliniken und „normalen" Krankenhäusern; den Ersteren werden riskante diagnostische Maßnahmen vorgeworfen, bei ungenügend qualifiziertem Personal und Gefährdung ahnungsloser Patienten. Als ob es dergleichen nicht auch in anderen Krankenhäusern gäbe!

Auch die bislang so einträgliche Allianz der Anbieter medizinischer Heil- und Hilfsmittel gerät durch zunehmenden Rationalisierungsdruck ins Wanken. Zahn- und Orthopädietechniker, Hörgeräte-Akustiker und Optiker können sich nicht mehr so widerstandslos wie gewohnt aus dem Finanztopf der Versichertengemeinschaft bedienen. Zunehmend wird Umsatzwachstum nur noch auf Kosten des Kollegen und plötzlichen Konkurrenten möglich. Dadurch wird hier mehr als nur eine heile Welt zusammenbrechen. Ein erstes Anzeichen künftiger Erdbeben beunruhigt etwa derzeit den deutschen Brillenmarkt. „Von der Branche mit blankem Hass verfolgt" schickt sich hier der norddeutsche Optikfilialist Fielmann zur Unterbietung seiner Konkurrenten an.

Weit verbissener noch als die Verteilungskämpfe innerhalb homogener Anbietergruppen wird das Tauziehen zwischen verschiedenen Anbietergruppen als Ganzes sein. Bereits aus der Vergangenheit kennt man das Gerangel zwischen Psychologen und Ärzten um die Pfründe „psychotherapeutische Behandlung". Neu dagegen sind zunächst noch zaghafte Vorschläge, auch aus den Reihen niedergelassener Ärzte, das Honorar der Zahnärzte zugunsten der Humanmedizin zu kürzen. Auch die so lange friedliche Symbiose zwischen Arzt und Apotheker ist bedroht. In verschiedenen Verträgen zwischen kassenärztlichen Regionalvereinigungen und Krankenkassen aus der jüngsten Zeit wird niedergelassenen Ärzten die Möglichkeit einer Honoraraufbesserung im Fall unterdurchschnittlicher Arzneimittelverschreibungen und Krankenhauseinweisungen zugestanden.

Unter dem Vorzeichen allgemeiner Ausgabenplafondierung ist Gesundheitspolitik ohne materielle Schlechterstellung einzelner Anbietergruppen nicht mehr machbar. Dagegen regt sich naturgemäß Widerstand. Keine der so zahlreichen Interessengemeinschaften auf der Anbieterseite des Gesundheitswesens, ob Kassenärztliche Bundesvereinigung, Arbeitsgemeinschaft der Berufsvertretungen deutscher Apotheker, Bundesverband der Pharmazeutischen Industrie oder Deutscher Bäder-Verband bis hin zum Bundesverband der diätischen Lebensmittelindustrie, ist freiwillig zur Aufgabe einmal erreichter Positionen bereit. Diese Situation findet man jedoch in der gesundheitspolitischen Diskussion nur sehr verzerrt wiedergegeben. Verfolgt man im Gegenteil die Argumentation in der jeweiligen Fachpresse, scheint allein das Patientenwohl, allenfalls noch Kostendämpfungsbeflissenheit, das ausschlaggebende Handlungsmotiv zu sein.

Warum fordert der Deutsche Apothekertag ein generelles Verbot von Ärztemustern? Wenn man den offiziellen Argumenten glauben darf, gab dabei allein die Sorge um die Arzneimittelsicherheit den Ausschlag. In Arztpraxen fehle es an Einrichtungen zur sachgemäßen Lagerung, sogar verdorbene Arzneimittel würden an Patienten abgegeben und diese dadurch einer unverantwortlichen Gefährdung ausgesetzt. Auch die Ablehnung der Arzneimittelversorgung ambulant behandelter Krankenhauspatienten durch Krankenhausapotheken wird nicht wegen befürchteter Umsatzeinbußen, sondern zumindest offiziell wegen des dadurch gefährdeten Rechts auf freie Apothekerwahl abgelehnt. Ebenfalls unterschiedlich interpretierbar ist die Entschließung der Hauptversammlung der Deutschen Apotheken, sämtliche freiverkäuflichen Arzneimittel der Apothekenpflicht zu unterstellen, oder auch das geforderte Verbot der stillen Teilhaberschaft. Neben dem offiziellen Argument, dass die freiheitliche Konzeption des Apothekers in seiner Apotheke bewahrt werden müsse, muss hier auch erwähnt werden, dass man so vor allem jungen Apothekern die Mittel zur Neugründung vorenthalten und damit potentielle Konkurrenz ausschalten kann. Wird schließlich doch einmal der gefährdete eigene Umsatz als Argument vorgebracht, so ebenfalls nur aus Sorge um die dadurch ebenfalls gefährdete Versorgungsqualität: „Wenn allerdings der von Apotheken nicht zu beeinflussende Umsatz stagniert oder zurückgeht, besteht die Gefahr, dass das Arzneimittelsortiment mangels finanzieller Mittel nicht in dem Maß bereitgehalten werden kann, wie es zur Erfüllung des Versorgungsauftrags erforderlich ist“ (MEDIKAMENT UND MEINUNG).

Dieser Vorwurf, eigene materielle Interessen hinter dem vorgeschobenen Rücken des Patientenwohls zu verstecken, trifft alle Anbieter im Gesundheitswesen gleichermaßen. So bekämpft etwa der Zentralverband der Augenoptiker die in gewöhnlichen Ladengeschäften verkauften Brillengestelle aus Niedrigpreisländern angeblich nur deshalb, weil wegen deren minderer Qualität auf die Kassen langfristig eine erhöhte und im Endeffekt teurere Nachfrage zukomme. Auch die Pharmaindustrie macht vorgeblich nur deswegen ihren ganzen Einfluss gegen Positivlisten für Arzneimittel geltend, weil damit eine patientengefährdende Einengung des ärztlichen Therapiespektrums einherginge. Vorschläge des Deutschen Gewerkschaftsbundes zu verbesserter Markttransparenz führten zu „schwerwiegenden strukturellen Veränderungen der pharmazeutischen Industrie mit der Bedrohung ihrer internationalen Leistungsfähigkeit" (*MEDIKAMENT UND MEINUNG*).

Müsste man jedoch einer bestimmten Anbietergruppe für besonders penetrantes Vorschieben des Allgemein- und Patientenwohls zur Wahrung eigener materieller Besitzstände einen ersten Preis zuerkennen, so gebührte dieser zweifellos der organisierten Ärzteschaft. Die sachliche Unrichtigkeit der am Patientenwohl orientierten Argumentation zum Abblocken unerwünschten Nachwuchses ist bereits an anderer Stelle dargelegt worden. Daneben sind niedergelassene Ärzte vor allem um die Verteidigung ihres weitgehenden und durch medizinische Erfordernisse kaum gerechtfertigten ambulanten Behandlungsmonopols bemüht. Auch hier gibt man sich vor allem um das Allgemeinwohl besorgt: „Jede Art institutionalisierter teilstationärer Krankenhauspflege muss bedeuten, dass die Kosten im stationären Sektor weiter steigen, die Gefahr der Selbsteinweisung des Patienten durch das Krankenhaus wächst und die Strukturen ambulanter Versorgung systemverändernd attackiert werden" (*DER NIEDERGELASSENE ARZT*).

Hier wie bei allem von Interessengruppen Vorgebrachten ist der Verdacht nicht von der Hand zu weisen, dass eine mögliche Übereinstimmung zwischen vorgeschobenem Patienten- und materiellem Eigeninteresse allenfalls auf Zufall beruht. Das schließt zeitweilige Parallelen nicht aus, macht derartige

Behauptungen aber für die praktische Gesundheitspolitik weitgehend unbrauchbar. „Just as the object of a trade union under existing conditions must finally be, not to improve the technical quality of the work done by its members, but to secure a living wage for them, so the object of the medical profession today is to secure an income for the private doctor; and to this consideration all concern for science and public health must give way when the two come into conflict" (George Bernard Shaw). Diese Beobachtung eines gesundheitspolitisch interessierten Außenseiters ist heute genauso wahr wie vor 50 Jahren. Man wird lange darauf warten können, dass Anbieter von Gesundheitsgütern wissentlich auf Maßnahmen drängen, die zwar die Gesundheit der Menschen fördern, ihre eigene materielle Position aber schädigen könnten. Angenommen, ein Pharmaproduzent findet heraus, dass das Trinken von unbehandeltem Meerwasser eine seiner teuren Drogen ersetzt und sogar für die Gesundheit besser ist; man darf mit Recht bezweifeln, dass jemals ein Mensch auf der Welt von dieser Entdeckung erfährt. Als durch Massenproduktion von Penicillin auch die Preise dieses Medikaments nach dem Zweiten Weltkrieg drastisch fielen, stürzte sich der Präsident der amerikanischen Pharmafirma Commercial Solvents vor Verzweiflung aus dem Fenster seines New Yorker Büros. Alle seine teuer gekauften Vorräte waren mit einem Schlag wertlos geworden. Ein Beispiel von vielen, dass die Interessen der Anbieter von Gesundheitsgütern durchaus nicht immer mit denen der Allgemeinheit identisch sind.

## Rivalität unter Konsumenten

Aber auch zwischen Patientengruppen wird es zu Verteilungskämpfen kommen, auch hier gibt es bei begrenztem Leistungsvolumen mehr als nur einen fundamentalen Interessenkonflikt. Sollten etwa in der Bundesrepublik wie in den

Niederlanden Bürgerinitiativen von Herzpatienten auf mehr Spezialkliniken und Operationsmöglichkeiten drängen, so ist das bei gegebenem Budget nur auf Kosten anderer Patientengruppen oder der Vorsorge möglich. Mehr Herzoperationen bedeuten weniger Cobaltbestrahler. Offenbar besteht hier die Gefahr, dass zahlenmäßig gewichtige Patientengruppen zukünftige Allokationsprozesse zu ihren Gunsten manipulieren werden.

Derzeit wird man als typischer Patient eine solche Unterstellung noch entrüstet zurückweisen. Man hat noch nicht das Gefühl, durch Mehrforderungen anderen etwas wegzunehmen. Das wird aber zunehmend zur Illusion, vor allem durch die stetige Zunahme von Therapiemöglichkeiten als Folge des medizinischen Fortschritts. „Ein einziges großes Rehabilitationszentrum verschlingt jährlich das Kostenäquivalent von 5000 offenen Herzoperationen. Das entspricht der Hälfte der operativen Leistung aller deutschen Herzzentren zusammen. Unverhältnismäßig große Mittel gehen an Institutionen, die von der Krankenversicherung aus Gründen der finanziellen Entlastung gern gesehen und aus anderen Gründen bei den Patienten sehr beliebt sind, ohne dass dieser Aufwand nachweislich zur Lebensverlängerung der Erkrankten wesentlich beiträgt" (Borst).

Mit anderen Worten: Man fordert mehr Geld für die Herzchirurgie auf Kosten der Rehabilitation. Dabei steht derzeit noch das ethische Schlupfloch offen, Maßnahmen der letzten Art als medizinisch nutzlos abstempeln zu können. Damit vermeidet man das Eingeständnis, durch vermehrte Hilfe für gewisse Patientengruppen andere zu schädigen. Diesen Ausweg wird der medizinische Fortschritt aber zunehmend versperren.

## 6. Wer soll leben? – Rationierung im Gesundheitswesen aus Statistiker- und Ökonomensicht

■ Vortrag auf der 48. Sitzung der Nordrhein-Westfälischen Akademie der Wissenschaften, Düsseldorf, 19. September 2007.

Die folgenden Ausführungen widmen sich einem Problem, das viele Menschen gern verdrängen, nämlich: In 100 Jahren sind alle, die mir jetzt zuhören, lange tot. Daran ist leider nicht zu rütteln, also: wo ist das Problem?

Das Problem ist, dass in Deutschland, aber nicht nur in Deutschland, ein Konsens zu herrschen scheint, dass dieses unangenehme Ereignis ohne Rücksicht auf die Kosten möglichst lange hinauszuschieben ist. Ich zitiere Norbert Blüm: „Niemand muss Angst haben, dass ihm nicht geholfen wird, jeder bekommt die beste Medizin." Oder Hans Jürgen Ahrens, der Vorstandsvorsitzende des Bundesverbandes der Allgemeinen Ortskrankenkassen: „Geld für die Versorgung aller Patienten ist ausreichend vorhanden." Oder in den letzten Jahren immer wieder Edmund Stoiber: „Bezahlbare und hochwertige medizinische Versorgung für jedermann. Spitzenmedizin für jedermann grundsätzlich" (Interview in der *Süddeutschen Zeitung* vom 23.9.2006; gleichlautend aber auch in vielen Wahlkampfreden und Parteiversammlungen).

Meine These ist nun: Spitzenmedizin für jedermann grundsätzlich gibt es nicht. Oder anders ausgedrückt: In der Medizin wird rationiert.

Um hier gleich zu Anfang Mißverständnisse auszuräumen: Dass nicht jeder alles bekommt, was er oder sie gern hätte, ist normal. In gewisser Weise geht es ja in der ganzen Volkswirtschaftslehre um nichts anderes, als mit begrenzten Mitteln möglichst effizient zurechtzukommen. Rationierung meint hier etwas anderes. Nämlich: Es werden kranken Menschen Dinge vorenthalten, auf die sie nach Mehrheitsmeinung hierzulande wenn nicht einen Rechtsanspruch, so doch zumindest einen moralischen Anspruch zu besitzen scheinen.

Das Thema meines Vortrags ist nun: Was haben Statistiker und Ökonomen zur Bewältigung dieses Dilemmas beizutragen? Dazu gibt es eine inzwischen riesige Literatur, die im Folgenden ausgewertet wird. Dabei will ich möglichst nichttechnisch vorgehen und mich im Wesentlichen darauf beschränken, die Probleme als solche klar herauszustellen.

## Die sogenannte Kostenexplosion

Sehen wir uns zunächst die Entwicklung der Gesamtausgaben im deutschen Gesundheitswesen einfach einmal an (die obere Kurve ab 1991 zeigt die Ausgaben für Gesamtdeutschland, alle Ausgaben vor 2002 sind in Euro umgerechnet):

**Schaubild 1: Gesundheitsausgaben in Deutschland, 1970 – 2005, Mrd. Euro**
(Quelle: Statistisches Bundesamt)

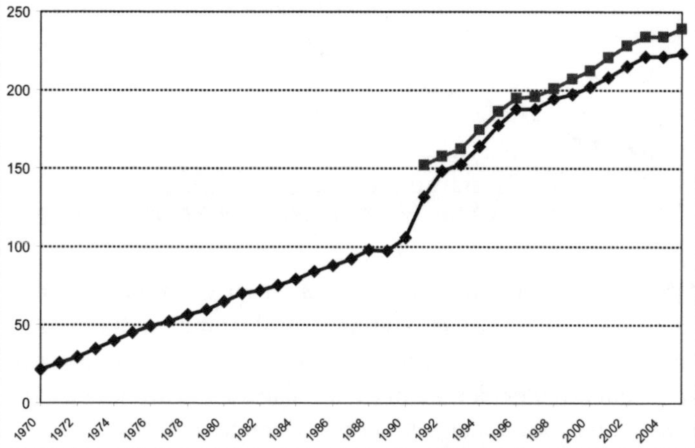


Es sei dabei dahingestellt, wie man diese Ausgaben geeignet definiert abgrenzt und vor allem, wie man sie erfasst, Doppelzählungen vermeidet usw. Das ist aus Sicht der Statistik ein faszinierendes Problem, steht aber nicht im Zentrum der folgenden Debatte. Ebenfalls kein Thema an dieser Stelle ist es, ob diese Ausgabenexplosion als solche etwas schlechtes ist oder nicht. Das nächste Schaubild zeigt eine andere Ausgabenexplosion, die der deutschen Privathaushalte für ihre Telefone und PKWs. Da sind die Wachstumsraten ähnlich, aber niemand findet das bedenklich. Die meisten scheinen sich sogar zu freuen.

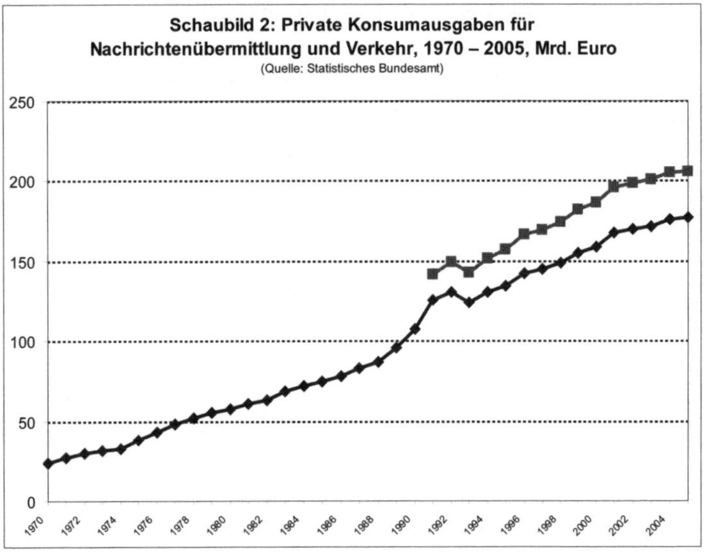


**Schaubild 2: Private Konsumausgaben für Nachrichtenübermittlung und Verkehr, 1970 – 2005, Mrd. Euro**
(Quelle: Statistisches Bundesamt)

Warum? Einmal sind diese Ausgaben zugleich auch Einnahmen; sie erhöhen das Einkommen der Menschen, die in dieser Branche arbeiten. Das gilt aber auch für das Gesundheitswesen. Hier arbeiten derzeit in Deutschland fast 4 Millionen Menschen, mehr als in der Automobil-, Chemie- und Stahlindustrie zusammen, und irgendwo müssen deren Einkommen ja herkommen. Dann messen diese Ausgaben ja auch die Produktion, sie steigern das Sozialprodukt. Auch das gilt für das Gesundheitswesen gleichermaßen; es wird oft geklagt, der Anteil der Gesundheitsausgaben am Sozialprodukt wäre zu hoch. Umgekehrt wird ein Schuh draus: Wenn wir den Output des Gesundheitswesens reduzieren, fällt auch das Sozialprodukt.

Dennoch heben sich die Ausgaben für Gesundheit von den Ausgaben für Autos ab. Denn nur einen kleinen Teil zahlen die Konsumenten alias Patienten direkt aus der eigenen Tasche, der weitaus größte Teil kommt von Versicherungen und vom Staat. Das ist bei Automobilen anders. Bei Gesundheitsgütern dagegen gibt es für den Letztverwender keine Budgetrestriktion; das, was für Gesundheit ausgegeben werden soll oder kann, hat für den Einzelnen keine feste Obergrenze. Und damit sind auch die Gesamtausgaben für Gesundheit nicht das zusammengefasste Ergebnis rationaler Nutzenmaximierungsentscheidungen einzelner Individuen und in diesem Sinn so wie bei Kraftfahrzeugen unbedenklich. Hier ist vielmehr nach anderen Kriterien eine Schranke zu finden, und genau darum geht es hier: Wie macht man das?

## Ist Rationierung wirklich unausweichlich?

Wenn ich vor Ärzten über dieses Thema referiere, kommt so sicher wie das Amen in der Kirche hier das Argument: Lieber Herr Krämer, was wollen Sie denn, wenn sich nur alle Akteure in unserem Gesundheitswesen auf das medizinisch Nötige beschränkten und Verschwendung so gut es geht vermieden, dann bräuchten wir Ihre ökonomischen Ratschläge nicht, dann wäre keine Rationierung im Gesundheitswesen nötig. Mehr Vorsorge statt Therapie, etwas Zurückhaltung bei den Preisen, dann ist Rationierung kein Problem.

Diese Reden erinnern mich immer an das Pfeifen im Walde: Man macht sich Mut, man verdrängt die Gefahr, man macht sich etwas vor. Denn alle diese vermeintlichen Auswege sind eher Sackgassen, sie führen aus dem Dilemma nicht heraus. Weder eine Beschränkung auf das medizinisch Nötige, noch ein Anhalten der Preise, noch eine Schwerpunktverschiebung in Richtung Prävention machen die folgenden Gedanken überflüssig.

## Rationierungsmechanismen

Damit sind wir bei den Konsequenzen. Und eine davon heißt: An einer Rationierung im Gesundheitswesen führt kein Weg vorbei. Die Frage ist nur, wie. Ein großer Schritt in die richtige Richtung wäre ganz sicher ein größeres Vertrauen in die Marktwirtschaft. Z. B. kann ich es überhaupt nicht nachvollziehen, warum Menschen, die mehrere Zehntausend Euro für ein neues Auto oder Tausende von Euro für teure Urlaubsreisen ausgeben, nicht auch ein paar Tausend Euro für neue Zähne ausgeben sollten. Auch Gesundheitsgüter wie Kuren oder sonstige Befindlichkeitsverbesserungen, die zusätzlich einen hohen Konsumgutanteil haben, könnte man getrost und ohne inhuman zu werden dem freien Spiel von Angebot und Nachfrage überlassen.

Leider ist aber das Wundermittel Marktwirtschaft nicht flächendeckend einzusetzen. Steht insbesondere der Sensenmann schon vor der Tür, d. h. geht es um Leben oder Tod, ist Rationierung durch den Markt, wie elegant und effizient auch immer, auch mit dem Weltbild eines extremen Wirtschaftsliberalen nicht mehr unter einen Hut zu bringen.

Die Frage ist daher, wenn nicht Rationierung durch den Markt, wie dann? Dabei wären u. a. die folgenden Prinzipien denkbar. Erstens: Wir verteilen wie auf der Titanic die Rettungsboote nur noch an die erste Klasse. In den USA z. B. hat man ohne dickes Bankkonto kaum eine Chance auf ein neues Herz. Außerdem sind überproportional viele Herzpatienten männlich oder weiß, oder aus Saudi-Arabien. Mit anderen Worten, die großen Geldverdiener haben erstes Zugriffsrecht.

Oder der „soziale Wert“ bestimmt, wer leben darf und wer sterben muss. Das ist die Situation aus den Kindertagen der künstlichen Blutwäsche, als es noch nicht genug Dialysegeräte für alle Nierenkranken gab. Ein arbeitsloser Junggeselle zieht dann gegen einen seriösen Familienvater mit acht Kindern eventuell den Kürzeren. Oder: keine Herzverpflanzungen oder andere teure Therapien für Patienten ab einem bestimmten Lebensalter, wie heute schon in durchaus zivilisierten Ländern wie Großbritannien oder Schweden standardmäßig praktiziert. Wer etwa in England als über 65-Jähriger ein Nierenleiden entwickelt, macht besser gleich sein Testament. Oder die Nutznießer werden ausgelost. In einer Sturmnacht des 19. Jahrhunderts stieß der amerikanische Frachtensegler „William Brown“ auf der Fahrt von Liverpool nach Philadelphia nahe Neufundland auf einen Eisberg und versank. Die Mannschaft und die Hälfte der Passagiere konnten in zwei Rettungsbooten entkommen; jedoch geriet eines davon wegen Überladung in Gefahr zu kentern, und so warf die Mannschaft, um das Boot vor dem Untergang zu retten, in letzter Verzweiflung 14 Passagiere über Bord.

Nach der Rettung der Übrigen wurde ein Mitglied der Mannschaft, der Matrose Holmes, der als Einziger der Besatzung greifbar war und im Übrigen nur die Anweisungen seines Maates befolgt hatte, wegen Totschlags angeklagt. Zwar räumte das Gericht durchaus ein, dass – hätte man nicht 14 Passagiere umgebracht – außer diesen 14 auch alle anderen hätten sterben müssen. Trotzdem lautete das Urteil auf schuldig, vor allem wegen der Auswahlprozedur. Die Auswahl der Opfer sei willkürlich gewesen (die Mannschaft war nur bestrebt, keine Ehepaare zu trennen und keine Frauen über Bord zu werfen, hatte aber ansonsten die 14 Opfer willkürlich ausgesucht), man hätte losen müssen.

Als in England Mitte der fünfziger Jahre des letzten Jahrhunderts die Schutzimpfung gegen Kinderlähmung aufkam, der Impfstoff aber zu knapp war, um an alle Gefährdeten verteilt zu werden, veranstaltete man daher eine Lotterie. Zwar wurden die Verlierer nicht unmittelbar wie im Fall „U.S. vs. Holmes" zum Tode verurteilt (nur ihre Wahrscheinlichkeit zu sterben nahm zu; wie wir weiter unten sehen werden, ist das ein großer Unterschied), aber die Gewinner wurden offen vom Zufall bestimmt.

Oder soll man, wie in der Katastrophen- und Kriegsmedizin, vor allem die Starken und Tüchtigen retten und die Schwachen sterben lassen? So verfügte etwa das amerikanische Oberkommando während des Feldzugs gegen Rommel in Nordafrika, dass nur solche Kranken und Verwundeten das damals knappe Penicillin erhalten sollten, mit deren baldiger Einsatzbereitschaft zu rechnen sei, mit der Konsequenz, dass nicht die kämpfenden Truppen, sondern vorzugsweise Soldaten mit Geschlechtskrankheiten, die ihre „Verwundung" in einem Bordell erlitten hatten, in den Genuss dieser teuren und knappen Behandlung kamen.

Oder ist der medizinische Nutzen ausschlaggebend? Die Menschen, die am meisten von einer medizinischen Maßnahme profitieren könnten, bekommen sie zuerst? Nach diesem Prinzip funktioniert etwa die Rationierung in der Transplantationschirurgie schon seit Jahren ausgezeichnet: Die Blutgruppen von Spender und Empfänger sowie – je nach Organ unterschiedlich gewichtet – die sogenannten HLA-Merkmale müssen zusammenpassen, auch die Wartezeit und die Bereitschaft, an den vor und nach der Behandlung nötigen Untersuchungen mitzuwirken, spielen eine Rolle. Diese in ein ausgeklügeltes Punktesystem übertragenen Kriterien legen die Verteilung knapper Spenderorgane fest; sie werden von den meisten Beteiligten als gerecht und fair empfunden.

Oder nur solche Patienten erhalten neue Organe, die selbst zur Organspende bereit gewesen sind? Oder man erlaubt den Menschen, eine ihrer zwei Nieren zu verkaufen? Einen solchen Markt gibt es vielerorts bereits, derzeit noch illegal. Aber es gibt Kollegen, die meinen, das könnte man auf eine ganz legale Basis stellen. Oder man schneidet einfach die von der Gemeinschaft vorgehaltenen Maßnahmen an einer gewissen Stelle ab. In den neunziger Jahren des letzten Jahrhunderts hat der US-amerikanische Bundesstaat Oregon auf einer Liste festgehalten, welche von mehreren Hundert medizinischer Maßnahmen im Rahmen der staatlichen Gesundheitsversorgung für die Armen (Medicaid) vorgehalten werden sollten und welche nicht. Die insgesamt 736 Einträge umfassende Liste des Jahres 2002 z. B. schneidet bei Nr. 566 – „Dysfunction of nasolacrinal system“ – die auf Kosten von Medicaid behandelbaren Gesundheitsbeschwerden ab; Patienten mit Beschwerde Nr. 567 – „Chronic anal fissure“ – haben keinen Behandlungsanspruch mehr.

In Europa hat man etwa in Schweden diesen Rationierungsvorschlag aufgegriffen. Im Auftrag des Reichstags hat eine Arbeitsgruppe von Ärzten und Gesundheitsökonomen alle bekannten medikamentösen und sonstigen Therapien in der Kardiologie auf einer Skala von 1 bis 10 bewertet. Maßnahmen mit den Prioritäten 1 bis 3 sind durchzuführen, Maßnahmen mit den Prioritäten 4 bis 6 können durchgeführt werden, müssen aber nicht, und Maßnahmen mit den Prioritäten 7 bis 10 sind zu unterlassen. Zur letzten Gruppe gehören etwa Angiographie und Bypassoperationen bei Patienten mit stabiler Angina pectoris, also Maßnahmen, die anderswo, etwa in Deutschland, durchaus noch zur Alltagspraxis zählen.

Das Für und Wider dieser Mechanismen sei im Weiteren dahingestellt. Je nach Entscheidungslage haben alle etwas für, aber auch etwas gegen sich. So wird etwa aus den USA berichtet, dass die Gesamtausgaben von Medicaid seit Einführung der Oregon-Liste nicht gesunken, sondern überdurchschnittlich angestiegen sind. Und viele Ärzte halten sich einfach nicht daran oder lassen Patienten privat für nicht erstattungsfähige Leistungen bezahlen. In der Fachliteratur nennt man das auch „weiche Rationierung“: Patienten können Angebotsbeschränkungen umgehen.

## Soziale Zahlungsbereitschaft oder: Statistische versus individuelle Menschenleben

Eine letzte Möglichkeit, dem unausweichlichen Rationierungszwang im modernen Medizinbetrieb zu begegnen, ist eine Ausrichtung nicht an der individuellen, sondern an der sozialen Zahlungsbereitschaft.

Dieser Gegensatz ist etwas konstruiert. Denn auch diese hier so benannte „soziale" Zahlungsbereitschaft geht auf individuelle Präferenzen zurück. Aber diese individuellen Präferenzen betreffen nicht Entscheidungen auf Leben oder Tod. Vor der Wahl: Geld oder Leben? wählt fast jedes Individuum das Leben, unabhängig vom Preis. Insofern ist individuelle Zahlungsbereitschaft im Angesicht des Todes kein praktikables Auswahlkriterium.

Etwas anderes ist dagegen eine Abwägung von Risiken: Was muss man mir bezahlen, damit ich eine um soundso viel Prozent erhöhte Unfallgefahr am Arbeitsplatz akzeptiere? Hier lassen die meisten Menschen durchaus mit sich handeln, dazu gibt es in den Wirtschaftswissenschaften eine ausgefeilte Theorie der kompensierenden Lohndifferentiale.

Gleiches gilt auch im Privatleben: Wer, um 200 Euro für ein ABS-System an seinem Auto einzusparen, eine Wahrscheinlichkeit von 1:1000 in Kauf nimmt, binnen eines Jahres durch einen Verkehrsunfall ums Leben zu kommen, setzt eine Todeswahrscheinlichkeit von 1:1000 mit 200 Euro gleich. Wenn tausend Personen diese Ansicht teilen, liefe das darauf hinaus, dass diese Gruppe als Ganzes bereit wäre, für 200 000 Euro einen statistischen Todesfall zu akzeptieren – jeder Einzelne ist zwar nur mit einer gewissen Wahrscheinlichkeit betroffen, aber diese Wahrscheinlichkeiten addieren sich zu einer (statistischen, langfristigen) Sicherheit.

Mit „sozialer Zahlungsbereitschaft" ist also genau das gemeint: Nicht der Preis für ein konkretes Menschenleben (den gibt es nicht, denn ein konkretes Menschenleben ist kein ökonomisches Gut und hat daher auch keinen Preis), sondern allein der Preis, für den eine Gemeinschaft bereit ist, ein erhöhtes Risiko für den Tod oder eine Krankheit ihrer Mitglieder zu akzeptieren.

Wie setzt man das im Gesundheitswesen um? Und lässt sich das überhaupt im Gesundheitswesen umsetzen?

Antwort: Nicht immer. Am konkreten Patienten z. B. nicht. Aber immer dann, wenn es um Bereitstellung von Ressourcen, d. h. um strategische Planung im Gesundheitswesen geht, sind dergleichen Überlegungen auch im Gesundheitswesen angezeigt. Wird eine neue Herzklinik gebaut? Leisten wir uns ein nationales Bluthochdruckprogramm? Gibt es Krebsprävention für alle auf Krankenschein? usw. Die einschlägigen Entscheidungen betreffen keine im Augenblick der Entscheidung bekannten Menschen, sie berühren allein unsere Überlebenswahrscheinlichkeiten, und das ist ein ganz großer und zentraler Unterschied.

Zuweilen nennt man diese Art der Kostenbegrenzung auch „primäre Rationierung". Anders als bei der „sekundären" Rationierung, wo vorhandene Kapazitäten auf die Hilfsbedürftigen zu verteilen sind, geht es hier um den Umfang dieser Kapazitäten selbst. Und eine rationale, an den Wertvorstellungen der Bürger ausgerichtete Gesundheitspolitik hätte also zunächst einmal die soziale Zahlungsbereitschaft für ausgewählte Infrastrukturprojekte zu ermitteln; ist diese größer als die Kosten, wird das Projekt durchgeführt. Ist sie kleiner als die Kosten, nicht.

Dergleichen Überlegungen wurden bisher zumindest im deutschen Gesundheitswesen aber noch nicht angestellt.

## Diskussion

Die hier präsentierte Sichtweise ist nur eine Partialanalyse, keine allgemeine Gleichgewichtsbetrachtung: Auch wenn man mit einem gewissen Aufwand die Überlebenswahrscheinlichkeit für gewisse endliche Zeitspannen erhöhen kann, auf lange Sicht sind trotzdem alle tot. Damit komme ich sozusagen zum Anfang dieser Ausführungen zurück. Ein erster Schritt in Richtung allgemeines Gleichgewicht wäre also ein Umrechnen von Überlebenswahrscheinlichkeiten in zusätzliche Lebensjahre. Aber auch dann wäre immer noch nicht berücksichtigt, dass der Mehrkonsum der nichtproduktiven Gemeinschaftsmitglieder in einem längeren Leben auf Kosten des Konsums der Produzenten geht, oder anders ausgedrückt: Könnten sich alle Gemeinschaftsmitglieder, bevor sie geboren werden, an einem runden Tisch zusammensetzen und in Unwissenheit über ihr späteres Lebensschicksal rational, also den Erwartungsnutzen maximierend, über Gesundheitsausgaben beschließen, käme wieder etwas anderes heraus. Das wäre aber ein Thema für einen eigenen Vortrag; deswegen bedanke ich mich jetzt für Ihre Aufmerksamkeit und mache an dieser Stelle erst mal einen großen Punkt.

## 7. Die Illusion der Prävention

■ Vortrag auf der 58. Jahrestagung der Arbeitsgemeinschaft für Kieferchirurgie, Wiesbaden, 1. Mai 2008.

Sehr geehrte Damen und Herren,

haben Sie vielen Dank für die Einladung zu diesem Referat auf Ihrer Jahrestagung, die ich sehr zu schätzen weiß. Das ist ja durchaus nicht selbstverständlich, dass ein Statistiker und Ökonom, also von Ihrer Warte her gesehen klar ein Außenseiter, zu Heilberufen über Themen wie Gesundheit, Krankheit, Leben, Sterben und die Zukunft des Gesundheitswesens spricht. Aber genau deshalb stehe ich jetzt vermutlich hier. Denn Außenseiter haben auch ihr Gutes, z. B. sind sie eher vor Betriebsblindheit geschützt und können gerade *aus* ihrer Außenseiterposition für Insider ganz nützlich sein.

Ich möchte also diese Außenseiterposition in den nächsten 20 Minuten dazu nutzen, um einmal kurz über den Tellerrand der aktuellen Tagespolitik, um über intramedizinische, in gewissem Sinne also *taktische* Spezialprobleme, um darüber einmal hinauszusehen und stattdessen auf einige langfristige, strategische Dilemmas des modernen Medizinbetriebes hinzuweisen, die völlig unabhängig davon sind, ob unser Gesundheitsminister Ulla Schmidt oder Phillip Rösler heißt, und die auch dann vorhanden blieben, wenn alle Ärzte und Patienten Engel wären und die Pharmaindustrie ein Zweigbetrieb der Heilsarmee.

Eines dieser langfristigen, strategischen Dilemmas betrifft den Stellenwert der Prävention. Das ist ja auch eines der beiden Schwerpunktthemen dieser Konferenz. Und eines der Themen, über die bei den Heilberufen die größten Illusionen existieren. Wie Sie wissen, geben wir in Deutschland mehr als zehnmal so viel für die Behandlung wie für die Verhinderung von Krankheit aus. Das erscheint vielen als ein Missverhältnis. Ich zitiere einen bekannten deutschen Sozialmediziner: „Richtige Lebensweise, verantwortungsbewusste Lebensführung und Einhaltung natürlicher Ordnungen würden mit einem Schlag die Situation im Gesundheitswesen grundlegend ändern und die Kosten auf ein erträgliches Maß absenken."

Denn vorbeugen ist doch besser als heilen. Gibt es eine Wahrheit, die offensichtlicher zutage läge? Zumindest in diesem Punkt scheinen die meisten Betrachter unseres Gesundheitswesens allen sonstigen Differenzen zum Trotz doch übereinzustimmen: Einen Schaden gar nicht erst entstehen zu lassen ist doch offensichtlich besser und auch billiger als jede Reparatur.

Das mag in einigen Teilbereichen, speziell in dem, der Sie wohl am meisten interessiert, der oralen Medizin, auch durchaus zutreffen. Aber im Allgemeinen ist diese Sicht der Dinge falsch. Nicht grundsätzlich falsch, das möchte ich ganz ausdrücklich betonen, aber doch in ihrer Allgemeinheit falsch. Bitte sehen Sie daher die folgenden Ausführungen nicht als einen Angriff auf den Präventionsgedanken an sich. Das liegt mir völlig fern. Prävention im Gesundheitswesen ist außerdem ein viel zu weites Feld, als dass man in 20 Minuten darüber erschöpfend reden könnte. Ich sage nur: Nicht alle Hoffnungen, die man in eine stärkere Betonung des Präventionsgedankens setzt, werden in Erfüllung gehen.

Wieso? Beziehungsweise wieso nicht? Der Grund für meine Skepsis ist ebenso trivial wie unangenehm. In einem englischen Andenkenladen habe ich dazu einmal einen Aufkleber mit folgendem Spruch gesehen: „If you give up drinking, smoking and sex, you don't live longer. It just seems like it."

Das ist natürlich falsch – denn Nichtraucher leben nicht nur subjektiv, sondern auch objektiv länger als andere – enthält aber trotzdem einen wahren Kern. Denn auch Nichtraucher müssen sterben, genau wie Müsli-Freunde oder Anti-Alkoholiker, und eine per Prävention verhinderte Krankheit macht uns leider nicht unsterblich, wie viele Präventionsverliebte offenbar zu glauben scheinen, sondern in erster Linie doch nur Platz für eine andere.

## Indirekte Kosten der Prävention

Die letztendliche Sterblichkeitsrate bleibt immer 100 Prozent, da kann die Medizin machen, was sie will. Vielleicht erinnert sich noch der eine oder andere hier im Saal an eine groß angelegte Präventionskampagne in den nordbadischen Städten Wiesloch und Eberbach, die anfangs der achtziger Jahre in der deutschen Presse für einige Furore sorgte. Ich zitiere aus der *Frankfurter Allgemeine Zeitung*: „Von der fünften Klasse an erlernen Schüler die selbständige Blutdruckkontrolle, Arbeitsgruppen befassen sich mit Diät, gesundem Frühstück und Pausenbrot, Ärzte unterrichten sogenannte Risikopatienten im Wartezimmer." Fast wörtlich genauso die Hamburger *Zeit*:

„Die heute in Wiesloch und Eberstadt verkaufte Wurst enthält z. B. 25 Prozent weniger Salz als früher. Der Fettgehalt der Wurst wurde auf 6 bis 8 Prozent verringert. Selbst Mayonnaise enthält nicht mehr 80 Prozent Fett, wie üblich, sondern lediglich 25 Prozent [...] Metzgermeister (!) klären Hausfrauen in Arztpraxen über ernährungsphysiologisch richtige Speisenzubereitung auf, Hoteliers setzen Gerichte mit Kalorienangabe auf die Speisekarte, Bäcker bieten salzreduzierte und ballaststoffreiche Brotsorten an" usw. – eine ganze Stadt beugt vor.

Nun, ich war 10 Jahre später in Wiesloch zu Besuch und habe die folgende Seite aus der dortigen Lokalzeitung für Sie mitgebracht (siehe Abb. Seite 64).

Wie Sie sehen, die Leute in Wiesloch sterben immer noch, und sterben sie nicht an Krebs, dann an Alzheimer und Herzinfarkt, und damit bin ich auch schon bei den Kosten angelangt. Ob nämlich die erfolgreiche Prävention einer be-

Die Trauerfeier fand im engsten Familienkreis statt.

Anstelle zugedachter Blumen bitten wir um Spenden zugunsten des Deutschen Komitees für UNICEF, Bank für Sozialwirtschaft Köln, Konto-Nr. 3 035 244 286, BLZ 370 205 00.

---

Wir trauern um unseren lieben Vater und Opa

**Hans Klaiber**

* 1. 4. 1909 † 14. 10. 1990

Er hat nach kurzer, schwerer Krankheit in seiner Heimat Friedenweiler/Schwarzwald die letzte Ruhe gefunden.

**Roswitha Ulmer**
**und Familie**
**Karin Herdes**
**und Familie**

6900 Heidelberg, Mittlerer Gaisbergweg 5
7701 Welschingen, Sonnenrain 4e

---

Mein lieber Mann, unser Bruder, Schwager und Onkel

**Raimund Tiedmann**

ist im Alter von 56 Jahren von uns gegangen.

In stiller Trauer:
**Eleonore Tiedmann** geb. Haaß
**und Angehörige**

Heidelberg, den 16. Oktober 1990
Kirchstraße 22

Die Trauerfeier findet am Montag, dem 22. Oktober 1990, um 13.30 Uhr in der Kapelle auf dem Bergfriedhof in Heidelberg statt.

---

*Wie schmerzlich war's vor Dir zu stehen,*
*dem Leiden hilflos zuzusehen.*
*Du hast gesorgt, Du hast geschafft,*
*bis Dir die Krankheit nahm die Kraft.*
*Schlicht und einfach war Dein Leben,*
*treu und fleißig Deine Hand,*
*immer helfen war Dein Streben,*
*ruhe sanft und habe Dank.*

Wir nehmen Abschied von unserer lieben Mutter, Schwiegermutter, Oma, Schwester, Schwägerin und Tante

**Margarete Zimmer**

**geb. Hettinger**

* 9. 12. 1911 † 17. 10. 1990

In stiller Trauer:

---

**Vorstand, Betriebsrat und Mitarbeiter**
**KRAFTANLAGEN AKTIENGESELLSCHAFT**
**Heidelberg**

Heidelberg, den 18. Oktober 1990

---

Nach kurzer, schwerer Krankheit verstarb i
St. Georgen im Schwarzwald mein Mann, unse
Vater, Schwiegervater und Opa

**Franz Hack**

* 18. 6. 1930 † 17. 10. 1990

In stiller Trauer:
**Leoni Hack**
**Michael Hack und Familie**
**Gisela Schäfer** geb. Hack **und Familie**
**und alle Angehörigen**

6913 Mühlhausen-Rettigheim, den 19. Oktober 1990

Beerdigung: Montag, 22. Oktober 1990, 14 Uhr, Seelenamt in Schonach im Schwarzwald, anschließend Beerdigung.

---

Unsere liebe Mutter, Oma, Schwester und Tante

**Emilie Fabis**

**geb. Herrmann**

ist im Alter von 83 Jahren von uns gegangen.

Im Namen aller Angehörigen
**Familie Klaus Fabis**

Nußloch, den 18. Oktober 1990
Heidelberger Straße 16

Die Beerdigung findet am Dienstag, dem 23. Oktober 1990, um 14 Uh
auf dem Bergfriedhof in Heidelberg statt. Kondolenzliste liegt auf.

---

Wir trauern um unsere liebe, gute

**Friedl Bell**

geb. Schön

30.5.1919 – 14.10.1990

In Liebe und Dankbarkeit
Martha und Herbert Rübner

stimmten Krankheit das Gesundheitsbudget als Ganzes entlastet oder nicht, hängt offenbar entscheidend davon ab, was billiger ist: die verhinderte Krankheit oder die, die man stattdessen kriegt. Das kann man nicht am grünen Tisch entscheiden, aber ich kenne hier einige sehr seriöse Modellrechnungen, die bezüglich des rein ökonomischen Nutzens von noch mehr Prävention zu eher skeptischen Ergebnissen gelangen.

Vielleicht kennen einige hier im Saal die berühmte Untersuchung von Leu und Schaub von der Universität Basel zu Rauchen und Gesundheitskosten in der Schweiz. Darin kamen die Autoren u. a. zu dem Resultat, dass die Schweiz langfristig eher mehr statt weniger für die Gesundheit ausgeben müsste, wenn es dort seit 100 Jahren keine Raucher gäbe. So paradox das auf den ersten Blick auch klingt, aber das Gesundheitswesen würde durch ein totales Rauchverbot nicht billiger, sondern langfristig nur noch teurer (weil nämlich die Kosten, die in den Extra-Lebensjahren des Nichtrauchers entstehen, die vorher gesparten Ausgaben mehr als aufwiegen). Wenn man also ernst nimmt, was man immer wieder zu Bonus-Malus beim Krankenkassenbeitrag liest, müssten Raucher keinen Malus, sondern einen Bonus auf ihren Beitrag eingeräumt erhalten (was, nebenbei bemerkt, auch die beste Methode wäre, sie von diesem Laster einfürälle Mal zu heilen).

## Nutzen vs. Grenznutzen

Das war also das erste Argument, warum eine Schwerpunktverschiebung der Gesundheitspolitik in Richtung Prävention uns weit weniger aus der modernen Gesundheitskrise hilft, als viele glauben. Ein weiteres ist, dass man wie bei vielen Dingen im Leben den Gesamteffekt und den Extraeffekt auseinanderhalten muss. Man kann nämlich durchaus die These vertreten, dass Prävention an sich auch unter Kostenaspekten eine gute Sache sei, aber dennoch Zweifel anmelden, ob noch *mehr* Prävention den Nutzen weiter steigert.

Die Betonung liegt dabei auf „mehr". Das ist keine sprachliche Haarspalterei, sondern ein ganz zentraler Punkt. Man kann den Nutzen von mehr Prävention durchaus bezweifeln, ohne den Gesamtnutzen aller Prävention insgesamt in Frage zu stellen. Ein ersatzloser Wegfall etwa von Schutzimpfungen und öffentlicher Hygiene wäre medizinisch wie auch ökonomisch ein Desaster. Binnen weniger Jahre würden wir wieder wie unsere Vorfahren von Tbc und Typhus, Kinderlähmung, Pocken oder Cholera hinweggerafft, und die Bekämpfung dieser Seuchen wäre im Vergleich zum eingesparten Vorsorgeaufwand vermutlich auch noch sehr viel teurer. Ohne Zweifel sind daher die Mittel gegen diese Seuchen auch ökonomisch, oder, wenn Sie so wollen: veterinärmedizinisch bestens angelegt, von den gewonnenen Lebensjahren ganz zu schweigen – wir können auch sagen, dass dem Aufwand ein hoher Nutzen gegenübersteht.

Das bedeutet aber nicht, dass eine Verdoppelung des Aufwands auch den Nutzen verdoppelt. Der zusätzliche Ertrag (der „Grenzertrag" im Fachjargon der Ökonomen) nimmt vielmehr mit steigendem Aufwand ab. Jede Extramark für Prävention spart immer weniger Behandlungskosten und trotzt dem Tod zusehends weniger Lebensjahre ab. Nach den leichten Siegen über die akuten Killerkrankheiten der Vergangenheit steht die Medizin heute weit hartnäckigeren Feinden wie den viel schwerer oder überhaupt nicht aufzuhaltenden chronisch-degenerativen Krankheiten gegenüber, sind die heutigen Feldzüge nur mit weit höherem Aufwand an Geld und Material zu gewinnen, werden Siege, falls überhaupt, immer mühsamer erkämpft und macht der Triumph über die eine Menschheitsgeißel in der Regel nur noch Platz für eine andere.

Obwohl also die segensreiche Wirkung von Präventionsmaßnahmen insgesamt nicht zur Debatte steht, die mitgeholfen haben, unsere Lebensspanne seit Anfang des Jahrhunderts von knapp 40 auf heute über 70 Jahre fast zu verdoppeln: die Wirkung zusätzlicher Präventionsmaßnahmen ist nicht so klar – eine weitere Verdoppelung unserer Lebenserwartung, von 70 bis 80 auf 140 bis 160 Jahre, ist wegen unserer biologischen und wohl auch in Zukunft gültigen Altersgrenze von rund 120 Jahren völlig ausgeschlossen.

## Sonstige Kosten der Prävention

Also: der rein medizinische Nutzen jeden weiteren Euros für noch mehr Prävention nimmt ab. Und das führt dazu, dass viele Heilerfolge inzwischen sogar preiswerter durch Therapie als durch Prävention erzielbar sind. In den USA z. B. hat man einmal die Kosten pro Extra-Lebensjahr bei verschiedenen Maßnahmen gegen Herzinfarkt berechnet, mit folgendem Ergebnis: kardiologische Intensivstation 5.000 Dollar, Notarztwagen 7.000 Dollar, Angiographie mit eventueller Bypassoperation 14.000 Dollar, vorbeugende Bluthochdruck-Behandlung 20.000 Dollar, Belastungstests asymptomatischer Patienten mit anschließendem Szintigramm 39.000 Dollar – Vorbeugen ist hier nicht billiger, sondern erheblich teurer als heilen. Ungezählte Menschen werden nämlich geimpft, mit blutdrucksenkenden Medikamenten behandelt oder durch Vorsorgeprogramme aller Art geschleust, die ohnehin die Krankheit nie bekommen hätten. Für diese ist das Geld für die Prävention also gewissermaßen zum Fenster hinausgeworfen. Bei akuten Fällen dagegen wird der Aufwand wirklich nur dort getrieben, wo er wirklich nötig ist. Wenn auch die Behandlung akuter Fälle pro Patient in der Regel teurer ist als Vorbeugung, so ist doch die Fallzahl und oft allein schon deshalb auch der Gesamtaufwand der Therapie, wie beispielhaft bei der Bekämpfung von Masern, erheblich kleiner.

Und dann ist Prävention an sich ja auch nicht ungefährlich. Nicht umsonst ist man etwa vielerorts von Schutzimpfungen gegen Keuchhusten wieder abgekommen, und neuerdings raten Ärzte bei Reisen in gewisse Tropenländer sogar von der Vorbeugung gegen Malaria ab. Andere Vorsorgemaßnahmen sind, wenn nicht gefährlich, so doch zumindest unbequem (Diät), mindern die Lebensfreude (Verzicht auf Alkohol und Nikotin), sind mit lästigen Nebenwirkungen behaftet, wie viele Medikamente zur Senkung des Bluthochdrucks, oder vergällen nur das weitere Leben, ohne den Verlauf der Krankheit wesentlich zu bremsen, wie oft die Früherkennung gegen Krebs. Oder um den französischen Literaten François de La Rochefoucault zu zitieren: „Wer allzuviel an seine Gesundheit denkt, vertauscht diese nur gegen eine äußerst langweilige Krankheit."

## Gefahren von falsch positiv

Das Stichwort Früherkennung leitet über zu einer weiteren, oft dramatisch unterschätzten Nebenwirkung bestimmter Präventionsmaßnahmen, vor allem solcher der Sekundärprävention, nämlich der Diagnose falsch positiv bzw. der Beurteilung solcher Tests ganz allgemein. Hier wissen nämlich die meisten Mediziner überhaupt nicht, was sie tun.

Mein Berliner Kollege Gerd Gigerenzer hat einmal eine Stichprobe von 24 praktizierenden Frauenärzten gefragt: Mit welcher Wahrscheinlichkeit hat eine Frau mit positivem Mammographiebescheid tatsächlich Krebs?

Die korrekte Antwort wäre zunächst einmal: Es kommt drauf an. Und zwar darauf, wie viele Frauen insgesamt an Brustkrebs leiden, wie sicher der Test eine solche Erkrankung erkennt und wie oft der Test zu Unrecht anschlägt. Angenommen also, 1 Prozent aller untersuchten Frauen haben tatsächlich Brustkrebs, der Test entdeckt davon 80 Prozent (d. h. auch „Spezifizität"), und bei 10 Prozent aller gesunden Frauen gibt es Fehlalarm. Wie hoch ist dann die Wahrscheinlichkeit, dass eine Frau mit positiver Mammographie tatsächlich Brustkrebs hat?

Antwort: rund 8 Prozent.

Die meisten Ärzte schätzen die Wahrscheinlichkeit viel höher, sie sehen Brustkrebs, wo gar keiner ist, und auch das hat Folgen für die Gesundheit, die man nicht unterschätzen sollte. Der Kollege Gigerenzer hält die gesundheitsschädlichen Folgen falsch positiver Diagnosen sogar für gefährlicher als die Konsequenzen übersehener Erkankungen und tritt dafür ein, die Massenuntersuchungen auf Brustkrebs bei Frauen republikweit einzustellen.

## Prävention als Zwang

Es gibt einen letzten Anlass zur Skepsis, der steht nicht auf meiner Liste, den habe ich mir bis zum Schluss aufgehoben. Auch wenn Prävention keine Kosten spart, kann sie ja trotzdem medizinisch sinnvoll sein. Und sehr oft ist sie das ja auch. Meine bisherigen Ausführungen sollen auf keinen Fall als Rundumschlag gegen Prävention verstanden werden, ich habe nur auf einige gern übersehene Nachteile solcher Strategien hingewiesen. Bedenken habe ich daher in vielen Fällen auch weniger zum Ob, sondern mehr zum Wie der Prävention. Prävention verlangt nämlich nach Zwang. Freiwillig hat sie auf dieser schönen Erde noch niemals lange funktioniert, sodass hinter dem Zuckerbrot, mit dem man uns gesundes Leben schmackhaft machen will, meist eine große Peitsche droht. Darüber kann auch die bekannte Kundenfänger-Kampagne der deutschen Ortskrankenkassen mit dem Motto „Prävention macht Spaß“ nicht hinwegtäuschen. Prävention macht nämlich durchaus keinen Spaß. Mir jedenfalls nicht. Ich muss mich zum Zähneputzen genauso zwingen wie zur Frühgymnastik oder zum Verzicht auf ein weiteres Glas Wein, wenn es mir gerade besonders gut schmeckt. Trotz aller Aufklärungskampagnen essen und trinken wir weiterhin zu viel, ruinieren unsere Ohren in der Diskothek, gehen viel zu spät ins Bett, liegen trotz Ozonloch und Hautkrebs im Urlaub stundenlang am Strand, kaufen unser Mittagessen bei McDonalds statt im Bioladen, fahren mit dem Auto und nicht mit der Bundesbahn und tun auch sonst von morgens bis abends Dinge, die wir eigentlich nicht tun dürften, wenn die Verhinderung von Tod und Krankheit wirklich unser höchstes Streben wäre.

Natürlich sieht auch ein Liberaler, als den Sie mich inzwischen vielleicht identifiziert haben, bestimmte Zwangsmaßnahmen durchaus ein. Das ist z. B. immer dann der Fall, wenn Prävention sogenannte „externe Effekte“ hat, wie das im Fachjargon der Ökonomen heißt. Ein Paradebeispiel sind Schutzimpfungen, denn hier schützt man durch Prävention nicht nur sich selbst, sondern auch andere. Hier ist die Frage „Prävention ja oder nein“ eben nicht jedermanns eigenes Bier, hier ist auch nach dem liberalen Credo Zwang durchaus erlaubt. Aber ich habe auch schon Schlagzeilen gelesen wie „Krebsärzte fordern: Vorsorge als Pflicht“, und das geht mir eindeutig zu weit. An Krebs hat sich schließlich meines Wissens noch niemals jemand angesteckt.

Hierher gehört auch der von manchen Ärzten propagierte Zwangs-„Gesundheits-Check-up“ alle zwei Jahre für alle Versicherten, ob sie wollen oder nicht. Auch hier ist das Motiv zu loben, die Methoden aber weniger. Dann fehlte nämlich nur noch der TÜV-Stempel auf dem Hinterteil, und ehe wir bis drei zählen könnten, hätten wir den totalen medizinischen Überwachungsstaat.

Aus einem Recht auf könnte nämlich sehr schnell eine Pflicht zur Gesundheit werden, wie in vielen totalitären Gesellschaften links wie rechts bereits gehabt. Die russische Wochenzeitung *Literaturnaja Gazeta* etwa klagte vor einigen Jahren darüber, dass 30 Prozent der russischen Kinder übergewichtig seien und dass ihre körperliche Verfassung nicht den Ansprüchen einer modernen Industrie und Armee genüge. Alles in allem müsse die Einstellung zur Gesundheit geändert werden, da diese kein Privateigentum sei, sondern dem Staat gehöre.

Gesundheit als Eigentum des Staates! Damit will ich den Präventionsverfechtern hierzulande durchaus keine totalitären Tendenzen unterstellen. Insbesondere glaube ich nicht, dass Ulla Schmidt wieder die Leibeigenschaft in Deutschland einführen will. Aber die Gefahr ist nicht von der Hand zu weisen. Hier kämpfen offensichtlich linke Zwangsbeglücker und rechte Paternalisten Hand in Hand und steht der Liberale einsam in der Mitte.

Karl der Große soll zu seinen Ärzten gesagt haben, als diese ihm gebratenes Fleisch verboten, an dessen Stelle er gekochtes essen könne, sie sollten sich zum Teufel scheren. Das soll auch mein eigenes letztes Wort für heute Morgen sein. Denn was Karl dem Großen recht war, sollte uns billig sein. Eine wirklich freie Gesellschaft sollte sich im Zweifelsfall dazu durchringen, ihre Bürger nach eigener Fasson leben, aber auch nach eigener Fasson krank werden und sterben zu lassen.

## 8. Demographie als Schicksal oder freier Wille?

■ Mut, Heft Juli 2009

Die Deutschen sterben aus. Warum sterben die Deutschen aus? Wegen der „demographischen Entwicklung".

Das ist der große Buhmann (bzw. die große Buhfrau) der Jahre Null und immer wieder für Überraschungen gut. Etwa, dass Bundesbürger, die im Jahr 2010 Steuern zahlen sollen, spätestens 1990 hätten geboren werden müssen. Leider hat das niemand den Politikern gesagt. Die verschanzen sich vorläufig noch hinter der demographischen Entwicklung, die aber genauso wenig eine Entwicklung ist wie die kulturelle, historische oder gesamtwirtschaftliche Entwicklung im eigentlichen Sinn des Wortes Entwicklungen sind. Denn eine Entwicklung ent-wickelt sich, man denkt an Blumenknospen, die sich öffnen, oder an Kinder, die zu Jugendlichen, dann zu ausgereiften Menschen werden, deren Persönlichkeit sich aus den Genen – und natürlich als Produkt von Umweltreizen – mehr oder weniger „ent-wickelt".

Die demographische Entwicklung hierzulande verläuft aber nur an einem, dem rechten Ende, bei den Todesfällen, quasi nach Naturgesetzen. Die Wahrscheinlichkeit z. B., dass ein 50-jähriger deutscher Mann in den nächsten fünf Jahren stirbt, beträgt in guter Annäherung 4 Prozent: von 1.000 Männern, die in diesem Jahr ihren 50. Geburtstag feiern, sind erfahrungsgemäß 40 vor ihrem 55. Geburtstag tot. Vor 100 Jahren waren das weitaus mehr, in 100 Jahren sind es vielleicht weniger, aber über mittlere Zeiträume sind diese Sterberaten bemerkenswert konstant; von den Begründern der modernen Bevölkerungslehre, dem Engländer John Graunt und dem preußischen Pfarrer Johann Peter Süßmilch, wurden sie sogar als „göttliche Gesetze" angesehen: „Der Tod, dessen Begriff vielleicht manchen keiner Ordnung fähig zu seyn scheinen möchte, ist gleichwol ein recht bewundernswürdiger Schauplatz der schönsten Ordnung, und es ist desselben Gewalt fast an die allerstrengsten Regeln gebunden", schreibt Süßmilch in seinem klassischen Werk über die göttliche Ordnung im Leben und Sterben von uns Menschenkindern; er zeigt darin, „dass in der Geburt, Vermehrung, Fortpflanzung, im Leben, Tode und in den Ursachen des Todes eine beständige, allgemeine, große, vollkommene und schöne Ordnung herrsche".

Von dieser „allgemeinen, großen, vollkommenen und schönen Ordnung" kann aber, anders als Süßmilch glaubte, auf der anderen, der linken Seite der demographischen Entwicklung, bei den Geburten, keine Rede sein. Obwohl es auch hier eine Reihe bemerkenswerter Regelmäßigkeiten gibt. Etwa, dass in aller Regel mehr Jungen als Mädchen geboren werden (in Deutschland 2003 etwa 363.000 Jungen und 344.000 Mädchen). Und dass dieser Jungenüberschuss – aus Gründen, die wir hier nicht diskutieren müssen – mit dem Einkommen und der Bildung der Eltern steigt. Aber da hören die Regelmäßigkeiten und die gesicherten Erkenntnisse auch schon auf. Insbesondere hat der Geburtenrückgang, den wir heute überall auf der Welt, wenn auch nirgendwo so stark wie in Deutschland, beobachten, viel weniger mit der Anti-Baby-Pille und anderen Verhütungsmitteln zu tun, als viele glauben. Er hat in den entwickelten Industrienationen des Westens schon lange vor der Anti-Baby-Pille angefangen, und er wird mit oder ohne Anti-Baby-Pille bald auch die Dritte Welt erreichen.

Schon heute fallen die Geburtenraten weltweit ohne Rücksicht auf Verhütungsmittel: in Thailand von durchschnittlich 4,6 Kindern pro Frau 1975 auf 1,9 Kinder 2005, in Kolumbien von 4,7 Kindern 1976 auf 2,6 Kinder 2005, und ähnlich auch anderswo in Südamerika, Afrika und Asien. Zwar kann man dabei durchaus einen positiven Zusammenhang zwischen der Verbreitung von Verhütungsmitteln und den Geburtenraten messen (d. h. in Ländern mit leichtem Zugang zu Verhütungsmitteln sind die Geburtenraten in der Regel kleiner), aber das muss genauso wenig auf eine Kausalbeziehung hindeuten wie der positive Zusammenhang zwischen Geburten und Klapperstörchen, den man in manchen deutschen Bundesländern nachgewiesen hat; vielmehr hängen beide Variablen gemeinsam von einer dritten Variablen ab.

Diese gemeinsame dritte Variable ist die Vorstellung der Eltern, wie viele Kinder sie denn wollen. Diese geplante Familiengröße war schon immer und ist noch heute der mit Abstand wichtigste Bestimmungsfaktor für die Zahl der Kinder einer Ehe. Zwar hat es immer auch ungewollte Kinder gegeben (und in gewisser Weise kann man den Rückgang dieser ungewollten Kinder als den eigentlichen Erfolg der Anti-Baby-Pille und anderer Verhütungsmittel sehen), aber im Großen und Ganzen haben die Menschen zu allen Zeiten, wenn auch mit verschiedenen Methoden, ihre Kinderwünsche in der Praxis durchgesetzt. So hatten etwa europäische Bauernfamilien zu Anfang des 19. Jahrhunderts im Mittel vier Kinder, amerikanische dagegen sechs; aber nicht, weil die Bauern und Bäuerinnen diesseits des Atlantiks nicht so fruchtbar waren, sondern weil sie nicht so viele Kinder haben wollten: das Ackerland war aufgeteilt, für mehr Kinder gab es weder Brot noch Platz. In Amerika dagegen konnte der Farmer seine Kinder einfach nur nach Westen schicken.

Und damit sind wir mitten in unserem aktuellen Dilemma: Deutsche Paare wollen keine Kinder. Die einen, weil sie für diese Kinder keine Zukunft sehen, die anderen, weil sie die Kinder für ihr eigenes Alter nicht mehr brauchen. Und wieder andere, weil die Kinder dem aktuellen Lebensgenuss im Wege stehen. Das dumme Schlagwort von der „Überalterung" unserer Gesellschaft lenkt von den eigentlichen Problemen ab. Wir haben keine Überalterung, sondern eine Unterjüngung, und die ist kein Naturgesetz, die wird aktiv von der Sozial-, Familien- und auch Bildungspolitik gemacht. Solange in unseren Schulen der Weltuntergang gepredigt wird, kann niemand, sofern er oder sie denn diesem Kassandra-Geschwader folgt, guten Gewissens unschuldige Erdenbürger einer in allen deutschen Klassenzimmern vorhergesagten Katastrophenzukunft aussetzen, solange soziale Trittbrettfahrer ungestraft ihre kindererziehenden Mitbürger ausbeuten dürfen und solange das Kinderhaben so wie bisher den sozialen und beruflichen Aufstieg in der Regel zumindest für die Mütter bremst, anstatt ihn zu befördern, so lange wird sich an dieser Lage auch nicht allzu viel verändern.

Wenn wir ehrlich wären, müssten wir statt von einer „demographischen Entwicklung" also von einem demographischen Selbstmord reden. Aber das wäre wahltaktisch unklug – der eine oder andere könnte ja anfangen, darüber nachzudenken, wer dafür zur Rechenschaft gezogen werden sollte.

## 9. Gesundheit für alle – wie lange noch? Zieht die ältere Generation den Kürzeren?

■ Vortrag auf dem 2. Ökumenischen Kirchentag, München, 14. Mai 2010

Meine Damen und Herren,

wir reden hier heute über das Thema „Gesundheit für alle – wie lange noch?“ Schon die Frage impliziert daher: Gesundheit ist oder wird ein knappes Gut, es ist nicht mehr genug für alle da. Und eine weitere implizite Unterstellung ist: Gesundheit lässt sich kaufen, wer mehr Geld hat, kriegt auch mehr.

Wir alle wissen, das stimmt so nicht ganz. Gesundheit hat so wie Glück durchaus mit Geld zu tun, aber ein großer Teil davon liegt abseits aller monetären Grenzen in uns selbst. Diesen ganz wichtigen Teil lasse ich im Weiteren außen vor und konzentriere mich auf den Teil der Gesundheit, den man tatsächlich kaufen kann, also auf die Dienste der modernen Medizin. Und hier gibt es in der Tat ein großes, früher unbekanntes Problem, und das soll auch das Thema meines kurzen Einleitungsreferats sein. Dazu habe ich drei Thesen aufgestellt; ich stelle sie zunächst mal einfach und mit Absicht etwas plakativ zur Diskussionsanregung in den Raum:

**These 1:** Das Hauptproblem der modernen Medizin ist nicht die immer wieder aufgewärmte Korruption und Mißwirtschaft, trotz aller Verschwendung und Irrationalität, die es hier an allen Ecken und Enden nur zu offensichtlich gibt.

Das Hauptproblem der modernen Medizin sind nicht ihre *Mängel*, sondern ihre *Möglichkeiten*, das – in gewissem Sinne – *Übermaß* der guten Dinge, die sie uns heute anbietet. Und gegen das, was aus dieser Ecke noch an sozialen Spannungen und Verteilungskämpfen auf uns zukommt, sind die aktuellen

Querelen um Pauschalen und Budgets und Zuzahlungen und was alles im Rahmen der aktuellen Gesundheitspolitik noch so verhandelt wird, sind diese Probleme das reinste Kinderspiel.

**These 2:** Als Konsequenz dieses Übermaßes der guten Dinge ist die moderne Medizin schon heute unbezahlbar, und wird in Zukunft immer unbezahlbarer. Allen Wahlkampfreden unserer Politiker zum Trotz ist es schon heute nicht mehr möglich, allen Kranken und Patienten unseres Landes eine optimale Versorgung nach dem letzten Stand der Medizin zu garantieren, und diese Lücke wird von Tag zu Tag nicht kleiner, sondern größer. Mit anderen Worten, wir steuern unausweichlich nicht nur auf eine *Rationalisierung*, sondern ganz dezidiert auf eine *Rationierung* von Gesundheitsgütern zu.

Dazu eine ganz wichtige Klarstellung vorweg: nämlich die, dass ich hier keine Werturteile fälle, sondern zunächst einmal nur Fakten konstatiere. Ich sage nicht: die Medizin *soll* rationiert werden, sondern: die Medizin *wird* rationiert werden, und das ist ein großer Unterschied. Das eine ist ein Wunsch oder ein Werturteil, das andere eine völlig wertneutrale Feststellung einer Tatsache, für die ich als Statistiker genauso wenig etwas kann, wie etwa ein Klimaforscher für das Ozonloch etwas kann. Und genauso wenig wie Sie einen Klimaforscher beschimpfen, der sagt: über der Antarktis gibt es ein Ozonloch, genauso wenig dürfen sie einen Statistiker beschimpfen, der sagt: in der modernen Medizin gibt es ein Bedarfsloch, einen Überhang des theoretisch Machbaren über das praktisch finanzierbare, denn in beiden Fällen wird völlig wertneutral allein ein Faktum konstatiert.

Also: was wahr ist, muss wahr bleiben, auch auf einem Kirchentag. Ich weiß, viele halten es für ein Indiz der Frömmigkeit, unangenehme Wahrheiten nicht auszusprechen, aber ich finde, gerade auf einem Kirchentag, wo es um Grundsatzfragen unseres Lebens geht, sollte man um ebendiese Grundsatzfragen keinen Bogen machen.

**These 3:** Dieser Verteilungskampf, diese Rationierung im Gesundheitswesen ist nicht nur unabwendbar, und ich betone nochmals: unabwendbar, sondern kann je nach Ausgestaltung auch human sowie sozial verträglich sein. Wenn wir die Sache nur vernünftig angehen, muss die Menschlichkeit dabei durchaus nicht auf der Strecke bleiben.

## Die Explosion des sinnvoll Machbaren

Zu den Thesen im einzelnen. These 1: Die moderne Medizin als das Opfer ihres eigenen Erfolges. Denn genau das ist die Situation. Wäre die Medizin auf der Stufe des letzten Jahrhunderts, bei Koch und Röntgen, Sauerbruch oder Semmelweiß stehen geblieben, hätte sie heute eine Menge Probleme weniger.

Das erste dieser sozusagen selbstgebastelten Probleme ist die sogenannte „Kostenexplosion". Denn diese „Kostenexplosion" ist in Wahrheit keine Kosten-, sondern aller Korruption und Misswirtschaft zum Trotz vor allem eine Effizienz- und Leistungsexplosion. Ausgaben sind nämlich immer das Produkt von *zwei* Faktoren, von Preisen und von Mengen, und wenn Sie die unbestreitbare Ausgabenexplosion der letzten 50 Jahre einmal auf diese beiden Komponenten, auf den Preis und auf die Mengen aufteilen, dann stellen Sie fest, dass nicht die Preise, sondern ganz klar die *Mengen* der Hauptmotor gewesen sind.

Das fängt bei Antibiotika an und hört bei Kernspintomographen und Zellseparatoren auf, und das unterscheidet die Medizin z. B. von der EDV, die ja auch in den letzten Jahrzehnten einen rasanten Fortschritt zu verzeichnen hatte. Aber anders als in der Medizin hat dieser Fortschritt das Angebot nicht verteuert, sondern ganz enorm verbilligt. Der Grund ist, dass der Fortschritt in der EDV vor allem sogenannte „Ersatztechnologien" produziert, also Verfahren, mit denen eine gegebene Leistung wie etwa die Addition von 1 und 1 effizienter und damit auch billiger herzustellen ist.

Solche Ersatztechnologien gibt es in der Medizin zwar auch, aber nur am Rand. In der modernen Medizin dominieren ganz eindeutig die sogenannten „Zusatztechnologien“, also Verfahren, die etwas bis dato prinzipiell Unmögliches auf einmal möglich machen. Zusatztechnologien wie Organverpflanzungen oder Operationen am offenen Herz *erzeugen* aber erst einen Bedarf, der vorher allenfalls latent vorhanden war, und die meisten medizinischen Fortschritte sind genau von diesem Typ.

Ich lese Ihnen einmal einige einschlägige Schlagzeilen aus der deutschen Tagespresse vor:

- Neues Medikament fördert die Gedächtnisleistung
- Medikamente reinigen auch Herzschlagadern
- Fortschritte bei Hörschnecken-Implantaten
- Hörtest schon bei Ungeborenen möglich
- Bald künstliches Lebersystem
- Auch Teilstücke der Leber jetzt erfolgreich übertragen
- Per Computersimulation zur Hüftgelenkprothese
- Gelähmte können laufen lernen
- Fötus im Mutterleib am Herzen operiert
- Herzschrittmacher für Babys
- Herzschrittmacher mit 86
- Herzschrittmacher mit 96
- Herzschrittmacher mit 102
- Neue Klinik für Handchirurgie
- Fuß nach Monaten wieder angenäht
- Blutwäsche auch bei Herzversagen
- Der perfekte Kunstknochen
- Herztransplantationen zunehmend auch bei kleinen Kindern
- Vierjährige erhält fünf neue Organe
- Transplantation von Gehirnzellen

- Dünndarmtransplantat bei Zungenkrebs
- Laser gegen Karies
- Pille gegen Zahnausfall
- Der schmerzlose Zahnbohrer

und so weiter und so fort. Vergleichen Sie das einmal mit der Medizin der ersten Nachkriegsjahre, und Sie sehen, wie der Horizont des Machbaren, des medizinisch sinnvoll Machbaren, um das ganz klarzustellen, wie dieser Horizont sich ausgeweitet hat.

## Medizin macht krank

Jetzt zu einem weiteren Grund, der eine Rationierung in der Medizin noch unausweichlicher macht, als sie ohnehin schon ist. Denn diese Ausweitung des Angebots, diese Explosion des medizinisch sinnvoll Machbaren auf der einen Seite wird noch verstärkt und angetrieben durch eine weit überproportionale Ausweitung der Nachfrage auf der anderen Seite. „Überproportional" soll dabei heißen: Durch dieses Angebot wird die Nachfrage noch größer, als sie vorher war. Denn gerade *durch* ihre Erfolge macht die moderne Medizin die Menschen im Durchschnitt nicht gesünder, sondern eher kränker, und auch das meine ich vollkommen im Ernst, wenn auch in einem ganz anderen Sinn, als unsere progressive Presse gerne glaubt.

Ich meine damit vielmehr Folgendes, das am besten durch ein Zitat eines alten Klinikers deutlich wird, den ich auf einer Tagung einmal habe sagen hören: „Früher hatten wir es einfach. Da war der Patient nach einer Woche entweder gesund oder tot."

Das ist heute anders. Heute ist der typische Patient nach einer Woche weder gesund noch tot. Heute hält die Medizin im Gegensatz zu früher ein großes Arsenal von Abwehrwaffen vor, aber dies sind zu einem großen Teil, wie die Amerikaner sagen, nur „halfway-technologies": Sie halten uns zwar am Leben, aber machen uns nicht komplett gesund. Das ist zwar kein hundertprozentiger, aber trotzdem ein Erfolg, um das ganz klarzustellen, aber trotzdem haben wir damit das nächste Paradox. Denn ohne die moderne Medizin wären viele hier im Saal schon lange tot, aber die Überlebenden dafür im Durchschnitt – ich betone: im Durchschnitt – eher gesünder, als sie es heute sind.

Lassen Sie mich diesen zentralen Punkt an einem Beispiel verdeutlichen: Angenommen, jeder hier im Publikum, der weniger als einen bestimmten Geldbetrag mit sich führt, sagen wir einmal weniger als 1000 Euro, muss diesen schönen Saal verlassen. Wie viel Geld haben dann die anderen, die hier drinnen bleiben, im Durchschnitt in der Tasche?

Nun, in jedem Fall doch mehr als 1000 Euro! Das muss per Konstruktion so sein, denn alle, die weniger haben, sind ja nicht mehr hier.

Jetzt senken wir diese kritische Grenze von 1000 auf 100 Euro. Das hat zwei Konsequenzen: Erstens bleiben mehr Menschen hier im Saal, und zweitens haben diese im Durchschnitt weniger Geld dabei. Das Vermögen der Stammbesatzung bleibt zwar gleich, aber der Durchschnitt sinkt, weil jetzt viele Personen neu dazukommen, die vorher nicht dabei gewesen sind.

Dieses Spiel können Sie beliebig weitertreiben: Bei einer Grenze von 10 Euro bleiben noch mehr Menschen hier im Saal, die aber im Durchschnitt nochmals ärmer sind, und genau diesen Effekt hat grob gesprochen, wenn Sie Geld mit Gesundheit vertauschen, auch die moderne Medizin: Sie gibt vielen, die ohne sie den Saal hätten verlassen müssen, quasi eine Aufenthaltsverlängerung.

Diese massenhaften Aufenthaltsverlängerungen, die ich übrigens durchaus nicht negativ bewerte, allein schon deshalb, weil ich selbst einmal davon zu profitieren hoffe, diese massenhaften Aufenthaltsverlängerungen haben aber den Effekt, dass wir immer mehr zu einem Volk von Kranken werden.

Nehmen Sie Nierenversagen. Wie Sie wissen, haben wir in Deutschland mit die höchsten Raten an Nierenkranken in der ganzen Welt, aber doch nicht, weil unsere Medizin so schlecht ist, sondern weil sie so *gut* ist. Hätten wir nicht die weltweit vorbildlichen Möglichkeiten der künstlichen Blutwäsche für alle, die sie brauchen, gäbe es heute bei uns sehr viele Nierenkranke weniger. In England z. B. gibt es kaum 600 Nierenkranke pro eine Million Einwohner, verglichen mit mehr als 1000 in der Bundesrepublik, aber nicht, weil in England diese Krankheit seltener auftritt, sondern weil dort viel seltener als hierzulande ein Nierenkranker seinen 65. Geburtstag überlebt.

Oder nehmen Sie den Diabetes. Heute gibt es rund 5–10 Millionen Zuckerkranke in der Bundesrepublik, je nachdem, wie man sie zählt, das 50-fache wie zu Kaiser Wilhelms Zeiten. Aber auch das liegt doch nicht an der Unfähigkeit der Medizin, sondern daran, dass vor 70 Jahren das Insulin erfunden wurde. Auch hier das gleiche Resultat – und ich bitte Sie inständig, dies genauso zu interpretieren, wie es gemeint ist, nämlich als reine und völlig wertneutrale Feststellung einer Tatsache: Ohne medizinischen Fortschritt wäre der Durchschnitt der Überlebenden heute gesünder.

Der Punkt ist einfach der, und dabei zitiere ich fast wörtlich den Ex-Präsidenten unserer Bundesärztekammer, dass es, je besser die Medizin ist, umso mehr Kranke geben wird.

Der moderne Arzt ist also weniger ein weißer Engel, der uns die Tür zum ewigen Leben aufschließt, als vielmehr ein neuer Sisyphus, dessen Mühen und Sorgen mit jedem Erfolg nur immer größer werden. Es ist daher auch eine absolute Illusion zu glauben, dass ein medizinisch effizienteres Gesundheitswesen uns als Kollektiv gesünder macht. Der einzelne Patient ja, aber der Durchschnitt der Überlebenden nein. Die große Gleichung „mehr Geld = mehr Gesundheit“ ist ganz eindeutig falsch. Genauso könnten Sie versuchen, einen Brand zu löschen, indem Sie Benzin hineinschütten. Je mehr die

Medizin sich anstrengt, desto kränker werden wir, die moderne Medizin sitzt ein für alle Mal in einer großen Fortschrittsfalle fest.

## Fazit und Konsequenzen

Fazit: Rationierung ist unausweichlich. Und der ebenso triviale wie so gern verdrängte Grund: weil der Rahmen des medizinisch sinnvoll Machbaren unsere Ressourcen inzwischen bei weitem übersteigt.

Am augenfälligsten ist das in der Transplantationsmedizin. Nicht umsonst gibt es hier das Schlagwort vom „Tod auf der Warteliste". Hier ist natürlich der Mangel an Spendern und weniger das Geld der limitierende Faktor. Aber davon sollten wir uns nicht täuschen lassen: Auch bei einer Verdoppelung oder Verdreifachung unseres Gesundheitsbudgets wäre das Problem der Rationierung nicht vom Tisch.

Damit ans Eingemachte: Wenn die Mittel nicht für alle reichen, wer bekommt sie, und wer nicht? Insbesondere: Zieht die ältere Generation den Kürzeren?

Meine Antwort: Kann sein, aber muss nicht sein.

Das Stichwort heißt dabei „Statistische versus individuelle Menschenleben". Lassen Sie mich an einem Beispiel verdeutlichen, was ich damit meine. Angenommen, ein Schiff ist in Seenot. Keine Frage, dass zur Rettung der bedrohten Besatzung alles Menschenmögliche zu unternehmen ist. Meinetwegen mag dafür die gesamte deutsche Seenotrettungsflotte auslaufen. Bei einem individuellen, konkreten Menschenleben haben Kosten-Nutzen-Analysen keinen Platz. Ein konkretes Menschenleben ist kein ökonomisches Gut und hat daher auch keinen Preis. Punkt. Hier gibt es überhaupt nichts rumzudeuteln.

Heißt das aber, frage ich Sie jetzt, dass wir in jedem Nordseehafen zehn Seenotrettungskreuzer stationieren müssen?

Ich glaube, nein, und dieses Prinzip gilt auch im Gesundheitswesen. Auch hier sind zur Rettung konkreter Menschen keine Kosten und Mühen zu scheuen, unabhängig vom Alter des Patienten, Kostendämpfung hin oder her. Das heißt aber nicht, dass wir nicht vor Eintreten des Eventualfalls – ich betone: *vor* Eintreten des Eventualfalls – die Kapazitäten beschränken dürften, denn das trifft keine konkreten Patienten, sondern nur die *Wahrscheinlichkeit* eines frühzeitigen Todesfalls nähme für alle Bundesbürger zu, und das ist ein ganz großer und zentraler Unterschied.

Im amerikanischen New York z. B. hat man in den achtziger Jahren eine geplante Spezialklinik für Brandverletzungen mit der Begründung abgelehnt, für die dadurch pro Jahr geretteten 12 Menschenleben wäre das Projekt zu teuer. Jetzt frage ich Sie: Ist der damalige Oberbürgermeister Edmund Koch ein Massenmörder?

Ich glaube nein, denn durch die eingesparte Brandklinik in New York wurden doch nicht 12 Bürger jährlich zum Tode durch Verbrennen verurteilt, auch wenn die Heilberufe das gerne so darstellen, sondern allein die *Wahrscheinlichkeit*, durch Brandverletzungen zu sterben, hat für jeden New Yorker um einen zehntausendstel Prozentpunkt zugenommen, und das ist ein großer Unterschied.

So also könnte eine humane Rationierung im Gesundheitswesen idealerweise aussehen: weg von der Mikroebene, weg von der Front, wenn Sie so wollen, hin auf eine möglichst hohe, abstrakte Planungsebene, wo es nur um Wahrscheinlichkeiten und nicht um individuelle Menschenleben geht.

Der Punkt ist aber, und damit komme ich zum Schluss: Wie auch immer wir die knappen Gesundheitsgüter verteilen, ob per Versteigerung an den Meistbietenden, ob über Warteschlangen, ob über staatliche Zuteilung oder, wie ich hier vorgeschlagen habe, durch Sparen auf der Planungsebene, *dass* rationiert werden muss, steht fest. Wir haben überhaupt nicht mehr die Wahl. Durch die enormen Erfolge der Vergangenheit hat die moderne Medizin sich selbst und die Gesellschaft als Ganzes in eine regelrecht tragische Situation geführt, in der es wie in einer griechischen Tragödie nur sehr schwer einen ehrenvollen Ausweg gibt.

Diese Diagnose ist nicht neu, sie ist etwas über 200 Jahre alt. Lassen Sie mich schließen mit einem Satz von Goethe, den dieser schon 1798 aus Italien an Frau von Stein geschrieben hat:

„Ich halte es für wahr, dass die Humanität endlich siegen wird, nur fürchte ich, dass die Welt ein großes Hospital und einer des anderen humaner Krankenwärter werden wird."

Das ist die Situation, wie ich sie sehe: Die Welt wird immer mehr zu einem großen Hospital, einer wird des anderen humaner Krankenwärter werden, machen wir das Beste draus.

## 10. Die Tragödie der Struldbrugs

■ *Die Welt*, 3. April 2000

In der Steinzeit wurde ein Mensch im Durchschnitt keine 20 Jahre alt; noch zu Zeiten Bismarcks betrug die Lebenserwartung eines deutschen Mannes gerade einmal 36 Jahre.

Seitdem hat sich die Lebenserwartung deutscher Männer mehr als verdoppelt, auf inzwischen über 72 Jahre; in anderen Ländern leben Männer nochmals länger (und Frauen ohnehin): 74 Jahre in der Schweiz, über 75 Jahre in Japan, und ohne Zweifel werden die nächsten, demnächst zu berechnenden sogenannten „Sterbetafeln", aus denen diese Lebenserwartungen hervorgehen, weitere Verlängerungen unserer Lebensspanne zeigen.

Diese durchaus erfreulichen Zahlen verbergen aber zwei nicht ganz so freundliche Aspekte. Erstens, dass die Zuwächse an Lebensspanne immer kleiner werden. Unabhängig davon, ob die maximale menschliche Lebensspanne nun wirklich 120 Jahre beträgt, wie viele Mediziner glauben: Das Tempo, mit dem wir uns dieser oder irgendeiner anderen Grenze nähern, wird zusehends geringer. Haben die moderne Medizin und Hygiene unsere Lebenserwartung in der ersten Hälfte des letzten Jahrhunderts um 25 Jahre steigern können, so waren es in der zweiten Hälfte nur noch 10 und werden es im ganzen 21. Jahrhundert vermutlich weniger als ein halbes Dutzend sein.

Nach den leichten Siegen über die akuten Killerkrankheiten der Vergangenheit steht die Medizin heute weit hartnäckigeren Feinden, wie den viel schwerer oder überhaupt nicht aufzuhaltenden chronisch-degenerativen Krankheiten gegenüber, sind die heutigen Feldzüge nur mit weit höherem Aufwand an Geld und Material zu gewinnen, werden Siege, falls überhaupt, immer mühsamer erkämpft und macht der Triumph über die eine Menschheitsgeißel in der Regel nur noch Platz für eine andere.

Wie man mit der Theorie der konkurrierenden Risiken leicht ausrechnet, würde eine völlige Ausrottung der aktuellen Menschheitsgeißel Krebs z. B. die Lebenserwartung um kaum 3 Jahre verlängern (verglichen mit 7 Monaten bei der Elimination aller Krankheiten der Verdauungsorgane, 5 Monate bei Wegfall aller Verkehrsunfälle und 3 Monate bei einem vollständigen Verschwinden des Diabetes). Nur die Elimination der Herz-Kreislauf-Krankheiten hätte mit rund 7 Jahren Zuwachs an Lebenserwartung einen wirklich nennenswerten Effekt. Aber sterben und leiden müssten wir auch weiterhin, vor allem an Degenerationskrankheiten wie Parkinson und Alzheimer, die von vielen Demographen schon als die großen Menschheitsgeißeln des 21. Jahrhunderts angesehen werden.

Der zweite nicht ganz so erfreuliche Aspekt unseres Strebens nach Unsterblichkeit verbirgt sich hinter der Frage, ob dieses Ziel sich wirklich lohnt. Auf seiner dritten Reise kommt Gulliver in das Land der Luggnaggier, ein „höfliches und gutmütiges Volk“; dort leben die Struldbrugs. „Eines Tages fragte mich in einer großen, angenehmen Gesellschaft ein Mann von Stand, ob ich schon einen ihrer ‚Struldbrugs‘ oder ‚Unsterblichen‘ gesehen hätte. Ich sagte nein und bat, er möchte mir erklären, was er mit einer solchen Bezeichnung meine.“

Und Gulliver erfährt, dass zuweilen, wenn auch selten, in einer luggnaggischen Familie ein Kind mit einem runden roten Fleck auf der Stirn geboren wird: Diese Kinder werden niemals sterben.

Gulliver ist begeistert. „Wie in Verzückung rief ich aus: ‚Oh glückliche Nation, wo jedes Kind wenigstens das Los erhoffen kann, unsterblich zu sein! Oh glückliches Volk, das sich so vieler Beispiele der alten Tugend erfreut und Lehrer besitzt, die es in der Weisheit aller früheren Zeiten unterrichten können!“

Aber die Luggnaggier wollen Gullivers Begeisterung nicht teilen; sie sehen seinem Entzücken freundlich zu, dann erzählt man Gulliver, wie die Struldbrugs leben. „Er sagte, sie benähmen sich wie gewöhnliche Sterbliche, bis sie etwa

30 Jahre alt wären; dann würden sie allmählich melancholisch und niedergeschlagen, und beides steigere sich, bis sie das achtzigste Jahr erreichten. [Dann] zeigten sie nicht allein alle Torheiten und Schwächen anderer alter Leute, sondern noch viel mehr, die eine Folge der furchtbaren Aussicht, niemals zu sterben, seien. Sie wären nicht allein verdrießlich, habgierig, geschwätzig, sondern auch der Freundschaft unfähig und unempfänglich für jede natürliche Zuneigung, die sich nie über ihre Enkel hinaus erstrecke. Neid und ohnmächtige Begierden sind ihre vorherrschenden Eigenschaften. Sie erinnern sich nur an das, was sie in ihrer Jugend und in ihrem mittleren Alter gelernt und beobachtet haben, und selbst daran nur sehr unvollkommen. Die am wenigsten unglücklichen unter ihnen scheinen noch diejenigen zu sein, die kindisch werden und ihr Gedächtnis völlig verlieren; diesen wird mehr Mitleid und Hilfe zuteil, da ihnen viele schlechte Eigenschaften fehlen, die bei anderen im Übermaß vorhanden sind."

Mit achtzig werden die Struldbrugs als rechtlich tot betrachtet; ihre Erben übernehmen das Vermögen bis auf eine kleine Summe für den Unterhalt, die Ärmeren werden durch den Staat ernährt. Struldbrugs dürfen keine öffentlichen Ämter bekleiden, weder Grundbesitz erwerben noch als Zeuge auftreten. „Mit neunzig verlieren sie die Zähne und Haare; in diesem Alter nehmen sie keinen Geschmacksunterschied mehr wahr, sondern essen ohne Vergnügen und Appetit, was sie bekommen können. Die Krankheiten, denen sie ausgesetzt waren, dauern immer fort, ohne sich zu verschlimmern oder zu verbessern. Beim Sprechen vergessen sie die gewöhnlichen Bezeichnungen von Sachen und die Namen von Personen, sogar derjenigen, die ihren nächsten Freunde und Verwandten sind."

Später lernt Gulliver dann ein paar Struldbrugs kennen, und er ist nicht erfreut. „Es war das Grässlichste, was ich je auf dieser Welt gesehen habe."

# Teil II: Zählen, Messen und Vergleichen

## – Verwirrspiele mit Zahlen, Daten und Statistik –

### 11. Sinn und Unsinn von Wahlprognosen

■ *Deutschlandradio Kultur*, 12. September 2009

Umfragen aller Art im Allgemeinen und Wahlumfragen im Besonderen haben nicht nur Freunde, und das mit gutem Grund. Das fängt damit an, dass Meinungsumfragen, zu welchem Thema auch immer, durch suggestive Fragen leicht in jede Richtung zu lenken sind, die dem Auftraggeber passt. Wenn der ADAC oder die Partei der Grünen eine Umfrage zum Tempolimit veranstalten, weiß ich schon vorher, was herauskommt.

Bei Wahlumfragen kommen solche Manipulationen eher selten vor. Hier ist man ja an der Wahrheit interessiert. Aber trotzdem lauern auch da an allen Ecken und Enden üble Fallen vielfältiger Art. Das fängt bei der Stichprobe an: Wenn die nicht sachgemäß gezogen ist, kommen sehr leicht Fehlprognosen zustande. So muss man nicht lange raten, welche Partei in Führung liegt, wenn man die Aktionäre auf der Jahreshauptversammlung der Deutschen Bank nach ihrer Meinung fragt. Oder, mit anderem Vorzeichen, die Leute in der Warteschlange vor dem Arbeitsamt.

Solche groben Fehler machen die Profiinstitute natürlich nicht. Aber die meisten Umfragen geschehen heute per Telefon, und Wähler ohne Festnetzanschluss haben dabei schlechte Karten. Oder sie verweigern die Auskunft. Auch das kommt häufig vor. Eine Stichprobe der Größe 1.000 bedeutet dann: Man hat bei 3.000 Wählern angerufen. Und was die Antwortverweigerer wählen wollen, weiß man nicht.

Dann wieder lügen viele Gefragte wie gedruckt. So kommen etwa bei Wahlumfragen radikale Parteien in der Regel sehr viel schlechter weg als später bei den Wahlen selbst, eben weil viele Befragte ihre wahre Meinung verschweigen. Oder die Befragten reden dem Befrager nach dem Mund. Dieses Phänomen ist etwa für eines der größten Prognosedesaster aller Zeiten verantwortlich, das bei der ersten und letzten freien DDR-Volkskammerwahl von 1990. Vor der Wahl hatte die SPD in allen Umfragen eine große Mehrheit, hinterher aber nur halb so viele Stimmen wie die CDU. Das lag daran, dass die damalige Vorliebe der Medien für die SPD für keinen DDR-Bürger zu übersehen war. Und dann sagt man eben, nach der Wahlabsicht gefragt, um des lieben Friedens willen das, was der Befrager vermutlich gerne hört.

Der größte Unsicherheitsfaktor bei Wahlprognosen sind aber die Unentschlossenen, die zwar wählen, aber noch nicht wissen, wen. Diese Gruppe ist aktuell besonders groß und kann leicht alle Prognosen über den Haufen werfen. Denn bei diesen Prognosen werden die Unentschlossenen nach diversen Geheimrezepten, die die Institute niemandem verraten, auf die Parteien aufgeteilt. Im Wesentlichen schreibt man dabei Ergebnisse aus vergangenen Wahlen fort. Wenn also die Unentschlossenen letztes Mal lieber A als B gewählt haben, dann unterstellt man das Gleiche auch für dieses Mal. Das kann mal funktionieren, ein andermal aber auch nicht. Vermutlich ist der allergrößte Teil aller Fehlprognosen bei Bundes- und Landtagswahlen auf dieses Phänomen zurückzuführen: Denn die Unentschlossenen entscheiden oft anders als diejenigen, die schon drei Wochen vor der Wahl genau wissen, wen sie wählen werden: viel öfter aus dem Bauch heraus und nicht nach Tradition.

Und dann gibt es natürlich auch noch genug Wähler, die heute zwar wissen, wen sie wählen würden, wenn die Wahl am nächsten Sonntag wäre, die aber kurz vor der Wahl ihre Meinung ändern. Davon lebt ja jede Demokratie, dass die Wähler aufgrund von Argumenten oder Ereignissen einmal so und einmal so entscheiden. Auch das kommt immer wieder vor und hat schon für manche Überraschung gesorgt. Ein Terrorattentat am Samstag vor der Wahl, und alles sieht auf einmal anders aus. Oder, wie vor sieben Jahren, eine große Flut.

Aber selbst wenn man alles richtig macht und kein Befragter seine Meinung ändert, kann der Zufall, der bei Stichproben immer eine Rolle spielt, alle Mühe zunichte machen. Denn selbst die beste Stichprobe schützt nicht davor, dass man zufällig vor allem an Wähler einer bestimmten Partei gerät, die in der Grundgesamtheit aller Wähler nicht so stark vertreten ist. Deshalb geben seriöse Wahlforscher immer auch eine Irrtumsmarge für ihre Prognosen an.

Und als ob man mit der Produktion der Wahlprognosen noch nicht genug Probleme hätte, kommen dann noch weitere Probleme mit deren Konsequenzen obendrauf. Denn kein Mensch kann so naiv sein, abzustreiten, dass Wahlprognosen das Verhalten der Wähler nicht nur abbilden, sondern auch beeinflussen. Die Wahlforscher selbst streiten zwar diese These gerne und heftig ab, aber allein schon der gesunde Menschenverstand sagt, dass z. B. bei knappen Entscheidungen viele Wähler, die ansonsten zu Hause geblieben wären, sich aufgerufen fühlen, dann lieber doch zu wählen. Auch das aus den Sozialwissenschaften bekannte Phänomen, dass viele Menschen gerne auf der Seite der Sieger stehen, spielt hier eine Rolle: Parteien, die hoch in Führung liegen, ziehen gerade deshalb viele weitere, vorher unentschlossene Wähler an. Aber umgekehrt kann auch ein großer Rückstand bei den Anhängern einer anderen Partei ein Jetzt-erst-recht-Gefühl erzeugen und zur Mobilisierung beitragen. Welcher dieser Einflüsse überwiegt, kann man nicht von vornherein bestimmen.

Fest steht nur, dass Wahlprognosen mit großer Wahrscheinlichkeit auf das Verhalten der Wähler Einfluss nehmen. Nicht umsonst waren sie etwa in Frankreich einmal einige Wochen vor der Wahl verboten.

Genutzt hat es wenig – die Wahlforscher publizierten ihre Prognosen dann eben von Belgien aus. Ist die Zahnpasta einmal aus der Tube, kriegt man sie nicht mehr zurück. Wir werden also mit Wahlprognosen so lange leben müssen, wie es Wahlen gibt. Und uns darauf beschränken, den Wahlforschern auf die Finger zu sehen, dass sie wirklich nur das vorhersagen, was die Stichprobe sagt, und nicht mit Absicht mit ihren Prognosen den Wählerwillen lenken.

## 12. Grundkurs Statistik

■ *Neue Zürcher Zeitung Folio* 1/2006.

Ein Schweizer isst zwei Dutzend Cervelas im Jahr. Natürlich nur im Durchschnitt über alle Bürger des Landes, und damit sind wir schon mitten in der Statistik: Viele Schweizer essen überhaupt keine Cervelas, andere können nie genug davon bekommen. In der Summe ergibt das 160 Millionen. Diese Summe, geteilt durch die Zahl der Summanden, heißt auch arithmetisches Mittel; das ist für viele der Inbegriff von Durchschnitt überhaupt.

Für die meisten Zwecke reicht diese Art von Durchschnitt völlig aus. Aber zuweilen kann das arithmetische Mittel auch in die Irre führen: Angenommen, wir geben einem Vermögensverwalter 100.000 Franken. Nach einem Jahr werden daraus 160.000 Franken – ein Plus von 60 Prozent. Das Jahr darauf fällt unser Vermögen auf 80.000 Franken – ein Minus von 50 Prozent. Das arithmetische Mittel der beiden Renditen von einmal +60 und einmal –50 Prozent ist (+60 – 50) : 2 = +5 Prozent. Anders gesagt: Wir haben am Ende weniger als am Anfang, aber im Durchschnitt nimmt der Wert unseres Vermögens in jeder Periode zu!

Profis wissen natürlich, dass man Wachstumsraten niemals arithmetisch mitteln darf. Der korrekte Durchschnitt ist hier jene jährliche Rendite, die in zwei Jahren aus 100.000 Franken 80.000 Franken macht, das sind (leicht gerundet) –10,55 Prozent: Nach einem Jahr werden so aus den anfänglichen 100 000 Franken damit 10,55 Prozent weniger, das sind 89 450 Franken, das nächste Jahr werden aus diesen 89 450 Franken nochmals 10,55 Prozent weniger, das sind dann (bis auf Rundungsfehler) 80.000 Franken. Diese Durchschnittsrendite von –10,55 Prozent findet man über das geometrische Mittel der beiden sogenannten Wachstumsfaktoren 1,6 und 0,5. Es wird errechnet, indem man die Wurzel aus 1,6 × 0,5

= 0,8 zieht, das ergibt 0,8945. Von diesem geometrischen Mittel der Wachstumsfaktoren ist dann noch 1 abzuziehen:

$$0{,}8945 - 1 = -0{,}1055.$$

Regelmäßige Proteste ruft das arithmetische Mittel bei Meldungen der Art hervor, dass etwa niedergelassene Ärzte in der Schweiz im Jahr im Durchschnitt 205.000 Franken Einkommen erzielen. „Stimmt überhaupt nicht, viel zu hoch!", hört man dann Ärztefunktionäre klagen. „Drei Viertel aller Ärzte verdienen weniger, der Durchschnitt beträgt nur 165.000 Franken!" Das ist auch so, nur haben diese Kritiker nochmals einen anderen Durchschnitt im Sinn, den sogenannten Zentralwert oder Median. Der Median ist der Wert, der in der Mitte steht, wenn man alle Einkommen der Größe nach sortiert. Bei drei Einkommen von 1,3 und 8 ist der Zentralwert 3, das arithmetische Mittel aber größer, nämlich 4, und das ist typisch für Merkmale wie Einkommen, Vermögen oder Grundbesitz, wo oft einige wenige sehr viel mehr haben als alle anderen. Hier liegt der Median in aller Regel unter dem arithmetischen Mittel; er ist unempfindlich gegen hohe Werte am rechten Rand, die wie ein Magnet das arithmetische Mittel nach oben ziehen. Statistiker sagen dazu auch „robust".

Und oft blenden natürlich Durchschnitte wichtige Informationen einfach aus: Wenn ich im Durchschnitt jeden Tag des Monats einen Viertel Rotwein trinke, aber alle am gleichen Tag, bekomme ich eine Alkoholvergiftung und bin tot. Trinke ich dagegen jeden Tag nur einen, lebe ich sogar länger als Leute, die nie Rotwein trinken. Der Durchschnitt ist in beiden Fällen gleich, aber die Abweichung vom Durchschnitt ist im ersten Fall erheblich größer. Deshalb fügt man Durchschnitten am besten immer auch ein Maß für die Abweichung vom Durchschnitt bei, wie die Schwankungsbreite oder die Standardabweichung.

Die Schwankungsbreite ist einfach der Abstand zwischen dem größten und dem kleinsten Wert; die Standardabweichung ist die „durchschnittliche“ Abweichung vom Durchschnitt. Bei sogenannten normalverteilten Daten liegen 95 Prozent der Fälle weniger als zwei Standardabweichungen vom arithmetischen Mittel entfernt. Wenn man Sätze hört wie „Ein erwachsener Mitteleuropäer hat einen IQ von 100 +/–15“, so ist in aller Regel das damit gemeint. „Normalverteilt“ soll dabei heißen, dass sehr vieles – früher glaubte man sogar: fast alles –, was sich auf dieser Erde messen oder wiegen lässt, auf eine ganz bestimmte Weise um den Durchschnitt streut: Die Masse drängt sich dicht darum herum, aber mit wachsender Entfernung nimmt die Häufigkeit der Werte dann glockenförmig ab.

## Korrelation und Kausalität

Oft ist bei den Objekten einer Untersuchung mehr als nur eine einzige Variable von Interesse: bei Immobilien die Lage, die Größe und der Preis; bei Partnerschaftsinseraten in der *Neuen Zürcher Zeitung* das Geschlecht, das Alter, die Körpergröße, der Beruf; bei Patienten in der Klinik der Blutdruck und die Dosis eines blutdrucksenkenden Medikaments. Da wüsste man oft gerne: hängen diese Variablen zusammen – und wenn ja, wie?

Das führt in den Bereich der modernen Statistik, der sich mit Abhängigkeiten – sogenannten Korrelationen – und Kausalbeziehungen befasst.

Die Grafik „Korrelation und Kausalität“ (siehe Seite 96) stellt die Lebenserwartung der Männer und das durchschnittliche Pro-Kopf-Einkommen in 25 Schweizer Kantonen einander gegenüber. Zusätzlich sind auch noch die beiden arithmetischen Mittelwerte eingetragen. Basel-Stadt ist nicht dabei, weil die Menschen dort zwar viel verdienen (im Durchschnitt 99.000 Franken jährlich, das ist Landesrekord), aber dennoch früher sterben als in den meisten anderen Kantonen. Solche

Datenpunkte, die sich von allen anderen drastisch unterscheiden, heißen Ausreißer; die behandelt man besser getrennt (wobei wir das Spekulieren über diesen Ausreißer hier den Soziologen und Demographen überlassen wollen).

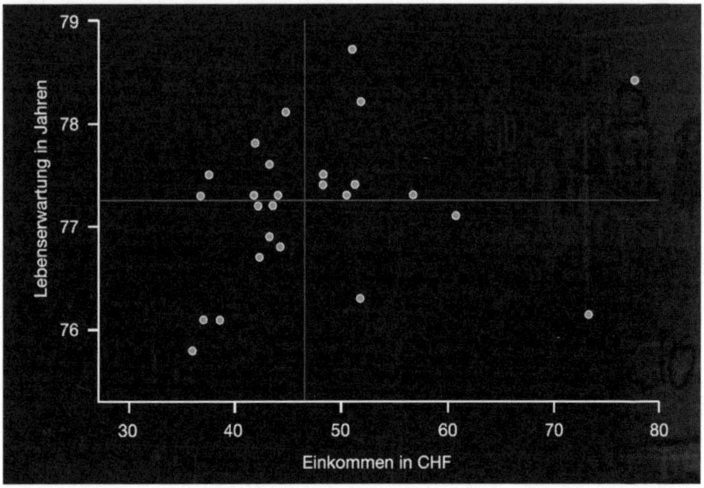


Korrelation und Kausalität

Im Großen und Ganzen leben Männer in Kantonen mit hohem Durchschnittseinkommen länger (Punkte in der Grafik oben rechts); Männer in Kantonen mit niedrigem Durchschnittseinkommen sterben früher (Punkte in der Grafik unten links). Dies ist ein Beispiel für eine positive Korrelation: je mehr vom einen, desto mehr auch vom andern. Eine negative Korrelation dagegen bedeutet: je mehr vom einen, desto weniger vom andern. (Je mehr Regenschirme verkauft werden, desto weniger Sonnencreme wird abgesetzt.) Das Maß der Abhängigkeit von zwei Variablen (Durchschnittseinkommen / Lebenserwartung) ist der sogenannte Korrelationskoeffizient. Er liegt zwischen minus eins (maximale negative Korrelation) und plus eins (maximale positive Korrelation) und drückt aus, wie sicher man z. B. vom Durchschnittseinkommen auf die

Lebenserwartung schließen kann. In unserem Beispiel hat der Korrelationskoeffizient den Wert 0,49.

Oft wird aus einer positiven oder negativen Korrelation auf eine positive oder negative Kausalbeziehung geschlossen. Das ist nicht immer richtig. Es gibt z. B. bei erwachsenen Männern eine bemerkenswerte negative Korrelation zwischen dem Einkommen und der Zahl der Haare auf dem Kopf. Aber weder sind die Haare für das Einkommen noch ist das Einkommen für die Haare verantwortlich zu machen – diese negative Korrelation kommt dadurch zustande, dass beide Variablen von einer dritten Variablen, dem Lebensalter, abhängen: Mit wachsendem Alter nimmt das Einkommen zu, und die Haare fallen aus. Bei der Interpretation von Korrelationen ist also immer darauf zu achten, dass man keine dritte, eigentlich kausale Variable übersieht.

## Stichproben und Umfragen

Bevor man Mittelwerte, Standardabweichungen oder Korrelationskoeffizienten ausrechnet, muss man die Daten natürlich erst einmal haben. Dafür behilft man sich oft mit Stichproben; sie reichen für viele Zwecke völlig aus. Wie bei einer Polizeikontrolle, wo man aus einer winzigen Stichprobe unseres Blutes den gesamten Alkoholanteil problemlos abliest, lässt sich auch aus einer Stichprobe von 1.000 oder 2.000 befragten Bürgern recht präzise hochrechnen, wie viele Schweizer insgesamt einen EU-Beitritt ablehnen oder sonntags in die Kirche gehen.

Vorausgesetzt, die Grundgesamtheit, aus der die Stichprobe kommt, wird wie ein Kartenspiel oder der Inhalt einer Urne vorher gut gemischt. Unser Blut besorgt dieses Mischen mit Hilfe physikalisch-chemischer Gesetze von allein. Bei der Bevölkerung der Schweiz wird das Durchmischen nur simuliert. Das Standardverfahren dafür ist eine sogenannte einfache Zufallsstichprobe: Alle Schweizer haben die gleiche Chance, in die Stichprobe zu kommen. Wir verteilen quasi Nummern, für jeden erwachsenen Schweizer Bürger eine, notieren diese Nummer auf einer Lottokugel, legen die Kugeln in eine große Urne, schütteln kräftig und ziehen tausend Kugeln zufällig heraus. Aufgrund dieser Stichprobe wissen wir mit großer Zuverlässigkeit, welcher Anteil der erwachsenen Schweizer nicht in die EU will oder sonntags in die Kirche geht.

In der Praxis kann man natürlich nur versuchen, diesem Ideal des Ziehens aus einer Urne möglichst nahe zu kommen. Die Repräsentativität der Stichprobe lässt sich verbessern, wenn man getrennte Urnen für Männer und Frauen oder für die Bürger verschiedener Kantone vorsieht. Solche „geschichteten" Stichproben garantieren, dass die landesweiten Geschlechter- oder kantonalen Proportionen in der Stichprobe erhalten bleiben. Bei einfachen Zufallsstichproben ist das nicht notwendig der Fall.

Abweichungen von diesem zentralen Zufallsprinzip führen zu verzerrten Stichproben – mit zuweilen desaströsen Folgen. Man stelle sich vor, wir fragten zum Sonntagskirchgang nur die Teilnehmer des Hochamts in der Zürcher Liebfrauenkirche. Dann würden hochgerechnet vielleicht 90 Prozent aller Schweizer regelmäßig sonntags in die Kirche gehen. Die bisher größte derartige Pleite widerfuhr der amerikanischen Wochenzeitschrift *Literary Digest* im Jahr 1936: Sie hatte vor der Präsidentenwahl mehrere Millionen US-Bürger befragt (eine nach heutigen Maßstäben gewaltige Stichprobe), wen sie zu wählen gedächten. Es siegte mit großem Vorsprung der Republikaner Landon. Die Wahl gewann jedoch Roosevelt mit über 60 Prozent der Stimmen. Warum die Fehlprognose? Die Stichprobe war aus Telefonregistern und Fahrzeugzulassungen gezogen worden – die meisten Wähler Roosevelts hatten damals aber weder ein Auto noch ein Telefon.

Zusätzliche Verzerrungen drohen ferner immer dann, wenn man die gewünschten Informationen nicht wie die Körpergröße oder den Stromverbrauch einfach misst oder abliest, sondern erfragt. Aus den USA weiß man, dass mündliche Interviews zu den Themen Abtreibung, Todesstrafe oder Sozialhilfe andere Ergebnisse haben, je nachdem, ob der Interviewer ein Schwarzer oder ein Weißer ist. Auch die Reihenfolge der Fragen und natürlich die konkrete Formulierung sind für das Ergebnis von erheblicher Bedeutung. So fragte etwa die Forscherin Elisabeth Noelle-Neumann einmal eine repräsentative Stichprobe von Arbeitern: „Finden Sie, dass in einem Betrieb alle Arbeiter in der Gewerkschaft sein sollten?" Resultat: dafür 44 Prozent; dagegen 20 Prozent; unentschieden 36 Prozent.

Dann legte sie einer anderen, gleich großen und ebenfalls repräsentativen Stichprobe die gleiche Frage vor, nur mit der Ergänzung „Oder muss man es jedem Einzelnen überlassen, ob er in der Gewerkschaft sein will oder nicht?". Ergebnis: dafür 24 Prozent; selbst überlassen 70 Prozent; unentschieden 6 Prozent. Der scheinbar unschuldige Zusatz halbiert die Anhängerschaft der Gewerkschaften von 44 auf nur noch 24 Prozent; zugleich lässt er die Gegner von 20 auf 70 Prozent anwachsen – eine mehr als dreifach größere Opposition nur wegen eines kleinen Nebensatzes.

Einen großen Unterschied macht es auch, ob man etwas „verbieten" oder „nicht erlauben" soll. 54 Prozent der Befragten in einer amerikanischen Umfrage meinten, dass die USA öffentliche Angriffe auf die Demokratie verbieten sollten. Erheblich mehr, nämlich 75 Prozent, waren der Meinung, die USA sollten öffentliche Angriffe auf die Demokratie nicht erlauben.

Diese Abhängigkeit der Ergebnisse von der Art der Fragestellung lädt natürlich zur bewussten Irreführung ein. Nach einer Umfrage einer deutschen Gewerkschaft lehnen 95 Prozent der bundesdeutschen Arbeitnehmer das Arbeiten am Samstag ab. Nach einer zeitgleichen Umfrage eines eher unternehmernahen Instituts dagegen sind 72 Prozent aller Arbeitnehmer auch zum Arbeiten am Wochenende bereit. Der Widerspruch erklärt sich durch die jeweiligen Fragebogen. „Votum für das freie Wochenende" steht bei der Gewerkschaft in großen Lettern obenan. Es folgt eine lange Erläuterung der Mühen, die das Durchsetzen der 5-Tage-Woche die Gewerkschaften gekostet habe, und eine Aufzählung aller Vorteile, die der freie Samstag für die Familie, die Gesellschaft, den Frieden und die Menschheitszukunft bringe, die dann zu der eigentlichen Frage überleitet: „Was entspricht Deiner/Ihrer Meinung? (I) Nach meiner Ansicht wäre die Abschaffung des freien Wochenendes ein schwerer Schlag für Familie, Freundschaften, Partnerschaften, für Geselligkeit, Vereine, den Sport und das Kulturleben; (II) Ich halte den gemeinsamen Freizeitraum des Wochenendes für nicht so wichtig; (III) Weiß nicht / keine Angabe." Dass hier fast alle wie gewünscht die erste Antwort wählen, sollte niemanden erstaunen.

Genauso suggestiv, wenn auch mit umgekehrter Absicht, fragte das Unternehmerinstitut. Auf die Frage: „Inwieweit wären Sie bereit, samstags zu arbeiten, wenn es für die wirtschaftliche Situation Ihres Unternehmens gut wäre?" bietet es folgende Auswahlmöglichkeiten an: (I) gelegentlich, wenn dafür an einem anderen Tag arbeitsfrei ist; (II) häufiger, wenn dafür ein Zusatzurlaub herauskommt; (III) abwechselnd und (IV) nicht bereit. Auch hier waren die wenigen Kreuze bei „nicht bereit" schon im Fragebogen und in der Art der Fragen angelegt. Solche Umfragen, ob von einem Automobilclub zum Thema Tempolimit, ob von Greenpeace zum Atomausstieg oder von der katholischen Kirche zur Frage der Abtreibung, belügen uns in aller Regel über die wahre Meinung der befragten Menschen.

## Was heißt eigentlich „signifikant"?

Zurück zu unserem Ausgangspunkt, dem Cervelas. Im Sommer 2005 ließ *Neue Zürcher Zeitung-Folio* zehn Sorten dieser Wurst von vier Prüfern auf einer Skala von 1 bis 20 benoten; das Ergebnis war im Heft 7/2005 zu lesen. Der beste Cervelas erreichte im Durchschnitt über alle Prüfer 15,5 Punkte, der schlechteste 12,75. Aber ist der am schlechtesten bewertete Cervelas auch wirklich schlechter? Oder können solche Unterschiede auch zufällig zustande kommen? Schließlich schmeckt ja auch ein und derselbe Cervelas nicht jedem Prüfer immer gleich, seine Bewertungen weichen zufällig, aufgrund der Reihenfolge der Verkostung, aufgrund von unterschiedlichem Appetit und Dutzenden weiterer Faktoren, von der für ihn „wahren" Note mehr oder weniger nach oben und nach unten ab.

Nehmen wir also einmal an, alle Cervelas wären von der gleichen Qualität; jeder Prüfer hätte für diese Qualität seine eigene „wahre" Bewertung, der Prüfer A z. B. 13,5; diese Note wäre bei Prüfer A für alle Würste gleich und nur durch eine Zufallskomponente überlagert. Dann lässt sich mit einigen Rechenregeln zu Wahrscheinlichkeiten zeigen, dass in der Tat das in *Neue Zürcher Zeitung-Folio* 7/2005 gemeldete Ergebnis auch durch reinen Zufall erklärt werden könnte. Oder in der Sprache der Statistik: Die beobachteten Unterschiede sind nicht signifikant.

Signifikant dagegen heißt: Ein in den Daten sichtbares Muster ist nur schwer durch Zufall zu erklären. Also, so der Umkehrschluss, steckt ein System dahinter. „Nur schwer durch Zufall zu erklären" meint dabei im Allgemeinen: Wenn wirklich nur der Zufall wirken würde, hätte das beobachtete Muster eine Wahrscheinlichkeit von höchstens 5 Prozent. (Diese Grenze, auch Signifikanzniveau genannt, ist natürlich willkürlich, wenn auch in den meisten Wissenschaften üblich. Mit dem gleichen Recht könnte man auch 1 Prozent oder 10 Prozent verwenden.)

Diese heute in allen Wissenschaften übliche Methode zur Trennung von Zufall und System hat aber einen großen und auch von den Wissenschaftlern gern übersehenen Pferdefuß: Die statistischen Verfahren zur Trennung von Zufall und System zeigen selbst bei Abwesenheit jedes systematischen Einflusses in immerhin 5 Prozent der Fälle dennoch eine Signifikanz an – so sind die Verfahren ja gerade konstruiert. Auch wissenschaftliche Fachzeitschriften und ihre Herausgeber vergessen das nur allzu gerne. Und so können wir dann in den Medien lesen, dass neun Monate nach einem Stromausfall in X dort die Geburten angestiegen sind, dass Katholiken dümmer sind als Protestanten, dass Knoblauchesser länger leben, dass Manager lieber Fluggesellschaft A als B benutzen, dass die Todesstrafe abschreckt, dass die Todesstrafe nicht abschreckt (je nach Weltanschauung), dass Schwarze krimineller sind als Weiße, dass Chemiefabriken (Starkstromleitungen, Mülldeponien) Leukämie erzeugen. Selbstverständlich alles wissenschaftlich abgesichert und hochsignifikant.

Wir lesen jedoch nicht, wie viele andere Studien und Stichproben ohne signifikante Resultate es außerdem gegeben hat. Wir lesen nicht, in wie vielen Studien Katholiken genauso klug sind wie Protestanten oder Manager lieber Fluglinie B als Linie A benutzen oder Industriebetriebe keine Leukämie erzeugen. Und ehe wir das nicht wissen, lässt sich auch die wahre Bedeutung der angeblich so signifikanten Resultate nicht ermessen.

## 13. Nicht das Gegenteil von Glück: Überlegungen zum „Armuts- und Reichtumsbericht" der Bundesregierung

■ *Frankfurter Allgemeine Zeitung*, 20. Juni 2001.

Der erste „Armuts- und Reichtumsbericht" der Bundesregierung sagt: In Deutschland sind 5,7 oder 19,6 Prozent aller Menschen arm. Die erste Zahl kommt heraus, wenn man als Armutsgrenze die Hälfte des sogenannten Medianeinkommens wählt. Das ist das Einkommen, das von je der Hälfte aller Haushalte unter- oder überschritten wird; es liegt also gleichsam in der Mitte der Einkommensverteilung. 1998 waren das 2.440 DM je Person und Monat, die Hälfte davon sind 1.220 DM. Die zweite Zahl entsteht, wenn man als Armutsgrenze 60 Prozent des Durchschnittseinkommens wählt, das 1998 bei 2.788 DM lag. 60 Prozent davon sind 1.672 DM. Wer im Monat weniger hat, ist somit „arm". Dieses Schicksal trifft, um ein Beispiel zu nennen, die meisten Studenten in Deutschland. Nach den Maßstäben der Vereinten Nationen hingegen gilt als arm, wer weniger als einen Dollar am Tag zum Leben hat, im Monat also etwa 60 DM. Danach ist in Deutschland niemand arm, weltweit aber jeder fünfte, zusammen mehr als eine Milliarde Menschen.

Wissenschaftlich ist das alles nicht zu halten. Armut ist ein vielschichtiges Phänomen, das Einkommen beschreibt nur eine seiner Dimensionen. Zwar schrieb schon Goethe: „Arm am Beutel, krank am Herzen", doch mit Geld allein ist vielen Armen kaum zu helfen. Überfüllte Wohnungen, hungernde und verwahrloste Kinder, abgestellte Strom- und Telefonanschlüsse in den Slums amerikanischer Großstädte zeugen zweifellos von Armut. Doch ist es nicht in erster Linie der Mangel an Geld, der die Kinder dort zu schlechten Schülern und jungen Kriminellen macht – es sind der Mangel an Aufsicht, ein ungeordnetes Zuhause, oft das Fehlen des Familienvaters. Würde man das Einkommen der Familien dieser Kinder von der aktuellen Armutsgrenze von 15.000 auf 30.000 Dollar im Jahr verdoppeln, gingen Kriminalität und Zahl der Schulabbrecher („drop-out rates“) kaum wesentlich zurück, wie einschlägige Studien übereinstimmend zeigen. Das Geld würde für Geschirrspüler, Zweitautos und Diskothekenbesuche der Eltern ausgegeben. Die Kinder hätten davon nichts und wären genauso arm wie zuvor. Nach dieser „Subkultur-Theorie“ ist Armut weniger durch Einkommen als durch Verhalten und Charakter der Armen bedingt; Armut wäre demnach im Wesentlichen gleichbedeutend mit dem Unvermögen, sich selbst aus Zwangslagen herauszuhelfen – also einem Mangel an dem, was man gemeinhin als „Intelligenz“ bezeichnet.

Doch selbst wenn man Armut ausschließlich am Einkommen messen könnte: Wo fängt das die Armut definierende „zu wenig“ an? Bis ins 20. Jahrhundert wurde Armut als etwas Absolutes gesehen: „Um einen landwirtschaftlichen Tagelöhner oder einen ungelernten städtischen Arbeiter und seine Familie im heutigen England arbeitstüchtig zu erhalten, bedarf es einer luftigen Wohnung mit mehreren Zimmern, warmer Bekleidung, wechselbaren Unterzeugs, guten Wassers, reichlicher Pflanzenkost, der Möglichkeit mäßigen Fleisch- und Milchgenusses, einer kleinen Dosis Tee usw., einiger Bildungsmittel und einiger Vergnügungsmittel“, schrieb der einflussreiche englische Ökonom Alfred Marshall. „Wo immer es der ungelernten Arbeit am einen oder anderen hiervon gebricht, leidet ihre Wirksamkeit genauso wie die eines Pferdes durch schlechte Versorgung oder die einer Dampfmaschine durch mangelnde Kohlenzufuhr. Alle Konsumption bis zu dieser Grenze ist streng produktive Konsumption.“ Mit anderen Worten: Armut beginnt da, wo die „Kohlenzufuhr“ nicht mehr reicht, wo die Funktion des Menschen als Arbeitstier gefährdet ist.

Diese Bestimmung der Armutsgrenze als physisches Existenzminimum greift jedoch zu kurz. Schon Adam Smith, der Urvater der modernen Wirtschaftswissenschaften, hat erkannt, dass Armut mehr ist als der nackte Hunger: „Unter lebenswichtigen Gütern verstehe ich nicht nur solche, die unerlässlich zum Erhalt des Lebens sind", schrieb er, „sondern auch Dinge, ohne die achtbaren Leuten, selbst der untersten Schicht, ein Auskommen nach den Gewohnheiten des Landes nicht zugemutet werden sollte. Ein Leinenhemd ist beispielsweise, genaugenommen, nicht unbedingt zum Leben nötig. Griechen und Römer lebten, wie ich glaube, sehr bequem und behaglich, obwohl sie Leinen noch nicht kannten. Doch heutzutage würde sich weithin in Europa jeder achtbare Tagelöhner schämen, wenn er in der Öffentlichkeit ohne Leinenhemd erscheinen müsste."

Diese Sicht wurde von dem Harvard-Ökonomen und Nobelpreisträger Amartya Sen auf moderne Verhältnisse übertragen. Seine Theorie eröffnet einen Mittelweg zwischen den reinen Relativisten, die Armut mit Ungleichheit verwechseln, und ihren Gegenspielern, die Armut veterinärmedizinisch beschreiben. Denn „lebenswichtige Güter" sind einerseits in Raum und Zeit veränderlich, andererseits aber kurz- bis mittelfristig fest und absolut. „Die natürlichen Bedürfnisse wie Nahrung, Kleidung, Heizung, Wohnung usw. sind verschieden je nach den klimatischen und anderen natürlichen Eigentümlichkeiten eines Landes", schrieb Karl Marx. Aber „für ein bestimmtes Land, zu einer bestimmten Periode ist der Durchschnitts-Umkreis der notwendigen Lebensmittel gegeben."

Dieser „Durchschnitts-Umkreis der notwendigen Lebensmittel" setzt sich nicht aus Dingen zusammen, die man gerne hätte (das würde nur wieder das Phänomen der Ungleichheit in die Armutsmessung einführen), sondern aus Dingen, die man als soziales Lebewesen braucht. Zunächst einmal hängt das von der natürlichen Umgebung ab. Bewohner einer Südsee-Insel brauchen keine Heizung, genauso wenig wie dicke Mäntel oder Winterstiefel für die Kinder; auch ohne diese Dinge ist die Familie nicht arm. Eine Familie in Stockholm dagegen ist ohne Heizung, Mäntel und Winterstiefel für die Kinder arm.

Dazu treten Grundbedürfnisse sozialer Natur. In einer mobilen, räumlich verteilten Gesellschaft ohne öffentlichen Personennahverkehr kann ein eigenes Auto durchaus zu den Notwendigkeiten zählen; ein Haushalt ohne Auto wäre dort vom Leben der Gemeinschaft ausgeschlossen und damit in einem durchaus absoluten Sinne arm. In einer Dorfgemeinde dagegen ist ein eigenes Auto zur Teilnahme am sozialen Leben nicht erforderlich, ein Haushalt ohne Auto wäre hier nicht arm.

Auch Güter wie Radio, Fernseher und Telefon sind je nach sozialem und kulturellem Umfeld mal zum Leben nötig und mal nicht. Wo Nachrichten per Ausrufer, Extrablatt oder Schwatz an der Haustür verbreitet werden, ist ein Telefon nicht zum Leben nötig, ein Haushalt ohne Telefon daher auch nicht arm. Wo dagegen fast alle Haushalte einer Gemeinschaft über Telefon verfügen, verändert sich die Kommunikationsstruktur (Telefonkette: Heute fällt die Schule aus), ein Haushalt ohne Telefon ist dort arm – und wohlgemerkt: nicht in einem relativen, sondern in absolutem Sinne.

Auch in die so definierte Armutsgrenze fließt der allgemeine Wohlstand ein. Aber anders als bei der schematischen X-Prozent-vom-Durchschnitt-Grenze wirkt dieser allgemeine Wohlstand indirekt. Nehmen wir einen Kühlschrank, ein ehemaliges „Luxusgut". In einer Gesellschaft, in der an jeder Straßenecke frische Lebensmittel feilgeboten werden, wird er eigentlich kaum noch gebraucht. Wird aber die Gesellschaft insgesamt gesehen reicher, mit Kühltruhen in jedem Supermarkt, welche die einstmaligen Frischkostanbieter vom Markt verdrängen, wird der Kühlschrank zur Notwendigkeit – je nach sozialer Umwelt ist ein und dasselbe Gut mal ein Luxus, den man eigentlich nicht braucht, dann wieder eine für ein menschenwürdiges Dasein zwingend notwendige Sache.

Ein Computer mit Internetanschluss ist nicht zum Leben nötig, ein Haushalt ist ohne ihn nicht arm. Aber es kann sein, dass eines Tages Bankgeschäfte oder Briefkontakte nur noch elektronisch möglich sind; dann wäre ein menschenwürdiges Leben ohne Internetzugang nicht mehr zu führen, Menschen ohne ihn wären arm – nicht nur relativ zu anderen, sondern absolut, weil es ohne Internet-PC nicht mehr möglich wäre, am sozialen Leben teilzunehmen. Der zentrale Punkt: Ob ein Gut für ein menschenwürdiges Dasein nötig ist, hängt nicht unmittelbar davon ab, ob auch der Nachbar es besitzt.

Ohne Einfluss auf die Bestimmung von Armut ist in dieser Sicht der Dinge auch subjektive Zufriedenheit. Ob jemand sich in einer Zweizimmerwohnung beengt vorkommt oder nicht, ob jemand seine Kleider mit Freude oder Widerwillen trägt, beim Essen Genuss oder Überdruss, beim Besuch einer Kunstausstellung Langeweile oder Begeisterung empfindet, die Lektüre seiner Tageszeitung als Pflicht oder als angenehme Abwechslung betrachtet, das Autofahren mag oder als Zeitverschwendung ansieht – alle diese Gefühle spielen für die Bestimmung von Armut keine Rolle. Armut ist nicht das Gegenteil von Glück.

Vielleicht sind obdachlose Straßenkinder in Rio de Janeiro glücklicher als Millionärswitwen auf Golfplätzen in Kalifornien. Trotzdem sind die Straßenkinder arm, die Millionärswitwen dagegen nicht. Für die Frage nach der Armut ist allein entscheidend, ob ein Mensch zu gewissen Dingen in der Lage ist, wie etwa zu ungestörtem Schlafen mit einem Dach über dem Kopf, und nicht, ob er dabei, mit oder ohne Dach, zufrieden oder unzufrieden ist.

In gewisser Weise entspricht das deutsche Sozialrecht dem Armutskonzept von Sen. „Aufgabe der Sozialhilfe ist es", heißt es gleich im ersten Paragraphen des Bundessozialhilfegesetzes vom 30. Juni 1961, „dem Empfänger die Führung eines Lebens zu ermöglichen, das der Würde des Menschen entspricht." Mit anderen Worten: Die Sozialhilfe soll nicht nur die Menschen vor dem Erfrieren und Verhungern schützen, sondern ihnen darüber hinaus ermöglichen, am Leben der Gemeinschaft teilzuhaben.

Was zur vollwertigen Teilnahme am sozialen Leben nötig ist und was nicht, beschäftigt immer wieder die Gerichte. Ob Beihilfen zu Kindergeburtstagen oder Erstkommunionfeiern, ob Urlaubsreisen oder Schultüten für Schulanfänger: Unsere Richter entscheiden – nicht immer richtig –, was zu einem menschenwürdigen Leben dazugehört. Nach einem Urteil des Bundesverwaltungsgerichts, der letzten Instanz der Sozialgerichtsbarkeit, müssen Sozialämter z. B. zusätzlich zu den Regelsätzen auch die Schultüten der Kinder von Sozialhilfeempfängern bezahlen: Schultüten gehörten zum notwendigen Lebensunterhalt von Kindern, ohne Schultüten würden Jungen und Mädchen sozial ausgegrenzt und in ihrem Selbstwertgefühl beeinträchtigt.

Doch reicht das Gefühl der Benachteiligung schon aus, um einen Sozialhilfeanspruch zu begründen? Denn dieses Gefühl kann auch wohlhabende Menschen erfassen, der Porschefahrer kennt es, wenn neben ihm ein Ferrari vorbeizieht, und auch der Millionär, wenn neben seiner Hochseejacht das Boot von Bill Gates festmacht. Zwischen einfachem Neid und echter sozialer Behinderung wird nicht immer unterschieden.

Auf der anderen Seite urteilt das Bundesverwaltungsgericht oft restriktiver. So verneinte es den Anspruch eines Behinderten auf ein eigenes Auto mit der Begründung, die Sozialhilfe sei nicht dazu bestimmt, „dem Hilfesuchenden ein Leben zu gewährleisten, das ihn aus seiner Umgebung heraushebt“. In das soziale Leben könne sich der Behinderte auch mittels Krankenfahrzeugen eingliedern. Mit gleicher Begründung wurde einem anderen Kläger der Anspruch auf einen Fernseher verwehrt: „Dass ein Fernsehgerät … in einer Vielzahl von Haushalten steht …, besagt nicht, dass ohne Fernsehen ein menschenwürdiges Leben nicht geführt werden könne. Die Befriedigung persönlicher Bedürfnisse in Gestalt der Pflege von Beziehungen zur Umwelt und der Teilnahme am kulturellen Leben kann im Allgemeinen und in der Regel auch heute noch menschenwürdig mit etwa folgenden Mitteln der

Kommunikation ermöglicht werden: Bezug einer Tageszeitung ...; Hören des Tonrundfunks ...; Benützen einer öffentlichen Leihbücherei ...; gelegentliche Besuche eines Filmtheaters und unterhaltender Veranstaltungen ernsteren und leichteren Charakters. Die Beschränkung darauf ... ist nicht unangenehm und verletzt nicht die Würde des Menschen. Sich darüber hinaus der Vermittlung durch das Fernsehen bedienen zu können, wird als Annehmlichkeit empfunden, ist aber nicht von der Menschenwürde her gebotene Notwendigkeit."

Im Großen und Ganzen stimmt das deutsche Sozialrecht also mit Sens Konzept der Armut als absolutem Mangel an sozialen Kompetenzen überein. Davon ist die Bundesregierung in ihrem Armutsbericht aber noch weit entfernt.

## 14. Der Mythos von der Zwei-Drittel-Gesellschaft

■ *WISU*, August 2000.

Das Schlagwort von der sogenannten „Zwei-Drittel-Gesellschaft" hat in der bundesdeutschen sozialpolitischen Diskussion der letzten Jahre für einige Aufregung gesorgt. Damit ist gemeint: Zwei Dritteln geht es immer gut, einem Drittel geht es immer schlecht. Nach dieser populären, aber falschen These nehmen nur zwei Drittel aller Deutschen am sozialen und wirtschaftlichen Fortschritt ihres Landes teil – ein Drittel bleibe ausgegrenzt, von den Segnungen des Fortschritts systematisch ausgeschlossen.

Diese Theorie hält einer näheren Überprüfung nicht stand. Richtig ist allein, dass bei geeigneter Wahl der Armutsgrenze immer ein gewisser Prozentsatz Armer existiert; wählt man als Armutsgrenze das sogenannte 33-Prozent-Quantil der Einkommensverteilung (die Grenze zwischen dem untersten und dem mittleren Drittel der Einkommensverteilung), dann ist immer ein Drittel aller Menschen arm. Aber es gibt doch einen großen Unterschied – um nur die beiden Extreme anzuführen – zwischen einer „Tellerwäscher-Millionär"-Gesellschaft, in der die meisten Menschen ihr Leben zunächst arm beginnen, dann der Armut aber mehrheitlich entrinnen, und einer Gesellschaft, in der nur wenige Menschen arm geboren werden, dann aber mehrheitlich in dieser Armut bleiben. Auch wenn die jeweiligen Armutsquoten sich bis auf die letzte Kommastelle gleichen, die Armut ist trotzdem doch sehr unterschiedlich zu bewerten; sowohl für die betroffenen Individuen wie für die Gesellschaft als Ganzes ist es von erheblicher Bedeutung, ob die Menschen unterhalb einer wie auch immer bestimmten Armutsgrenze stets die gleichen bleiben („einmal arm, immer arm") oder ob die Armut sozusagen „rotiert", ein Risiko, das jeden treffen kann.

Hier zeigen verschiedene nationale und internationale Erhebungen eine überraschende und in gewisser Weise erfreuliche Mobilität. In den USA z. B. sind rund ein Viertel aller Haushalte über 10 Jahre gesehen irgendwann einmal statistisch „arm“, durchgehend arm sind aber weniger als 1 Prozent, und den gleichen großen „Turnover“ der Armutspopulation beobachten wir auch für die Bundesrepublik – die Gleichung „Einmal arm – immer arm“ geht auch bei uns nicht auf. Die Verweildauer in der deutschen Sozialhilfe beträgt in der Regel weniger als ein Jahr, Tendenz abnehmend, nur 23 Prozent der Empfänger brauchen sie 5 Jahre oder mehr. Den Typus des resignierten, ausgegrenzten Langzeitbeziehers findet man auf deutschen Sozialämtern eher selten, es überwiegen deutlich die sogenannten „Überbrücker“, Menschen, die auf Rentenzahlungen oder Arbeitslosenunterstützung warten, die den Sozialhilfebezug ausdrücklich als vorübergehende, befristete Phase ihres Lebenslaufs verstehen, die weder sich selbst als Ausgegrenzte sehen noch von der Gesellschaft als Ausgegrenzte behandelt werden.

Rund die Hälfte aller Menschen, die in einem gegebenen Jahr Sozialhilfe beziehen, sind ein Jahr später nicht mehr darauf angewiesen, eine personell verfestigte deutsche Unterklasse gibt es nicht. Stattdessen beobachten wir, in den Worten des großen Schumpeter, „einen Armuts-Omnibus, der zwar immer besetzt ist, aber niemals mit den gleichen Leuten“; wir sehen ein „komplexes Gebilde, bestehend aus Armutsphasen, Unterbrechungen, Wiedereinstiegen und zum Teil endgültigen Ausstiegen“, mit anderen Worten, eine Gesellschaft, in der das Schlagwort von der „Zwei-Drittel-Gesellschaft“ – zwei Drittel reich, ein Drittel arm – ganz einfach zu den Fakten nicht mehr passt.

## 15. Was sagt uns die Lohnquote?

■ *WISU* 5/1999

Die Lohnquote ist der Anteil der Einkommen aus abhängiger Arbeit am gesamten Volkseinkommen; sie betrug 1996 in der Bundesrepublik Deutschland 71,1 Prozent, verglichen mit 72,3 Prozent im ersten vollen Rechnungsjahr nach der Wiedervereinigung 1991; seither geht die Lohnquote monoton zurück, im Jahr 1997 ist sie nochmals um rund zwei Prozentpunkte gesunken.

Anders als man von Gewerkschaften und Arbeitnehmerseite immer wieder hört, zeigt dieser Rückgang der Lohnquote aber keine Umverteilung in Richtung Arbeitgeber an; er ist sowohl mit einem steigenden wie mit einem fallenden Anteil der Arbeitnehmer am Volkseinkommen kompatibel, die Lohnquote als Monoindikator kann die Verteilungsgerechtigkeit nicht messen.

Zunächst einmal zeigt die Lohnquote nur die Verteilung des Einkommens auf Einkommensarten auf; welches die Personen sind, die diese Einkommen beziehen, bleibt dabei offen. So zählen etwa die Zinseinkünfte eines Rentnerehepaares genauso zum Einkommen aus Unternehmertätigkeit und Vermögen wie die Dividenden der immer zahlreicheren Volksaktionäre oder wie die kalkulatorische Miete eines Eigenheimbesitzers; rund die Hälfte aller deutschen Arbeitnehmerhaushalte besitzen heute Immobilien, und deren Erträge werden grundsätzlich den Unternehmen angerechnet.

Auch die Einkommen von Landwirten und anderen kleinen Selbständigen, die man gemeinhin nicht zu den Kapitalisten unseres Landes rechnet, fließen in den Topf der Unternehmer. Die Lohnquote in der deutschen Landwirtschaft z. B. liegt unter 30 Prozent, von den rund eine Million Menschen, die dort immer noch ihr Brot verdienen, haben nur ein Fünftel Arbeitnehmerstatus; der Rest sind Selbständige oder mithelfende Familienangehörige, ihr Einkommen wird den Unternehmen zugeschlagen.

Die mehreren Millionen DM Gehalt pro Jahr dagegen, die verschiedene Vorstandsmitglieder deutscher Aktiengesellschaften als Kontraktgehalt beziehen, sind Einkommen aus unselbständiger Beschäftigung, sie werden der Lohnquote zugerechnet.

Das Steigen und Fallen der Lohnquote kann also viele Gründe haben. Mit dem Wachstum des Vermögens quer durch alle Bevölkerungsschichten (Stichwort „Erbengeneration") nehmen auch die Einkommen aus Vermögen quer durch alle Schichten zu; noch 1970 stammten weniger als 5 Prozent des deutschen Volkseinkommens aus Vermögen, 1995 bereits mehr als 10 Prozent (Tendenz steigend); damit nimmt die Lohnquote zwangsläufig ab. Auch das Wachstum des Dienstleistungssektors mit seinem traditionell hohen Anteil an Selbständigen muss die Lohnquote drücken: Die Einkommen von Gastwirten, Ärzten, Beratern aller Art und selbständigen Taxifahrern gehen der Lohnquote verloren.

Umgekehrt nimmt die Lohnquote in Zeiten steigender Anteile abhängig Beschäftigter natürlich zu; von 1960 bis 1990 ist die Lohnquote in den alten Bundesländern von 60 Prozent auf 74 Prozent gestiegen. Aber genauso wenig wie man diesen Anstieg als einen Sieg der Arbeitnehmer feiern durfte, darf man den aktuellen Rückgang als Verlust beweinen.

## 16. Nützt die Globalisierung nur den Reichen?

■ *BIZZ Capital*, Januar 2001

Vom 9. bis 13. November tagt in Doha, Qatar, die 4. Welthandelskonferenz. Grund für Globalisierungsgegner allerorten, zum erneuten Angriff auf den freien Warenaustauch zwischen den Nationen aufzurufen.

Aber keines der Argumente dieser selbsternannten Robin Hoods des 21. Jahrhunderts sticht. Der reiche Norden unseres Planeten ist weder auf den Handel mit dem armen Süden angewiesen, noch beutet er ihn aus, noch kostet internationaler Handel Arbeitsplätze. Von den 1167 Milliarden DM an deutschen Exporten des Jahres 2000 gingen 1087 Milliarden in andere entwickelte bzw. Industrienationen, nur 80 Milliarden in Entwicklungsländer. Von den 1073 Milliarden DM an Importen kamen über 1000 Milliarden aus anderen Industrienationen, nur 70 Milliarden aus Entwicklungsländern.

Die Länder der Dritten Welt sind vor allem deshalb arm, nicht weil sie zu viel, sondern weil sie zu wenig untereinander und mit großen Industrienationen handeln. Die modernen Musterländer unter den ehemaligen Armenhäusern dieser Erde sind Hongkong, Taiwan, Singapur oder Südkorea. Hier setzt man konsequent auf freien Handel, hier stehen internationale Großkonzerne für die Niederlassung Schlange. In Hongkong soll es für besonders chic gehalten werden, englische Oxford-Abgänger als Hausdiener zu halten. Die modernen Armenhäuser unter den ehemaligen Armenhäusern sind Länder wie Kuba oder Nordkorea: Hier setzt man auf Autarkie und Selbstbestimmung.

Freiwilliger Handel nützt immer beiden Partnern. Sonst fände er nicht statt. Die Weltwirtschaft ist kein Nullsummenspiel, mit dem Gewinn des einen gleich dem Verlust des anderen. In einem freien Handel gewinnen beide Partner, und je mehr eine Nation unter sonst gleichen Konditionen handelt, desto besser werden ihre Menschen leben.

Auch die Arbeitslosigkeit und der relative Lohnverfall für ungelernte Arbeitskräfte in den Industrienationen ist keine Konsequenz des internationalen Handels. Diese Menschen sind ein Opfer des Produktivitätsfortschritts von Spezialisten und Experten. Der treibt Löhne und Gehälter in die Höhe. Die Produktivität von Hausmeistern und Fensterputzern dagegen lässt sich kaum durch Technik und Computer steigern. Und in einer Welt, in der Unternehmen ihren Arbeitskräften langfristig nicht mehr bezahlen können, als diese erwirtschaften, haben ungelernte Arbeitskräfte mit oder ohne Außenhandel immer schlechte Karten.

## 17. Terms of Trade: Beutet der reiche Norden den armen Süden dieser Erde aus?

■ *WISU* 1/2001

Das ist einer der vielen modernen Mythen zu Entwicklungsländern: Sie wären u. a. auch deshalb arm, weil sie für ihre Produkte immer weniger real erlösen.

In Wahrheit ist das Gegenteil der Fall; das Tauschverhältnis von Im- und Exporten („terms of trade") hat sich in den letzten 100 Jahren für die Dritte Welt verbessert, nicht verschlechtert, ihre wichtigsten Exporte – Südfrüchte, Kaffee, Tee, Rohstoffe aller Art – erlösen heute mehr und nicht weniger Industrieprodukte als vor 50 oder 100 Jahren.

Diese für die Entwicklungsländer erfreuliche Verbesserung des Tauschwerts ihrer Güter ist eine Folge der enorm gestiegenen Arbeitsproduktivität in den Industrienationen; dadurch werden Industrieprodukte relativ zu vielen Agrarprodukten wie Tee und Kaffee, die nicht so einfach rationeller herzustellen sind, billiger, und deshalb braucht ein Kaffeepflanzer in Kolumbien heute weniger Kaffee als vor 50 Jahren, um ein Radio, ein Auto oder eine Schreibmaschine einzutauschen.

Nur bei einigen wenigen Agrarprodukten wie Zucker oder Weizen ist das reale Tauschverhältnis für die Produzenten heute schlechter. Bei Zucker, weil das noch bis Ende des letzten Jahrhunderts dominierende Zuckerrohr durch die Zuckerrübe eine billige Konkurrenz erhielt, bei Weizen, weil durch die riesigen neuen Anbauflächen im Westen der USA das Angebot auf Dauer billiger geworden ist.

Falsch ist auch, dass der reiche Norden den armen Süden dieser Erde quasi indirekt enteigne. Zwar reklamieren die reichsten anderthalb Milliarden Menschen im Norden ungefähr drei Viertel, die restlichen viereinhalb Milliarden Menschen im Süden nur ein Viertel der insgesamt pro Jahr auf der

Erde erzeugten Güter und Dienstleistungen, aber das alleine heißt noch nicht, dass der Norden den Süden ausbeuten muss. Denn man kann doch offenbar nur dann von Ausbeutung sprechen, wenn der Ausbeuter mehr fordert, als er gibt, und davon kann im gegenwärtigen Nord-Süd-Konflikt keine Rede sein.

Die Länder der Ersten Welt konsumieren nämlich nicht nur drei Viertel der Weltproduktion, sie produzieren auch drei Viertel, und zwar Industrie- wie Agrarprodukte gleichermaßen. Allein die EU könnte, wenn sie wollte, heute fast die ganze Welt ernähren; sie produziert mehr Autos und Maschinen, als sie braucht, sie fördert auch die nötigen Rohstoffe wie Kohle, Düngemittel, Erdöl, Erz allein, und sie könnte – rein ökonomisch – sehr gut ohne Indien, Bangladesh und Indonesien existieren.

Die Entwicklungsländer mit drei Vierteln der Weltbevölkerung dagegen produzieren nur ein Viertel des Welt-Sozialprodukts: Asien 12 Prozent, Südamerika 7 Prozent, Afrika 4 Prozent. Die besonders armen Länder Südostasiens wie Indien, Pakistan oder Bangladesh erzeugen mit mehr als einer Milliarde Menschen, fast einem Fünftel der Weltbevölkerung, sogar nur ganze 2 Prozent des Weltprodukts. Wenn diese Länder also vom großen Kuchen weniger abbekommen, dann nicht, weil man sie um ihren Beitrag beraubt, sondern weil sie weniger zu diesem Kuchen beitragen als andere.

Würde man heute die Entwicklungsländer des Südens und die Industrienationen des Nordens jeweils mit einem großen Zaun umgeben und jede Gruppe mit ihren Rohstoffen, ihren Menschen, ihrem Kapital, ihrem Wissen und ihrer Kultur alleine lassen – es wäre für den reichen Norden rein wirtschaftlich gesehen keine Katastrophe. Der arme Süden dagegen wäre und würde dann erst richtig arm und wäre wirtschaftlich fast völlig ruiniert.

## 18. Wer zählt die Arbeitslosen?

■ *Kursbuch* 152, Juni 2003, S. 93–102.

Wie viele Menschen sind in Deutschland arbeitslos? Die Antwort scheint grundsätzlich einfach, wenn auch das konkrete Ermitteln sicher Schwierigkeiten macht. Wie in der Schule, wenn der Lehrer fragt: Wer ist heute krank?, werden die Arbeitslosen abgezählt, Bezirk für Bezirk aufadddiert und einmal im Monat in Nürnberg einer erschrockenen oder erfreuten Öffentlichkeit bekannt gegeben. Dann heißt es etwa: Im Dezember 2002 waren 4.225.100 Menschen in Deutschland arbeitslos.

Man muss nicht von Beruf Statistiker sein, um die Fallstricke hinter dieser Zählerei zu sehen. Wer ist eigentlich arbeitslos, wer wird in dieser Statistik gezählt? Wir haben hier ein grundsätzliches, in der Wissenschaft vom Datensammeln auch als „Adäquationsproblem" bekanntes Dilemma: Die Dinge, die man messen will, und die dafür bereitgestellten Zahlen stimmen nicht immer überein. Das fängt bei vergleichsweise einfach zu erhebenden Sachverhalten wie etwa der Zahl der jährlich im Straßenverkehr getöteten Personen an (6.962 im Jahr 2001 in der Bundesrepublik). Ein Jugendlicher fährt nachts auf dem Heimweg von der Disko gegen einen Baum und stirbt vier Tage später im Krankenhaus. Ist er ein Verkehrstoter? In der ehemaligen DDR nein. Hier musste man binnen dreier Tage sterben, um in die Statistik der Verkehrstoten einzugehen. In der Bundesrepublik Deutschland ja. Hier hat und hatte man mit dem Sterben bis zu 31 Tagen Zeit.

Oder wer ist arm, krank oder ein Analphabet? Schon drei Sekunden Nachdenken zeigen hier, dass, vom reinen Abzählen und Erfassen völlig abgesehen, die Antwort alles andere als einfach, da grundsätzlich niemals eindeutig festzulegen ist. Bäuerinnen z. B. kommen in der Regel nicht auf den Gedanken, Rückenschmerzen als Krankheit zu bewerten und deshalb zum Arzt zu gehen, während das Stadtfrauen viel öfter tun. Fortgesetztes Husten ist nach einer Untersuchung des Soziologen E. K. Koos für 77 Prozent der Oberschicht ein Grund für einen Arztbesuch, in der Unterschicht dagegen nur für 23 Prozent. Bei chronischer Müdigkeit ist das Verhältnis 80:19, bei Blut im Stuhl 98:60 und bei Schmerzen im Brustkorb 80:31. Wer als „krank" gilt, hängt also auch davon ab, wo man wohnt und wie viel Geld man hat.

Der Prototyp einer Statistik, von der fast jeder glaubt, sie sei gefälscht, ist aber die der Arbeitslosigkeit. Wann immer es das alte Vorurteil zu bestätigen gilt, dass mit Statistik alles zu beweisen sei, muss in der Regel die Statistik der Arbeitslosigkeit als Zeuge her. „Arbeitslos auch durch eine falsche Statistik" (*Die Woche*), „Arbeitslosenquote geschönt" (*Hannoversche Allgemeine Zeitung*", „Nur mit Statistik-Tricks lässt sich die Arbeitslosenzahl verringern" (*Die Welt*) – Schlagzeilen wie diese sind Wasser auf die Mühlen all derer, die schon immer wussten, dass es insgesamt drei Arten von Lügen – Lügen, Notlügen, Statistik – gibt.

Das ist kein Zufall. Bei der Messung der Arbeitslosigkeit kommen fast alle Aspekte des wirtschaftsstatistischen Adäquationsproblems zusammen, auf die man beim Datensammeln stößt. Der Begriff als solcher lässt verschiedene Ausdeutungen zu, selbst Profis streiten, wie das Ganze eigentlich zu messen sei, und die Versuchung, zum eigenen Vorteil an dieser Zahl herumzudoktern, ist wegen der Bedeutung des Themas ganz besonders groß. Kommt dann noch eine hoffnungslose Überlastung einer einzigen Zahl mit allzu vielen, zum Teil unvereinbaren Informationspflichten hinzu, ist die Katastrophe perfekt. Denn die Arbeitsmarktstatistik „ist eine Dienerin vieler Herren und entsprechend manipulierbar", wie das Claudia Bröll einmal sehr schön in der *Frankfurter Allgemeine Zeitung* formulierte. „So dient sie einmal der Regierung, um ihre Politik zu rechtfertigen, und gleichzeitig der Opposition, um Versäumnisse der Regierung anzukreiden. Sie ist den Verbandsvertretern zu Diensten, die Reformen anmahnen, und den Gewerkschaften, die sich schon im Vorfeld gegen diese Reformen wehren wollen. Wozu sie allerdings zu wenig dient, ist ihrem eigentlichen Zweck, nämlich ein möglichst exaktes Bild der Wirklichkeit widerzuspiegeln."

Während diese Zeilen geschrieben werden, zählt die amtliche Statistik in Deutschland rund 4 Millionen Menschen als arbeitslos. Manche meinen, es wären in Wahrheit weitaus mehr: „Kanzler Schröder hat rund 6 Millionen Arbeitslose zu verantworten: 4 Millionen offiziell gezählte und rund 1,8 Millionen statistisch nicht erfasste Arbeitslose", klagt etwa die CDU. Die amtliche Arbeitslosenzahl sei also viel zu klein. Andere dagegen meinen, die amtliche Arbeitslosenzahl sei viel zu groß: Bis zu 1,2 Millionen Menschen, so SPD-Bundestagsfraktionschef Struck im März 2002, die in der aktuellen Arbeitslosenstatistik enthalten wären, suchten weder einen Job noch wollten sie vermittelt werden. Diese Menschen müssten also von den amtlichen Arbeitslosenzahlen abgezogen werden.

Wer hat hier recht? Kann sich tatsächlich jeder diese Zahlen so zurechtbiegen, dass es ihm oder ihr ins Weltbild passt?

Ausgangspunkt aller dieser Rechnungen sind die „offiziellen" deutschen Arbeitslosenzahlen, so wie sie monatlich von der Nürnberger Bundesanstalt für Arbeit ermittelt und bekannt gegeben werden. Nach dieser Statistik zählt als arbeitslos, wer (i) mindestens 15 Stunden in der Woche gegen Entgelt arbeiten will, (ii) nicht nur vorübergehend Arbeit sucht, (iii) älter als 15 und jünger als 66 Jahre ist, (iv) dem Arbeitsmarkt unmittelbar zur Verfügung steht sowie (v) bei einem Arbeitsamt offiziell als arbeitssuchend gemeldet ist. Jedes dieser fünf Kriterien ist zu erfüllen. Wer etwa die obligatorische Drei-Monats-Meldung versäumt, fällt sofort, obwohl weiterhin ohne Arbeit, aus der Statistik heraus. In aller Regel holen Arbeitslose diese Meldung später nach, aber in der Zwischenzeit wird man nicht mehr gezählt.

Es ist also gar nicht so einfach, hierzulande amtlich arbeitslos zu sein. Wer nur eine Teilzeitarbeit von weniger als 15 Stunden oder eine Ferienstelle sucht, wer wegen Krankheit oder Umschulung dem Arbeitsmarkt vorübergehend nicht zur Verfügung steht oder die Suche per Arbeitsamt ganz einfach aufgegeben hat, der oder die ist damit auch nicht arbeitslos. So gesehen sind die amtlichen Zahlen tatsächlich viel zu klein.

Anderswo ist man sogar noch restriktiver. In Frankreich zählen Teilzeitarbeitslose, die keine Vollzeitstelle suchen, überhaupt nicht mit, auch bei mehr als 15 gewünschten Wochenstunden nicht, und in England zählt man nur die Menschen als arbeitslos, die auch Arbeitslosenunterstützung erhalten. Mit anderen Worten, wenn die Unterstützung ausläuft, ist man nicht mehr arbeitslos.

Aber auch weitergehende Definitionen kommen vor. In den USA ist auch ein 70-jähriger Rentner, der vergeblich nach einer kleinen Hausmeisterstelle für einige Stunden in der Woche sucht, im Sinne der Statistik arbeitslos. Dort ist die Statistik also viel umfassender.

Ein Begriff, der unserer intuitiven Vorstellung von „arbeitslos“ vermutlich noch am nächsten kommt, ist die sogenannte „Erwerbslosigkeit“. Er liegt z. B. den Zahlen von EUROSTAT (das Statistische Amt der Europäischen Gemeinschaft) oder der Internationalen Arbeitsorganisation ILO zugrunde. Erwerbslos im Sinne dieser Statistik ist jede Person im arbeitsfähigen Alter, die gegen Entgelt arbeiten will, ganz gleich wie lange und unabhängig davon, ob beim Arbeitsamt gemeldet oder nicht, und der oder die bei diesem Bemühen nicht erfolgreich ist.

Auch diese Zahlen werden in Deutschland amtlich erhoben; sie sind im Statistischen Jahrbuch nachzulesen, führen dort aber nur ein Schattenleben. Ihre vergleichsweise bescheidene Rolle in der politischen Debatte erklärt sich vor allem aus der fehlenden Erhebungsdichte – die Erwerbslosen werden nur einmal jährlich vom Statistischen Bundesamt im Rahmen des Mikrozensus stichprobenartig erfasst, die Arbeitslosen von der Bundesanstalt für Arbeit dagegen jeden Monat, und komplett. Vor allem deshalb werden die Zahlen aus Nürnberg und nicht die aus Wiesbaden zitiert. Sie sind auch leichter regional oder nach Personengruppen aufzugliedern: „Im Bezirk des Arbeitsamtes Dortmund betrug der Anteil arbeitsloser Ausländer ohne Hauptschulabschluss im November 17,8 Prozent“ usw. Dergleichen regionale Aufgliederungen sind leider für Erwerbslose nicht möglich.

Auf den ersten Blick scheinen die Erwerbslosen die Arbeitslosen zu umfassen. Denn für den Status der Erwerbslosigkeit ist es unerheblich, ob man als arbeitssuchend gemeldet ist; auch die Hausfrau/der Hausmann, der oder die gerne wieder ins Berufsleben zurückkehren möchte, Bummelstudenten, die nur mangels Berufsaussichten noch studieren, oder Langzeitarbeitslose, die aus Hoffnungslosigkeit oder wegen Wegfall ihrer Leistungsansprüche die Meldung beim Arbeitsamt zurückgezogen haben, gehören hier dazu. Die Gesamtheit dieser „heimlichen Arbeitslosen“ heißt auch „Stille Reserve“. Sie umfasst in Deutschland je nach Zählweise zwischen einer und drei Millionen Menschen und steht hinter der These der CDU, die offiziellen Arbeitslosenzahlen wären viel zu klein.

Auf den zweiten Blick schließen aber die Erwerbslosen auch viele „offizielle“ Arbeitslose aus, die heute noch in der Statistik erscheinen. Nämlich alle diejenigen, die in Wahrheit keine Arbeit suchen und nur zum Abschöpfen verschiedener Vergünstigungen beim Arbeitsamt gemeldet sind. Auch davon gibt es mehr als genug. Diese Menschen sind zwar amtlich arbeitslos, aber nicht erwerbslos, da an legal bezahlter Arbeit wenig interessiert.

Traditionell, d. h. bis 1998, bestritt die SPD, besonders der Gewerkschaftsflügel, dass es solche Menschen gibt. Noch vor zwei Jahren empörte sich der stellvertretende IG-Metall-Vorsitzende Jürgen Peters über einschlägige Debatten als eine „Beleidigung von Arbeitslosen“; dass Arbeitslose sich nur zum

Kassieren von Sozialleistungen meldeten, sei eine üble Unterstellung.

Aber die Indizien sprechen gegen ihn. Schon seit jeher mussten Arbeitsämter wegen Ablehnung zumutbarer Arbeitsverhältnisse sogenannte „Sperrzeiten“ verhängen, in denen wegen erwiesener Arbeitsunwilligkeit keine Unterstützung stattfindet. Diese Zahlen bewegen sich traditionell zwar nur im unteren fünfstelligen Bereich, zeigen aber, dass es solche Scheinarbeitslosen wirklich gibt.

In Wahrheit ist natürlich deren Zahl beträchtlich größer. Einmal fehlt es in Zeiten knapper Stellen an dergleichen Tests der Arbeitswilligkeit, und zum anderen kennt, wie jeder Arbeitgeber gerne bestätigen wird, die Erfindungsgabe beim Ausdenken von Unzumutbarkeitsgründen keine Grenzen. In einem Artikel in der Hamburger *Welt* mit dem bezeichnenden Titel „ … sah die Arbeit und flüchtete“ schildert der Leiter einer mittelständischen Gebäudereinigungsfirma seine Abenteuer bei der Einstellung eines Fensterputzers: Zwei Bewerber wollten nicht für Tariflohn arbeiten, einer konnte nicht auf Leitern stehen, einer prahlte mit seinem Vorstrafenregister. Von den vier letztendlich doch Eingestellten meldeten sich zwei am ersten Tag der Arbeit krank, zwei kündigten nach kurzer Zeit mit der Begründung, die Arbeit sei zu schwer. Kein einziger von mehr als einem Dutzend „Arbeitslosen“ war wirklich an Arbeit interessiert.

Das wahre Ausmaß dieser Arbeitsunwilligkeit ist also weit höher, als die Sperrzeiten vermuten lassen. Nach einer Umfrage des Bonner infas-Instituts vom Frühjahr 2000 suchen nur die Hälfte aller beim Arbeitsamt gemeldeten Personen tatsächlich eine Stelle. Die wichtigsten wahren Gründe für den Gang zum Arbeitsamt waren (Mehrfachnennungen möglich): „Ich möchte sicherstellen, dass die Zeit der Arbeitslosigkeit später bei der Rentenberechnung berücksichtigt wird“ (83 Prozent). „Ich bin auf Leistungen des Arbeitsamtes angewiesen“ (76 Prozent). „Ich überbrücke die Zeit bis zum Beginn meiner neuen Stelle bzw. Ausbildung" (57 Prozent). „Ich überbrücke die Zeit bis zum Ruhestand" (21 Prozent), „Das Sozialamt verlangt, dass ich mich arbeitslos melde" (16 Prozent), „Ich muss mich arbeitslos melden, um ausreichend Unterhalt von meinem geschiedenen Ehepartner zu bekommen" (4 Prozent) und „Ich überbrücke die Zeit bis zum Zivil- oder Wehrdienst" (2 Prozent). Mit anderen Worten, das Arbeitsamt ist für viele eine Sozialbehörde und keine Arbeitsplatzvermittlungsstelle.

Seit der Übernahme der Regierung, spätestens seit Gerhard Schröders berühmtem Frühjahrs-Interview in *Bild* 2001, in welchem er „kein Recht auf Faulheit in unserer Gesellschaft" zugestand, sieht das auch die SPD. Das vormalige Abstreiten der Existenz von Scheinarbeitslosen hat sich in eine regelrechte Jagd auf diese umgekehrt. „Wir werden eine international vergleichbare Arbeitsmarktstatistik schaffen, in der nur Personen, die auch tatsächlich dem Arbeitsmarkt zur Verfügung stehen, erfasst werden", heißt es in der Koalitionsvereinbarung 2002. Wir dürfen gespannt sein, was hier noch auf uns wartet. Denn die Möglichkeiten des Kriteriums „steht dem Arbeitsmarkt unmittelbar zur Verfügung" sind noch längst nicht ausgereizt. Durch das Verlängern des Erziehungsurlaubs von 6 auf 10 Monate im Jahr 1986 ließ die damalige CDU/FDP-Regierung auf einen Schlag 100.000 arbeitslose Frauen aus der Statistik verschwinden. Umschulungsmaßnahmen, ABM-Stellen, Frühpensionierung, Beschäftigungsbrücken: Das alles macht vormalige Arbeitslose nicht mehr kurzfristig verfügbar und lässt damit die Arbeitslosenzahlen schrumpfen. Vor allem durch das kreative Auslegen dieser Bestimmung, dass man nur dann als Arbeitsloser zählt, wenn man dem Arbeitsmarkt auch zur Verfügung steht, haben es etwa die Niederländer geschafft, ihre international bewunderte phänomenal niedrige Arbeitslosenquote von weniger als 4 Prozent zu produzieren: Von einer Kündigung bedrohte Arbeitnehmer werden kurz vor der Entlassung erwerbsunfähig geschrieben (kooperationswillige Ärzte sind leicht zu finden), und die Arbeitslosenversicherung wird in „Erwerbsunfähigkeitsversicherung" umgetauft. Damit ist die Arbeitslosigkeit verschwunden. Mittlerweile ist jeder zehnte Holländer im erwerbsfähigen Alter als erwerbsunfähig eingestuft und damit gegen Arbeitslosigkeit geimpft.

Oder man steckt die Arbeitslosen ins Gefängnis. In den USA sitzen derzeit zwei Millionen Menschen hinter Gittern, die Hälfte davon jung und schwarz, die ansonsten die Arbeitslosenzahl vergrößern würden.

In Deutschland treffen dergleichen Versuche, durch Verwaltungstricks die Arbeitslosenzahlen zu senken, stets auf den Widerstand der jeweiligen Opposition. „Amtsärzte fälschen bei den Arbeitslosen", klagte 1992 die SPD-nahe Gewerkschafterzeitung *Metall*. In den vergangenen Jahren seien Tausende von Arbeitslosen durch falsche amtsärztliche Gutachten als arbeitsunfähig eingestuft und so dem Arbeitsmarkt entzogen worden.

Heute hört man dergleichen Töne eher von der CDU, und typische CDU-Forderungen von früher hört man heute eher von der SPD. „Die Verbesserung der Arbeitsmarktstatistik ist eine wesentliche Voraussetzung für die gezielte Bekämpfung der Arbeitslosigkeit", heißt es 1988 in einem Positionspapier der CDU/CSU-Bundestagsfraktion. In die Arbeitslosenstatistik sollten demnach nur noch solche Arbeitslose einfließen, „die dem Arbeitsmarkt wirklich zur Verfügung stehen und eine Arbeitsstelle nachfragen, die für sie die einzige oder eine wesentliche Erwerbsquelle darstellt". Weiterhin solle die Arbeitsmarktstatistik dadurch verbessert werden, dass die tatsächliche Verfügbarkeit eines Arbeitslosen für den Arbeitsmarkt besser kontrolliert und eine getrennte Statistik für Voll- und Teilzeitarbeitssuchende eingeführt werde. Das steht heute fast wörtlich in der Koalitionsvereinbarung von Grünen und der SPD.

Man könnte weinen, wenn es nicht so traurig wäre. Nicht, weil diese Vorschläge sinnlos wären. Sie sind es nicht. Sondern weil Befürworter und Gegner von Sonntag auf Montag so mühelos die Fronten tauschen. Die heute von der CDU beklagte „Stille Reserve", welche die amtlichen Arbeitslosenzahlen beschönige, wurde früher mit den gleichen Worten auch von Gewerkschaften und SPD als Kronzeuge für geschönte Arbeitslosenzahlen angeführt: „Neben den offiziellen Arbeitslosen gibt es 2,1 Millionen Menschen, die eine Stelle suchen, ohne arbeitslos gemeldet zu sein", erklärte die stellvertretende DBG-Vorsitzende Engelen-Kefer 1993. Diese sogenannte stille Reserve habe sich im Vergleich zu 1992 um 500.000 Menschen erhöht. Sie wäre nochmals größer, wenn man Ost-West-Pendler, Vorruheständler und Teilnehmer von Fortbildungsmaßnahmen einbezöge, die bei besseren Arbeitsmarktbedingungen ebenfalls als Arbeitssuchende aufträten.

Heute will Frau Engelen-Kefer von der stillen Reserve eher nichts mehr wissen. Und ihre Gegenspieler bei der CDU, denen bis 1998 kein Argument zu billig war, um es nicht für eine Reduktion der amtlichen Arbeitslosenzahlen zu verwenden, kehren auch den letzten Winkel unserer Volkswirtschaft nach bisher nicht erfassten Arbeitslosen aus.

Damit sind wir wieder zurück beim Kern der ganzen Konfusion: dass die jeden Monat aus Nürnberg vorgeführte Zahl ein armer Lastenesel ist, der unter dem Gewicht der vielen Frachten, die man ihm ohne Rücksicht auf Verluste aufbürdet, zusammenbricht. Mit der Zahl der Arbeitslosen meinen die einen das eine und die anderen das andere, und keiner meint das, was die Nürnberger Bundesanstalt für Arbeit damit meint. Oder um auf das eingangs zitierte Bild von Claudia Bröll zurückzukommen: Eine einzige Arbeitslosenstatistik als Dienerin so vieler verschiedener Herren – das kann nur Ärger geben.

Die Lösung liegt auf der Hand: Wir müssen weg von diesem Monoindikator. Vielmehr braucht jeder dieser Herren seine eigene Statistik. Besser als eine einzige Zahl ist ein ganzes Bündel von Zahlen. Wer wissen will, wie viele Menschen in Deutschland dafür bezahlt werden, dass sie nicht arbeiten, ist auch weiter mit der herkömmlichen Statistik gut bedient. Wer sich dagegen für das unausgeschöpfte Potential an Arbeitswilligen interessiert, sollte auch die stille Reserve einbeziehen. Und wer wissen will, wie viele Menschen tatsächlich in Deutschland gegen Entgelt arbeiten, sollte statt auf die Arbeitslosen mehr auf die Zahl der Beschäftigten und deren Anteil an der Gesamtzahl der Erwerbsfähigen achten. Dann würden wir z. B. sehen, dass in Deutschland nur 65 Prozent aller Erwerbsfähigen einer bezahlten Beschäftigung nachgehen, in den Niederlanden dagegen 70 Prozent und in der Schweiz sogar 80 Prozent. Je nach Erkenntnisziel ist mal die eine und mal die andere Statistik relevant. Kein Mensch käme auf die Idee, wenn er mit der Taschenlampe ins Dunkel leuchtet, er hätte die ganze Wirklichkeit erfasst. Genauso beleuchtet jede dieser Zahlen, wie auch immer berechnet, immer nur einen Teil der Wirklichkeit und ist für andere Zwecke völlig ungeeignet.

Verbleibt der zweite Teil der Arbeitslosenquote, der Nenner. Insbesondere bei internationalen Vergleichen sagt die reine Zahl der Arbeitslosen wenig. In den USA z. B. zählt man gegenwärtig mehr als doppelt so viele Arbeitslose wie in Deutschland. Aber dennoch ist dort die Arbeitslosigkeit ein weitaus kleineres Problem. Denn die wie auch immer gezählten Arbeitslosen sind zu einer geeigneten Globalgröße in Bezug zu setzen.

Als ob wir nicht schon mit dem Zähler genug Probleme hätten, kommt hier noch eine verbreitete Unkenntnis dazu, was bei der Arbeitslosenquote eigentlich im Nenner steht. „Schock! Jeder Zehnte arbeitslos!" verkündete etwa die *Bild-Zeitung* vor einigen Wintern in großen Lettern und dokumentierte damit, dass sie es auch nicht weiß. Jeder Zehnte von 80 Millionen Bundesbürgern ergibt 8 Millionen Arbeitslose, und so viele hatten wir noch nie.

In Wahrheit werden die Arbeitslosen durch die Erwerbspersonen geteilt. Erwerbspersonen sind „alle Personen mit

Wohnsitz im Bundesgebiet, die eine unmittelbar und mittelbar auf Erwerb gerichtete Tätigkeit ausüben oder suchen (Selbständige, mithelfende Familienangehörige, Abhängige), unabhängig von der Bedeutung des Ertrages für ihren Lebensunterhalt und ohne Rücksicht auf die von ihnen tatsächlich geleistete oder vertragsmäßig zu leistende Arbeitszeit" (aus dem Statistischen Jahrbuch für die Bundesrepublik Deutschland).

Sämtliche sogenannte „Nichterwerbspersonen" fallen aus dem Nenner heraus. Aber auch gewisse Erwerbspersonen wie etwa Soldaten fallen aus dem bundesdeutschen Nenner heraus und machen dadurch die Quote größer. Beschäftigte im Erziehungsurlaub dagegen, für die man eine Ersatzkraft einstellt, zählen doppelt – sie selbst plus Ersatzkraft – und machen damit die Arbeitslosenquote kleiner. Ganz allgemein gilt, dass jedes Verkleinern des Nenners die Arbeitslosenquote erhöht und jedes Vergrößern des Nenners die Arbeitslosenquote verkleinert. Mit anderen Worten, durch eine kräftige Erweiterung des Nenners, die weit weniger auffällt als ein Herumdoktern an den Arbeitslosenzahlen selbst, würde die deutsche Arbeitslosenquote schlagartig reduziert.

Einen ersten Schritt hat man Anfang 1998 getan. Damals wurden die bis dato ausgeschlossenen Selbständigen und ihre mithelfenden Familienangehören in den Nenner aufgenommen. Dadurch ging die deutsche Arbeitslosenquote über Nacht um 1,3 Prozentpunkte zurück.

## 19. Wer gefährdet unsere Kinder?

■ *BIZZ Capital*, November 2001.

Damit keine Missverständnisse entstehen: Bekannte Triebtäter gehören hinter Gitter. Der einschlägige Schmusekurs unserer Justiz ist ein Skandal, ein härteres Eingreifen lange überfällig. Insofern hat Bundeskanzler Schröder mit seiner Forderung nach konsequenterem Wegschließen von Sexualverbrechern völlig recht. Aber es wäre Augenwischerei, sich davon ein Ende des Kindermordens zu erhoffen. Denn von den über 100 Kindern, die jährlich in Deutschland ermordet oder totgeschlagen werden, fallen nur zwei bis drei einem ihnen unbekannten Triebtäter zum Opfer.

Die weitaus meisten getöteten Kinder sterben durch die Hand ihrer Eltern, Geschwister, Onkel oder Nachbarn. Nur etwa jedes zehnte kindliche Opfer einer Gewalttat hatte zum Täter vorher keinerlei Beziehung. Auch in den 2.279 aufgeklärten Fällen aus dem Jahr 1999, in denen die Kinder ihre Misshandlung oder Schändung überlebten, kamen die weitaus meisten Täter aus dem näheren Bekanntenkreis oder der eigenen Familie.

Deshalb täuscht der aktuelle Medienrummel um die in den letzten Monaten ermordeten Mädchen und Jungen über die wahren Bedrohungen für Leib und Leben unserer Kinder hinweg. Über 900 Kinder sind derzeit beim Bundeskriminalamt als vermisst gemeldet. Selbst wenn wir unterstellen, dass auch davon manche solchen Triebtätern zum Opfer gefallen sind – die eigentliche Gefahr für unsere Kinder lauert nicht hinter Büschen oder Bäumen, sondern im Umkreis der elterlichen Wohnung. Der größte Teil der über 10.000 Kinder, nach denen die Eltern in Deutschland jährlich suchen lassen, ist nicht das Opfer von herumstreunenden Gewalttätern geworden, sondern vor der eigenen Familie fortgelaufen.

Diese Kinder kann man nicht durch das Einsperren von Sexualstraftätern schützen. Die Wehrlosen benötigen andere Hilfe. Ein erster Schritt wäre eine Familienpolitik, die ihren Namen verdient und die Eltern nicht für ihre Kinder bestraft. Eine gesellschaftliche Grundeinstellung von gegenseitigem Respekt und Achtung vor dem Leben könnte so manche Tragödie verhindern. Auch das schnellere und konsequentere Eingreifen der Jugendämter wäre in vielen Fällen hilfreich. Aber die Gefahr des Missbrauchs bleibt.

Das ist kein Angriff gegen die Familie – in allen anderen Systemen wäre die Gefahr noch größer. Solange wir nicht wie in Aldous Huxleys „Schöne neue Welt“ unsere Kinder maschinell in Flaschen großziehen, bleibt die größte Gefahrenquelle für das Leben unserer Kinder ihre nähere Umgebung.

## 20. Was ist eigentlich so schlimm an Staatsverschuldung?

■ *WISU* 6/2001

Eine hohe Staatsverschuldung belaste die Wirtschaft und überwälze unsere Schulden auf künftige Generationen, sagt eine heute viel gehörte These.

Beide Aussagen sind in dieser Allgemeinheit falsch. Natürlich gibt es gute Gründe, den Staat als Schuldner eher skeptisch zu betrachten, etwa die notorische Ineffizienz und Verschwendungssucht der öffentlichen Verwaltung, die wir mit unseren Spargroschen eventuell nur weiter unterstützen. Aber auf der anderen Seite würden viele, die jetzt noch über hohe Staatsverschuldung klagen, sehr dumm gucken, wenn der Staat das Schuldenmachen plötzlich bleiben ließe. Denn wenn niemand Schulden machte, könnte auch niemand Überschüsse erwirtschaften. Des einen Defizit ist notwendigerweise des anderen Überschuss, und wenn niemand in einer Volkswirtschaft mehr Geld ausgibt, als er einnimmt, kann auch niemand mehr Geld einnehmen als er ausgibt.

Genauso wenig belasten wir mit unseren Staatsschulden, wie viele glauben, automatisch unsere Kinder. Denn die gleichen Kinder, die unsere Schulden erben, erben auch unsere Vermögen. Eine hohe Staatsverschuldung heißt doch nichts anderes, als dass die übrigen Teilnehmer des Wirtschaftslebens – Firmen, Ausland und private Haushalte – einen exakt gleich großen Überschuss besitzen. Die Summe aller Schulden ist per definitionem immer genauso groß wie die Summe aller Guthaben, und wenn die Schulden wachsen, wachsen die Guthaben im Gleichschritt mit.

Das mittlerweile beträchtliche Geldvermögen der deutschen Privathaushalte wäre undenkbar ohne einen Partner, der dieses Vermögen schuldet, und deshalb ist es zunächst wenig sinnvoll, die eine Seite der Münze zu bewundern und die andere zu bespucken. Wenn wir in der Presse lesen, die deutsche Staatsverschuldung betrage pro Bürger heute mehr als 5.000 DM, so können wir das auch umdrehen und sagen: Jeder Bürger hat beim deutschen Staat ein Konto von im Mittel mehr als 5.000 DM. Wenn wir das Ausland einmal ignorieren, kann der Staat Schulden machen, wie er will – netto ist die Belastung immer Null. Wenn Frau Meier ihrem Gatten 500 DM für einen neuen Rasenmäher leiht, bleibt das Geld in der Familie; niemand würde deshalb sagen, Familie Meier hätte 500 DM Schulden. Und genauso kann auch ein Staat als Ganzer keine Schulden machen: Was wir aus der einen Tasche herausnehmen, stecken wir in die andere wieder hinein, und netto gleicht sich alles aus.

Allenfalls auf indirekte Weise kann die Staatsverschuldung unseren Kindern schaden. In dem Umfang etwa, wie durch Schulden finanzierte Staatsprojekte das Wachstum eines möglicherweise profitableren Realkapitals in der freien Wirtschaft behindern, ist die künftige industrielle Infrastruktur weniger günstig, als sie es ansonsten wäre. Und da natürlich die heute gemachten Schulden morgen zurückgezahlt werden müssen, schränken die Schulden von heute den staatlichen Handlungsspielraum morgen ein. Aber verglichen mit den Horrorvisionen künftiger Elendsmassen, die ihr Schicksal unserer aktuellen Schuldenpolitik verdanken, sind diese Wirkungen doch sehr gelassen zu ertragen.

## 21. Sind Kapitalmärkte effizient?

■ *Börsenzeitung*, 17. Oktober 1997.

Ein Aktienmarkt ist „effizient", wenn er die gehandelten Papiere rational und schnell bewertet, d. h. wenn deren Preise die im Licht der verfügbaren Informationen „gerechten" Preise sind (im Sinn des erwarteten und geeignet diskontierten Barwerts aller künftigen Erträge) und wenn die Anpassung dieser Preise an neue Daten unverzüglich bei Bekanntgabe erfolgt. In einem derart effizienten Markt sind Änderungen in den Preisen von Nicht-Insidern nicht vorherzusehen – da Preise nur auf neue, vorher unbekannte Daten reagieren, sind auch die Richtung und das Ausmaß der nötigen Anpassungen bis zum Eintreffen der neuen Informationen unbekannt, die Kurse müssen einen „Random Walk" beschreiben.

Wie die traurigen Erfahrungen vieler deutscher und internationaler Börsendienste mit Aktienkursprognosen jedes Jahr von neuem zeigen, scheinen die real existierenden Aktienmärkte dieser Erde diesem Ideal des effizienten Marktes recht gut zu entsprechen: Allenfalls durch Zufall gehen Kursprognosen in Erfüllung, von Insidergeschäften einmal abgesehen scheint es keine Möglichkeit zu geben, Änderungen in den Kursen zuverlässig aus den aktuellen Daten abzuleiten. Weder die aktuellen Kurse selber noch die vergangenen Kurse noch andere zum Zeitpunkt der Prognose schon dem Markt bekannte Wirtschaftsdaten scheinen einen Anhaltspunkt zu liefern, wohin die Reise künftig führt, und alle Versuche, durch neuronale Netze, Regressionsmodelle, Charttechniken oder andere statistische Verfahren diese Ungewissheit zu durchbrechen, sind im Großen und Ganzen als gescheitert zu betrachten.

Trotz dieser nur selten im Wirtschaftsleben erreichten Kongruenz von Theorie und Empirie gibt es aber eine Reihe von Besonderheiten in Aktienkursen, die sich mit effizienten Märkten nicht vertragen. So erscheinen etwa die Kursschwankungen, obwohl einerseits, wie in einem effizienten Markt gefordert, zufällig und nicht vorherzusagen, auf der anderen Seite absolut gesehen viel zu groß: Wenn die aktuellen Kurse wirklich die Barwerte der künftig erwarteten Erträge sind, dann sollten sie im Zeitverlauf nicht stärker schwanken als die Barwerte der tatsächlich realisierten Erträge, und die Kapitalmarktforschung ist sich immer noch nicht einig, ob sich das auf wahren Märkten wirklich so verhält (wegen der Probleme, die theoretisch erlaubten Schwankungen korrekt zu messen, wird diese „Exzess-Volatilitätsdebatte" auch kaum jemals einen Abschluss finden).

Ebenfalls noch Gegenstand heftiger Debatten ist die Frage, ob sukzessive Kursänderungen miteinander korrelieren. Während tägliche, wöchentliche oder monatliche Kursdifferenzen oder Renditen quer durch alle Aktienmärkte dieser Erde, wie die Effizienz gebietet, mit ihren Vorgängern und Nachfolgern kaum korrelieren, scheinen mehrjährige Renditen dieser Regel nicht zu folgen. Zumindest in den USA hat sich bei einem Rückblick auf die letzten 100 Börsenjahre eine spürbar negative Korrelation ergeben („mean reversion"): Auf fünf fette Börsenjahre folgen häufiger als durch Zufall zu erklären fünf Jahre mit unterdurchschnittlicher Kursentwicklung und umgekehrt, nach einer mehrjährigen Baisse ist eine Hausse wahrscheinlicher als eine Fortführung der Baisse. Diese Erkenntnis lässt sich offenbar zu langfristigen nichttrivialen Kursprognosen nutzen und stünde, falls kein Produkt des Zufalls und auch außerhalb der USA bestätigt, im Widerspruch zur Theorie der effizienten Märkte. Weitere Abweichungen vom Idealbild eines effizienten Marktes sind Saisoneffekte oder kurzfristige Überreaktionen, die erfolgreiche Handelsstrategien weg von überdurchschnittlich hin zu unterdurchschnittlich gewachsenen Werten möglich machen. Dergleichen „winner-loser"-Portfolios dürften einen effizienten Markt nicht systematisch schlagen, wo die Historie eines Kurses für die Zukunft unerheblich ist: Ob Gipfel oder Delle, die weitere Entwicklung ist allein durch das bestimmt, was kommt, nicht durch das, was war, ein effizienter Markt schaut nur voraus und nie zurück. Zurzeit versucht die Wissenschaft noch zu ergründen, ob die bisher berichteten Erfolge derartiger Strategien tatsächlich auf systematischen Fehlbewertungen beruhen oder ob hier nachträglich im Kaffeesatz gelesen wurde (sogenanntes „data mining“: ex post lassen sich immer Strategien finden, mit denen man den Markt geschlagen hätte).

Konsensus herrscht dagegen, dass systematische Saisoneffekte bzw. Kalenderregelmäßigkeiten in Renditen existieren. So ist schon seit Dutzenden von Jahren eine Sonderrolle der Renditen über Wochenenden nachgewiesen („Montagseffekt“). Diese sind im langfristigen Mittel weder dreimal höher als Renditen von einem Wochentag zum nächsten, so wie es die Kalenderzeit-Version der Effizienzmarkttheorie verlangt, noch sind sie von der gleichen Höhe, wie die Handelszeit-Version verlangt, sie sind für fast alle Märkte in fast allen Ländern sogar negativ: Im Durchschnitt gehen Aktienkurse (auch Gold- und Silberpreise oder die Kurse von Rentenpapieren) über das Wochenende zurück, in den USA um 0,17 Prozent, in der Bundesrepublik um 0,16 Prozent.

Dieser Montagseffekt ist überraschend robust und auch im Zeitverlauf konstant: im DAX etwa ist er in allen Jahrzehnten seit 1960 gleichermaßen nachzuweisen. Weitere bekannte Kalenderregelmäßigkeiten sind überdurchschnittlich hohe Aktienrenditen am Anfang des Monats („turn-of-the-month-effect“) oder Anfang Januar („turn-of-the-year effect“) oder über Feiertage („holiday effect“). So fand etwa ein Drittel des Gesamtanstiegs des DAX von 1960 bis 1990 über Feiertage statt.

Diese Effekte sind nicht sehr dramatisch und auch nur von Marktteilnehmern, die keine Transaktionskosten zu tragen haben, für abnormale Renditen auszunutzen; aber sie sind dennoch unübersehbare Flecken auf einer ansonsten recht weißen Effizienzmarktweste, die nicht einfach wegzudiskutieren sind. So hat es z. B. nicht an Versuchen gefehlt, den Montagseffekt als Folge von Settlement-Usancen darzustellen (wer freitags kauft, hat in den USA mit dem Bezahlen zwei Extra-Wochentage Zeit; man ist bereit, an Freitagen einen um die eingesparten Zinsen erhöhten Kurs zu zahlen, das muss die Rendite von Freitag auf Montag drücken). Andere versuchen, ihn einer Massierung schlechter Nachrichten am Wochenende oder den Kleinanlegern anzulasten, die ihre Kaufentscheidungen typischerweise auf Anraten ihrer Berater in der Woche treffen, Verkäufe dagegen auf eigene Initiative tätigen, und zwar dann, wenn sie Zeit haben, über ihr Portfolio nachzudenken, d. h. am Wochenende. Für diese Sicht der Dinge spricht, dass zumindest in der Bundesrepublik der Montagseffekt nur nach schwachen Börsenwochen auftritt; bekanntlich neigen Kleinanleger bei einer schwachen Börse zu Verkäufen. Auch wenn diese Mechanismen den Montagseffekt erklären, sie bleiben dennoch mit einem effizienten Markt nicht ganz verträglich, genauso wenig wie die üblichen Erklärungen für die überdurchschnittlichen Renditen am Monats- oder Jahresanfang (liquiditätsinduziert bzw. eine Folge der Portfolioumschichtung Richtung riskante Titel zu Beginn des Jahres).

Eine Reihe weiterer Attacken auf die Effizienzmarktthese hat sich inzwischen als verfehlt erwiesen: Der in einer viel beachteten amerikanischen Studie behauptete Einfluss des New Yorker Wetters auf die Stimmung der Börsianer und damit auf die Wallstreet-Kurse war wohl eine Zufallslaune und andernorts nicht replizierbar. Um um die Versuche, in Börsenkursen chaotisch-deterministische Muster aufzuspüren, ist es nach dem Abebben der allgemeinen Chaos-Welle in den Wissenschaften ebenfalls recht still geworden, und auch andere „Gesetze“ wie etwa eine überraschende Übereinstimmung der Mondphasen mit deutschen Börsenkursen sind wohl eher als Produkt des Zufalls anzusehen: Versucht man sie auch außerhalb der Stichproben nachzuweisen, in denen sie gefunden worden sind, verfliegt die ganze Theorie in Luft.

## 22. Sind Studiengebühren unsozial?

■ *Forschung und Lehre* 8/1999

In Deutschland ist die Hochschulbildung „frei". Das heißt nicht: Sie kostet nichts. „Frei" bedeutet nur, dass nicht die Nutznießer selber, sondern Dritte dafür zahlen (mit anderen Worten: dass sich gewisse Leute unter dem Deckmantel der freien Bildung auf Kosten anderer bereichern). Das hatte schon Karl Marx sehr klar erkannt: „Wenn in einigen Staaten der letzteren auch ‚höhere' Unterrichtsanstalten unentgeltlich sind", schreibt er in seiner „Kritik des Gothaer Programms" über „kostenlose" öffentliche Bildung in den USA, „so heißt das faktisch nur, den höheren Klassen ihre Erziehungskosten aus dem allgemeinen Steuersäckel [zu] bestreiten."

Und so verhält sich das auch heute: die „höheren Klassen" – leitende Angestellte, Beamte und Selbständige, die über die Hälfte ihrer Kinder auf die Universitäten schicken – bestreiten ihre Erziehungskosten aus dem allgemeinen Steuersäckel. Von den Arbeiterkindern eines Jahrgangs dagegen studiert noch nicht einmal jedes fünfte. Im Jahr 1994 hatte das mal jemand ausgezählt. Damals kamen über 420.000 Studenten und Studentinnen an bundesdeutschen Universitäten aus Haushalten mit einem monatlichen Nettoeinkommen über 6000 DM. Nur 250.000 kamen aus Haushalten mit einem monatlichen Nettoeinkommen unter 3000 DM; in manchen „teuren" Studiengängen wie etwa der Medizin (mit gesamten, aus öffentlichen Mitteln finanzierten Studienkosten von seinerzeit über 120.000 DM) saßen damals und sitzen auch noch heute fast nur Kinder reicher Eltern auf den Hörsaalbänken.

Bezahlen aber müssen alle, insbesondere auch die Familien, die überhaupt keine Kinder auf die Universitäten schicken. Diese sind die mit Abstand größten Opfer unserer sogenannten „freien" Hochschulbildung, die die Allgemeinheit jährlich rund 25 Milliarden Euro kostet (Zahlen von 1999;

ohne BAFöG, Studentenkindergeld und öffentliche Zuschüsse zu Wohnheimen etc.), rund die Hälfte davon aus der Kasse von Haushalten, die nicht den geringsten direkten Nutzen davon hatten, haben oder haben werden.

Verteidigt wird diese Umverteilung meistens mit den sogenannten „externen Effekten" einer für jedermann zugänglichen guten Bildung: Nicht nur die Schüler und Studenten selber profitieren, auch die Gesellschaft als ganzes hat an einer guten Ausbildung ein durchaus monetäres Interesse. Und für „normale" Schulerziehung stimmt das auch. Kinderlose Familien finanzieren ja auch ohne Murren unsere Grund- und Hauptschulen, ohne eine unmittelbare Gegenleistung zu erwarten. Aber die mittelbaren Gegenleistungen in Form einer gebildeten und vielseitig einsetzbaren Erwerbsbevölkerung gleichen diese Kosten wieder aus (im Jargon der Ökonomen: der soziale Ertrag einer Investition in diese Art von Bildung übersteigt bei weitem die privaten, persönlichen Erträge, das rechtfertigt sowohl den Zwangscharakter der elementaren Schulerziehung als auch die in fast allen Ländern dieser Erde üblichen hohen öffentlichen Subventionen). Mit wachsender Bildungsstufe gleichen sich die privaten und sozialen Erträge von Investitionen in die Bildung aber an und nimmt parallel dazu die Notwendigkeit für Zuschüsse aus Steuermitteln ab. Schon auf Realschulen und Gymnasien haben öffentliche Subventionen jenseits des Schulpflichtalters unter reinen Effizienzgedanken weit weniger als in Grund- und Hauptschulen zu suchen, und auf Fachhochschulen und Universitäten sind sie mit einem Appell an den mittelbaren Nutzen auch für die anderen, die nicht in den Genuss der Bildung kommen, überhaupt nicht mehr begründbar.

Genauso wenig sind sie mit sozialen Argumenten zu begründen. Denn die zweitgrößten Opfer unserer „freien" Hochschulbildung sind die Haushalte in der unteren Hälfte der bundesdeutschen Einkommenspyramide. Die aktuelle deutsche Bildungsfinanzierung bewirkt nämlich nicht nur eine Umverteilung von kinderarm zu kinderreich (damit könnten viele sicher leben), sondern auch eine Umverteilung von einkommensarm auf einkommensreich, und das wird häufig übersehen, vermutlich, weil viele es nicht sehen wollen. Im Jahr 1994 z. B. zahlten die Haushalte mit einem monatlichen Nettoeinkommen unter 2.000 DM insgesamt 670 Millionen DM in die allgemeine Bildungskasse, bekamen aber weniger als 600 Millionen DM in Form von „freier" Bildung für ihre Kinder wieder zurück. Die restlichen 70 Millionen DM sind als Subventionen den Besserverdienenden und deren Kindern zugeflossen. Für jedes Kind auf der Universität bezahlten die Haushalte mit einem Monats-Nettoeinkommen unter 2.000 DM über 12.000 DM pro Jahr an Steuern, verglichen mit 9.100 DM pro Kind für die Einkommensklasse 2.000–3.000, 9.300 DM pro Kind für die Einkommensklasse 3.000–4.000 und 11.000 DM pro Kind und Jahr für die Einkommensklasse 4.000–5.000. (Erst die Haushalte in der Klasse 5000 DM und höher zahlen als Ganze mehr für einen Studienplatz als die allerärmsten).

Diese durch die sogenannte „freie" Hochschulbildung bewirkte Umverteilung von unten nach oben ist eine triviale Konsequenz der Tatsache, dass einkommensschwache Familien nur selten ihre Kinder auf die Universitäten schicken. Sie zahlen zwar auch weniger an Steuern, und damit auch weniger in die Bildungsfinanzierung ein (zumindest sollte das in einem progressiven Steuersystem so sein), aber verglichen mit der Gegenleistung sind diese Beiträge immer noch zu hoch: Die im Vergleich mit den Besserverdienenden geringeren Einzahlungen werden durch die im Vergleich mit den Besserverdienenden nochmals geringeren Leistungsinanspruchnahmen mehr als ausgeglichen – pro Kind, das sie auf die Universitäten schicken, zahlen Arme mehr als Reiche.

Richtig ist allein, dass eine gegebene Familie vom unteren Ende der Einkommenspyramide, die ihre Kinder studieren lässt, davon mehr profitiert als eine Familie vom oberen Ende der Einkommenspyramide. Aber alle anderen armen Familien, und das ist die Mehrheit, die ihre Kinder nicht studieren lassen, haben davon nichts – als Kollektiv werden die Armen durch unsere Bildungsfinanzierung ausgebeutet.

Diese zentrale empirische Erkenntnis ist international und durch Dutzende von Studien abgesichert. In England, Irland, Spanien, selbst in den USA mit ihrer weitaus größeren Eigenbeteiligung an den Studienkosten wurde die öffentliche Hochschulfinanzierung als Quelle unerwünschter Umverteilungen entlarvt („In any event the current method of financing public higher education leads to a redistribution of incomes from lower to higher income families"), in Australien wurde 1989 mit dem expliziten Hinweis auf die ungerechte Belastung armer Haushalte die freie Hochschulbildung abgeschafft und durch ein Kreditmodell ersetzt.

Nur in Deutschland scheint die Mär von der sozialen freien Hochschulbildung nicht auszurotten, trotz verschiedener seriöser Studien, die es auch hierzulande zu dieser Problematik gibt.

Verbleiben die Belastungen der Hochschulabsolventen selbst. Bei allen unerwünschten Umverteilungen im Querschnitt zur Zeit wäre es ja weiterhin zumindest theoretisch denkbar, dass die Nutznießer selber, wenn auch nicht sofort, aber doch im Lauf des Lebens die für das Studium verbrauchten öffentlichen Mittel über höhere Steuern wieder zurückzahlen. Aber auch davon kann nicht die geringste Rede sein: „In keiner der untersuchten Varianten zahlen die Nutznießer der öffentlich finanzierten Hochschulbildung die in Anspruch genommenen Leistungen über ihre hochschulbezogenen Abgaben während ihres Erwerbslebens auch nur annähernd zurück" (Grüske). „Die Finanzierungskosten decken Nichtakademiker, die bis zu 90 Prozent der gesamten Ausbildungskosten der Hochschüler übernehmen."

Mit anderen Worten, Ärzte, Ingenieure oder Rechtsanwälte verdienen nicht nur besser als Handwerker und Hilfsarbeiter, sie lassen sich die Basis dieses Mehrverdienstes auch noch von den Handwerkern und Hilfsarbeitern finanzieren! Derzeit liegen die durchschnittlichen monatlichen Nettoeinkünfte von Universitätsabgängern 90 Prozent über denen von Arbeitnehmern mit einer „normalen“ Berufsausbildung (und 124 Prozent über denen von Arbeitnehmern ohne Berufsausbildung überhaupt); auch nach Berücksichtigung des späteren Berufseintritts ergibt sich für Akademiker immer noch ein Vorsprung von 50 Prozent gegenüber Arbeitnehmern, die keine Universitätsausbildung haben.

Dieser Vorsprung wird im Kielwasser der Globalisierung und des technischen Fortschritts in Zukunft vermutlich absolut wie relativ noch wachsen. Wenn wir die US-amerikanische Entwicklung auf Deutschland übertragen, wird sich die Einkommensschere zwischen niedrig- und hochqualifizierten Arbeitskräften in den nächsten Jahren weiter öffnen und werden parallel dazu viele bisher von Nichtakademikern besetzte Arbeitsplätze von Akademikern übernommen. (Motto: „Nur die allergrößten Kälber finanzieren ihre Arbeitsplatzverdränger selber“). Wie man den Ruf nach mehr Gerechtigkeit in diesen Dingen als Sozialabbau bezeichnen kann, wird wohl auf ewig ein Geheimnis grün-roter Bildungsillusionäre bleiben.

Studiengebühren sind nicht unsozial. Die Abwesenheit von Studiengebühren ist unsozial.

## 23. Wider den Akkreditierungswahn

■ *Forschung und Lehre* 11/2009

Letztens kam einer meiner Kollegen von einem Besuch aus Oxford zurück. Er berichtete von einem Gespräch über neue Studiengänge dort. „Wo lasst ihr euch denn akkreditieren“, hatte er gefragt. Der Brite sah den Deutschen an, als käme der vom Mond: „But we are Oxford!“ war die einzige Replik.

Damit haben wir Punkt 1: Nur zweitklassige Institutionen lassen sich akkreditieren. Erstklassige haben es nicht nötig, und drittklassige fürchten sich davor. Akkreditierung steht für die Regression zum Mittelwert. Oder wie das der große Literat Gilbert Keith Chesterton in seiner Ansprache zur Hundertjahrfeier des Imperial College London im Jahr 1927 einmal formulierte: Die große Gefahr für die westliche Zivilisation, für die Kultur des Abendlandes, für den erfolgreichen Fortbestand unserer freiheitlichen Lebens- und Gesellschaftsordnung ist weder der Bolschewismus noch der Faschismus, auch nicht die Gier der Banker oder die Reizüberflutung durch moderne Medien (damals nur das Kino und das Radio), es ist die allgegenwärtige Standardisierung auf niedrigem Niveau.

Standards (in der Wissenschaft, nicht bei Schrauben oder Briefumschlägen) sind das Gegenteil von Exzellenz. Exzellenz fällt immer aus dem Rahmen. In der Forschung, aber in der Lehre ebenso. Die berühmte Akademie des Plato im alten Griechenland hätte vor bundesdeutschen Akkreditierungsbürokraten keine Chance. Und wären diese Regelsetzer zu den Gründerzeiten des europäischen Hochschulwesens schon aktiv gewesen, würde heute noch auf Kathedern aus Büchern vorgelesen.

Der berühme Mathematiker Richard Courant berichtet in seinen Lebenserinnerungen, wie er bei dem noch berühmteren Kollegen Hilbert in Göttingen promovierte. Hilbert lud ihn mit einem Freund zum Abendessen ein, die drei plauderten ein wenig, nicht nur über Mathematik, dann schüttelte Hilbert seinem Studenten die Hand und sagte: Ab jetzt können Sie sich Doktor nennen.

Auf einer Etage tiefer hat gerade einer meiner eigenen Doktoranden seine Doktorarbeit abgegeben. Er ist 23 Jahre und hat rund drei Monate dafür gebraucht. Noch ist das erlaubt, aber wenn auch in Deutschland, wie vielfach gefordert, Promotionsstudiengänge zwangsweise für alle eingeführt und auch noch, was Gott verhüten möge, akkreditiert werden sollten, wird es solche Karrieren nicht mehr geben.

## „Aber wir garantieren doch nur Qualität!"

Punkt 2: Dieses hier zitierte ewig gleiche Argument für Lizenzen aller Art ist grober Unfug. Darauf hat schon der große Milton Friedman in seinem Klassiker „Capitalism and Freedom" von 1962 hingewiesen (wo er u. a. auch fordert, einem jeden, der sich das zutraut, ohne weitere Überprüfung die Ausübung des Arztberufes zu gestatten; die Zahl der Kunstfehler und sonstigen medizinischen Katastrophen ginge nach Friedman dadurch langfristig zurück).

Auch ohne Friedman bis dahin zu folgen: Fest steht, Akkreditierung garantiert vor allem Gleichbehandlung und Einheitsbrei, aber keine Qualität. Innovation und Fortschritt, also auch zukunftsweisende Studiengänge und bahnbrechende Organisationsformen an Universitäten wie auch anderswo, entstehen durch das ewige Spiel von Versuch und Irrtum, durch das Aussortieren schlechter und das Überleben der besseren Modelle. Autobauer und EDV-Erfinder wissen das schon lange. Und wer sich dem entgegenstellt, zementiert den Status quo und bremst Innovation. Denn die ist nur mit dem Risiko des Scheiterns zu erkaufen. Und wer dieses Risiko ausschaltet, schaltet damit auch den Fortschritt aus.

Vermutlich hätte Bill Gates, der ja sein Studium ohne Abschluss abgebrochen hatte – sozusagen eine verkorkste Existenz –, in Deutschland noch nicht einmal eine Lizenz für das Ausbilden von Lehrlingen bekommen. Wie in vielen anderen Lebensbereichen ist das Akkreditierungs- und Lizenzierungsunwesen vor allem ein Trick der Etablierten, Satten und Faulen, sich die Konkurrenz von jungen, innovativen Konkurrenten vom Leibe zu halten.

## „Aber dann ist doch dem Missbrauch Tür und Tor geöffnet."

Nein. Und damit sind wir am Punkt 3. Akkreditierung verhindert nur den Schaden, der bei der Akkreditierung schon abzusehen ist bzw. von den nicht immer qualifizierten Akkreditierern tatsächlich auch erkannt wird. Aber das ist nur ein kleiner Teil. Aller Akkreditierung zum Trotz gibt es in Deutschland unstudierbare Studiengänge, widersprüchliche Studienordnungen, unlösbare Klausuren, didaktisch unfähige Hochschullehrer und riesige Qualitätsunterschiede aller Art zuhauf. Ob die Vorlesung X von Professor Y oder Professor Z gehalten wird, ist für den Erfolg der Lehre meist von weit größerer Bedeutung, als ob dafür drei, sieben oder zehn Wochenstunden vorgesehen sind. Wie kann ein Mensch, der sich bei vollem Verstand befindet, allen Ernstes glauben, der Erfolg und die Qualität einer Lehrveranstaltung sei durch das Modulhandbuch garantiert?

Darüber könnte man noch lachen, wenn es nicht auch noch so teuer wäre. Abgesehen von den unverschämten Gebühren für die diversen Akkreditierungsagenturen fällt für die betroffenen Hochschulen und Hochschullehrer ein enormer, bisher selten quantifizierter Arbeitsaufwand an. Ich habe das für die Akkreditierung der Studiengänge Datenanalyse und Datenwissenschaft an meiner eigenen Fakultät in Dortmund einmal überschlagsmäßig nachgerechnet. Hier waren zehn Hochschullehrer zusammen mit ebenso vielen Mitarbeitern sowie mehreren Verwaltungskräften ein halbes Jahr mit durchschnittlich rund vier bis fünf Stunden die Woche beschäftigt, die diversen Unterlagen zusammenzustellen und die Akkreditierung vorzubereiten. Das sind je acht Mann-Monate Hochschullehrer sowie Mitarbeiter oder in Geld gerechnet rund 90.000 Euro. Bei republikweit über alle Fächer rund 1.000 Akkreditierungen pro Jahr summiert sich das auf jährliche Kosten von 90 Millionen Euro, dem kompletten Jahresetat (ohne Drittmittel) einer kleineren deutschen Universität wie etwa Oldenburg. Vermutlich sind die wahren Kosten aber weitaus höher.

Fazit: Das aktuelle deutsche Akkreditierungswesen ist zielwidrig und teuer; das darin institutionalisierte Schablonendenken steht dermaßen orthogonal zum Wesen einer echten Universität, dass man sich wahrlich fragen darf, wieso die komplette Klasse der Hochschullehrer schon wieder einmal republikweit kollektiv versagt, trotz besseren Wissens passiv mitläuft und sich ohne großen Widerstand von allen möglichen selbsternannten Reformern wie ein Tanzbär am Nasenring durch die Manege ziehen lässt.

# Teil III: Sprechen, Denken und Erkennen

## – Wege und Umwege zwischen Zunge und Gehirn –

### 24. Irren ist menschlich

- Vortag auf der 124. Versammlung der Gesellschaft Deutscher Naturforscher und Ärzte, Bremen, 16. September 2006.

Lassen Sie mich mit einem Beispiel anfangen: Ich war vor zwei Jahren im Sommerurlaub in Südfrankreich und kaufte mir eine lokale Tagezeitung, die wie viele andere Zeitungen eine regelmäßige Spalte mit historischen Erinnerungstagen hatte. Man schrieb den 28. August, an diesem Tag z. B. jährte sich die Eröffnung der ersten französischen Eisenbahn, der Geburtstag des Dichters Guillaume Appollinaire oder auch der Tod von Charles Lindbergh, der, ich zitiere, „premier à avoir franchi l'Atlantique Nord en avion".

Nun, wie die meisten von Ihnen wissen, war Charles Lindbergh nicht der erste Atlantiküberquerer, auch nicht der zweite oder dritte, sondern der siebenundsechzigste.

Warum wurde er dann trotzdem so berühmt, und nicht die Engländer John Alcock und Arthur Whitton Brown, die schon im Jahr 1919, acht Jahre vor Lindbergh, den Atlantik von Westen nach Osten nonstop überflogen hatten? Warum verbreitet man noch 80 Jahre später solche Irrtümer?

Ein Grund: Lindbergh ist nicht wie Alcock und Brown auf einer Wiese in Irland angekommen, sondern in Paris; er hatte auch nicht wie Alcock und Brown nur ein paar Schafe als Zeugen, sondern Tausende jubelnder Franzosen und fast alle Wochenschauen dieser Erde. Aber reicht das als Erklärung aus? Warum können sich gewisse Irrtümer, im Alltag wie auch in der Wissenschaft, trotz aller Gegenbeweise so hartnäckig erhalten?

Darüber wird der nächste Referent vermutlich noch ausführlich sprechen. Hier nur als erster Einstieg einige unausgegorene Vermutungen. Einmal z. B. sind viele Irrtümer eine Art Lebenslüge – sie erlauben uns, mit unseren Alltagsproblemen besser umzugehen. Nehmen wir etwa den Mythos, Einstein sei ein schlechter Schüler gewesen. Das ist seit Jahrzehnten ein Trost für gestresste Eltern, wenn der Filius schon wieder mit drei Fünfen im Zeugnis nach Hause kommt. Soll man deshalb in Panik verfallen? Nein, warum? Wenn selbst Einstein …

Hier ist Einsteins Abiturzeugnis (datiert Aarau, 5. September 1896):

| | |
|---|---|
| Deutsch | *gut* |
| Französisch | *ausreichend* |
| Italienisch | *gut* |
| Geschichte | *sehr gut* |
| Geographie | *befriedigend* |
| Algebra | *sehr gut* |
| Geometrie | *sehr gut* |
| Darst. Geometrie | *sehr gut* |
| Physik | *sehr gut* |
| Chemie | *gut* |
| Naturgeschichte | *gut* |
| Kunstzeichnen | *befriedigend* |
| Tech. Zeichnen | *befriedigend* |

Zwar ist das keines dieser Dokumente, mit denen heute auch mittelmäßig begabte 18-Jährige eine Gesamtschule verlassen, aber immerhin …

Auch viele andere Irrtümer, besonders solche zu historischen Ereignissen, fallen in diese Kategorie der wohltätigen Lebenslügen. Ich gehe an geeigneter Stelle darauf nochmals ein.

Dann nutzen natürlich viele Irrtümer dem Überleben unserer Spezies. Ich denke dabei vor allem an Fehler bei der Risikobewertung. So ist etwa durch umfangreiche Experimente bekannt, dass wir Menschen künstliche Risiken im Vergleich zu natürlichen um einen Faktor bis zu 1.000 überbewerten (in dem Sinne, dass wir deren Eintrittswahrscheinlichkeiten als viel zu hoch einschätzen). Das ist insofern für unsere Spezies nützlich, da man an natürlichen Risiken in der Regel nichts verändern kann, aber menschengemachte durchaus unserem Einfluss unterliegen und abgeschaltet werden können. Aus dem gleichen Grund schätzen wir auch selbst erlebte Gefahren als viel bedrohlicher ein im Vergleich zu anderen, die wir nur vom Hörensagen kennen. Das geht sogar so weit, dass beim Herannahen eines bedrohlichen Hundes bei verschiedenen Menschen verschiedene Gehirnregionen aktiv werden, je nachdem, ob sie schon einmal von einem Hund gebissen worden sind oder nicht. Auch das dient dem Überleben der Spezies, denn am eigenen Leib erlebte Gefahren sind ganz offensichtlich real. Andere, von denen man nur gehört hat, könnten auch erfunden sein.

Und in der Wissenschaft schließlich gehören Irrtümer geradezu zum Handwerkszeug. Ich bin ein großer Anhänger des Philosophen Karl Popper; ich glaube, alle naturwissenschaftlichen Hypothesen sind mehr oder weniger falsch, und zwar nicht, weil wir zu dumm wären, die endgültige Wahrheit zu erkennen, sondern weil es in vielen Wissenschaften keine endgültige Wahrheit gibt. Auch dazu wird sicher der zweite Redner dieses Mittagssymposiums aus Philosophensicht noch etwas sagen. Hier zur Illustration einige große Geister mitsamt den Irrtümern, an die sie einst geglaubt oder die sie einst vertreten haben:

Aristoteles: Schwere Gegenstände fallen schneller als leichte, Insekten entstehen spontan aus Schlamm, Wein in einem Fass mit Wasser wird selbst zu Wasser

Christopher Columbus: Von Spanien nach Indien kommt man schneller „rechts herum“ als „links herum“

Martin Luther: An der Existenz von Hexen gibt es keinen Zweifel

Immanuel Kant: Wanzen entstehen durch Sonnenlicht

Jean d'Alembert: Die Wahrscheinlichkeit für „Zweimal Kopf“ bei zwei Münzwürfen ist 1/3

Edmund Halley: Die Erde ist hohl

Ernest Rutherford (Nobelpreis Chemie 1908): Atome lassen sich nicht spalten

Albert Einstein (Nobelpreis Physik 1921): Das Universum kann nicht expandieren

Um also gleich den möglichen Vorwurf zu den Akten zu legen, ich wollte mich mit meiner im weiteren folgenden Irrtumssammlung über meine Kollegen und Mitmenschen erheben: Ich hätte überhaupt nichts dagegen, auch selbst in dieser illustren Liste aufzutreten.

A propos Kolumbus: Heutzutage ist vielen nicht bewusst, dass es Kolumbus war und nicht die tumben Könige von Spanien und Portugal, der sich beim Thema Seeweg nach Indien auf dem Holzweg befand. Letztere wussten sehr wohl, dass die Erde eine Kugel ist. Alle Seefahrer und Geographen, aber auch die Könige von Spanien und Portugal hatten schon damals daran keinen Zweifel. Die Debatte ging nicht um die Existenz, sie ging nur noch um die *Größe* dieser Kugel; je größer, desto länger muss man bis nach Indien westwärts segeln. Und hier waren nicht die Gegner des Kolumbus, hier war dieser selbst von Irrtümern befangen. Denn Kolumbus schätzte den Umfang der Erdkugel, gestützt auf den antiken

Astronomen Ptolemäus, auf rund 28.000 Kilometer, und damit 12.000 Kilometer zu kurz (und glaubte bis an sein Lebensende, er hätte Indien erreicht, während er in Wahrheit nur die Hälfte der Strecke bis nach Indien überwunden hatte). Die Experten an den Königshöfen dagegen schätzten, gestützt auf ein Gutachten des Florentiner Mathematikers Paolo Toscanelli, den Erdumfang weitaus exakter, nämlich auf 39.000 Kilometer, also bis auf 1.000 Kilometer so, wie er tatsächlich ist. Damit war aber die konventionelle Reise nach Indien „links herum" kürzer als die von Kolumbus geplante Route „rechts herum" und das Projekt völlig zu Recht als überflüssig abzulehnen. Denn dass zwischen Europa und Indien noch ein ganzer Kontinent im Wege lag, konnte damals niemand ahnen.

Damit haben wir hier gleich zwei Irrtümer auf einmal: Nicht nur Kolumbus war im Irrtum, sondern auch die Nachwelt mit ihrem Urteil zu Kolumbus:

## Irrtümer zu Fakten

Damit genug der langen Vorrede und zu den Beispielen. Ich habe mich entschlossen, diese in drei Gruppen aufzuteilen, nämlich: 1. Irrtümer zu Fakten, 2. Irreführende Definitionen, und 3. Falsche Theorien. Die Irrtümer des ersten Typs sind mir in gewisser Weise am liebsten, da am leichtesten zu entlarven: Man schlägt den Brockhaus oder das statistische Jahrbuch auf und weiß, was richtig ist. Etwa dass der Morseapparat nicht von Herrn Morse, die Dampfmaschine nicht von James Watt und die Motorflugzeuge nicht von den Gebrüdern Wright erfunden worden sind, oder dass es das Fax schon lange vor der Verbreitung des Telefons gegeben hat. Es wurde nämlich schon im Jahre 1840 von dem schottischen Uhrmacher Alexander Bain erfunden; von 1865 bis 1870 gab es eine stehende Fax-Verbindung von Paris nach Lyon.

Genauso zahlreich und leicht zu entlarven sind auch Irrtümer zu den Eigenschaften oder zur Herkunft von Nahrungsmitteln. Anders als viele immer noch glauben, kommen Nudeln nicht aus Italien, sondern aus China, dito Ketchup, das die meisten für eine typisch amerikanische Erfindung halten, während dagegen das chinesische Gericht Chop Suey in China völlig unbekannt ist und in den USA entstand. Anders als man mir als Kind beibringen wollte, erzeugt auch das übermäßige Essen von Schokolade keine Pickel (es gab diesbezügliche Großversuche mit Hunderten von Teenagern, die systematisch mit Schokolade vollgestopft wurden, ohne zusätzliche Pickel zu entwickeln) und ist auch der berühmte hohe Eisengehalt von Spinat nur eine Illusion. Die folgende Tabelle zeigt eine Reihe von Lebensmitteln, die alle eisenhaltiger sind als dieses angeblich so eisenhaltige Gemüse.

Eisengehalt pro 100 Gramm ausgewählter Nahrungsmittel (in Milligramm)

| | |
|---|---|
| Spinat (gekocht und entwässert) | 2,2 mg |
| Eier | 2,2 mg |
| Weißbrot | 2,3 mg |
| Spinat (frisch) | 2,6 mg |
| Bohnen (gekocht) | 2,7 mg |
| Sojabohnen | 2,7 mg |
| Ölsardinen | 3,1 mg |
| Rindfleisch (gekocht) | 3,3 mg |
| Mandeln | 4,6 mg |
| Leberwurst | 5,9 mg |
| Schokolade | 6,7 mg |
| Pistazien | 7,3 mg |

Leicht zu entlarven – etwa durch einen Blick in einen Atlas – sind auch verschiedene Irrtümer zur Geographie. So ist etwa das Kap der guten Hoffnung nicht der südlichste Punkt von Afrika, liegt Kalkutta nicht am Ganges und fährt man vom

Atlantik in den Pazifik auf dem Panama-Kanal nicht von Ost nach West, sondern von West nach Ost.

Vergleichsweise überraschend, jedenfalls für mich, war dagegen die Nachricht, dass in der Wüste weit mehr Menschen ertrinken als verdursten: In der Sahara etwa kommen fast jedes Jahr mehrere Hundert Menschen durch seltene, dafür aber umso ertragreichere Platzregen ums Leben, die ein Wüstental binnen Minuten in einen meterhohen See verwandeln. Darin kommen dann regelmäßig viele durch den Regen überraschte Menschen um.

Etwas schwerer kommt man dagegen historischen Irrtümern auf die Schliche, weil diese von interessierten Kreisen gerne heute noch als Wahrheiten ausgegeben werden. Diese Irrtümer überleben, weil man ein mühsam geschaffenes nationales Selbstbetrugsbild oder auch andere Teile des modernen Weltbildes nicht zerstören will, wie etwa, dass Religion und Kirche während des Mittelalters und der frühen Neuzeit den Wissenschaften im Weg gestanden hätten. So waren etwa die größten Feinde des großen Galilei nicht die Mönche in den Klöstern, sondern seine weltlichen Kollegen an den weltlichen Universitäten. Anders als der unglückliche, nur wenige Jahrzehnte vorher auf dem Scheiterhaufen verbrannte Giordano Bruno befand sich Galilei zeit seines Lebens mit den Mächtigen von Staat und Kirche in durchaus gutem Einvernehmen. Vor allem aus Angst vor dem Spott der anderen Physikprofessoren, nicht aus Angst vor der Kirche, wagte Galilei erst als über 50-Jähriger, öffentlich für die Lehren des Kopernikus zu werben; als er die Monde des Jupiters entdeckte, lehnten es die Physikerkollegen ab, zum Beweis durch Galileis Teleskop zu sehen – nach dem Motto, dass nicht sein kann, was nicht sein darf, erschienen Experimente und Naturbeobachtungen den meisten Gelehrten des frühen 17. Jahrhunderts reichlich überflüssig.

Die Kirche dagegen behandelte den unkonventionellen Physikprofessor aus der Toskana mit bemerkenswerter Toleranz; er wurde vom Papst zur Audienz empfangen, von den Jesuiten sogar für seine wissenschaftlichen Verdienste ausgezeichnet, und anders als die weltlichen Gelehrten ließen sich die Jesuiten auch durch Fakten (nämlich durch die Monde des Jupiters) überzeugen, dass das ptolemäische Weltbild wissenschaftlich nicht zu halten war.

Erst als Galilei nicht nur das ptolemäische Weltbild als falsch, sondern darüber hinaus sein eigenes als das einzige richtige bezeichnete( was nicht stimmt, wie wir spätestens seit Einstein wissen), wurde diese Toleranz der Kirche ernsthaft auf die Probe gestellt. Denn als Arbeitshypothese hätte man Galileis Thesen durchaus gelten lassen, aber als endgültige Wahrheit nicht. Hier sah die Kirche ihre Monopolansprüche verletzt, und als Galilei trotz Abmahnung immer dezidierter von dem System des Kopernikus als einer „bewiesenen Wahrheit" sprach, den Beweis aber nicht beibringen konnte (was auch gar nicht geht, denn wissenschaftliche Theorien lassen sich nur widerlegen, aber nicht beweisen), reagierte die Kirche auch ihrerseits recht überzogen mit einem Dekret, das die Lehre von der Bewegung der Erde für „falsch und in allen Punkten der Heiligen Lehre widersprechend" erklärte.

Persönlich wurde Galilei jedoch nicht belangt. Weder wurden seine Bücher verboten noch seine guten Beziehungen zu den Mächtigen ernsthaft angegriffen. Hätte er hinfort von seinen Thesen als Theorien und nicht letzten Wahrheiten gesprochen, wäre es wohl nie zu der berühmten Vorladung vor die Inquisition nach Rom gekommen.

Diese Vorladung erging aufgrund eines neuen Buches, in dem Galilei weiter und allen Abmahnungen zum Trotz von absoluter Wahrheit sprach. Sie wurde im Oktober 1632 zugestellt, wegen Krankheit Galileis aber aufgeschoben, erst im Februar 1633 reiste Galilei nach Rom. Dort wohnte er zunächst als Gast des florentinischen Botschafters in der Villa Medici, dann während des eigentlichen Inquisitionsverfahrens vom 12. April bis 22. Juni 1633 in einem Drei-Zimmer-Apartment im Vatikan, mit Diener und Blick auf den Garten. Er wurde weder eingekerkert noch gefoltert.

Wie vielen genialen Menschen ist es auch Galilei immer schwer gefallen, seine weniger begabten Zeitgenossen ernst zu nehmen. Auch in seinem Inquisitionsverfahren ging er wohl davon aus, nach Klarstellung einiger strittiger Passagen, welche die dummen Kardinäle nicht verstanden hatten, nach Hause geschickt zu werden. Erst als die gar nicht so dummen Inquisitoren durch keine wissenschaftlichen Argumente davon abzubringen waren, dass Galilei verbotenerweise und falsch von absoluten Wahrheiten geschrieben habe, geriet Galilei in Panik; vielleicht dachte er dabei an Giordano Bruno, vielleicht wollte er nur seine Ruhe haben – wie auch immer: Unaufgefordert und ohne Druck von außen stritt er seine Lehren en bloc einfach ab.

Das Urteil lautete auf Ungehorsam. Die Strafe waren sieben Bußpsalmen jede Woche für drei Jahre, plus eine Kerkerstrafe, die Galilei aber niemals anzutreten brauchte. Nach dem Verfahren lebte er als Gast beim Großherzog der Toskana, dann beim Erzbischof von Siena, dann als Staatsrentner in dem kleinen Dorf Arcetri bei Florenz, wo er unbelästigt seine Forschungen weiterführte und 1642 starb.

## Irrtümer zu Definitionen

Das ist das große Kreuz der Wirtschafts- und Sozialstatistik: Wie grenzen wir Dinge, Personen, Tatbestände sinnvoll voneinander ab? Nicht nur Armut oder Arbeitslosigkeit, auch vieles andere, was wir zählen, messen und vergleichen, sieht je nach Brille, durch die wir es betrachten, einmal so und einmal anders aus.

Laut Statistischem Bundesamt ist fast jeder zehnte Deutsche heute schwerbehindert – nicht weil wir wirklich immer kränker würden, sondern weil die Meinung, was „schwerbehindert" eigentlich bedeutet, heute sehr viel weiter gefasst ist als noch vor 50 Jahren, vom Rest des Krankheitsspektrums ganz zu schweigen. Würden wir die deutsche Messlatte für Krankheit auf andere Länder übertragen, so wären mehr als eine Milliarde Chinesen, die kein „r" aussprechen können, nach unserer Sicht der Dinge krank, und sie hätten Anspruch auf eine Sprachtherapie.

Oder wie viele Menschen sterben jedes Jahr durch Unfälle auf der Straße? Das Statistische Jahrbuch sagt: Im Jahr 2005 waren es in Deutschland 5.362 Menschen. Aber wenn jemand erst eine Woche nach dem Unfall stirbt? Oder erst nach drei Monaten? In der Bundesrepublik wird die Grenze bei 31 Tagen angelegt, in der alten DDR lag sie bei 72 Stunden …

Oder nehmen wir die Säuglingssterblichkeit. In einer internationalen Statistik war vor einigen Jahrzehnten einmal zu lesen, dass in Deutschland (West) von 1.000 Babys 19 die Geburt nicht überleben, mehr als z. B. in Hongkong (15) oder Singapur (14), also in Ländern, von denen wir anzunehmen geneigt sind, dass sie der Bundesrepublik Deutschland hinsichtlich Hygiene und Gesundheitswesen eher unterlegen sind. Der Grund: die Definition von „Säuglingssterblichkeit". In Deutschland meint man damit alle lebend Geborenen, die im ersten Lebensjahr versterben, ohne die Totgeborenen, und das ist der Trick: Würden wir wie vielfach anderswo die noch am ersten Tag oder bis zur Taufe verstorbenen Babys als „totgeboren" zählen, hätten wir mit einem Federstrich die Säuglingssterblichkeit halbiert.

Unter anderem auf diese Weise kam auch der vermeintliche Vorsprung des Ostens vor dem Westen Deutschlands bei der Säuglingssterblichkeit zustande: Im Westen zählt ein Kind als lebend geboren, wenn es atmet *oder* wenn sein Herz schlägt (ist beides nicht der Fall und wiegt es außerdem noch mehr als 1.000 Gramm, gilt es als totgeboren; wiegt es weniger als 1.000 Gramm, gilt es als Fehlgeburt und geht überhaupt nicht in die Statistik der Todesfälle ein). In der DDR dagegen galt ein

Kind als lebend geboren, wenn es atmete *und* wenn sein Herz schlug. War eines von beiden nicht der Fall, galt es von Anfang an als totgeboren; wenn das Kind dann wirklich starb, ging das die Säuglingssterblichkeit nichts an. Denn es hatte ja nie offiziell gelebt …

Diese Schwammigkeit der Begriffe ist eine große Versuchung. In Kinderfilme dürfen Fernsehsender nur sehr wenig Werbung packen. Kein Problem – die Filme heißen dann „Familienfilme". Pro Spielfilm darf man nur soundso viele Minuten werben? Auch nicht schlimm, wir kaufen drei oder vier Filme zu dem gleichen Thema und machen daraus eine „Serie". Denn in Serien darf man öfter werben …

Oder was ist eine Wohnung? Die amtliche Statistik der alten DDR feierte Jahr für Jahr neue Wohnungsbaurekorde, aber viele dieser neuen „Wohnungen" waren nur Plätze im Altenheim oder modernisierte Altbauwohnungen; insgesamt war die amtliche DDR-Wohnungsbaustatistik um mehr als eine Million Einheiten zu hoch.

Dass selbst Privatpersonen bestimmte Begriffe einmal so und einmal so betrachten, zeigt die letzte Volkszählung in Kanada: Die „Ureinwohner" werden immer zahlreicher; sie haben sich seit der letzten Zählung nur fünf Jahre vorher fast verdoppelt. Aber nicht, weil sie wirklich mehr geworden wären, sondern weil immer mehr Kanadier sich als Ureinwohner sehen. Ein gestiegenes Selbstbewusstsein plus verschiedene soziale Vergünstigungen machen diesen Status immer attraktiver, „mehr und mehr Leute finden es akzeptabel zuzugeben, wer sie sind", und so stuft sich ein Kanadier, dessen Ur-Ur-Urgroßvater Indianer oder Eskimo gewesen ist, heute gerne als Ureinwohner ein.

## Falsche Theorien

Die letzte Irrtumsklasse enthält falsche Theorien. Etwa aus dem Wirtschaftsleben: Ein konsequenter Mieterschutz schützt den Mieter. Eher ist das Gegenteil der Fall. Der beste Schutz des Mieters, so die Mehrheitsmeinung aller Ökonomen, ist ein großes Wohnungsangebot, und dieses große Wohnungsangebot wird durch Mietkontrollen und Kündigungsschutzgesetze gleich zweifach ausgehebelt: Potentielle Wohnungen bleiben aus Mangel an Erträgen ungebaut, und bereits fertige Wohnungen und Häuser werden aus Furcht vor Mietern, die man nicht mehr loswird, nicht vermietet; sie stehen stattdessen leer. Ich habe schon in manchen Ländern zur Miete gewohnt – in Deutschland, in Österreich, in England, in Frankreich, in Italien, in den USA, in Australien und in Kanada. Am schwersten zu finden und mit Abstand am teuersten sind bzw. waren die Wohnungen da, wo man die Mieter am konsequentesten „beschützt", in Deutschland, Österreich, Italien und Frankreich. Am leichtesten zu finden und am preiswertesten waren die Wohnungen da, wo man das Wort „Mieterschutz" nicht kennt, in den USA, Australien und Kanada. Dort wurden wir etwa auf die Annonce „ Familie mit Kind sucht preiswertes Haus in Uni-Nähe" mit Angeboten nur so zugeschüttet. Die gleiche Annonce ein Jahr später in Wien erzeugte nicht die geringste Resonanz.

In die gleiche Kategorie fällt der Irrtum, Mindestlöhne sicherten den Verdienst von ungelernten Arbeitskräften. Mindestlöhne sind Jobkiller. Sie sichern nur die Löhne derjenigen, die ihren Job behalten; die anderen Löhne drücken sie auf null. Denn in einer Marktwirtschaft kann ein Unternehmen nur dann überleben, wenn seine Beschäftigten mehr erwirtschaften, als sie kosten, und das hat für Arbeitsverhältnisse an der Grenze zur ökonomischen Rentabilität gewisse Konsequenzen. Hier heißen die Alternativen nicht: „Mindestlohn oder weniger als Mindestlohn", sondern „weniger als Mindestlohn oder gar kein Lohn". Solange Unternehmen nicht gezwungen werden können, Arbeitskräfte einzustellen, können und werden sie auf lange Sicht nur solche Arbeitskräfte halten, die mehr produzieren, als sie kosten. Und wenn die Kosten künstlich hochgehalten werden, heißt das eben, auf Kräfte an der Rentabilitätsgrenze zu verzichten.

## 25. Statistik als Motor und Bremser des Fortschritts in den Wirtschafts- und Sozialwissenschaften

■ *Allgemeines Statistisches Archiv* 85, 2001, S. 187–199

Anders als vor 50 Jahren ist die Statistik heute auch in den Wirtschafts- und Sozialwissenschaften als unentbehrliches Werkzeug sowohl nötig wie anerkannt, eine Volks- oder Betriebswirtschaftslehre, eine Soziologie oder Psychologie ist ohne Statistik heute nicht mehr vorzustellen, und selbst in viele vormals eher datenferne Wissenszweige wie die Politik- oder Rechtswissenschaften ziehen zusehends auch statistische Modelle und Methoden ein. Hatten etwa empirisch arbeitende Soziologen oder Ökonomen an den deutschen Universitäten der Vor- und unmittelbaren Nachkriegszeit noch hart um die Anerkennung ihrer statistisch-empirisch angelegten Dissertationen oder Habilschriften zu kämpfen, so ist es heute beinahe umgekehrt schon so, dass sozial- und wirtschaftswissenschaftliche Arbeiten nur dann noch etwas gelten, wenn nicht zumindest in der einen oder anderen Tabelle ein t-Test oder eine Regressionsschätzung erscheint.

Der Hamburger Sozialpsychologe Peter Hofstätter berichtet, wie er Zeuge eines zunächst misslungenen Habilversuchs wurde, „weil der hohen Fakultät, die über den Antrag zu entscheiden hatte, einiges an dem Kandidaten mißfiel, vor allem, daß er – so wörtlich – ‚die dem deutschen Geiste völlig fremden statistischen Methoden' in seinen Arbeiten verwendete." Heute erhält kein Psychologe und kein Soziologe in Deutschland mehr das Vordiplom, der nicht schon als Student eine gewisse, durch die gefürchteten Statistik-Scheine ausgewiesene Vertrautheit mit ebendiesen „dem deutschen Geiste völlig fremden statistischen Methoden" nachzuweisen in der Lage ist (ob er oder sie die Materie auch wirklich verstanden hat, und ob wir mit deutscher Gründlichkeit das Nachäffen ausländischer Studiengänge etwas übertreiben, steht dabei auf einem anderen Blatt).

Noch weiter fortgeschritten ist diese Mathematisierung und Statistisierung in den Wirtschaftswissenschaften. Von den bislang 46 einschlägigen Nobelpreisträgern haben 23 auch in statistischen Journalen publiziert; einige, wie Trygve Haavelmo, der den Preis für die statistische Fundierung Simultaner Gleichungen erhielt, oder Richard Stone, der für seine Grundlagenforschung zur Volkswirtschaftlichen Gesamtrechnung ausgezeichnet wurde, kann man sogar als hauptberufliche Statistiker, viele andere, vor allem die Ökonometriker, zumindest als nebenberufliche Statistiker bezeichnen (Jan Tinbergen, Ragnar Frisch, Simon Kuznets, Herbert Simon, Lawrence Klein, Jim Heckman, Dan McFadden), und selbst diejenigen Preisträger, die ihre Forschungsschwerpunkte auf statistikfernen Gebieten hatten, angefangen bei unserem deutschen Nobelpreisträger Reinhard Selten über den Wirtschaftshistoriker Robert Vogel bis zu Milton Friedman, der den Wirtschafts-Nobelpreis 1974 für seine Arbeiten zur Geldtheorie und Konsumfunktion erhielt, haben in ebendiesen Arbeiten statistische Methoden angewendet oder wie der Armutsforscher A. K. Sen gar selbst entwickelt (von Milton Friedman ist sogar bekannt, dass er zu Anfang seiner wissenschaftlichen Laufbahn schwankte, ob er diese eher in der mathematischen Statistik oder in den Wirtschaftswissenschaften suchen sollte; seine nichtparametrische zweifache Varianzanalyse ordinaler Merkmale wird heute noch benutzt, siehe Friedman 1937), und wie bei diesen Vorzeige-Ökonomen ist auch beim wirtschaftsakademischen Fußvolk ein tiefes Verständnis moderner mathematisch-statistischer Methoden mittlerweile selbstverständlich – zumindest an amerikanischen Wirtschaftsfakultäten kann heute niemand mehr Doktor oder gar Professor werden, der nicht weiß, was Logit-Modelle, Einheitswurzeln oder Dickey-Fuller-Tests bedeuten.

Dieses Erreichen eines Höhepunktes hat aber auch einen Nachteil: Im weiteren geht es dann bergab. Und wie auf den folgenden Seiten argumentiert werden soll, ist dieser Abstieg der Statistik von einem bis dato unbekannten Gipfel von Ansehen und Bedeutung zumindest in den Wirtschaftswissenschaften schon in vollem Gange.

Um diese These einzuordnen, ist es wichtig, einmal zwischen der Wirtschaft und der Wirtschaftswissenschaft und zum anderen zwischen den zwei durch linguistisch-historische Zufälligkeiten unter dem Dach „Statistik“ vereinten, aber dennoch grundverschiedenen Wissenschaften, der klassischen Wirtschafts- und Sozialstatistik im Sinne der quantitativen Abbildung gesellschaftlicher Phänomene auf der einen und der modernen, induktiven, mathematischen Statistik auf der anderen Seite, zu unterscheiden. Denn der hier behauptete Abstieg hat vor allem in den Wirtschafts*wissenschaften*, in der Ökonometrie und in der „klassischen“ Mathematischen Statistik stattgefunden; die Statistik als Lieferant quantitativer Informationen ist dagegen als zentraler Produktionsfaktor des wirtschaftswissenschaftlichen Fortschritts auch weiter unbestritten, ja nimmt an Wichtigkeit noch zu.

Wiederum eine andere Sache ist die Bedeutung der Statistik in der Wirtschaft selbst. Hier kann man an allen Fronten nur Erfolge melden. Ob in der Markt- und Meinungsforschung, in der Warenwirtschaft oder in der Qualitätskontrolle, und ganz besonders auch im Bank- und Börsenwesen: Hier liefert die Statistik, meist im Tandem mit der Informatik, früher undenkbare Bewertungs- und Prognoseinstrumente, hier scheint der Bedarf an Statistik-Kompetenz, auch an praxisnaher Forschung, bei weitem noch nicht abgedeckt.

Wir haben also eine merkwürdige Situation: Einerseits geht der Stellenwert der Statistik an den deutschen Wirtschaftsfakultäten eindeutig zurück (an vielen, mit zwei statistisch-ökonometrischen Lehrstühlen ausgestatteten Fakultäten wird mittlerweile schon routinemäßig einer von beiden bei

Ausscheiden des aktuellen Inhabers gestrichen), andererseits fragt die Wirtschaft selber immer drängender Statistik nach. Auf diese Schieflage gehe ich in meinem Fazit weiter unten nochmals ein. Vorerst sei allein betont, dass der vorliegende Aufsatz vor allem die Rolle und den Stellenwert der Statistik in der Sozial- und Wirtschafts*wissenschaft* beleuchten will; die mindestens genauso wichtige Rolle der Statistik im wirtschaftlichen und sozialen Leben selber spare ich hier aus.

## Die Statistik als Datenlieferant und Datenkomprimierer

Die Statistik als Lieferant von Daten ist für die Wirtschaft und die Wirtschaftswissenschaften nicht nur wichtig, sie ist überhaupt erst aus wirtschaftlichen Erwägungen heraus entstanden. Von den Gold- und Immobilienzählungen im alten Ägypten über die bekannten Volkszählungen der Römer bis zum „Doomsday Book" von Wilhelm dem Eroberer: Die Herrscher wollten Geld und Güter ihrer Untertanen kennen. Diese klassische Statistik im Sinn einer „Staatskunde" („worunter die systematische Darstellung der Verfassung, der Organisation, der Bevölkerungsverhältnisse, der militärischen und wirtschaftlichen Hilfsquellen und der sonstigen bemerkenswerten Einrichtungen und Verhältnisse eines oder mehrerer Staaten zu verstehen ist" – Brockhaus 1895) ist heute für Wissenschaft und Praxis wichtiger denn je. Wer das nicht glaubt, ist herzlich an einem Freitagmittag, wenn der Handel die aktuellen Arbeitsmarkt- und Preisstatistiken erwartet, in die Börse eingeladen; dann steigt oder fällt der Wert des Marktes bisweilen um mehrere Dutzend Milliarden DM in wenigen Minuten, nur weil ein Bureau of the Census meldet, dass die Zahl der Arbeitslosen in den USA um weniger als erwartet zu- oder abgenommen hat.

Wie die mathematische hatte aber auch diese Datensammler-Statistik durchaus um ihr öffentliches und wissenschaftliches Ansehen zu kämpfen; selbst in England, einer der Statistik gegenüber seit jeher aufgeschlossenen Nation, hatte sie längst nicht immer den heutigen unbestrittenen Stellenwert gehabt. So schildert etwa Daniel Defoe in seinem Bericht über die Pest in London, „wie sich vor der eigentlichen Ausbreitung des schwarzen Todes neben den berühmten Pestdoktoren ein Heer von Quacksalbern, Propheten, Sektierern und Statistikern als Vortruppe des infernalischen Aufstandes in die Stadt ergießt." (so zitiert gefunden in Ernst Jünger: Über den Schmerz).

Dieses Gleichsetzen der Statistiker mit Quacksalbern, Propheten und Sektierern sowie weiteren „Vortruppen eines infernalischen Aufstands" wurde mit Statistikern wie John Graunt (1620–1674) und William Petty (1623–1687) zusehends unglaubwürdig, die aus Geburts- und Todeslisten, Zollpapieren und Getreidepreisen durchaus nützliche Erkenntnisse herauszulesen wussten; spätestens seit dem Wirken der vor allem als Krankenschwester bekannten, im späteren Leben aber als Sozialstatistikerin tätigen Florence Nightingale ist es einer Haltung zwischen Respekt und Anerkennung, ja sogar Bewunderung gewichen. „The true foundation of theology is to ascertain the character of God", schreibt Mrs. Nightingale 200 Jahre nach Defoe. „It is by the aid of Statistics that law in the social sphere can be ascertained and codified, and certain aspects of the character of God thereby revealed. The study of statistics is thus a religious service."

Diese Statistik als Mittel „to ascertain law in the social sphere", oft auch „Politische Arithmetik" genannt, arbeitet gelegentlich mit Wahrscheinlichkeiten und Erwartungswerten (Demographie und Sterbetafeln), auch mit Normalverteilungskurven wie in den berühmten Erhebungen des Belgiers Adolphe Jacob Quetelet (1796–1874), hat aber, von vereinzelten Appellen an die Stichprobentheorie in der Konsum- und Marktforschung oder bei der Wahlhochrechnung einmal abgesehen, mit der mathematischen Statistik ansonsten nichts zu tun. Es werden soziale und wirtschaftliche Phänomene in Zahlen festgehalten, es werden Gesetzmäßigkeiten in Massenerscheinungen aufgespürt, es werden bislang verborgene Zusammenhänge offenbart (manche sagen dazu auch: es werden „stilisierte Fakten“ dargelegt), und die so verstandene Statistik ist heute für Politik und Praxis wie auch für die Forschung in Soziologie und Wirtschaftswissenschaften unentbehrlich; gewisse Subdisziplinen wie die Verlaufsdatenanalyse in der Soziologie oder die ganze moderne empirische Kapitalmarktforschung haben sich überhaupt erst durch diese Vorleistungen, durch diese Datenzubringerdienste der Statistik entwickeln können.

Diese allgemeine Verfügbarkeit von immer umfangreicheren Datenbanken, auch Stichprobenerhebungen wie dem Mikrozensus oder der Einkommens- und Verbrauchsstichprobe, verbunden mit einer Explosion der Rechnerkapazitäten und einer allgemeinen Verfügbarkeit einschlägiger Softwarepakete, ist der Hauptbeitrag der Statistik zum Fortschritt in den Wirtschafts- und Sozialwissenschaften. Wenn wir zehn Soziologen fragen: Was hat diese Wissenschaft in Deutschland nach dem Krieg am weitesten vorangebracht, so werden vermutlich acht von zehn das sozioökonomische Panel nennen (und die anderen beiden ein Statistik-Programm wie LISREL oder SPSS). Die Deutsche Finanzdatenbank in Karlsruhe hat zusammen mit statistischen Softwarepaketen wie Rats oder Gauss für die deutsche empirische Kapitalmarktforschung mehr getan als alle Bände der Annals of Statistics, und die moderne Konjunkturforschung wäre ohne eine ausgebaute und gut funktionierende volkswirtschaftliche Gesamtrechnung überhaupt nicht vorzustellen.

Neben der amtlichen Statistik als dem traditionellen ersten Ansprechpartner für den datensuchenden Wirtschafts- und Sozialwissenschaftler sind dabei zunehmend auch Markt- und Meinungsforschungsinstitute, Börsendienste oder Firmendatenbanken als Auskunftgeber wichtig. Und ohne diese

Auskunft wäre Wissenschaft vielfach nicht möglich. Das moderne Marketing lebt und stirbt mit seinen Konsumentenpanels, die moderne Soziologie hängt an der Nabelschnur von Emnid oder Infratest, und wenn es die Firma Compustat nicht gäbe, wären die meisten Jahresbände des „Journal of Finance“, der weltweit angesehensten Fachzeitschrift für Finanzwirtschaft, nur halb so dick (ich habe die Ausgaben der Jahre 1990 bis 1995 einmal durchgesehen: von den insgesamt 398 Artikeln waren 278 mehr oder weniger empirischer Natur, und 188 davon haben auf amtliche oder kommerzielle Datenbanken (Compustat und andere) zurückgegriffen).

Aus der großen Methodenkiste der Statistik sind dabei vor allem die deskriptiven Werkzeuge von Interesse: Indexzahlen, Durchschnitte, Quantile, Maße für Konzentration und Ungleichheit, Armutsindikatoren, Äquivalenzskalen, Mobilitätsmaße, Saisonbereinigungsverfahren, und die Erkenntnisse, die mit diesen Werkzeugen gewonnen werden, haben zum Teil enorme wissenschaftliche, aber auch sachliche und politische Konsequenzen. So weisen etwa Semrau und Stubig nach, dass die Armutsquote in der Bundesrepublik je nach Armutsgrenze und der gewählten Äquivalenzskala zwischen 0,56 Prozent bis zu 20,4 Prozent aller Haushalte variiert. Und es ist nicht auszuschließen, dass die viel beklagte Kinderarmut in der Bundesrepublik ein reines Artefakt überhöhter Äquivalenzziffern für zusätzliche Haushaltsmitglieder darstellt, die fast unausweichlich jede kinderreiche Familie in eine statistisch erzeugte Armut stürzen. Gegen diese Auswirkungen elementarer Mess- und Definitionsprobleme treten die Konsequenzen unterschiedlicher mathematisch-statistischer Schätzverfahren offensichtlich klar zurück.

Ein weiteres intrastatistisches Detailproblem mit enormen wirtschaftlichen, wissenschaftlichen und politischen Konsequenzen ist die Einrechnung von Qualitätsverbesserungen in Maße für die Preisveränderung. Dergleichen findet durchaus statt, aber, wenn man amerikanischen Ökonomen wie Boskin oder Hausman glauben darf, längst nicht in dem Ausmaß, das von der Sache her geboten scheint. Folgt man etwa den Überlegungen des viel zitierten Boskin-Komitees, so ist die US-amerikanische Inflationsrate seit mehreren Jahrzehnten rund einen Prozentpunkt pro Jahr zu hoch – in einem Jahr vielleicht nicht viel, aber über Jahrzehnte betrachtet eine Überschätzung mit gewaltigen Konsequenzen: Hätten Boskin und seine Kollegen recht, so würde der seit dem Krieg beobachtete Anstieg des Lebensstandards in den USA um mehr als 50 Prozent unterschätzt.

Auch die Konsequenzen solcher Indexverzerrungen für indexgebundene Sozialleistungen, Renten, Mieten oder Löhne und Gehälter liegen auf der Hand, hier haben die von Statistikern in ihren Gelehrtenstuben ausgedachten Modelle und Methoden enorme politische und soziale Konsequenzen.

Weitere Fragen, welche die Substanzwissenschaften heute an die Wirtschafts- und Sozialstatistik stellen, betreffen die internationale Vergleichbarkeit von Arbeitslosenquoten, die Umverteilungswirkungen der Bildungspolitik (bewirkt der „freie" Hochschulzugang eine regressive Umverteilung?), die Aussagekraft der Volkswirtschaftlichen Gesamtrechnung (wie können Haushaltsproduktion und Schwarzarbeit in die wirtschaftliche Leistung eines Landes einbezogen werden? wie sind Lebensqualität und Umwelt in die VGR zu integrieren?), die Konsequenzen alternativer Lebensgewohnheiten für Morbidität und Lebenserwartung (belasten Raucher das Sozialsystem?), den Sinn und Unsinn von Mietspiegeln, den Effizienzvergleich von Schulen, Hochschulen und Krankenhäusern und viele andere Aspekte unseres Lebens, die sich in Zahlen messen lassen. Sind die Deutschen heute gesünder oder kränker als vor 50 Jahren? Sind die Menschen in den neuen Bundesländern fremdenfeindlicher als die im Westen? Und wenn ja, wovon hängt die Einstellung zu Fremden ab? Hat die Ungleichheit der Einkommen in Deutschland in den letzten 20 Jahren zugenommen? Reduziert die Sozialhilfe die Lust zur

Arbeit? Sind Ausländer krimineller als Deutsche? Macht Fernsehen dumm? Lernen Schüler in Bayern besser als in Niedersachsen? usw. Hier erwarten Wissenschaft und Öffentlichkeit die Hilfe der Statistik, und diese Hilfe kommt vor allem in der Form von Daten, von Umfragen und von verbesserten Methoden der Erhebung dieser Daten. Wie lassen sich die bekannten Kontext-Effekte in Umfragen vermeiden? Kann man Phänomene wie „Intelligenz" überhaupt in Zahlen fassen, wie ist „Einkommen" korrekt zu messen usw.

Hier genügt es, auf die weltweite, durch „The bell curve" von Herrnstein und Murray losgetretene, teilweise erbitterte Diskussion zur Intelligenz und Klassenzugehörigkeit hinzuweisen, um zu erkennen, welcher Sprengstoff sich hinter vielen dieser Fragen verbirgt. Umso wichtiger ist hier die neutrale Mittlerrolle der Statistik, und deshalb werden die Zubringerdienste der Statistik, wird die Rolle der Statistik als Lieferant von Daten in Zukunft noch zentraler werden, als sie es aktuell schon ist.

## Die Statistik als Dateninterpretierer

Anders als die Statistik als Datenlieferant nimmt die Statistik als Dateninterpretierer, d. h. die induktive, mathematische Statistik, in den Wirtschafts- und Sozialwissenschaften heute an Bedeutung ab. Dafür gibt es mehrere Gründe. Ein erster ist, dass, wie jeder Ökonom im ersten Semester lernt, der Grenznutzen wie Grenzertrag eines jeden Gutes mit wachsender Menge dieses Gutes sinkt. Hat die Erfindung des t-Tests das korrekte Schließen aus Stichproben noch enorm befördert (sowohl im Sinn einer Kontrolle des Fehlers erster Art als auch, wie später nachgewiesen wurde, durch die maximale Ausschöpfung der Macht), so sind die meisten methodischen Neuerungen der letzten Jahre und Jahrzehnte doch wohl eher gradueller Art. Zumindest sehe ich das in den Wirtschaftswissenschaften so. Die Erfindung der Methode der Kleinsten Quadrate durch Gauss und Legendre war sicherlich ein Riesenschritt für alle datenorientierten Wissenschaften, die Zweistufige KO-Methode von Henri Theil hat immerhin noch die Verzerrung gewisser Schätzer reduziert (dafür aber andere Übel eingeführt), aber was die Dreistufige KQ-Methode von Theil und Zellner den Wirtschaftswissenschaften wirklich Gutes brachte, wird wohl ewig ein Geheimnis bleiben (wenn diese Methodeninnovationen nicht sogar, wie vom nachmaligen Nobelpreisträger Haavelmo schon 1958 beklagt, die Ergebnisse des empirischen Arbeitens verschlechtert haben: „The concrete results of our efforts at quantitative measurement often seem to get worse the more refinement of tools ... we call into play." ) Ob in der Zeitreihenanalyse – Nichtparametrik oder Wavelets hin oder her –, ob in der Ungleichheits- und Armutsforschung oder in der Modellierung von funktionalen und kausalen Zusammenhängen aller Art: die grundlegenden Methoden und Modelle sind bekannt, was jetzt noch kommt, sind Ausbesserungen und Verfeinerungen der einen oder anderen Art. Und da die Wertschätzung eines Gutes sich nicht nach dem Nutzen, sondern nach dem Grenznutzen bemisst, ist das Interesse vieler Ökonomen an einem weiteren Ausbau der mathematischen Statistik recht begrenzt.

In der Soziologie mag das noch anders sein: Hier hat der Siegeszug der mathematischen Statistik erst später angefangen, daher ist der Gipfel dort vielleicht noch nicht erreicht.

Ein weiterer Grund für den abnehmenden Stellenwert der mathematischen Statistik in den Wirtschaftswissenschaften ist ein neues und allgemeines Unbehagen gegen mathematische Modelle und Methoden überhaupt. Nach dem Motto „Mitgefangen, mitgehangen" büßt die Statistik hier für das Abdriften mancher mathematischen Ökonomen in einen Elfenbeinturm der l'art pour l'art, der für das wahre Wirtschaftsleben immer weniger Bedeutung hat. Oder um mit Nobelpreisträger John R. Hicks zu sprechen: „Die Mathematik ist ein prima Spiel. Es dient mehr dem Spaß als der Erhellung wirtschaftlicher Phänomene."

Nur selten lassen sich ökonomische Theorien derart in statistische Hypothesen übersetzen, dass mit der Annahme oder Ablehnung der Hypothese auch die dahinterliegende Sachtheorie steht oder fällt. Eine wichtige Ausnahme ist die Effizienzmarkthypothese in der Kapitalmarkttheorie: In einem informationseffizienten Kapitalmarkt folgen geeignet diskontierte Preise einem Martingal; das ist eine klar formulierte, statistisch überprüfbare Hypothese, die denn auch in Tausenden von Aufsätzen und Büchern seit rund 100 Jahren immer wieder getestet (und im Allgemeinen bestätigt) worden ist.

Aber selbst in diesem seltenen Fall einer Eins-zu-eins-Beziehung zwischen einer statistisch testbaren und einer sachlogisch deduzierten Hypothese sind es weniger die statistischen Methoden als die gewählten Datensätze, die konkret getesteten Implikationen der Effizienzmarkthypothese und die Art der Datenbereinigung und -aufbereitung, welche den Innovationsgehalt der Beiträge bestimmen: Wie ist eine korrekte Risikobereinigung von Renditen vorzunehmen, wie kann man die durch dünnen Handel induzierten Pseudo-Autokorrelationen ausschließen, wie misst man Beta-Koeffizienten, wie kann man das Marktportfolio bestimmen usw. Die dann auf diese Daten angewandten Verfahren gehen selten über t-Tests oder eine Signifikanzüberprüfung empirischer Autokorrelationskoeffizienten hinaus.

Einer der meistdiskutierten und einflussreichsten Tests der Effizienzmarkthypothese, ein Vergleich von Volatilitäten über Nacht und über Tag von French und Roll, kommt sogar ganz ohne mathematische Statistik aus: Die Autoren gehen einer ganz bestimmten Implikation der Effizienzmarkthypothese nach, nämlich dass nur der Zufluss neuer Informationen die Kurse treibt, und vergleichen im Wesentlichen nur Kursbewegungen von Eröffnung bis Schluss mit Kursbewegungen von Schluss bis Eröffnung: Hat die Effizienzmarkthypothese recht, und einmal unterstellt, dass kursrelevante Wirtschaftsereignisse sich wenig darum scheren, ob die Wall Street gerade offen ist, müssten die entsprechenden, auf die Stunde genormten Renditevarianzen übereinstimmen. Sie tun es aber nicht (was man mit bloßen Augen und ohne jeden Signifikanztest sieht); vielmehr ist die Varianz zu Handelszeiten größer, was darauf hindeutet, dass der Handel selbst im Widerspruch zur (naiven) Effizienzmarkthypothese Kursbewegungen erzeugt.

Ein weiterer einflussreicher und mit einfachsten statistischen Methoden arbeitender Test der Effizienzmarkthypothese ist die Gegenüberstellung der Renditen des Dow-Jones-Index mit den Erträgen eines vom Herausgeber des Wall-Street-Journals empfohlenen Konkurrenzportfolios in Cowles (1933). In einem effizienten Markt dürften Kursveränderungen, die über erwartete Renditen hinausgehen, nicht vorherzusagen sein; insbesondere können auch Börsenprofis einen Index nicht langfristig und systematisch schlagen. Und wie von Cowles gezeigt, ist das auch für die von ihm betrachteten Experten der Fall.

So wie hier schöpfen die meisten einflussreichen empirischen Studien in Soziologie und Wirtschaftswissenschaften ihren Einfluss nicht aus raffinierten statistischen Verfahren, sondern aus einem ungewohnten Blickwinkel, aus der Gegenüberstellung bislang getrennter Datenreihen, aus einer frischen Betrachtungsweise ihres Gegenstandes. Die bis heute wohl bedeutendste empirische soziologische Untersuchung aller Zeiten, „Die Arbeitslosen von Marienthal" von Marie Jahoda, Paul Lazarsfeld und Hans Zeisel aus dem Jahr 1933, enthält keinen einzigen formalen Test, kein Konfidenzintervall und keine Schätzfunktion. Diese klassische Studie schöpft ihre Überzeugungskraft allein und unmittelbar aus den gesammelten und grob zusammengefassten Daten selbst: Bibliotheksstatistiken, Wahlbeteiligung, Zeitverwendungsprotokolle, bis hin zu Messungen der Gehgeschwindigkeit. Auf S. 83

der Suhrkamp-Ausgabe von 1975 findet sich die untenstehende Tabelle.

**Gegen Mittag, wenn der Verkehr in Marienthal seinen bescheidenen Höhepunkt erreicht, bietet die Ortsstraße auf den 300 m, die man überblicken kann, folgendes Bild: Von 100 Erwachsenen, die durch die Straße gehen, bleiben stehen:**

| | Männer | Frauen | insgesamt |
|---|---|---|---|
| 3 x und mehr | 39 | 3 | 42 |
| 2 × | 7 | 2 | 9 |
| 1 × | 16 | 15 | 31 |
| 0 × | 6 | 12 | 18 |
| Insgesamt | 68 | 32 | 100 |

Diese Tabelle ist dann der Ausgangspunkt für weiterführende Betrachtungen zum Zeitverständnis und zur Zeitverwendung von Menschen, die keine Arbeit haben, die hier nicht weiter interessieren sollen. Worauf es ankommt, sind die ungewohnten Daten selbst. Natürlich kann man hier lange über Versuchsaufbau und Stichprobenproblematik reden, aber auf den Gedanken, abzuzählen, wie oft ein Arbeitsloser beim Gehen innehält, muss man erst mal kommen.

Genauso muss man erst mal auf den Gedanken kommen, die Ausgaben für Ernährung durch das Einkommen zu teilen – das berühmte Gesetz von Engel fällt dann auch ohne mathematische Statistik wie von selbst dem Forscher in die Hände. Oder die Anzahl von Personen, die ein gegebenes Einkommen überschreiten, gegen dieses Einkommen selber in doppelt logarithmischen Koordinaten abzutragen – das Pareto-Gesetz ist nicht zu übersehen. Oder die Arbeitslosenquoten und Inflationsraten gegenüberzustellen – die Phillips-Kurve ist geboren. So wie in diesen Beispielen sind die meisten großen Beiträge der Statistik zum Fortschritt in den Wirtschaftswissenschaften nicht durch fortgeschrittene Verfahren, sondern durch eher deskriptive, formal anspruchslose Werkzeuge geschaffen worden.

In den übrigen Sozialwissenschaften treten die statistischen Methoden sogar noch ausgeprägter hinter die Daten selbst zurück. So rührt etwa der große Einfluss, den der amerikanische Soziologe Sulloway (1996) mit seinen Thesen zu Anpassung und Erziehung hat und hatte, weniger von den verwendeten statistischen Methoden als von der einfachen Gegenüberstellung der Namen bekannter Revolutionäre mit deren Geschwisterstatus her. Denn siehe, die meisten Menschen, von Marx bis Darwin, die in Politik und Wissenschaften eine überkommene Ordnung umstürzten, waren *keine* ersten Kinder. Und so wie hier werden viele Erkenntnisse in Soziologie und Wirtschaftswissenschaften nicht durch die Brille fortgeschrittener statistischer Methoden, sondern durch intelligente Datenauswahl und deskriptive Datenkomprimierung aufgefunden.

## Fazit

Die Statistik sollte ihre Rolle in den Wirtschaftswissenschaften überdenken. In der Lehre und in der Forschung dominiert die klassische mathematische Statistik. Sie zeigt, wie man einem gegebenen Datensatz auf möglichst effiziente Weise ein Maximum an Informationen entreißt. Aber Daten sind heute in der Wirtschaft und in den Wirtschaftswissenschaften meist kein knappes Gut. Warum sich den Kopf zerbrechen, um das letzte Quantum an Information aus einem festen Datensatz herauszuziehen, wenn der gleiche Informationsgewinn viel schneller, quasi per Knopfdruck, durch Vergrößerung der Datenbasis gleichfalls zu erzielen wäre. Insofern geht die klassische mathematische Statistik mit ihrer Betonung auf der möglichst effizienten Auswertung gegebener Datensätze an den Bedürfnissen der Wirtschafts- und Sozialwissenschaften vorbei.

Ein größeres Problem als der Datenmangel ist heute doch der Datenüberfluss. Die täglichen Gigabytes an Wirtschaftsdaten aller Art, die an den Börsen, an Ladentheken und Verkaufskassen, in Finanzämtern und Meinungsforschungsinstituten gesammelt und gespeichert werden, rufen nach deskriptiven Methoden der Komplexitätsreduktion, nach automatischen, computergesteuerten Diagnose- und Klassifikationsalgorithmen, nach einfachen, robusten Werkzeugen zur Durchdringung dieses Datendschungels, und darauf müsste dann auch der Schwerpunkt der Lehre und der Forschung ruhen: Sachgerechter Umgang mit Rechnern und Datenbanken, Softwarekenntnisse, Vertrautheit mit den Fehlern und Fallen der Datenerhebung (Fragebögen, verzerrte Stichproben), gekonnte Präsentation statistischer Resultate, diese Fertigkeiten werden heute zwar in Wissenschaft und Praxis immer stärker nachgefragt, aber an den Wirtschaftsfakultäten kaum gelehrt.

Es ist an der Zeit, den großen Fehler einzusehen, die in den Natur-, Ingenieur- und Biowissenschaften so erfolgreiche modellgestützte mathematische Statistik auch den Wirtschafts- und Sozialwissenschaften überzustülpen; stattdessen sollten sich die Wirtschafts- und Sozialstatistiker wieder mehr auf die Wurzeln der Statistik als Abbildung der Wirklichkeit besinnen.

## 26. Ein prima Spiel – Wirtschafts-Nobelpreise für Heckman und McFadden

■ *Die Zeit*, 19. Oktober 2000, S. 36

„Die Mathematik ist ein prima Spiel", so der Wirtschafts-Nobelpreisträger von 1972, John R. Hicks. „Es dient mehr dem Spaß als der Erhellung wirtschaftlicher Phänomene."

Im Licht dieser Erkenntnis werfen die diesjährigen Wirtschafts-Nobelpreise für die beiden Ökonometriker James Heckman und Daniel McFadden – hochverdient und lange erwartet – auch gewisse Fragen auf. Denn die Ökonometrie ist wie kaum eine andere Subdisziplin der Wirtschaftswissenschaften der Mathematik und der mathematischen Statistik verpflichtet; sie hat als Ziel die zahlenmäßige Erfassung und Erklärung, sie will die allgemeinen Aussagen der Wirtschaftstheorie – wenn die Preise oder Zinsen steigen, gehen die Nachfrage bzw. die Investitionen zurück – mit konkretem Leben füllen, will so abstrakte Theorie für wirtschaftliches Handeln nutzbar machen.

Auf diesem Weg sind die Ökonometrie und die mathematische Statistik seit jenem denkwürdigen Dezemberabend 1930 in Cleveland, als sich neun Männer (keine Frau), darunter aus Deutschland auch Josef Schumpeter und Ludwig von Bortkiewics, in einem Hotelzimmer zusammensetzten und per Vereinsbeschluss die Ökonometrie ins Leben riefen, ein großes Stück vorangekommen.

Dank ökonometrischer, mittels statistischer Schätzverfahren an reale Daten angepasster Modelle durchschauen wir heute die Wechselwirkungen wirtschaftlicher Globalgrößen wie Zinsen, Geldmenge, Konsum und Volkseinkommen, auch die Bestimmungsgründe unseres wirtschaftlichen Individualverhaltens weit präziser, als dies ohne quantitative Methoden möglich wäre, und auch der Dank für diese Leistung ist nicht ausgeblieben: Von den bislang 46 Nobelpreisen in den Wirtschaftswissenschaften, angefangen mit den beiden ersten – für Jan Tinbergen und Ragnar Frisch – bis zu den beiden letzten, sind rund ein Drittel an Ökonometriker gefallen.

Auf der anderen Seite ist aber auch eine gewisse Ernüchterung im Ökonomen-Ökonometriker-Verhältnis nicht zu übersehen, die vor allem in den überzogenen Erwartungen vergangener Jahrzehnte begründet ist. Wer der Wirtschaftspolitik verspricht, so wie in der hohen Zeit der sogenannten ökometrischen Makromodelle Anfang der siebziger Jahre geschehen, die Konsequenzen von Diskonterhöhungen oder Steuerreduktionen auf Volkseinkommen und Außenhandelsdefizit bis auf plus-minus wenige Prozentpunktanteile vorherzusagen, darf sich über die Enttäuschung über das Ausbleiben dieses Versprechens nicht wundern.

Diese Versprechungen wurden nicht aus Unfähigkeit der Ökonometriker nicht eingelöst, sondern weil sie grundsätzlich nicht einzulösen sind. Denn anders als in vielen anderen Wissenschaften sind die funktionalen Formen möglicher Zusammenhänge in der Wirtschaft kaum jemals durch die Theorie bestimmt, ist auch die Ceteris-paribus-Bedingung nur äußerst selten zu kontrollieren und können die vielfach unterstellten linearen Regressionsbeziehungen nur erste und in aller Regel viel zu grobe Annäherungen an die wahren Abhängigkeitsbeziehungen sein.

Der Geburtsfehler vieler ökonometrischer Modelle und zugleich der Grund für den so bescheidenen Einfluss ökonometrischer – im Sinne von mathematisch-statistischer – Studien auf den Fortgang der Wirtschaftswissenschaften ist der typische „Sammelcharakter“ der in solchen Studien mit den Daten konfrontierten Hypothesen. In einer empirischen Untersuchung des deutschen Konsumverhaltens etwa wird kein Wirtschaftspolitiker und kein Makroökonom sich von einer ökonometrisch abgeleiteten Aussage der Art überzeugen lassen: „Nach der Wiedervereinigung ist die marginale Konsumquote (der Anteil jeder Einkommensmark, der für Konsum wieder ausgegeben wird) in Westdeutschland gestiegen", auch wenn die Ausgangshypothese: „Die marginale Konsumquote ist konstant" noch so signifikant verworfen wurde. Denn eigentlich müsste diese Hypothese heißen: Das zugrunde gelegte Konsummodell hat die korrekte funktionale Form, es wurde keine relevante Einflussgröße ausgelassen, sämtliche Zeitverzögerungen und simultanen Gleichungseffekte wurden korrekt berücksichtigt, und die Werte aller Parameter, mit der möglichen Ausnahme der marginalen Konsumquote, sind im Beobachtungszeitraum gleich geblieben. Nur wenn diese Sammelhypothese („maintained hypothesis") zutrifft, deutet ein signifikantes Testergebnis eindeutig auf eine Änderung des Konsumverhaltens hin.

Wer will aber wissen, ob all diese Zusatzbedingungen wirklich gegeben waren? Anders als in vielen anderen Anwendungen der mathematischen Statistik ist das in den Wirtschaftswissenschaften kaum je mit Sicherheit zu bejahen, und weil niemand das weiß oder garantieren kann, wandern viele ökonometrische Schätzungen genauso schnell in den Papierkorb der Leser, wie sie die Rechner verlassen.

In dieser Lage sind die Einsichten von Heckman und McFadden hochwillkommen. Beide setzten sich auf je verschiedene Art mit Einflussgrößen unseres wirtschaftlichen Wahlverhaltens auseinander, die mangels Masse oder weil sie grundsätzlich nicht messbar sind in den einschlägigen Modellen als sogenannte „Störgrößen" fungieren. Konkret hat Heckman eine Anpassung dieser Störgrößen erarbeitet und vorgeschlagen (die nach ihm benannte „Heckit-Methode"), die auch noch bei verzerrten Stichproben eine vernünftige Schätzung von ökonometrischen Modellen, insbesondere solchen des Arbeitsmarkts, gestattet, und McFadden hat die für diskrete Wahlentscheidungen, etwa der des Wohn- und Arbeitsortes, im Hintergrund verantwortlichen zufälligen Präferenzen einer quantitativen Behandlung zugänglich gemacht. Diese methodischen Durchbrüche können zwar das in der Fülle der Einflussgrößen liegende Grunddilemma ökonometrischer Modelle nicht grundsätzlich beseitigen, aber sie helfen, die aus komplexen Wirtschaftsdaten maximal gewinnbare Erkenntnis tatsächlich zu gewinnen.

## 27. Wirtschafts-Nobelpreis 2003: Verdienter Lohn für ARCH und Kointegration

■ *WISU* 12/2003

Mit dem US-Amerikaner Robert Engle von der New York University (früher San Diego) und dem Briten Clive Granger (heute pensioniert, vorher ebenfalls in San Diego) wurden auch dieses Jahr wieder zwei Forscher mit dem Wirtschafts-Nobelpreis ausgezeichnet, die ihre Verdienste vor allem als Statistiker und Ökonometriker erworben haben. Angefangen bei den ersten beiden Preisträgern überhaupt, dem Norweger Ragnar Frisch und dem Niederländer Jan Tinbergen im Jahr 1969, haben 26 von bisher 53 Laureaten auch oder sogar in erster Linie als Statistiker und Ökonometriker geforscht; selbst Preisträger wie der Armutsforscher A. K. Sen oder Milton Friedman, der den Wirtschafts-Nobelpreis 1974 für seine Arbeiten zur Geldtheorie und Konsumfunktion erhielt, haben in ebendiesen Arbeiten statistische Methoden angewendet oder selbst entwickelt. Von Milton Friedman ist sogar bekannt, dass er zu Anfang seiner wissenschaftlichen Laufbahn schwankte, ob er diese eher in der mathematischen Statistik oder in den Wirtschaftswissenschaften suchen sollte; seine sogenannte „nichtparametrische zweifache Varianzanalyse ordinaler Merkmale" wird heute noch benutzt.

Die diesjährigen Preisträger stehen also in einer ehrwürdigen und glanzvollen Tradition. Anders als die letzten beiden mit dem Preis gekrönten Ökonometriker Jim Heckman und Dan McFadden, die ihre Verdienste mit der Analyse sogenannter Querschnittsdaten erworben hatten, wenden sich Engle und Granger Zeitreihendaten wie Aktien- oder Wechselkursen zu. Beide befassten sich dabei zunächst mit der Zerlegung solcher Zeitreihen in zyklische Komponenten („Spektraltheorie"), bei dem 1943 geborenen Robert Engle sicher auch durch seine erste Ausbildung in der Physik angeregt, wo solche Methoden seit jeher gerne angewendet werden. Wie der neun Jahre ältere Clive Granger, der seine Laufbahn als Mathematiker an der Universität von Nottingham begonnen hatte, um danach an die Universität von San Diego zu wechseln, wohin er 1975 seinen späteren Mitpreisträger Engle als Kollegen holte, nahm er aber bald verschiedene, auch „mit bloßem Auge" sichtbare Eigenschaften von Zeitreihen ins Visier.

Hier ist etwa seit langem bekannt, dass betragsmäßig große Wachstumsraten vieler Wirtschafts-Zeitreihen die Neigung haben, sich in engen Zeitabschnitten zu häufen. Das folgende Bild z. B. zeigt die täglichen Wachstumsraten des Deutschen Aktienindex DAX von Anfang 1985 bis Ende 1994; man sieht sehr schön den turbulenten Oktober 1987, mit täglichen Ausschlägen von minus 10, aber auch plus 8 Prozent, den Mini-Krach von 1989 und die Aufregung um den ersten Golfkrieg 1990–91, und wie die großen Ausschläge, nach oben wie nach unten, sehr dicht aufeinander folgen, mit langen Perioden relativer Ruhe zwischendrin.

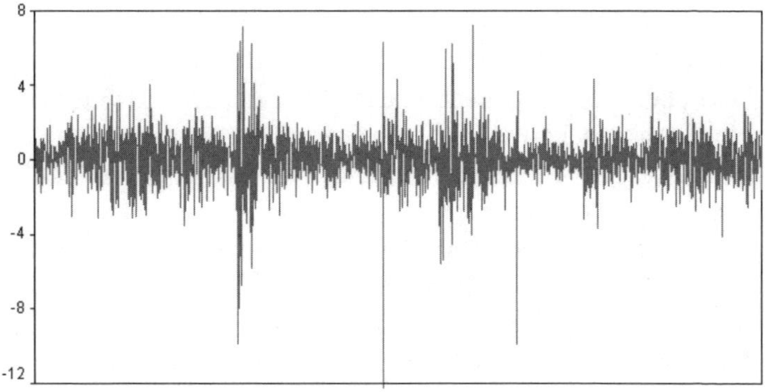


2500 tägliche Renditen des Deutschen Aktienindex DAX: Perioden relativer Ruhe wechseln sich mit turbulenten Zeitabschnitten ab

Ähnliche Muster findet man auch bei Änderungsraten von Verbraucherpreisen, Zinsen oder Wechselkursen; das Zusammendrängen großer Ausschläge in engen Zeitintervallen vereint Zeitreihendaten aus fast allen Bereichen des modernen Wirtschaftslebens.

In seiner berühmten Arbeit „Autoregressive conditional heteroscedasticity with estimates of the variance of U.K. inflation" aus *Econometrica* 1982 entwickelt Robert Engle ein Modell, das diese Eigenheit erklärt. Die Grundidee besteht ganz einfach darin, die quadrierten Wachstumsraten als geeignete Funktionen vergangener quadrierter Wachstumsraten darzustellen: War die Wachstumsrate gestern absolut gesehen groß, so ist sie auch heute mit hoher Wahrscheinlichkeit wieder absolut gesehen groß; war sie gestern absolut gesehen klein, so ist sie auch heute mit großer Wahrscheinlichkeit wieder absolut gesehen klein. Aus dieser auf den ersten Blick wenig aufregenden Einsicht ist eine mittlerweile fast unüberschaubare Klasse sogenannter ARCH- und GARCH-Modelle (für „Autoregressive Conditional Heteroscedasticity" und „Generalized Autoregressive Conditional Heteroscedasticity") entstanden, die Engles Grundidee auf je eigene Weise in konkrete mathematische Modelle übersetzen.

Die wohl wichtigste Anwendung ist die Modellierung und Prognose von Volatilitäten an Kapitalmärkten. Bei der rationalen Bewertung von Optionen etwa gehen die Volatilitäten des Basispapiers über die Restlaufzeit der Option zentral in alle Bewertungsmodelle ein, und mit Hilfe von ARCH- und GARCH-Modellen ist die Prognose dieser Volatilitäten heute weit präziser als mit traditionellen Zeitreihenmethoden möglich.

Ein weiterer fundamentaler Beitrag Engles ist die zusammen mit Clive Granger entwickelte sogenannte Kointegrationstheorie. Diese Theorie befasst sich mit Zeitreihen, die keine sozusagen eingebaute Mitte haben, die vielmehr irregulär um die Zeitachse oder um einen Trend herum zu wandern scheinen. Das Standardbeispiel sind Aktien- oder Wechselkurse. Anders als die Wachstumsraten dieser Daten, die um die Null herum streuen und die man gut mit ARCH- und GARCH-

oder anderen sogenannten „stationären" Modellen erklären kann, sind diese Originalreihen nicht mehr stationär.

Der Fachausdruck dafür ist „integriert". Damit ist gemeint, dass die sukzessiven ersten Differenzen solcher instationären Reihen wieder als stationäre Reihen modellierbar sind, oder umgekehrt: dass die Originalreihe durch sukzessives Aufaddieren („integrieren") dieser stationären ersten Differenzen herzustellen ist.

In bestimmten Fällen ist es nun möglich, durch eine Linearkombination, etwa die Summe oder die Differenz, aus zwei oder mehr solcher integrierten, instationären eine stationäre Zeitreihe zu machen. In diesem Fall heißen die Ausgangsreihen „kointegriert", und es ist das große Verdienst von Engle und Granger, in ihrer bahnbrechenden Arbeit „Cointegration and error-correction: representation, estimation and testing" aus *Econometrica* 1987 die Konsequenzen einer solchen Kointegration gezeigt zu haben.

Die wohl wichtigste dieser Konsequenzen ist die sogenannte „Engle-Granger-Korrekturdarstellung". Sie besagt, dass Kointegration notwendigerweise dazu führen muss, dass künftige Änderungen dieser kointegrierten Zeitreihen aus vergangenen Beobachtungen prognostizierbar sind. Im Kontext von Aktienkursen etwa würde das bedeuten, dass Kointegration die – in effizienten Märkten ausgeschlossene – nichttriviale Vorhersage von Renditen erlaubt. Das nächste Bild (s. S. 183) zeigt die (logarithmierten und um Dividenden- und Bezugsrechtsabschläge bereinigten) Aktienkurse von Bayer und BASF von 1960 bis 1999. Man sieht, wie die Kurse quer durch alle Wirtschaftszyklen immer nahe beieinander bleiben. Jeder für sich ist zwar instationär und integriert, aber die Differenz scheint gut stationär modellierbar zu sein.

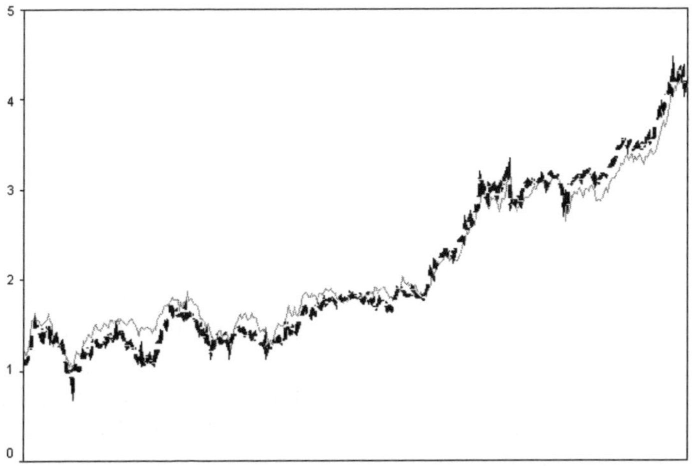


Logarithmierte tägliche Aktienkurse von Bayer und BASF: Jeder für sich ist integriert, aber die Differenz erscheint stationär.

Ob die Differenz der Kurse wirklich als stationäre Zeitreihe modellierbar, die Kurse selbst damit als kointegriert und somit aus vergangenen Werten nichttrivial vorhersagbar aufgefasst werden müssen oder nicht, ist derzeit Gegenstand von heftigen Debatten. Immerhin steht und fällt damit die Theorie der effizienten Aktienmärkte; wir haben hier eine der seltenen Fälle, in denen ein statistischer Test quasi letztinstanzlich über eine ökonomische Verhaltenshypothese entscheidet.

Auch die von Clive Granger entwickelten Kausalitätstests sind inzwischen zu einem unentbehrlichen Standardwerkzeug der empirischen Wirtschaftsforschung geworden. Hier geht es darum, zu entscheiden, ob eine ökonomische Variable eine andere bestimmt oder zumindest mitbestimmt. Das ist in vielen Fällen aus sachlogischen Gründen klar: Das Einkommen wirkt auf den Konsum, der Preis auf den Absatz, das Lohnniveau auf die Beschäftigung. In anderen Fällen sind Kausalbeziehungen aber nicht aus theoretischen Vorüberlegungen abzuleiten. Eine Variable x heißt dann „Grangerkausal" für eine

Variable y, wenn die optimale Prognose für y bei bekanntem x besser ist als bei unbekanntem x. Oder anders ausgedrückt: Die Kenntnis von x erlaubt Rückschlüsse auf den Wert von y, und Granger war einer der Ersten, der formale und inzwischen zum Standardrepertoire der Ökonometrie gehörende Testverfahren dafür vorgeschlagen hat.

Zusammen mit Robert Engle gehört er damit zu einer Spezies von Ökonometrikern, die ihre Wissenschaft konsequent als einen Dienst für ihre Kunden, für die nach empirischen Bestätigungen oder Widerlegungen ihrer Theorien suchenden Ökonomen sehen. Das erscheint zwar selbstverständlich, ist es aber nicht, wie ein Blick in die einschlägigen, mit viel selbstreferentieller art pour l'art gefüllten Fachzeitschriften zeigt. Anders als viele Kollegen sehen Engle und Granger ihre Methoden nie als Selbstzweck; Ausgangspunkt sind immer Sachprobleme, sind Fragen, die von den Substanzwissenschaften aufgeworfen werden. Engle und Granger stellen dann die Werkzeuge bereit, mit denen diese Fragen durch Rückgriff auf die Empirie entschieden werden können. Was kann man von Nobelpreisträgern mehr erwarten?

## 28. Verlierer sprechen Denglisch

■ *Betriebslinguistische Beiträge* 6, Juni 2004

Was hat Sprache mit Geld zu tun? Diese Frage gilt im Allgemeinen als unfein. Sprache als Inbegriff der Kultur, und dann Geld – das passt nur schwer zusammen.

Aber wie jeder weiß, der sich im nationalen und internationalen Kulturbetrieb auskennt, hat ebendiese Kultur sehr viel mit Geld zu tun. Und das gilt in einem weit größeren Umfang, als die meisten glauben, auch für die Sprache. Man sehe sich z. B. diese Liste an:

Artstor, Blue C Consulting, Brainpool TV, Buch.de internetstores, Comroad, Concept, Cybernet Internet Services, Digital advertising, Ebookers, eJay, F.A.M.E., Feedback AG, Gigabell, Lobster network storage, Mount 10 Inc., Softmatic, Sunburst Merchandising, Team Communications, Tomorrow Internet, United Visions Entertainment, Vectron Systems.

Das sind alles an der deutschen Börse notierte mehr oder weniger große Firmen. Sie haben vier Dinge gemeinsam: (1) Es sind deutsche Firmen, (2) sie haben in erster Linie deutschsprachige Kunden, (3) sie geben sich dennoch englische Namen (und reden auch sonst mit ihren Kunden vorzugsweise Englisch), und (4) sie sind alle heute pleite.

Ich sollte also besser in der Vergangenheitsform referieren: Alle diese ehemals so stolzen Firmen sind heute vom Kurszettel der Frankfurter Wertpapierbörse verschwunden: Requiescant in pace.

Meine These ist nun: Diese wirtschaftlichen Misserfolge haben sich diese Firmen zum Teil auch durch ihr Sprachverhalten selber zuzuschreiben. Sie erreichen ihre Kunden nicht, sie verprellen potentielle Käufer, sie reden am Publikum vorbei.

Damit bin ich auch schon mitten im Thema: die deutsche Sprache und das Geld. Ich habe mir überlegt, dieses doch sehr weite Feld in die folgenden Unterthemen aufzuspalten:

1. Sprache als Gegenstand des Geldverdienens
2. Sprache als Werkzeug des Geldverdienens
   a) in der Vermarktung
   b) in der Produktion

Meine einleitenden Bemerkungen betreffen vor allem Punkt 2a. Dazu später mehr. Zuvor noch einige kurze Bemerkungen zur Sprache als *Gegenstand* des Geldverdienens. Hier hatte ich vor einigen Wochen ein Schlüsselerlebnis. In einer Radiosendung über die Lastenverteilung anlässlich der anstehenden EU-Osterweiterung wurde ein englischer Diplomat gefragt, was denn sein Land zu diesen Kosten und zu dieser Aufgabe beizutragen habe. Er sagte nur: „We teach them English."

We teach them English. Ich schätze, wenn ich meine eigenen Erfahrungen zugrunde lege, dass ein deutscher Akademiker ein bis zwei Jahre seines Lebens nur damit zubringt, Fremdsprachen zu lernen. Das heißt heute vor allem: Englisch zu lernen. Das fängt mit dem modernen Verschicken unschuldiger Schüler ins angelsächsische Ausland an und hört mit Abendkursen für gestresste Wirtschaftsführer auf. In dieser Zeit hat sich ein englischer oder amerikanischer Hochschulabgänger schon fast das erste Haus verdient. Dieser Aspekt der englischen Sprachhegemonie verdient erheblich mehr als die ihm bisher in der öffentlichen Diskussion zukommende Beachtung, soll aber im Weiteren ausgeblendet bleiben.

## Vermarktung

Damit zum eigentlichen Thema, und zu einem der traurigsten Kapitel der aktuellen Sprachvermanschung: Sprache als Werkzeug des Geldverdienens oder: Welchen (vermeintlichen) Zweck hat Denglisch in der Werbung?

Auch dazu ein persönliches Erlebnis. Auf dem Rückweg von einer wissenschaftlichen Tagung in Spanien sehe ich auf dem Flugplatz von Madrid ein großes Plakat der Firma Siemens, darauf in großen Lettern folgender Text: „*Siemens, la fuerza de la innovacion!*“ Als ich in Düsseldorf das Flugzeug verlasse, sehe ich das gleiche Plakat, nur der Text ist anders: „*Siemens, the force of innovation!*“ Die Firma Siemens redet also mit ihren spanischen Kunden Spanisch, mit ihren italienischen Kunden, wie meine Nachforschungen ergeben haben, Italienisch, mit ihren japanischen Kunden Japanisch, und mit ihren deutschen Kunden Englisch.

Mit anderen Worten, man glaubt, die Spanier auf Spanisch, die Italiener auf Italienisch, die Japaner auf Japanisch, aber die Deutschen auf Englisch am besten zu erreichen. Warum sonst wirbt die deutsche Lufthansa: „*Thinking in new directions*“, die Binding Brauerei: „*Check in to another world*“, die Reifenfirma Conti Gummi: „*Do it with German engineering*“, die Allianz-Versicherung: „*Allianz – the power on your side*“, die Schott Glas AG: „*Glass made of ideas*“, die Werndl Büromöbel AG: „*Feel at home at the office*“, der Getränkehersteller Sinalco: „*Let's talk about taste*“, das Kaufhaus Peek&Cloppenburg: „*Need a change?*“ usw?

Meine These ist nun: Diese auf Englisch vermittelten Botschaften kommen heute immer schlechter an. Das hat verschiedene Gründe. Erstens entstehen durch das deutsch-englische Sprachgemisch namens Denglisch alle möglichen Missverständnisse. Das fängt bei einer alten Dame auf dem Münchener Hauptbahnhof an, die mich allen Ernstes nach dem Eis-Zug fragt, und hört bei deutschen Jugendlichen auf, die das Wort „turteln“ ohne nachzudenken auf eine Eigenschaft von Schildkröten beziehen. Oder was hat man sich unter einem „Bad guide“, einem „Angel-shop“ (so firmiert im Erzgebirge ein Geschäft für Weihnachtszubehör) oder unter „Himbeercake“ vorzustellen?

Aber auch ganz ohne Missverständnisse: Die Leute verstehen zweitens diese Sprüche einfach nicht. Wie eine ausführliche Studie der Kölner Beratungsfirma Endmark Mitte des Jahres 2003 ergeben hat, wird etwa der bekannte Spruch der

Firma Douglas: „*come in and find out*", nur von einem Drittel der Kunden voll verstanden. Über die Hälfte glaubten zwar, ihn voll verstanden zu haben, übersetzten ihn aber mit „Komm herein und finde wieder heraus" oder ähnlich falsch.

Auf nochmals weniger Verständnis stießen die Sprüche von Audi („*Driven by instinct*" – 22 Prozent voll verstanden), Siemens („*Be inspired*" – 15 Prozent voll verstanden) oder der von RWE: „*One group, multi utilities*". Die meisten Befragten dachten hier an „Eine Gruppe, viele Nützlichkeiten" oder Ähnliches.

## Zweitbotschaften

Jetzt höre ich wieder die Werbeexperten sagen: Das ist doch ganz egal, ob die Leute einen Spruch verstehen. Es kommt einzig und allein auf die dadurch vermittelte Stimmung, auf das Lebensgefühl der Werbesprüche an. Und damit bin ich bei dem dritten Grund, warum englischsprachige Werbung in Deutschland immer mehr zu einem Rohrkrepierer wird: genau wegen ebendieser durch die Wahl der Sprache indirekt vermittelten Zweitbotschaft sozusagen. Diese Zweitbotschaft war bisher: Wir sind weltoffen, wir sind modern, wir reiten auf der Welle des Fortschritts ganz vorne mit. Aber das war gestern. Heute verbinden viele Menschen mit der Sprache Englisch ganz andere Dinge als Weltoffenheit und Progressivität. Besonders durch die Ereignisse im Irak, aber auch durch das Platzen der Internet-Blase und die massenhaften Pleiten in der sogenannten „New Economy" hat das Prestige von allem, was mit Amerika zu tun, weltweit gewaltig abgenommen. Das gilt auch für die englische Sprache. Englische und denglische Werbesprüche oder Firmennamen haben auch unabhängig vom Irak und von der Bush-Regierung heute einen dezidierten Geruch der Zweitklassigkeit bekommen. Nachdem inzwischen auch schon die schmierigste Frittenbude als City-Grill firmiert, fallen englische Produktbezeichnungen nicht mehr auf, sie sind nichts Besonderes mehr, viele Konsumenten verbinden damit inzwischen ganz im Gegenteil etwas Billiges und Ordinäres. Wer heute auf Englisch wirbt, der sagt: Ich bin ein Allerweltsbetrieb, bei mir bekommen Sie das, was Sie überall sonst auch bekommen. Und diese Botschaft ist natürlich nicht besonders gut für das Geschäft.

Das haben ausländische Firmen in Deutschland längst begriffen. Sie werben in Deutschland schon seit längerem, und das sehr kreativ, in der Sprache ihrer Kunden: Air France: *„Wir erobern Ihr Herz im Flug"*; Fiat: *„Leidenschaft ist unser Antrieb"*; Peugeot: *„Entdecken Sie neue Ansichten"*; Renault: *„Lust auf Last"* (Werbung für den neuen Minibus); Mitsubishi: *„Innovation in Bewegung"*; die Touristenzentrale der Emilia Romagna: *„Nichts liegt näher"* usw. Ja selbst der Fahnenträger des weltweiten amerikanischen Kulturimperialismus – die Firma McDonalds – hat ihre Werbung in Deutschland inzwischen umgestellt. War sie in der Endmark-Studie noch mit dem Spruch vertreten: *„Every time a good time"* (der übrigens unter allen von Endmark untersuchten Sprüchen noch am besten vom deutschen Publikum verstanden wurde), so wirbt sie heute mit *„Ich liebe es"*.

Auch ein Blick auf die Internetseiten von McDonald's wird so manchen deutschen Werbemenschen staunen lassen. Denn da gibt es keine „Homepage", wie bei deutschen Firmen, da gibt es eine „Startseite". Und auch sonst hat das Denglisch-Gefasel bei McDonald's dramatisch abgenommen. Man hat gemerkt: Das kommt bei den Kunden immer weniger an, und deswegen lässt man es.

Selbst den immer etwas hinterherhinkenden deutschen Werbemachern ist das inzwischen aufgefallen. Auf der Internetseite www.slogans.de findet man eine lange Liste ausgewählter neuer Werbesprüche für in Deutschland tätige große und nicht so große Firmen – die meisten davon seit kurzem wieder deutsch: Aalborg: *der feine Akvavit aus Dänemark* (Getränke 2001); eBooks: *Einfach Bücher finden.* (Handel 2003); Abendzeitung: *Dichter dran.* (Medien 2003); Abus Sicherheit: *Das gute Gefühl der Sicherheit.* (Einrichtung 2000); Accu-Chek: *Leben. So wie ich es will.* (Gesundheit/Pharma 2003); Actimel: *Activiert Abwehrkräfte* (Ernährung 2002); Acuvue *Für atemberaubende Augen.* (Kosmetik 2003); ADAC: *Machen Sie sich aus dem Stau!* (Versicherung 2000); ADAC Reisen: *Mit Sicherheit mehr vom Urlaub* (Touristik 2001); Addomum: *Rundum für Sie da!* (Bauwirtschaft 2002); Adler: *Das gefällt mir.* (Bekleidung 2002); Ado: *Leben ist zu Hause* (Einrichtung 2000); AEG: *Perfekt in Form und Funktion.* (Elektrogeräte 2003) usw. Nur der Sportartikelhersteller Adidas widersetzt sich noch diesem Trend, ansonsten werben auch deutsche Firmen heute zusehends wieder deutsch.

Und diejenigen, die es nicht tun, werden am Markt dafür bestraft.

## 29. Sprache als Produktionsfaktor

■ Vortrag vor der Nordrhein-Westfälischen Akademie der Wissenschaften, 1. Oktober 2010

Als Vertreter der Klasse der Ingenieure und Ökonomen beginne ich einmal mit einer Zahl: zwei Billionen dreihundertsiebenundsechzig Milliarden und einhundert Millionen. Das ist das Bruttoinlandsprodukt der Bundesrepublik Deutschland im Jahr 2009. Damit ist Deutschland absolut gesehen Nr. 4 in der Welt, hinter den USA, Japan und der Volksrepublik China.

Pro Kopf ist die Lage nicht ganz so gut, da sind wir nur Nr. 16. Die Nr. 1, mit einer Pro-Kopf-Produktion und damit auch mit einem Pro-Kopf-Einkommen zweieinhalb mal so hoch wie das deutsche, ist – Luxemburg! Danach kommt Norwegen, erst an 9. Stelle folgen die USA.

Der Umgang mit diesen Zahlen ist mein tägliches Brot; ich habe einen Lehrstuhl für Wirtschafts- und Sozialstatistik, zu meinen Dienstaufgaben gehört die Forschung, wie diese Zahlen zustande kommen, was sie sagen und vor allem, was sie *nicht* sagen. Darüber könnte ich ohne Punkt und Komma bis heute Abend reden, aber das wäre für die meisten hier im Saal eher langweilig.

Und das ist auch nicht mein Thema. Der Gegenstand meines Referats ist vielmehr: Was hat das Sozialprodukt, was haben Geld und Wirtschaft mit Sprache zu tun? Und die Antwort ist: mehr, als die meisten glauben.

Dieses Thema habe ich zweigeteilt: einmal Sprache als *Gegenstand* und dann Sprache als *Werkzeug* des Geldverdienens. Letzteres, d. h. die Rolle der Sprache als Produktionsfaktor, soll auch das Schwergewicht meines Referats bilden. Zuvor aber einige Worte zur Sprache als Gegenstand des Geldverdienens. Wussten Sie z. B., dass die Wirtschaft Großbritanniens inzwischen durch Sprachunterricht mehr Geld verdient als durch das Nordseeöl? Die jährlichen Gesamteinnahmen der britischen Volkswirtschaft durch Sprachtourismus, Sprachunterricht und den Verkauf einschlägiger Lehrmaterialien beträgt nach Angaben des British Council zwischen 15 und 20 Milliarden Euro, das entspricht in etwa der jährlichen Bruttowertschöpfung der gesamten deutschen Land- und Forstwirtschaft, die Hochseefischer inbegriffen.

Das ist sozusagen der *Export* von Sprachdienstleistungen. Hier sind unsere Nachbarn von der Insel ungewöhnlich erfolgreich. Dem entspricht eine ebenso ungewöhnliche Bescheidenheit beim Import, das Fremdsprachenlernen wird in England zunehmend kleiner geschrieben. Viele Anstalten der sekundären Bildung unterrichten heute überhaupt keine Fremdsprachen mehr, und an der Universität Cambridge wurde vor kurzem die Kenntnis einer Fremdsprache als Aufnahmebedingung abgeschafft – man kann heute diese berühmte Universität mit einem akademischen Abschluss verlassen, ohne jemals im Leben eine andere Sprache als Englisch kennengelernt zu haben.

Insgesamt verwendet man in der englischen sekundären Bildung derzeit nur noch zwei Milliarden Euro jährlich auf Fremdsprachenunterricht. In Frankreich sind das acht Milliarden, also viermal so viel (Grin 2005). Für Deutschland kenne ich keine exakten Zahlen, ich vermute, hier sind die Ausgaben nochmals höher. Und diese gesparten sechs Milliarden Euro stehen dann für andere Zwecke zur Verfügung, etwa Luxusvillen an der Riviera inklusive gut geschultem deutschem Personal.

Diese britische Zurückhaltung beim Sprachenlernen hat natürlich auch für die Briten negative Nebeneffekte, sie beschränkt den mentalen Horizont, wer nur seine eigene Sprache und sonst keine kennt, beraubt sich vielfältiger Möglichkeiten, die Welt auch einmal mit anderen Augen anzusehen. Auf der anderen Seite aber sparen englische Akademiker so rund zwei Jahre ihres Lebens, die andere auf das Erlernen von Fremdsprachen verwenden, und sind zwei Jahre früher auf dem internationalen Arbeitsmarkt (von der weiteren Ersparnis durch Wegfall der Wehrpflicht ganz abgesehen). Nach aktuellem Stand sind in England 72 Prozent der Hochschulabsolventen jünger als 25 Jahre, in Deutschland dagegen weniger als 30 Prozent. Und diese Differenz geht zum guten Teil – nicht ausschließlich, aber doch zu einem guten Teil – die angelsächsische Abstinenz beim Fremdsprachenlernen zurück.

Zusammen mit dem Vorteil des „Native Speaker" hat das u. a. den weiteren Effekt, dass englische Hochschulabsolventen schneller und früher als andere in internationalen Führungspositionen landen (Little und Tang 2008): „Regardless of age on graduation, UK graduates were more likely to … supervise staff, and have responsibility for assessing other's work – than European graduates overall […] Mature UK graduates were slightly more likely to be seen as an authoritative source of advice and slightly less likely to have their work monitored."

## Sprache als Werkzeug des Geldverdienens

Nun aber zu meinem eigentlichen Thema: Sprache als *Werkzeug* des Geldverdienens, d. h. Sprache als Produktionsfaktor. Denn dass Sprache ein unentbehrliches Hilfsmittel bei der Produktion von materiellen wie immateriellen Gütern gleichermaßen ist, bedarf wohl keiner weiteren Begründung. Allenfalls über die Kanäle und Wirkmechanismen, in denen sich diese Eigenschaft manifestiert, kann man trefflich streiten. Und genau um diese Kanäle geht es mir in meinem Referat.

Anfangen will ich mit der Sprache als Werkzeug bei der Produktion von *Ideen*. Denn Sprache ist mehr als nur eine Benutzeroberfläche, mit der unser Gehirn mit der Umwelt in Verbindung tritt, Sprache ist ein Katalysator, ein Motor des Denkens selbst. Oder anders ausgedrückt: Es ist alles andere als nebensächlich, wie man Dinge benennt, der Begriffsvorrat, den verschiedene Sprachen dieser Welt für die Erfassung der Wirklichkeit bereithalten, bestimmt durchaus und nicht unerheblich mit, wie wir diese Wirklichkeit beschreiben, modellieren und beherrschen.

Das fängt etwa damit an, dass eine weibliche oder männliche Geschlechtszuweisung bei Sprachen, in denen dergleichen möglich ist, den bezeichneten Dingen in unserem Kopf eine ganz andere Färbung verleihen. Man nehme etwa die Brücke, die ist im Deutschen weiblich, aber im Französischen und Spanischen ist sie männlich: le pont, el puente. Jetzt frage man einmal einen Deutschen und einen Spanier: An was denkst du bei dem Wort Brücke? Deutsche verbinden damit „geschwungen, verbindend, leicht". Spanier und Franzosen denken bei Brücke aber eher an „steil, bedrohlich, schwer". Diese Assoziationen unterscheiden sich beträchtlich. Damit ist aber auch die Metapher etwa vom Brückenbauen für Spanier und Franzosen längst nicht so friedensstiftend wie für Deutsche. Da denkt man vielleicht eher an Attacke.

Auch die Detailauflösung der Umwelt ist je nach Sprache sehr verschieden. Angeblich kennen Eskimos 100 Wörter für Schnee. Unter Sprachwissenschaftlern ist das umstritten, aber nicht zu bestreiten sind die Konsequenzen der willkürlichen Abgrenzung der Lichtfrequenzen zur Benennung von Farben. Hier nehmen etwa die Deutschen und die Italiener die Welt durchaus verschieden wahr, und zwar deswegen, weil sie das sichtbare Farbspektrum, d. h. elektromagnetische Wellen der Länge von rund 400 bis rund 700 Nanometer, auf sehr unterschiedliche Weise in klar benannte Teile segmentieren. Für einen Italiener sind z. B. *azurro* und *blu* zwei völlig verschiedene Farben – der Himmel ist *azzuro*, das Meer dagegen *blu*. Für Deutsche ist beides blau. Chinesen haben dagegen zwei verschiedene Sorten Grün, die Japaner zum Ausgleich gar keine, da ist Grün eine Art von Blau, usw.

Also (und bitte verzeihen Sie diese Trivialitäten): Eine Sprache ist eine Brille, und genau wie eine Brille unsere Sicht auf gewisse Dinge schärft und auf andere eher abschwächt, ist natürlich auch die Sprache, in der wir denken, von großem Einfluss darauf, wie wir diese Welt erfassen. Z. B. kann ich mir nur sehr schwer vorstellen, dass Sigmund Freud sein bekanntes Strukturmodell der menschlichen Psyche in Paris oder New York entwickelt haben könnte (ganz abgesehen von dem vergleichsweisen Mangel an Anschauungsmaterial). Für sein Es, sein Ich und Über-Ich gibt es weder auf Englisch noch auf Französisch so gut passende Begriffe: Mit dem Ich und Über-Ich klappt es im Englischen noch so gerade – ego und super-ego –, aber beim „Es" muss man kapitulieren: Einige Psychologen sagen „the it". Das hat sich aber nicht durchgesetzt, Standard ist das lateinische „id".

Aber auch das „Super" entspricht nicht genau dem deutschen „Über" – der Nietzsche-„Übermensch" ist etwas anderes als der aus dem Kino bekannte Superman. Nicht ohne Grund, nämlich weil das deutsche „Über" im Englischen keine exakte Entsprechung hat, hat sich über auch als Fremdwort im Englischen etabliert: „I am über-confused", „this website is über-informative", „this girl is über-sweet" usw.

Ähnlich die Probleme im Französischen: Le Moi, le Ça, le Surmoi. Hier liegt das Problem vor allem im männlichen Geschlecht, das lässt, wie wir gerade am Beispiel der Brücke gesehen haben, ganz andere Gehirnregionen klicken als das sächliche des deutschen Originals.

## Deutsch vs. Englisch

So weit die Rolle der Sprache als Brille. Die ist vermutlich wenig kontrovers. Jetzt zu den etwas gewagteren Thesen. Was geschieht, wenn ein Kurzsichtiger eine Weitsichtbrille trägt? Wenn wir die Welt betrachten und beschreiben in einer Sprache, die nicht unsere Muttersprache ist?

Und Sie ahnen schon, worauf ich hinauswill: auf die Konsequenzen, und zwar auf die wirtschaftlichen Konsequenzen der zunehmenden Verdrängung des Deutschen durch das Englische in Wissenschaft und Wirtschaft. Hier gibt es im Wesentlichen zwei Positionen.

Position 1 (zugleich die aktuelle Mehrheitsmeinung): Eine wissenschaftliche und wirtschaftliche Einheitssprache erhöht die Effizienz der Produktion von materiellen und geistigen Gütern gleichermaßen: Reibungsverluste werden minimiert, der Austausch von Gütern und Ideen erleichtert, wir sollten uns freuen, dass es heute eine weltweit anerkannte Lingua franca namens Englisch gibt.

Position 2 (nach meiner Einschätzung die Meinung einer Minderheit): Die leichtfertige Aufgabe der Muttersprache in Wirtschaft und Wissenschaft auch da, wo es nicht durch die Umstände geboten ist, hat verschiedene teure, aber gerne übersehene Nebenwirkungen, die den Nutzen der Einheitssprache möglicherweise bei weitem übertreffen.

Der bekannteste Vertreter der ersten Position ist wohl Günter Oettinger, aktuell deutscher EU-Kommissar in Brüssel und ehemaliger Ministerpräsident von Baden-Württemberg. Er gab in einem Fernsehinterview die folgende bemerkenswerte Aussage zu Protokoll: „Englisch wird die Arbeitssprache. Deutsch bleibt die Sprache der Familie und der Freizeit, die Sprache, in der man Privates liest." (SWR-Fernsehen, 13. November 2005). Man lasse sich das einmal auf der Zunge zergehen: „.Deutsch bleibt die Sprache der Familie und der Freizeit, die Sprache, in der man Privates liest. Englisch aber wird die Arbeitssprache." Nicht in England, wohlbemerkt, sondern in Deutschland – in deutschen Büros, Geschäften und Schulen spricht man künftig Englisch. So erwartet es – und wünscht sich vielleicht gar – ein guter Teil der hohen deutschen Politik. Unterfüttert wird diese Position u. a. vom Stifterverband für die deutsche Wissenschaft, der in die Frage „Deutsch oder Englisch in der universitären Lehre" wie folgt entscheidet:

„Welchen Widerstand oder Bedenken gibt es gegen diese neue [d. h. englische] Form der Lehre? Erstaunlicherweise ist das übergreifende Bild, das sich sowohl aus den Fragebogenerhebungen als auch aus den Hochschulbesuchen ergibt, das von enthusiastischer Unterstützung und von verschwindend wenig Skepsis. Widerstand gegen die ES-Einführung ist danach selten, und auf – meist ältere – Hochschullehrer beschränkt, die sich die Lehre in Englisch nicht zutrauen. Fast keine Hochschule zwingt die wenigen Widerspenstigen, in Englisch zu lehren. Falls nötig, werden so entstehende Lücken durch Gastprofessoren geschlossen" (Stifterverband 2003).

Ein Beispiel für diese „enthusiastische Unterstützung" ist die folgende Internet-öffentliche Meinungsäußerung eines VWL-Hochschullehrers an der Viadrina Frankfurt/Oder; er kommentierte eine Fakultätsdebatte über Deutsch oder Englisch als Unterrichtssprache, in welcher ein Kollege für Deutsch eintrat, wie folgt:

„Was soll das, Herr Kollege Weydt?

Die deutsche Sprache brauchen wir nicht mehr. Ich bin dafür alles in englischer Sprache zu machen. Goethe, Schiller und die anderen Schreiberlinge kann man auch auf Englisch lesen (ich habe Hesse nur in amerikanischen Übersetzungen gelesen. Kann nur sagen: Prima). Nehmen Sie sich ein Beispiel an Händel, der hat sich sogar geweigert mit seiner Mutter deutsch zu sprechen! So muss es sein. Raus aus der Provinz, rein in die globalisierte Welt. Mit deutscher Sprache können unsere Studenten nur noch Kanzler werden! Und ferner dient eine Sprache der Völkerverständigung. Um die deutsche Kultur zu pflegen, brauchen wir keine deutsche Sprache".

Ich selbst vertrete im weiteren Position 2: Die leichtfertige Aufgabe der Muttersprache in Wirtschaft und Wissenschaft hat viele teure, aber gerne übersehene Nebenwirkungen, die den Nutzen einer Einheitssprache möglicherweise übertreffen.

Fangen wir an mit der Wissenschaft, Teil 1: Lehre. Das sind die eher kleinen Katastrophen. Die ereignen sich Woche für Woche, Tag für Tag, an ungezählten höheren und nicht so hohen Lehranstalten, wenn Dozenten, die nur ungenügend Englisch können, zu Kollegen oder zu Studenten sprechen, die ebenfalls nur ungenügend Englisch können. Wie oft wird man als Hochschullehrer immer wieder Zeuge eines Gastvortrags, bei welchem der deutsche Redner gebeten wurde, doch auf Englisch vorzutragen? Das tut er oder sie dann auch mehr schlecht als recht. Eine große Diskussion kommt in aller Regel nicht zustande, die Übung hätte man sich sparen können. Der Redner ist frustriert, das Publikum gelangweilt, die knappe Zeit vergeudet.

Nicht ohne Grund haben viele hochrangige Lehranstalten das Experiment „Lehre auf Englisch" inzwischen wieder abgebrochen und sind zu Deutsch zurückgekehrt. Unter der Überschrift „Let's speak German" liest man etwa in der *Financial Times Deutschland* vom 18. Juli 2009: „Etliche deutsche Business-Schulen haben Englisch als Unterrichtssprache abgeschafft und bieten ihre Programme auf Deutsch an [...] Dazu zählen beispielsweise die Rheinisch-Westfälische Technische Hochschule (RWTH) Aachen, die Gisma-Business Schule in Hannover, die Nürnberger Friedrich-Alexander-Universität oder die Schweizer Universität St. Gallen. Auch an der Katholischen Universität Eichstätt-Ingolstadt wird seit nunmehr acht Jahren im MBA-Unterricht hauptsächlich Deutsch gesprochen."

„Wird der Unterricht auf Englisch gehalten", so Oliver Kohmann, Geschäftsführer der Managementausbildung an der Katholischen Universität Eichstätt-Ingolstadt, „geht zu viel verloren." Diskussionen über bestimmte Fachthemen, aber auch über Führungsstile und Fragen der Unternehmenskommunikation seien auf Deutsch in der Regel tiefgründiger und würden sich fachlich eher mal zu einer angeregten Diskussion „hochschaukeln". Und der Kollege Schuh, Wirtschaftsprofessor an der RWTH Aachen und dort für die MBA-Ausbildung zuständig, geht sogar noch einen Schritt weiter; er glaubt, „dass deutschsprachige MBA-Programme den Lernprozess insgesamt beschleunigen" (*Financial Times Deutschland* 2009).

## Deutsch vs. Englisch in der Forschung

Jetzt zu den großen Katastrophen. Die ereignen sich vorher. Denn bevor man irgendwelche Forschungsergebnisse vorträgt, muss man erst mal welche haben. Und genau hier, bei der Geburt einer Idee, bei der eigentlichen Forschung, richtet der Verzicht auf die Muttersprache den größten Schaden an. Viele deutsche Hochschullehrer und -lehrerinnen (tatsächlich sind es überproportional oft Männer) scheinen nämlich zu glauben, dass man Spitzenwissenschaft nur noch auf Englisch betreiben könne oder solle: „Die Durchsetzung eines [englischen] Sprachstandards ist Bestandteil eines effizienten Wissenschaftsbetriebs. Eine Abkopplung vom globalen Sprachstandard durch eine staatlich-administrierte Verwendung von Deutsch in Lehre und Forschung führt notwendig zur Schwächung der Leistungsfähigkeit der deutschen Forschung" (Wey 2003).

Ich halte diese These für falsch. Richtig ist allein: Deutsch als *internationale* Wissenschaftssprache hat in den meisten Fächern keine Zukunft. Daraus folgt aber keinesfalls, dass Spitzenlehre und Spitzenforschung ausschließlich in englischer Sprache betrieben werden solle oder müsse. Denn diese Befürworter des Englischen als alleiniger Wissenschaftssprache verwechseln die Rolle von Deutsch als *internationaler* mit der als *nationaler* Wissenschaftssprache, als Medium, in dem Forscher denken, grübeln, Ideen entwickeln, Hypothesen formulieren, Querverbindungen herstellen, Gedankenblitze zünden lassen. Es geht hier um das *Werkzeug*, den Geburtshelfer, der Theorien und Ideen überhaupt erlaubt, das Chaos unserer Gehirnzellen in Richtung Umwelt zu verlassen. Und hier richtet die moderne Ersatz-Wissenschaftssprache BSE (Basic Simple English) einen großen Schaden an. „Die geistige Durchdringung eines Forschungsgegenstandes ist sprachgebunden, sprachfreies Denken gibt es nicht"( Glück 2009), und wenn diese „geistige Durchdringung" in einer Fremdsprache stattfindet, entstehen notwendigerweise Reibungsverluste, die bei einem Beharren auf der Muttersprache zu vermeiden wären.

Allen Kollegen, die auf internationalen Konferenzen auf Englisch daherstottern müssen und allein schon deshalb allen englischen Muttersprachlern immer unterlegen sind, sei einmal die Lektüre des zeitlosen Aufsatzes über die „allmähliche Verfertigung der Gedanken beim Reden" von Heinrich von Kleist empfohlen. „Wenn Du etwas wissen willst", fängt dieser Aufsatz an, „und es durch Meditation nicht finden kannst, so rate ich Dir, mein lieber, sinnreicher Freund, mit dem nächsten Bekannten, der dir aufstößt, darüber zu sprechen." Denn durch das Sprechen, so Kleist, würden unsere Gehirnzellen quasi aufgemischt, beflügelt, zu Höchstleistungen angetrieben – das Sprechen als Türöffner für das Denken. „Der Franzose sagt: l'appétit vient en mangeant, und dieser Erfahrungssatz bleibt wahr, wenn man ihn parodiert, und sagt, l'idee vient en parlant."

Kleist berichtet dann weiter, wie es ihm schon oft geschehen sei, dass er den Sprachmotor quasi anwarf, indem er einfach zu reden anfing, und dann trug ihn die Sprache, ohne dass er bewusst nachdachte, sozusagen von selbst ans Ziel: „Aber weil ich doch irgendeine dunkle Vorstellung habe, die mit dem, was ich suche, von fern her in einiger Verbindung steht, so prägt, wenn ich nur dreist den Anfang mache, das Gemüt, während die Rede fortschreitet, in der Notwendigkeit, dem Anfang nun auch ein Ende zu finden, jene verworrene Vorstellung zur völligen Deutlichkeit aus, dergestalt, dass die Erkenntnis zu meinem Erstaunen mit der Periode fertig ist."

Die Erkenntnis ist zu Kleists Erstaunen mit der Periode fertig! Und meine These ist: Wenn man nicht nur das Vermitteln, sondern auch das *Entstehen* von Gedanken einer Pidgin-

Sprache überantwortet ähnlich derer, die vielen deutschen Wissenschaftlern heute zum Erfassen unserer Welt als ausreichend erscheint, ist hochkarätige Forschung nicht mehr möglich.

Ein weiterer wortgewaltiger Vertreter dieser These war Gottfried Wilhelm Leibniz: „Und ich bin insonderheit der Meinung", schreibt er in seiner „Ermahnung an die Deutschen, ihren Verstand und ihre Sprache besser zu üben", „dass die Nationen, deren Sprache wohl ausgeübet und vollkommen gemachet, dabei einen großen Vorteil zur Schärfung ihres Verstandes haben. Denn man muss bedenken, dass die Worte nicht nur Zeichen seien, anderen unsere Meinung zu entdecken, sondern auch mit uns selbst innerlich gleichsam zu reden und zu ratschlagen, wie die Erfahrung bezeiget, und je besser und bequemer und deutlicher die Zeichen seien, so füglicher kann der Verstand seine Wirkung verrichten" (zitiert nach Pörksen 1983).

Ein moderner Vertreter dieser Richtung ist der Ex-Vorsitzende des deutschen Germanistenverbandes, Konrad Ehlich: „Der angestrebte Monolinguismus für das internationale Wissenschaftsgeschehen hat erkenntnishindernde Folgen ... Sprache ist nicht einfach eine Ansammlung von Wortmarken, die den sprachunabhängigen Wissenselementen angehängt würden. Vielmehr erfolgt die Organisation, Speicherung und Weitergabe des Wissens selbst in sprachlicher Form. Der Sprache kommt aufgrund dieses Umstandes eine eigene erkenntnisbezogene, ja erkenntnisstiftende Funktion zu" (Ehlich 2001).

Lassen wir diese These also einmal so stehen: Ideen produzieren kann man am besten in der Muttersprache. Wenn dann eine Erkenntnis erst einmal geboren ist, aber erst dann und nicht früher, spricht nichts dagegen, ja ist es sogar angezeigt, sie dem weltweiten Publikum in einer wie auch immer gewählten Lingua franca mitzuteilen. Bitte beachten Sie die Trennung zwischen Sprache als Werkzeug der Erkenntnis und Sprache als Werkzeug der Vermittlung. In der einen Dimension regiert die Muttersprache, in der anderen die Lingua franca Englisch.

Mein persönliches Vorbild, zumindest in den Fächern, die ich selber überblicke, sind hier die Franzosen. Denn ökonomische und ökonometrische Forschung findet in Frankreich immer noch vorwiegend auf Französisch statt. Die Terminologie ist umfassend und reich, fördert kreatives Denken und lässt französische Wirtschaftsforscher nahezu alles, was sie denken können oder wollen, zunächst einmal auf Französisch denken. Und erst dann wird das Ergebnis auf die bekannte etwas holprige Art und Weise ins Englische übertragen und einem weltweiten Publikum bekannt gemacht. Und das mit großem Erfolg. Laut Zählung von 2006 hat die Econometric Society, die weltweit führende Ökonomenvereinigung, in Frankreich 186 Mitglieder, davon 30 „Fellows" (Rupello 2007). Fellows sind durch herausragende wissenschaftliche Leistungen aufgefallene Mitglieder, die per Zuwahl in diesen erlesenen Kreis der führenden Ökonomen dieser Erde aufgenommen werden. In Deutschland gibt es 380 Mitglieder, aber nur 9 Fellows (davon übrigens einige Mitglied dieser Akademie). Das kann man doch nur so verstehen, dass die Deutschen zwar fleißiger sind, aber weniger Spitzenforschung produzieren. Und zwar nicht wegen zu wenig Englisch, sondern wegen *zu viel*. Wenn man sich etwa das oft unverdauliche Kauderwelsch anhört, mit dem sich manche deutschsprachige Volkswirte etwa auf der Jahrestagung der Vereins für Socialpolitik verständigen zu müssen glauben, fällt es nicht leicht, dahinter irgendwelche nennenswerten Beiträge zur Erkenntnis zu vermuten.

## Sprache und die Produktion von Dingen

Das war „Sprache und die Produktion von Ideen". Mein nächstes und letztes Sub-Thema ist „Sprache und die Produktion von Dingen".

Nehmen wir die Produktion von Autos, nehmen wir Daimler-Benz und Porsche. Von 1999 bis 2003, dem Tiefpunkt der vorletzten Aktienkrise, nahm der Börsenwert von – damals noch – Daimler-Chrysler um über 30 Milliarden Euro ab. Das ist in etwa das jährliche Sozialprodukt von Luxemburg. In der gleichen Zeit nahm der Börsenwert des Autobauers Porsche trotz Krise um mehrere 100 Millionen Euro zu. Und auch in den Jahren danach hinkte Daimler der Konkurrenz aus Zuffenhausen deutlich hinterher.

Ich stelle einmal die These in den Raum, dass das vielleicht kein Zufall war. Denn im Jahr 1999 hatte Daimler-Chrysler seine Firmensprache auf Englisch umgestellt. Etwa zur gleichen Zeit gab der damalige Porsche-Vorstandsvorsitzende Wiedeking dem *Spiegel* ein Interview, in dem er u. a. sagte: „Natürlich können sich die Manager auf Englisch verständigen. Aber das ist nicht auf allen Arbeitsebenen der Fall. Ganz schwierig wird es, wenn es um Details geht, um die Einzelteile eines Motors beispielsweise. Doch gerade bei diesen Themen müssen sich die Mitarbeiter perfekt verstehen. Und wenn Englisch oder Französisch die Konzernsprache ist, benachteiligt man automatisch alle, für die dies nicht die Muttersprache ist."

Deshalb setzt Porsche konsequent, und zum großen Missfallen der angelsächsischen Konkurrenz, auf die Firmensprache Deutsch. „The company insists on all development work being done in German, even when its largest market is the US. 'We would rob ourselves of one of our most decisive advantages if we were to throw our mother language overboard just to give us a modern complexion', says an official." (*Financial Times* 2008)

So geschieht es bei Porsche eher selten, „dass selbst Diplom-Ingenieure – Werksleiter mit bis zu 5000 Mitarbeitern – in ‚Meetings' nichts sagen, weil ihnen auf Englisch nichts einfällt oder sie sich nicht blamieren wollen" (Gentner 2008). Rückrufaktionen oder Qualitätsmängel sind bei Porsche so gut wie unbekannt. Die ehemalige deutsche Vorzeigefirma Mercedes-Benz dagegen hatte im Jahre 2005 die höchsten Rückrufraten von allen Autobauern auf der ganzen Welt. Ich zitiere aus dem *Spiegel*: „Wegen Problemen mit Elektronik und Bremsen, die bereits zu Unfällen führten, sieht sich Mercedes-Benz zur größten Rückrufaktion in der Firmengeschichte gezwungen... Betroffen sind die neuen E-, SL- und CLS-Klassen ... Über eine Million Autos waren von diesen Qualitätsmängeln befallen."

Auch in einem weiteren ehemaligen Vorzeigekonzern der deutschen Wirtschaft, der Firma Siemens, beklagen sich die Mitarbeiter über Kreativblockaden durch die Zwangseinführung einer Sprache, die sie nicht verstehen. Hier Auszüge aus einem Brief eines Siemens-Managers, der mir in meiner Eigenschaft als Vorsitzender des Vereins Deutsche Sprache zugegangen ist: „Interne Publikationen, Dienstanweisungen und Werbedrucke werden mittlerweile in einem Sprachmischmasch-Kauderwelsch angeboten, dass man im Endeffekt nicht richtig weiß: Was wurde denn jetzt eigentlich von Dir verlangt, bzw. worauf sollst Du achten? ... Manchmal habe ich das Gefühl, dass alle 2–3 Wochen neue Englisch-Kreationen uns vorgesetzt werden und wir müssen jetzt schwer beeindruckt sein. Aber wenn wir mal hinterfragen, was denn nun das wirklich übersetzt heißen soll, kommt meistens solch eine vage Beschreibung heraus, dass man sich nur an den Kopf fassen kann."

Diese Unsicherheit über das, was zu tun und zu lassen ist, ist auch eine wichtige Ursache für Unfälle aller Art. Nach einer aktuellen Schätzung belaufen sich die jährlichen Schäden durch Fehlkommunikation in der deutschen Wirtschaft auf über 3 Milliarden Euro: Im bundesdeutschen Durchschnitt verzeichnet man rund 35.000 Unfälle pro 1 Million Vollzeitbeschäftige und Jahr, mit Kosten pro Unfall von durchschnittlich 7.500 Euro. Das ergibt bei 25 Millionen Vollzeitbeschäftigten einen jährlichen Gesamtschaden von 25 × 35.000 × 7.500 Euro = 6,6 Milliarden Euro. Berücksichtigt man außerdem, dass 90 Prozent aller Unfälle auf menschliches Versagen zurückgehen, davon wiederum die Hälfte durch Kommunikationsprobleme verursacht, ergibt das einen jährlichen Schaden durch Sprachprobleme von 3,5 Milliarden Euro.

Auch auf Verhandlungsergebnisse wirkt sich die Flucht vieler deutscher Manager aus dem Deutschen schädlich aus. Ein Nicht-Muttersprachler, der Englisch redet oder reden muss, ist doch gegenüber einem englischen Muttersprachler immer im Nachteil, und es gehört schon eine große Portion Naivität zu der Vermutung, dass sich dies nicht auch in den Geschäften niederschlüge. Oder wie ist es sonst zu erklären, dass fast alle Ausflüge deutscher Firmen ins englischsprachige Ausland, bei denen die Deutschen auch untereinander aufgehört haben, Deutsch zu reden, unter großen Kosten schiefgelaufen sind? Man nehme BMW und Rover, Mercedes-Benz und Chrysler, Telekom und Voicestream und noch ein gutes Dutzend weiterer einschlägiger Desaster, bei denen deutsche Firmen im angelsächsischen Ausland teure Federn lassen mussten: 150 Millionen Dollar Verlust bei der Commerzbank durch deren Fondstochter Montgomery (*Börsenzeitung* 2002), 318 Millionen Euro Verlust für SAP durch die US-Beteiligung Commerce One (*Frankfurter Allgemeine Zeitung* 2004), 140 Millionen Euro Verlust für Conti wegen Einstellung eines Werkes in den USA (*Frankfurter Allgemeine Zeitung* 2004), „Rekordverlust bei Lufthansa" durch amerikanische Catering-Tochter (*Frankfurter Allgemeine Zeitung* 2004) usw. Der vorläufige Schlusspunkt ist der im Jahr 2007 durch Verluste in den USA um fast 500 Millionen Euro eingebrochene Gewinn bei der Deutschen Post: „US-Express-Geschäft verhagelt der Post die Bilanz", liest man im März 2008 in der *Financial Times Deutschland*. „Wegen hoher Abschreibungen sank der Konzerngewinn um mehr als ein Viertel auf 1,4 Milliarden Euro."

Die Amerikaner sagen dazu auch „stupid German money". Ursprünglich waren damit nur die von deutschen Investoren in Hollywood abgelieferten Abschreibungsmilliarden gemeint, aber das trifft auf viele andere transatlantische Vermögensübertragungen genauso zu. Während Verhandlungsführer anderer Nationen oft mit einem Dolmetscher anreisen, selbst wenn sie Englisch können, und während der Übersetzung in Ruhe nachdenken, wie sie ihre Position am besten ausbauen, versuchen viele Deutsche eine Kraftprobe auf dem Spielfeld und mit den Waffen des Gegners. Und bleiben allzuoft der zweite Sieger. Durch den Verzicht auf die deutsche Sprache auch dann, wenn es nicht durch die Umstände geboten ist, binden wir uns freiwillig einen großen Klotz ans Bein. Und ich würde mich freuen, und damit mache ich auch Schluss, ich würde mich freuen, wenn meine Argumente heute Mittag den einen oder andern hier im Saal bewogen haben sollten, die aktuelle Verdrängung des Deutschen durch das Englische in immer mehr Bereichen unsere Lebens mit etwas kritischeren Augen anzusehen als bisher.

## 30. Sprechen Global Player Englisch?

■ *BIZZ Capital*, Mai 2001.

„Mein Leben ist eine giving story", bekannte Deutschlands populärste Damenschneiderin, Heidemarie Jil-Sander, in einem legendären *Frankfurter Allgemeine Zeitung*-Gespräch. „Ich habe verstanden, dass man contemporary sein muss, das Future-Denken haben muss." Deshalb habe die audience ihr concept auch von Anfang an supported.

Mrs. Sander redet so, weil sie ein Global Player ist, bzw. weil sie gern ein Global Player wäre. Und globale Spieler müssen, so scheint man in Deutschland zu glauben, Englisch reden und auf Englisch werben.

Als im Dezember 1998 die Pharmakonzerne Rhône-Poulenc und Hoechst ihre Fusionsabsicht verkündeten, erläuterte Jean-René Fourtou, der Vorstandsvorsitzende von Rhone-Poulenc, das Vorhaben elegant in seiner Muttersprache. Jürgen Dormann, Vorstandsvorsitzender von Hoechst, beglückte das Publikum mit mäßigem Englisch.

Duckmäusertum à la Dormann ist aber nicht das Gleiche wie Weltläufigkeit. Ein guter Servilitätsindex ist der Anteil nicht assimilierter EDV-Begriffe. Er ist mit 43 Prozent in Deutschland so hoch wie in keiner anderen großen europäischen Nation. In Finnland sind nur 7 Prozent, in Frankreich 14 Prozent,in Polen 18 Prozent, in Spanien 20 Prozent, in Italien 35 Prozent des Computerjargons ohne Anpassung aus dem Englischen entnommen. Selbst die polyglotten Holländer oder Schweden haben für mehr als zwei Drittel aller EDV-Begriffe jeweils eigene Benennungen gefunden: Homepage = startsida (so die schwedische Übersetzung), bookmark = bokmärke, hardware = hardvara, e-mail = e-post, online shopping = näthandel, pixel = bildpunkt, real time = realtid usw. So gehen selbstbewusste Kulturen mit dem Fortschritt um.

Wann hören die Deutschen endlich auf, sich durch das Herumtreten auf ihrer eigenen Heimat beim Rest der Welt einschleimen zu wollen? Die Londoner *Times* hat dafür den Ausdruck von der „linguistic submissiveness“ der Deutschen geprägt. Das lässt sich auf Deutsch mit „Arschkriecherei“ übersetzen. Oder um mit Churchill zu sprechen: Man hat die Deutschen entweder an den Füßen oder an der Kehle.

Derzeit hat man sie an den Füßen. Aber das beruhigt weder die mit Speichel beleckten noch die ausländischen Gäste. Denn Arschkriecher sind keine guten Gastgeber. Sie riechen so.

## 31. Die deutsche Sprache und das Kommunistische Manifest

■ Aus W. Krämer und R. Pogarell (Hrsg.):
*Sternstunden der Deutschen Sprache*, 2. Auflage, Paderborn 2003

Karl Marx schrieb diese politische Programmschrift als armer Exilant in Brüssel. Damals war er noch nicht 30 Jahre alt. Hat er gewusst, dass dies eines der folgenreichsten, jemals in deutscher Sprache abgefassten Dokumente aller Zeiten werden sollte?

Fast könnte man glauben, ja. Denn Karl Marx war schon als Jugendlicher selbstbewusst, von sich sehr überzeugt, ja arrogant, seine Professoren an der Uni Bonn, wo er nach einer Kindheit in Trier im Jahr 1835 im Alter von 17 ein Jura-Studium begann, waren nichts als „geistige Stinktiere" für ihn. Dort hielt es Marx daher nicht lange aus, er wechselte zum Studium der Geschichte und Philosophie nach Berlin und promovierte dort 1841 – also in einem heute unerhörten Alter von erst 23 Jahren – mit einer Arbeit „Über die Differenz der demokritischen und epikureischen Naturphilosophie". Wegen seiner politisch inopportunen Ansichten ohne Aussicht auf eine zunächst angestrebte akademische Karriere, wurde er anschließend Journalist und für kurze Zeit sogar Chefredakteur der *Rheinischen Zeitung* in Köln. Diese wurde aber 1843 wegen „staatsfeindlicher Artikel" verboten, und Marx zog weiter nach Paris. Dort lernte er Friedrich Engels kennen. Zwei Jahre später musste Marx auch Frankreich verlassen; er übersiedelte nach Brüssel, in die Stadt, wo in Zusammenarbeit mit Friedrich Engels dann das Manifest der Kommunistischen Partei entstand.

Den Anstoß zu diesem Projekt gab ein Kongress des in London beheimateten „Bundes der Kommunisten". Diesem hatten sich Marx und Engels Mitte der vierziger-Jahre angeschlossen. Auf dem Kongress hatte Marx über seine Theorie des Kapitals und über die Entfremdung des Proletariats vorgetragen; man war von seinen Thesen beeindruckt gewesen und hatte ihn gebeten, die Grundsätze eines kommunistischen Parteiprogramms doch bitte einmal in Schriftform festzuhalten.

Was dabei herauskam – das kommunistische Manifest –, ist eines der sprachgewaltigsten Parteiprogramme aller Zeiten, turmhoch über dem politisch korrekten Bürokratendeutsch, mit dem Parteien heutzutage ihre Wähler beglücken zu müssen glauben („Proletarier und Proletarierinnen aller Länder, vereinigt Euch!").

> Ein Gespenst geht um in Europa,

beginnt das Manifest,

> das Gespenst des Kommunismus. Alle Mächte des alten Europa haben sich zu einer heiligen Hetzjagd gegen dies Gespenst verbündet, der Papst und der Zar, Metternich und Guizot, französische Radikale und deutsche Polizisten. Es ist hohe Zeit, daß die Kommunisten ihre Anschauungsweise, ihre Zwecke, ihre Tendenzen vor der ganzen Welt offen darlegen und dem Märchen vom Gespenst des Kommunismus ein Manifest der Partei selbst entgegenstellen. Zu diesem Zweck haben sich Kommunisten der verschiedensten Nationalität in London versammelt und das folgende Manifest entworfen.

Zum Vergleich die ersten Sätze des Grundsatzprogramms der heutigen SPD: „Wir Sozialdemokraten, Frauen und Männer, kämpfen für eine friedliche Welt und eine lebensfähige Natur, für eine menschenwürdige, sozial gerechte Gesellschaft. Wir wollen Bewahrenswertes erhalten, lebensbedrohende Risiken abwenden und Mut machen, Fortschritt zu erstreiten." Das könnte in einem Pfadfinder-Kalender oder im CDU-Parteiprogramm genauso stehen.

Marx und Engels schrieben anders. Sie packen den Leser, dass der kaum zu Atem kommt. Als Erstes erklären sie die Menschheitsgeschichte als eine Abfolge von Klassenkämpfen:

> Die Geschichte aller bisherigen Gesellschaft ist die Geschichte von Klassenkämpfen. Freier und Sklave, Patrizier und Plebejer, Baron und Leibeigener, Zunftbürger und Gesell, kurz, Unterdrücker und Unterdrückte standen in stetem Gegensatz zueinander, führten einen ununterbrochenen, bald versteckten, bald offenen Kampf, einen Kampf, der jedesmal mit einer revolutionären Umgestaltung der ganzen Gesellschaft endete oder mit dem gemeinsamen Untergang der kämpfenden Klassen.
>
> [...]
>
> Die aus dem Untergang der feudalen Gesellschaft hervorgegangene moderne bürgerliche Gesellschaft hat die Klassengegensätze nicht aufgehoben. Sie hat nur neue Klassen, neue Bedingungen der Unterdrückung, neue Gestaltungen des Kampfes an die Stelle der alten gesetzt.
>
> Unsere Epoche, die Epoche der Bourgeoisie, zeichnet sich jedoch dadurch aus, daß sie die Klassengegensätze vereinfacht hat. Die ganze Gesellschaft spaltet sich mehr und mehr in zwei große feindliche Lager, in zwei große, einander direkt gegenüberstehende Klassen: Bourgeoisie und Proletariat.

Spaltung, Lager, Unterdrücker und Unterdrückte: Diese Sprache lebt und spitzt die Diskussion rhetorisch meisterhaft auf den großen Endkampf zwischen Kapital und Arbeit zu:

> Die Bourgeoisie, wo sie zur Herrschaft gekommen, hat alle feudalen, patriarchalischen, idyllischen Verhältnisse zerstört. Sie hat die buntscheckigen Feudalbande, die den Menschen an seinen natürlichen Vorgesetzten knüpften, unbarmherzig zerrissen und kein anderes Band zwischen Mensch und Mensch übriggelassen als das nackte Interesse, als die gefühllose „bare Zahlung". Sie hat die heiligen Schauer der frommen Schwärmerei, der ritterlichen Begeisterung, der spießbürgerlichen Wehmut in dem eiskalten Wasser egoistischer Berechnung ertränkt. Sie hat die persönliche Würde in den Tauschwert aufgelöst und an die Stelle der zahllosen verbrieften und wohlerworbenen Freiheiten die eine gewissenlose Handelsfreiheit gesetzt. Sie hat, mit einem Wort, an die Stelle der mit religiösen

> und politischen Illusionen verhüllten Ausbeutung die offene, unverschämte, direkte, dürre Ausbeutung gesetzt.

Nicht aus bösem Willen, wie Marx und Engels zugeben, sondern weil die Logik des Wirtschaftens den Menschen von seiner Arbeit geradezu entfremden *muss*. Denn nur so ist der gewaltige wirtschaftliche Fortschritt möglich, die „industrielle Revolution", die, als Marx und Engels diese Zeilen schrieben, die Welt des 19. Jahrhunderts in ihren Grundfesten erschütterte. Aber in diesen Erfolg ist der Untergang schon eingebaut:

> Die bürgerlichen Produktions- und Verkehrsverhältnisse, die bürgerlichen Eigentumsverhältnisse, die moderne bürgerliche Gesellschaft, die so gewaltige Produktions- und Verkehrsmittel hervorgezaubert hat, gleicht dem Hexenmeister, der die unterirdischen Gewalten nicht mehr zu beherrschen vermag, die er heraufbeschwor.

Denn

> die Bourgeoisie hat nicht nur die Waffen geschmiedet, die ihr den Tod bringen; sie hat auch die Männer gezeugt, die diese Waffen führen werden – die modernen Arbeiter, die Proletarier. […] Mit der Entwicklung der großen Industrie wird also unter den Füßen der Bourgeoisie die Grundlage selbst hinweggezogen, worauf sie produziert und die Produkte sich aneignet. Sie produziert vor allem ihre eigenen Totengräber.

Nach diesem kaum zu überbietenden Höhepunkt fällt der Rest des Manifests etwas ab. Es folgt eine eher langweilige Beschreibung der Rolle der Kommunisten in diesem Spiel, dann eine aus modernen Studentenzirkeln bekannte Abrechnung mit Abweichlern von der reinen Lehre, die in ihrer Sprachkraft die Bourgeoisiekritik des ersten Teils nicht mehr erreicht. Aber am Schluss gewinnen Marx und Engels nochmals große Form:

> Die Kommunisten verschmähen es, ihre Ansichten und Absichten zu verheimlichen. Sie erklären es offen, daß ihre Zwecke nur erreicht werden können durch den gewaltsamen Umsturz aller bisherigen Gesellschaftsordnung. Mögen die herrschenden Klassen vor einer kommunistischen Revolution zittern. Die Proletarier haben nichts in ihr zu verlieren als ihre Ketten. Sie haben eine Welt zu gewinnen. Proletarier aller Länder, vereinigt euch!

So endet das Kommunistische Manifest. Mit einem Paukenschlag. Er wurde viel gehört und wenig befolgt. Nur wenige Jahrzehnte später hatten die Proletarier aller Länder nichts Besseres zu tun, als sich in den Schützengräben des Ersten Weltkriegs gegenseitig selber umzubringen. Und wo das Manifest befolgt wurde, hat es eher Unglück über die Welt gebracht. Durch die Mordorgien der Kommunisten sind weit mehr Menschen umgekommen als durch die der Nazis, und auch in ihren Analysen haben Marx und Engels in keinem ihrer Punkte recht behalten. Die Proletarier sind auch ohne Revolutionen reich geworden, die Kapitalisten gibt es immer noch, und der Eigennutz als Triebkraft menschlichen Handelns ist heute, völlig anders als von Marx und Engels dargestellt, als heimlicher Motor von Frieden, Glück und Wohlstand auf der Erde weltweit anerkannt. Den Kampf der Ideen haben Marx und Engels gegen die „unsichtbare Hand" von Adam Smith verloren. Aber ihre Wortgewalt lebt weiter fort.

## 32. Der Phrasentöter: Hommage an Karl Kraus

■ *Handelsblatt*, 23. September 2006

Wozu braucht man in der Zeit des Internets noch Bibliotheken? Um Bücher zu finden wie *Die Sprache* des lange verstorbenen Sprachgenies Karl Kraus. Auch 70 Jahre nach Erscheinen hat dieser in Worte gegossene Feldzug gegen Sprachschlamper und Sprachverhunzer nichts von seiner Faszination verloren.

Kraus ist kein Purist. Er schreibt: „Man muss nicht unbedingt von Kretins sprechen, wo man es mit Trotteln zu tun hat", aber „die spezifische Farbe der Stupidität wird weder von der Dummheit noch von der Einfalt ersetzt werden können." Also: Fremdwörter da, wo sie hingehören. Kraus sorgt sich mehr um Wortbedeutung und Grammatik. „Es wird nicht mehr viele Deutsche geben", fürchtet er, „die noch den Unterschied von *nur noch* und *nur mehr* zu hören und eigentlich zu sehen vermöchten." Der Unterschied? „*Nur noch* ist ein Imperfektum, es ergänzt die unvollendete Vergangenheit; *nur mehr* ist ein Perfektum, es bezeichnet die vollendete Gegenwart." Das mag vielen heute nicht der Rede wert erscheinen, genauso wenig wie die vielen Seiten, die Kraus auf die korrekte Verwendung des schönen deutschen Wörtchens „es" verwendet, oder seine Kritik an der falschen Verwendung des Konjunktivs. Hier bekommt selbst Goethe sein Fett ab: „Da er hörte, dass ich viel zeichnete und Griechisch könnte", habe Goethe einst geschrieben, während es doch richtig ‚könne' heißen müsse. Zwar wäre ‚zeichnete' richtig, „da ‚zeichne' als Konjunktiv nicht hervortritt; ‚könnte' jedoch ist nicht richtig, und die gedankliche Diskrepanz hebt sich nur im Mitklang auf. Immerhin regiert hier das Imperfektum. Unmöglich aber ist es, von einem Präsens das Imperfektum des Konjunktivs abhängig zu machen, ohne damit die Aussage als unglaubwürdig oder als bedingt hinstellen zu wollen."

Dieses Insistieren auf grammatikalischer Korrektheit und passender Wortwahl ist zuweilen so extrem, dass es wehtut. Aber jede gute Therapie tut weh. „Wenn die Menschen keine Phrasen hätten, dann bräuchten sie keine Waffen", schreibt Kraus. Dieses Buch ist immer noch die beste Anleitung zum Phrasenplatzenlassen, die es gibt.

## 33. Die „englische Verdrängung“

■ Besprechung des Buches »Die englische Verdrengung« von Michel Brulé, Paderborn 2010 (IFB Verlag Deutsche Sprache), erschienen in *Nordwestzeitung*, 22. Juli 2010, S. 17.

Es gibt neutrale Sachbücher, parteiische Polemiken und politische Kampfschriften. Dieses Buch von Michel Brulé ist alles drei. Der Autor ist Franko-Kanadier und arbeitet als Autor und Verleger in Montreal. Und wie es sich für alle echten Franko-Kanadier zu gehören scheint, hat sich in ihm ein gehöriger Frust gegen die arrogante Selbstverständlichkeit angestaut, mit der englische Muttersprachler weltweit im Allgemeinen und im kanadischen Quebec im Besonderen die Dominanz ihrer Sprache als sozusagen gottgegeben und selbstverständlich anzusehen pflegen. So existiert etwa nach Brulé die angebliche Zweisprachigkeit in seiner Heimat nur auf dem Papier – von Franko-Kanadiern erwarte man, dass sie Englisch könnten, aber englische Muttersprachler sprächen kein Französisch. Und geben sich auch keine Mühe; hier wie anderswo erwarten sie, wie Brulé an zahlreichen Beispielen nachweist, dass man sich ihnen anpasst. Oder kann man sich irgendeine renommierte Universität der Welt vorstellen, die von ihren Studierenden nicht die Kenntnisse einer Fremdsprache verlangte? Im englischen Cambridge wurde diese Bedingung vor kurzem abgeschafft.

Zu den weiteren von Brulé aufgeführten Indizien für diesen Dünkel gehören auch die Weigerung vieler Angelsachsen, das metrische System zu benutzen, die fast schon automatische Gleichsetzung USA = Amerika oder die Unterdrückung franko-kanadischer Leistungen bei der Besiedlung Nordamerikas. So melden etwa fast alle englischsprachigen Lexika das US-amerikanische Jamestown als die älteste Stadt des nordamerikanischen Kontinents, während in Wahrheit der Franzose Samuel de Champlain schon einige Jahre früher das im heutigen Kanada gelegene Port Royal gegründet hatte.

Erinnert das nicht ein wenig an den bekannten Ausspruch von Barack Obama anlässlich seiner Rettung von General Motors Anfang 2008: „Amerika kann es sich nicht leisten, die Automobilindustrie aufzugeben, das Land, in dem das Automobil erfunden wurde.“

Erfunden wurde das Automobil natürlich, wie jeder außerhalb Amerikas weiß, in Mannheim von Carl Benz (und kurze Zeit später und unabhängig davon von Gottlieb Daimler in Stuttgart). Bei so viel Arroganz und Ignoranz kann man es durchaus nachvollziehen, wenn ein in seinem Stolz verletzter Franko-Kanadier wie Brulé einmal laut und deutlich sagt: „Auf einen groben Klotz gehört ein grober Keil.“

Und dieser Keil ist in der Tat sehr grob. „Angesichts dessen, was ich über die Geschichte der Menschheit weiß, kann ich behaupten, dass die Engländer und die US-Amerikaner die beschränktesten und egozentrischsten Völker sind, die es je gab!“ (S. 55) Abgesehen davon, dass wohl kaum ein Historiker je die Übersicht besitzt, um dergleichen Behauptungen zu wagen, ist das schon starker Tobak. Und auch an anderen Stellen spart Brulé nicht mit Schlägen unter die Gürtellinie: „Die US-Amerikaner und englischen Kanadier sprechen wie kläffende Hunde und die Briten wie zischende Schlangen.“ (S. 37) Was sich hier Bahn bricht, ist ganz offenbar eine Reaktion auf zahlreiche Demütigungen und intellektuelle Misshandlungen, die Brulé als Franko-Kanadier von seinen englischsprechenden Landsleuten in seiner Kindheit und während seines Studiums erdulden musste und die er auch an verschiedenen Stellen dieses Buches ausführlich nacherzählt.

Im französischen Original heißt das Buch „Anglaid“. Das ist ein Kunstwort aus den beiden Bestandteilen Anglais = Englisch und laid = hässlich. Dass Brulé diese beiden Wörter fast schon reflexhaft zusammenzieht, ist nach seinen eigenen Erfahrungen kaum verwunderlich. Nicht direkt beteiligte Zeitgenossen müssen diesen Reflex nicht teilen, finden hier aber dennoch eine große Menge wissenswerter Fakten, die ohne das Buch von Brulé wohl nie eine Chance gehabt hätten, in der politisch korrekten deutschen Medienlandschaft präsentiert zu werden.

Nicht umsonst hat daher die Provinzregierung von Quebec die deutsche Übersetzung dieses Buches großzügig unterstützt.

# Teil IV: Täuschen und Vertuschen

## – Weltansichten zwischen Schein und Sein –

### 34. Lüge, Notlüge, Statistik?

■ *Frankfurter Allgemeine Zeitung*, 13. März 2001

Wie viele Menschen leben heute in der Volksrepublik China? Die CIA meint: eine Milliarde 246 Millionen 871 Tausend und 951 (1.246.871.951).

Von diesen Ziffern sind höchstwahrscheinlich alle bis auf die ersten beiden falsch. Die Bewohner Chinas an einem Stichtag zu ermitteln ist selbst nach einer Volkszählung nur bis auf zehn, zwanzig Millionen Menschen möglich und zu anderen Zeiten völlig illusorisch.

Viele Zeitgenossen setzen deshalb hinter „Lüge, Notlüge, Statistik" ein Ausrufe- und kein Fragezeichen. „Ich glaube keiner Statistik, die ich nicht selber gefälscht habe", soll einst Churchill sich geäußert haben; dieses Zitat, obwohl selbst eine von Goebbels in die Welt gesetzte Fälschung, drückt die zwiespältige Haltung vieler Menschen gegenüber Zahlen und Statistik aus: Einerseits sind sie als Wegweiser und Leuchttürme im modernen Daseinsdschungel unentbehrlich, andererseits fühlt man sich ihnen in gewisser Weise ausgeliefert; man braucht die Zahlen, um sich an irgendetwas festzuhalten, aber man misstraut den Zahlenlieferanten, die oft – nicht immer, und die deutsche Amtsstatistik ganz ausdrücklich ausgenommen – an diese Zahlen eigene Interessen knüpfen.

Im Fall der CIA war das wohl nur der Wunsch gewesen, die Autorität der Meldung durch eine vorgetäuschte Präzision zu steigern. In anderen Fällen sind die Datenlieferanten weitaus direkter an der Botschaft ihrer Zahlen interessiert. In seinem Roman „Krebsstation" zeigt Alexander Solchenizyn, wie die Klinikleitung ihre Erfolgsbilanz schönt, indem sie alle unheilbaren Fälle kurz vor dem Tod nach Hause schickt. Ähnlich schönte die DDR ihre Säuglingssterblichkeitsstatistik, indem sie weit mehr Neugeborene als im Westen als totgeboren und damit ungeeignet für die Säuglingssterblichkeitsstatistik zählte. Und in Zeiten von Gemüseknappheit wurden Melonen – vorher Obst – zwecks Planerfüllung zu Gemüse. Und wenn auch solche Eingriffe nicht halfen, wurde auch schon mal auf Anweisung von Günter Mittag aus einem ohnehin schon falschen Außenhandelsüberschuss von 521 Millionen Valutamark ein Überschuss von 910 Millionen Valutamark gemacht (siehe Abbildung S. 225; in Wahrheit gab es in den ersten drei Quartalen 1987, auf welche sich diese Statistik bezieht, ein Defizit von 579 Millionen Ostmark).

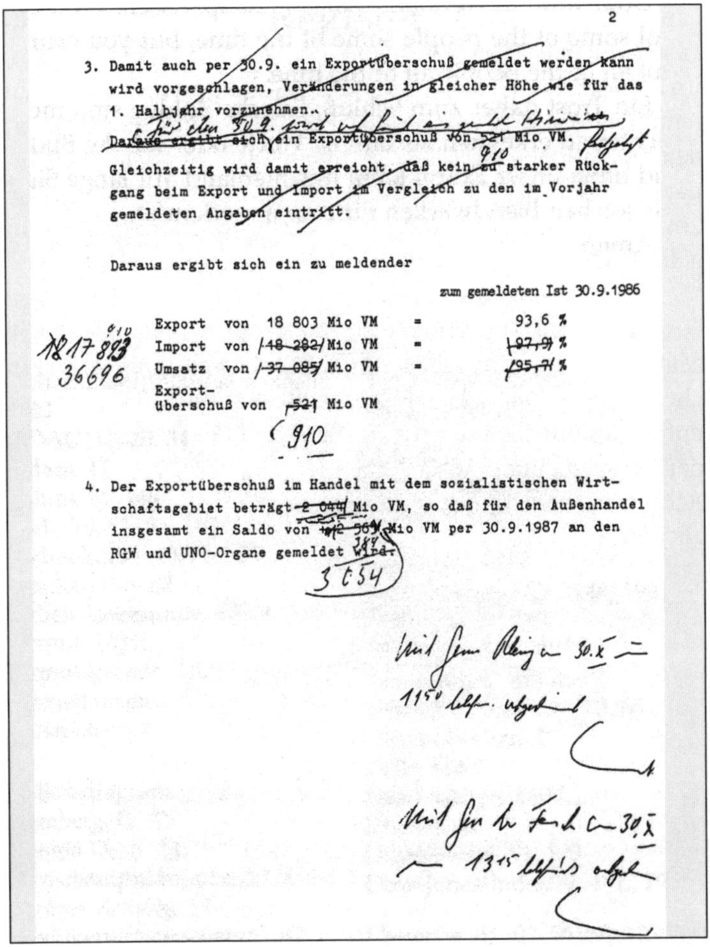

2

3. Damit auch per 30.9. ein Exportüberschuß gemeldet werden kann wird vorgeschlagen, Veränderungen in gleicher Höhe wie für das 1. Halbjahr vorzunehmen.

Daraus ergibt sich ein Exportüberschuß von 521 Mio VM. 910

Gleichzeitig wird damit erreicht, daß kein zu starker Rückgang beim Export und Import im Vergleich zu den im Vorjahr gemeldeten Angaben eintritt.

Daraus ergibt sich ein zu meldender

| | | | | zum gemeldeten Ist 30.9.1986 |
|---|---|---|---|---|
| Export | von | 18 803 Mio VM | = | 93,6 % |
| Import | von | 18 282 Mio VM | = | 97,9 % |
| Umsatz | von | 37 085 Mio VM | = | 95,7 % |
| Exportüberschuß | von | 521 Mio VM | | |

910

4. Der Exportüberschuß im Handel mit dem sozialistischen Wirtschaftsgebiet beträgt 2 044 Mio VM, so daß für den Außenhandel insgesamt ein Saldo von 2 565 Mio VM per 30.9.1987 an den RGW und UNO-Organe gemeldet wird.

Ein Originaldokument aus den Archiven der amtlichen DDR-Statistik: Ein ohnehin schon falscher Außenhandelsüberschuss von 521 Millionen VM wird in 910 Millionen VM umgewandelt

Im kapitalistischen Westen sind es vor allem die Medien und private Organisationen, die Statistiken benutzen wie ein Betrunkener einen Laternenpfahl: „mehr zur Stütze eines Standpunkts als zur Beleuchtung eines Sachverhalts“ (Andrew

Lang). Es scheint z. B. eine unausgesprochene und alle weltanschaulichen Lager überspannende Vereinbarung zu geben, im Dienste einer guten Sache die Wahrheit nicht so ernst zu nehmen. Von den wissenschaftlich völlig unhaltbaren Trendextrapolationen des Club of Rome bis zu den Untergangsszenarien moderner Klimaforscher gilt die Devise, man müsse „manchmal auch ein bißchen Panik verursachen, damit man gehört wird" (so ein menschheitsliebender Ozon-Experte).

Dieses Anpassen der Fakten an vorgefasste Meinungen wird oft durch Grafiken erleichtert. Die untenstehende Grafik zeigt den amerikanischen Aktienindex Dow-Jones über ein eher ruhiges Quartal; die Zeitschrift *Newsweek* macht daraus durch Abschneiden der senkrechten und Zusammenstauchen der waagerechten Achse einen „raging bull". Dergleichen Achsenmanipulationen sind vor allem in der Werbung fast alltäglich.

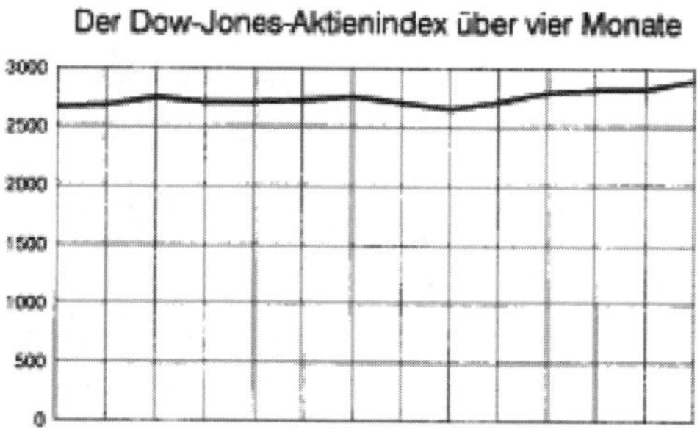


So wird aus einer zahmen Ziege …

… ein Ranging Bull

Fast schon kriminelle Ausmaße erreicht dieses Zurechtbiegen der Wirklichkeit bei sogenannten „Meinungsumfragen", die allzu oft vor allem die Meinung der Fragesteller und nicht der Befragten zeigen. Nach einer Umfrage der IG Metall z. B. lehnen 95 Prozent der bundesdeutschen Arbeitnehmer das Arbeiten am Samstag ab. Nach einer zeitgleichen Umfrage des unternehmernahen Offenbacher Marplan-Instituts dagegen sind 72 Prozent aller Arbeitnehmer auch zum Arbeiten am Wochenende bereit.

Dieser Widerspruch erklärt sich durch die jeweiligen Fragebögen. „Votum für das freie Wochende" steht bei der IG Metall in großen Lettern obenan. Es folgt eine lange Erläuterung der Mühen, die das Durchsetzen der 5-Tage-Woche die Gewerkschaften gekostet habe, und eine Aufzählung aller Vorteile, die der freie Samstag für die Familie, die Gesellschaft, den Frieden und die Menschheitszukunft bringe, die dann zu der eigentlichen Frage überleitet: „Was entspricht Deiner/Ihrer Meinung? (i) Nach meiner Ansicht wäre die Abschaffung des freien Wochenendes ein schwerer Schlag für Familie, Freundschaften, Partnerschaften, für Geselligkeit, Vereine, den Sport und das Kulturleben. (ii) Ich halte den gemeinsamen Freizeitraum des Wochenendes für nicht so wichtig. (iii) Weiß nicht/keine Angabe."

Dass hier fast alle wie gewünscht die erste Antwort wählten, sollte niemanden erstaunen.

Genauso suggestiv, wenn auch mit umgekehrter Absicht, fragt auch das Marplan-Institut. Auf die Frage „Inwieweit wären Sie bereit, samstags zu arbeiten, wenn es für die wirtschaftliche Situation Ihres Unternehmens gut wäre?" bietet es folgende Auswahlmöglichkeiten an: (i) gelegentlich, wenn dafür an einem anderen Tag arbeitsfrei ist, (ii) häufiger, wenn dafür ein Zusatzurlaub herauskommt, (iii) abwechselnd und (iv) nicht bereit.

Auch hier waren die wenigen Kreuze bei „nicht bereit" schon im Fragebogen und in der Art der Fragen vorgefertigt. Dergleichen Umfragen, ob vom ADAC zum Thema Tempolimit, ob von Greenpeace zum Atomausstieg oder von der katholischen Kirche zur Frage der Abtreibung, sind am besten im Papierkorb aufgehoben.

Auch das in Planwirtschaften so beliebte Manipulieren von Begriffsbestimmungen ist anderswo nicht unbekannt. Wenn etwa die Finanzstatistik vieler islamischer Länder dem Koran entsprechend keine Zinsen kennt, so nicht, weil man dort auf entliehenes Kapitel keine Zinsen zahlen müsste – die Zinsen heißen nur „Verwaltungskosten". Wenn in manchen katholischen Ländern kaum Abtreibungen und Ehescheidungen vorkommen, so nicht, weil es dort kaum Abtreibungen und Ehescheidungen gäbe – man nennt sie „Annullierungen" bzw. „Fehlgeburten". Und wenn in weltbekannten Zentren des Sex-Tourismus so wenig Prostituierte vorzukommen scheinen, so nicht, weil es dort keine Prostituierten gäbe – sie heißen einfach „service workers".

Auch wenn wir lesen, dass es im heutigen Deutschland mehr als 4 Millionen Analphabeten gäbe, verglichen mit weniger als 100.000 noch zu Kaiser Wilhelms Zeiten, ist das vor allem eine Folge unterschiedlicher Definitionen. Früher war ein Analphabet, wer seinen Namen nicht schreiben konnte. Heute ist ein Analphabet „eine Person, die sich nicht beteiligen kann an all den zielgerichteten Aktivitäten ihrer Gruppe und ihrer Gemeinschaft, bei denen Lesen, Schreiben und Rechnen erforderlich ist und an der weiteren Nutzung dieser Kulturtechniken für ihre weitere Entwicklung und die der Gesellschaft."

Geradezu grotesk wird diese Verbiegung der Tatsachen bei der statistischen Erfassung der Armut. Wenn wir hier die Definition der Weltbank nehmen (1 Dollar pro Person und Tag), so ist in Deutschland niemand arm. Wenn wir die Definition von DGB und Caritas benutzen, so nimmt die Armut in Deutschland ständig zu. „Noch nie lebten in der reichen Bundesrepublik so viele Arme wie zur Zeit" (die stellvertretende DGB-Vorsitzende Engelen-Kefer).

Diesen Hiobs-Botschaften liegt in der Regel eine Armutsgrenze von der Hälfte des Durchschnittseinkommens zugrunde, und dass dann die Armut nie verschwindet, ist schon in der Definition der Armut festgeschrieben: Selbst wenn alle Bundesbürger, reiche wie arme, doppelt oder dreimal so viel Einkommen erzielten als vorher – der Anteil der Menschen unter der Hälfte des Durchschnitts bliebe stets der gleiche; selbst ein Verzehn- oder Verhundertfachen ändert daran nichts; der Anteil der Personen unter der Hälfte des Durchschnitts rührt sich keinen Millimeter von der Stelle. So wie der Tiefgang eines Schiffes in der Schleuse bei jedem Wasserstand der gleiche bleibt, bleibt auch die Armut, ganz egal, wie reich wir werden, per Begriffsbestimmung immer gleich.

Was solche „Armutsquoten" wirklich messen, ist weniger die Armut als die Ungleichheit, der relative Abstand zwischen den Einkommen am oberen und am unteren Ende der Verteilung, der möglicherweise wirklich in den letzten 20 Jahren zugenommen hat.

Auch dies kann man mit gutem Grund als Ärgernis betrachten, aber mit wahrer Armut hat das nichts zu tun. Denn anders als wahre Armut, die nur dadurch zu bekämpfen ist, dass wir den Armen etwas geben, lässt sich die DGB-Armut sehr leicht bekämpfen: Wir nehmen den Reichen ihre Mehrverdienste weg, dann haben alle das Gleiche und die Armut ist verschwunden.

## 35. Von wegen halbe-halbe: Den Arbeitgeberbeitrag zahlt der Arbeitnehmer

■ *BIZZ Capital*, Juli 2001.

Nach deutschem Sozialrecht werden die Lasten der Kranken-, Renten- und Pflegeversicherung geteilt: Eine Hälfte zahlt der Arbeitgeber, eine Hälfte zahlt der Arbeitnehmer.

Das ist einer der erfolgreichsten Taschenspielertricks in der an Tricks und Rosstäuschungen gewiss nicht armen deutschen Sozialgeschichte. Denn keinen Pfennig des Arbeitgeberbeitrags zahlt der Arbeitgeber. Den Arbeitgeberbeitrag zahlt der Arbeitnehmer, genauso wie der Arbeitnehmer seine Steuern, Mieten, Zinsen, Hypotheken oder Pachten zahlt.

Aus der Sicht des Arbeitgebers gehören alle Aufwendungen für einen Beschäftigten zu dessen Bruttolohn, ganz gleich wie man sie nennt. Es sind die Kosten der Arbeit. Punkt. Ein Arbeitnehmer, der mehr kostet, als er einbringt, ist für eine Firma unrentabel, für den Arbeitgeber zählt allein die Gegenüberstellung von Aufwand und Ertrag. Ob die Hälfte oder alles oder gar nichts davon „Arbeitgeberanteil" heißt, spielt für den Arbeitgeber keine Rolle. Für ihn gilt Aufwand = Bruttolohn, welche Etiketten man den Komponenten dieses Aufwands aufklebt, ist dem Arbeitgeber gleich.

Dem Arbeitnehmer aber nicht. Er oder sie will verständlicherweise möglichst viel von diesem Arbeitgeberaufwand auf seinem eigenen Konto wiederfinden. Im Jahr 1999 kostete ein männlicher Bankangestellter in den alten Bundesländern seinen Arbeitgeber im Durchschnitt 98.000 DM. Aber nur 82.000 DM davon waren „offizielles" Bruttogehalt. Nach Abzug von Steuern und Sozialversicherungsbeiträgen verblieben dem Angestellten im Durchschnitt 45.000 DM. Was würde dieser Angestellte sagen, wenn er erführe, dass er nicht 4500 DM, sondern 9.000 DM jährlich für seine Krankenversicherung und nicht 8.000 DM, sondern 16.000 DM jährlich für seine Rentenversicherung bezahlt? Hier dient es dem sozialen Frieden, gewisse Dinge einfach nicht zu wissen.

So gesehen hat dieser Etikettenschwindel auch seine Vorteile: Die Arbeitgeber sind glücklich, sie dürfen in den Selbstverwaltungsgremien der Sozialversicherung mitreden, die sie ja zur Hälfte „finanzieren". Die Arbeitnehmer sind glücklich, sie glauben, sie bekämen etwas umsonst.

Dieses Glücksgefühl lässt sich sogar kostenneutral beträchtlich weiter steigern: Warum taufen wir nicht die kompletten Sozialbeiträge in „Arbeitgeberbeitrag" um? Dann wäre – hokus-pokus-fidibus – die Sozialversicherung für die Versicherten umsonst! Denn nach herkömmlicher Sicht hätten wir jetzt einen Arbeitnehmeranteil von null Prozent!

Seltsamerweise ist es ausgerechnet die sonst nicht gerade wegen ihres ökonomischem Sachverstandes bekannte „Arbeitsgemeinschaft Sozialdemokratischer Frauen", die schon seit Jahren fordert, den aktuellen Pseudo-Arbeitgeberbeitrag durch eine echte, am Umsatz und nicht an den Beschäftigten eines Betriebes festgemachte Arbeitgeberabgabe zu ersetzen. Das ist zwar aus anderen Gründen Unsinn, aber zumindest ehrlich. Aber mit Ehrlichkeit wurde in Deutschland noch nie Sozialpolitik gemacht.

## 36. Sag die Wahrheit! Echte und vorgeschobene Interessen in der gesundheitspolitischen Diskussion.

■ *Die Ersatzkasse* 2, 1996, S. 55–60.

Vor 180 Jahren wurden im Königreich Preußen die Zünfte aufgelöst. Heute führen wir sie wieder ein. Unter verschiedenen Verkleidungen finden wir sie an allen Ecken und Enden unserer Gesellschaft: Börsenhändler, Hochschullehrer, Wirtschaftsprüfer, Friseure, Taxifahrer, Eisverkäufer – keiner kann genug Lizenzen und Diplome fordern, um den Markt zu „regeln" und die Konkurrenz zu drücken. Nirgendwo jedoch gedeihen moderne Zünfte so üppig wie in unserem Gesundheitswesen. Ob Kassenärztliche Bundesvereinigung oder Bundesverband der Deutschen Zahnärzte, ob Arbeitsgemeinschaft Deutscher Apothekerkammern, Verband deutscher Heilpraktiker, Bundesverband der Pharmaberater Deutschland e.V., Deutscher Verband für Physiotherapie, Verband Deutscher Zahntechniker-Innungen, Bund der Selbständigen Masseure e.V. oder Zentralverband der Fußpfleger Deutschlands, im Grunde sind alle diese Vereine und Verbände nichts als eine mittelalterliche Zunft. „Grundgedanke der Zunft war die Idee der ausreichenden und gesicherten Einkünfte, des verbürgten standesmäßigen Einkommens für alle Vollmeister, ein scharf ausgeprägter Protektionismus gegenüber den Unsicherheiten des Marktes", schreibt Wolfgang Zorn im Handwörterbuch der Sozialwissenschaften, und dieses Ziel des „verbürgten standesmäßigen Einkommens für alle Vollmeister" steht auch heute noch im Mittelpunkt. Ganz gleich welche „offiziellen" Ziele diese modernen Zünfte auch immer verfolgen mögen (wie die Überwachung von Regeln, die es in jedem Gemeinwesen geben muss, oder die Sicherung des Angebots und seiner Qualität): Davon sollte sich niemand täuschen lassen. Diese Sekundärfunktionen dienen vor allem zur Verschleierung der wahren Politik, die letztendlich immer in einem „standesmäßigen Einkommen“ für die etablierten „Zunftmeister“ besteht. Und dieses „standesmäßige Einkommen“ lässt sich am besten dadurch sichern, dass man Konkurrenz verhindert.

## Patientenwohl als Alibi

Neben den Motiven und Methoden (Barrieren beim Berufszugang und Markteintritt) ist auch die Tarnung der Motive quer durch alle Professionen gleich: Ob Ärzte oder Zahnärzte, Fußpfleger oder Krankengymnasten, die Verpackung aller Argumente ist stets dieselbe, nämlich das Patientenwohl. Wenn etwa die deutschen Augenoptiker gegen Billigläden prozessieren, dann nicht, um ihr einträgliches Anbietermonopol mit Aufschlägen bis zu 300 Prozent auf den Einkaufspreis zu sichern, sondern um die „flächendeckende Versorgung“ nicht zu gefährden und ihre Kunden „vor den Folgeschäden falscher Brillen zu schützen“. Wenn der „Berufsverband der Deutschen Rettungssanitäter“ für seinen Nachwuchs ein Ausbildungs-Verschärfungsgesetz erarbeitet, so nicht, um zu verhindern, dass zu viel Nachwuchs auf Löhne und Gehälter drückt, sondern allein im Interesse „einer effizienteren Versorgung der Patienten“. Wenn der deutsche „Zentralverband der Krankengymnasten“ mindestens drei Ausbildungsjahre für alle Anfänger fordert, so nicht, um etablierte Krankengymnasten vor Konkurrenz zu schützen, sondern allein „im Interesse der krankengymnastisch zu betreuenden Patienten“. Wenn die deutschen Orthopädie-Innungen die Begrenzung der Anbieter „ausschließlich auf dazu geeignete Fachbetriebe“ verlangen, so nicht, um diesen Fachbetrieben Kunden zu erhalten, sondern ausschließlich im „Interesse der Patientenversorgung“.

Dieser Abwehrreflex vor Nachwuchs und Konkurrenz ist kein Spezifikum des Medizinbetriebs. Wenn etwa der „Ring deutscher Makler“ eine Lizenz für das Vermitteln von Wohnungen fordert, so natürlich nicht, um seine lukrativen Provisionen abzusichern, sondern allein für einen „wirkungsvollen Verbraucherschutz". Ob Friseure, Tischler, Rechtsanwälte (die, wenn auch vergeblich, die Juristenschwemme mit dezenten Hinweisen auf die kostspielige Verstopfung unserer Justiz zu bremsen suchen), ob Schornsteinfeger, Maurer oder Taxifahrer: die ewige Angst, dass man ihnen „die Honorarsuppe verdünne" (so das Ärztemagazin *Status* einmal in seltener Einsicht und Ironie), vereint und entzweit alle Anbieter in allen Wirtschaftszweigen unserer Gesellschaft gleichermaßen.

Bei keiner Anbietergruppe ist diese Angst vor der „Verdünnung der Honorarsuppe" aber so zum Hauptmotiv der ganzen Standespolitik geworden wie bei unserer niedergelassenen Ärzteschaft. Von den Perserkriegen bis zur Gegenwart, vom hippokratischen Gelöbnis, die Lehren der Medizin nur „rechtmäßig eingeschriebenen Studenten" zu vermitteln, bis zur Forderung des *Bayerischen Ärzteblatts* aus der Zeit nach dem Zweiten Weltkrieg, „dass für eine Reihe von Jahren jeglicher Zugang zum Medizinstudium konzessionslos gesperrt wird", zieht sich diese Konkurrenzphobie wie ein roter Faden durch die gesamte Geschichte der Medizin. Noch nirgendwo und niemals haben etablierte Mediziner neue Kollegen offenen Armes aufgenommen; man macht ihnen im Gegenteil das Leben so schwer wie möglich. Allein die Barrieren bzw. Flaschenhälse wechseln. Mal findet man sie am Beginn, mal während, mal am Schluss der Ausbildung, mal vor der Niederlassung, mal danach, oft auch an vielen Stellen simultan. Ob Zwang, ob Drohung oder Überredung, ob Warnung vor dem Studium, ob Numerus clausus oder Schikanen bei der Niederlassung, um Methoden sind die eingesessenen Ärzte dabei nie verlegen. So begrenzten etwa die mittelalterlichen Zunftordnungen die Zahl der Lehrlinge und Gesellen, die ein Arzt ausbilden durfte, oder sahen vor, dass ein Geselle vor dem Eintritt in den Kreis der Meister zunächst die Witwe seines Vorgängers zu ehelichen habe. Und natürlich bleiben auch hier die wahren Motive immer ungenannt. Die rituellen Warnungen vor dem Arztberuf z. B., die zu deutschen Ärztetagen seit jeher dazugehören wie die Wurst zum Butterbrot, sollen natürlich nicht die Studentenzahlen drücken, sondern nur die unwissende Jugend vor folgenschweren Berufsirrwegen schützen. Nach dem Zweiten Weltkrieg, als der Boom der Einkommen schon abzusehen war, wurde künftigen Ärzten bitterste Not vorhergesagt, und noch 1977, zur Hochzeit der ärztlichen Einkommensexplosion, sahen sich Standespolitiker genötigt, „die Schüler rechtzeitig vor dem Abitur über ihre wesentlich schlechter werdenden Berufschancen im ärztlichen Beruf zu informieren, um sie vor Enttäuschungen zu bewahren".

Nichts als Gemeinsinn steht vermutlich auch hinter der immer offeneren Warnung, ein Übermaß an Konkurrenz könnte die Moral verderben. Denn das „ärztliche Verantwortungsbewusstsein ist keine statische Größe", kann man dazu in der Standespresse lesen. „Es ist permanenten Angriffen und Versuchungen ausgesetzt", und da „zur Abwehrkraft gegen solche Versuchungen ... auch ein einigermaßen sicherer wirtschaftlicher Hintergrund" gehört, hätte die Gesellschaft schon im eigenen Interesse für diesen Hintergrund zu sorgen. „Arbeitslosigkeit wie auch ein allgemeines Absinken der wirtschaftlichen Bedingungen innerhalb des Berufes können im Krankenhaus und möglicherweise mehr noch in der ambulanten ärztlichen Versorgung Folgen haben, deren Ausmaß zur Zeit kaum bedacht wird. Der Drang zu einer ethisch enthemmten technischen Medizin wie auch zu sogenannten alternativen oder betont nicht schulmedizinischen Verfahren, zum Außenseitertum, zum medizinischen Mystizismus bis zur Scharlatanerie, haben neben vielen anderen auch ökonomische Wurzeln. Es wäre allzu blauäugig, wollte man dies leugnen."

Der wichtigste Alibi-Esel vor dem Karren ärztlicher Standesinteressen ist aber auch hier wie immer das Patientenwohl. Schon in den „Constitutiones Regni Sicilii" Kaiser Friedrichs II., einem der ersten abendländischen Dokumente zur Reglementierung des Medizinbetriebs aus dem Jahre 1241, tritt dieses Thema auf. Nach zahlreichen Vorschriften über Art und Dauer des Medizinstudiums und dem Verbot des Praktizierens ohne Lizenz durch eine ärztliche Standeskommission, bei Kerkerstrafe und Verlust des Vermögens, heißt es hier: „Der Zweck dieses Gesetzes soll sein, die Untertanen unseres Königreiches vor unfähigen Ärzten zu schützen." An dieser Begründung hat sich bis heute nichts geändert. Bei mehr als 100.000 Medizinstudenten z. B. sei es „einfach unmöglich, eine qualifizierte und praxisnahe Ausbildung zu gewährleisten", schreibt das *Deutsche Ärzteblatt*. Durch die massive Zunahme der Studentenzahlen wären „die räumlichen und personellen Kapazitäten der Universität in unvertretbarer Weise überlastet", die Motivation der Lehrenden und Lernenden würde „entscheidend gemindert", die Relation zwischen Studenten und Lehrpersonen müsse wieder in ein „vertretbares Verhältnis" gebracht werden. Nach dem Studium strömten diese schlecht ausgebildeten Mediziner, „die im Verfahren ohne Anleitung und Aufsicht an den Patienten das erst noch lernen sollen, was zur Voraussetzung der verantwortlichen Tätigkeit der Allgemeinärzte gehört", dann auch noch mangels Weiterbildungsplätzen im Krankenhaus in Massen in die freie Praxis, wo sie eine einzige Gefahr für die Gesundheit der Patienten seien. Hätten etwa Ärzte früher vor der Niederlassung durchschnittlich 9 Jahre am Krankenhaus verbracht, so sei diese Zeitspanne schon Ende der siebziger Jahre auf 5 Jahre geschrumpft und drohe immer weiter zu schrumpfen. „Diese für die Kranken fatale Entwicklung lässt sich nur dadurch aufhalten", schreibt die *Frankfurter Allgemeine Zeitung*, „dass alle Allgemeinmediziner zur Weiterbildung verpflichtet (sprich: mangels Weiterbildungsplätzen vom Markt ferngehalten) werden".

## Vorgeschobene und wahre Argumente

Alle diese Argumente sind sowohl geheuchelt als auch sachlich falsch. Nicht immer klaffen dabei wahre und vorgeschobene Motive so offen auseinander wie bei der Klage deutscher Bestattungsunternehmer gegen den Billiganbieter „Berolina Sarg-Discount", die sich allein aus „Pietät" und aus Sorge um die guten Sitten gegen dessen „marktschreierische Werbung" quasi gezwungen sahen einzuschreiten. Seltsamerweise sind es nämlich immer die Anbieter, nie die Nachfrager selbst, die den Staat zum Schutz der Nachfrager zu Hilfe rufen, und allein schon dieser Umstand sollte doch zu denken geben. Es sind nie die Taxigäste, sondern die Taxifahrer, die zum Schutz des Publikums Lizenzen wollen. Nicht die trauernden Angehörigen, die für den Sarg des Verstorbenen nur die Hälfte zahlen, sondern der Berufsverband der deutschen Bestattungsunternehmer hat Angst vor Pietätlosigkeit und Marktgeschrei. Und genauso hat kein einziger fußkranker Bundesbürger jemals ein Berufsgesetz für Fußpfleger gefordert, um sich vor unsachgemäßer Behandlung zu schützen. Es sind immer die Anbieter selbst, von denen solche Initiativen ausgehen, und damit ist auch klar, wen diese Schutzmaßnahmen wirklich schützen. Selten das allgemeine Publikum (wenn ja, dann nur als unbeabsichtigtes Nebenprodukt), immer aber die, von denen solche Forderungen ausgehen. „Die offizielle Rechtfertigung ist immer die gleiche", schreibt Wirtschafts-Nobelpreissträger Milton Friedman, ein langjähriger Feind von Lizenzen und Kontrollen dieser Art, „nämlich den Konsumenten zu schützen. Die wahren Motive werden aber durch die Lobbys deutlich, die in den gesetzgebenden Körperschaften für Zulassungsbeschränkungen aller Art kämpfen. Diese Lobbyisten sind unweigerlich Vertreter der jeweiligen Anbietergruppe und nie deren mögliche Kunden. Natürlich wissen Klempner besser als sonst jemand, vor was ihre Kunden zu schützen sind. Trotzdem fällt es nicht leicht, nur altruistische Motive in den

Bestrebungen dieser Berufsgruppen zu entdecken, zu bestimmen, wer Klempner sein darf und wer nicht."

Warum z. B. werden Zugangsschranken gleich welcher Art nie von solchen Ärzten gefordert, die darunter materiell zu leiden hätten? So sähe z. B. der Marburger Bund als der Vertreter der Krankenhausärzte die Barrieren vor der freien Praxis genauso gerne weggeräumt, wie die bereits niedergelassenen Ärzte diese noch erhöhen möchten, hat aber keinerlei Bedenken gegen eine Verlängerung des Medizinstudiums. Bezüglich dieser Barriere verläuft die ethische Wasserscheide entlang der Approbation: vorher ist man dagegen, hinterher dafür. Und auch bei der Zulassung zur freien Praxis wechselt man die Meinung wie das Hemd. Noch 1975, auf dem Ärztetag in Hamburg, erschien es z. B. standespolitisch opportun, zu fordern, dass frisch approbierte Ärzte zwei Jahre lang eine Landarztpraxis versorgen müssten, bevor sie eine Weiterbildung im Krankenhaus beginnen dürften – die gleichen Ärzte, vor denen man heute das Publikum glaubt retten zu müssen. Oder warum fordern etablierte Mediziner Qualitätskontrollen immer nur bei Neuzugängen, niemals aber bei sich selbst? Zwar wird in deutschen Ärztekreisen viel von Fortbildung gesprochen, und es fehlt auch nicht an Angeboten, aber man wird vergebens nach Forderungen suchen, dass die Öffentlichkeit vor unfähigen, aber bereits praktizierenden Ärzten zu schützen sei. Wie viele es davon gibt, sei hier dahingestellt. Ob 1, 5 oder 10 Prozent: unfähige Fachvertreter gibt es in der Medizin genau wie in jedem anderen Beruf. Wer aber schützt uns vor ärztlichen Veteranen, die heute noch die Medizin von 1950 praktizieren? Wo bleiben Forderungen nach Rückgabe der Kassenzulassung bei offensichtlicher Senilität? Warum kennen niedergelassene Ärzte keine regelmäßigen Kontrollen der Berufstauglichkeit vergleichbar der periodischen Erneuerung der Lizenz bei Flugzeugpiloten? Das alles läge durchaus im Interesse der Patienten und müsste – wäre deren Gesundheit wirklich das erste Anliegen der niedergelassenen Ärzteschaft – daher von dieser auch betrieben werden. Sie tut es aber nicht. In Deutschland, wie auch in der Schweiz und Österreich, können Katastrophenmediziner ungehindert weiter praktizieren, solange sie wollen. „Während bei jedem mittleren Verkehrsunfall versucht wird, den gesamten Hergang zu rekonstruieren und die Schuldfrage zu klären", bemerkt dazu sehr richtig Sigmund Graff, „hält man es allgemein für überflüssig, den Ablauf überraschend zum Tode oder zu irreparablen Schäden führender Heilbehandlungen unter die Lupe zu nehmen. Wer misst die Bremsspuren eines Arztes … nach? Was geschieht, wenn seine ‚Unfallkurve' in erschreckender Weise ansteigt, und wer registriert diese überhaupt? Führen die Gesundheitsämter eine Statistik, aus der man, ähnlich wie beim Kauf eines Grundstücks, die ‚Belastung' der zur Wahl stehenden approbierten Helfer nachlesen könnte? Wo ist die Heilsünderkartei, bei der ein Gericht Auskunft einzuholen vermöchte? Wer zieht den mörderischen Medizinmann erforderlichenfalls aus dem Verkehr?" Niemand, wenn es nach den Ärzten geht.

Ein einsamer Leserbriefschreiber – Facharzt für Unfallchirurgie – hat einmal im *Deutschen Ärzteblatt* einen TÜV für Ärzte gefordert. „Ich kann aber aus meinen Erfahrungen in dem begrenzten Gebiet der Unfallchirurgie beobachten", schreibt er, „dass die Qualität der Arbeit derjenigen Kollegen, die dem Kontrollverfahren der Arbeitsgemeinschaft für Osteosynthesefragen angeschlossen sind, durch eine erstaunliche Qualität in den Ergebnissen der Patientenbehandlung hervorstechen. Genauso nützlich ist z. B. im Kassenarztrecht die Qualitätskontrolle der Röntgenuntersuchungen. Ich glaube sehr wohl, dass die fachliche Überprüfung des ärztlichen Handelns nicht zum Schaden des Patienten ist." Da kann der potentielle Patient nur zustimmen. Aber dieser Leserbrief steht allein auf weiter Flur. Mit der Pflicht zur Weiterbildung sind niedergelassene Ärzte schnell bei der Hand – Weiterbildung trifft den Nachwuchs vor der Tür. Sie kann nicht lang und schwer genug sein (immer zum Wohl der Patienten, versteht sich). Fortbildung dagegen betrifft die Ärzte in der freien Praxis selbst. Hier ist der Enthusiasmus schon viel geringer, obwohl viele niedergelassene Ärzte eine Fortbildung dringend nötig hätten. Aber zurzeit kann noch niemand niedergelassene Ärzte zu solchen Fortbildungskursen zwingen. „Wir wehren uns, den Führerschein immer neu zu machen", protestierte etwa der Berufsverband der Frauenärzte, als die Kassenärztliche Bundesvereinigung vorsichtig anregte, die sogenannte „zytologische Diagnostik" vom Nachweis einschlägiger Fachkenntnisse abhängig zu machen. Zwar habe man nichts dagegen, die Voraussetzungen für neue Ärzte drastisch zu verschärfen, aber eine Prüfung für Ärzte, die bereits zytologisch tätig seien, käme nicht in Frage.

Das traurige Muster ist immer dasselbe: Qualität ja, aber bitte nur bei anderen. Hängt das Praxisschild erst vor der Tür, wird Qualität zur Zumutung. Als etwa das Bonner Wirtschaftsministerium einmal versuchte, den niedergelassenen Laborärzten zwecks Qualitätssicherung zwei zusätzliche sogenannte „Photometer-Ringversuche" pro Jahr zu verordnen, war die Empörung groß. Jede zusätzliche Mark, die Ärzte künftig an Kosten im Labor aufbringen müssten – diese Qualitätskontrollen sind nicht billig –, verringere den äußerst knappen Spielraum, der ihnen nach der Abschöpfung von „Rationalisierungsgewinnen" noch geblieben sei, ereiferte sich die Kassenärztliche Bundesvereinigung, „Qualitätssicherung nicht überziehen!", schrieb die *Ärzte-Zeitung*, „zuviel verlangt" das *Deutsche Ärzteblatt*. Auf einmal ist Qualitätssicherung also nicht mehr so wichtig. Auf einmal ist Qualitätssicherung „zuviel verlangt".

Dass die „offiziellen" Gründe für Zugangsschranken aller Art nur vorgeschoben sind, ist also nur zu offenbar. Daneben sind sie aber auch noch sachlich falsch, und das wird oft von Leuten übersehen, die ansonsten die Wahrheit hinter dem Nebel taktischer Argumente durchaus zu durchschauen glauben. Das gilt insbesondere für die seit einigen Jahren von Parteien, Gewerkschaften, Krankenkassen und auch vom Sachverständigenrat für die Konzertierte Aktion im Gesundheitswesen geäußerten Befürchtungen, unsere Gesetzliche Krankenversicherung könnte im Kielwasser der Ärzteschwemme nicht mehr finanzierbar bleiben. Denn im geltenden System verursachen mehr Ärzte auch dann mehr Kosten, wenn ihr eigenes Gesamthonorar gedeckelt bleibt: Sie schreiben krank und überweisen ins Krankenhaus, sie verordnen Kuren, Medikamente, Brillen, Hörgeräte, Rollstühle, und vor dieser von niedergelassenen Ärzten veranlassten Sekundärwelle von Drittleistungen mitsamt den induzierten Kosten, die inzwischen die unmittelbaren Kosten der ambulanten Versorgung um das Drei- bis Vierfache übersteigen, haben viele Sozialpolitiker große Angst.

Wer aber sagt, dass der Gesetzesrahmen, der dieses hektische Pulsieren möglich macht, sich niemals ändern darf? Wo steht geschrieben, dass der vom Sachverständigenrat befürchtete „kontraproduktive Wettbewerb mit Gefälligkeitsleistungen“ auf ewig zu Lasten der Krankenkassen gehen muss? Wem schulden wir die Zusage, dass jede von einem Arzt verschriebene Kur oder Massage auch von den Kassen zu bezahlen ist? Wer zwingt uns das Zugeständnis ab, dass jeder Kassenarzt nach Belieben und ohne jede Kontrolle krankschreiben darf und mit der Zulassung quasi automatisch auch einen Schlüssel zum Tresor der GKV erhält? Genauso können wir ihm oder ihr dieses so oft missbrauchte Privileg auch wieder aberkennen. Das derzeit noch durch keinerlei Kompetenznachweis gesteuerte Recht zur unbegrenzten Verordnung von Heil- und Hilfsmitteln könnte man auch à la Seehofer durch Budgets ersetzen oder „vom Nachweis entsprechender Fachkenntnisse abhängig machen“ (so der Sachverständigenrat), die vielfach übliche Fließbandausstellung von Rezepten durch Kontingentierung, das übertriebene Krankenhauseinweisen durch Zweitgutachten einzudämmen suchen. Denn genauso wie nicht jeder Rechtsanwalt gleichzeitig auch Notar sein muss, kann man auch im Gesundheitswesen die „Notarfunktion" des Kassenarztes ohne Weiteres auf besonders zuverlässige Ärzte beschränken, die eben nicht auf Wunsch krankschreiben oder die Ressourcen der Kassen durch wilde Verordnungen von Drittleistungen plündern.

Genauso sind auch die übrigen Argumente für weniger Ärzte, angefangen bei der Qualität der Ausbildung, bei näherer Betrachtung nicht zu halten. Wahr (und trivial) ist hier, dass bei steigenden Studentenzahlen unter sonst gleichen Umständen die Qualität der Ausbildung natürlich sinkt. Jeder Hauptschullehrer weiß, welchen Unterschied es macht, ob er 10 oder 20 Schüler in der Klasse hat. Und genauso wäre auch die Medizinerausbildung zu verbessern, müssten unsere Professoren nur halb so viele oder am besten gar nur einen einzigen Studenten unterrichten. Offenbar ist das aber eine müßige Spekulation. Eine Ausbildung, egal wozu, ist nie so gut, wie sie theoretisch sein könnte. Wenn wir stattdessen fragen, ob die Medizinerausbildung heute schlechter ist als früher, heißt die Antwort wohl eher nein. Denn in den vergangenen Jahrzehnten sind ja nicht nur die Studentenzahlen in der Medizin gestiegen – auch die Zahl der Professoren und wissenschaftlichen Mitarbeiter ist gewaltig angewachsen. Wenn es heute also sehr viel mehr Studenten gibt, so gibt es auch sehr viel mehr Lehrkräfte, die sich um sie kümmern. Bei nur 7 Prozent der Studienplätze (verglichen mit mehr als 30 Prozent vor 100 Jahren) kamen der Medizin in Deutschland etwa 30 Prozent, seit Mitte der 70er-Jahre sogar mehr als 40 Prozent der Gesamtinvestitionen im Hochschulbau zugute, und wenn heute in der deutschen Hochschullandschaft von Sparen geredet wird, so bleiben die medizinischen Fakultäten in der Regel ausgenommen. Kein anderes akademisches Ausbildungsfach wird von unseren Bildungspolitikern so verwöhnt wie die Medizin, nirgends fließen Personal und Sachmittel für Lehre und Forschung so ungehemmt wie hier. Trotz vereinzelter Engpässe, etwa bei geeigneten Patienten für gewisse Abschnitte der klinischen Ausbildung, fällt es also schwer, an einen Niveauverlust der Ausbildung zu glauben. Unsere Medizinerausbildung ist sicher nicht so gut, wie sie theoretisch sein könnte (das gilt für die Ausbildung unserer Lehrer, Busfahrer, Piloten oder Fluglotsen ebenso), aber genauso sicher auch nicht schlechter als vor 10 oder 20 Jahren. Auch die Drohung von Ärztefunktionären, ohne garantiertes Einkommen müssten Mediziner zu unseriösen Praktiken flüchten, kann man doch wohl nur als Scherz begreifen. Man stelle sich einmal vor, Automechaniker oder Steuerberater wollten höhere Löhne oder Schutz vor Konkurrenz mit dem Argument erzwingen, dass sie andernfalls, um ihre Existenz zu sichern, schlampig arbeiten oder betrügen müssten! Die Sorge von Bundesärztekammer-Präsident Vilmar, im Kielwasser eines „erbarmungslosen Konkurrenzkampfes" im Gesundheitswesen könnte ein „revolutionäres Potential" heranwachsen, das unser freiheitliches Gesellschaftssystem „tiefgreifend verändern", ja „die Grundfesten unseres Staates ins Wanken bringen" könne, ist also nicht ganz ernst zu nehmen. Konkurrenz und Wettbewerb, vor denen Ärzte sich so fürchten wie der Teufel vor dem Weihwasser, sind ganz im Gegenteil das Lebenselixier jeder freien Gesellschaftsordnung, und es ist allerhöchste Zeit, dass auch der Medizinbetrieb selbst einen Schluck von dieser Medizin erhält.

## 37. Im Land der Panikmacher und Hypochonder

■ *Handelsblatt*, 15. November 2001.

Neben „Kindergarten“, „Nazi“ und „Blitzkrieg“ gehört das deutsche Wort „Angst“ zu den wenigen Ausdrücken unserer Sprache, die man auch im Ausland kennt. Und wie die Terroranschläge des 11. September zeigen, gibt es auch gute Gründe, Angst zu haben.

Für die weitaus meisten Panik-Attacken, die periodisch unsere Gesellschaft überfallen, gibt es aber keinen rationalen Grund. Die kürzliche, geradezu groteske Überreaktion auf vermeintliche Milzbranderreger auch in der Bundesrepublik wäre selbst dann unangebracht gewesen, wenn in den verdächtigen Briefen, die im Oktober ganze deutsche Städte lahmgelegt hatten, tatsächlich Erreger aufgefunden worden wären.

Wenn wir die amerikanischen Verhältnisse auf Deutschland übertragen, hätten wir dadurch vielleicht ein Dutzend Todesopfer zu befürchten – für die Betroffenen ohne Zweifel eine Katastrophe, aber für eine Gesellschaft als ganze, in der jährlich 500 Menschen in Baggerseen ertrinken, 600 verbrennen, 1.000 ermordet werden, 4.000 tödlich von Haushaltsleitern stürzen und 8.000 unnötig durch Verkehrsunfälle sterben, eher eine Randerscheinung.

Unsere Angst vor vielen Gefahren ist oft umgekehrt proportional zu den Gefahren selbst. Natürliche oder freiwillig übernommene Risiken werden häufig unterschätzt. Die meisten menschengemachten oder aufgezwungenen Risiken bauschen wir dagegen eher auf. Ob Pestizide in der Babynahrung oder BSE-Erreger in Hackfleischbrötchen, ob krebsverdächtige Weichmacher in Beißringen für Kleinkinder oder Uran in NATO-Munition, die hiervon ausgehenden Gefahren werden im Vergleich zu den in der Natur vorkommenden Risiken und Giften ungeheuer überschätzt.

Auch wenn noch so viele Menschen an Salmonellen, Morbus Krohn oder Listerose-Bakterien in der Rohmilch von Bio-Bauernhöfen sterben: Davor fürchten wir uns nicht. Zumindest ändern wir deswegen kaum unsere Essgewohnheiten. Jahr für Jahr sterben über 200 Bundesbürger an Lebensmittelvergiftungen und -infektionen, über 800 ersticken an verschluckten Fischgräten und Schinkenscheiben, ohne dass davon Notiz genommen würde.

Wie das Kaninchen auf die Schlange starren wir vor allem auf die von Menschen verursachten Gefahren und auf die von Menschen hergestellten Gifte wie das berühmte Tetrachlorodibenzodioxin, kurz Dioxin. Obwohl in der Natur mindestens vier Gifte vorkommen, welche die Wirksamkeit des Dioxins um ein Vielfaches übertreffen, bleibt unsere Aufmerksamkeit auf das von Menschen hergestellte Gift gefangen.

Nach einer viel zitierten Arbeit des amerikanischen Biochemikers Bruce N. Ames sind 99,9 Prozent aller giftigen oder krebserregenden Substanzen in unserer Nahrung von der Natur gemacht; angefangen von den 49 natürlichen Giften im guten deutschen Kopfsalat über das tödliche Solanin in den Knollen und Blättern von Kartoffeln, das Nervengift Carotaxin in den Karotten, über Kaffeesäure in Äpfeln, Birnen oder Pflaumen, Chlorogensäure in Aprikosen bis hin zu Perchlorethylen in kaltgepresstem Olivenöl.

Viele dieser Stoffe sind nicht nur giftig, sondern auch als Krebserzeuger oder Chromosombrecher (sogenannte Klastogene) nachgewiesen. Aber darüber scheint sich niemand ernsthaft aufzuregen. Werden dagegen in Dosenbohnen im Supermarkt auch nur kleine Rückstände eines Schädlingsbekämpfungsmittels aufgefunden oder in deutschen Mineralwässern Alkyphenole entdeckt (eine giftige, früher gerne den Waschmitteln beigemengte Chemikalie), dann setzt Herr Bednarz von *Monitor* am nächsten Mittwoch seine bekannte Leichenbittermine auf und verkündet den Skandal.

Die in vielen deutschen Medien zelebrierten menschengemachten Mini- und Midi-Gefahren, die uns tatsächlich oder auch nur vermeintlich bedrohen, wären unseren Vorfahren wie Verheißungen erschienen. Die Beschäftigung damit ist ein Luxus, den sich nur reiche Europäer leisten können, die sich um sauberes Trinkwasser, vernünftige Schulen für ihre Kinder und eine trockene und im Winter geheizte Wohnung nicht mehr kümmern müssen. Nur ein Gemeinwesen, das Hungersnöte und Seuchen, Analphabetismus, Kriegsgefahr und Wohnungsnot erfolgreich überwunden hat, kann sich gut bezahlte Soziologen leisten, die dicke Bücher über Strahlenrisiken verfassen, kann Milliarden von DM bzw. Euro für die Reduktion von Lärm an Autobahnen, die Asbestsanierung von Schulturnhallen, das unnötige Keulen unschuldiger Kühe oder den Auf- und Abbau ungenutzter Atomkraftwerke ausgeben, die in einem nicht so reichen Land für solche Zwecke niemals zur Verfügung stünden.

Die Wartezimmer unserer Ärzte sind voll von eingebildeten Umweltkranken, die nur deshalb, weil sie viel Zeit und Geld und Muße haben, dem Hobby der Hypochondrie frönen können. Wie viele Menschen, die über Amalgam in ihren Zähnen klagen, findet man in Bangladesh? Wie viele Patienten, die meinen, holzschutzmittelvergiftet zu sein, sieht ein Landarzt in der hinteren Türkei? Solche Wehwehchen können nur Menschen entwickeln, die sich um die elementaren Überlebensbedürfnisse nicht mehr kümmern müssen.

Wenn unsere Medien im Sommer den alljährlichen Ozon-Alarm begehen, leiden auch solche Menschen unter ozontypischen Symptomen, wie Augenreizung, Schluckbeschwerden, Kopfschmerzen und Atemnot, die in Gegenden mit völlig normalen Ozonwerten wohnen; sie kopieren unbewusst und ohne es zu wollen die Symptome, die in den Medien verbreitet werden (ein in der Medizin als „negativer Placebo-Effekt" bekanntes Phänomen).

Als eine Tübinger Ärztin, die in den achtziger-Jahren eine Reihe nicht näher genannter Krankheitssymptome an sich verspürte, in einer sensationellen Report-Fernsehsendung dafür ein Insektizid verantwortlich machte, meldeten sich kurz darauf über 150 Betroffene mit ähnlichen Symptomen. Diese Episode ist auch als „Tübinger Krankheit" in die Annalen der Medizingeschichte eingegangen. Nachdem die Ärztin aus Tübingen weggezogen war, trat auch die Tübinger Krankheit nicht mehr auf.

Statt „Tübinger Krankheit" kann man auch „die deutsche Krankheit" sagen. Wir sind Zeugen einer beispiellosen Desinformationskampagne, die unsere Umwelt kaputtredet, unsere Gesundheit als ständig gefährdet ansieht und ein ganzes Volk zu Opfern des Fortschritts, zu Kranken und Hilfsbedürftigen zu machen sucht. Die Panikmacher kontrollieren große Teile der Medien, predigen auf unseren Kanzeln und dominieren die deutschen Lehrerzimmer. Für einen evangelischen Gesamtschüler, gelegentlicher Kirchgänger, mit Leistungsfach Gemeinschaftskunde, dessen Eltern den *Stern* abonniert haben und der im Fernsehen regelmäßig Magazinsendungen wie *Report* und *Monitor* sieht, bleibt nach der Schule eigentlich nur noch der Selbstmord übrig.

In Wahrheit ging es uns und unserer Umwelt nie so gut wie heute. Das berühmte Waldsterben hat vermutlich niemals stattgefunden. Wir leben immer länger, unsere Atemluft wird reiner, unsere Flüsse sauberer. Seit 1970 ist der Ausstoß an Schadstoffen aller Art, von Ammoniak über Staub und Methan zu Kohlendioxyd oder -monoxyd, republikweit zum Teil drastisch zurückgegangen. Im Rhein schwimmen wieder Lachse, auch Elbe, Weser oder Ems sind heute sauberer als vor 20 oder 30 Jahren, und die Krebsgefahr hat ebenfalls quer durch fast alle Altersklassen abgenommen.

Dass dennoch die Gesamtzahl der an Krebs Verstorbenen gewachsen ist und auch in Zukunft weiter wachsen wird und muss, hat den eher erfreulichen Grund, dass wir immer älter werden. In der vom Krebs besonders stark bedrohten Altersklasse der über 85-Jährigen lebten beispielsweise 1970 in den alten Bundesländern nur 220.000 Menschen, 1995 dagegen über 900.000, fast fünfmal so viel, und vor allem deshalb, und nicht weil Krebs als solcher so viel gefährlicher geworden wäre, sterben heute mehr Menschen als seinerzeit an Krebs.

Man kann also das Argument der Panikmacher geradezu umdrehen und folgern: Je mehr Menschen in einer Region an Krebs versterben, desto länger leben sie in dieser Gegend, desto besser sind dort Ernährung, Umwelt, Medizin und Lebensqualität im Allgemeinen.

Das alles aber scheint die Panikmacher hierzulande nicht zu kümmern. In kaum einem anderen Land der Erde haben Greenpeace-Aktivisten und sogenannte Umweltschützer einen so guten Stand wie in der Bundesrepublik, nirgendwo erzeugen sie eine solche Bremswirkung wie hier. Deutschland ist neben Schweden das einzige Land der Welt mit einem vereinbarten Ausstieg aus der Atomenergie. Nirgendwo auf der Welt ist die Angst vor gentechnisch veränderten Pflanzen und daraus gewonnenen Lebensmitteln größer als in Deutschland.

Laut Umfragen sind nur 30 Prozent der deutschen Konsumenten bereit, Produkte zu kaufen, die gentechnisch gegen Insektenbefall geschützt sind, nicht wissend, dass sie selbst, dass alles, was wir zu uns nehmen, das Ergebnis eines riesigen gentechnischen Experiments ist, das vor Hunderten Millionen Jahren in der Ursuppe der Weltmeere begonnen hat. „Es kann nicht sein", so hatte der nordhessische SPD-Vorsitzende Schlitzberger einmal formuliert, „dass die letzte technische Erfindung, die die SPD insgesamt begrüßt hat, die Erfindung des Farbfernsehers war." Aber es ist so.

Fast alles Neue, Zukunftsweisende in unserem Land, von der Gentechnik über den Transrapid bis hin zu Fortschritten in der Kerntechnik, trifft zunächst einmal auf eine Große Koalition von „Reichsbedenkenträgern" (Mannfred Lahnstein). Ein riesiges freischwebendes Angst-, Protest- und Verweigerungspotential steht wie die Klospülung all denen zur Verfügung, die neue Ideen schon bei der Geburt ertränken wollen.

Die Beweislast für den Neuerer hat sich umgekehrt: In dynamischen Gesellschaften haben die Gegner des Neuen zu beweisen, dass das Neue schadet. In Deutschland haben Neuerer zu beweisen, dass das Neue nicht schadet. Das mag in statischen Gesellschaften wie bei den Inkas in Peru, die es über mehrere Jahrhunderte nicht schafften, das Rad zu erfinden, oder bei den chinesischen Kaiserdynastien, die jahrtausendelang über stets die gleichen Sitten und Gebräuche herrschten, eine akzeptable Politik gewesen sein. In einer Welt, in der Hunderttausende von Ingenieuren, Biologen, Physikern und Chemikern in Kalifornien, Hongkong, Taiwan oder Südkorea Tag und Nacht daran arbeiten, uns technisch und wirtschaftlich zu überholen, führt das in die wirtschaftliche und soziale Katastrophe.

## 38. Fragwürdige Zwangsarbeiterzahlen

■ Leserbrief in der *Welt*, 13. August 2001.

Während des Zweiten Weltkrieges wurden von Nazi-Deutschland 9 Millionen Menschen zu Zwangsarbeiten eingesetzt, ungefähr ein Drittel der im Archipel Gulag eingekerkerten Zahl. Von diesen Zwangsarbeitern waren am Ende des Krieges noch 8 Millionen am Leben, davon 1,5 Millionen aus Polen, 330.000 aus Tschechien, 1,6 Millionen aus der Ukraine, 2,4 Millionen aus der übrigen ehemaligen Sowjetunion.

Die 1999 noch lebenden unter diesen 8 Millionen Zwangsarbeitern erhalten von der dazu eingerichteten Stiftungsinitiative der deutschen Wirtschaft zusammen 10 Milliarden DM. Die seither verstorbenen können ihre Ansprüche vererben.

Das große Problem ist die Aufteilung der Summe. Geht man von einem Festbetrag von 10.000 DM für jeden Zwangsarbeiter aus, so erhalten diejenigen Länder am meisten, in denen noch die meisten Zwangsarbeiter leben. Damit entsteht für die als Empfänger und Verteiler der Entschädigungen vorgesehenen Organisationen ein Anreiz, hier zu übertreiben. In den meisten Ländern Osteuropas und der ehemaligen Sowjetunion, in denen die meisten der überlebenden Zwangsarbeiter leben, hat es lange keine Volkszählung gegeben, die verfügbaren Statistiken sind ungenau, man ist auf zweifelhafte Schätzungen und Hochrechnungen angewiesen.

Besonders kreativ ist dabei die Ukraine. Die ukrainische Stiftung „Verständigung und Aussöhnung“ geht für das Jahr 1997 von insgesamt 575.000 überlebenden Zwangsarbeitern aus, die ukrainische „Nationale Stiftung“ zählt Mitte 1999 sogar 596.000 Beide Angaben sind aber mit den Zahlen von 1945 nicht verträglich. Überträgt man die altersspezifischen Überlebenswahrscheinlichkeiten der ukrainischen Bevölkerung auf die Zwangsarbeiter von 1945, so hätte es deren damals über 3 Millionen geben müssen.

Der Verdacht ist also nicht ganz von der Hand zu weisen, dass hier über virtuelle Zwangsarbeiter Gelder eingesammelt werden sollen, die dann wie so oft bei deutschen Hilfeleistungen in die Taschen von mafiösen Organisationen fließen.

Auch die Russen und die Polen übertreiben, die hier reklamierten Zahlen widersprechen gleichfalls allen Gesetzen der Demographie. Halbwegs seriös und nachvollziehbar sind vor allem die Zahlen, die aus Tschechien gemeldet werden – die Alters- und Geschlechtsverteilung der 1999 noch lebenden tchechischen Zwangsarbeiter ist als einzige der osteuropäischen Statistiken mit den Zahlen von 1945 kompatibel. Für diese Seriosität werden die Tschechen nach dem aktuellen Stand der Dinge bitter büßen – der Ehrliche ist wieder einmal der Dumme.

Gewonnen haben dagegen, wenn die Verteilung der 10 Milliarden so abläuft wie derzeit geplant, die Zahlenmanipulateure und auf jeden Fall die amerikanischen Rechtsanwälte, die wie Geier über allen Ansprüchen gegen Deutschland kreisen und sich rund 100 Millionen DM Honorar auf ihre Konten überweisen lassen dürfen.

## 39. Mythos Marshallplan

■ *WISU* 11/2002, S. 1393.

Viele Deutsche sehen den Marshallplan immer noch als Auslöser unseres Wohlstands und als einen der Gründe, den Amerikanern ewig dankbar zu sein.

In Wahrheit hat der Marshallplan weit weniger zum deutschen Wirtschaftswunder beigetragen, als die meisten glauben; sowohl sein Zeitplan als auch die gezahlten Gelder als auch die Natur der Güter, die geliefert wurden, machen ihn als Auslöser des Wirtschaftswunders äußerst unwahrscheinlich. Als die ersten Marshall-Mittel 1948 in die westlichen Besatzungszonen flossen, war der Wiederaufbau schon in vollem Gange; die deutsche Wirtschaft, weit weniger durch den Krieg getroffen als im Allgemeinen angenommen, verfügte allen alliierten Bomben und Demontagen zum Trotz schon 1948 über höhere Kapazitäten als 1939, sie hatte Anfang 1948 schon über die Hälfte der Vorkriegsproduktion erreicht, und mit der Währungsreform vom Juni 1948 waren die Weichen unumkehrbar auf Erfolg gestellt – das Wirtschaftswunder wäre mit oder ohne Marshallplan in jedem Fall gekommen. Rund die Hälfte der Güter selber, die im Rahmen des Marshallplans nach Deutschland flossen, waren Dünger oder Lebensmittel. Industrie-Rohstoffe oder Maschinen dagegen waren in eher bescheidenem Umfang vertreten, selbst die Ausgaben für Frachten (120 Millionen Dollar) waren dreimal größer als der Gesamtwert sämtlicher Fahrzeuge und Maschinen, die im Rahmen des Marshallplans nach Deutschland kamen.

Die eigentliche Bedeutung des Marshallplanes ist nicht wirtschaftlich, sie ist politisch: Der Marshallplan signalisierte die Abkehr der Amerikaner von der Morgenthau-Philosophie des Jahres 1944, er zeigte aller Welt das amerikanische Interesse am Fortbestand eines selbständigen und wirtschaftlich gesunden deutschen Staates (nicht allein aus Menschenliebe

– im aufkommenden kalten Krieg war eine stabile Bundesrepublik als Frontstaat/Bollwerk sehr willkommen, zum großen Verdruss der Engländer und ganz besonders der Franzosen, die diese Politik wo immer möglich zu blockieren suchten), und schließlich machte es der Marshallplan den deutschen Politikern und Wirtschaftsführern möglich, in den zu seiner Koordinierung gegründeten Gremien wie in dem Pariser „Committee of European Economic Cooperation" (CEEC) erstmals wieder auf der internationalen Bühne aufzutreten.

Der Marshallplan war gewissermaßen die politische Taufe für das freie Nachkriegsdeutschland, er hat die entstehende Bundesrepublik fest in den Westen eingewoben, und das wurde auch von den Deutschen selber genau in diesem Sinn gesehen. Wie man in den Verhandlungen des 1. Deutschen Bundestages, besonders im Umfeld der Ratifizierungsdebatte zum bilateralen ERP-Abkommen vom 15. Dezember 1949, nachlesen kann, symbolisierte er das Bekenntnis zum Westen und zur westlichen Sozial- und Wirtschaftsordnung; durch das fortwährende Betonen des Marshallplanes haben die damals maßgebenden deutschen Wirtschafts- und Außenpolitiker selbst den Grundstein für die Legende von der Hebammenfunktion des Marshallplans gelegt, die bis heute in unseren Köpfen weiterlebt.

## 40. Geschichtsfälschung auf Französisch

■ Aus W. Krämer u. G. Trenkler: *Lexikon der populären Irrtümer, 5. Taschenbuchauflage, München 2010 (Piper)* und W. Krämer, G. Trenkler und D. Krämer: *Das Neue Lexikon der populären Irrtümer, 5. Taschenbuchauflage, München 2004 (Piper).*

„Der französische Geschichtsunterricht ist eine Katastrophe." So meint ein Freund von mir, der es wissen muss – er lebt seit langem in Frankreich und kennt das Schulsystem dort sehr genau. Genauso wie man in Deutschland das Asche-auf-mein-Haupt-Getue übertreibt, übertreibt man in Frankreich das Beweihräuchern der eigenen Geschichte, es ist fast nicht mehr zu ertragen. Ich hatte das zweifelhafte Vergnügen, einmal an einem 14. Juli einer Jubiläumsfeier der Erstürmung der Bastille beizuwohnen – ich dachte, das wäre als Satire inszeniert.

Aber die Franzosen meinen es ernst. Dabei wurde die Bastille nie erstürmt, sie wurde friedlich übergeben. Aber derart unspektakuläre Taten taugen schlecht für nationale Feiertage, und so wird es wohl auf ewig beim Sturm auf die Bastille bleiben.

Die offizielle französische Geschichtsbuchfassung der Ereignisse ist so: Am 14. Juli 1789 ziehen einige Tausend Pariser demonstrierend zur Bastille, jener berüchtigten Zwingburg des Königs mitten in Paris, um gegen einen befürchteten Staatsstreich ihres Königs Ludwig und gegen die Entlassung des beliebten Finanzministers Necker zu protestieren; aus der Festung werden sie mit Kanonen und Musketen unter Feuer genommen, deshalb erstürmen sie heldenmutig dieses verhasste Symbol des Feudalismus, unter großen Opfern – in einschlägigen Berichten ist von 100 Toten und ebenso vielen Verwundeten die Rede – und gegen den erbitterten Widerstand der Verteidiger; sie befreien die in den Kerkern der Bastille schmachtenden Gefangenen und läuten so das Ende des Despotismus und eine bessere Zukunft für die Menschheit ein.

Vive la France!

In Wahrheit hat sich aber alles anders zugetragen. Erstens war die Bastille keine finstere Zwingburg, eher ein Luxusgefängnis für noble Scheckbetrüger und andere zwielichtige Blaublüter wie den Marquis de Sade, die dort ihre Diener und nicht selten sogar freien Ausgang hatten. Die wenigen Gefangenen – am 14. Juli 1789 keine zehn Personen – lebten innerhalb ihrer Mauern vermutlich besser als die meisten Pariser außerhalb; es soll sogar vorgekommen sein, wenn wir Gerhard Prause glauben dürfen, dem ich mit dieser Darstellung folge, dass Häftlinge darum baten, noch etwas länger bleiben zu dürfen. Die „Wachmannschaft" bestand aus ein paar Dutzend Invaliden.

Zweitens wollte der Pariser Mob, der sich am 14. Juli 1789 gegen die Bastille wälzte, nicht für oder gegen irgendetwas demonstrieren, geschweige denn diese obsolete Halbruine mit Gewalt erstürmen; man wollte ein paar Kanonen stehlen, die in einem Schuppen neben der Bastille lagern. Jedoch hat der Bastille-Kommandant de Launey diese Kanonen einen Tag zuvor in die Bastille selber überführt, und so sendet man eine Delegation zu de Launey, um zu erkunden, was dieser denn zu tun gedenke.

„Nichts", sagt de Launey in etwa sinngemäß. Er könne den Parisern zwar keine Waffen geben, werde aber auch nicht auf sie schießen, wenn er nicht angegriffen würde. Diese Antwort übermitteln die Delegierten ins Rathaus von Paris.

Währenddessen tun ihre vor der Bastille zurückgebliebenen Genossen aber genau das: Sie fangen an zu schießen. Ob aus Langeweile oder Übermut – sie dringen in einen Vorhof der Bastille ein und beschießen die Invaliden der Besatzung. Die Invaliden schießen zurück, die Angreifer verziehen sich – überrascht ob dieses Widerstandes – zum Rathaus, um die Stadtregierung zum Erstürmen aufzufordern.

Diese versucht erst einmal zu verhandeln: Eine neue Delegation wird losgeschickt, von der Bastille-Besatzung auch freundlich aufgenommen, die über diesen Ausweg mehr als glücklich ist: Man werde die Festung übergeben, vorausgesetzt, die Deputierten seien wirklich Abgesandte der Stadtregierung von Paris.

Diese Frage bleibt aber ohne Antwort; aus bis heute ungeklärten Gründen bleiben die Deputierten im Vorhof der Bastille stehen und weichen dann sogar zurück. Sie selber sagten später, man habe auf sie geschossen, aber vermutlich hatten sie nur Angst gehabt. Denn die Schießerei geht erst nach ihrem Rückzug los, als die zahlreichen Begleiter der Delegierten weiter vordringen und sich nicht um die Warnungen der Besatzung scheren. Die Besatzung warnt nochmals, die Menge dringt nochmals weiter vor, die Besatzung schießt, die Menge, minus einige Tote und Verwundete, weicht zum zweiten Mal zurück, wobei sie die Küchen, Ställe und Wagenschuppen außerhalb der eigentlichen Festung plündern.

Um diese Verwüstung aufzuhalten, gibt die Besatzung einen ersten und einzigen Schuss mit einer Kanone auf die Marodeure ab.

Dafür wird sie nun selber mit Kanonen beschossen. Denn inzwischen hat der Wäschereibesitzer Hulin zwei vor dem Rathaus stationierte Garde-Kompanien überredet, mit ihm vor die Bastille zu ziehen und diese sturmreif zu schießen. Aber dazu kommt es nicht – vorher hisst Kommandant de Launey die weiße Fahne, zunächst als Signal seiner Verhandlungsbereitschaft, dann aber, als Hulin ihm freien Abzug zusichert, zum Zeichen der endgültigen Kapitulation.

Die Invaliden erklären sich bereit, die Bastille zu übergeben – dieses Faktum ist historisch, daran ist nicht zu rütteln, auch wenn man das in keinem französischen Schulbuch liest. Die Tore werden geöffnet, die Besatzung versammelt sich ohne Waffen zur Übergabe auf dem Hof, die Bastille ist kampflos aufgegeben.

Das war nachmittags gegen 5 Uhr. Bis dahin hat es kaum ein Dutzend Tote gegeben – für die damalige Zeit ein eher ruhiger Nachmittag. Hulin und der Kommandant der Gardekompanien, die als Erste die Bastille betreten, nehmen die Kapitulation entgegen – bzw. wollen sie entgegennehmen, denn hinter ihnen dringt ein auf Plündern und Lynchen versessener Mob in die Bastille ein, von den regulären Gardekompanien nur unzulänglich aufgehalten: De Launay und mehrere Invaliden werden umgebracht, und nachdem alles nicht Niet- und Nagelfeste demoliert bzw. weggetragen ist, zieht die Menge triumphierend durch Paris, de Launeys Kopf auf einer Stange vorneweg.

So endete der 14. Juli 1789, kein Tag, auf den man unbedingt besonders stolz sein müsste.

## Freiheit, Gleichheit, Eigentum

Damit ist der Legenden um die Heldentaten der Revolutionäre aber noch kein Ende. So war etwa, und anders als es Franzosen in der Schule lernen, die Brüderlichkeit nie ein Motto dieser Bewegung gewesen; erst unter Napoleon III., mehr als 50 Jahre nach der französischen Revolution, wurde die Parole »Liberté, Égalité, Fraternité« zur offiziellen Devise der französischen Republik erkoren.

Die Französische Revolution stand unter dem Motto „Freiheit, Gleichheit, Eigentum". In der Erklärung der Bürger- und Menschenrechte vom 26. August 1789 kommt die „fraternité" nicht vor. „Da die Vertreter des französischen Volkes, als Nationalversammlung eingesetzt, erwogen haben, dass die Unkenntnis, das Vergessen oder die Verachtung der Menschenrechte die einzigen Ursachen des öffentlichen Unglücks und der Verderbtheit der Regierungen sind, haben sie beschlossen, die natürlichen, unveräußerlichen und heiligen Rechte der Menschen in einer feierlichen Erklärung darzulegen, damit diese Erklärung allen Mitgliedern der Gesellschaft beständig vor Augen ist und sie unablässig an ihre Pflichten erinnert."

„Diese Rechte sind Freiheit, Eigentum, Sicherheit und Widerstand gegen Unterdrückung", sagt Artikel 2. Und dann fährt die Erklärung mit diversen Definitionen und Detailvorschriften fort: Souveränität „ruht letztlich in der Nation" (Artikel 3), Freiheit „besteht darin, alles tun zu können, was einem anderen nicht schadet" (Artikel 4), Gesetze sind „Ausdruck des allgemeinen Willens", an deren Entstehung alle Bürger ohne Unterschied des Standes und der Religion teilnehmen dürfen (Artikel 6), Rede- und Gedankenfreiheit ist „eines der kostbarsten Menschenrechte" überhaupt („un des droits les plus précieux", Artikel 11). Weitere Artikel legen fest, dass Angeklagte so lange unschuldig sind, bis ihre Schuld bewiesen ist, oder dass niemand aufgrund eines Gesetzes verurteilt werden darf, das es zur Tatzeit noch nicht gab – alles in allem ein bemerkenswertes Dokument, das zu Recht als Wiege der modernen Demokratie gefeiert werden darf.

Aber kein einziger der 17 Artikel dieser Erklärung erwähnt die Brüderlichkeit.

Auch später ist in den offiziellen Dokumenten der Französischen Revolution von Brüderlichkeit keine Rede. Die Verfassung von 1793 benennt als Rechte „Freiheit, Gleichheit, Sicherheit, Eigentum", „fraternité" kommt darin nirgends vor; die Direktorialverfassung von 1795 nennt als Menschenrechte „Freiheit, Gleichheit, Sicherheit, Eigentum", auch hier kommt die Brüderlichkeit an keiner Stelle vor; die Proklamation der Konsuln vom 15. Dezember 1799 zitiert die „geheiligten Rechte des Eigentums, der Gleichheit und der Freiheit," und auch hier ist von Brüderlichkeit an keiner Stelle die Rede.

Bemerkenswert dagegen die konstante Betonung des Menschenrechts auf Eigentum („das Recht, sein Vermögen, seine Einkünfte, den Ertrag seiner Arbeit und seines Fleißes zu genießen und darüber frei zu verfügen", so die Direktorialverfassung von 1795). „Das Eigentum der Patrioten ist heilig", schreibt Saint-Just in den Ausführungsbestimmungen zu den Ventôse-Dekreten von 1794. Artikel 8 der Verfassung von 1793 sagt: „Die Sicherheit beruht in dem Schutz, den die Gesellschaft jedem ihrer Glieder für die Erhaltung seiner Person, seiner Rechte und seines Eigentums zusichert", und auch die Erklärung der Menschenrechte von 1789 lässt an der Bedeutung des Eigentums nicht den geringsten Zweifel: „Da das Eigentum ein unverletzliches und heiliges Recht ist, kann es niemandem genommen werden, wenn es nicht die gesetzlich festgelegte, öffentliche Notwendigkeit augenscheinlich erfordert und unter der Bedingung einer gerechten und vorherigen Entschädigung."

Eine zarte Spur von Brüderlichkeit findet sich allein in einem Beschluss des Direktoriums des Departements Paris von 1793, auf allen Häusern die folgende Parole anzubringen: „Unité, Indivisibilité de la République, Liberté, Égalité, Fraternité ou la mort". Jedoch wurden diese Worte nie zur offiziellen Devise oder zum Kampfruf der neuen Republik, genauso wenig, wie es das Motto der Bundesrepublik Deutschland ist, dass die RAF lebt, oder dass es schade ist, dass Beton nicht brennt, oder dass die 32-Stunden-Woche einzuführen sei, auch wenn wir diese Sprüche auf noch so vielen Häuserwänden aufgeschrieben finden …

## Die wahren Sieger des Zweiten Weltkriegs

Am unerträglichsten an dieser unerträglichen Geschichtsfälscherei scheint mir aber die nachträgliche Umstilisierung des mehr als bescheidenen Widerstandes gegen die deutsche Besatzung im Zweiten Weltkrieg zu einer nationalen Erhebung. Denn die französische Résistance war stets nur eine Angelegenheit von Minderheiten, von tapferen, aber nichtsdestoweniger Minderheiten, zur Massenbewegung wurde sie erst *nach* dem Abzug der Deutschen im Sommer 1944.

Allen „Musées de Résistance" zum Trotz, die man dutzendweise heute überall in Frankreich sieht: Die weitaus meisten Franzosen hatten sich mit den Besatzern bestens eingerichtet, ja sie waren mit den Deutschen zumindest anfangs durchaus einverstanden. In keinem von den Deutschen besetzten Land Europas floss die Hilfe für die Nazis so froh und reichlich wie bei unseren Nachbarn links des Rheines: Die Wirtschaft machte prächtige Geschäfte, die Männer mussten nicht mehr kämpfen, man konnte ins Kino, ins Theater gehen, Zeitung lesen: In keinem Land der Welt erschienen zwischen 1941 und 1944 mehr Bücher als in Frankreich (über 9.000 Neuerscheinungen), es entstanden über 150 Filme, die Kabaretts, Theater, Nachtlokale hatten immer Gäste, die Künste blühten; wenn die Franzosen nach England oder auf den Balkan blickten, waren sie ganz froh, dass sie selbst den Krieg nicht mehr zu führen brauchten. Selbst die französischen Kommunisten, die sich gern als stets stramme Gegner Hitlers feiern lassen, waren länger als ein Jahr auf Hitlers Seite: Als Marionetten Stalins konnten sie aufgrund des Hitler-Stalin-Paktes von 1939 schlecht dem Freund ihres Freundes Böses wünschen.

Weiß das heute noch irgendjemand auf der Erde: Von 1939 bis 1941 kämpften Kommunisten und Nazis Hand in Hand.

Erst ab dem deutschen Überfall auf Russland im Juni 1941, als man sich des Schicksals Napoleons erinnerte, und erst recht nach der deutschen Niederlage bei Stalingrad im Winter 1942/43 begannen auch Franzosen, ihre Fahnen in den neuen Wind zu hängen. Aber nie so deutlich, dass es ihren bürgerlichen Frieden hätte stören können, und nur ganz selten unter Risiko für Leib und Leben: Die Zahl der aktiven Résistance-Mitarbeiter betrug nie mehr als 50.000, ein Promille der französischen Bevölkerung, und selbst 1944, als die letztendliche Niederlage der Deutschen schon für jeden klar zu sehen war, war auf aktiven Massenwiderstand in Frankreich nicht zu hoffen – als die Alliierten De Gaulle fragten, ob die Franzosen die geplante Invasion nicht durch zivilen Ungehorsam unterstützen könnten, meinte de Gaulle, dergleichen könnte man vergessen. Selbst für diese eher ideelle Unterstützung seien die meisten Franzosen viel zu feige.

Mangels Masse war die französische Résistance auch militärisch immer unbedeutend; sie war nie eine Gefahr für die Besatzer, die vereinzelten Anschläge auf Eisenbahnen, Brücken und Kasernen wurden – falls überhaupt – als Mückenstiche wahrgenommen. Ein englischer Historiker hat die militärische Wirkung der Résistance einmal mit einer Hummel in der Hose des deutschen Militärs verglichen: nicht eigentlich gefährlich, eine Ablenkung, die den Kämpfer vielleicht irritiert, ihn aber auch am Kampf nicht wirklich hindert; der Zweite Weltkrieg wäre auch ohne Résistance am 8. Mai 1945 zu Ende gewesen.

Aber dafür hat sie jetzt ein Denkmal auch in jedem kleinsten Dorf.

## 41. Kernkraftwerke erzeugen Schweißfüße

■ *Die Welt*, September 2009.

Kernkraftwerke erzeugen Leukämie. Das sagt eine von der Bundestagsfraktion der Grünen in Auftrag gegebene Studie, die dieser Tage in den deutschen Medien für gehörigen Wirbel sorgt. Zwar weisen die Autoren der Studie selbst ausdrücklich darauf hin, dass aus der erhöhten Leukämiehäufigkeit in der Nähe von Kernkraftwerken keine Kausalbeziehung abzuleiten sei, aber das scheint niemanden zu interessieren und ist auch nicht so wichtig. Denn schon die erste Aussage ist falsch: Die angeblich „signifikant" erhöhten Leukämiefälle bei Kindern und Jugendlichen sind alles andere als signifikant und problemlos auch durch Zufall zu erklären.

Wie alle anderen Krankheiten ist auch Leukämie regional nicht gleichmäßig verteilt – in einer Stadt, in einem Landkreis trifft es mehr Menschen pro hunderttausend als im Landesdurchschnitt, in anderen Städten und Landkreisen weniger. Selbst wenn alle Menschen dem gleichen Risiko einer Erkrankung unterlägen, wäre eine Gleichverteilung äußerst unwahrscheinlich. So beobachtet man etwa schon seit langem, dass sich Lottogewinner in gewissen Regionen unseres Landes häufen.

Wie nicht anders zu erwarten, sind also auch im Umkreis der 80 in der Studie betrachteten Kernkraftwerke die Erkrankungsraten mal höher und mal niedriger als im Landesdurchschnitt. In Deutschland etwa erkranken im Umkreis der Kernkraftwerke Brokdorf, Brunsbüttel, Grohnde, Gundremmingen, Stade und Würgassen weniger Kinder an Leukämie als anderswo, im Umkreis anderer Kraftwerke dagegen etwas mehr. Im Durchschnitt über alle betrachteten Kernkraftwerke liegt die Erkrankungsrate geringfügig über dem Durchschnitt für das gesamte Land.

Anders als von den Autoren der Studie behauptet, ist diese

Differenz aber nicht „signifikant" und sehr leicht auch durch Zufall zu erklären. Die Studie sagt: Wäre nur der Zufall wirksam, wäre diese Differenz sehr unwahrscheinlich. Konkret: Wäre die Leukämiewahrscheinlichkeit im Umkreis von Kernkraftwerken die gleiche wie überall sonst, käme diese Differenz mit einer Wahrscheinlichkeit von weniger als 5 Prozent zustande (das versteht man in der Statistik unter „signifikant"). Daher der Umkehrschluss: Das kann ja wohl nicht sein, die Kraftwerke sind schuld.

In Wahrheit ist die Wahrscheinlichkeit für diese Differenz viel größer, und je nach Auswahl der 80 untersuchten Kernkraftwerke fast schon 100 Prozent. Denn heute gibt es weltweit über 400 aktive Kernkraftwerke und mehrere Milliarden Möglichkeiten, davon 80, so wie in der Studie geschehen, auszuwählen. Der Extremfall ist: Man greift sich die 80 heraus, die zum jeweiligen nachzuweisenden Phänomen am besten passen, hier: in deren Nähe besonders viele Erkrankungen auftreten. Die findet man immer, so „beweist" man auch, dass Kernkraft Schweißfüße erzeugt. Dann tut man so, und verkauft das auch den Medien, als wären diese 80 Kraftwerke zufällig ausgewählt. Unter dieser Voraussetzung ist natürlich die Wahrscheinlichkeit für eine vorgegebene positive Differenz viel kleiner und rutscht schon für minimale Differenzen sehr schnell unter 5 Prozent.

Und so sind auch die 80 in der Studie berücksichtigten Kraftwerke alles andere als zufällig ausgewählt. Nicht notwendig in Betrugsabsicht, denn die Autoren listen sehr wohl auch Fälle unterdurchschnittlicher Leukämievorkommen auf, aber doch so, dass Kraftwerke mit erhöhtem Vorkommen sehr viel leichter einbezogen werden. Denn die in der Fachpresse publizierten Ausgangsstudien, auf die sich die hier diskutierte sogenannte „Metastudie" bezieht, hatten natürlich weitaus größere Publikationschancen bei „signifikant" positiven Ergebnissen, Studien des Inhalts „außer Spesen nichts gewesen" landen bei vielen wissenschaftlichen Journalen heute leider im Papierkorb oder werden gar nicht erst zur Veröffentlichung eingereicht. Dieses Phänomen ist auch als „publication bias" bekannt und hat dazu geführt, dass man vermeintlich „signifikante" Resultate aller Art unter Experten heute gerne diskontiert. Rechnet man dann noch die Leichtigkeit hinzu, mit der man auch bei einem völlig „unschuldigen" Datensatz scheinsignifikante Abweichungen erzeugt (etwa durch Variation des Radius um das Kraftwerk, der je nach Studie mal 15, mal 20, mal 30 km beträgt), so bleibt auch von der aktuellen Leukämiestudie kaum mehr übrig als ein schaler Manipulationsgeruch.

## 42. Der Fall Lomborg, oder: Die Panik-Mafia schlägt zurück

■ *Financial Times Deutschland*, Januar 2003.

Anfang des Monats wurde der dänische Umweltkritiker Björn Lomborg von einem „Ausschuss für wissenschaftliche Unredlichkeit" ebendieser Unredlichkeit für schuldig befunden. Sein Weltbestseller *The sceptical environmentalist* (deutsch: *Apokalypse No!*) verletze elementare Grundregeln des wissenschaftlichen Anstands; das Buch sei als nicht wissenschaftlich einzustufen.

Lomborgs Vergehen: Er hatte sich verschiedene Weltuntergangszenarien von Friedens-, Wald- und Klimaforschern einmal genauer angesehen und gewagt zu fragen: Ist das alles überhaupt plausibel? Sind die Fakten hinter diesen Analysen und Prognosen wirklich Fakten? Oder nehmen sich die Warner vielleicht die Freiheit heraus, zur Unterstützung ihrer Warnung unsere Umwelt und deren Zukunft erheblich schwärzer darzustellen, als sie wirklich sind?

Lomborgs Fazit, es verhalte sich tatsächlich so, die so lustvoll im linken Öko-Milieu zelebrierten Untergangsszenarien seien sämtlich unbegründet, hat internationales Aufsehen erregt. Kein Wunder, dass die Panik-Mafia weltweit schäumt. In wütenden Gegenattacken wird Lomborg vorgeworfen, er unterschlage missliebige Zahlen, er unterwerfe seine Analysen nicht dem Urteil seiner Fachkollegen, seine Prognosen zur globalen Erderwärmung, speziell zum $C0_2$-Ausstoß, stützten sich auf unplausible Daten, es würden keine Wahrscheinlichkeiten für die möglichen Klimaentwicklungen angegeben, er unterschätze das Artensterben, die Präzision seiner Energieprognosen sei unglaubwürdig, seine Analyse des Bevölkerungswachstums einäugig und der von ihm hergestellte Zusammenhang zwischen Waldsterben und saurem Regen wissenschaftlich nicht zu halten.

Wahr an diesen Vorwürfen ist: Viele der von Lomborg – wie von seinen Gegnern – bemühten Statistiken sind intrinsisch unpräzise: Was ist ein Wald? Wann ist ein Baum krank? Wenn 20, 30 oder 40 Prozent seiner Blätter fehlen? Was ist Armut? Was eine Naturkatastrophe? Je nachdem, wie man diese Dinge definiert, sieht die Welt einmal so und einmal anders aus. Und wie alle Prognosen hängen auch die von Lomborg ganz entscheidend von den getroffenen Annahmen zu funktionalen Zusammenhängen und künftigen Zeitverläufen von erklärenden Variablen ab.

Diese Kritikpunkte sind aber nur vorgeschoben. Auch die Forderung, Lomborg möge seine Prognosen doch mit Wahrscheinlichkeiten untermauern, kann man aus der Warte der Statistik nur als lächerlich bezeichnen: Aussagen der Art „Der Wähleranteil von Partei X liegt bei der nächsten Wahl mit 95 Prozent Wahrscheinlichkeit zwischen 40 und 42 Prozent" sind allenfalls bei kontrollierten Stichproben, nicht aber bei Prognosen in die Zukunft möglich. Der Hass, den Lomborg weltweit auf sich zieht, gründet sich vielmehr darauf, dass er das Produktionsprinzip der Panik-Industrie entlarvt. „Je dramatischer wir die Sache sehen, desto besser für die Menschheit", führt etwa ein amerikanischer Klimaforscher als Entschuldigung für reichlich gewagte Trendextrapolationen unseres Wetters an; als Wissenschaftler müsse man „manchmal auch ein bisschen Panik verursachen, damit man gehört wird", pflichtet ihm ein Ozon-Experte aus Deutschland bei.

Es gibt eine Art ungeschriebene Vereinbarung in manchen modernen Wissenschaftlerkreisen, dass im Dienste einer guten Sache die Wahrheit nicht so wichtig sei. Faktentreue als Sekundärtugend, sozusagen. So rechtfertigt das *Deutsche Ärzteblatt* einen Fehler in der AIDS-Statistik – nämlich durch „Kumulieren" die aktuellen Krankenstände höher darzustellen als sie wirklich sind – mit den Forschungsgeldern, die so leichter einzuwerben seien. „Wenn das Kumulieren zu diesem Effekt beiträgt", lesen wir dort schwarz auf weiß, „dann sollten wir es noch eine Weile dabei belassen."

Diese Schwarzmaler fühlen sich nun auf frischer Tat ertappt und heulen entsprechend auf. Von einem Amateur wie Lomborg, der von Umweltforschung nichts verstehe, müsse man sich nicht belehren lassen.

Als ob man, um die Widersprüche der modernen Öko-Propaganda zu entlarven, irgendwelches Expertenwissen bräuchte! Der Wald stirbt? Der Anteil „deutlich geschädigter" Bäume in deutschen Wäldern nimmt seit Jahren ab. Die Krebsgefahr nimmt zu? In fast allen Altersklassen hat die Wahrscheinlichkeit, an Krebs zu sterben, in Deutschland in den letzten Jahren und Jahrzehnten abgenommen. Unsere Flüsse werden zu Kloaken? Seit kurzem fängt man im Rhein wieder Lachse. Die Luft wird immer schmutziger? Ein Blick in das Statistische Jahrbuch zeigt: Der Ausstoß an Schwefel- und Kohlendioxyd, Kohlenmonoxyd, Methan, Staub, Ammoniak und anderen Schadstoffen nimmt seit 30 Jahren stetig ab. Um diese Wahrheiten zu sehen, muss man weder Biologie noch Medizin studieren. Es reicht, die ökologischen Scheuklappen abzulegen und die Augen aufzumachen.

Björn Lomborg hat die Augen aufgemacht. Dafür sollten wir ihm dankbar sein.

Bei Berlin University Press erschienen:

**Viktor Mayer-Schönberger**
**Delete. Die Tugend des Vergessens in digitalen Zeiten**
Aus dem amerikanischen Englisch von Andrea Kamphuis
264 Seiten, gebunden, 24,90 Euro (D), 25,60 Euro (A)
ISBN 978-3-940432-90-2
Berlin University Press, 2010

Das digitale Zeitalter ist eines der perfekten Erinnerung: niemals zuvor haben wir so viele Informationen sammeln können wie heute. Google vergisst nie.
Welche Folgen hat diese Entwicklung? Ist das Vergessen nicht ein exzellenter, evolutionär bewährter Mechanismus zur Gewichtung von Informationen? Beeinträchtigt das permanente Erinnern nicht unser Urteils- und Entscheidungsvermögen und damit unsere Entwicklungsfähigkeit? Sind aus ihrem Kontext gerissene Informationen nicht anfällig für Manipulationen?
Viktor Mayer-Schönberger, Professor für Internet Governance and Regulation an der Universität Oxford, öffnet uns die Augen für die Gefahren der ewigen digitalen Erinnerung und zeigt die wichtige Rolle auf, die das Vergessen in unserer Geschichte gespielt hat. Er plädiert für eine genial einfache Lösung: Dateien aller Art mit einem Verfallsdatum auszustatten, damit das Gedächtnis der Menschheit nicht unter der Datenflut zusammenbricht.

»Lesenswert ist sein Ansatz, weil er manches diffuse Unbehagen in klare Worte fasst und die Bedenken in einen evolutionsbiologischen und kulturhistorischen Zusammenhang stellt. Geschrieben mit leichter Hand ist das Buch auch eine unterhaltsame Lektüre.«
Susanne Lindau, c't magazin für computertechnik, Nr. 1, 20. Dezember 2010.

»›Delete‹ liefert eine kritische Sicht auf Entwicklungen, an deren Anfang wir gerade erst stehen.«
Heidi Schumacher, Deutschlandfunk, 11. April 2011.